TERROR
DE
ESTADO

HILLARY RODHAM CLINTON

LOUISE PENNY

TERROR
DE
ESTADO

Traducción del inglés de
Jofre Homedes Beutnagel

 salamandra

Papel certificado por el Forest Stewardship Council®

MIXTO
Papel procedente de
fuentes responsables
FSC® C117695

Penguin
Random House
Grupo Editorial

Título original: *State of Terror*
Primera edición: noviembre de 2021

© 2021, Hillary Rodham Clinton y Three Pines Creations, LLC
Publicado por acuerdo con Simon & Schuster y St. Martin's Publishing Group
All rights reserved
© 2021, Penguin Random House Grupo Editorial, S.A.U.
Travessera de Gràcia, 47-49. 08021 Barcelona
© 2021, Jofre Homedes Beutnagel, por la traducción

Ésta es una obra de ficción. Los personajes y los hechos
contados en esta novela son ficticios.

Printed in Spain – Impreso en España

ISBN: 978-84-18363-89-4
Depósito legal: B-15.056-2021

Impreso en Romanyà-Valls
Capellades, Barcelona

SM63894

*Para los y las valientes que nos protegen
del terror y plantan cara a la violencia, el odio
y el extremismo, vengan de donde vengan.
Sois nuestro ejemplo cotidiano para ser
más valerosos, para ser mejores*

Lo más sorprendente que ha pasado durante mi vida no es la llegada del hombre a la Luna ni que Facebook tenga 2.800 millones de usuarios mensuales en activo, sino que en 75 años, 7 meses y 13 días desde Nagasaki no se haya detonado ni una sola bomba atómica.

TOM PETERS

1

—Señora secretaria —le dijo Charles Boynton a su jefa mientras la seguía a toda prisa hacia su despacho en la séptima planta del Departamento de Estado, la de los cargos de máxima responsabilidad—, tiene ocho minutos para llegar al Capitolio.

—Está a diez minutos de aquí —repuso Ellen Adams al tiempo que echaba a correr—, y tengo que ducharme y cambiarme. A menos que... —Se paró y se volvió hacia su jefe de gabinete—. ¿Puedo ir así?

Levantó los brazos para que la viera bien. La súplica en sus ojos era inequívoca, igual que el nerviosismo de su voz... y el hecho de que parecía que acababa de arrastrarla alguna máquina agrícola oxidada.

Boynton crispó la cara como si le doliera sonreír.

A sus casi sesenta años, Ellen Adams era una mujer de estatura media, delgada y elegante. Su buen gusto para la ropa y el Spanx que llevaba debajo disimulaban su debilidad por los petisús. El maquillaje, sutil, resaltaba sus ojos azules y despiertos sin pretender ocultar su edad. No necesitaba pasar por más joven de lo que era, aunque tampoco quería parecer mayor.

Su peluquero le ponía un tinte, preparado especialmente para ella, que se llamaba «Rubio Prestigioso».

—Con todo respeto, señora secretaria, parece una indigente.

—Menos mal que te respeta —susurró Betsy Jameson, mejor amiga y consejera de Ellen.

La secretaria Adams llevaba veintidós horas trabajando sin descanso. Su interminable jornada había empezado ejerciendo como anfitriona en un desayuno diplomático en la embajada de Estados Unidos en Seúl, y había incluido desde conversaciones de alto nivel sobre seguridad regional hasta esfuerzos para evitar el fracaso inesperado de un acuerdo de comercio de vital importancia, para terminar con una visita a una fábrica de fertilizantes situada en la provincia de Gangwon, simple tapadera, en realidad, de una breve incursión en la zona desmilitarizada.

A continuación, había vuelto sin fuerzas al avión y, nada más despegar, se había quitado el Spanx y se había servido una gran copa de chardonnay.

Había dedicado las horas siguientes a enviar informes a sus ayudantes y al presidente, y a leer —o a intentarlo— las notas que iban llegando. Al final, se había quedado dormida con la cara apoyada en un informe del Departamento de Estado sobre el personal de la embajada estadounidense en Islandia.

Se había despertado de golpe al notar la mano de su ayudante en el hombro.

—Señora secretaria, estamos a punto de aterrizar.

—¿Dónde?

—En Washington.

—¿El estado? —Se incorporó y se pasó los dedos por el pelo, levantado como después de un susto o de una idea genial.

Tenía la esperanza de que estuvieran en Seattle para repostar y abastecerse de comida, o por algún contratiempo fortuito en pleno vuelo. Y era eso: un contratiempo, pero sin nada de mecánico ni de fortuito.

Se había quedado dormida, y aún tenía que ducharse y...

—Washington D. C.

—Dios mío, Ginny... ¿no podrías haberme despertado antes?

—Lo he intentado, pero se ha puesto a farfullar y ha seguido durmiendo.

Ellen lo recordaba vagamente, pero había creído que era un sueño.

—Gracias por intentarlo. ¿Tengo tiempo de lavarme los dientes?

Se oyó la señal de cinturón obligatorio, activada por el capitán.

—Me temo que no.

Se asomó a la ventanilla del avión oficial, el «Air Force Three», como lo llamaba en broma, y reconoció la cúpula del Capitolio, donde la esperaban.

Vio su reflejo: estaba despeinada, tenía el rímel corrido y la ropa de cualquier manera. Los ojos, inyectados en sangre, le escocían por culpa de las lentillas. Había transcurrido apenas un mes desde la investidura, ese día luminoso, deslumbrante, en que el mundo era nuevo y todo parecía posible, pero ya le habían salido algunas arrugas de preocupación y nervios.

Cómo amaba su país, ese faro glorioso y averiado...

Tras levantar y dirigir durante décadas un imperio mediático internacional que para entonces englobaba varias cadenas de televisión —entre ellas una dedicada por completo a las noticias— y un gran número de periódicos y webs, lo había puesto todo en manos de la generación siguiente: su hija Katherine.

Había pasado cuatro años viendo cómo su amado país agonizaba y por fin estaba en condiciones de ayudarlo a sanar.

Desde la muerte de su querido Quinn, no sólo se había sentido vacía, sino intrascendente, y esa sensación, lejos de disminuir con el paso del tiempo, había ido ahondándose como un gran abismo. Notaba que cada vez le hacía más falta involucrarse, ayudar, paliar de algún modo el sufrimiento en lugar de informar sobre él. Dar algo a cambio.

La oportunidad le llegó de quien menos lo esperaba: Douglas Williams, el presidente electo. Qué rápido podía cambiar la vida... y no siempre a peor.

Y ahí estaba, sentada en el Air Force Three como secretaria de Estado del nuevo presidente.

El cargo le permitía rehacer puentes con los aliados tras la incompetencia casi criminal del gobierno anterior. Podía recomponer relaciones cruciales o lanzar advertencias a países hostiles que pudieran tener malas intenciones y la capacidad para cumplirlas.

Estaba en posición de impulsar los cambios de los que hasta entonces se había limitado a hablar, podía convertir en amigos a los enemigos y mantener a raya el caos y el terror.

Y sin embargo...

Ya no veía tanta convicción en su reflejo. Era como tener delante a una desconocida, una mujer cansada, despeinada, exhausta, envejecida. Quizá también fuera más sabia. ¿O quizá sólo más cínica? Esperaba que no, aunque le extrañó que de repente le costara distinguir entre ambas cosas.

Cogió un pañuelo de papel y lo humedeció con la lengua para quitarse el rímel. Después se alisó el pelo y le sonrió a su reflejo.

Era la cara que tenía siempre preparada y con la que a esas alturas ya estaban familiarizados la opinión pública, la prensa, sus colegas y los mandatarios del resto del mundo: la de la secretaria de Estado que representaba con aplomo y elegancia a la primera potencia del planeta.

Pero no era más que una fachada. En esa cara como de fantasma, Ellen Adams vio algo más, algo horrible que ella procuraba no enseñar nunca, ni siquiera a sí misma, pero que había aprovechado la fatiga para saltar sus defensas.

Vio miedo y algo estrechamente emparentado con el miedo: la duda.

¿Era real o falso ese enemigo íntimo que le decía en voz baja que no era lo bastante buena, que no estaba a la altura del cargo, que sus meteduras de pata pondrían en peligro las vidas de miles, quizá millones, de personas?

Lo ahuyentó al darse cuenta de que no le aportaba nada, pero lo oyó susurrar, mientras desaparecía, que aun así podía tener razón.

Tras aterrizar en la base aérea Andrews, la hicieron subir con prisas a un coche blindado donde siguió leyendo informes, documentos y correos electrónicos para ponerse al día sin dedicar una sola mirada a las calles de Washington D. C.

Al llegar al aparcamiento subterráneo del monolítico edificio Harry S. Truman —que los más veteranos seguían llamando, quizá incluso con cariño, como el barrio donde se encontraba: Foggy Bottom—, se formó una falange que la condujo en el menor tiempo posible al ascensor y a su despacho privado, situado en la séptima planta.

Cuando salió del ascensor se encontró con Charles Boynton, su jefe de gabinete, una de las personas asignadas a la nueva secretaria de Estado por la jefa de gabinete del presidente: un hombre alto y desgarbado cuya delgadez no se debía tanto al ejercicio o a unos buenos hábitos alimentarios como a un exceso de energía nerviosa. Su pelo y su tono muscular daban la impresión de estar compitiendo por abandonar el barco.

Al cabo de veintiséis años subiendo en el escalafón, Boynton había conseguido un puesto en la élite como estratega de la exitosa campaña presidencial de Douglas Williams, brutal como pocas.

Por fin había llegado al sanctasanctórum y estaba decidido a no moverse de él: era su recompensa por haber cumplido órdenes y haber tenido suerte al elegir candidato.

En su nuevo cargo le correspondía crear normas para mantener a raya a los miembros más revoltosos del gabinete. Los veía como puestos políticos temporales, simple escaparatismo para la estructura que él encarnaba.

Ellen y su jefe de gabinete apretaron el paso hacia el despacho de la secretaria de Estado acompañados por todo un séquito de colaboradores, subalternos y agentes de Seguridad Diplomática.

—No te preocupes —dijo Betsy, que corría para no quedarse atrás—, el Discurso del Estado de la Unión no empezará sin ti. Estate tranquila.

—No, no. —La voz de Boynton subió una octava—. Nada de tranquilidad: el presidente está hecho un gorila. Ah, por cierto, oficialmente no es un Discurso del Estado de la Unión.

—Charles, por favor, no seas pedante.

Ellen frenó con tal brusquedad que estuvo a punto de provocar un choque en cadena. Se quitó los zapatos de tacón manchados de barro y corrió descalza por la mullida alfombra.

—Además, el presidente de por sí parece un gorila —comentó Betsy un poco rezagada—. Ah, ¡quiere decir que está enfadado! Bueno, con Ellen siempre está enfadado.

Boynton le lanzó una mirada de advertencia.

No le caía bien la tal Betsy, Elizabeth Jameson, una intrusa que sólo estaba donde estaba debido a su larga amistad con la secretaria. Boynton sabía que los secretarios de Estado tenían derecho a elegir a un confidente, un consejero con el que colaborar, pero no le gustaba: los intrusos añadían un componente imprevisible a cualquier situación.

Le resultaba antipática. En privado la llamaba «la señora Cleaver» por su parecido con Barbara Billingsley, la madre de Beaver en la serie de la tele, prototipo de ama de casa de los años cincuenta: competente, estable y cumplidora.

Aunque esa señora Cleaver no había resultado ser un personaje tan plano como parecía. Era como si se hubiese tragado a Bette Midler: «El que no aguante una broma que se joda.» No era que a Boynton no le gustase la divina Bette Midler, al contrario, pero no acababa de verla como consejera de la secretaria de Estado.

A pesar de todo, tenía que admitir que lo que había dicho Betsy era verdad: Douglas Williams distaba mucho de apreciar a su secretaria de Estado, y decir que el sentimiento era mutuo era quedarse corto.

Que el presidente recién elegido escogiera para un cargo de tanto poder y prestigio a una de sus enemigas políticas, una mujer que había aprovechado sus vastos recursos para apoyar a su rival en la carrera por la candidatura del partido, había causado un impacto enorme.

Y el impacto había sido aún mayor al saberse que Ellen Adams había cedido su imperio mediático a su hija y había aceptado el cargo.

Políticos, comentaristas y colegas devoraron la noticia y después la escupieron en forma de cotilleos que alimentaron las tertulias políticas durante semanas.

La designación de Ellen Adams era la comidilla de las fiestas de Washington y el único tema de conversación en el Off the Record, el bar del sótano del hotel Hay-Adams.

¿Por qué había aceptado?

Con todo, la pregunta número uno, la que mayor interés despertaba con diferencia, era por qué el presidente Williams (entonces sólo presidente electo) había ofrecido a su adversaria más ruidosa y feroz un puesto dentro del gabinete, y nada menos que en el Departamento de Estado.

La teoría predominante era que, o bien Douglas Williams estaba siguiendo el ejemplo de Abraham Lincoln, con su famoso «equipo de rivales», o bien —lo que era más probable— el del estratega militar y filósofo de la antigua China Sun Tzu, que aconsejaba mantener cerca a los amigos, pero aún más a los enemigos.

Resultó que ninguna de las dos hipótesis era acertada.

Personalmente, a Charles Boynton —Charles a secas para los amigos— sólo le importaba su jefa en la medida en que sus fallos podían dejarlo en mal lugar y ni loco pensaba acompañarla en la caída.

Porque, después del viaje a Corea del Sur, la cosa pintaba muy mal tanto para la secretaria como para él, y encima estaban retrasando el puto Discurso del Estado de la Unión que no lo era.

—Venga, venga. Dese prisa.

—Ya está bien. —Ellen frenó de golpe—. Deje de ponerme nerviosa. Si no tengo más remedio que presentarme así, me presento.

—Imposible —dijo Boynton abriendo mucho los ojos por el pánico—. Parece...

—Sí, ya lo ha dicho. —La secretaria miró a su amiga—. ¿Betsy?

Durante un momento sólo se oyeron los bufidos con los que Boynton expresaba su contrariedad.

—Yo te veo bien —comentó tranquilamente Betsy—. Con un poco de color en los labios...

Sacó un pintalabios del bolso y se lo dio a Ellen junto con un cepillo para el pelo y una polvera.

—Venga, venga. —La voz de Boynton era casi un graznido.

—Entra un oxímoron en un bar... —dijo Betsy en voz baja sin apartar la vista de los ojos rojos de Ellen, que pensó un poco y sonrió.

—... y el silencio es ensordecedor.

Betsy sonrió de oreja a oreja.

—Perfecto.

Vio que su amiga respiraba hondo y, tras dejar su gran bolsa de viaje en manos de su ayudante, se volvió hacia Boynton.

—¿Entramos?

Pese a la calma que aparentaba, a la secretaria Adams le palpitaba el corazón mientras rehacía el camino hacia el ascensor descalza y con un zapato sucio en cada mano. A partir de ahí, todo sería bajar.

—Deprisa, deprisa —le susurró Amir a su mujer, Nasrin—, ya han llegado a la casa.

Oían golpes, gritos y órdenes a su espalda. A pesar del fuerte acento, las palabras resultaban claras:

—¡Salga ahora mismo, doctora Bujari!

—Vete. —Amir la empujó por el callejón—. Corre.

—¿Y tú? —preguntó ella apretando el maletín contra el pecho.

Un ruido de astillas indicó que habían derribado la puerta de su domicilio en Kahuta, en las afueras de Islamabad.

—A mí no me quieren, a quien necesitan parar es a ti. Yo los distraigo. Venga, corre.

Sin embargo, justo cuando su mujer se volvía para marcharse la tomó por el brazo y la estrechó con fuerza.

—Te quiero. Estoy muy orgulloso de ti.

La besó con tanto ímpetu que le hizo un corte en el labio, pero ella no se apartó, ni siquiera al notar el sabor de la sangre. Él tampoco. Sólo se separaron al oír más gritos, más cerca.

Amir estuvo a punto de pedirle que lo avisara cuando llegara sana y salva a su destino, pero no lo hizo: sabía que no podría ponerse en contacto con él.

Y también sabía, como su mujer, que él no sobreviviría a esa noche.

2

Un murmullo acompañó las palabras con que el macero del Senado anunció a la secretaria de Estado. Eran las nueve y diez, y el resto del gabinete ya había ocupado sus asientos.

Se había especulado con que la ausencia de Ellen Adams se debía a que era la sucesora designada; la mayoría, sin embargo, era de la opinión de que el presidente Williams habría elegido antes su propio calcetín.

Ellen entró como si no se percatara del silencio, que era ensordecedor.

«Entra un oxímoron en...»

Siguió con la cabeza bien alta a su acompañante, repartiendo sonrisas entre los congresistas a ambos lados del pasillo como si no ocurriera nada malo.

—Llega tarde —le espetó el secretario de Defensa en voz baja cuando se sentó en primera fila, entre él y el DNI, el director nacional de Inteligencia—. La esperábamos para el discurso. El presidente está que trina: piensa que lo ha hecho aposta para que las cámaras se centren en usted y no en él.

—Si eso cree, se equivoca —terció el director nacional de Inteligencia—. Usted nunca haría nada parecido.

—Gracias, Tim —dijo Ellen. No solía recibir muestras de apoyo de los fieles del presidente Williams.

—Con el desastre de Corea del Sur —añadió Tim Beecham—, dudo que le interese llamar la atención.

—Pero ¿que lleva puesto, por Dios? —preguntó el secretario de Defensa—. ¿Qué, acaso ha vuelto a practicar la lucha en el barro? —Hizo una mueca arrugando la nariz.

—No, sólo he estado haciendo mi trabajo, cosa que a veces supone ensuciarse. —Ellen le pegó un repaso—. Usted, en cambio, está tan impecable como siempre.

El DNI, sentado al otro lado, se rió. El siguiente anuncio del macero hizo que todos se pusieran de pie.

—Señor presidente de la Cámara, el presidente de Estados Unidos.

La doctora Nasrin Bujari conocía muy bien las callejuelas por las que corría, llenas de cajas y latas que esquivaba para que no la delatase el ruido.

Siguió adelante sin pararse ni mirar atrás, ni siquiera cuando comenzaron los disparos.

Decidió que el hombre con quien llevaba casada veintiocho años había escapado despistando a los matones que tenían la misión de detenerlos, de detenerla a ella.

No lo habían matado ni lo habían hecho prisionero —lo que sería aún peor— para torturarlo hasta que les contara todo.

Como ya no se oían disparos, dedujo que Amir se había puesto a salvo. Ella tenía que hacer lo mismo.

Todo dependía de eso.

A media manzana de la parada de autobús dejó de correr, recuperó el aliento y caminó tranquilamente hasta el final de la cola. Tenía el corazón desbocado, pero el rostro sereno.

Anahita Dahir estaba sentada a su mesa de la Oficina para el Sur y el Centro de Asia del Departamento de Estado.

Interrumpió lo que estaba haciendo para acercarse al televisor instalado en la pared del fondo, donde se disponían a retransmitir el discurso del presidente.

Eran las nueve y cuarto de la mañana. El acto empezaba con retraso, según los comentaristas a causa de la demora de la secretaria de Estado, la nueva jefa de Anahita.

La cámara captó el momento en que el nuevo presidente entraba en la opulenta sala entre aplausos rabiosos de sus simpatizantes y más bien forzados de la oposición, que aún no se había recuperado del golpe.

Teniendo en cuenta que hacía apenas unas semanas que había jurado el cargo, costaba creer que el presidente Williams se hallase al corriente del verdadero estado de la nación o que, en caso contrario, lo reconociese en el discurso.

Los analistas se mostraban de acuerdo en que alternaría entre las críticas al gobierno anterior por el desastre que había dejado, si bien no demasiado directas, y algunas notas de esperanza, si bien no demasiado optimistas.

Se trataba de rebajar las desorbitadas expectativas creadas en la campaña sin por ello empezar a asumir ninguna culpa.

La comparecencia del presidente Williams en el Congreso era teatro político: una especie de Kabuki en que las palabras pesaban menos que los gestos, y si en algo era experto Douglas Williams era en dar una imagen presidencial.

Aun así, Anahita vio que, mientras Williams sonreía y repartía apretones efusivos entre amigos y adversarios políticos sin distinción, la televisión no paraba de intercalar planos de la secretaria de Estado.

Ése era el verdadero drama, la verdadera noticia de la velada.

Los comentaristas barajaban hipótesis sobre qué haría el presidente Williams una vez que estuviese cara a cara con la secretaria de Estado. Repetían hasta la extenuación que Ellen Adams acababa de bajar del avión que la llevaba de regreso de un primer viaje desastroso en el que había logrado distanciarse de un aliado importante y desestabilizar una región ya de por sí frágil.

El encuentro entre ambos sería visto por cientos de millones de personas en todo el mundo y reproducido sin descanso en las redes sociales.

La cámara chisporroteaba de expectación.

Los comentaristas se inclinaban hacia sus micrófonos, impacientes por descifrar cualquier mensaje que pudiera lanzar el presidente.

Aparte de la joven funcionaria del servicio exterior —o FSO, en la jerga diplomática—, en el departamento sólo estaba el supervisor, en su despacho amplio y con vistas. Interesada por ver qué pasaba entre su nuevo presidente y su nueva jefa, Anahita se acercó más a la pantalla. Estaba tan abstraída que no oyó el tono del mensaje entrante.

Mientras el presidente Williams se abría paso hacia el estrado, parándose a saludar y a charlar, los analistas políticos llenaban el tiempo hablando del pelo —despeinado—, el maquillaje —corrido— y la ropa de Ellen Adams —manchada de lo que esperaban que fuera barro.

—Parece como si acabara de llegar de un rodeo.

—Para ir a un matadero.

Más risitas.

Finalmente, uno de ellos señaló que lo más probable era que la secretaria Adams no tuviera pensado presentarse con esa facha, señal de lo mucho que trabajaba.

—Acaba de llegar en avión de Seúl —les recordó.

—Donde tenemos entendido que se han roto las conversaciones.

—Bueno —admitió—, he dicho que trabaja mucho, no que sea eficaz.

Acto seguido se pusieron muy serios para exponer las desastrosas consecuencias que podía tener su fracaso en Corea del Sur tanto para la propia secretaria Adams como para el gobierno naciente y las relaciones de Estados Unidos en esa zona del mundo.

También eso era parte del teatro político, y la FSO lo sabía: un solo encuentro malogrado no podía provocar daños irreparables. Sin embargo, cuando vio a su nueva jefa se planteó que quizá los daños sí fueran irreparables.

Pese a que llevaba poco tiempo en su puesto, era lo bastante perspicaz para saber que en Washington las apariencias a menudo tenían más poder que la realidad; que, de hecho, creaban la realidad.

La cámara seguía fija en la secretaria Adams mientras los comentaristas se cebaban en ella.

A diferencia de los expertos, lo que Anahita Dahir veía era a una mujer aproximadamente de la edad de su madre, erguida, con la espalda recta, la cabeza alta y una postura atenta y respetuosa; una mujer que, vuelta hacia el hombre que avanzaba hacia ella, esperaba con calma su destino.

Para ella, aquel aspecto desaliñado no hacía sino acentuar su dignidad.

Hasta entonces, la joven funcionaria no había tenido reparos en creer lo que decían los comentaristas y también sus compañeros: que el nombramiento de Ellen Adams era un gesto de cinismo por parte de un presidente astuto.

En ese preciso momento, sin embargo, mientras el presidente Williams se acercaba y la secretaria Adams se disponía a abordarlo, tuvo sus dudas.

Bajó el volumen del televisor: no necesitaba seguir escuchando.

Volvió a su mesa y se fijó en el nuevo mensaje. Al abrirlo descubrió que, en lugar de remitente, había letras sin sentido, y que no contenía palabras, sino solamente números y símbolos.

Cuando el presidente se acercó, Ellen Adams temió que se propusiera ignorarla.

—Señor presidente... —dijo.

Él se detuvo, pero se dedicó a sonreír y saludar a las personas situadas a ambos lados, como si ella fuera transparente. Acto seguido, tendió el brazo para estrecharle la mano a la persona de detrás y su codo estuvo a punto de chocar con la cara de Ellen. Sólo entonces bajó la vista hacia sus ojos, muy despacio. La animosidad era tan palpable que el secretario de Defensa y el director nacional de Inteligencia retrocedieron un paso.

La palabra «cabreado» no hacía justicia ni de lejos al estado de ánimo del presidente, y ninguno de los dos quería que lo salpicase.

Para las cámaras, y para los millones de espectadores de la transmisión, su atractivo rostro reflejaba severidad y más decepción que rabia: la tristeza de un padre que mira a un hijo que se porta mal aunque sus intenciones sean buenas.

—Señora secretaria... —«Incompetente de mierda.»

—Señor presidente... —«Capullo arrogante.»

—¿Podría venir al despacho oval mañana por la mañana, antes de la reunión del gabinete?

—Con mucho gusto, señor.

Se alejó dejando que ella le lanzara una mirada de afecto como fiel miembro de su gabinete.

Una vez sentada, Ellen escuchó educadamente el principio del discurso, pero poco a poco se dejó absorber, y no por la retórica, sino por algo que iba más allá de las palabras: la solemnidad, la historia y la tradición. Se sintió arrastrada por la majestuosidad, la discreta grandeza y la elegancia del acto; más que por su contenido, por lo que simbolizaba.

El presidente estaba enviando un mensaje de gran fuerza a amigos y enemigos por igual; un mensaje de continuidad, firmeza y determinación: se subsanarían los daños causados por el gobierno anterior. Estados Unidos estaba de vuelta.

La emoción de Ellen Adams era tan intensa que eclipsó la antipatía que le inspiraba Douglas Williams, disipando su desconfianza y sus recelos hasta que sólo quedó un sentimiento de orgullo... y la sorpresa ante los caminos de la vida, que la habían llevado adonde estaba y le habían dado la oportunidad de ponerse al servicio de los demás.

Aunque pareciera una indigente y oliera a fertilizante, era la secretaria de Estado de su país, un país que amaba con toda el alma y que estaba dispuesta a proteger como fuera.

· · ·

La doctora Nasrin Bujari se sentó al fondo del autobús con la vista al frente y se esforzó en no desviar la mirada hacia la ventanilla o hacia el maletín que apretaba sobre sus rodillas con todas sus fuerzas.

Tampoco hacia el resto de los pasajeros: era fundamental evitar el contacto visual.

Mantuvo a toda costa una expresión neutra, de aburrimiento.

El autobús se puso en marcha y avanzó a trompicones hacia la frontera. El plan original era salir del país en avión cuanto antes, pero lo había cambiado sin contárselo a nadie, ni siquiera a Amir. Las personas enviadas para detenerla esperarían que intentase marcharse a toda prisa, así que estarían en el aeropuerto local. De ser necesario, tendrían hombres en todos los vuelos. Eran capaces de todo con tal de impedirle que llegara a su destino.

Si era capturado y torturado, Amir revelaría el plan. Por lo tanto, había que cambiarlo.

Nasrin Bujari amaba su país y estaba dispuesta a protegerlo como fuera.

Lo cual significaba alejarse de todo aquello que amaba.

Anahita Dahir se había quedado mirando la pantalla del ordenador con el ceño fruncido. Tardó apenas unos segundos en concluir que se trataba de correo basura. Parecía mentira que hubiera tanto.

Aun así, prefirió confirmarlo, así que llamó a la puerta de su supervisor y se asomó. Estaba viendo el discurso y negaba con la cabeza.

—¿Qué pasa?

—Un mensaje, creo que es spam.

—A ver...

Se lo enseñó.

—¿Seguro que no es de ninguna de nuestras fuentes?

—Seguro, señor.

—Vale, pues entonces bórralo.

Lo hizo, pero antes se lo apuntó, por si acaso: «19/0717, 38/1536, 119/1848.»

3

—Enhorabuena, señor presidente, todo ha salido bien —dijo Barbara Stenhauser.

Doug Williams se rió.

—Ha salido muy bien, mejor de lo que cabía esperar. —Se aflojó la corbata y puso los pies encima de la mesa.

Estaban de vuelta en el despacho oval. Se había instalado una barra con un ligero tentempié para familiares, amigos y simpatizantes ricos invitados para celebrar el primer discurso del presidente ante el Congreso, pero antes Williams quería pasar un rato a solas con su jefa de gabinete para relajarse un poco. El discurso había conseguido todo lo que quería y más, si bien la causa de su estado de ánimo, rayano en la euforia, era otra.

Juntó las manos por detrás de la cabeza y se balanceó mientras un camarero le llevaba un whisky y un platito de vieiras envueltas en beicon y gambas fritas.

Llamó a Barbara por señas y le dio las gracias al camarero indicándole que podía retirarse.

Barb Stenhauser se sentó y dio un buen sorbo de vino tinto.

—¿Sobrevivirá a esto? —preguntó él.

—Lo dudo. Dejaremos que los medios se ensañen con ella. Por lo que he visto, ya han empezado, señor presidente. Para cuando llegue a casa será un cadáver político. Por si acaso, he pedido a algunos de nuestros senadores que vayan manifestando ciertas reservas sobre su idoneidad para el cargo, habida cuenta del desastre de Corea del Sur.

—Perfecto. ¿Cuál es su siguiente compromiso?

—Le he programado un viaje a Canadá.

—Madre de Dios... Antes de que se acabe la semana estaremos en guerra con ellos.

Barb se rió.

—Eso espero: siempre he querido una casa en Quebec. Los primeros artículos sobre su discurso son sumamente positivos, señor presidente. Elogian la dignidad del tono y que haya tendido la mano a la oposición, aunque debo decirle que corren rumores de que el nombramiento de Ellen Adams, pese a ser un acto de valentía, también fue un error, sobre todo después de la debacle de Corea del Sur.

—Algunas pullas tienen que caernos, es normal; lo importante es que lo peor se lo lleve ella. En todo caso, los críticos estarán entretenidos mientras nosotros seguimos trabajando.

Stenhauser sonrió. Pocas veces se había encontrado con un político tan auténticamente nato como Williams: dispuesto a exponerse a un arañazo con tal de aniquilar a un adversario.

Aunque sabía que al presidente le esperaba mucho más que un simple arañazo.

Por su parte, estaba dispuesta a pasar por alto el repelús que le daba Douglas Williams con tal de que por fin se aplicara un programa político en el que creía de todo corazón.

Se inclinó sobre la mesa para pasarle una hoja de papel.

—He preparado una breve declaración en apoyo de la secretaria Adams.

El presidente la leyó y se la devolvió.

—Perfecto. Decoroso, pero sin compromisos.

—Lleno de eufemismos. —Stenhauser se rió y suspiró de alivio.

—Ponga la tele, a ver qué dicen.

Cuando el gran televisor se encendió, él se inclinó y apoyó los codos en la mesa. Había estado tentado de explicarle a su jefa de gabinete cuán listo había sido en realidad, pero no se atrevió.

—Tomad.

Katherine Adams les tendió a su madre y su madrina dos grandes copas de chardonnay. Luego, sin soltar la botella que tenía agarrada por el cuello, cogió su propia copa y se sentó en el sofá, entre las dos.

Tres pares de pies empantuflados se apoyaron sobre la mesa de centro.

Katherine se estiró para coger el mando a distancia.

—Todavía no —le dijo su madre poniéndole una mano en la muñeca—. Vamos a fingir un poco más que hablan de mi triunfo en Corea del Sur.

—Y que te felicitan por tu nuevo peinado y tu acierto al vestirte —dijo Betsy.

—Y por tu perfume —añadió Katherine.

Ellen se rió.

Apenas había llegado a casa había pasado por la ducha y se había puesto un chándal. Después se había reunido con las otras en la comodidad del cuarto de la tele, lleno de estanterías con libros y fotos enmarcadas de sus hijos y su vida con su difunto esposo.

Era un espacio privado, un santuario reservado a la familia y los amigos más íntimos.

Ellen, que se había puesto las gafas, siguió leyendo la carpeta que había sacado hacía un momento mientras negaba con la cabeza.

—¿Qué pasa? —preguntó Betsy.

—Las conversaciones no tenían por qué romperse. El equipo de avanzada había hecho un buen trabajo. —Le enseñó los documentos—. Estábamos preparados, y los surcoreanos también. Yo ya había hablado con mi homólogo. En principio tenía que ser una mera formalidad.

—Entonces ¿qué ha ocurrido? —preguntó Katherine.

Su madre suspiró.

—No lo sé. Estoy intentando averiguarlo. ¿Qué hora es?

—Las once y treinta y cinco —dijo Katherine.

—Las dos menos veinticinco de la tarde en Seúl —calculó Ellen—. Estoy tentada de llamar, pero no voy a hacerlo. Necesito más información. —Miró a Betsy, que estaba ojeando los mensajes recibidos—. ¿Algo interesante?

—Muchos correos y mensajes de apoyo de los amigos y la familia —respondió ella.

Ellen siguió mirándola, pero Betsy negó con la cabeza, consciente de lo que le preguntaba en realidad.

—Si quieres le escribo —propuso.

—No, él ya debe de saber lo que está pasando. Si quisiera ponerse en contacto, ya lo habría hecho.

—Sabes bien lo ocupado que está, mamá.

Ellen señaló el mando a distancia.

—Más vale que pongas las noticias. Vamos allá.

Betsy y Katherine sabían que lo que saliera por televisión serviría como revulsivo, que distraería a Ellen del mensaje que no había aparecido en su teléfono.

Ellen Adams continuó intentando averiguar en los informes qué había salido mal en Seúl mientras escuchaba a medias a los supuestos expertos de la televisión.

Ya sabía lo que dirían, se olía los editoriales. Incluso sus propios medios informativos: el canal de noticias de difusión mundial, los periódicos y los sitios de internet estarían dando un buen repaso a su antigua propietaria.

De hecho, serían los primeros en echársele encima para demostrar su imparcialidad.

Al aceptar el cargo de secretaria de Estado se había desvinculado de sus empresas y las había puesto en manos de su hija con el compromiso expreso, por escrito, de que ésta se abstendría de entrometerse en las noticias sobre el gobierno Williams en general y sobre la secretaria Adams en particular.

A su hija no le había costado mucho hacer esa promesa; a fin de cuentas, no era la periodista de la familia. Sus estudios, conocimientos e intereses se limitaban a la faceta empresarial, en eso había salido a su difunto padre.

Betsy le tocó el brazo y señaló el televisor con la cabeza.

Ellen alzó la vista de los papeles y, un segundo después, se enderezó.

—Venga ya —dijo Doug Williams—. ¿Estás de coña?

Miró con mala cara a su jefa de gabinete, como si esperase que hiciese algo al respecto.

Lo que hizo Barb Stenhauser fue cambiar de canal no una, sino varias veces, pero algo había cambiado entre el Discurso del Estado de la Unión del presidente Williams y su segundo whisky.

Katherine se echó a reír. Le brillaban los ojos.

—Dios mío, en todos los canales.

Siguió viendo los demás sólo el tiempo necesario para oír que gurús y analistas políticos felicitaban a la secretaria Adams por trabajar tanto y atreverse a llegar al Capitolio hecha un desastre, sin siquiera haberse limpiado el barro.

El viaje había sido una debacle inesperada, eso era cierto, pero el mensaje último era que Ellen Adams —y por extensión todo el país— no se arredraba, que estaba dispuesta a meterse en las trincheras, a dar la cara e intentar, como mínimo, paliar el daño de cuatro años de caos.

Su fracaso en Corea del Sur se achacaba al desastre que habían dejado a su paso un presidente inepto y su secretario de Estado.

Katherine soltó una carcajada.

—Mirad esto. —Les puso el teléfono delante a su madre y a Betsy.

En las redes sociales se había hecho viral un vídeo.

Mientras la secretaria Adams, después del frío encuentro con el presidente, recorría el pasillo y se dirigía a su asiento para escuchar el discurso, una cámara de televisión había captado cómo un senador de la oposición la miraba con desprecio y murmuraba: «Menuda guarra.»

—¡Habrase visto! —Doug Williams tiró una gamba a su plato con tanta fuerza que rebotó, saltó hacia el escritorio Resolute y acabó en la alfombra—. Mierda.

Cuando ya estaba acostada, Anahita Dahir tuvo una idea.

¿Y si el extraño mensaje era de Gil?

Sí, podía ser de Gil, para retomar el contacto... en el sentido estricto de la palabra.

Podía sentir el tacto de su piel, húmeda por el sudor de las tardes bochornosas e irrespirables de Islamabad. Se habían metido a escondidas en el pequeño cuarto de ella, a medio camino entre el puesto de él en la agencia de noticias y el suyo en la embajada.

Anahita estaba tan abajo en el escalafón que nadie advertiría su ausencia. Gil Bahar, por su parte, era tan respetado como periodista que nadie cuestionaría la suya: darían por sentado que seguía alguna pista.

En el mundo estrecho, claustrofóbico, de la capital de Pakistán, se celebraban encuentros clandestinos a todas horas del día y de la noche: entre agentes de uno y otro bando, entre informantes y comerciantes de información, entre traficantes y consumidores de drogas, armas o muerte.

Entre personal diplomático y periodistas.

Era un sitio, y una época, en que podía pasar cualquier cosa en cualquier momento. Los jóvenes, fueran periodistas, cooperantes, médicos o enfermeros, personal extranjero o soplones, se codeaban en bares clandestinos, apartamentos diminutos, fiestas... Topaban, y se restregaban, unos con otros.

A su alrededor, la vida era algo valioso y precario, y ellos eran inmortales.

En su cama de Washington, Anahita se movió de forma rítmica, volviendo a sentir el cuerpo tenso de Gil contra el suyo, dentro del suyo.

Pocos minutos después se levantó y fue a por su móvil, pese a que era consciente de que estaba buscándose problemas.

«¿Has intentado mandarme un mensaje?»

Fue despertándose a lo largo de la noche para mirar el móvil, pero no hubo respuesta.

—Qué idiota —murmuró al tiempo que volvía a percibir el olor a almizcle de Gil y a sentir cómo su blanca piel desnuda se deslizaba por el cuerpo de ella, oscuro y húmedo, iluminados ambos por el sol de la tarde.

Sentía encima su peso, grávido sobre su corazón.

Nasrin Bujari estaba en la zona de salidas.

En la frontera, tras bajar del autobús, un agente cansado le había revisado el pasaporte y no se había dado cuenta de que era falso, o quizá ya le diera igual.

Después de examinar el documento, la había mirado a los ojos y había visto a una mujer exhausta, de mediana edad, con el tradicional hiyab descolorido y deshilachado enmarcando un rostro lleno de arrugas.

No parecía suponer una amenaza, así que había hecho pasar al siguiente pasajero ansioso de cruzar la divisoria entre el peligro y la frágil esperanza.

La doctora Bujari era consciente de que llevaba esa esperanza en el maletín y el peligro en la cabeza.

Había llegado al aeropuerto del país vecino con tres horas de antelación.

«Quizá demasiado tiempo», pensó.

Buscó un sitio desde donde pudiera vigilar, con el rabillo del ojo, al joven apoyado en la pared del fondo del vestíbulo. Lo había visto en seguridad, al pasar el control, y estaba casi segura de que la había seguido hasta la zona de espera.

Esperaba que enviaran a un paquistaní, un indio o un iraní para detenerla. No se le había pasado por la cabeza que mandasen a un blanco. Ser tan notoria le servía de camuflaje. No creía a sus enemigos capaces de concebir una idea tan genial.

Claro que también cabía la posibilidad de que fueran imaginaciones suyas, y que el cansancio y el hambre, aunados al miedo, la estuvieran poniendo paranoica. Notaba que a ratos se le iba la cabeza. Se sentía tan aturdida por la falta de sueño que a ratos era como si flotase por encima de su cuerpo.

Como intelectual y científica, esa sensación le daba pavor: ya no podía fiarse de su propia mente ni de sus emociones.

Iba a la deriva.

«No», pensó, «eso no». Tenía muy claro lo que debía hacer, adónde tenía que ir. Sólo tenía que llegar allí.

Miró el reloj de pared, un trasto viejo a juego con la roñosa zona de espera: faltaban dos horas y cincuenta y tres minutos para su vuelo a Fráncfort.

En la visión periférica, advirtió que el hombre se sacaba el móvil.

El mensaje de texto llegó a la una y media de la madrugada.

«Yo no he escrito me alargo que tú sí. Igual pondrías ayudarme. Necesito info sobre científico.»

Anahita se sintió decepcionada al ver que Gil ni siquiera se había tomado la molestia de repasar el mensaje antes de enviarlo.

Se había metido en la boca del lobo sabiendo —o al menos sospechando— que para él no era más que una fuente. Quizá nunca había sido más que eso, una infiltrada en la embajada y después en el Departamento de Estado, su fuente en la Oficina para el Sur y el Centro de Asia.

Se preguntó hasta qué punto conocía a Gil Bahar.

Sabía que era un respetado periodista de la agencia Reuters, pero había rumores, cuchicheos.

Claro que Islamabad entera parecía erigirse sobre cuchicheos y rumores. Ni los más veteranos sabían distinguir entre verdad y ficción, entre realidad y paranoia. En el hervidero que era la ciudad, una cosa y otra se fundían hasta hacerse indistinguibles.

Sabía que la red pastún había secuestrado a Gil Bahar pocos años atrás en Afganistán y lo había tenido prisionero ocho meses hasta que logró escapar. Los pastunes, conocidos como «la familia», eran los terroristas más radicales y brutales de toda la zona tribal afganopaquistaní. Muy próximos a Al Qaeda, incluso el resto de los grupos talibanes los temían.

El caso era que, a diferencia de otros periodistas, torturados y decapitados, Gil Bahar había salido indemne.

¿Por qué?, era la pregunta que todo el mundo repetía en voz baja. ¿Cómo había logrado escapar de los pastunes?

Hasta entonces, Anahita había optado por hacer caso omiso a las insinuaciones, pero ahora, echada en su cama, se permitió pensar en ellas.

La última vez que Gil se había puesto en contacto había sido poco después de que la trasladaran a Washington: la había llamado a su número privado y, tras algunas palabras de cortesía, le había pedido información.

Ella no se la había dado, claro, pero tres días después habían asesinado a la persona por cuyos movimientos le había preguntado.

Y ahora quería más información... sobre un científico.

4

—¿Sí? —respondió Ellen, que acababa de despertar de un sueño profundo—. ¿Qué pasa?

Había visto la hora en la pantalla del móvil: las 2.35 h de la madrugada.

—Señora secretaria —era la voz de Charles Boynton, ahuecada y sombría—, ha habido una explosión.

Ellen se incorporó y buscó las gafas.

—¿Dónde?

—En Londres.

Sintió una mezcla de alivio y culpa. Al menos no había sido en suelo estadounidense. Aun así...

Bajó los pies de la cama y encendió la luz.

—Cuénteme.

Tres cuartos de hora más tarde, la secretaria Adams estaba en la sala de crisis de la Casa Blanca.

Para evitar complicaciones y ruido innecesario, sólo se había convocado al núcleo duro del Consejo de Seguridad Nacional. Alrededor de la mesa se hallaban el presidente, el vicepresidente, los secretarios de Estado, Defensa y Seguridad Nacional, el director nacional de Inteligencia (DNI) y el jefe del Estado Mayor Conjunto.

Sentados contra la pared estaban diversos ayudantes y la jefe de gabinete de la Casa Blanca.

Las caras eran adustas, pero no de pánico. Aunque ni el presidente ni su gabinete hubieran vivido nunca nada parecido, no era el caso del general Bert Whitehead, el jefe del Estado Mayor Conjunto.

Apenas empezaban a salir las primeras noticias sobre lo que había ocurrido, lo que estaba ocurriendo.

Un mapa de Londres ocupaba la pantalla del fondo de la sala. Un punto rojo, como una gota de sangre, indicaba el lugar exacto de la explosión.

«Cerca de Piccadilly, justo delante de Fortnum & Mason», pensó Ellen rememorando Londres. El Ritz quedaba sólo a unas manzanas. La marca roja tapaba Hatchards, la librería más antigua de la ciudad.

—¿Seguro que ha sido una bomba? —preguntó el presidente Williams.

—Sin duda, señor presidente —respondió Tim Beecham, el DNI—. Estamos en contacto permanente con el MI5 y el MI6. Aún no tienen una idea clara de lo que ha pasado, pero teniendo en cuenta los destrozos no podría ser otra cosa.

—Continúen —dijo Williams inclinándose.

—Se cree que la colocaron en un autobús —explicó Whitehead.

Llevaba mal abrochado el uniforme y la corbata de cualquier manera, con el nudo suelto como una soga floja.

Su voz, en cambio, era potente, su mirada, clara y su concentración, total.

—¿Se cree? —preguntó Williams.

—La bomba ha hecho tantos estragos que de momento no se puede saber nada con exactitud. También podría haberse tratado de un coche o camión bomba que estalló justo cuando pasaba el autobús. Hay escombros por todas partes. Se lo mostraré.

El general Whitehead hizo clic en su portátil seguro e hizo aparecer una foto en vez del mapa. Estaba tomada desde un satélite a miles de kilómetros de la tierra, pero tenía una inesperada nitidez.

Todos se inclinaron para mirarla.

En medio de la famosa calle podía verse un cráter rodeado de fragmentos de metal retorcidos. El humo se elevaba por encima de los vehículos. Más de una fachada con siglos de antigüedad que había sobrevivido a los bombardeos nazis ya no existía.

Lo que no se veía, se fijó Ellen, eran cadáveres. Sospechó que estaban tan desmenuzados que resultaban inidentificables como restos humanos.

Los edificios de ambos lados habían contenido la explosión; de otro modo, a saber hasta dónde habría llegado.

—Dios mío... —susurró el secretario de Defensa—. ¿Cómo puede ser?

—Señor Presidente —intervino Barbara Stenhauser—, acabamos de recibir un vídeo.

Williams asintió y ella lo puso. Procedía de una de los miles de cámaras de seguridad repartidas por Londres.

Abajo, a la derecha, constaba la hora.

«7.17.04.»

—¿Cuándo ha estallado la bomba? —preguntó el presidente Williams.

—A las siete horas diecisiete minutos cuarenta y tres segundos GMT —dijo el general Whitehead.

Ellen Adams se tapó la boca con la mano sin apartar la vista de la pantalla: era cuando comenzaba la hora punta. El sol intentaba abrirse un hueco en una mañana gris de marzo.

«7.17.20.»

La acera estaba repleta de personas de ambos sexos y en el semáforo aguardaban coches, furgonetas de reparto y taxis negros.

Entretanto, corría el tiempo... en una cuenta atrás.

«7.17.32.»

—Corred, corred —oyó que decía en voz baja el secretario de Seguridad Nacional, que estaba a su lado—. Corred.

No corrieron, como era de esperar.

Se detuvo un autobús de dos pisos, de un rojo vivo.

«7.17.39.»

Una joven se apartó para dejar subir a un hombre mayor, que se volvió para darle las gracias.

«7.17.43.»

Siguieron mirando la escena desde varias perspectivas conforme recibían más vídeos que proyectaban en la gran pantalla del fondo de la sala de crisis.

En el segundo se veía más claro el autobús que llegaba al semáforo. El ángulo les permitió distinguir caras, entre ellas la de una niña en el primer asiento de delante del piso de arriba, el mejor, el sitio al que siempre habían corrido los niños, incluidos los hijos de Ellen.

«Corred, corred...»

Pero, claro, en todos los vídeos, independientemente del ángulo desde donde estuvieran grabados, la niña se quedaba en su lugar... hasta que desaparecía.

Finalmente, llegó la confirmación del Reino Unido, escrita en un tono neutro y oficial: no cabía duda de que había sido una bomba colocada en el autobús y programada para explotar en el peor lugar posible en el peor momento posible.

En el centro de Londres, en plena hora punta.

—¿Lo ha reivindicado alguien? —preguntó el presidente Williams.

—De momento, no —contestó el DNI consultando sus informes.

La información empezaba a llegar a raudales. La clave, como todos sabían, era gestionarla bien. No dejarse abrumar.

—¿Algún rumor? —preguntó el presidente Williams.

Deslizó la mirada alrededor de la larga y reluciente mesa, donde todos negaban con la cabeza, hasta topar con la mirada de Ellen.

—Nada —respondió ella.

Aun así, Williams se quedó mirándola, como si el fallo fuera suyo y de nadie más.

Lo que demostraba algo muy simple.

«No se fía de mí», comprendió Ellen. A esas alturas, seguramente ya debería haberse dado cuenta, aunque había estado demasiado enfrascada en aprender los rudimentos de su nuevo cargo para detenerse a pensar.

Había tenido la soberbia de dar por supuesto que Williams la había elegido como secretaria de Estado porque, a pesar de su evidente antagonismo, sabía que lo haría bien.

En ese momento se dio cuenta de que no sólo le resultaba antipática, sino que no se fiaba de ella.

Pero ¿qué sentido tenía nombrar a alguien que no le inspiraba confianza para un cargo con semejante poder?

Parte de la respuesta quedaba clara allí mismo, en ese preciso instante.

El presidente Williams no había esperado que una crisis internacional estallara tan pronto, no esperaba tener que fiarse de ella.

¿Y qué esperaba, entonces?

Todo aquello le vino a la cabeza de golpe, pero no tuvo tiempo de darle vueltas porque había cosas mucho más inmediatas e importantes en las que pensar.

El presidente Williams apartó la vista de ella para observar al DNI.

—¿No es raro que no se rumoree nada? —preguntó.

—No necesariamente —contestó Tim Beecham—, mucho menos si se trataba de un lobo solitario que se ha inmolado con la explosión.

—Ya —dijo Ellen, que recorrió la mesa con la mirada—, pero ¿esa clase de personajes no suelen buscar notoriedad? ¿No suben declaraciones o vídeos en las redes sociales...?

—Si no se lo ha atribuido nadie es por... —empezó a decir el general Whitehead antes de que lo interrumpiera la jefa de gabinete del presidente.

—Señor, tengo al teléfono al primer ministro británico.

Se había vestido corriendo, como los demás, y no llevaba maquillaje que disimulara su cara de preocupación. De todas formas, ningún maquillaje habría bastado.

En la pantalla, la carnicería dejó paso a la expresión severa del primer ministro Bellington, tan despeinado como siempre.

—Señor primer ministro, el pueblo estadounidense... —empezó a decir Douglas Williams.

—Que sí, que sí. Quiere saber lo que ha pasado, ¿no? Pues yo también, y si le soy sincero no tengo nada que contarle.

Hizo un gesto desdeñoso a alguien fuera de plano; probablemente a los directores del MI5 y el MI6, la inteligencia británica.

—¿Había algún objetivo en concreto?

—Todavía no lo sabemos. De momento, lo único que hemos podido confirmar es que la bomba iba en el autobús. No tenemos ni idea de quién estaba dentro o cerca. De los pasajeros y los peatones no ha quedado nada. Si quiere le mando el vídeo.

—No hace falta —dijo Williams—, ya lo hemos visto.

Bellington arqueó las cejas impresionado, o tal vez molesto, pero enseguida decidió no insistir.

A los tres años de su nombramiento como primer ministro, gozaba de una popularidad enorme en el sector derechista de su partido y entre el electorado conservador gracias a su promesa de seguridad nacional e independencia respecto de otros países. La bomba no iba a beneficiar su campaña por la reelección.

—La identificación definitiva aún tardará mucho —continuó—. Estamos analizando con reconocimiento facial los vídeos para ver si sale algo: un posible terrorista o un objetivo. Si nos pueden ayudar, se lo agradeceremos.

—¿Podría ser que el objetivo fuera un edificio, y no una persona, como los ataques del 11-S? —preguntó el DNI.

—Podría —reconoció el primer ministro—, aunque tampoco es que Fortnum & Mason sea el objetivo más obvio de Londres.

—No descartemos que a alguien le pareciera mal pagar cien libras por el té de la tarde —dijo el secretario de Defensa.

Buscó sonrisas cómplices en torno a la mesa, pero no encontró ninguna.

—La Royal Academy of Arts también está allí —intervino Ellen.

—Pero, señora secretaria, ¿de veras cree que hay alguien capaz de provocar una masacre como ésta sólo para reventar una exposición? —preguntó el primer ministro Bellington volviéndose hacia ella.

Ellen trató de no irritarse por el tono condescendiente. De todas maneras, tenía que reconocer que el acento británico siempre sonaba condescendiente para su oído estadounidense. Cada vez que un británico abría la boca ella oía un «idiota» implícito.

Esta vez también lo oyó, pero Bellington tenía mucha presión encima y se estaba desahogando con ella. No se lo echaría en cara... de momento.

Además, también era cierto que sus medios informativos se habían cebado durante años en el primer ministro Bellington, al que presentaban de manera sistemática como un inepto, un hombre insustancial de clase alta que, si en algún momento había tenido un ápice de garra, la había sustituido por arrogancia y citas latinas que no venían al caso.

No era de extrañar que la mirara así. Al contrario, la sorprendía su contención.

—... y la sede de la Geological Society.

—Es verdad. —La mirada de Bellington se había tornado penetrante, casi escrutadora, y mucho más inteligente de lo que Ellen habría creído posible—. Conoce usted bien Londres.

—Es una de mis ciudades preferidas. Lo que ha pasado es espantoso, espantoso.

Lo era, en efecto, pero las repercusiones podían ir mucho más allá de la pérdida atroz de vidas humanas y la destrucción de una parte de la rica historia de la ciudad.

—¿La Geological Society? —intervino el secretario de Defensa—. ¿Y quién iba a querer volar un sitio donde estudian piedras?

En lugar de contestar, Ellen Adams miró la pantalla y los ojos pensativos del primer ministro británico.

—La geología es mucho más que piedras —repuso Bellington—: es petróleo, carbón, oro, diamantes... —Se quedó callado sin apartar la vista de los ojos de Ellen Adams, como si la invitara a hacer los honores.

—Uranio —añadió ella.

Bellington asintió.

—Con el que se pueden fabricar bombas atómicas. *Factum fieri infectum non potest*: lo hecho no se puede deshacer —tradujo—, pero quizá podamos evitar otro ataque.

—¿Cree usted que habrá otro, señor primer ministro? —preguntó el presidente Williams.

—En efecto.

—Pero ¿dónde? —murmuró el DNI.

Cuando concluyó la reunión, Ellen se aseguró de salir al mismo tiempo que el general Whitehead.

—Ha empezado usted a decir que si nadie ha reivindicado la explosión es por algo. Es lo que iba a decir, ¿verdad?

Él asintió con la cabeza.

Tenía más aspecto de bibliotecario que de militar.

Lo curioso era que el bibliotecario del Congreso parecía un militar.

Whitehead tenía un rostro amable y llevaba unas gafas grandes y redondas a través de las cuales contempló a la secretaria.

Ellen, sin embargo, conocía su historial de combate: había pertenecido a los rangers, un regimiento de élite, y había ido encadenando ascensos luchando en primera línea, ganándose no sólo el respeto, sino la fidelidad y confianza de los hombres y las mujeres a sus órdenes.

Se paró para permitir pasar a los demás sin dejar de observarla. Su mirada era inquisitiva, pero no hostil.

—¿A qué lo atribuye, general?

—No lo han reivindicado porque no les hace falta, señora secretaria. Su objetivo era, es, otro. No tiene nada que ver con el terror, es más importante.

Ellen sintió un vahído.

—¿Y de qué objetivo se trataría? —preguntó con una mezcla de sorpresa y alivio porque su voz no había flaqueado.

—De un asesinato, por ejemplo. Quizá haya sido una operación quirúrgica para enviar un mensaje a una persona o a un grupo. No hacían falta anuncios. Es posible que también supieran que, para inmovilizar nuestros recursos, el silencio sería mucho más eficaz que reclamar el atentado.

—Difícilmente calificaría de «quirúrgico» lo ocurrido en Londres.

—Es verdad. Me refería a la finalidad: un objetivo muy concreto y definido. Donde nosotros vemos cientos de muertos, puede que ellos vean uno solo. Nosotros vemos una destrucción horrenda y ellos la desaparición de un solo edificio. Cuestión de percepción. —Se llevó la mano a la corbata y pareció sorprenderse al notar que la llevaba floja—. Lo que puedo decirle por experiencia, secretaria Adams, es que cuanto mayor es el silencio, mayor es el objetivo.

—Entonces ¿está de acuerdo con el primer ministro? ¿Cree que habrá otro ataque?

—No lo sé. —Whitehead le sostuvo la mirada a Ellen. Luego pareció renunciar a abrir la boca.

—Puede decírmelo, general.

Él esbozó una leve sonrisa.

—Lo que sé es que, en términos estratégicos, este silencio es de los importantes.

Al final de la frase ya no sonreía, se había puesto muy serio.

El depredador andaba al acecho, oculto en un prolongado silencio.

. . .

No tuvieron que esperar mucho.

Poco antes de las diez de la mañana, Ellen Adams regresó a su despacho del Departamento de Estado.

La actividad era frenética. Antes de que saliera del ascensor, los asesores de prensa ya la habían asaltado para pedirle algo con lo que saciar la voracidad de los medios. En cuanto puso un pie en el pasillo se la llevaron en volandas al despacho. Había gente que corría de un despacho al otro, pues no se fiaban de los mensajes de texto, ni siquiera de las llamadas. Se oían preguntas y exigencias en voz alta: eran los ayudantes, que ansiaban orientación.

—Estamos hablando con todas nuestras fuentes —dijo Boynton, que caminaba a toda prisa al lado de Ellen—. Ya se han movilizado las organizaciones de inteligencia de todo el mundo. También nos hemos puesto en contacto con nuestros comités de expertos y los departamentos de estudios estratégicos.

—¿Y...?

—De momento nada, pero alguien debe de saber algo.

Una vez en su mesa, Ellen repasó su lista de contactos.

—Voy a darle algunos nombres. Es gente que he ido conociendo en mis viajes: periodistas o moscas cojoneras que hablan poco pero escuchan mucho. —Le entregó varias tarjetas de visita a Boynton—. Use mi nombre. Discúlpese y dé explicaciones.

—De acuerdo. Tenemos que trasladarnos a la sala segura de videoconferencias. Nos están esperando.

Al llegar, aparecieron varias caras en la pantalla.

—Bienvenida, señora secretaria.

Había empezado la reunión de los Cinco Ojos.

Anahita Dahir estaba sentada a su mesa del Departamento de Estado.

Los funcionarios de los servicios diplomáticos del mundo entero tenían órdenes de transmitir cualquier información, por escasa que fuera, que pudiera ser relevante. En un ambiente próximo a la histeria, los mensajes iban y venían sin parar, se codificaban y descodificaban.

Anahita estaba repasando los que habían llegado desde la noche anterior mientras seguía las noticias por televisión.

Crecía la sensación de que los periodistas sabían más que la CIA o la NSA, la Agencia de Seguridad Nacional, o el propio Departamento de Estado.

Se acordó de Gil y volvió a tener la tentación de ponerse en contacto con él por si sabía algo, pero al mismo tiempo sospechaba que la idea, más que de su cerebro, procedía de bastante más abajo, y no era el momento de darse esos caprichos.

Como funcionaria de a pie de la sección paquistaní, no tenía acceso a las comunicaciones de alto nivel, a ella sólo le llegaba la información de inteligencia más trivial, la que procedía de informadores de segunda, como dónde había comido tal o cual ministro de tal o cual gobierno, con quién y qué.

Pero incluso esos mensajes tenían que leerse cuidadosamente.

Los Cinco Ojos era el nombre que recibía la alianza de los servicios de inteligencia de Australia, Nueva Zelanda, Canadá, el Reino Unido y Estados Unidos. Se trataba de una organización de aliados anglófonos de la que Ellen no había oído hablar hasta que la habían nombrado secretaria de Estado.

La ubicación estratégica de los Cinco Ojos les permitía abarcar todo el planeta, pero ni siquiera ellos habían oído nada: ni rumores previos ni declaraciones triunfales durante las primeras horas.

En la videollamada, además de la secretaria Adams, participaban sus homólogos del resto de los gabinetes, así como el responsable de inteligencia de cada país. Los cinco espías y los cinco secretarios o ministros expusieron de manera sucinta lo que obraba en su conocimiento después de que lo captaran sus redes: nada.

—¿Nada? —inquirió el secretario de Asuntos Exteriores británico—. ¿Cómo puede ser? Ha habido cientos de muertos y muchos más heridos. El centro de Londres ha quedado como cuando las bombas de los nazis. ¡Joder, que no ha sido un petardo, que ha sido una bomba de cojones!

—Mire, excelencia —dijo su homólogo australiano poniendo más hincapié de la cuenta en el tratamiento—, es que no hay nada. Hemos repasado varias veces toda la información de inteligencia procedente de Rusia, Oriente Medio y Asia, y aún no tiramos la toalla, pero por el momento el silencio es total.

«Un silencio de los importantes», pensó Ellen acordándose de las palabras del general.

—Sólo puede haber sido un chalado con mucha formación y resentido por algo —dijo el ministro de Asuntos Exteriores neozelandés.

—Estoy de acuerdo —contestó el director de la CIA, el Ojo de Estados Unidos—. Si hubiera sido una organización terrorista extranjera, como Al Qaeda o Estado Islámico...

—O al Shabaab —dijo la Ojo de Nueva Zelanda.

—O los pastunes —añadió el Ojo australiano.

—¿Piensan nombrarlos a todos? —preguntó el secretario británico—. Porque no es que nos sobre tiempo.

—La cuestión es que... —empezó a decir el Ojo australiano.

—Eso, ¿cuál es la cuestión? —quiso saber el británico.

—Bueno, ya está bien —intervino la Ojo canadiense—. No entremos en polémicas, que todos sabemos cuál es la cuestión: si la bomba la hubiera puesto alguna de las organizaciones terroristas conocidas, que son cientos, a estas alturas ya lo habrían reivindicado.

—¿Y las desconocidas? —preguntó el Ojo de Estados Unidos—. Supongamos que ha aparecido una nueva.

—Hombre, tampoco es que broten así como así —dijo la Ojo neozelandesa, que buscó apoyo en su homólogo australiano.

—Si hubiera conseguido montar esto siendo nueva —dijo el Ojo de Australia—, no seguiría en la sombra: lo estaría proclamando a los cuatro vientos.

—¿Es posible que no lo haya reivindicado nadie porque no lo considera necesario? —planteó la secretaria Adams.

Todos los Ojos y los ojos se volvieron hacia ella como quien ve que una silla vacía ha aprendido a hablar. El secretario de Asuntos Exteriores británico soltó un bufido para expresar su disgusto porque la nueva secretaria de Estado les hiciera perder el tiempo pensando que tenía algo interesante que decir.

El Ojo de Estados Unidos parecía incómodo.

Sin arredrarse, Ellen explicó lo que había dicho el general Whitehead. El hecho de que la idea procediera de un general, y nada menos que el jefe del Estado Mayor Conjunto, le otorgaba mucha más credibilidad que si la idea proviniera de ella simplemente, pero le dio igual: sólo necesitaba su atención, no su beneplácito ni su respeto.

—Señora secretaria —dijo el secretario británico—, el objetivo del terrorismo es sembrar el terror. Callar no aparece en el manual.

—Le agradezco la aclaración —respondió Ellen.

—Igual son fans de Alfred Hitchcock —dijo la Ojo canadiense.

—Eso, eso —dijo el británico—, o de los Monty Python. Venga, pasemos a otra cosa...

—¿Por qué lo dice? —le preguntó Ellen a la canadiense.

—Porque Hitchcock sabía que una puerta abierta da más miedo que una puerta cerrada. Acuérdese de cuando era pequeña y se quedaba mirando la puerta del armario por las noches sin saber qué había dentro: llenaba el vacío con la imaginación, y ni siquiera se le ocurría que allí dentro pudiera estar un hada buena con un cachorrito en las manos y un postre delicioso.

—Se quedó callada y Ellen tuvo la impresión de que se dirigía sólo a ella—. Los que tienen objetivos realmente catastróficos nunca dejan que abramos la puerta; sólo permiten que se abra cuando están listos para soltarla. Su general tiene razón, señora secretaria: la esencia del terror es lo desconocido. A lo horrible de verdad le va bien el silencio.

Ellen se quedó muy quieta, sumida en el más absoluto mutismo. Luego, de repente, el silencio se hizo trizas y dio un respingo al oír que todos sus teléfonos cifrados sonaban a la vez.

Al lado del secretario de Exteriores británico apareció un ayudante que le dijo algo al oído.

—Dios mío —susurró el secretario antes de volverse hacia la cámara con cara de consternación en el mismo momento en que Boynton se inclinaba hacia Ellen Adams.

—Señora secretaria, ha habido una explosión en París.

5

El avión aterrizó en Fráncfort con diez minutos de retraso, pero a Nasrin Bujari le quedaba tiempo de sobra para coger el autobús.

Mientras el avión rodaba hacia la terminal, puso su reloj en hora: las 4.03 h de la tarde. No se atrevía a llevar móvil, ni siquiera de prepago: no podía correr ese riesgo.

A su marido, que era maestro, le había dicho muchas veces que los físicos nucleares tenían, por naturaleza, aversión al riesgo, a lo que él, entre risas, contestaba que ningún trabajo comportaba tanto riesgo como el de ella.

Pero lo que estaba haciendo quedaba tan lejos de su zona de confort que era como estar en otro planeta.

O en Fráncfort.

A su alrededor, a medida que los otros pasajeros iban encendiendo sus móviles, se oyeron murmullos, luego gemidos y después sollozos. Había pasado algo.

Como no se atrevía a hablar con nadie, esperó a estar dentro de la terminal para acercarse a una de las pantallas de televisión. La gente se agolpaba delante, de manera que, aunque hubiera entendido el idioma, desde esa distancia no habría oído al locutor.

Sin embargo vio las imágenes y reconoció los topónimos que se deslizaban al pie de la pantalla.

Londres, París: escenas destrucción casi apocalíptica. Las contempló paralizada, deseando que Amir estuviera a su lado, no para que le dijera qué hacer, sino para que le diera la mano. Para no estar sola.

Sabía que aquello era una simple coincidencia: era imposible que tuviera que ver con ella.

Sin embargo, al volverse, topó con los ojos del joven al que había visto antes de partir, y que en ese momento se encontraba a pocos metros.

Él no miraba la pantalla, no prestaba atención a las escenas de la masacre, la miraba a ella. Tuvo la certeza de que la reconocía... y la despreciaba.

—Siéntese —ordenó el presidente Williams levantando fugazmente la vista de sus notas.

En el despacho oval, Ellen Adams tomó asiento en la silla que aún conservaba el calor del DNI, o mejor dicho de su culo.

A su espalda, la hilera de pantallas estaba sintonizada en diferentes canales, todos con bustos de presentadores de noticias o imágenes de las atrocidades.

En el coche, de camino allí, rodeada por las sirenas de la escolta de la Seguridad Diplomática, había estado leyendo los mensajes de las agencias de inteligencia internacionales, mensajes de una brevedad brutal que en casi todos los casos no proporcionaban información, sino que la pedían o la suplicaban.

—Dentro de veinte minutos se reunirá el gabinete al completo —dijo Williams quitándose las gafas para mirarla de hito en hito—, pero tengo que hacerme una idea de lo que ha pasado y saber si estamos en peligro. ¿Es el caso?

—No lo sé, señor presidente.

Williams apretó los labios y, a pesar de la distancia que imponía el escritorio Resolute, su respiración llegó hasta los oídos de Ellen, que intuyó que intentaba tragarse la rabia.

Al final, como era muy grande, salió expelida en una nube de saliva y cólera.

—¡Qué cojones quiere decir con eso!

Fue un auténtico estallido verbal. Ellen había oído muchas veces la palabra «cojones», pero nunca se la habían espetado con tanta intención ni de manera tan injusta.

En fin, tampoco era el día idóneo para reflexiones sobre la justicia.

Lo que tenía claro, mientras se esforzaba por no enjugarse la frente, era que el combustible de aquel exabrupto no había sido la ira, sino el miedo.

Ella también sentía miedo, pero el del presidente se alimentaba de la certeza de que, si no tenía cuidado, si no actuaba con bastante rapidez e inteligencia, las siguientes imágenes provendrían de Nueva York, de Washington, de Chicago o de Los Ángeles.

Tras sólo unas semanas al frente del país, incapaz todavía de orientarse para llegar a la bolera de la Casa Blanca, le ocurría esto. Y para colmo tenía que cargar con un gobierno nuevo compuesto por hombres y mujeres inteligentes, pero sin experiencia en esas lides, y una burocracia incompetente heredada del gobierno anterior.

Lo del presidente no era simple miedo: se había sumido en un estado de interminable terror. Y no era el único.

—Le puedo explicar lo que sabemos, señor. Puedo ofrecerle datos, no conjeturas.

La fulminó con la mirada: ella había sido su nombramiento más político y, por lo tanto, era el eslabón más débil de una cadena ya de por sí marcada por la debilidad.

La secretaria de Estado abrió la carpeta que sostenía en equilibrio sobre las rodillas.

—La explosión de París se ha producido a las tres y treinta y seis minutos, hora local. La bomba ha estallado a bordo de un autobús que iba por el Faubourg Saint-Denis, en el Décimo...

—Sí, eso ya lo sé. Lo sabe todo el mundo. —Williams señaló la hilera de pantallas—. Cuénteme alguna cosa que no sepa y que sirva de algo.

No habían transcurrido más de veinte minutos desde la segunda explosión. Le dieron ganas de responder que su equipo no había tenido tiempo de recopilar información, aunque eso Williams también lo sabía.

Se quitó las gafas, se frotó los ojos y miró fijamente al presidente.

—No tengo nada.

La rabia de Williams hacía crepitar el aire.

—¡¿Nada?! —preguntó con voz ronca.

—¿Quiere que le mienta?

—Quiero que sea mínimamente competente.

Ellen respiró hondo y buscó decir algo que no desatase aún más la ira de Williams ni los hiciera perder un tiempo muy valioso.

—Las agencias de inteligencia de todos nuestros aliados están revisando mensajes y publicaciones, rastreando la red oscura en busca de cualquier entrada en foros y webs ocultas... Estamos analizando las imágenes de vídeo para intentar identificar al terrorista o algún posible objetivo. De momento, en Londres hemos identificado uno.

—¿Cuál?

El presidente se inclinó con atención.

—La Geological Society. —En cuanto lo dijo, Ellen volvió a ver el rostro de la niña en el piso superior del autobús, mirando al frente, hacia Piccadilly: hacia un futuro que ya no existía.

Williams estaba a punto de decir algo. «Seguro que un comentario desdeñoso», pensó ella. Pero puso cara de pensárselo y asintió con la cabeza.

—¿Y en París?

—Lo de París es interesante. Lo normal habría sido que la bomba estallara en algún punto emblemático, como el Louvre, Notre-Dame o la residencia del presidente...

Williams se inclinó, atento.

—... sin embargo, el autobús 38 no estaba cerca de ningún objetivo probable, tan sólo circulaba por una avenida amplia. Ni siquiera había mucha gente en la zona: no era hora punta. Ha explotado aparentemente sin razón.

—¿Y si la bomba ha detonado por error, demasiado pronto o demasiado tarde? —preguntó.

—Podría ser, pero estamos trabajando en otra teoría: el 38 pasa por varias estaciones de tren; de hecho, en el momento de la explosión se dirigía a la Gare du Nord...

—La Gare du Nord. Allí llega el Eurostar de Londres, ¿no?

Douglas Williams estaba demostrando ser más inteligente de lo que Ellen había supuesto, o al menos más viajado.

—Exacto.

—¿Cree que en el autobús viajaba alguien con destino a Londres?

—Es una posibilidad. Estamos analizando las imágenes de vídeo de cada parada, pero en cuestión de cámaras de seguridad París no está tan bien cubierta como Londres, ni de lejos.

—Qué extraño, con lo que ocurrió en 2015... —comentó Williams—. ¿Algo más sobre Londres?

—De momento, no. No hemos encontrado ningún blanco posible y, por desgracia, casi todos los que subieron al autobús llevaban algún paquete, una mochila o algo que podía contener un explosivo. Aparte de los canales habituales, he pedido a mis antiguos colegas de las agencias de noticias que me trasladen todo lo que hayan averiguado sus reporteros e informantes.

El presidente tardó un poco en contestar, el tiempo justo para que Barbara Stenhauser, que estaba en el sofá, tan atenta a la conversación como a la avalancha de datos, levantara la vista.

—¿Incluido su hijo? —preguntó Williams—. Si no recuerdo mal, tiene buenos contactos.

El aire que los envolvía se volvió glacial. Si tenían algún pacto, por muy frágil que fuera, en ese momento se agrietó y se rompió.

—No creo que tenga ningún interés hablar de mi hijo, señor presidente.

—Yo no creo que le convenga ignorar una pregunta directa de su comandante en jefe, señora secretaria.

—No trabaja en ninguno de mis antiguos medios informativos.

—No es lo que le he preguntado. El asunto es otro. —El tono de Williams delataba crispación—. Es hijo suyo y tiene contactos. Con lo que ocurrió hace unos años, podría saber algo.

—No he olvidado lo que ocurrió, señor presidente. —Si en el tono de él había crispación, en el de ella se percibía un frío glacial—. No necesito que me lo recuerden.

Se miraron con hostilidad. Barb Stenhauser era consciente de que lo mejor, sin duda, era intervenir y devolverlos a los cauces de la corrección para que el diálogo pudiera resultar útil, constructivo.

Sin embargo, no lo hizo: tenía curiosidad por ver cómo acababa. Si no era constructivo, al menos podía resultar instructivo.

—Si supiese algo de los bombardeos me lo habría dicho.

—Ah, ¿sí?

La brecha entre los dos se había convertido en un abismo en el que acababan de precipitarse después de tambalearse unos momentos en el borde.

Barb Stenhauser había dado por sentado que Ellen Adams le caía mal al presidente porque había usado su tremendo poder mediático para apoyar al candidato rival en las primarias del partido humillándolo, denigrándolo y pintándolo como un hombre sin la debida preparación, un incompetente, un manipulador...

Un cobarde.

Pero acababa de darse cuenta de que se había centrado tanto en su jefe que no se había parado a pensar por qué Adams sentía tal aversión hacia Williams.

Al observarlos, llegó a la conclusión de que había subestimado sus emociones: lo que flotaba en el despacho oval no era simple antipatía, ni siquiera rabia, sino un odio tan intenso que no la habría extrañado que las ventanas se abrieran de golpe.

Se preguntó a qué se estarían refiriendo, ¿qué había ocurrido hacía unos años?

—Póngase en contacto con él —pidió, o más exactamente rugió, el presidente Williams—. Hágalo ya, antes de que la destituya.

—No sé dónde está. Hemos perdido el contacto.

Ellen notó que le ardían las mejillas al reconocerlo.

—Pues recupérelo.

Le pidió al jefe de su escolta, apostado en la puerta, que le devolviera el móvil y le mandó un mensaje a Betsy para que se pusiera en contacto con su hijo y le preguntara si sabía algo de los bombardeos, cualquier dato.

Al poco tiempo llegó una respuesta.

—A ver —dijo Williams con la mano tendida.

Ellen vaciló, pero finalmente le entregó el teléfono. El presidente frunció el ceño.

—¿Qué quiere decir?

Esta vez fue Ellen quien tendió la mano.

—Una clave que uso con mi consejera. Nos la inventamos de pequeñas por si alguien quería hacerse pasar por nosotras.

En la pantalla ponía: «Una incongruencia entra en un bar...»

—Chorradas intelectuales —murmuró él devolviéndole el aparato.

«Pedazo de ignorante», pensó ella mientras tecleaba «con mucho viento vuelan hasta los pavos». Dejó el teléfono encima de la mesa.

—Es posible que tarde. No sé dónde está mi hijo. Podría estar en cualquier lugar del mundo.

—En París, por ejemplo —dijo Williams.

—¿Está insinuando...?

—Señor presidente —intervino Stenhauser—, es la hora de la reunión del gabinete.

• • •

Anahita Dahir levantaba la vista de vez en cuando para ver las imágenes, pero sobre todo para leer el texto que corría por la parte inferior de la pantalla instalada al fondo de la amplia oficina de planta abierta. Quería ver si los reporteros tenían más información que ella, lo cual no era difícil.

Según la televisión, la bomba de Londres había estallado a las 2.17 h de la madrugada y la de París hacía menos de una hora, a las 9.36 h.

Contempló las escenas, el bucle interminable de las explosiones, y advirtió que aquello no tenía sentido: en Londres había luz, de modo que no podía haber sido de madrugada, y en París no se veía gente circulando, por lo que no podía haber sido hora punta.

Negó con la cabeza reprochándose el error: las cadenas de noticias estadounidenses habían utilizado la hora del este del país, en Europa debían de haber sido las...

Lo calculó deprisa, añadiendo las horas necesarias, y de pronto se quedó muy quieta, mirando el vacío.

Se había percatado con horror de que había pasado por alto una cosa que debería haberle resultado obvia.

Empezó a rebuscar en su mesa.

—¿Qué haces? —le preguntó la compañera de al lado—. ¿Sucede algo?

Anahita no la oyó.

—Por favor, por favor, por favor... —murmuraba.

Finalmente encontró el papel.

Lo aferró con fuerza, pero le temblaban tanto las manos que tuvo que apoyarlo en la mesa para leerlo.

Era el mensaje que había recibido la noche anterior, el del texto en clave. Lo llevó corriendo al despacho de su supervisor, pero no estaba.

—Está reunido —dijo su ayudante.

—¿Dónde? Tengo que verlo. Es urgente.

La ayudante, que sabía que el cargo de Anahita era de los más modestos, no se mostró muy convencida. Señaló arriba, hacia al cielo o algo parecido: los despachos de la séptima planta.

—No hace falta que te explique la importancia de una reunión con el jefe de gabinete. No pienso interrumpirlos.

—Pues tiene que hacerlo. Es sobre un mensaje que llegó anoche, por favor.

La ayudante vaciló pero, al notar la expresión de Anahita, rayana en el pánico, hizo una llamada.

—Lo siento, señor, pero tengo aquí a Anahita Dahir. Sí, la FSO de la sección paquistaní. Dice que tiene un mensaje, algo que llegó anoche. —Escuchó mirando a Anahita—. ¿Es el que le habías enseñado ya?

—Sí, sí.

—Sí, señor. —Volvió a escuchar, asintió y colgó—. Ha dicho que hablará contigo cuando vuelva.

—¿Y eso cuándo será?

—A saber.

—No, no, no. Tiene que ver el mensaje ahora mismo.

—Pues dámelo y se lo enseñaré en cuanto llegue.

Anahita apretó el papel contra su cuerpo.

—No, ya se lo enseño yo.

Volvió a su mesa y lo miró otra vez.

«19/0717, 38/1536...»

Los números de los autobuses que habían explotado y las horas exactas.

El mensaje no estaba en clave: era un aviso.

Y había otro.

«119/1848.»

Un autobús de la línea 119 explotaría a las 18.48 h de esa tarde. Si era en Estados Unidos, disponían de ocho horas, si era en Europa...

Echó un vistazo a la hilera de relojes que indicaban las horas de distintas zonas.

En gran parte de Europa ya eran las cuatro y media: faltaban apenas poco más de dos horas.

A Anahita Dahir le habían enseñado a hacer lo que le decían. Como buena hija de familia libanesa, acataba las reglas. Llevaba haciéndolo toda la vida. No era sólo que se lo hubieran inculcado, formaba parte de su naturaleza.

Titubeó. Podía esperar. Debía esperar. Le habían ordenado que esperase. Pero no, no podía. Además, los demás no sabían lo que ella sabía, y ninguna orden basada en la ignorancia podía ser legítima, ¿verdad?

Hizo una foto de los números y se quedó mirándolos un momento. Los segunderos de todos los relojes de las paredes, de todos los husos horarios del mundo, se movían: tic, tic, tic... el planeta estaba en cuenta atrás.

Tic, tic, tic...

Reprochándole su indecisión.

Se levantó con tanto ímpetu que volcó la silla. En la amplia oficina de planta abierta reinaba una actividad tan febril que sólo la FSO de al lado se dio cuenta.

—¿Estás bien, Ana?

Pero Anahita ya se encaminaba hacia la puerta, así que no la oyó.

6

Nasrin Bujari vio que se acercaba el autobús 61, que enlazaba el aeropuerto con el centro de Fráncfort.

Ya tenía claro que la estaban siguiendo, pero no podía hacer nada: le parecía imposible quitarse de encima a su perseguidor. Su única esperanza era que los que la aguardaban supieran cómo actuar.

Ya estaba cerca. Contra todo pronóstico, había llegado hasta allí. Qué ganas de llamar a Amir y oír su voz... qué ganas de decirle que estaba sana y salva, y de escuchar que él también.

Cuando estuvo en su asiento se permitió echar un vistazo atrás y vio al joven que ya le resultaba familiar a pocas filas.

Estaba tan obcecada con él que no se fijó en el otro.

Anahita esperaba delante de los ascensores. Sólo uno tenía acceso directo a la séptima planta. Estaba forrado de caoba, como las propias oficinas a las que llevaba, y se requería una llave especial para entrar.

Era la única manera de llegar, y ella no tenía la llave, claro, ni permiso para subir.

Quien debía de tenerla, casi con seguridad, era la mujer que esperaba a su lado. Tecleaba a toda prisa en su teléfono con cara de estrés, la misma que tenía todo el mundo, desde los guardias de seguridad hasta los altos funcionarios.

Anahita le dio la vuelta a su identificación para que no se leyera su nombre, suspiró de impaciencia y murmuró algo.

Acto seguido se sacó el móvil y se quedó mirándolo atentamente con la cabeza gacha y cara de concentración.

—Perdona... —dijo la otra mujer. No cabía duda de que se estaba preguntando quién era y por qué quería ir a la séptima planta.

Anahita alzó la vista y levantó la mano como diciendo «un momento, por favor». Luego volvió a inclinarse sobre el teléfono y, para resultar más convincente, escribió: «¿Dónde estás? ¿Ya te has enterado?»

Llegó el ascensor. La mujer, de nuevo atenta a su propio móvil, subió, seguida por Anahita.

«Aquí andan todos como locos», siguió escribiendo mientras se cerraban las puertas del ascensor. «¿Alguna idea?»

En un abrir y cerrar de ojos estaban ya en la séptima planta.

Un mensaje entrante hizo vibrar el móvil de Gil Bahar.

Él cambió de postura en el asiento y lo leyó. Luego, irritado, guardó el teléfono sin contestar. No tenía tiempo para esas tonterías.

A los pocos minutos, cuando el autobús salía de la estación y ya no había peligro de perder de vista al objetivo, volvió a sacarlo y mandó una respuesta rápida:

«En Fráncfort, en el autobús. Ya te diré algo.»

Justo cuando Ellen llegaba a la reunión, Betsy le reenvió la respuesta sin ningún comentario.

Ella la leyó y, acto seguido, le entregó el móvil al agente del Servicio Secreto que estaba en la puerta. Fue a parar a una de varias taquillas, como los demás teléfonos.

En cuanto cruzó el umbral, varios compañeros del gabinete le dijeron, entre risas, «menuda guarra».

Sonrió en señal de que captaba la broma, muy consciente de que algunos se reían con ella y otros de ella.

La expresión se había vuelto viral: varios colectivos de mujeres se habían dado prisa en adoptar y hacer suyas las palabras «menuda guarra» como grito de guerra contra la masculinidad tóxica.

Echó una ojeada a la mesa y concluyó que no podía definir a ninguno de sus colegas como especialmente tóxico.

Eran, sin duda, algunas de las mentes más destacadas del país: expertos en economía, educación, sanidad... y seguridad nacional.

Ninguno se había visto salpicado por el despropósito de los últimos cuatro años, aunque, en contrapartida, tampoco tenían experiencia reciente en gestión pública del más alto nivel. Eran personas inteligentes —alguna incluso brillante—, comprometidas, bienintencionadas y trabajadoras, pero se echaban en falta más conocimientos de larga trayectoria, más memoria institucional. Aún no se habían establecido contactos y vínculos imprescindibles, no se habían forjado lazos de confianza entre el nuevo gobierno y el mundo fuera de esas paredes.

¡Si ni siquiera se habían forjado dentro!

El gobierno anterior se había deshecho de manera sistemática de quienes ponían en duda sus políticas. Era un gobierno que castigaba a los discrepantes y silenciaba a los críticos, daba igual que fueran senadores o diputados, secretarios de Estado o jefes de gabinete. No se salvaban ni los conserjes.

Se exigía una lealtad absoluta al presidente Dunn y a sus decisiones, aunque las impulsaran el ego y la desinformación y fueran lisa y llanamente peligrosas.

Lo decisivo para entrar a trabajar en una administración cada vez más demencial ya no era la aptitud, sino la lealtad ciega.

Desde su nombramiento como secretaria de Estado, Ellen Adams se había dado cuenta de que el «Estado profundo» era pura ficción: de profundo no tenía nada, ni tampoco de secreto. Los funcionarios de carrera y los enchufados políticos recorrían los mismos pasillos, participaban en las mismas reuniones, usaban los mismos baños y se sentaban en los mismos bares.

Los descolgados del gobierno Dunn tenían la mirada perdida del soldado que por fin se aleja del horror en que se ha visto inmerso; un horror que, en ese caso, habían perpetrado ellos mismos.

De eso hacía apenas un mes, y de pronto estallaba esa crisis.

—Ellen —dijo el presidente Williams volviéndose hacia su izquierda, donde estaba sentada su secretaria de Estado—, ¿qué puede decirnos?

Al ver la cara de satisfacción con que le había lanzado la granada, Ellen Adams se dio cuenta de que la malevolencia no era patrimonio de la oposición.

No todo el mundo quería curar viejas heridas.

Anahita dejó bajar primero a la otra mujer.

—Por favor —le dijo cediéndole el paso con un gesto de la mano e intentando parecer deferente y segura.

«Por favor. Por favor.»

Se paró justo a las puertas del ascensor, simulando leer otro mensaje trascendental para dar tiempo a la otra mujer de entrar en algún despacho.

Luego echó un vistazo al largo pasillo.

Tic, tic, tic...

Ante ella se extendía un ancho corredor forrado de caoba en el que se sucedían los retratos de antiguos secretarios. Parecía que hubiera entrado en algún club masculino de Nueva York o Londres. Casi le pareció que olía a puro.

En realidad, olía al perfume ligeramente empalagoso del exuberante ramo de lirios orientales que engalanaba una mesa reluciente adosada a la pared.

La séptima planta era imponente, y lo era a conciencia: estaba pensada para deslumbrar a las visitas, tanto extranjeras como nacionales. Irradiaba poder e inmutabilidad.

Hacia la mitad del pasillo había una alta puerta doble con un agente de Seguridad Diplomática a cada lado. Supuso que sería el despacho de la secretaria de Estado.

No era lo que buscaba, tenía que ir a la sala de reuniones, pero ¿qué puerta era? No podía abrirlas todas...

Los agentes empezaban a mirarla.

Tomó una decisión: no era el momento de ser hija de su madre ni de su padre, sino otra persona.

Decidió adoptar la identidad de Linda Matar, su gran inspiración.

Guardó el teléfono y caminó con paso decidido hacia los agentes.

—Soy de la sección paquistaní y me han ordenado que entregue personalmente un mensaje a mi supervisor. ¿Dónde está la sala de reuniones?

—¿Me permite ver su identificación, señora?

¿Señora?

Le dio la vuelta y se la enseñó.

—No debería estar en esta planta.

—Sí, ya lo sé, pero me han pedido que entregue un mensaje. Mire, si quiere me cachea, me acompaña o lo que quiera, pero tengo que entregar el mensaje ya mismo.

Tic, tic, tic...

Los dos agentes, hombre y mujer, se miraron. En respuesta a una señal del primero, la segunda cacheó rápidamente a Anahita y la acompañó hasta una puerta sin número ni placa.

Anahita llamó. Un golpe, dos golpes. Más fuerte, más firmemente.

«Linda Matar. Aspira. Linda Matar. Espira.»

La puerta se abrió de golpe.

—¿Sí? —preguntó un hombre joven y delgado con cara de hurón—. ¿Qué pasa?

—Tengo que hablar con Daniel Holden. Me llamo Anahita Dahir y trabajo en su oficina. Le traigo un mensaje.

—Estamos reunidos, no se le puede...

«Linda Matar.»

Anahita lo apartó.

—¡Eh! —exclamó él.

Todos los que estaban sentados a la mesa se volvieron hacia ella. Se detuvo y levantó los brazos en señal de que no albergaba malas intenciones. Buscó entre las caras la de...

—¿Se puede saber qué hace aquí?

Era Daniel Holden, que se había levantado y la fulminaba con la mirada.

—El mensaje.

Los agentes se dirigieron hacia ella.

—No pasa nada, la conozco —intervino su jefe—. Ya sé que su mensaje le parece importante; hoy todo es importante, especialmente esta reunión. Ahora tiene que irse. Después hablamos. —Lo dijo con calma, pero con firmeza.

Linda Matar no soportaba la condescendencia.

Sin embargo, Anahita Dahir no era ella en realidad. Asintió, con las mejillas ardiendo, y retrocedió.

—Lo siento, señor.

Pero enseguida se sacó de la cabeza las enseñanzas de sus padres y la necesidad de caer bien y avanzó hasta poner un papel arrugado en la mano de Holden.

—Léalo, por el amor de Dios. Habrá otro ataque.

Holden se quedó mirando cómo sacaban a Anahita de la sala. Estuvo tentado de hacerla volver, pero al mirar el papel comprobó que no había más que números y símbolos, sin referencias a ningún otro ataque. Sólo era otra funcionaria de tres al cuarto presa del pánico y con ganas de darse importancia. Él no tenía tiempo para eso.

Se guardó el papel en el bolsillo de la chaqueta, resuelto a mirarlo más tarde, y se volvió a sentar, disculpándose por la interrupción.

Tic, tic, tic...

En el pasillo, los agentes acompañaron a Anahita hasta el ascensor y esperaron a que bajara.

Al volver a su mesa, varias plantas más abajo, Anahita tuvo que reconocer que había fracasado.

La expresión de su supervisor le había dejado claro que no leería el mensaje, o no a tiempo, en todo caso.

Bueno, al menos lo había intentado, lo había puesto todo de su parte.

Miró las pantallas con imágenes de París y Londres: heridos cubiertos de ceniza, polvo y sangre; transeúntes que trataban de contener hemorragias incontenibles; gente de rodillas que cogía a moribundos de la mano mientras alzaba la vista en busca de ayuda.

Se sucedían escenas de dolor y destrucción, grabaciones de cámaras de seguridad en bucles incesantes donde las mismas personas eran asesinadas una y otra vez, como Prometeo.

Si el mensaje, el aviso, era auténtico, faltaban apenas poco más de dos horas para la siguiente explosión.

Anahita era consciente de que le quedaba una cosa más que intentar y de que tenía que hacerlo, aunque le costase.

Entró en Facebook, buscó a un antiguo compañero de clase y a partir de su página encontró a otro, y otro.

Y al cabo de veinte preciosos minutos tenía delante la página que necesitaba: la de esa persona a la que aborrecía.

La secretaria Adams se marchó temprano de la reunión del gabinete y, al subir al coche para trasladarse a Foggy Bottom, tuvo la sensación de que había hecho el mismo recorrido cien veces desde que la habían despertado a las 2.35 h de la madrugada.

Cuando llegó al Departamento de Estado, fue directa a su sala privada de reuniones, donde se le unieron Charles Boynton, su jefe de gabinete, y otros ayudantes.

Hubo llamadas a contactos, homólogos y expertos en seguridad.

Frente al vacío de información, el gabinete, como mente colmena que era, había llegado a la conclusión de que no habría ningún otro ataque o, en todo caso, era improbable que se produjese en suelo estadounidense.

Por lo tanto, aunque fuera una tragedia, no se trataba de un problema de seguridad nacional. Prestarían toda la ayuda posible a sus aliados, pero lo que se imponía era trasladar a los estadounidenses la certeza de que no corrían peligro.

Ante la insistencia de Ellen, el jefe de la Oficina de Inteligencia e Investigación del Departamento de Estado había reconocido que no tenían pruebas de esto último, pero que, como ninguna organización había reivindicado los atentados, parecía razonable suponer que las dos explosiones eran obra de dos lobos solitarios que actuaban coordinadamente.

—¿Cómo es posible? —había preguntado Ellen—. Por definición, los lobos no actúan coordinadamente.

—Quizá haya sido una manada pequeña.

—Ah...

Había decidido no malgastar ni tiempo ni saliva en discutir.

Ya en su sala de reuniones privada, mientras escuchaba informes que no aportaban nada nuevo, se preguntó hasta qué punto había sido un error abandonar la reunión del gabinete.

Se estaba dando cuenta de que, en la política de ese nivel, quien no se sentaba a la mesa estaba en la carta.

En fin, allá ellos con su conciencia. La mesa donde tenía que estar sentada era la de su despacho.

—Pasadme con el director nacional de Inteligencia. Quiero hacerle unas preguntas —pidió.

7

Sólo habían pasado unas horas desde la primera bomba, pero Katherine Adams ya tenía a varios contables en su despacho: la estaban avisando de la crisis que se les echaba encima.

—No podemos transferir dinero a tontas y a locas a nuestras delegaciones en el extranjero —explicó el director de contabilidad de la Corporación Internacional de Medios (CIM)—. Hay que justificarlo. A este paso, a mediodía habremos enviado un millón de dólares.

—¿A tontas y a locas? —dijo el jefe de la división informativa—. ¿Ha dejado de mirarse un momento el ombligo para darse cuenta...? —Señaló las pantallas donde se proyectaban en silencio las macabras imágenes transmitidas tanto en Estados Unidos como en el resto del mundo por las cadenas de la CIM—. ¿Le hace falta alguna otra justificación? Mis reporteros necesitan apoyo y eso se traduce en dinero. Ya.

—Si pudieran enviarnos las facturas... —empezó a decir uno de los contables.

—Sí, claro. ¡¿Firmadas con sangre le van bien?! —bramó el director.

Los dos miraron a Katherine, exasperados.

Hacía un par de meses que presidía el grupo, y era su primera gran prueba de fuego, pero había crecido en una familia dedicada a los medios de comunicación, viendo a su madre capear problemas periodísticos y políticos, dirimiendo disputas y haciendo equilibrios con dos elementos, el ego y la personalidad, muy acentuados tanto entre quienes se dedicaban al periodismo como entre los que hacían política hasta el punto de que a menudo eclipsaban todo lo demás, incluida la razón.

Eran temas de los que se hablaba en casa, con sus padres, a la hora de cenar desde que tenía memoria: toda su vida había sido un largo aprendizaje para el puesto.

A diferencia de su hermanastro, que había salido a su padre y era el periodista de la familia, Katherine había salido a su madre, y lo suyo era la gestión.

Desde luego, jamás se había imaginado en mitad de un problema de esa magnitud, pero dominaba el arte de aparentar seguridad aun cuando hubiera querido esconderse debajo de la mesa y dejar que otros tomaran las decisiones.

—Debemos ser razonables —imploró el jefe de contabilidad—. Como nos hagan una auditoría y no podamos demostrar en qué hemos gastado el dinero...

—¿Qué pasará? —inquirió el periodista—. ¿Se pondrá usted a llorar? Me parece que no lo entiende: los periodistas están en primera fila consiguiendo información sobre las bombas más rápido que las agencias de inteligencia. ¿Y cómo cree que lo hacen, preguntando de forma educada? ¿Diciendo «por favor» y «gracias»? ¿Ofreciendo leche y...?

—Lo comprendo, pero tiene que hacerles entender que el dinero no es suyo. Deben comportarse como adultos... —Se volvió hacia Katherine.

«Di algo», pensó ella. «Toma las riendas y di algo, por el amor de Dios.»

—¿Como adultos? ¿Sabe usted lo que se necesita para cubrir guerras e insurgencias? —replicó el director de informativos—. ¿Para pasarse años estableciendo contactos con organizaciones terroristas? Por no hablar de las agencias de inteligencia, que a veces dan mucho más miedo. Pues se necesitan dos cosas: valor y dinero. Como ustedes valor no pueden ofrecérselo, lo ponen ellos, pero al menos el dinero sí que pueden ponerlo, y ya están tardando.

Volvió a mirar a Katherine.

—Explícaselo tú, yo me voy.

El portazo hizo temblar la sala. Los contables se volvieron hacia Katherine esperando que se pronunciara...

—Enviadlo y punto —dijo.

—Está siendo una sangría, Katherine.

Ella miró las pantallas con las imágenes de Londres y París, y luego al jefe de contabilidad, amigo de la familia desde siempre.

—Enviadlo.

Esperó a que recogiera sus papeles y que se fuera de allí con su gente, y cuando estuvo sola miró el correo electrónico de su madre, que la había puesto en copia en un mensaje donde pedía al director de informativos que hiciera llegar al Departamento de Estado cualquier información útil obtenida por sus reporteros.

Antes de emitirla.

Katherine no le había preguntado al director de informativos si pensaba hacerlo, y él tampoco se lo había dicho por iniciativa propia.

Como presidenta, no le convenía dar la impresión de que intentaba influir en algo ni de que aceptaría dejarse influir.

Además, su fuerte no era el periodismo. Eso se lo dejaba a otros miembros de la familia.

Ella era una gestora, como su madre.

Estaba claro, en todo caso, que la secretaria Adams había decidido pescar en todas las aguas para conseguir la mayor cantidad de información posible. Hasta corría el rumor, hecho público en el canal de noticias del grupo, de que había acudido a sus predecesores inmediatos para conocer su punto de vista.

Los expertos lo interpretaban de dos maneras: o como una muestra de audacia por parte de alguien capaz de aparcar el orgullo y sumar esfuerzos por el bien del país, o como una manera estúpida de perder el tiempo por parte de una secretaria de Estado desesperada, incompetente y superada por los acontecimientos.

Llamaron a la puerta y entró su ayudante acompañado de un soplo de actividad frenética.

—Esto te puede interesar. Lo han mandado a tu antigua dirección de correo. —Le dio el teléfono—. Es de una mujer, se ve que os conocíais del colegio.

—No tengo tiempo de...

—Ahora trabaja en el Departamento de Estado.

—Ah, vale, gracias.

Dejó que saliera su ayudante y miró el mensaje. Era breve, incluso brusco.

«Fuimos juntas al instituto. Tengo que hablar contigo.» Lo firmaba «Anahita Dahir, FSO, Oficina para el Sur y el Centro de Asia, Departamento de Estado».

Katherine se reclinó en el sillón. Se acordaba de una Ana cuyo apellido empezaba por «Dab» o algo así: una niña tímida que se chivaba siempre que alguien se fumaba un cigarrillo o un porro, si intentaba entrar tarde a hurtadillas o copiaba en un examen.

Incluso los profes, a quienes hacía la pelota, la despreciaban.

En baloncesto, los demás alumnos se divertían lanzándole pelotazos disfrazados de pases, en fútbol pisándola y en hockey sobre hierba dándole golpes en las espinillas.

Para la Katherine Adams de entonces no era acoso, sino venganza; no era un castigo, sino una consecuencia. La tal Ana se lo tenía bien ganado.

Quince años después lo veía muy distinto: había sido una crueldad.

¿Qué podía querer de ella justo ese día?

Hizo clic en «responder» y le pidió su teléfono, que recibió enseguida. Marcó el número.

—¿Ana?

—¿Katie?

—Oye, Ana, hace tiempo que quería llamarte. Perdona que...

—Cállate y escucha —la interrumpió Anahita. Katherine abrió mucho los ojos: no la recordaba así—. Tengo que hablar con tu madre.

—¿Qué? ¿Dónde estás, en un váter?

La respuesta era sí.

Nada más recibir el mensaje de texto de Katherine, Anahita se había levantado de su mesa para ir a encerrarse al lavabo. Estaba en uno de los cubículos, tirando una y otra vez de la cadena para que nadie la oyera.

—Te lo suplico, ¿puedes llevarme a ver a tu madre?

—¿Por qué? ¿Qué pasa? ¿Tiene algo que ver con los atentados?

Ya se esperaba la pregunta, y también sabía que Katie Adams, o Katherine, como la llamaban ahora, había relevado a su madre al frente de un inmenso y poderoso conglomerado de comunicación.

Lo último que quería era que su información se filtrase en las noticias.

—No puedo decírtelo.

—Pues no te queda otra —dijo Katherine—: no sé si puedo entrar a verla ni yo misma, ¿por qué iba a colarte?

—Porque me lo debes.

—¿Qué? Lo que te debo es una disculpa, que es lo que he intentado ofrecerte hace un momento. Perdona, de verdad. Esto, en cambio...

—Por favor, por favor... necesito que vea algo.

—¿Que vea qué?

Se oyó la cadena del váter.

—¡No pienso decírtelo!

Otra vez la cadena del váter.

Y otra.

—Bueno, vale, quedemos delante del Departamento de Estado, en la entrada de la calle Veintiuno, esquina noreste, antes de que dejes el Potomac sin agua.

—Date prisa.

—Vale, pero ahora tengo que ir al lavabo.

Tic, tic, tic...

Anahita examinó su reloj. Había programado la alarma a las 12.48 h, las 18.48 h en Europa: cuando estallara la bomba.

Según su móvil eran las 12.01 h: un minuto después de mediodía. Les quedaban cuarenta y siete minutos.

—¿Ana?

Se volvió y vio a una mujer que le resultaba familiar cruzando la calle a toda prisa. Llevaba un abrigo de tweed a la moda y unas botas como de montar. Tenía el pelo largo y castaño, y los ojos de un marrón oscuro.

Era la versión adulta de la niña que el último día de colegio le había dado la espalda.

Katherine, por su parte, vio casi exactamente a la misma niña a la que había visto quince años antes, el último día de colegio, haciéndole la pelota al director sin motivo, porque sí.

Era más guapa de lo que la recordaba: pelo largo negro azabache, tez dorada y sin imperfecciones. Los ojos castaños, tan intensos como siempre, reflejaban una seguridad y una determinación de las que antes carecían.

—¿Katie? —preguntó Anahita—. Gracias por quedar conmigo.

—¿Qué tienes?

Vaciló.

—No puedo contártelo, tendrás que fiarte de mí.

—Pues yo no puedo meterte ahí como si nada. ¿Te imaginas a lo que se enfrenta mi madre? Interrumpirla...

—Sé perfectamente a lo que se enfrenta la secretaria Adams; lo sé mejor que ella, incluso. Mira, tengo información... —La expresión de Katie reflejaba no sólo escepticismo, sino miedo de tener delante a una loca o algo peor—. ¿Alguna vez me has visto no ir de frente? Yo nunca miento ni engaño a nadie, jamás infrinjo las normas. He intentado enseñarle esta información a mi supervisor, pero no la ha tomado en serio. Te lo estoy pidiendo por favor.

Katherine la miró. El miedo que traslucía su cara parecía sincero. Respiró hondo y luego vació los pulmones. A continuación cogió su móvil y envió un mensaje.

Poco después se oyó el timbre de la respuesta.

—Vamos. A la séptima planta podrás llegar, aunque no te garantizo que te reciba mi madre.

Ana tuvo que correr un poco para no quedarse rezagada porque, al tener las piernas más cortas, cada uno de sus pasos equivalía a la mitad de los de Katherine.

Tic, tic, tic...

En el vestíbulo salió a su encuentro una mujer mayor que se parecía a la señora Cleaver de *Leave it to Beaver*, una serie de los cincuenta que Anahita veía de madrugada cuando no podía dormir.

—Te presento a la mejor amiga, y ahora consejera, de mi madre —dijo Katherine—. Betsy Jameson, Ana Dab... mmm...

—Dahir.

—Tomad vuestros pases. —Betsy se los entregó—. ¡Vaya mierda de momento habéis elegido para venir de visita! ¿Se puede saber a qué viene todo esto?

Anahita arqueó las cejas. A la señora Cleaver debían de haberle cambiado el guión.

—Yo no lo sé —reconoció Katherine mientras seguían a Betsy hacia el ascensor forrado de madera que las esperaba en el vestíbulo—. No ha querido contármelo.

Anahita sólo se acordó de los dos agentes de seguridad cuando se cerraron las puertas y ya no hubo marcha atrás. Rezó porque los hubieran relevado.

Consultó la hora en el móvil.

Quedaban cuarenta y un minutos.

. . .

Gil hacía cola en la estación de autobuses. Ya no se molestaba en esconderse; de hecho, quería que aquella mujer lo viera y lo supiese, que sintiera el calor de su aliento.

Seguro que a esas alturas ya era consciente de que la estaba siguiendo, pero Gil sabía que ella no podía apartarse de su plan. Ni tampoco él.

Nasrin dejó pasar dos autobuses. Cuando llegó el tercero, subió abrazando con fuerza el gastado maletín de Amir, respirando su olor almizcleño.

Ya había asumido que aquel maletín de cuero era lo único que le quedaba de él: se lo había jugado todo por salir del país llevándolo consigo.

Y lo había perdido todo. Y él aún más.

Pensarlo la hizo sentir una calma y una libertad inesperadas: ya había ocurrido lo peor, no había nada más que temer.

Se sentó en un rincón, al fondo. Al menos esa vez era ella quien lo veía a él, y no al contrario.

Gil subió y se sentó en la fila de delante, al otro lado del pasillo.

Inmediatamente después, el segundo hombre se sentó justo delante de Nasrin.

Y el autobús número 119 arrancó.

—¡Alto!

Anahita se detuvo.

—¿Qué coño pasa? —exigió saber Betsy—. Viene conmigo, déjenla pasar.

—¿Conoce usted a esta mujer? —inquirió la agente con la mano en la pistola.

—Pues claro —mintió la señora Cleaver—. Y ustedes ¿conocen a ésta?

Betsy señaló a Katherine.

Los dos agentes asintieron.

—Pues entonces déjennos pasar.

El corazón de Anahita latía tan fuerte que temió que pudieran verlo palpitar a través del grueso abrigo de invierno.

La agente la miró con cara de pocos amigos y asintió con un gesto brusco.

—Gracias —dijo Anahita, aunque dio la impresión de que eso sólo hizo a la agente enfadarse aún más.

Entraron en el antedespacho, que no respondía para nada a las expectativas que se había creado Anahita: se esperaba más caoba en las paredes, grandes sillones de cuero y la clase de alfombras que impresionan a cualquiera, como mínimo si no se fija demasiado.

Casi todo era así en el gobierno: magnífico siempre que uno no lo observara muy de cerca.

Pero en la sala de espera de la secretaria Adams todo era inequívocamente un desastre.

Había andamios y lonas por todas partes, y el suelo de madera, de por sí viejo y lleno de parches, estaba cubierto por una capa de polvo de yeso. Todo indicaba que la secretaria Adams estaba reformando el despacho de la secretaría de Estado en todos los sentidos.

—Espera aquí —le indicó Betsy—, y tú, ven conmigo —añadió señalando a Katherine.

—Dense prisa, por favor —pidió Anahita.

Betsy se detuvo y dio media vuelta. Anahita se esperaba una réplica cortante, pero lo que vio en su cara fue cansancio, preocupación y simpatía.

—Vale. Tú relájate. Ya lo has conseguido: estás dentro. La secretaria Adams te recibirá en un momento.

Observó a Betsy y Katherine entrar entonces en la habitación contigua.

Sin embargo, no se relajó: la señora Cleaver lo había dicho con buena intención, pero no estaba al corriente de lo que ella sabía.

Consultó su móvil.

Quedaban treinta y ocho minutos.

El autobús cruzaba todo Fráncfort parando de tanto en tanto para que bajaran hombres, mujeres y niños.

Para que subieran hombres, mujeres y niños.

8

Ellen Adams apareció seguida de cerca por su jefe de gabinete.

Sin querer, Anahita abrió mucho los ojos: sólo la había visto de lejos, y en la televisión.

Era más alta de lo que se pensaba, pero sin duda tenía una fuerte personalidad.

La secretaria Adams caminó directamente hacia ella y le preguntó sin más:

—¿Tiene información?

—Sí, aquí. —Anahita le tendió el móvil.

La secretaria de Estado lo cogió y miró la pantalla.

—¿Qué es? —volvió a preguntar mientras le pasaba el aparato a Boynton.

—Una foto de un mensaje que llegó anoche a mi ordenador. Soy FSO de la...

—De la sección paquistaní, lo sé. ¿Qué significa?

—Perdemos el tiempo, señora secretaria —dijo Boynton con el móvil en la mano—: es una simple FSO, y estamos haciendo esperar a personal de inteligencia del más alto nivel. Ella... —Hizo un gesto señalando a Anahita—. Es imposible que sepa más que nuestro servicio de inteligencia.

La réplica de Ellen no pudo ser más contundente:

—Nuestro servicio de inteligencia no sabe nada. —Volvió a mirar a la FSO—. Explíquese.

Anahita cogió el teléfono de manos de Boynton y se puso al lado de la secretaria Adams, inclinándose hasta que sus hombros se tocaron.

—Mire los números, señora secretaria.

—Ya los...

No acabó la frase: los números se habían agrupado de pronto para formar algo aterrador.

Eso que solía esconderse en el armario, lo que se ocultaba debajo de la cama, la cosa que se te aparecía en el callejón oscuro y que no desaparecía por mucho que cantaras... todos los horrores imaginables se habían reunido en esos números.

—Son las líneas de autobús y las horas de las dos explosiones anteriores —dijo—, y parece señalar que habrá otra. —Lo dijo con un hilo de voz, como si con sólo hablar más alto pudiera provocar otra explosión—. ¿Se lo enviaron anoche?

—Sí.

—¿Qué pasa? —preguntó Boynton acercándose.

También se acercaron Betsy y Katherine.

Los tres empezaron a hablar al mismo tiempo, pero Ellen les hizo un gesto con las manos para que se callaran.

—¿Dónde será? —preguntó.

—No lo sé.

—¿Quién lo ha enviado?

—No lo sé.

—Genial —dijo Boynton.

Se diría que nadie lo había escuchado, si bien la secretaria Adams tomó nota del sarcasmo del comentario y lo sumó a la larga lista de cosas que no le gustaban de su jefe de gabinete.

—Si tuviera que apostar por algo, yo diría que el próximo objetivo también está en Europa —aventuró Anahita.

Ellen asintió con decisión.

—Estoy de acuerdo, pero si es así... —Miró la hora y calculó—. Dios mío... —Miró a Betsy—. ¡Sólo faltan veinticuatro minutos!

Betsy se quedó sin palabras, blanca como el papel.

—Vengan conmigo —pidió Ellen.

La siguieron a su sala de reuniones privada. Todos los asientos estaban ocupados y todas las miradas confluyeron en ellas.

La secretaria Adams explicó de forma sucinta lo que sabían y lo que creían que estaba a punto de ocurrir.

—Quiero que todas las organizaciones de inteligencia aliadas reciban esta clave. También quiero una lista de ciudades europeas que tengan una línea de autobús con el número 119. Pueden omitir Londres y París. La quiero en cinco minutos.

El tiempo pareció detenerse un momento, pero enseguida se produjo un brusco estallido de actividad.

—Póngame con el director de Inteligencia para la Unión Europea —le dijo Ellen a Boynton, y volvió a toda prisa a su despacho privado.

Cuando ya estaba al otro lado de su mesa, a punto de sentarse, miró a su jefe de gabinete, que se había quedado en la puerta.

—¿Qué pasa? —le preguntó.

Boynton se volvió hacia el hervidero en que se había convertido la sala de reuniones. Luego entró en el despacho y cerró la puerta.

—No le ha preguntado por qué.

—¿Perdón?

—La joven FSO. No le ha preguntado por qué le llegó a ella el aviso.

Ellen estuvo a punto de decir que no tenía importancia, pero desistió al comprender que era probable que sí la tuviera.

—Primero póngame con el director de Inteligencia para la UE y luego averigüe todo lo que pueda sobre Anahita Dahir.

Una vez sentada, sacó su móvil y le mandó un mensaje a su hijo: «Ponte en contacto conmigo, por favor.»

Acercó el dedo al emoticono del corazón, pero desistió de hacerlo y pulsó «enviar».

Luego esperó.

Tic, tic, tic...

Sin recibir respuesta.

. . .

—Ya lo tenemos —anunció el analista jefe de inteligencia del Departamento de Estado al tiempo que irrumpía en el despacho de Ellen.

Ella acababa de hablar por teléfono con el director de Inteligencia para la UE, que la había puesto al corriente de lo que sabían.

El analista le dejó la lista delante. Los demás esperaban a su espalda, atentos a la secretaria, que no tardó en leerla. Era sorprendentemente breve.

Londres y París podían descartarse de antemano. Quedaban Roma, Madrid y Fráncfort.

—¿Alguna de esas ciudades parece más probable que las otras? —preguntó Ellen.

Quedaban seis minutos.

—No que sepamos, señora secretaria. Estamos llamando a las autoridades de transporte de las tres, pero ya son más de las seis de la tarde y las oficinas parecen estar cerradas.

Todos la observaban con los ojos muy abiertos. Ellen se dirigió a Boynton:

—Llame a la Interpol y pídales que avisen a la policía de esos lugares. ¡Katherine!

—¿Sí? —dijo su hija, que apareció en la puerta con el móvil al oído.

—Roma, Madrid y Fráncfort pueden ser el siguiente objetivo. Haz que corra la voz.

—Vale.

—¿Qué está pasando? —preguntó Anahita al ver que un grupo de analistas de alto rango corría hacia el despacho de la secretaria de Estado.

—Tienen una lista de tres ciudades con líneas 119 de autobús —respondió un ayudante.

—¿Cuáles son?

Roma, Madrid y Fráncfort.

Anahita puso cara de sorpresa.

—Madre mía... Fráncfort —murmuró, y se apresuró a sacar su móvil.

Quedaban cuatro minutos y medio.

Le temblaba tanto la mano que no consiguió abrir el mensaje que quería. Volvió a tocarla y esta vez apareció el que Gil le había enviado esa mañana.

«De camino a Fráncfort.»

Tecleó: «¿Estás en Fráncfort ahora mismo? ¿En un autobús?» y marcó el icono de urgente.

«Sí», contestó Gil relajándose en su asiento. Habían sido veintiséis horas muy largas, pero faltaba poco.

«¿Por qué?», escribió Anahita.

«Siguiendo una pista.»

«Qué oista.» Anahita, con los dedos temblorosos, le había dado a «enviar» antes de darse cuenta de que estaba mal escrito. La respuesta de Gil llegó antes que la corrección.

«No puedo contártelo.»

«¿En qué zona de F?»

Esperó sin apartar la vista de la pantalla. «Por favor, por favor.»

Tres minutos y veinte segundos.

«En un autobús.»

«¿Cuál?»

«¿Qué más da?»

«¡¡¡!!!»

«El 119.»

· · ·

Gil se guardó el móvil en el bolsillo, se recostó en el asiento y se quedó mirando cómo los niños de delante se daban golpes y empujones. Al otro lado del pasillo, una mujer mayor también los observaba, sin duda agradecida porque no fueran sus hijos o nietos.

El autobús iba muy lleno. Gil se planteó ceder el sitio a alguien, pero tenía que vigilar a la doctora Bujari y ver dónde bajaba para saber si su informador estaba en lo cierto.

«¡Baja! ¡Bomba!», escribió Anahita.

Pero no hubo respuesta.

Pensó: «Vamos, vamos» sin apartar la vista de la pantalla.

Nada.

Intentó llamar.

Nada.

Se levantó y corrió al despacho de la secretaria de Estado. Los de seguridad intentaron detenerla, pero consiguió escabullirse.

—¡Un amigo está en el autobús 119 de Fráncfort! —exclamó—. Dice que está siguiendo una pista. He intentado decirle que hay una bomba, pero no me ha contestado.

—¿Una pista? —preguntó Betsy—. ¿Es periodista?

—Sí.

Se volvió y miró fijamente a Ellen.

Mientras la secretaria Adams sacaba su teléfono, Betsy se volvió hacia Anahita.

—¿Cómo se llama?

Ellen miró el último mensaje que había recibido. Era de su hijo.

«En Fráncfort, en el autobús. Ya te diré algo.»

—Gil —dijo Anahita—, Gil Bahar.

Vio la cara de shock de Betsy y luego la de Ellen, que había abierto mucho la boca y los ojos.

Temblando y sin apartar la vista de los ojos de Betsy, Ellen tocó el icono del teléfono.

—¿Qué pasa? —preguntó Anahita.

—Que Gil Bahar es su hijo —respondió Charles Boynton.

De golpe no quedó ni gota de aire en la sala.

Faltaban tres minutos y cinco segundos.

Todos miraban a Ellen.

Katherine entró y se detuvo en seco.

—¿Qué ha pasado?

Betsy se acercó a ella.

—Gil va en el autobús número 119 de Fráncfort. Tu madre lo está llamando.

—Dios mío —fue lo único que se le ocurrió decir.

El autobús frenó y los niños de delante se levantaron entre gritos y bajaron, igual que el hombre que iba sentado enfrente de Nasrin.

Aunque se dejó algo.

Subieron unas cuantas familias, algunos adolescentes y una pareja mayor.

Gil sintió vibrar su móvil: había una llamada entrante, pero la ignoró. No podía perder de vista a la doctora Bujari para asegurarse de que no bajaba en el último segundo.

El autobús arrancó y Gil miró su teléfono.

—Mierda.

Dijo, y pulsó el botón rojo de «rechazar».

—¡Ha rechazado la llamada! —exclamó Ellen.

—Usa el mío. —Katherine marcó el número y le pasó el móvil a su madre.

Quedaban un minuto y diez segundos.

El móvil de Gil volvió a vibrar.

Lo sacó esperando ver la foto de su madre.

Pero se encontró con la de Katherine, su hermanastra.

—Hola, Katie...

—Escúchame con atención —dijo su madre con tono muy serio y sosegado.

—Mierda... —Se dispuso a colgar.

—Hay una bomba —dijo Ellen alzando la voz.

—¿Qué?

—¡Que hay una bomba en tu autobús! —No quedaba ni rastro de sosiego en la voz de su madre: prácticamente gritaba—. Tienes poco más de un minuto. ¡Sal!

Gil tardó unas décimas de segundo en asimilar esas palabras y lo que significaban.

Se levantó y empezó a gritar:

—¡Pare el autobús! ¡Hay una bomba!

Los demás pasajeros lo miraron y se apartaron del americano loco.

Hizo ademán de agarrar a Nasrin por el brazo.

—¡Levántese, baje!

Ella lo empujó y empezó a darle golpes con el maletín de Amir mientras pedía ayuda.

«Conque así tenía planeado hacerme bajar», pensó Nasrin con la adrenalina a tope.

Gil la dejó y corrió hacia el conductor.

—¡Pare! ¡Que se baje todo el mundo!

Dio media vuelta y miró el interior del largo autobús lleno de gente que no le quitaba ojo: hombres, mujeres y niños, todos con miedo, pero no de una bomba, sino de él.

—Por favor —suplicó.

Tic, tic, tic...

Siguieron la cuenta atrás en la pared de relojes del suntuoso despacho mientras oían los gritos y ruegos en sordina de Gil.

Diecinueve.

Dieciocho.

—¡Gil! —gritó su madre—. ¡Baja ahora mismo!

El autobús se paró por fin. El conductor abrió la puerta y se levantó.

—Gra... —empezó a decir Gil antes de notar que lo agarraba por la chaqueta y lo arrojaba a la calle.

Diez.

Nueve.

Todos tenían los ojos muy abiertos, todos aguantaban la respiración.

—Ocho —susurró Anahita.

Después de un duro aterrizaje en el asfalto, Gil, magullado y sin aliento, alzó la cabeza y vio el autobús alejarse. Logró ponerse en pie y correr tras él, pero al final se resignó a no alcanzarlo y se volvió hacia los transeúntes.

Tres.

Dos.

—¡En ese autobús hay una...!

Tic, tic, tic...

Cuando sonó la alarma de Anahita, Ellen palideció.

9

El móvil se le resbaló de la mano a Ellen y cayó al suelo.

Ella, mareada, echó los brazos atrás buscando algo en lo que apoyarse para no perder el equilibro.

Tiró fotos enmarcadas, recuerdos, una lámpara...

Luego, presa del pánico, recogió el móvil y se puso a gritar:

—¡Gil! ¡Gil!

Pero al otro lado no se oía nada.

—¿Gil? —le susurró a aquel silencio monstruoso.

—¿Mamá? —le dijo Katherine mientras se acercaba.

—Ha estallado —murmuró Ellen mirando a su hija y luego a Betsy con los ojos muy abiertos.

El caos reinaba en el despacho, pues todos se habían puesto en movimiento a la vez entre gritos y órdenes.

—¡Basta! —gritó finalmente.

Todos se pararon de golpe y se quedaron mirándola.

Habían transcurrido diez segundos desde la explosión.

—¿Conocemos la localización exacta del autobús? —preguntó Ellen.

—Se puede rastrear con la conexión telefónica. —Boynton le cogió el teléfono, escribió algo y asintió—. Ya la tengo.

—Envíesela a los alemanes —le mandó ella—, y llame a los servicios de emergencia de Fráncfort, ¡deprisa!

—Sí, señora secretaria.

Dio órdenes de informar a todos los servicios de inteligencia de lo que acababa de ocurrir, ponerse en contacto con el consulado de Estados Unidos en Fráncfort y mandar efectivos.

—Y pedidles también que busquen a Gil Bahar —añadió Ellen cuando ya se iban—. B-a-h-a-r.

Se lo deletreó con tanta fuerza a sus subordinados que las letras los persiguieron por el pasillo.

Se volvió hacia Katherine, que estaba intentando llamar a Gil, y vio que negaba con la cabeza. Las dos buscaron con la mirada a Anahita, que también lo estaba intentando.

Tenía los ojos muy abiertos y el móvil pegado a la oreja. Nada.

—Estoy informando a nuestros corresponsales en Fráncfort, ellos pueden llegar rápido —dijo Katherine tecleando a toda prisa en su teléfono—. Tú sigue probando con mi hermano —añadió dirigiéndose a Anahita, que asintió con la cabeza.

Empezaron a sonar llamadas, notificaciones, alertas...

Betsy encendió las pantallas. En ese momento, el famoso doctor Phil, presentador del programa del mismo nombre, entrevistaba a una mujer que tenía pendiente decirle a su marido, en plena transición, que ella también iba a cambiar de sexo.

Clic.

En su programa, la juez Judy dirimía el caso de un vecino que siempre robaba el mismo trapo de cocina del mismo tendedero.

Clic, clic.

De momento nada. Había pasado poco más de un minuto.

Clic.

—Señora secretaria, he informado a la canciller alemana y enviado las coordenadas a sus servicios de inteligencia y emergencia —le comunicó Boynton—. ¿Informamos al presidente?

—¿Al presidente? —preguntó Ellen.

—Sí, al presidente de Estados Unidos.

—Ah, claro, claro... ya lo hago yo.

Ellen se desplomó en el sillón y dejó caer la cabeza entre las manos. Cuando levantó la vista, tenía los ojos enrojecidos pero, por lo demás, nada hacía pensar que acababa de oír cómo mataban a su hijo.

—Comunicadme con el presidente Williams, por favor.

Los ayudantes seguían pasándole informes con las novedades.

—Señor presidente, ha habido otro atentado.

—Un momento.

Doug Williams hizo señas a su jefa de gabinete para que pusiera fin a la reunión con los representantes de la Administración para la Pequeña Empresa y despejara el despacho oval.

Una vez a solas, se asomó a la ventana y contempló el jardín.

—¿Dónde?

—En Fráncfort. Otro autobús.

—Mierda.

«Al menos no ha sido aquí», pensó sin poder evitarlo.

Fue a su mesa, se sentó, encendió el altavoz y tecleó rápidamente en el buscador seguro de su portátil.

—No encuentro nada en internet.

Barb Stenhauser regresó y le preguntó con gestos qué sucedía. Como única respuesta obtuvo otro gesto que interpretó de forma acertada como que debía ir cambiando de canal por las pantallas.

—Otra explosión... —le dijo el presidente desde la otra punta del despacho oval— en Fráncfort.

—Mierda. —Se detuvo en la CNN y sacó el móvil.

—¿Cuándo ha sido? —preguntó Williams por teléfono.

Ellen consultó la hora y se sorprendió al ver que apenas había transcurrido un minuto y medio.

—Hace noventa segundos.

Se le habían hecho eternos.

—Hemos informado al gobierno alemán y a la comunidad internacional de inteligencia —añadió—. Ya se han transmitido las alertas por los canales cifrados.

—Un momento. ¿Se lo ha dicho usted a los alemanes, no al revés? ¿Cómo se ha enterado tan deprisa?

Ellen guardó silencio, resistiéndose a decírselo, pero supo que no tenía más remedio.

—Mi hijo iba en el autobús.

Se produjo un silencio.

—Lo siento —dijo Williams, y casi pareció sincero.

—Quizá haya bajado a tiempo —dijo ella—. Parece posible... —Recuperó la compostura.

—¿Estaba hablando con él cuando ha ocurrido?

—¿Puedo ir a verlo, señor presidente? Para explicarle la secuencia de los hechos.

—Creo que sería lo mejor.

Para cuando Ellen llegó a la Casa Blanca y entró en el despacho oval —tras negarse a entregar el móvil al Servicio Secreto por si llamaba Gil—, ya habían llegado el director nacional de Inteligencia, el de la CIA y el general Whitehead, jefe del Estado Mayor Conjunto.

—Seguridad Nacional y Defensa estarán al caer —comentó el presidente Williams—, pero empecemos ya.

No mencionó a Gil, lo cual supuso un alivio, pese a que Ellen sospechaba que no había sido para ahorrarle sufrimiento, sino, más probablemente, por cobardía emocional o sencillamente porque lo había olvidado.

Ella expuso los hechos de manera rápida y concisa. Para entonces, la noticia ya se había difundido por todo el mundo: las imágenes salían en todos los informativos y los presentadores estaban al borde de la histeria, unos por angustia y otros por entusiasmo. En el lugar de los hechos había reporteros que se acercaban más de lo debido mientras la policía alemana, por norma tan eficiente, trataba de recuperar el control de la zona. Había ambulancias y camiones de bomberos que intentaban pasar.

—¿Cómo? ¿Que enviaron un aviso a una FSO? —Tim Beecham, el director nacional de Inteligencia, se extrañó—. Nuestra sofisticadísima red de inteligencia no se había enterado de nada ¿y a ella le llega un mensaje?

—Pues sí —repuso Ellen.

Se lo acababa de explicar punto por punto.

—Pero ¿de quién? —preguntó el presidente.

—No lo sabemos: borró el mensaje.

—¡¿Cómo que lo borró?!

—Por protocolo: pensó que era spam.

—¿Y quién lo firmaba, un príncipe nigeriano? —preguntó el director de Seguridad Nacional, que acababa de llegar. Nadie se rió.

—¿Por qué se lo enviaron a esa chica? —preguntó el presidente—. ¿A esa tal Ana...?

—Anahita Dahir. No lo sé.

—Anahita Dahir —masculló el jefe de la CIA mirando al director nacional de Inteligencia.

—No he tenido tiempo de preguntárselo —aceptó la secretaria Adams—. Pero menos mal que ha reaccionado.

—Demasiado tarde —dijo el secretario de Defensa—: han explotado todas las bombas.

Ellen se quedó callada. No dejaba de ser cierto.

El director nacional de Inteligencia se disculpó para ausentarse y regresó al cabo de un minuto.

El general Whitehead lo observó inclinando un poco la cabeza y le lanzó a la secretaria Adams una leve sonrisa que pretendía ser tranquilizadora, aunque tuvo el efecto contrario.

Ambos se volvieron para mirar a Tim Beecham.

—¿Todo bien? —preguntó Doug Williams.

—Perfecto, señor presidente —dijo Beecham—. Sólo tenía que avisar a algunos de los míos.

Ellen Adams se preguntó por qué el jefe del Estado Mayor Conjunto se había inquietado por la ausencia de Beecham, y creyó adivinarlo.

Para esa llamada no hacía falta salir: la única explicación era que Tim Beecham no quería que lo oyeran.

¿Por qué?

Miró otra vez de reojo a Whitehead, pero éste estaba pendiente del presidente.

La secretaria Adams fue contestando a las preguntas mientras la madre de Gil daba la espalda a las pantallas sin atreverse a mirar, no fuera que...

Fue el general Whitehead quien por fin preguntó:

—¿Y su hijo?

—No sé nada. —Fue una respuesta tensa, crispada. En los ojos de la secretaria Adams se reflejaba la súplica de que no se le pidieran detalles.

Whitehead se limitó a asentir con aire sobrio.

—¿Y aún no lo han reivindicado? —preguntó el presidente.

—No, pero podemos descartar lo de los lobos solitarios —repuso el secretario de Defensa—: esto es una manada.

—Necesito respuestas, no tópicos. —El presidente Williams paseó la mirada por sus asesores, que se mantenían inexpresivos.

El paréntesis se prolongó.

—¿Nada? —preguntó—. ¿Nada? Joder, ¿me estáis tomando el pelo? ¿Somos los líderes del mundo libre, el país que tiene los mejores equipos de vigilancia y la mejor red de inteligencia y no me traéis una mierda?

—Con el debido respeto, señor presidente... —empezó a decir el director de la CIA.

—Menos chorradas y al grano. —Williams lo fulminó con la mirada.

El jefe de la CIA buscó apoyo en los demás hasta que sus ojos se detuvieron en la secretaria de Estado. Ellen suspiró.

Ya estaba de malas con el presidente, de modo que era quien menos tenía que perder. Además, ya le daba igual el politiqueo.

—Llevas cuatro años de desfase, Doug. —Lo tuteó sin querer.

—¿Qué se supone que quiere decir eso?

—Lo sabe perfectamente. —Rectificó; después miró a Barb Stenhauser, la jefa de gabinete de Williams—. Y usted también. Seré breve, porque no tengo tiempo que perder. El gobierno anterior fastidiaba todo lo que tocaba. Emponzoñó el ambiente y todas nuestras relaciones. Lo de «líderes del mundo libre» no es más que palabrería, la red de inteligencia de la que tanto se enorgullece ha dejado de existir, nuestros aliados desconfían de nosotros. Los que quieren hacernos daño están al acecho y nosotros nos quedamos de brazos cruzados, si no les abrimos las puertas. Pienso en Rusia, en China, ese loco de Corea del Norte... Y aquí, en la administración, ¿podemos de verdad fiarnos de que se trabaja con lealtad desde los altos cargos hasta lo más bajo del escalafón?

—El Estado profundo —dijo el director nacional de Inteligencia.

—Lo que tiene que preocuparnos no es la profundidad, sino la amplitud: está por todas partes. Después de cuatro años contratando, ascendiendo y recompensando a gente dispuesta a decir o hacer lo que hiciera falta con tal de respaldar a un presidente trastornado, nos hemos vuelto vulnerables. —Consultó el móvil: nada—. No es que sólo haya incompetentes, ni que los que lo son tengan necesariamente malas intenciones o nos estén desgastando desde dentro, lo que pasa es que en el fondo pocos saben cómo hacer bien su trabajo. Miren, yo vengo del sector privado y sé reconocer si un trabajador está motivado y si tiene suficientes incentivos. Hemos heredado a miles de empleados que se han pasado cuatro años muertos de miedo y que sólo quieren pasar desapercibidos. Eso incluye mi departamento. De hecho, no se salva ni la Casa Blanca... —concluyó mirando a Barb Stenhauser.

—¿Y eso me incluye a mí también? —preguntó el general Whitehead—. Formé parte del gobierno anterior.

—Y, por lo que cuentan, dedicaba casi todo el tiempo a desactivar granadas —repuso Ellen—, a intentar frenar, o al menos paliar, los efectos de las decisiones militares y estratégicas más demenciales.

—Cosa que no conseguí del todo —reconoció el jefe del Estado Mayor Conjunto—. Les rogué al presidente y a sus ayudantes más cercanos que no alentasen el rearme nuclear, ¿y sabe qué me contestaron?

Ellen no dijo nada por miedo a la respuesta.

—Me contestaron: «¿De qué sirven los misiles nucleares si no puedes usarlos?» —Whitehead palideció al decirlo—. Si me hubiera puesto más firme...

—Al menos lo intentó —dijo Ellen.

Whitehead gruñó un poco.

—Ése será mi epitafio: «Al menos lo intentó»...

—Es importante —repuso Ellen—. La mayoría no lo hizo. Lo siento, señor presidente, pero tengo que volver al Departamento de Estado... y luego viajar a Alemania. ¿Necesita algo más de mí?

—No, Ellen. —El presidente Williams vaciló—. Lo de Alemania... ¿es un viaje personal?

Ellen se lo quedó mirando: no podía creerse lo que Williams acababa de decir, lo que había querido decir.

En ese momento intervino el general Whitehead.

—Puedo hacerle un hueco en uno de los transportes militares que tienen previsto salir dentro de una hora de la base Andrews.

—No, tranquila —dijo el presidente Williams—, puede usar el avión oficial, aunque el viaje no tenga ese carácter. Seguro que la canciller alemana entenderá que llegue así, sin previo aviso, y no lo verá como una ruptura del protocolo.

—Es humana. —Ellen le lanzó a Williams una mirada asesina—. Debería usted intentarlo.

10

—¿Nada? —preguntó Ellen al tiempo que irrumpía en su despacho.

Sabía que si hubiera habido noticias de Gil ya se habría enterado, pero tenía que preguntarlo de todos modos.

—No —respondió Boynton.

Betsy y Katherine se habían ido a hacer las maletas para salir hacia Fráncfort. Ellen entró en la sala de juntas dando grandes zancadas. Había estado contestando a una serie de preguntas urgentes de sus homólogos del resto del mundo. Se sentó y fijó la vista en su jefe de gabinete y sus principales ayudantes y analistas de seguridad.

—Adelante, vamos con la información.

—Los alemanes tienen claro que las tres explosiones son obra de la misma organización —dijo un alto cargo—, pero no saben cuál.

—Podría ser Al Qaeda... —agregó un analista de seguridad.

—Estado Islámico, los pastunes...

—Basta —dijo Ellen haciendo un gesto con la mano—. Entre las explosiones han pasado varias horas. Si se trataba de sembrar el terror, sería más lógico que hubieran sido casi simultáneas, como en el 11-S, ¿no?

Miró al grupo de expertos sentados a su alrededor, pero ninguno abrió la boca.

—Señora secretaria —dijo finalmente otro analista—, la verdad es que no sabemos cuál era el objetivo... cuál es.

—¿Cuál es? ¿Es que esto no se ha acabado aún? —preguntó Ellen.

Notó que la invadía la histeria. Notó unas ganas incontenibles de romper a reír y salir corriendo de la sala agitando los brazos, y recorrer el pasillo sin parar de gritar hasta cruzar la puerta y plantarse en medio de la calle, de no detenerse hasta llegar al avión.

Los demás se miraban como para ver quién hablaba.

—¡Vamos!

Siguieron callados. Ellen aún no sabía interpretarlos. Eran personas entrenadas para ocultar lo que realmente sentían o, como mínimo, lo que pensaban. Esto se debía, en parte, a su formación en diplomacia e inteligencia, y en parte a que durante cuatro años se había castigado no ya a quien revelase la verdad, sino a quien aportara algo remotamente parecido a un dato.

—Nos parece que hay un objetivo más amplio —dijo una mujer que parecía haber sacado la pajita más corta—, y que las bombas han sido sólo un primer aviso. —Entrecerró los ojos y giró un poco la cabeza preparándose para el rapapolvo que le esperaba tras la mala noticia.

La secretaria Adams se limitó a asentir.

—Gracias. —Miró a los demás—. ¿Un aviso de qué?

—De que están planeando algo aún más gordo y esto sólo ha sido una muestra de lo que son capaces de hacer —respondió uno más de los analistas de seguridad.

—De que pueden hacer lo que quieran, y que lo harán donde y cuando quieran —añadió otro.

—De que no les tiembla el pulso a la hora de matar a hombres, mujeres y niños inocentes en cualquier lugar del mundo —agregó uno más.

—De que son profesionales —se sumó otra voz. Ellen ya se estaba arrepintiendo de haberlos invitado a ser sinceros—. Nada de bombas en la ropa interior o en los zapatos, ni explosivos con clavos en mochilas: el que ha hecho esto juega en otra categoría.

—Lo que decidan hacer les saldrá bien, señora secretaria —se mostró de acuerdo otro.

—¿Ya está? —preguntó Ellen.

Se miraron. No hubo uno solo que no suspirase con fuerza: era el desahogo de varios años de frustración y de una larga letanía de preocupaciones.

—¿Qué sabemos del mensaje que recibió la señorita Dahir? —volvió a preguntar Ellen.

—Lo hemos encontrado en el servidor —dijo uno de los expertos en inteligencia—, pero no tiene dirección IP ni nada que indique su origen.

—¿Dónde está la señorita Dahir? —preguntó la secretaria Adams—. En treinta y cinco minutos salgo para Alemania y quiero hablar con ella antes de irme.

Se miraron como si esperasen que se materializara.

—¿Y bien? —insistió Ellen.

—Hace rato que no la veo —dijo Boynton—. Lo más probable es que haya vuelto a su puesto. Le pediré que suba.

Un minuto más tarde, informó de que no estaba en su sitio.

Ellen notó que un escalofrío le recorría la espalda.

—Encuéntrela.

¿Había desaparecido por voluntad propia o la habían hecho desaparecer?

Lo uno era tan malo como lo otro.

Se acordó del «Anahita Dahir» pronunciado en voz baja, y de cómo se habían mirado el director de la CIA y Tim Beecham, el DNI.

Conocía esas miradas: se reservaban para cualquier persona que no se llamara Jane o Debbie, Billy o Ted. Le había dado rabia captarla, pero acababa de sorprenderse pensando lo mismo.

Anahita Dahir. ¿De dónde había salido?

¿A quién o a qué era leal?

«¿Dónde está?»

Volvió a oír el mismo dato, tan simple como irrefutable: a pesar del aviso, las bombas habían explotado porque Anahita Dahir les había llevado el mensaje demasiado tarde.

Sonó su móvil privado. Era Katherine.

—Está vivo. —Su voz salió por el auricular con fuerza, alborozada.

—Dios mío... —gimió Ellen, y se inclinó hasta tocar la mesa con la frente.

—¿Qué pasa? —preguntó Boynton con preocupación—. ¿Su hijo?

Al levantar la vista, Ellen se encontró con unos ojos sin la indiferencia de los del presidente y, en ese momento, sintió que quería a Charles Boynton.

Que quería a todo el mundo.

—Está vivo. —Lo siguiente lo dijo por teléfono—. ¿Cómo está? ¿Dónde?

—Está herido, pero no en estado crítico. Aseguran que se recuperará. Está en el Zum Heiligen... Geist...

—Da igual —dijo Ellen—. Dentro de nada estaremos allí. Nos vemos en la base Andrews.

La madre de Gil cerró los ojos y respiró hondo al colgar. Acto seguido, la secretaria Adams los abrió y miró a sus colaboradores, que sonreían.

—Está bien. Se recuperará. Voy para allá... y usted me acompaña —le dijo a su jefe de gabinete—. ¿Sabemos algo más? —Todos negaron con la cabeza—. ¿Tenemos alguna otra sospecha?

—Está claro que se trata de atentados terroristas coordinados, señora secretaria —contestó el analista de inteligencia de mayor rango en la sala—. De los autores materiales, en cambio, no sabemos nada. Como acaba usted de oír, podría haber sido cualquier grupo, desde uno de extrema derecha hasta una nueva célula islamista. Por suerte, si nos fiamos del mensaje recibido por la FSO, lo más probable es que el atentado de Fráncfort haya sido el último.

—De momento —dijo otro de sus colaboradores—, lo que más nos intriga es por qué nos han avisado de las bombas. ¿Para qué han mandado el mensaje?

—No creo que lo hayan mandado ellos —respondió el analista—. Los que han planeado los atentados querían que las bombas explotasen.

—Entonces ¿quién ha enviado el aviso? —preguntó Ellen—. Quiero hipótesis —añadió ante el silencio general.

—¿Un grupo rival? —propuso el analista de inteligencia—. O un topo dentro de la organización: alguien que no comparte su ideología y ha querido evitar la masacre. Lo cierto es que vamos a ciegas.

—No, lo que pasa es que sólo buscamos en los sitios previsibles —repuso Ellen—. Hay que usar la imaginación. No puede haber muchos candidatos con esa mezcla de recursos humanos y técnicos. Quiero una lista. —Se levantó—. Tenemos que encontrar al cerebro de la operación y abortarla.

—¿Aún no sabemos nada de por qué razón han elegido esos autobuses en concreto? —preguntó Boynton—. ¿Ni las ciudades? ¿Ha sido al azar?

Otra vez un movimiento simultáneo de cabezas, como el de esos perritos que se ponen en el salpicadero.

Ellen se levantó seguida de los demás.

—Quiero hablar con la señorita Dahir antes de irme, hay que encontrarla.

Se detuvo en la puerta acordándose de la mirada que habían intercambiado el director de la CIA y Tim Beecham.

—Póngame con el director nacional de Inteligencia —le pidió a Boynton.

En el momento en que llegó a su escritorio, el DNI ya estaba al teléfono.

—Tim.

—Señora secretaria.

—¿Tienen a mi FSO?

—¿Por qué íbamos a tenerla?

—Conmigo no juegue. Puede que tenga usted informes de inteligencia, pero yo tengo embajadas enteras.

—Técnicamente...

—Dígamelo de una vez.

—Sí, señora secretaria, la tenemos.

Ni en sueños se le habría ocurrido a Anahita que fuera posible. No allí, no en un país civilizado.

En su país.

Se hallaba sentada a una mesa de metal frente a dos hombres de uniforme, pero sin insignia ni identificación: inteligencia militar. Al lado de la puerta había otros dos aún más corpulentos, por si intentaba escaparse.

Pero ¿adónde iba a escapar, aun suponiendo que lograra cruzar semejante muro de carne maciza?

De vuelta al que sospechaban que era su lugar de origen. Como si no hubiera nacido en Cleveland. Eso ya hacía tiempo que lo había entendido.

Lo notaba en el modo en que repetían su nombre: Anahita.

Lo decían como si significara algo horrible: «extranjera», «enemiga», «amenaza terrorista».

«Anahita», decían con desprecio. «Anahita Dahir.»

—Nací en Cleveland —les explicó ella—. Compruébenlo si quieren.

—Ya lo hemos comprobado —dijo el más joven de los dos agentes—, pero los documentos se pueden falsificar.

—¿En serio?

No había tenido intención de parecer una pardilla. Se dio cuenta de que sólo alimentaba sus sospechas. La experiencia les había enseñado que no había nadie tan ingenuo, tan inocente.

Y menos si se llamaba Anahita Dahir.

«Dahir», del árabe «dabir», cuyo significado era «tutor», «maestro».

Y «Anahita», del persa: «sanadora», «sabia».

Sin embargo, no tenía sentido decírselo: dejarían de escucharla desde el momento en que dijera «persa».

«Persa» era sinónimo de «iraní», lo cual significaba «enemigo».

No, mejor no decir nada, aunque en su fuero interno se preguntó si tenían razón y en realidad no estaban en el mismo bando. Le costaba considerarse aliada de gente como ellos.

—¿Cuál es su origen étnico? —inquirió el más joven.

—Mis padres son de Beirut. Huyeron durante la guerra civil y llegaron como refugiados.

—¿Musulmana?

—Cristiana.

—¿Y sus padres?

—Cristianos también. Fue una de las razones por las que se marcharon: eran un objetivo.

—¿Quién le envió el mensaje en clave?

—No tengo ni idea.

—Díganoslo.

—Ya le he respondido: no lo sé. Se lo enseñé a mi supervisor en cuanto entró. Pueden corroborarlo con él.

—No nos diga cómo hacer nuestro trabajo, limítese a contestar.

—Es lo que inten...

—¿Le dijo a su supervisor lo que significaba el mensaje?

—No.

—¿Por qué no?

—Porque no me...

—Esperó a que hubieran detonado las dos bombas, cuando ya era demasiado tarde para evitar la tercera.

—¡No, no!

La estaban mareando. Se esforzó para recobrar la calma.

—Y lo borró.

—Creía que era spam.

—¿Spam? —preguntó el mayor de los dos con un tono más razonable... que daba mucho más miedo—. Explíquese, por favor.

—A veces nos llega. Hay bots que mandan mensajes de manera aleatoria. Siempre van a nuestras cuentas personales. La mayoría no supera el cortafuegos del Departamento de Estado, pero alguno se cuela... —Se arrepintió enseguida de haber dicho «se cuela», pero continuó—. Ocurre una vez a la semana como mucho. —Estuvo a punto de añadir «si quiere pregúntaselo a cualquier otro FSO», pero se frenó. Empezaba a aprender—. A menudo parece que no tengan sentido, como éste. Cuando no los entiendo, lo consulto.

—¿Le está echando la culpa a su supervisor? —preguntó el más joven.

—No, claro que no. Sólo respondo a sus preguntas —replicó.

Para entonces estaba más enfadada que asustada. Se volvió hacia el mayor.

—Si sabemos que algo es basura, podemos borrarlo sin más o pedir su opinión a nuestro supervisor y luego borrarlo, que fue lo que hice.

Él hizo una pausa y después se inclinó hacia ella.

—No fue lo único que hizo. También se apuntó los números. ¿Por qué?

Anahita se quedó en silencio, sin moverse.

¿Cómo explicarlo?

—Es que me pareció raro.

En la sala, pequeña y sin ventilación, sus palabras tuvieron el efecto de un mazazo. El agente más joven negó con la cabeza y se echó para atrás mientras que el mayor siguió observándola.

—Ya sé que no es una gran explicación, pero es la verdad. —Anahita había pasado a dirigirse sólo al mayor—. No estoy muy segura de por qué lo hice.

Sonaba aún peor. Lo notó al advertir que el agente no reaccionaba en absoluto. Ni siquiera parecía respirar.

Justo entonces se oyeron voces en la puerta.

El mayor continuó sin inmutarse: confiaba en que los guardias hicieran su trabajo mientras él hacía el suyo, que en ese momento parecía consistir en no quitarle la vista de encima a Anahita.

—Apártense.

Esta vez sí que miró hacia la puerta, y Anahita también. Había reconocido la voz. Poco después entró Charles Boynton seguido por la secretaria de Estado.

Ambos agentes se levantaron, aunque el de mayor edad lo hizo más despacio.

—Señora secretaria... —murmuró.

Cuando Anahita se volvió hacia Ellen, intentó silenciarla con la mirada.

—Tienen a mi FSO —dijo la secretaria Adams tras comprobar de un vistazo que Anahita estaba bien. Se la veía nerviosa, pero ilesa.

—Teníamos que hacerle unas preguntas.

—Yo también. ¿Cuál es su nombre? —le preguntó al agente de mayor edad.

Éste titubeó, pero sólo durante un instante.

—Jeffrey Rosen, coronel de la Agencia de Inteligencia de la Defensa.

—Yo soy Ellen Adams, secretaria de Estado —dijo tendiéndole la mano.

El coronel Rosen se la estrechó esbozando una leve sonrisa.

—¿Podemos hablar, coronel? En privado, si es tan amable.

Rosen hizo una señal con la cabeza al joven, que se acercó a Anahita para sacarla de la sala. No pudo impedir que hablara:

—Señora secretaria... ¿Gil está...?

—En el hospital. Se recuperará.

Anahita asintió ligeramente y pareció relajarse un poco, después de varias horas de angustia.

—Yo no... no he tenido nada que ver —dijo.

En lugar de contestar, Ellen les hizo señas a los otros de que la dejasen a solas con el coronel. Sólo se quedó Charles Boynton, al lado de la puerta.

—¿Qué les ha dicho?

—Sólo cosas que usted ya debe de saber. —Rosen recapituló en orden cronológico, desde la aparición del mensaje en la bandeja de entrada hasta la detonación de la bomba—. Lo que no pudimos averiguar es...

—... por qué se apuntó los números —lo interrumpió Ellen.

Intentó no tomarse como un insulto las cejas arqueadas del coronel. Estaba acostumbrada a que la subestimasen: los hombres mediocres solían subestimar a las mujeres maduras con talento. Aunque el coronel Rosen no le pareció necesariamente mediocre.

Probablemente, si quien hubiera contestado tan deprisa hubiese sido el general Whitehead, Rosen se habría llevado la misma sorpresa.

—¿Y...? —preguntó Ellen.

—No ha podido explicarlo.

—Coronel, ¿no cree que, si estuviera al servicio de otro país, si fuera cómplice de algo, tendría una explicación?

Sus palabras sorprendieron a Rosen, que las sopesó.

—Parece demasiado inocente.

—¿Y eso la convierte en culpable? Habría hecho usted un buen papel en la caza de brujas. —Se dirigió hacia la puerta—. Me voy a Alemania.

—Espero que encuentre las respuestas, señora secretaria —dijo el coronel—. Es un alivio saber lo de su hijo. Es un hombre valiente.

Al oírlo, Ellen se detuvo y miró al coronel de inteligencia militar preguntándose si sabía hasta qué punto había sido valiente Gil no sólo ese día, sino también en los peores momentos de la guerra de Afganistán. La expresión de Rosen era indescifrable.

—Seguiremos trabajando desde aquí. Anahita Dahir sabe algo.

—Espero sonsacárselo durante el vuelo.

Fue consciente de que la cara de sorpresa del coronel no debería haberla complacido tanto, pero no pudo evitarlo.

—Sería un error llevársela en ese vuelo. —Esta vez no hubo «señora secretaria», sólo una afirmación rotunda, a bocajarro—. La señorita Dahir está implicada de alguna manera. No sé cómo, pero estoy convencido. Incluso usted debería saberlo.

—¿Incluso yo? —La mirada de Ellen tenía la misma dureza que su tono—. Soy su secretaria de Estado. Puede discrepar conmigo, y es evidente que lo hace, pero haga el favor de respetar el cargo.

—Disculpe, señora secretaria. —Rosen hizo una pausa, pero no dio su brazo a torcer—. Pero creo que cometería un error llevándola con usted.

Ellen lo observó un buen rato. Había dicho lo que pensaba, lo que consideraba verdad, cosa nada frecuente en el vacío en que se habían convertido los escalafones superiores del gobierno.

—Insisto, señora secretaria: Anahita Dahir no es de fiar.

—Ya lo había dejado claro, coronel. Y le aseguro que tengo muy en cuenta sus palabras, pero la señorita Dahir se viene conmigo de todos modos —respondió la secretaria Adams.

Al contrario que ella, Rosen no había visto la cara de la FSO mientras intentaba convencerla de la inminencia de un tercer atentado.

Era una expresión de puro pánico, la de una joven desesperada por impedir la explosión.

Y tampoco sabía que, de no ser por Anahita, Gil estaría muerto.

Le debía una, pero ¿se fiaba de ella?

No del todo. La expresión de la FSO al suplicarle que la creyera y actuase podía haber sido una treta, una manera de acceder a su círculo interno y manipularla durante los preparativos de un ataque a una escala mucho mayor.

Quizá el coronel Rosen se equivocara al considerarla una ingenua.

Por el momento, ya estaba bien así. Al menos mientras ella no acabara de distinguir entre sus aliados y sus enemigos.

Además, si Anahita Dahir se hallaba implicada en los atentados, prefería tenerla cerca para vigilarla y, llegado el caso, dejar que se confiara y cometiera un error.

A menos que... pensó mientras subía a la limusina que los llevaría a la base Andrews... a menos que fuera ella quien cometiese el error.

Durante el vuelo, Anahita intentó hablar con la secretaria Adams para darle las gracias por rescatarla, confiar en ella y llevársela a Alemania, donde podría ver a Gil.

Quería explicarle que no sabía ni escondía nada.

Por desgracia, habría sido una mentira.

11

Gil Bahar volvió en sí poco antes del amanecer. Se notaba los brazos y las piernas pesados, constreñidos, como si lo hubieran atado.

La sensación le despertó vagos recuerdos.

Y de repente, con un acceso de pánico, temió que no fueran sólo recuerdos vagos: notó la presión de las cuerdas sucias en las muñecas y los tobillos, percibió un hedor a excrementos y orines, a comida en mal estado...

Se vio de bruces en el suelo, respirando polvo.

Sintió sed, sed y terror.

Abrió los ojos como quien viaja rápidamente hacia la superficie y trató de incorporarse, abrumado por el pánico.

—No pasa nada —dijo una voz familiar.

Olió un perfume reconfortante y turbador a un tiempo.

Logró centrarse, aunque no sin esfuerzo.

—¿Mamá?

«¿Qué estás haciendo aquí? ¿También te han secuestrado?»

—No te preocupes —repuso ella con dulzura. Su cara estaba cerca, pero no demasiado—. Estás en el hospital. Dicen los médicos que te pondrás bien en unos días.

Entonces recordó lo que había pasado. Su cerebro, maltrecho, empezó a retroceder a trancas y barrancas. Fráncfort. La gente, los peatones; el autobús; las caras de los pasajeros que lo miraban; los niños...

La mujer del maletín, ¿cómo se llamaba? ¿Cómo se...?

—*Wie heißen Sie?*

Le enfocaron una luz muy intensa en los ojos y le apoyaron una mano en la cabeza para que no la levantase mientras le abrían los párpados.

—¿Qué? —preguntó Gil forcejeando.

La mujer, una doctora, se apartó.

—Perdone... ¿Cuál es su nombre? ¿Cómo se llama, *bitte*? —preguntó.

Él tuvo que pensar un poco.

—Gil.

—De Gilbert, *ja?*

Asintió un momento después evitando la mirada de su madre.

—¿Y su apellido? —La voz de la doctora era dulce si bien firme, con un fuerte acento alemán.

Eso le llevó más tiempo. ¿Por qué no se acordaba?

—Bujari —soltó de golpe—. Nasrin Bujari.

La doctora lo miró sorprendida y enseguida se volvió hacia su madre. Ambas parecían preocupadas.

—No, no —replicó él al tiempo que intentaba incorporarse—. Yo me llamo Gil Bahar y ella es la doctora Nasrin Bujari.

—No, yo soy la doctora Gerhardt...

—No me refiero a usted, sino a la mujer del autobús. —Buscó la mirada de su madre—. La estaba siguiendo.

Ellen se encontraba al lado de la cama. Había pedido a los demás que esperasen fuera para quedarse a solas con él, pero, al ver que se revolvía, había apretado el botón para llamar al médico.

Se acercó.

—Primero deja que te examine la doctora, luego hablamos.

Miró a Gil a los ojos para indicarle que, cuanto menos hablase en presencia de terceros, mejor.

Gil lo entendió y le pareció bien: de ese modo tendría tiempo de ordenar sus ideas y sacar datos concretos del marasmo en que se había convertido su cerebro. ¿Por qué le daba escalofríos el nombre de Nasrin Bujari?

¿Quién era?

La doctora Gerhardt acabó de examinarlo. Parecía satisfecha. Aun así, le dijo que tenía una conmoción cerebral, varias costillas rotas y contusiones...

—... y un corte profundo en el muslo. Ha tenido suerte: si la gente que estaba cerca no hubiera aplicado presión tan rápido, su vida habría peligrado. Se lo hemos cosido, pero necesitará unos días de descanso.

Para cuando se fue, Gil ya tenía la respuesta.

Quien le daba miedo no era la doctora Bujari, sino alguien situado detrás de ella, en la penumbra.

Ellen vio la puerta cerrarse y se volvió hacia su hijo. Hizo ademán de cogerle la mano, pero él no se lo permitió. No era un reflejo, sino un gesto que, de tanto practicarse, se había vuelto automático.

Lo cual era peor.

—Lo siento muchísimo... —empezó a decir, pero Gil la interrumpió rogándole con los ojos que se agachara.

A Ellen se le pasó por la cabeza que quizá quisiera darle un beso en la mejilla, pero lo que hizo Gil fue susurrar:

—Bashir Shah...

Ellen volvió la cabeza y se quedó mirándolo. Hacía años que no oía ese nombre, desde las largas reuniones en que los abogados de la empresa le habían aconsejado no emitir el documental de investigación sobre Shah, un presunto traficante de armas paquistaní que, si bien había nacido en Islamabad, había pasado su infancia y juventud en Inglaterra y se había radicalizado durante sus estudios de Física en Cambridge.

La investigación había durado más de un año, la familia del reportero había recibido amenazas, más de una de sus fuentes había desaparecido...

En vista de aquello, no había otra opción que divulgar la historia.

Por su parte, el doctor Shah no dio ninguna importancia a las acusaciones de que traficaba con armas. Emitió una declaración, eso sí, pese a su ordinario laconismo ante la prensa, lamentando los ataques contra un honrado ciudadano paquistaní. Según él, las acusaciones eran tan falsas como las que Occidente había lanzado contra la mayoría de sus predecesores y mentores, los valerosos y brillantes físicos nucleares paquistaníes, como A. Q. Khan, que habían abierto el camino.

El doctor Shah recordó que Pakistán figuraba entre los aliados de Occidente en la guerra contra el terror.

La tesis del documental era que él mismo era el terror. Y, de hecho, aquel tibio desmentido tenía un único propósito: Bashir Shah quería hacer saber al mundo que se dedicaba a traficar con la muerte.

Ellen Adams quedó consternada al comprender que le había hecho una publicidad involuntaria que costaría vidas: gracias al documental de investigación, galardonado con un Óscar, los terroristas sabían dónde conseguir las armas biológicas, el cloro, el gas nervioso sarín, las armas cortas, los lanzamisiles...

Y cosas aún peores.

—¿Iba en el autobús? —preguntó con incredulidad.

—No, pero está detrás de todo.

—¿De las bombas?

Gil negó con la cabeza.

—No, de las bombas en los autobuses no, de otra cosa. Las bombas no sé quién las ha puesto.

—Has dicho que estabas siguiendo a una mujer: Nasrin... —Ellen batalló para acordarse del apellido.

—Bujari —completó Gil—. Un informador me dijo que Shah había reclutado a tres físicos nucleares paquistaníes, entre ellos la doctora Bujari. Quería ver adónde iba y, con suerte, averiguar las intenciones de Shah, o al menos dar con su paradero.

—Pero si ya sabemos dónde está —repuso Ellen—: en Islamabad, en arresto domiciliario desde hace años.

Los paquistaníes también habían tomado la precaución de restringir el acceso a internet del doctor Shah. A diferencia de otros traficantes de armas, Bashir Shah era una mezcla de empresario e ideólogo con gran influencia en las webs yihadistas.

Próximo a la cincuentena, si bien admiraba a la generación anterior de físicos nucleares paquistaníes, con el paso del tiempo se había convencido de que no habían llegado lo bastante lejos. No sería su caso.

Estaba dispuesto a cruzar cualquier límite.

—Los paquistaníes lo soltaron el año pasado —dijo Gil.

—¡No puede ser! —Ellen había levantado la voz, aunque la bajó al ver la mirada de advertencia de su hijo—. Imposible —susurró—, nos habríamos enterado. No se atreverían a actuar a nuestras espaldas. De hecho, los que lo encontraron eran agentes estadounidenses.

—No han hecho nada a nuestras espaldas: el gobierno anterior dio su visto bueno.

Ellen dio un paso atrás mientras intentaba asimilarlo. Antes no había entendido la necesidad de bajar la voz, pero entonces lo comprendió.

Si Gil estaba en lo cierto...

Recorrió la habitación con la mirada, como si esperara ver a Bashir Shah de pie en algún rincón, observándolos.

Su cerebro trabajaba a gran velocidad encajando piezas sueltas y tratando de llenar lagunas.

Sabía por los informes del Departamento de Estado que había mucho canalla suelto, gente que anteponía sus objetivos a todo y a todos.

Al Assad en Siria, Al Qurashi en Estado Islámico, Kim Jong-Un en Corea del Norte.

Y, aunque la diplomacia no le permitiera decirlo de manera oficial, en privado estaba dispuesta a sumar a la lista al ruso Ivanov.

Sin embargo, ninguno podía compararse con Bashir Shah: lo suyo no era simple maldad, ni vileza, como habría dicho su abuela, Bashir Shah era el mal personificado. Su intención era crear un infierno en la tierra.

—¿Y cómo te enteraste tú de lo de Shah y los físicos, Gil?

—No puedo contártelo.

—Debes hacerlo.

—Es una fuente, no puedo revelarla. —Se quedó callado ignorando la cara de enfado de su madre—. ¿Cuántos hubo?

Ellen entendió enseguida a qué se refería.

—Aún no hay un recuento definitivo, pero parece que hubo veintitrés muertos en el autobús y cinco en la calle.

A Gil se le saltaron las lágrimas al recordar las caras de otros pasajeros, y se preguntó si podría haber hecho algo más. Como mínimo podría haber arrancado al niño de brazos de su madre y...

—Lo intentaste —dijo su madre.

Gil se preguntó si eso era suficiente o si, por el contrario, suponía una baldosa más del camino al infierno.

Katherine relevó a su madre en la cabecera de su hermanastro y lo veló mientras dormía, despertaba y volvía a dormir.

También Anahita había entrado a saludarlo. Gil le sonrió y le tendió la mano.

—Tengo entendido que me has salvado la vida.

—Ojalá pudiera haber hecho más.

Anahita estrechó esa mano que le resultaba tan familiar y que quizá conociera su cuerpo mejor que ella misma.

Hablaron un momento, pero entendió que debía irse cuando a Gil se le empezaron a cerrar los ojos. Estuvo a punto de agacharse para darle un beso en la mejilla, pero se frenó, no sólo por la presencia de Katherine, sino porque no era de recibo.

Ya no eran «eso».

Cuando salió de la habitación, Boynton le hizo señas.

—Te vienes con nosotros.

• • •

—Llévenos al lugar del atentado, por favor —pidió la secretaria Adams al chófer de Seguridad Diplomática tras subir al coche con Boynton, Anahita y Betsy—, y luego al consulado de Estados Unidos.

Detrás iba otro coche con ayudantes y asesores, y en cabeza y cola, varios vehículos de la policía alemana.

—Le he dicho al cónsul que llegaremos dentro de una hora —informó Boynton—. Sus hombres lo están ayudando a reunir toda la información posible sobre el atentado. La primera reunión será con él, luego habrá otra con los más altos cargos de inteligencia y seguridad de Estados Unidos en Alemania, y finalmente una teleconferencia con sus homólogos. Aquí tiene una lista de los participantes, propuesta por los franceses.

Ellen consultó los países y los nombres, tachó unos cuantos y añadió sólo uno: no quería que hubiera demasiada gente.

Le devolvió la lista a Boynton.

—¿Este coche es seguro?

—¿Seguro?

—¿Lo han revisado?

—¿Revisado? —preguntó Boynton.

—Deje de repetirlo todo y conteste, por favor.

—Sí, señora secretaria, es seguro —intervino Steve Kowalski, el jefe de su escolta, que iba en el asiento del acompañante.

Boynton la miró con atención.

—¿Por qué lo pregunta?

—¿Qué puede decirme de Bashir Shah?

Ellen pronunció el nombre en voz baja pese a que acababan de darle garantías.

—¿Shah? —preguntó Betsy.

Al ver que su imperio mediático crecía por encima de cualquier expectativa, Ellen le había pedido a Betsy que dejara su trabajo como profesora para unirse a ella: en un mundo lleno de testosterona, necesitaba una aliada estrecha y una confidente, y tampoco estaba de más que Betsy resultara temible por su talento y lealtad.

Era ella quien había supervisado la producción del documental sobre el traficante de armas.

—No estará detrás de esto, ¿verdad? —preguntó—. Dime que no.

Ellen percibió que lo de Betsy no era sorpresa, sino auténtica incredulidad. En unos segundos, su expresión pasó de la duda a la preocupación hasta instalarse en algo parecido al terror.

—¿Quién? —preguntó Charles Boynton.

—Bashir Shah —repitió Ellen—. ¿Qué sabe de él?

—Nada, es la primera vez que oigo ese nombre.

Boynton miró alternativamente a la secretaria Adams y a Betsy. Nunca había visto tan enfadada a su jefa, aunque claro, la conocía hacía apenas un mes.

Ellen, por su parte, estaba observando a Anahita, cuya cara de espanto le pareció comparable a la de Betsy.

O quizá no: al oír el nombre de Bashir Shah, la expresión de Anahita había virado directamente al pánico.

—Eso es mentira —dijo por fin Betsy.

—¿Perdón? —preguntó Boynton sin poder creérselo.

—Tiene que conocer a Shah —repuso ella—. Es...

Ellen le puso una mano en la pierna para que se callara.

—No digas nada más.

—¡Esto es absurdo! —protestó Boynton—. De verdad que no sé de quién hablan, señora secretaria —se apresuró a añadir—: yo también soy nuevo en el departamento.

Era cierto. Barbara Stenhauser, con el visto bueno del presidente, había seleccionado a Charles Boynton como jefe de gabinete de la secretaria de Estado no por su experiencia en esos asuntos, sino sencillamente porque era uno de los suyos y había tenido un papel relevante en la campaña.

Ellen sabía que apoyaba en todo los esfuerzos del presidente Williams por desautorizarla, pero empezaba a preguntarse si no albergaba intenciones más oscuras. ¿Era posible que Boynton fuera tan ignorante? ¿Cómo podía no conocer a Bashir Shah?

De acuerdo, Shah vivía en las sombras, pero ¿no consistía el trabajo de Boynton, precisamente, en hurgar en las sombras y descubrir lo que se ocultaba allí?

—Ya hemos llegado, señora secretaria —dijo Kowalski desde el asiento de delante.

En la zona del atentado se habían reunido cientos de personas a las que unas vallas de madera mantenían a distancia del lugar exacto de la explosión. Ellen atrajo todas las miradas cuando bajó del coche, y el silencio que siguió sólo se vio interrumpido por el sonido de la portezuela al cerrarse.

La recibieron el oficial al mando de la policía alemana y el cargo más alto de la inteligencia estadounidense en Alemania: el delegado de la CIA, Scott Cargill.

—No podemos acercarnos demasiado —explicó.

Habían pasado casi doce horas justas desde la explosión y apenas empezaba a salir el sol en lo que prometía ser otro día frío, húmedo y gris de marzo. El panorama era inhóspito: Fráncfort, ciudad industrial, presentaba su peor cara... y la mejor tampoco es que fuera gran cosa.

Buena parte del centro histórico había desaparecido en los bombardeos de la Segunda Guerra Mundial y, si bien se la consideraba una ciudad global, se lo debía tan sólo a su condición de centro económico. Carecía del encanto de muchas ciudades alemanas más pequeñas y del bullicio y la energía juvenil de la capital, Berlín.

Ellen miró a la gente que tenía detrás, reunida en silencio al otro lado de las vallas.

—La mayoría son familiares —le explicó el policía alemán.

Ya había una alfombra de flores, ositos de peluche, globos... como si esas cosas pudieran consolar a los muertos.

Algo que Ellen tampoco podía descartar.

Contempló la destrucción que la rodeaba: el metal retorcido, los ladrillos y cristales... y las mantas rojas en el suelo, cubriendo los cadáveres.

Sabía que la prensa estaba atenta a ella y la grababa.

Aun así, siguió contemplando aquel campo sembrado de mantas que la brisa agitaba apenas. Resultaba casi bonito, casi plácido.

—¿Señora secretaria? —le dijo Scott Cargill, aunque no logró que apartara la vista.

Una de aquellas mantas podría haber tapado a Gil.

Todas tapaban al hijo, la madre o el padre, el marido o la esposa, el amigo de alguien.

El silencio era tal que sólo se oían los clics de las cámaras enfocadas en ella.

Se acordó de unos versos que John McCrae había escrito durante la Primera Guerra Mundial: «Somos los muertos. Hace pocos días vivíamos, sentíamos el alba, veíamos resplandecer el ocaso, / amábamos y nos amaban.»

Miró a los familiares y volvió a fijarse en las mantas: parecían amapolas en un campo.

—¿Ellen? —susurró Betsy interponiéndose entre su amiga y los periodistas para protegerla aunque sólo fuera un momento.

Ellen la miró a los ojos y asintió. Se tragó la bilis y convirtió la repugnancia en determinación.

—¿Qué puede contarme? —le preguntó al policía alemán.

—Muy poco, señora. Ya ve que ha sido una explosión enorme. Quienquiera que lo haya hecho quería asegurarse de cumplir su objetivo.

—¿Y cuál era ese objetivo?

El policía negó con la cabeza. Debía de llevar casi veinticuatro horas al pie del cañón, más que cansado parecía estar completamente exhausto.

—Supongo que el mismo que en Londres y París. —Miró a su alrededor antes de volver a centrarse en la secretaria de Estado—. Si usted sabe algo más, por favor dígamelo. —Se quedó mirándola con atención pero, como no obtuvo respuesta, continuó—: Que sepamos, en este lugar concretamente no hay nada que ninguna organización pudiera considerar estratégico.

Ellen respiró hondo y le dio las gracias.

La pregunta sobre el objetivo era necesaria aunque ya supiera la respuesta, al menos en parte, pero de momento no podía hablarles de la doctora Nasrin Bujari, la física nuclear paquistaní que iba en el autobús. No hasta que averiguara algo más.

Tampoco quería hablar de Bashir Shah, al menos hasta que hubiera conversado con sus homólogos.

Antes de volver al coche, dedicó una última y larga mirada al lugar del atentado. ¿Todo eso para asesinar a una sola persona?

Como el policía alemán había dicho de forma tan concisa, casi seguro que el objetivo era el mismo que en Londres y París. En consecuencia...

—Tenemos que ir al consulado —le dijo a Boynton.

Se entretuvo un momento más en la barrera para dar el pésame a los familiares y mirar las fotos que tenían en las manos: hijos, hijas, madres, padres, maridos, mujeres... desaparecidos.

«Si traicionas la confianza de quienes hemos muerto, / jamás descansaremos...»

Ellen Adams no tenía la menor intención de traicionar la confianza de los muertos. Sin embargo, sentada en aquel coche que cruzaba Fráncfort a toda velocidad a primera hora de la mañana, miró a Charles Boynton y Anahita Dahir y se preguntó si no lo habría hecho ya sin darse cuenta.

12

Para cuando empezó la reunión, ya tenían la respuesta.

Ellen vio en su pantalla a los ministros de Exteriores de un grupo escogido de países junto con sus principales expertos y colaboradores.

—Su información era correcta, señora secretaria —dijo el secretario de Asuntos Exteriores británico, ya no tan condescendiente—. Entre los pasajeros del autobús de Londres hemos identificado al doctor Ahmed Iqbal, un ciudadano paquistaní con domicilio en Cambridge, profesor del Cavendish Lab del departamento de Física de la Universidad de Cambridge.

—¿Era físico nuclear? —preguntó su homólogo alemán, Heinrich von Baier.

—Sí.

—¿Monsieur Peugeot? —Ellen desvió la mirada hacia la esquina superior derecha de la pantalla, donde aparecía el ministro francés.

Esas videoconferencias siempre le recordaban a un concurso de la tele, aunque no se trataba de ningún juego.

—*Oui*. Todo es muy provisional y habrá que comprobarlo una vez más, pero parece que entre los fallecidos en París se encuentra el doctor Édouard Monpetit, de treinta y... —Consultó sus notas—. De treinta y siete años, casado y con un hijo.

—¿También era paquistaní? —preguntó la ministra canadiense, Jocelyn Tardiff.

—De madre paquistaní y padre argelino —explicó Peugeot—. Vivía en Lahore y llegó a París hace apenas dos días.

—¿Y tenía previsto ir a algún otro sitio? —preguntó Ellen.

—Todavía no lo sabemos —admitió el ministro francés—. Hemos mandado a unos agentes a hablar con su familia.

—Supongo que se los ha identificado mediante reconocimiento facial —intervino el ministro alemán.

—En nuestro caso, sí —confirmó el británico—. Tenemos imágenes procedentes de las cámaras de seguridad del momento en que el doctor Iqbal subió al autobús, en la parada de metro de Knightsbridge.

—¿Y cómo es que no los habían identificado antes, durante la búsqueda de sospechosos y objetivos posibles? —preguntó el ministro de Exteriores alemán.

Ellen se inclinó hacia delante. Era una buena pregunta.

—Bueno... —respondió el secretario británico—, es que nuestros algoritmos de inteligencia no lo tenían clasificado como un objetivo.

—Sucedió lo mismo en París —dijo el francés—: nuestro sistema de reconocimiento facial descartó al doctor Monpetit al principio.

—¿Y por qué? —preguntó el ministro de Asuntos Exteriores de Italia—. En mi opinión, cualquier físico nuclear debería de considerarse un objetivo posible.

—El doctor Monpetit era un físico nuclear de segunda —explicó el ministro francés—. Trabajó en el programa paquistaní, pero en un puesto modesto y marginal.

—¿La colocación? —preguntó Alemania.

—Ni siquiera eso: el embalaje.

—¿Y el doctor Iqbal? —preguntó el italiano.

—Por lo que sabemos hasta ahora, el doctor Iqbal no se hallaba vinculado ni al programa nuclear paquistaní ni a ningún otro —respondió el secretario del Reino Unido.

—Pero era físico nuclear... —señaló la ministra canadiense haciendo hincapié en la última palabra.

El atuendo de la ministra suscitaba dudas entre los presentes: o tenía el peor gusto del mundo en el vestir o simplemente se había echado encima una bata de franela... con alces y osos estampados.

Se había recogido el pelo, cubierto de canas, e iba sin maquillar.

En fin, no había que olvidar que en Ottawa acababan de dar las dos de la madrugada. Probablemente la habían arrancado de un profundo sueño.

En todo caso, pese a su atuendo parecía alerta, serena, centrada. Y también severa.

—El doctor Iqbal era un intelectual, un teórico de nivel medio, si acaso —continuó el secretario británico—. Insisto en que se trata de información provisional, pero aparentemente no había publicado más de... —se volvió hacia su ayudante, que le enseñó un documento— una docena de artículos, y siempre como autor secundario. —Se quitó las gafas—. Que sí, que ya lo sé —le dijo a su ayudante, que se había acercado para musitarle algo al oído; luego volvió a mirar a la cámara—. Estamos registrando su apartamento de Cambridge y vamos a hablar con su supervisor. Con los paquistaníes aún no nos hemos puesto en contacto.

—Nosotros tampoco —intervino Francia—, más vale que esperemos.

El secretario de Exteriores británico se encendió: no le gustaba que nadie le dijera lo que tenía que hacer, mucho menos un francés.

«Probablemente no le acepta consejos ni a su madre», pensó Ellen.

Era obvio que formaban una alianza que en cualquier momento podía resquebrajarse: lo que la mantenía unida no era el respeto mutuo, sino la pura necesidad.

Era como una balsa salvavidas, ¿y a quién le interesa pelearse con otro pasajero y que la balsa vuelque haciéndolos caer a todos?

—¿Algún dato sobre Nasrin Bujari? —preguntó la ministra canadiense.

—De momento lo único que sabemos es que trabajó una temporada en la central nuclear de Karachi. Quizá incluso siga trabajando allí —contestó el alemán—. Según entiendo, Canadá ayudó a construir esa central...

Era el turno de Alemania para la hipocresía.

—Eso fue hace décadas —replicó la canadiense con frialdad—. Además, en cuanto nos dimos cuenta de las verdaderas intenciones de Pakistán les retiramos nuestro apoyo.

—Un poco tarde... —apostilló el alemán.

La ministra canadiense abrió la boca, pero enseguida la volvió a cerrar sin decir nada. Ellen ladeó la cabeza pensando que le gustaría tomarse una copa de chardonnay con esa mujer, ¡vaya autocontrol!

—Lo de Karachi es una central eléctrica —dijo al fin la ministra canadiense—, no forma parte de su programa armamentístico.

—Bueno... —contestó el ministro alemán—. Eso creemos, y esperamos que sea cierto, pero el atentado contra la doctora Bujari podría indicar lo contrario.

—*Merde* —masculló el ministro francés.

—Tenemos mucho trabajo por delante —dijo el británico—, incluyendo, por supuesto, averiguar por qué han asesinado a estas tres personas. ¿Qué intenciones tenían esos físicos y quién podía querer detenerlos?

—Israel —respondieron todos al unísono.

Era la respuesta de rigor siempre que se producía un asesinato de esas características.

—El presidente Williams tiene pendiente una llamada telefónica con el primer ministro israelí —dijo Ellen—. Es posible que pronto averigüemos algo. Sin embargo, aunque el Mossad tuviera a esos científicos en el punto de mira, dudo que se plantearan hacer saltar autobuses por los aires para eliminarlos.

—Cierto —reconoció el secretario del Reino Unido.

—De todas formas, la muerte de los tres físicos también tiene un lado positivo —aventuró el ministro italiano—: supongo que implica la anulación de lo que tenían planeado, ¿verdad?

—No sabemos qué intenciones tenían —dijo el ministro francés—. Igual averiguaron algo por casualidad y venían a informarnos.

—¿Los tres a la vez? —preguntó la canadiense—. Parece mucha casualidad.

Ellen cambió de postura. Aún no les había hablado de Bashir Shah ni les había contado que los tres científicos trabajaban para él.

—Yo no creo que quisieran avisarnos —dijo.

El ministro alemán la miró fijamente.

—¿Sabe una cosa, Ellen? Que hasta ahora todos le hemos contado lo que sabemos, pero usted no. Le dijo a nuestra canciller que habría un atentado en Fráncfort. Sabía hasta la línea de autobús, la hora exacta. ¿Cómo es posible?

—¿Y cómo sabía lo de Nasrin Bujari —preguntó el ministro francés— y que había que buscar físicos nucleares de Pakistán en el resto de los autobuses? Creo que nos debe una respuesta.

A Ellen, sin saber muy bien por qué, sus preguntas le sonaron un poco a acusaciones, pero ¿de qué podían acusarla?

No, pensó, no a ella personalmente, sino a los estadounidenses. La secretaria Adams advirtió que, si bien toda esa gente estaba predispuesta a confiar en Estados Unidos —querían confiar y, teniendo en cuenta lo que estaba en juego, incluso era posible que se murieran de ganas de hacerlo—, el caso era que no se fiaban.

Ya no. No después de la debacle de los últimos cuatro años.

Comprendió que una gran parte de su trabajo como secretaria de Estado consistiría en recuperar esa confianza. Se acordó de su primer día de colegio, cuando su madre se había agachado para decirle en la entrada del patio: «Ellen, para tener amigos hay que ser buena amiga.»

Ese mismo día había conocido a Betsy, que a los cinco años ya se parecía a June Cleaver, aunque con voz de marinero mercante en miniatura.

Medio siglo después, Ellen Adams, secretaria de Estado de Estados Unidos, necesitaba desesperadamente hacer amigos.

Vio las caras de preocupación y suspicacia de sus homólogos y supo lo que tenía que hacer: contarles la verdad sobre el extraño mensaje recibido por la FSO y lo que le había dicho Gil sobre Bashir Shah.

Tenían derecho a saberlo.

Aunque quizá aún no fuera el momento.

Veinte minutos antes, al llegar al consulado estadounidense en Fráncfort, había entrado en una sala segura para hacer una llamada a Washington y hablar con el jefe del Estado Mayor Conjunto.

El general Whitehead se había puesto enseguida.

—¿Sí?

—Soy Ellen Adams, ¿lo he despertado?

De fondo se oía a su mujer preguntando con voz de dormida quién llamaba a las dos de la madrugada.

—Es la secretaria Adams. —La voz del general parecía asordinada por una mano que cubría el auricular—. No pasa nada, señora secretaria. —Todavía parecía medio dormido, pero fue despertando del todo a medida que hablaba—. ¿Cómo está su hijo?

Era la pregunta de alguien que había perdido a demasiada gente joven.

—Recuperándose, gracias. Tengo que hacerle una pregunta. Es confidencial.

—Esta línea es segura. —Evidentemente, ya no estaba en el dormitorio, sino en un despacho privado—. Adelante.

Ellen miró por la ventana gruesa y reforzada del consulado, desde donde se veía el parque al otro lado de Gießener Straße.

Poco después, el débil sol de la mañana reveló que en realidad no era un parque, aunque lo pareciera.

Tampoco el edificio donde se encontraba daba la impresión de albergar a miembros de la diplomacia norteamericana, más bien recordaba un Stalag, un campo de prisioneros de guerra de la Segunda Guerra Mundial.

«Las apariencias engañan.»

Lo que estaba viendo no era un parque: alguna lumbrera había tenido la ocurrencia de poner el consulado de Estados Unidos enfrente de un enorme cementerio.

—¿Qué puede decirme sobre Bashir Shah?

Bert Whitehead se dejó caer en una silla. Miró las fotos de la pared del fondo del despacho.

Sabía que iba a ser su última campaña, no tenía ganas de más.

Bashir Shah. ¿Era posible que la secretaria acabara de pronunciar ese nombre?

—Creo que los dos sabemos lo mismo, señora secretaria.

—Yo creo que no, general Whitehead... —Su voz sonaba nítida.

—Vi el documental que hizo su periodista.

—De eso hace tiempo.

—Es verdad. También he leído el informe que preparó inteligencia para su confirmación, y estoy al corriente de las postales.

Ellen soltó una risa seca.

—Cómo no.

—Hizo bien en informarnos en cuanto llegaron.

Las postales a las que se refería el general habían empezado a llegar por correo a su casa, sin firmar, poco después de la emisión del documental. La primera la felicitaba en inglés y en urdu por su cumpleaños y le deseaba una larga vida.

La había puesto en manos del FBI y no había vuelto a acordarse de ella hasta que recibió otra para el cumpleaños de Gil, y una más para el de Katherine.

Y cuando Quinn, su segundo marido y padre de Katherine, murió de pronto de un ataque al corazón, llegó una cuarta... al cabo de apenas unas horas, antes de que la defunción se anunciara oficialmente: un mensaje de pésame en inglés y urdu.

En esa ocasión la entregaron en mano.

Aunque no podía demostrarlo, y el FBI hubiera sido incapaz de averiguar nada, Ellen tuvo entonces la certeza de que esas postales eran de Bashir Shah, una certeza que nació en su interior con la postal aún entre los dedos fríos.

La autopsia no encontró nada que apuntara a que la muerte de Quinn había sido provocada.

Ellen habría preferido creer que Shah se había limitado a aprovecharse de su tragedia para sembrar dudas y agravar cruelmente su dolor jugando con ella al gato y el ratón, pero ella no era ningún ratón asustadizo, así que prefirió afrontar la verdad: Bashir Shah había asesinado a su marido como venganza por el documental, cuya repercusión había sido tal que había obligado al gobierno de Pakistán a arrestarlo, juzgarlo y condenarlo.

Ahora, Ellen volvía a tener a Shah en el punto de mira, pero necesitaba información, mucha información.

—Suponga que no sé nada —dijo.

—¿Puedo preguntarle por qué está interesada en el doctor Shah?

—Por favor, limítese a decirme lo que sabe. He estado tentada de llamar a Tim Beecham, pero he decidido empezar por usted.

Ahí estaba, de nuevo, aquella pausa.

—Creo que ha sido una buena decisión, señora secretaria.

Con sólo oírlo, Ellen Adams comprendió el significado del gesto de preocupación del jefe del Estado Mayor Conjunto, durante la reunión en el despacho oval, cuando el director nacional de Inteligencia había salido a hacer una llamada.

—El doctor Shah es un físico nuclear paquistaní —empezó a explicar Whitehead como quien abre poco a poco la puerta de un armario para desvelar lo que hay dentro—. Pertenece a la segunda generación del programa nuclear del país, que se lo debe casi todo a la primera, pero es capaz de crear armas mucho más potentes y sofisticadas. Shah tiene muchísimo talento. No sería exagerado decir que es un genio. Creó su propio instituto, llamado Pakistani Research Laboratories, una tapadera para los esfuerzos paquistaníes por impulsar su programa de armamento nuclear y competir con la India.

—Esfuerzos que tuvieron éxito —apostilló Ellen.

—Efectivamente. Nos consta que Pakistán sigue ampliando un arsenal que, por lo que sabemos, se compone hoy en día de ciento sesenta cabezas nucleares.

—Dios mío...

—Y nuestros informantes aseguran que, para 2025, serán doscientas cincuenta.

—Dios mío... —volvió a decir Ellen con voz ahogada.

—En una región tan inestable, eso supone un peligro inmenso, y los paquistaníes están encantados con que sea así.

—Israel también tiene armas nucleares, ¿no? —preguntó Ellen.

Oyó una risa.

—Si consigue que lo reconozcan, señora secretaria, los Yankees la ficharán de lanzadora porque habrá quedado claro que hace milagros.

—Yo soy hincha de los Pirates.

—Ah, sí, se me olvidaba que es de Pittsburgh.

—Entre nosotros, general, ¿Israel tiene cabezas nucleares?

—Sí, señora secretaria: es un secreto que están encantados de filtrar. Lo malo es que con eso le dan una excusa a Pakistán para continuar con su programa nuclear. Los paquistaníes apelan siempre al caso israelí como justificación de sus intenciones de aumentar su arsenal hasta alcanzar un «equilibrio de terror» con la India.

—Vaya, vaya.

Ellen Adams conocía el concepto, originado en la guerra fría, cuando ninguno de los dos bandos quería iniciar una guerra que podía aniquilar a toda la humanidad.

En teoría, evitaba que alguno de los dos intentara propasarse. Pero en realidad no creaba ningún «equilibrio», sino un estado de terror permanente.

—¿Y el programa de armas nucleares iraní? —preguntó.

Casi pudo oír cómo el general negaba con la cabeza.

—Tenemos sospechas, pero no están confirmadas. De todos modos, señora secretaria, creo que podemos partir de la premisa de que Irán tiene o tendrá pronto sus propias armas nucleares.

—En fin, todo eso es del conocimiento público, pero ¿qué puede decirme sobre los acuerdos privados del doctor Shah? Sé que en algún momento empezó a hacer negocios por su cuenta.

—Es cierto: comenzó a traficar con uranio y plutonio enriquecidos, pero no se limitó a eso; en ese mercado también trafican otros, sobre todo la mafia rusa, pero si Shah es tan peligroso es porque se convirtió en una especie de Walmart de las armas, que aparte de los materiales también vendía la tecnología, los equipos, los sistemas de colocación y detonación...

—Y el personal.

—Exacto: los clientes que acudían a él podían obtener en una sola compra todo lo necesario para fabricar sus propias bombas nucleares de principio a fin.

—¿Con «clientes» se refiere a otros países? —preguntó Ellen.

—En algunos casos, sí. Creemos que suministró a Corea del Norte componentes para su programa de armas nucleares.

—Menos mal que Afganistán no tiene el suyo. ¿Se lo imagina?

—Cada día, señora secretaria.

Ella también: por esa razón se despertaba a las tres de la madrugada.

—¿Y el gobierno paquistaní estaba al tanto de todo esto?

—Sí. Sin la aprobación del gobierno, o al menos su disposición a hacer la vista gorda, Shah no se habría salido con la suya. El gobierno toleraba sus negocios porque compartían objetivos.

—¿Qué objetivos?

—Mantener desestabilizada la región, tomar ventaja sobre la India y debilitar a Occidente. Shah ha ganado miles de millones vendiendo todo tipo de cosas al mejor postor, no sólo tecnología nuclear, sino armamento pesado, productos químicos y agentes biológicos, armas convencionales... Me ha preguntado si entre sus clientes había otros países. El peligro no es ése. Al menos a los gobiernos podemos controlarlos un poco. El verdadero riesgo es que caigan armas nucleares en manos de criminales y organizaciones terroristas. Si quiere que sea sincero, resulta increíble que aún no haya pasado.

Ellen hizo una pausa para asimilarlo, pero su cerebro trabajaba a toda prisa.

—Y los componentes, las armas, ¿quién se los suministra a Shah? Porque él no los fabrica...

—No, él hace de intermediario. Hay todo tipo de actores, pero parece que uno de sus principales proveedores es la mafia rusa.

—¿Y Pakistán lo permite? —Era un aspecto que Ellen necesitaba tener del todo claro—. ¡Es nuestro aliado!

—Juegan a un juego peligroso. El gobierno paquistaní nos permitió tener bases militares en el norte del país durante nuestra larga presencia militar en Afganistán, pero no por ello dejó de ser un lugar seguro para Bin Laden, Al Qaeda, los pastunes y los talibanes. Su frontera con Afganistán es tremendamente porosa, el país está plagado de extremistas y terroristas que gozan del respaldo y la protección del gobierno.

—Y cuyo proveedor es precisamente Shah...

—Exacto, aunque si lo tuviera usted delante no sospecharía nada. Tiene aspecto de hermano, de mejor amigo; parece un intelectual benevolente.

—Las apariencias engañan.

—Casi siempre —añadió el general Whitehead—. Cuando asistí a las reuniones con el ejército paquistaní entré en las cuevas y vi las armas que tenían escondidas y que les suministraba Shah. Si alguno de esos grupos llegara a tener un arma nuclear...

—¿Y por qué no la tienen, si hace décadas que Shah es su proveedor?

—Por dos razones —respondió Bert Whitehead—. Primero que nada, la mayoría de esas organizaciones son caníbales: se pelean y matan entre sí. La organización y la continuidad no son su fuerte, y construir una bomba de verdad requiere años, y estabilidad. Además, no puede hacerse en las montañas, dentro de una cueva. La otra razón es que se lo impiden las agencias de inteligencia occidentales. Desde la caída de la Unión Soviética, nuestras redes de inteligencia y vigilancia han desbaratado cientos de tentativas de compraventa de materiales y residuos nucleares. Y le recuerdo que una bomba sucia se crea con muy poco.

A la secretaria Adams no le hacía falta que se lo recordasen: siempre lo tenía muy presente.

—Como usted sabe —continuó el general—, el penúltimo gobierno de nuestro país presionó a Pakistán para que detuviese a Shah. En parte fue gracias a su documental, que dirigió la presión pública sobre Pakistán. Nosotros esperábamos que lo metieran en la cárcel, pero sólo lo condenaron a arresto domiciliario. De todos modos, supongo que es mejor que nada: limita su influencia.

—Hasta ahora —contestó Ellen.

—¿Por qué lo dice?

—Ah, ¿no lo sabe? Shah está libre. Los paquistaníes lo soltaron el año pasado.

—Madre de Dios... Lo siento, señora secretaria. —El general Whitehead suspiró—. Bashir Shah en libertad. Eso sí es un problema.

—Mayor de lo que se imagina: parece que lo hicieron con nuestro beneplácito.

—¿Nuestro?

—El del gobierno anterior.

—No puede ser. ¿Quién iba a ser tan tonto como para...? En fin, da igual.

130

Se referían al ex presidente Dunn, a quien incluso sus colaboradores más estrechos —sobre todo sus colaboradores más estrechos— llamaban Eric el Tonto, aunque en este caso ya no cabía hablar de tontería, sino de demencia.

—Fue justo después de las elecciones —dijo la secretaria Adams.

—¿Después de las elecciones? ¿Cuando ya habían perdido? —preguntó el general Whitehead—. ¿Qué sentido tiene? —Se quedó callado un momento y después agregó—: ¿Cómo lo sabe?

—Me lo ha dicho mi hijo, que estaba siguiendo a una física nuclear, una tal Nasrin Bujari, contratada por Shah.

Ellen le contó lo que sabía. El general Whitehead escuchó en silencio, absorbiendo todas las palabras y lo que implicaban.

Después preguntó:

—Pero ¿por qué iba a matar Shah a los suyos?

—No los ha matado él.

—Entonces ¿quién ha sido?

—Esperaba que me lo dijera usted.

Pero el general Whitehead se quedó en silencio.

13

—El primer ministro israelí niega cualquier implicación de su gobierno en los atentados —susurró Boynton al oído de Ellen media hora después, durante la reunión virtual con secretarios y ministros de Asuntos Exteriores, jefes de inteligencia y expertos de otros países.

—Gracias —contestó ella antes de volverse hacia los demás participantes en la videoconferencia y contárselo.

Agradeció la interrupción porque le había evitado tener que contestar a la pregunta de cómo sabía la ciudad en que tendría lugar el tercer atentado, la hora, e incluso qué autobús, puntualmente, sería el objetivo.

Le daba algo de tiempo para pensar la respuesta.

—¿Qué hacemos? ¿Damos credibilidad al primer ministro israelí? —preguntó el ministro de Exteriores de Francia.

—¿Nos ha mentido Israel alguna vez? —preguntó el ministro italiano.

Eso provocó algunas risas.

No obstante, pese a que Israel no siempre decía la verdad, también sabían que era poco probable que el primer ministro le hubiera mentido al nuevo presidente de Estados Unidos: Israel necesitaba conservar a ese amigo a toda costa, y empezar con una mentira no era la mejor manera.

—Además —intervino el secretario británico—, puede que el Mossad estuviera encantado de matar a físicos nucleares paquistaníes, pero no de una manera tan sucia y brutal: ellos siempre se jactan de ser limpios y precisos, y esto ha sido todo lo contrario.

Por lo visto, se le había olvidado que Ellen había dicho exactamente lo mismo unos minutos antes.

—Señora secretaria —dijo la ministra canadiense—, no ha respondido a nuestra pregunta: ¿cómo se enteró de los detalles del atentado de Fráncfort antes de que ocurriera y de lo de la doctora Bujari?

Ellen ya no vio tan claro que pudieran ser amigas.

—Y de que los objetivos de los otros dos autobuses probablemente fueran también físicos paquistaníes —añadió el ministro de Exteriores italiano.

—Como saben, en el autobús de Fráncfort iba mi hijo, que es periodista. Una fuente le informó de un complot relacionado con físicos nucleares paquistaníes y le dio el nombre de Nasrin Bujari. La estaba siguiendo. A partir de ahí, no costaba atar cabos.

—¿Y quién era su fuente? —preguntó la canadiense.

Ellen pensó que la mujer con la bata con alces y osos estampados estaba resultando ser un incordio.

—Se niega a decírmelo.

—¿A su propia madre? —preguntó el ministro alemán.

—A la secretaria de Estado. —El tono de Ellen desalentó cualquier otra pregunta sobre su relación personal con su hijo.

—¿En qué consistía el complot? ¿Cuál era el plan? —preguntó el ministro francés, que se acercó tanto a la pantalla que todos pudieron ver hasta los poros de su enorme nariz.

—Mi hijo no lo sabe.

El ministro puso cara de escepticismo.

—A su hijo lo secuestraron hace unos años los pastunes, ¿no es cierto? —recordó el ministro de Exteriores alemán.

—Es verdad —comentó el francés.

—Cuidado —lo avisó la canadiense, pero Francia casi nunca escucha a Canadá.

—A diferencia de otros periodistas, que fueron ejecutados, entre ellos tres franceses, él consiguió escapar... —insistió el francés.

—Basta, Clément... —le espetó la canadiense.

Pero el otro no se detuvo.

—... y ahora tengo entendido que su hijo se ha convertido al Islam. Es musulmán.

—¡Clément! —dijo la canadiense—. *C'est assez!*

Pero no era suficiente, al menos no para el ministro francés.

—¿Qué insinúa? —El tono de Ellen fue de advertencia.

En realidad, sabía perfectamente lo que el ministro francés insinuaba: lo habían insinuado muchos otros, pero nunca se lo habían dicho a la cara.

—No ha querido decir nada —terció el ministro italiano—. Está muy afectado: París acaba de sufrir un atentado horrible. No le dé mayor importancia, señora secretaria.

La cara del francés estaba prácticamente pegada a la pantalla.

—¿Cómo sabe que su hijo no forma parte del complot? ¿Cómo sabemos que la bomba no la ha puesto él mismo?

Fue la gota que colmó el vaso.

—¡¿Cómo se atreve?! —bramó Ellen—. ¿Cómo puede insinuar que mi hijo ha tenido algo que ver? Lo que ha intentado es evitarlo: se ha jugado la vida para impedirlo y ha estado a punto de morir en la explosión.

—«... a punto» —repitió el alemán con una calma y una ponderación exasperantes—, pero no ha muerto.

Ellen se preguntó si había oído bien.

—No lo estará diciendo en serio.

Los miró uno a uno. Incluso la canadiense, con su ridícula bata de franela con alces y osos, aguardaba su respuesta a aquella pregunta, una pregunta que todos se hacían, pero que sólo el ministro francés había tenido la temeridad de formular.

¿Cómo era posible que Gil Bahar, al contrario que muchos otros, hubiera conseguido escapar de los terroristas islámicos que lo tenían secuestrado?

Ella misma se lo había preguntado a su hijo cuando se reunió con él en Estocolmo, justo después de su escape. Lo hizo sin doble intención, pero Gil se sintió agredido, como siempre.

Desde entonces, su relación, ya de por sí tensa, había empeorado, mientras que la pregunta sin respuesta se había ido convirtiendo en una herida sin cerrar.

Ya casi no se hablaban, a pesar de que ella no se había cansado de intentar explicarle, a través de Betsy y Katherine, y de llamadas y cartas, que lo quería y confiaba en él, y que, si le había hecho aquella pregunta, había sido inocentemente, sin medir las consecuencias.

El secuestro de Gil también era el origen del conflicto suscitado entre Ellen y el entonces senador, y actual presidente, Douglas Williams.

Otra herida sin cerrar.

Miró a sus colegas, todos tensos y nerviosos. Aún no podía decirles nada del mensaje en clave: primero tenía que averiguar muchas cosas sobre el propio mensaje y sobre Anahita Dahir.

Sin embargo, algo tenía que darles. Se le ocurrió una idea.

—Lo que le dijo su fuente fue quién era el cerebro de los atentados. Ha podido contármelo esta mañana, en la cama del hospital.

Le pareció oportuno insistir en ese detalle: no, Gil no había salido ileso.

—¿Y...? —preguntó el ministro alemán.

—Bashir Shah.

Fue como si se abriera un agujero negro capaz de succionar la luz, el sonido y la vida de las salas donde estaba cada uno, dejándolos completamente aturdidos.

Bashir Shah.

Empezaron a gritar preguntas todos a la vez.

En el fondo, era la misma pregunta, formulada de maneras distintas.

—¿Cómo ha podido ser Shah, si lleva años en arresto domiciliario en Islamabad?

Ellen repitió punto por punto su conversación con el general Whitehead, lo que provocó aún más confusión.

—Mierda.

—*Merde.*

—*Scheiße.*

—*Merda.*

—*Fucking hell* —soltó la canadiense.

Ellen se replanteó su postura: quizá una botella de chardonnay con ella, cuando todo acabara.

—¿Está diciendo que no tenemos ni idea de dónde está Shah? —preguntó el ministro de Exteriores de Francia.

—Exacto.

Por las caras de los otros asistentes a la reunión, Ellen llegó a la conclusión de que sabían tan poco como ella, y estaban igual de indignados y enfadados...

Con ella.

—¿Y ustedes lo permitieron? —inquirió el alemán—. ¿Dejaron escapar al traficante de armas más peligroso del mundo? *Nein,* no escapar, salir tan campante por la puerta de su casa.

—Me imagino que lo haría por la puerta de atrás para que nadie lo viera... —se burló el italiano.

—Qué más da por dónde saliera —replicó el alemán—. La cuestión es que está libre, con el beneplácito del gobierno estadounidense.

—Sí, pero no del gobierno actual, ni el mío —aclaró Ellen—. Yo lo odio tanto como ustedes, si no más.

Por la simple razón de que sospechaba que Shah había asesinado a su esposo Quinn, a quien ella quería con toda su alma, en represalia por el documental...

Y porque no dejaba de burlarse de ella con sus malditas postales.

Durante cuatro meses, Shah había tenido libertad para hacer lo que quisiera con la protección del gobierno paquistaní y el consentimiento de un loco, nada menos que el presidente de Estados Unidos, con su gabinete de monos voladores.

Entre ellos, empezaba a sospechar Ellen, Tim Beecham, director nacional de Inteligencia en funciones.

De ahí que el general Whitehead no se fiara de él.

Tim Beecham era un residuo del gobierno anterior, un nombre más en la oleada de nombramientos políticos propuestos al Senado durante los últimos estertores de la presidencia de Dunn. El nuevo presidente lo había dejado como director nacional de Inteligencia «en funciones» hasta que hubiera decidido si lo mantenía o no en el cargo. Lo había conocido siendo senador, y sabía que era un profesional de inteligencia conservador y de derechas, pero poco más. En todo caso, por lo pronto no tenía otro remedio que confiar en su lealtad.

Leal era, estaba claro, pero ¿a quién?

—¿Qué intenciones tiene Shah? —preguntó la ministra canadiense—. Tres físicos nucleares... eso no puede ser bueno.

—Tres físicos nucleares muertos, querrá decir —la corrigió el ministro italiano—. En el fondo nos han hecho un favor, ¿no es cierto?

Ellen rememoró las caras de los familiares con las fotos en las manos y los ositos de peluche, los globos y las flores en la calle. Valiente favor.

A pesar de todo, el ministro italiano tenía algo de razón.

—Yo lo que no entiendo es que reclutase a físicos nucleares de segunda fila —volvió a la carga la canadiense—. Podría haber comprado prácticamente a cualquiera, ¿no?

A Ellen tampoco le cuadraba.

—Tiene que presionar a su hijo, señora secretaria —dijo el ministro italiano—. Es necesario que le diga quién es su fuente: tenemos que descubrir las intenciones de Shah.

A petición de Ellen, Betsy regresó a Washington.

Una vez sentada al lado de la ventanilla en el asiento de clase business del avión de línea, abrió la carta que le había entregado Ellen, con aquella mala letra inconfundible.

A pesar de que se la había entregado dentro de un número de la revista *People*, y de que la letra no podía ser de nadie más, su amiga había empezado la carta con «una metáfora mixta entra en un bar...».

Se encendió la señal de cinturón obligatorio y una azafata pidió, a través de la megafonía, que los teléfonos se pusieran en modo avión. Antes de hacerlo, Betsy se apresuró a mandar un mensaje al correo electrónico de Ellen.

«... Y en alas del alcohol se sume en la estupefacción.»

Se apoyó en el respaldo y leyó el resto del breve mensaje mientras, en la fila de detrás, un hombre joven y de aspecto corriente leía el periódico.

Seguro que pensaba que Betsy no se había fijado en él.

Tras leer el mensaje, ella se guardó la carta en el bolsillo del traje pantalón. Cabía la posibilidad de que le robaran el bolso, pero parecía más difícil que le quitaran los pantalones.

La carta estaría a salvo.

Sobrevolando el Atlántico, mientras los demás pasajeros comían o dormían en sus asientos cama, Betsy Jameson miraba por la ventanilla pensando en cómo cumplir la petición de Ellen.

—Que pase —dijo Ellen. Estaba en un despacho que le había facilitado el cónsul general de Estados Unidos.

Charles Boynton entró con Anahita Dahir.

—Gracias, Charles, ya puede irse.

Boynton se paró en la puerta, vacilando.

—¿Le traigo algo de comer o de beber, señora secretaria?

—No, gracias. Y usted, señorita Dahir, ¿quiere algo?

Anahita negó con la cabeza a pesar de que se moría de hambre. Lo último que quería hacer era comerse un sándwich de lechuga y huevo duro delante de la secretaria de Estado.

Boynton cerró la puerta con cara de preocupación: lo estaban excluyendo. Tenía que encontrar la manera de volver a entrar.

Ellen esperó a que la puerta se cerrara con un suave clic para indicarle por señas a Anahita que se sentara en el sillón de enfrente.

—¿Quién es usted?

—¿Cómo, señora secretaria?

—Ya me ha oído. No tenemos tiempo que perder. Ha habido muertos y todo indica que aún no ha pasado lo peor. Usted está implicada, así que conteste: ¿quién es?

Anahita vio que la secretaria apoyaba lentamente la palma de la mano en la tapa de una carpeta que tenía sobre las rodillas y entendió que era un informe de inteligencia muy similar al que tenían sus interrogadores en el sótano del Departamento de Estado.

Alzó la vista hacia la secretaria Adams.

—Soy Anahita Dahir y trabajo en el servicio diplomático. Pregúnteselo a quien quiera. Katherine me conoce y Gil también. Soy quien digo que soy, ni más ni menos.

—Bueno, tanto como eso... —contestó Ellen—. Me creo que esos sean su nombre y su trabajo, aunque estoy convencida de que hay algo más. Usted, y nadie más, recibió el mensaje. Ahora sabemos que hay una conexión con Pakistán, de donde eran los tres físicos nucleares a los que se ha identificado entre los pasajeros de los autobuses que estallaron, y usted pasó dos años en nuestra embajada en Islamabad, y trabaja en la sección paquistaní. ¿Quién le mandó el mensaje?

—No lo sé.

—Sí que lo sabe —replicó Ellen—. Mire, la saqué del interrogatorio; seguramente hice mal, pero la saqué de allí y luego la traje conmigo a Fráncfort para que estuviera fuera de peligro. Seguramente tampoco debería haberlo hecho, pero lo hice. Estaba en deuda con usted por haber salvado la vida de mi hijo, pero todo tiene un límite. Al otro lado de esa puerta hay agentes de seguridad. —No se molestó en mirar en dirección a la puerta—. Si no me responde ahora mismo, haré que entren y la dejaré en sus manos.

—Le aseguro que no lo sé —insistió Anahita con una voz aguda que salió con dificultad de su garganta—. Tiene que creerme.

—No, lo que tengo que hacer es averiguar la verdad. Antes de borrar el mensaje lo copió. ¿Suele hacerlo?

Anahita negó con la cabeza.

—Y, en este caso, ¿por qué lo hizo?

Al ver la expresión compungida de la FSO, Ellen supo que la había pillado. Tal vez no consiguiera la respuesta, pero al menos había dado con la pregunta.

Anahita respondió; sin embargo, su respuesta no fue para nada la que Ellen esperaba.

—Mi familia es libanesa, y las familias libanesas suelen ser estrictas y tradicionales. Mis padres lo son, sin embargo me dieron una libertad que mis amigas no tenían ni por asomo. Me dejaban salir de casa, incluso me permitieron salir del país por mi trabajo, pese a que, según la tradición, las buenas libanesas viven con sus padres hasta casarse. Estaban orgullosos de que trabajara para el Departamento de Estado, al servicio de mi patria, y confiaban en que yo no traspasaría ciertos límites; sin embargo yo...

Ellen escuchaba con atención, pero al mismo tiempo iba reflexionando, buscando conexiones, hasta que consiguió atar cabos.

—Gil —dijo.

Anahita asintió.

—Sí. Cuando llegó el mensaje, sinceramente creía que era spam, al menos al principio; por eso se lo enseñé a mi supervisor y después lo borré. Pero justo antes de hacerlo se me ocurrió que quizá fuera de Gil.

—¿Y por qué pensó eso?

Anahita se quedó callada y Ellen notó que se ruborizaba.

—Gil y yo siempre quedábamos en el mismo sitio: mi pequeño apartamento de Islamabad, así que, cuando quería que nos viéramos, me mandaba un SMS con la hora; nada más, sólo la hora.

140

—Encantador —dijo Ellen, y vio que Anahita sonreía un poco.

—La verdad es que sí. Yo quería mantener en secreto nuestra relación para que mis padres no se enterasen, y eso a veces resultaba engorroso, pero también era...

Divertido, excitante... Recordó la emoción de moverse a hurtadillas por una ciudad plagada de engaños y dobleces. ¡Ah, los días y las noches de Islamabad, bochornosos y sensuales!... Todo el mundo tan joven, tan vital, tan resuelto... tan lleno de vida pese a estar rodeados de muerte.

Su trabajo como traductores o periodistas, como empleados consulares o espías, les parecía de la máxima importancia. Ellos mismos se sentían importantes... e inmortales, en un sitio donde la violencia y la muerte se cebaban en otros, nunca en ellos.

Y los mensajes de texto... «1945», «1330» o su favorito: «0615». Despertarse con Gil...

Ellen tuvo que esforzarse para no sonreír ante las reacciones físicas de Anahita mientras recordaba. Se dio cuenta de que ella misma había sentido algo muy parecido por Cal, el padre de Gil. Cal había sido su primer amor... aunque no su alma gemela, no: su alma gemela era Quinn, el padre de Katherine.

Pero cómo se divertía con Cal Bahar... y qué resuelto era.

Incluso ahora, cuando pensaba en él...

No siguió: era el momento menos adecuado.

Carraspeó y Anahita, volviendo a sonrojarse, abandonó sus recuerdos y regresó a la sala fría, gris y anodina en la que se encontraban.

—Esperaba que el mensaje fuera de Gil, de modo que me lo apunté antes de borrarlo, y más tarde esa noche le mandé un mensaje para preguntarle si era él quien me había escrito.

—¿Sabía dónde estaba?

—No. Hacía tiempo que no teníamos ningún contacto, desde que regresé a Washington.

Ellen asintió con la cabeza pensando que, si Anahita les había contado todo eso a los de seguridad, seguro que no la habían creído: muy probablemente no entendieran que una mujer joven pudiera anhelar y consumirse así por su primer amor, ni que ese amor pudiera hacerla exagerar, malinterpretar, releer y reinterpretar un mensaje.

No entenderían que la esperanza es capaz de cegar incluso a las personas más inteligentes.

Ella misma, en cambio, le encontraba todo el sentido del mundo. También a ella la había deslumbrado un hombre, el padre de Gil; también ella había estado ciega a lo que todos los demás veían con una claridad meridiana, empezando por Betsy, que había intentado decírselo de la mejor manera, hacerle ver todas las razones por las que lo suyo con Cal no funcionaría jamás.

—Y así es como se enteró de que estaba en Fráncfort —dijo.

—Sí.

—Pero, si no fue Gil, ¿quién envió el mensaje?

—No lo sé, pero dudo que quisiera mandármelo a mí en concreto: le iba bien cualquiera que estuviese en ese escritorio.

—¿Qué sabe de Bashir Shah? —Notó que las facciones de Anahita se tensaban—. Algo sabe. He visto su reacción dentro del coche: se ha asustado mucho.

Anahita se removió en el asiento.

—Cuando estaba en Islamabad trabajé en temas de proliferación nuclear —contestó después de unos momentos—, y algunos de mis contactos paquistaníes hablaban de él casi sobrecogidos. Era un mito en el sentido más terrible, algo así como un dios de la guerra. ¿Es él quien está detrás de los atentados?

En lugar de contestar, Ellen se puso de pie.

—¿Tiene algo más que contarme?

Anahita también se levantó y negó con la cabeza.

—No, señora secretaria, nada más.

La acompañó hasta la puerta.

—Voy a volver al hospital para ver a Gil antes de que salga el vuelo, ¿quiere acompañarme?

Después de un titubeo, Anahita levantó la barbilla y echó los hombros hacia atrás.

—Gracias, pero no.

Al cerrar la puerta, Ellen se preguntó si Gil tendría idea de lo que había perdido.

Anahita, por su parte, se preguntó hasta dónde podría llegar si seguía caminando por aquel pasillo. ¿Cuánto tardarían en darse cuenta de que ya no estaba?

Y de que había mentido... una vez más.

14

Mientras hacía cola para coger un taxi en el aeropuerto de Washington-Dulles, Betsy Jameson sopesó la posibilidad de preguntarle al joven del avión si quería que lo compartieran.

La seguía, estaba claro: era tan obvio que resultaba casi enternecedor. Esperó que no fuera un espía: duraría muy poco en la profesión —y entre los vivos— si no la engañaba ni a ella. De todos modos, sospechaba que la seguía para protegerla.

Ellen debía de haberlo enviado.

Eso la tranquilizaba, por un lado, pero por otro la desconcertaba: no se le había pasado por la cabeza que estuviera haciendo nada peligroso; sí difícil, pero no peligroso.

A lo difícil ya estaba acostumbrada. Su infancia en el sur de Pittsburgh la había convertido en una luchadora. Había crecido con la convicción de que la vida era una lucha constante, de que la gente era una mierda y no había que fiarse de nadie. De la familia sólo recibía malos tratos, los hombres eran todos unos violadores y las mujeres, unas zorras. ¿Los gatos? Unos falsos. ¿Y los perros? Los perros estaban bien, excepto los pequeños, que siempre estaban ladrando. Y de los pájaros mejor no hablar.

La experiencia le había enseñado que los monstruos no salían del armario, sino que entraban por la puerta principal y, para colmo, con frecuencia les abrían gustosamente.

Por su parte, ya a los cinco años había aprendido a no dejar entrar a nadie.

Se había refugiado en una cueva excavada en la ladera de una montaña emocional donde nadie ni nada podían encontrarla ni hacerle daño.

Con todo, el primer día de colegio había visto, en la entrada del patio, a una niña rubia con las piernas torcidas, unas gafas enormes de culo de vaso y un jersey demasiado grueso para el tiempo que hacía. Su madre se había agachado para decirle algo en voz baja, ella había asentido con solemnidad y se habían despedido con un beso.

Betsy ya no se acordaba de la última vez que le habían dado un beso, y mucho menos como aquél: un beso en la mejilla, rápido y tierno.

Luego aquella niña rubia de apariencia frágil había cruzado el umbral del patio y enseguida, inesperada e irrevocablemente, se había colado hasta el fondo de la cueva donde Betsy Jameson se ocultaba.

Desde ese día en adelante, Ellen y Betsy habían sido casi inseparables. Ellen le enseñó a Betsy que la bondad existía... y de ella aprendió a defenderse de las agresiones con una patada en la entrepierna.

Habían ido juntas a la universidad. Ellen cursó Derecho y Ciencias Políticas; Betsy, Literatura Inglesa. Al salir, se hizo profesora.

Nadie en su familia festejó sus éxitos, pero daba igual: ya no estaba en su cueva, sino fuera, en un mundo donde los peligros acechaban, pero donde también existía la bondad.

Todavía en la fila de los taxis, medio muerta de frío en aquel gélido día de marzo, se acordó del largo abrazo que Ellen le había dado en el vestíbulo del consulado de Estados Unidos en Fráncfort mientras le susurraba al oído: «Cuídate.»

Claro que entonces aún no había abierto la carta que ahora llevaba en el bolsillo del pantalón.

La carta en la que Ellen le pedía que averiguase, con la máxima discreción, todo lo que pudiese acerca de Tim Beecham.

Beecham era el director nacional de Inteligencia en funciones y, al menos oficialmente, había sido uno de los principales asesores en seguridad del gobierno anterior, pero ¿a qué se dedicaba realmente?

En apariencia, la tarea no tenía mucha complicación, pero a ellas no les interesaban las apariencias.

Miró de reojo al joven que la seguía: estaba absorto en el mismo periódico que había estado leyendo durante ocho horas en el avión. Casi le dio pena, pero al final pensó que el ofrecimiento de ir juntos en taxi sólo serviría para sacarle los colores. Además, quería tiempo para pensar durante el trayecto hasta Foggy Bottom.

El siguiente taxi le tocaba a ella.

En cuanto arrancó, vio al agente saltar por encima de las cuerdas y subir a un coche estacionado en la zona roja donde no podía aparcar nadie que no contara con la identificación gubernamental.

Se apoyó en el respaldo pensando en su siguiente movimiento.

—¿Has comido?

—Aún no —contestó Katherine.

—Pues ve a buscar algo, ya me quedo yo con él —dijo Ellen.

Faltaba menos de una hora para el vuelo a Islamabad que les había propuesto a los secretarios y ministros de Exteriores presentes en la reunión de esa mañana con el visto bueno del presidente Williams. Alguno se había resistido de entrada, pero estaba claro que si algún país podía sonsacarles una respuesta a los paquistaníes era Estados Unidos, por mucho que los atentados se hubieran producido en el Reino Unido, Francia y Alemania.

Se había decidido no informar a nadie de la visita, ni siquiera a Islamabad, hasta después de que el avión despegara.

La respiración de Gil cambió, se removió un poco entre gemidos y empezó a despertarse. Ellen le cogió la mano, conocida y desconocida —¡hacía tanto que no se la tocaba!—, y contempló su rostro apuesto, aunque amoratado, mientras él batallaba para salir del marasmo de los analgésicos.

Abrió los ojos y la miró sonriendo, pero enseguida recuperó del todo la conciencia y su sonrisa se desvaneció.

—¿Cómo estás? —susurró ella.

Se inclinó para darle un beso en la mejilla, pero él se apartó.

—Bien —respondió frunciendo el ceño al acordarse de lo que había ocurrido—. ¿Y los demás?

Había diecisiete transeúntes hospitalizados en el mismo centro. La secretaria Adams había hablado un poco con algunos heridos, los más leves: los médicos no eran partidarios de molestar a los demás, que en muchos casos seguían sedados. Más de uno se debatía entre la vida y la muerte.

Su vida había sufrido un giro tan brusco como radical mientras recorrían a pie o en bicicleta el camino de todos los días.

Brazos y piernas amputados; cerebros con lesiones irreparables; ceguera, desfiguración, parálisis.

Cicatrices visibles e invisibles que jamás se curarían.

Se abrió la puerta y apareció Charles Boynton.

—Preguntan por usted, señora secretaria.

—Gracias, Charles, voy enseguida.

Su jefe de gabinete se quedó un momento en la puerta antes de retirarse.

Ellen devolvió su atención a Gil.

—Me voy a Islamabad.

—¿Los paquistaníes están colaborando?

—A eso voy: a asegurarme de que lo hagan. Sospecho que conocen el paradero exacto de Shah.

—Yo también.

—Gil, tengo que preguntártelo otra vez. —Lo miró a los ojos—. Necesitamos saber quién es tu fuente.

Gil sonrió.

—Y yo pensando que mi madre había venido a comprobar que me encontraba bien. No me había dado cuenta de que tenía delante a la secretaria de Estado.

A Ellen se le ocurrieron varias respuestas, pero no dijo nada.

El propio Gil era consciente de que había sido un golpe bajo.

—Sabes que no puedo decírtelo —añadió suavizando el tono—. Dirigiste un imperio mediático, ¿cuántas veces fuiste a juicio para defender a periodistas que se negaban a revelar sus fuentes?

—Hay vidas en...

—No me vengas con que hay vidas en juego —la cortó.

En su memoria había recuerdos que nunca se desvanecían: instantáneas que salían a flote de improviso en la oscuridad de la noche o a plena luz del sol; mientras caminaba, comía o estaba en la ducha; incluso en los momentos más banales.

La decapitación de su amigo, el periodista francés, por ejemplo. Sus secuestradores se habían asegurado de que la presenciara y dedujera que después llegaría su turno. Jean-Jacques lo había mirado fijamente a los ojos mientras le ponían la cuchilla en la garganta.

O la imagen de aquella joven negra en el momento en que un camión con un extremista de derechas al volante la arrollaba junto a un grupo de manifestantes pacíficos en Texas: el último momento de una vida.

Y esos dos eran apenas los visitantes más asiduos, los huéspedes sin invitación, los fantasmas indeseados más asiduos.

A esas imágenes del horror acababa de sumarse otra: la de caras en el autobús mirándolo con miedo. Miedo de él. Estaban a punto de morir y él no podía salvarlos.

—La única razón de que tengamos la esperanza de evitar más muertes —dijo— es que mi fuente confiaba en mí, y si te digo quién es ya no lo hará. No, Ellen, no voy a decírtelo.

A Ellen siempre le dolía que la llamara por su nombre, en vez de «mamá» o incluso «madre». De hecho, sospechaba que lo había hecho por eso, para que le doliera, aunque también como advertencia: «De aquí no pases.»

De todas formas, la relación con su hijo era menos importante que la posible pérdida de decenas de miles de hijos e hijas, madres y padres más. Si lo que estaba sucediendo asestaba el golpe de gracia a su familia, qué se le iba a hacer... No sería tan espantoso como el duelo de tantas y tantas familias en las últimas horas.

—Necesitamos más información, y seguro que tu fuente la tiene. Además, no tiene por qué enterarse de que nos lo has dicho.

—¿Estás de coña? —Gil la miró con rabia—. Lo sabrá cuando lo maten.

—¿Quiénes?

—Shah y los suyos.

—¿Trabaja para Shah?

—Oye, que no es que no quiera ayudar; soy el primero que quiere encontrar a Shah y frenarlo, pero no puedo decirte más.

Ellen respiró hondo intentando calmarse.

Cambió de táctica.

—¿Crees que tu fuente conoce los planes de Shah?

—Se lo pregunté, como comprenderás, y me aseguró que no.

—¿Le crees?

El padre de Gil, Cal Bahar, le había inculcado la idea de que los periodistas, los reporteros de investigación y los corresponsales de guerra eran héroes: el Cuarto Poder que aprieta las tuercas a la democracia.

A Gil Bahar lo habían educado en la seguridad de que el periodismo era su vocación y su destino. Los conflictos que buscaba no eran interiores, se desarrollaban en Washington o en Afganistán, y él quería cubrirlos.

Ser testigo, informar, averiguar el porqué, el cómo y el quién.

Contar la verdad, hasta la más desagradable o peligrosa.

Su madre, por su parte, siempre había sido la empresaria, la gestora que dirigía el imperio, el miembro racional de la familia que no veía más allá de los números de las hojas de cálculo.

«La hormiguita», la llamaba su padre, incluso con cariño, añadiendo entre risas que le encantaban las hormigas.

Pero Gil, el periodista en ciernes, no se dejaba engañar: ya de niño veía la verdad escondida en la broma.

A pesar de todo, pensó que las cosas quizá ya no fueran como antes. Una de dos: o su padre se había equivocado desde el primer momento y no conocía a su madre tanto como pensaba, o ella había adquirido el don de no preguntar sólo qué sabía la gente, sino algo aún más importante: qué creía.

De ahí que, finalmente, estuviera preguntándole a su hijo qué creía.

—No descarto que mi fuente conozca los planes de Shah —dijo él—, pero lo máximo que conseguí sacarle fue su nombre. Tenía un miedo tremendo, y con razón. Lo más seguro es que ya esté arrepentido de habérmelo dicho.

—Bueno, pues si no está dispuesto a contarte los planes de Shah, ¿podrías intentar averiguar al menos si morirán más físicos?

Gil se incorporó en la cama con una leve mueca de dolor y miró fijamente a su madre, la secretaria de Estado.

—¿Estás rastreando mis mensajes?

Ellen vaciló.

—Yo no. Confío en que si averiguas algo importante me lo contarás tú mismo. Ahora bien, lo que hagan otros...

Gil asintió con la cabeza.

—Pues entonces no puedo ponerme en contacto con mi fuente. —Lo había dicho bien fuerte. Bajó la voz—. Aunque quizá haya otra manera.

—La necesitan, señora secretaria.

Al ver a Boynton en la puerta, Ellen se preguntó qué habría oído.

—El avión no va a irse sin mí —dijo ella.

—¿Está aquí Ana? —preguntó Gil echando una ojeada a la puerta.

Ellen volvió a verlo fugazmente como cuando era pequeño: el niño que tenía miedo de hacer una pregunta dolorosa, pero que, como buen periodista en zona de conflicto, había decidido que pesaba más la necesidad de saber que el miedo.

—No. Se lo he propuesto, pero...

Gil asintió. De momento no le hacían falta más verdades.

150

—Señora secretaria... —el tono de Boynton se había vuelto un poco brusco—, no me refería al avión.

Nada más llegar Ellen al consulado de Estados Unidos en Fráncfort y apearse de la limusina, la recibió un hombre de mediana edad, el mismo con quien había hablado en el lugar del atentado: el jefe de la inteligencia estadounidense en Alemania.

—Scott Cargill, señora secretaria.

—Sí, señor Cargill, ya me acuerdo.

Mientras la hacían entrar a toda prisa en el edificio, se fijó en la mujer, ligeramente más joven que él, que lo acompañaba.

—Le presento a Frau Fischer, de la inteligencia alemana —explicó Cargill, cruzando la puerta que les habían abierto dos marines.

—Tenemos un sospechoso —dijo Fischer en un inglés impecable.

Cruzaron el vestíbulo hacia los ascensores, uno de los cuales alguien mantenía abierto para ellos. Sus pasos resonaban en el suelo de mármol.

—¿Lo han detenido? —preguntó Ellen.

—Aún no —contestó Frau Fischer cuando se cerraron las puertas del ascensor—. De momento sólo tenemos una imagen de una de las cámaras de seguridad del trayecto, y la del interior del autobús.

Llevaron a Ellen y a Boynton a una sala sin ventanas, con cierto aire de búnker, donde los esperaba una sorpresa: el ministro de Asuntos Exteriores alemán había ido personalmente desde Berlín.

—Ellen —dijo tendiendo la mano.

—Heinrich.

Señaló la silla giratoria que tenía al lado.

—Tiene que ver este vídeo que hemos encontrado.

Ellen se sentó sonriendo un poco por el «hemos»: sospechaba que Heinrich von Baier había participado tan poco como ella en el hallazgo.

A una señal del ministro, apareció una imagen en la pantalla al frente de la sala.

Se veía el autobús 119 frenando y a un hombre que bajaba. Un clic congeló la imagen.

—Faltaban dos paradas para la explosión —explicó Scott Cargill.

—He ahí nuestro terrorista —dijo Von Baier.

Ellen sonrió de nuevo, esta vez por el «nuestro», y se preguntó cuánto duraría la apropiación si resultaba que se equivocaban.

En la pantalla vio a un hombre joven y delgado con vaqueros, chaqueta y una kufiyya de cuadros alrededor del cuello.

Se volvió hacia Cargill.

—¿Cómo sabemos que es él? Huele un poco a discriminación racial.

—Por dos pruebas más —respondió Cargill.

Apareció otro vídeo, ahora del interior del autobús.

Volvieron a parar la imagen.

Al fondo del autobús vio a Gil sentado tranquilamente.

—Ésa es Nasrin Bujari. —Frau Fischer señaló a la mujer de detrás a la izquierda.

—La física nuclear...

—*Ja*, señora secretaria. A su hijo ya lo habrá reconocido, claro. Y ése... —su dedo apuntaba a un pasajero situado justo delante de la doctora Bujari— ése es nuestro sospechoso. Fíjese en lo que pasa ahora.

La cinta volvió a ponerse en marcha. Vieron que el hombre se agachaba hasta que lo tapaba la mujer de delante, luego se incorporaba y se levantaba para dirigirse a la salida. La imagen siguiente ya la habían visto: era el momento en que se apeaba.

La imagen se congeló de nuevo y Fischer amplió la imagen para que pudiera verse bien la cara de un hombre de tez morena, bien afeitado, que miraba directamente a la cámara.

—Tras analizar la explosión, sabemos que se originó en la zona trasera izquierda del autobús —continuó Fischer—, donde estaba sentado ese hombre.

Ellen observó aquel rostro con atención.

¿Qué pensaba cuando bajó del autobús dejando allí al resto de los pasajeros? ¿En qué habría pensado antes de levantarse, mientras veía a los niños dando guerra en sus asientos, a los adolescentes con sus móviles y a los trabajadores que volvían exhaustos a sus casas? ¿Qué habría sentido sabiendo...?

¿Qué pensaría, y sentiría, cualquier terrorista al saber que estaban a punto de morir inocentes?

Ellen no era insensible al hecho irrefutable de que más de un miembro del ejército de su país, siguiendo órdenes de sus superiores, había pulsado botones que mandaban misiles dirigidos a enemigos, pero que a veces también caían sobre hombres, mujeres y niños inocentes.

Se inclinó sin apartar la vista de la pantalla.

—¿Por qué está vivo?

—Bajó del autobús, señora secretaria —dijo Von Baier.

—Ya, ya, pero ¿no es habitual que los terroristas de esa parte del mundo se suiciden?

La pregunta quedó en el aire un momento.

Finalmente, fue Cargill quien contestó:

—Muchas veces se suicidan, pero no siempre.

—¿Y cuándo lo hacen? —preguntó Ellen.

—Cuando los involucrados son gente radicalizada, fanáticos religiosos —contestó él—, y cuando sus adiestradores, los que los han formado, quieren estar completamente seguros de que la bomba estallará.

—¿Cuando es un artefacto rudimentario, quiere decir? —Ellen miró a los dos expertos en inteligencia—. ¿Un artefacto probablemente fabricado por aficionados y con riesgo de fallar si no lo activan de forma manual?

—*Ja.*

—¿Y cuándo no se suicidan? ¿Cuándo dejan la bomba y se van, como éste? —Señaló al hombre de la pantalla.

La alemana y el estadounidense asintieron pensando, valorando.

—Cuando están seguros del dispositivo —contestó la alemana.

—Y cuando no son fanáticos —añadió el estadounidense.

—Sigan —les pidió Ellen.

—Cuando son un activo demasiado valioso para desperdiciarlo en un acto de autodestrucción absurdo.

—O cuando deciden que no quieren morir —dijo Frau Fischer.

Todas las miradas se centraron en la pantalla, y en una cara: la del asesino, que seguía vivo y en libertad.

—Informaremos ahora a la red internacional de inteligencia —anunció el ministro alemán de Asuntos Exteriores—. Si lo reclutaron y formaron tiene que constar en el sistema.

—Pero el reconocimiento facial no lo identificó —repuso Ellen.

—No, es verdad —contestó Cargill—. Es posible que lo hayan mantenido limpio. Avisaremos a los aeropuertos, a las estaciones de tren y autobús, y a las agencias de alquiler de coches.

—Y lo publicaremos en las redes, sociales y de inteligencia —dijo Frau Fischer—. Aunque no podamos identificarlo, la publicidad entorpecerá sus movimientos y quizá alguien lo vea y lo denuncie.

Cargill hizo una seña con la cabeza a un agente que salió de la habitación.

—Hay otra cosa que es un poco... mmm...

Ellen y Von Baier esperaron a que encontrara la palabra adecuada.

—Inusual.

—Genial —murmuró Ellen.

—*Scheisse* —murmuró a su lado Von Baier, tan circunspecto como de costumbre.

—Más que un poco —dijo Fischer—. Miren.

Señaló la pantalla y la imagen que llevaban mirando unos minutos.

—¿El qué? —preguntó Ellen.

—No lleva gorro.

Ellen miró a la agente alemana y luego a Von Baier, que parecía tan perplejo como ella. Les resultaba inconcebible que Fischer estuviera preocupada porque al terrorista, a principios de aquel gélido marzo en Fráncfort, pudiera entrarle frío por no llevar...

Lo entendió al mismo tiempo que Von Baier, que arqueó las cejas y abrió mucho sus ojos azules.

—No intenta evitar que no lo reconozcan —dijo Ellen.

—Exacto —contestó Fischer—. Incluso podríamos decir que se para un momento para que lo veamos bien.

Ellen se quedó callada escudriñando el rostro con atención. ¿Eran imaginaciones suyas o aquellos ojos reflejaban tristeza, un ruego, incluso? Como si pidiera comprensión, ayuda... No, imposible: nadie hace explotar una bomba que mata a tantos inocentes y espera que lo entiendan.

—¿Alguna teoría? —preguntó Von Baier.

—A lo mejor es una muestra de chulería —aventuró Cargill—. Exceso de confianza. Quería que supiéramos que él puso la bomba o simplemente no creía que fuésemos capaces de identificarlo.

—¿Por qué? —preguntó Von Baier.

—Es lo que no sabemos —reconoció Cargill—. ¿Por ego? ¿Insolencia?

—Pero observen su expresión —pidió Ellen. ¿Nadie más se había dado cuenta?—. Le da pena.

—Por favor, señora secretaria, no lo dirá en serio... —contestó Von Baier—. Está a punto de asesinar a civiles inocentes, ¡no le da ninguna pena!

Ellen miró a Cargill. Se notaba que estaba de acuerdo con el ministro de Exteriores alemán. Luego se volvió hacia Frau Fischer, muy atenta al terrorista y con cara de concentración.

Sus miradas se encontraron y Frau Fischer negó con la cabeza.

—Yo creo que está asustado —dijo.

Tras volver a examinar el rostro juvenil, Ellen asintió con la cabeza.

—Me parece que tiene razón.

—Pues claro que está asustado —respondió Von Baier—: de saltar por los aires por culpa de su propia bomba y comparecer ante un creador que tampoco es que se alegre tanto de lo que ha hecho.

—No, es por otra cosa —insistió Ellen. Se le relajó la cara—. En principio no tenía que sobrevivir.

—Quizá sea la razón de que su adiestrador no insistiera en que intentase ocultar su identidad —añadió Frau Fischer—: porque daba lo mismo.

Ellen pensaba a gran velocidad.

—Tenemos que impedir que publiquen su foto.

—¿Por qué? —Cargill tardó décimas de segundo en entenderlo—. Mierda.

Si estaba previsto que el terrorista muriera, mejor que sus adiestradores lo dieran por muerto.

—*Verdammt* —soltó Frau Fischer—. Tenemos que encontrarlo lo más rápido posible, antes de que lo encuentren ellos.

—¡Llame a Thompson! —bramó Cargill por teléfono— y dígale que pare, que no suba la foto del sospechoso a...

Se dejó caer con todo su peso en la silla.

—Vale, pues entonces que limite su difusión. —Colgó—. Demasiado tarde, ya ha salido, aunque igual podemos frenar algunas publicaciones.

—*Nein* —dijo Frau Fischer—, lo hecho, hecho está. Ahora hay que sacarle todo el partido posible, y que reciba la máxima difusión. Alguien sabrá quién es. Me pondré en contacto con los jefes de inteligencia de otros países por si ha cruzado alguna frontera. —Fue hacia la puerta—. Lo encontraremos.

Ellen empezó a levantarse.

—Si no hay nada más, tengo que llamar al presidente, darle el parte y subir a mi avión.

—Nos gustaría que viera un vídeo más, Ellen —dijo Heinrich von Baier.

Ellen volvió a sentarse delante de la pantalla, en la que apareció de nuevo el interior del autobús.

El terrorista ya había bajado. Su asiento estaba vacío. Ellen vio que Gil se ponía al teléfono, escuchaba, se levantaba y empezaba a gritar.

Apretó mucho los puños al ver la desesperación con que su hijo intentaba parar el autobús y hacer que bajara la gente, medio llorando de pánico y de frustración, y cómo intentaba levantar a los pasajeros a la fuerza, incluida Nasrin Bujari, que se defendía con un maletín.

Se le tensaron todos los músculos al ver que el autobús acababa frenando, y que el conductor se levantaba para echar a Gil.

Hubo un parpadeo en la imagen, y apareció una perspectiva de la calle justo cuando Gil aterrizaba en la acera y empezaba a alejarse el autobús.

Inclinada hacia delante, con la mano en la boca, Ellen vio que su hijo se levantaba y perseguía corriendo el autobús. No había sonido, pero saltaba a la vista que chillaba. Luego se paraba, daba media vuelta e intentaba desalojar a la gente de la acera.

Y de pronto se produjo la explosión.

Cerró los ojos.

—Señora secretaria... —Era Heinrich von Baier, que se había levantado para dirigirle unas palabras solemnes y formales—. Le debo una disculpa. Hice mal en insinuar que su hijo podía tener algo que ver. Hizo todo lo posible por salvar vidas, y si no ha muerto es porque lo echó el conductor.

Inclinó un poco la cabeza en reconocimiento de su error.

En su fuero interno, Ellen también reconoció el que había cometido ella al subestimar la integridad del ministro. También de los errores se hacía responsable Von Baier.

—*Danke* —dijo, y se levantó para tender las manos al diplomático, que se las apretó con suavidad—. Fue una equivocación muy comprensible. Seguro que a mí también me habría pasado.

—Gracias —contestó él, a pesar de que ambos sospechaban que no era cierto.

Von Baier bajó la voz.

—Suerte en Islamabad. Y tenga cuidado, Shah estará observándola.

—Sí. —Ellen se volvió hacia Boynton, que había asistido en silencio a la conversación—. Llamaré al presidente desde el Air Force Three.

—Aún falta la reunión.

—¿No se refería a ésta?

—No, señora secretaria, hay otra.

15

—Hágame el favor de repetirlo —dijo Ellen.

Boynton la había conducido a otra sala anodina, de escasa luz y sin ventanas, situada en el subsótano. Habían tenido que pasar por varios controles de seguridad y puertas blindadas.

Una vez dentro, un técnico pulsó algunos botones de un teclado.

—¿Podría introducir su clave de seguridad, señora secretaria, por favor? —preguntó.

—¿Mi jefe de gabinete no puede usar la suya?

—No, lo siento, para esto se necesita la autorización del máximo nivel.

Ellen introdujo la secuencia numérica, sin saber muy bien a qué se refería con «esto», y esperó.

Apareció una imagen en una gran pantalla: era Tim Beecham, el director nacional de Inteligencia.

Después de algunos saludos formales, sin el menor asomo de cordialidad, Beecham empezó con sus explicaciones, pero Ellen lo interrumpió en cuanto tuvo claro el motivo de la reunión.

—Que venga Scott Cargill, por favor —le pidió a Charles Boynton—, que tiene que oírlo.

—Señora secretaria, cuantos menos...

Hizo callar a Beecham con una mirada.

—Ahora mismo —dijo Boynton.

Volvió a los pocos minutos junto a Cargill, que acercó una silla a la de Ellen.

Sobraban las presentaciones. El DNI conocía bien al delegado de la CIA en Alemania.

—¿Alguna novedad? —susurró Ellen.

Cargill negó con la cabeza.

A petición de Ellen, Beecham repitió lo que había dicho antes.

—Hemos leído el mensaje que recibió Anahita Dahir, el que dice que borró.

Ellen no pasó por alto la manera en que lo dijo.

—Si lo han encontrado en la papelera de reciclaje es que lo borró, ¿no? ¿Es donde lo han encontrado?

—Sí.

—Y debía de llevar adjunto el dato de cuándo se borró.

—Sí.

—El cual corresponde a la cronología que nos dio la señorita Dahir.

—Sí.

—Por lo tanto, Anahita Dahir decía la verdad.

Pensó que era mejor dejar sentados cuanto antes los hechos, y también quién mandaba, sin ambigüedades.

Aquel hombre insidioso no le caía nada bien, y sospechaba que al general Whitehead tampoco. Al verlo nervioso, pensó en Betsy, y en el encargo que le había hecho de buscar más información sobre él.

Desde el breve mensaje con que Betsy la había informado de que estaba en Washington, de camino al Departamento de Estado, no había tenido más noticias.

—Bueno, Tim, ¿qué tiene que contarnos?

—Hemos averiguado de dónde procedía el mensaje.

—Ah, ¿sí? —Se acercó tanto a la pantalla que percibió el calor que emitía—. ¿De dónde?

—De Irán.

Ellen se echó hacia atrás, como escaldada, y respiró profunda y lentamente, antes de vaciar del todo los pulmones.

—Uh —oyó que decía Cargill a su lado.

Era el gruñido sordo de cuando te golpean en el plexo solar.

Irán. Irán.

Pensó a toda prisa. Irán.

Si Shah se dedicaba a comerciar con secretos nucleares, y también con físicos del ramo, seguro que Irán querría impedirlo. Tenían su propio programa nuclear, que desmentían públicamente al tiempo que se aseguraban de que todas las potencias de la zona estuviesen al corriente de la realidad.

Unió los puntos. El rastro ensangrentado de explosiones y asesinatos por todo Oriente Medio, todos al servicio del mismo objetivo: ayudar a Irán a evitar que en la región alguien más consiguiera armamento nuclear.

—Está clarísimo que Irán querría impedir que los físicos de Shah llegaran a su destino —dijo Ellen.

—Es verdad —concedió Beecham—, pero...

—La persona que envió el mensaje a su FSO no puso las bombas —concluyó Cargill—. Intentaba evitar la masacre.

A Ellen se le abrieron todavía más los ojos. Era verdad. Apartó la vista de Cargill para enfocarla en la pantalla. Beecham parecía aún más disgustado que antes, esta vez porque le habían robado su gran revelación. Sin embargo, también se lo veía preocupado.

—Es lo que no entendemos. ¿Por qué iban a querer los iraníes impedir los atentados? ¿Qué sentido tiene que quisieran salvar a los físicos? Nos hemos planteado la posibilidad de que se los hubiera comprado Irán al doctor Shah, pero la hemos descartado.

—No hay ninguna posibilidad de que el gobierno iraní confíe en paquistaníes, y menos de que los contrate —coincidió Cargill—. Y si hay alguien con quien no negociará es con Bashir Shah, por sus vínculos con los saudíes y otros países árabes suníes.

—Él tampoco haría tratos con Irán, ¿verdad? —preguntó Ellen.

—Es poco probable —contestó Beecham—. Además, Irán ya tiene a sus propios físicos, muy cualificados, y un programa en marcha. No, no tiene sentido.

—¿Entonces? —preguntó Ellen.

Silencio.

—¿Estamos seguros de que el aviso venía de Irán? —preguntó—. ¿No puede falsificarse la procedencia de un mensaje si se manda desde repetidores y proveedores de IP diferentes? Seguro que los responsables de los atentados tienen los conocimientos necesarios para no dejarse localizar. —Hizo una pausa—. Maldita sea... Siempre cometo el mismo error. Es que tiene mucha más lógica que Irán esté detrás de los bombardeos que el hecho de que no que intentara evitarlos.

—Salió de Irán, seguro —confirmó Beecham—, aunque debieron de mandarlo con cierta urgencia; si no, creo que se habrían esforzado más en esconder su procedencia. Y hay una cosa más.

Había puesto cara de satisfacción. Ellen notó como si se le deslizara algo por la espalda, una araña enorme.

—Siga.

—Sabemos de dónde venía el mensaje.

—Ya lo ha dicho, de Irán.

—No, con más precisión. Le hemos seguido la pista hasta un ordenador de Teherán, propiedad de... —consultó sus notas— del profesor Behnam Ahmadi.

—Será broma —soltó Cargill, pero era una figura retórica; sabía tan bien como los demás que el director nacional de Inteligencia distaba mucho de estar bromeando.

—¿Lo conoce? —preguntó Ellen a Cargill, que asintió mientras ponía en orden sus ideas.

—Es un físico nuclear.

—¿Es posible que conociera a los otros y quisiera salvarlos? —preguntó Ellen.

—Es posible —respondió Beecham—, pero poco probable.

—¿Por qué?

—El doctor Ahmadi es uno de los arquitectos del programa nuclear iraní —explicó Cargill—, o como mínimo eso sospechamos; la verdad es que cuesta conseguir información precisa sobre un programa armamentístico que niegan tener.

—Tenerlo sabemos que lo tienen. Lo que no sabemos es si ya han conseguido fabricar una bomba —dijo Beecham.

—Bueno, ¿y eso qué significa? —Ellen los escudriñó a los dos—. ¿Qué razón podía tener el doctor Ahmadi para intentar evitar el asesinato de los físicos?

—Hemos barajado la posibilidad de que sea un agente infiltrado de algún otro país —contestó Beecham—, por ejemplo de Arabia Saudí, que arde en deseos de poner en marcha un programa de armas nucleares, o incluso de Israel, que ya ha matado a más de un científico iraní implicado en el programa nuclear de su país.

—Pero el doctor Ahmadi sería incapaz de colaborar con los israelíes, ¿no? —preguntó Ellen.

—Depende de cuánto paguen y de lo desesperado que esté. No podemos descartar nada.

Cargill negaba con la cabeza.

—Yo no lo veo. Ahmadi nunca colaboraría con ningún otro país.

—¿Por qué lo dice? ¿Qué tipo de persona es, el tal Ahmadi? —preguntó Ellen.

—¿Quizá recuerde cuando, en 1979, los estudiantes ocuparon la embajada de Estados Unidos en Teherán y tomaron rehenes? —preguntó Beecham.

Ellen lo miró con mala cara.

—Sí, creo recordar que me lo comentaron.

—Pues uno de los estudiantes era Behnam Ahmadi: tenemos fotos donde sale apuntando a la cabeza de un diplomático estadounidense con un arma.

—Me gustaría verlas.

—Se las enviaré, señora secretaria —afirmó Beecham—. Behnam Ahmadi es un creyente convencido, seguidor de Jomeini y gran admirador de Mohammad Yazdi, un religioso de la línea dura.

—Pero están los dos muertos —repuso Ellen.

—Es verdad, pero demuestra a quién es fiel, y en qué cree, el doctor Ahmadi —dijo Beecham—. Ahora mismo es un claro defensor del actual ayatolá, Josravi.

—¿Josravi no dictó una fetua contra cualquier programa de armamento nuclear? —preguntó Ellen, satisfecha al notar que Beecham se sorprendía de sus conocimientos.

—Sí —contestó Cargill—, pero no creemos que fuera sincero. Mientras Irán formó parte del Plan de Acción Integral Conjunto, y permitió la entrada de inspectores de la ONU, estábamos bastante seguros de que su programa había echado el freno, pero desde que la administración Dunn los expulsó...

—Irán ha sido libre de seguir por esa vía —terminó Ellen.

—Cualquier comprobación se ha vuelto mucho más difícil —dijo Beecham.

La pregunta, por lo tanto, seguía en el aire.

—¿Qué sentido tiene que un iraní de la línea dura haya intentado salvar a tres físicos nucleares paquistaníes cuyo trabajo podía perjudicar a su país? —preguntó Ellen.

Silencio. Estaba claro que no tenían la menor idea. Durante un momento, Ellen pensó que la pantalla se había bloqueado.

—Queda otro dato importante, señora secretaria —dijo finalmente el DNI—. Quizá no le guste.

—Hace veinticuatro horas que no me gusta prácticamente nada de lo que pasa. Suéltelo, Tim.

—Después de que saliera usted de Washington, llevándose a la FSO, hemos investigado a fondo el pasado de Anahita Dahir.

La araña había llegado a la base del cráneo de Ellen.

—Nos dijo que sus padres son libaneses, y que llegaron a Estados Unidos como refugiados de la guerra civil, huyendo de Beirut. Lo hemos consultado y es lo que pone en sus peticiones de asilo.

«Pero...», pensó Ellen. «Pero...»

—Pero, por aquel entonces, durante la guerra, no había forma de comprobarlo de manera exhaustiva. Ahora sí que podemos. La madre de la señorita Dahir es una cristiana maronita procedente de Beirut, profesora de historia.

«Pero...», pensó Ellen. «Pero...»

—Pero su padre no es libanés —dijo Beecham—. Es un economista, iraní.

—¿Está seguro?

—Si no, no se lo diría.

Ellen pensó que probablemente fuera cierto.

—¿Es la FSO que viaja con usted? —preguntó Cargill—. ¿Qué acceso se le ha concedido?

Ellen se volvió hacia Charles Boynton, que había permanecido callado, poco menos que invisible, a lo largo de toda la reunión. Se había fijado en que tenía el insólito don de desaparecer sin dejar de estar presente. En un contexto social no suponía una gran ventaja, pero sí para quien pretendiera acceder a secretos de Estado, una enorme.

—La FSO no tiene autorización de máxima seguridad ni claves de acceso —aclaró Boynton.

—Pero sí oídos, y cerebro —puntualizó Ellen—. Ayer consiguió meterse en mi reunión. Encuéntrela y tráigala.

Después de que Boynton se fuera, Ellen miró la pantalla justo a tiempo para ver que un subalterno hablaba en voz baja con Beecham y le enseñaba algo. El DNI había quitado el sonido, pero su rostro reflejaba una mezcla de interés e irritación.

Acto seguido miró a Ellen y activó el sonido de nuevo.

—¿Cuándo pensaba decirme que tienen a un sospechoso del atentado de Fráncfort?

—Ahí quería llegar.

—Pues ya no hace falta. Me lo acaba de decir uno de mis colaboradores, que lo ha visto en la CNN. —Se había puesto casi morado.

—¿Nos permite, por favor? —pidió Ellen a Cargill, pues sabía que la cosa estaba a punto de ponerse fea.

Una vez a solas con Ellen, Tim Beecham pasó al ataque.

—Supongo que es consciente de que el presidente también se está enterando por televisión, no a través de nosotros.

—Basta, Tim. —Levantó una mano—. Comprendo su frustración, pero el caso es que nosotros también acabamos de enterarnos y he venido aquí directa. No me ha dado la oportunidad de decir nada.

Sabía que probablemente era injusto, pero en honor a la verdad no tenía ninguna prisa en explicarle nada a Beecham.

Por si... por si el DNI era el malo de la película.

Volvió a preguntarse cómo le iría a Betsy y si habría sido un error encargarle a una maestra jubilada que indagase acerca de un posible traidor.

También se preguntó por qué seguía sin tener noticias de su amiga. Claro que su móvil lo tenía el agente de la Seguridad Diplomática apostado en la puerta. Quizá hubiera intentado llamarla.

—Explíquemelo ahora —le exigió Tim Beecham.

Ellen lo hizo.

—La posibilidad que estamos barajando es que lo planeasen como un atentado suicida —concluyó—. Después de analizar las grabaciones, Londres y París creen haber identificado a los terroristas en el interior de los autobuses. Ambos murieron en las explosiones.

—¿Y éste por qué no?

—Creemos que incumplió las órdenes.

—Lo cual le confiere un valor enorme para nosotros —dijo Beecham—, y lo convierte en un peligro enorme para los autores intelectuales de los atentados.

—Exacto.

Ellen vio que un funcionario de alto rango acercaba un papel a Tim Beecham, cuya expresión delató un desconcierto tan fugaz como sincero.

—Hemos averiguado más pormenores de la FSO y su familia. —El DNI dio unos golpes con el dedo en el papel que acababa de leer—. Al llegar a Beirut desde Irán, después de la revolución, el padre se cambió su apellido por Dahir. Antes se llamaba Ahmadi.

Esta vez fue Ellen la que se quedó de piedra.

—¿Ahmadi? ¿Como Behnam Ahmadi?

—Behnam Ahmadi es hermano de su padre.

El tío de Anahita Dahir dirigía el programa armamentístico iraní.

16

—¿Scott?

Cargill levantó la vista del aluvión de mensajes. Cada vez costaba más gestionar la información y cribar lo importante de lo trivial, los datos objetivos de las falsas noticias.

Habían observado al terrorista por toda Europa, incluso en Rusia.

—¿Sí? ¿Qué pasa?

—Bad Kötzting.

—¿Está segura?

—Segurísima. Es donde vive. Lo ha reconocido la policía local, y han enviado su documento de identidad.

La funcionaria se la enseñó a su delegado.

Era él: Aram Wani, veintisiete años, junto a su dirección en la pequeña localidad bávara.

—Está casado y tiene una hija.

—¿Está allí ahora?

—No lo sabemos. He pedido que despachen Spezialeinsatzkommandos a su casa. Ya han salido de Núremberg, pero tardarán. Entretanto he dado orden a la policía del pueblo de que manden a alguien para investigar discretamente.

—Muy bien. Tenemos que ir.

—Tengo un helicóptero esperando.

. . .

—*Ja?*

La joven abrió un poco la puerta.

—¿Frau Wani?

—*Ja.*

Tenía un niño en brazos y parecía recelosa, pero no asustada.

La policía, vestida de civil, podría haber sido su madre, casi su abuela.

—Ah, bien. Espero que no le moleste que me presente sin avisar.

—No, no, pero ¿quién es?

La puerta se abrió un poco más.

—Me llamo Naomi. Qué frío hace... —La policía levantó los hombros y juntó los codos fingiendo un escalofrío. La puerta se acabó de abrir del todo, invitándola a pasar—. *Danke.*

—*Bitte.*

—Bueno, lo peor es la humedad, ¿no?

Naomi sonrió con calidez al fijarse en la casa, pequeña e inmaculada. En cuanto al bebé, de dieciocho meses, parecía imposible que pudiera haber una niña tan mona, con la tez morena y los ojos azules de una hija de madre alemana y padre paquistaní.

A la policía le constaba que Frau Wani había nacido en Alemania, de padres europeos. Había hecho una consulta rápida antes de dirigirse allí.

—¿No le ha dicho nada su marido? —preguntó.

—No.

Negó con la cabeza, como diciendo «hombres...».

—Ya sabe que se ha organizado un sorteo regional para nacionalizar a inmigrantes por la vía rápida, y como su marido está casado con una alemana... —Su sonrisa se hizo aún más cálida—. Y como tiene un hijo, ha salido su nombre como posible candidato. —Se calló y puso cara de preocupación—. Es Aram Wani, ¿verdad?

—Sí, sí. —Frau Wani sonrió de oreja a oreja y se apartó antes de cerrar la puerta y conducir a la recién llegada hasta la cocina—. Lo del sorteo no me suena de nada. ¿Es verdad?

—Sí, pero tendría que hacer unas preguntas a su marido. ¿Está en casa?

Aram Wani se hallaba al fondo del autobús, encorvado en su asiento.

Quizá le pareciera una ironía, pero no se le notaba. De hecho, no se le notaba nada en absoluto porque, a la mínima que dejara escapar algo, estallaría de pura tensión.

Tenía que irse a casa, junto a su familia. Tenía que sacarlos del país por la frontera checa. Había albergado la esperanza de hacerlo antes de que alguien se enterase de que seguía vivo, pero había visto su cara en todas las pantallas de la estación de autobús.

Lo sabían. No tan sólo la policía, sino también Shah y los rusos.

Se había planteado entregarse. Al menos así tendría alguna posibilidad de sobrevivir y podría suplicar a las autoridades alemanas que protegieran a su familia. Sin embargo, ya no había tiempo: tendría que intentar hacerlo por sí mismo.

Betsy Jameson caminaba por la séptima planta del Departamento de Estado con una bolsa en la mano. Contenía un cruasán relleno de ensalada de pollo, puro atrezo para aparentar normalidad.

Algunos funcionarios hacían un pequeño alto en aquel trajín para saludarla, pedirle noticias de la secretaria Adams y preguntarle qué hacía de regreso en Washington.

—La secretaria prefiere que esté aquí, por si hay alguna novedad.

Por suerte, el personal del Departamento de Estado estaba demasiado ajetreado para fijarse en sus vagas respuestas. Por otra parte, la mayoría era consciente de que no convenía hacer demasiadas preguntas.

El departamento estaba revolucionado. Ya había circulado por todos los despachos la noticia de la foto del terrorista, con la consiguiente esperanza de algún avance a corto plazo.

El Departamento de Estado, con sede en Washington, estaba acostumbrado a las crisis: siempre había como mínimo un lugar del mundo sumido en alguna debacle que exigía respuesta. Aquello, sin embargo, era otra cosa, no sólo por el éxito espectacular de los tres atentados, sino porque nadie en todo el edificio, ni en toda la comunidad de inteligencia a nivel mundial, había oído la menor advertencia o rumor.

Nada.

Y si no habían oído nada acerca de los atentados, ¿qué más podía estar a punto de pasar? Era la pesadilla con la que tenían que convivir.

El Sistema Nacional de Avisos sobre Terrorismo había emitido una alerta a los ciudadanos sobre la posible inminencia de otro ataque, esta vez en suelo estadounidense.

En todos los despachos de todas las plantas había trabajadores del Departamento de Estado poniéndose en contacto con colegas e informadores, indagando en busca de información, y cuando aparecía alguna pepita procuraban distinguir entre pirita y oro.

Al usar su pase, Betsy oyó el ruido de la cerradura de la maciza puerta de las oficinas de la secretaria de Estado, y vio que se abría una rendija, pero antes de entrar oyó una voz.

—Señora Jameson.

Dio media vuelta y vio que se acercaba una mujer con el uniforme verde oscuro y la insignia de capitán de los rangers.

—¿Sí?

—El general Whitehead se ha enterado de que había vuelto y me ha pedido que viniera. Dice que si necesita algo me lo pida a mí. Me llamo Denise Phelan. —Betsy notó algo en el bolsillo de la chaqueta—. No dude en avisarme.

Tras una sonrisa encantadora, la capitana Phelan regresó a los ascensores, y Betsy se quedó dando vueltas a la pregunta de para qué iba a necesitar ella la ayuda de una ranger.

Una vez dentro de las oficinas de Ellen, la recibieron los hombres y las mujeres que facilitaban la labor de la secretaria. Todos sabían que era su asesora, y lo entendían como un cargo honorífico, una manera de apoyar moralmente a la secretaria de Estado, pero sin hacer ningún trabajo serio.

Se mostraron educados, amistosos y vagamente despectivos.

Por su parte, Betsy se dedicó a dar conversación sobre cosas sin importancia, sentándose, incluso, en la esquina de una mesa, como si se dispusiera a mantener una larga y agradable charla.

Después de dar clases en el instituto durante décadas, Betsy Jameson entendía a la perfección el lenguaje corporal, sobre todo el de la gente que ha perdido por completo el interés.

Cuando estuvo segura de haber aburrido a todo el mundo hasta la exasperación, entró en el despacho privado de Ellen y cerró la puerta, consciente de que los de fuera habrían preferido comerse una mano a exponerse a más cháchara vacía por parte de alguien que mostraba con total claridad no haberse dado cuenta de que estaban en medio de una crisis.

Estaba segura de que no la molestarían.

Se sentó en el pequeño sofá del despacho de Ellen, sacó el cruasán de la bolsa, lo dejó encima de unos papeles y abrió el Candy Crush en el móvil. Después de jugar una partida y media, desactivó el salvapantallas para que siguiera viéndose el juego.

Si alguien entraba y veía el teléfono, pensaría que no tenía nada mejor que hacer que jugar y comer. Lo que no sospecharía en ningún caso era que estuviera buscando información sobre el director nacional de Inteligencia.

Cruzó la puerta del despacho adjunto de Charles Boynton, encendió su ordenador e introdujo la contraseña. Si alguien rastreaba su actividad, llegaría hasta el fisgón de Boynton, no hasta ella ni hasta Ellen.

Al sentarse en la silla de Boynton notó algo duro y rectangular en el bolsillo.

Supo qué era antes de sacarlo: un móvil. De prepago. Se lo había metido en la chaqueta la capitana Phelan.

Lo encendió y vio que la carga estaba completa, y que sólo había un número preprogramado. Se guardó el aparato y miró la pantalla de Boynton, respiró hondo y se puso manos a la obra. Si alguien subestimaba a los profesores, peor para ellos.

—Prepárate, gilipollas —murmuró al tiempo que tecleaba—, voy a por ti.

Pulsó «enter» y aparecieron los archivos confidenciales sobre Timothy T. Beecham.

Anahita se sentó donde le habían pedido, en una silla del despacho tipo búnker ubicado en el sótano del consulado de Fráncfort.

Aparte de ella, y de la secretaria Adams, se hallaban presentes Charles Boynton y, en videoconferencia desde Washington, Tim Beecham, el DNI, y los dos agentes que la habían interrogado.

Tomó la palabra el de mayor rango de los dos, pero la secretaria de Estado lo interrumpió con educación y firmeza.

—Si no le importa, llevaré yo la entrevista. Cuando haya terminado podrá hacer todas las preguntas que quiera, por supuesto.

Había usado adrede la palabra «entrevista», no «interrogatorio». Quería que Anahita Dahir estuviera cómoda y empezaba a ver indicios de que funcionaba.

Ante la evidencia de que la batuta iba a estar en manos de la secretaria Adams, no de los otros, la FSO ya parecía menos tensa.

«Se cree que soy amiga suya, y se equivoca.»

Anahita hizo el esfuerzo de relajar la cara, y también el cuerpo.

Lo justo para dar la impresión de que la habían engañado, cuando no era verdad.

No había bajado la guardia ni un ápice, aunque sospechó que no la había tenido lo bastante alta, y que ya era demasiado tarde.

Lo sabían.

Le quedaba por saber cuánto habían averiguado. Habían logrado asaltar las murallas, eso era evidente, pero ¿a qué profundidad de su vida habían conseguido llegar?

Betsy dejó la mano a sólo dos o tres centímetros del teclado de Boynton.

Acababa de oír algo. Había alguien en el antedespacho.

Miró la puerta, cerrada, pero no con llave.

Se maldijo al darse cuenta de que no tenía tiempo de cerrar la sesión y apagar el ordenador, así que echó una mano para atrás y desenchufó el cable de un tirón.

No esperó a que la pantalla se pusiera negra. Recogió las notas, cruzó de un salto la puerta del despacho de Ellen y llegó al sofá justo cuando aparecía Barb Stenhauser.

La jefa de gabinete de la Casa Blanca se detuvo en seco y se quedó mirándola.

—Señora Jameson, creía que estaba en Fráncfort, con la secretaria Adams.

—Ah, hola. —Betsy dejó el cruasán—. Sí, estaba, pero...

—¿Qué?

Pero ¿qué? Pero ¿qué? Betsy se devanó los sesos. No había previsto toparse con Barb Stenhauser. La presencia de la jefa de gabinete de la Casa Blanca en Foggy Bottom era algo de lo más insólito.

Stenhauser seguía esperando.

—Me da un poco de vergüenza...

«Pero bueno, por Dios», le rogó a su cerebro. «Lo estás empeorando. ¿Qué te puede dar vergüenza, a ver? Piensa en algo.»

—Nos hemos peleado —soltó a bocajarro.

—Vaya, qué lástima. Pues debe de haber sido grave. ¿Por qué ha sido?

«Madre mía...», pensó Betsy. «Eso, ¡¿por qué ha sido?!»

—Por su hijo, Gil.

—Ah, ¿sí? ¿Qué le pasa?

¿Eran imaginaciones suyas o el tono de Stenhauser acababa de cambiar? La leve sorpresa había dejado paso a un creciente recelo.

—Bueno, eso ya es personal.

—Ya, pero me gustaría saberlo. —La jefa de gabinete se adentró un poco más en el despacho—. De mí puede fiarse.

—Supongo que se lo puede imaginar —dijo Betsy.

«Por favor, por favor, imagínatelo.»

Barb Stenhauser la miró fijamente, y Betsy advirtió con una cierta sorpresa que, en efecto, estaba intentando imaginárselo. La jefa de gabinete de la Casa Blanca siempre evitaba dar la impresión de que desconocía algo. Su gran activo era saberlo todo, y su talón de Aquiles, ser incapaz de admitirlo cuando no era el caso.

—El secuestro. —Stenhauser lo dijo con tal autoridad que, durante unos instantes, se lo creyó hasta Betsy.

La verdad era que Barb Stenhauser había sacado el único tema que podía introducir algún tipo de fractura en la amistad de Betsy con Ellen.

El secuestro de Gil Bahar tres años antes.

A continuación fue Betsy la que dio en el clavo, diciendo lo único que Stenhauser, en el fondo, quería oír siempre, las palabras que disparaban la flecha; lo único capaz de derribar a la jefa de gabinete de la Casa Blanca.

—Tiene razón.

Vio que Stenhauser se relajaba, como un yonqui con un chute.

No la tenía, claro, pero a Betsy se le había despejado el camino.

—Le he dicho a Ellen que el senador Williams hizo bien en no negociar la liberación de Gil.

—¿En serio?

Mientras se acercaba a Betsy, Stenhauser lanzó una ojeada al móvil, con el Candy Crush en la pantalla. Betsy lo apagó enseguida, como si le diera vergüenza.

—¿Estaba usted de acuerdo con el senador? —preguntó su jefa de gabinete.

—Pues sí, me pareció una postura valiente.

—¿Sabe que fue idea mía?

—Aaah, debería habérmelo imaginado. —La propia Betsy se sorprendió de haber evitado que su voz delatara el asco que le produjo.

Recordó las largas semanas con Gil desaparecido en Afganistán, y luego la foto: sucio, desarrapado, con el pelo y la barba apelmazados... Casi irreconocible, salvo para una madre, y una madrina.

Aquellos ojos, angustiados, se veían casi vacíos.

Gil, con su talento, su vitalidad y sus problemas, estaba de rodillas, y plantados detrás de él, se hallaban dos soldados talibanes de origen pastún con AK-47 cruzados en el pecho, como si él fuera un ciervo y ellos los cazadores.

—Al principio el senador Williams quería negociar, pero yo le hice ver que el éxito de su candidatura a la Casa Blanca dependía de que nos mostráramos fuertes y decididos.

Betsy esbozó una sonrisa forzada intentando no perder de vista el panorama general por culpa del desecho humano que tenía delante.

—Muy sensato.

Había sido una pesadilla.

Cada noche en las noticias, en las propias cadenas de Ellen, salían imágenes de las decapitaciones junto con fotos del prestigioso periodista Gil Bahar, el único rehén estadounidense; un rehén de primera, por cierto.

La amenaza de su muerte era el pan de cada día.

Ellen le había suplicado al senador Williams, suplicado en sentido literal, de rodillas y todo, que usara vías extraoficiales para conseguir que lo liberaran. Oficialmente no se podía ver que Estados Unidos negociara con terroristas, y menos con los pastunes, la rama más brutal de los talibanes, pero en privado era algo muy frecuente.

A veces hasta con éxito.

A pesar de todo, Williams, entonces senador y presidente de la Comisión de Inteligencia del Senado, se negó, por mucho que Ellen se postrase.

Ellen nunca se recuperó por completo del horror de aquellos días. Tampoco se lo había perdonado a Williams, ni se lo perdonaría.

Betsy Jameson tampoco.

Por su parte, Doug Williams jamás perdonaría a Ellen Adams la despiadada campaña de su imperio mediático para evitar que el partido lo nombrara candidato a la presidencia.

—En su momento le dije a Ellen que estaba de acuerdo con ella en que el senador Williams era un psicópata, un arrogante ebrio de poder.

Ellen había lanzado todos los recursos de que disponía contra él, resuelta a ser quien decapitase políticamente a su víctima.

Por desgracia no funcionó del todo, y al enemigo político de Ellen, su némesis, habían acabado eligiéndolo presidente; un presidente que, para estupefacción general, la había nombrado secretaria de Estado.

Pero Ellen sabía por qué, y Betsy también: el presidente Williams tenía planeada otra ejecución.

El primer paso era descabalgar a Ellen de su pedestal mediático e incorporarla a su gabinete, donde, como secretaria Adams, se convertiría en su rehén. El segundo, pasarle la espada por el cuello.

Las dudas que pudieran quedarles a Ellen o a Betsy sobre los motivos del nuevo presidente se habían visto despejadas por el viaje a Corea del Sur, un error que no debería haberse producido. Se trataba nada menos que de una ejecución pública, orquestada por el presidente de Estados Unidos, el cual parecía dispuesto a todo, absolutamente todo, con tal de provocar la ruina de su propia secretaria de Estado.

—Durante el vuelo a Fráncfort —explicó Betsy— me tomé alguna copa de más y le dije a Ellen que no me parecía que el presidente Williams fuera un cabrón con cerebro de mosquito, y menos un cretino de campeonato. Le dije que, si pensaba que era un egocéntrico que no podía ser más tonto ni entrenando, y que la licenciatura en Derecho se la había sacado mandando por correo tapas de cereales Cap'n Crunch, estaba muy equivocada.

Betsy había empezado a divertirse. Hacía tiempo que no sacaba a pasear la mala uva de la señora Cleaver.

Sin embargo, ya iba siendo hora de pasar a otra cosa.

Miró a los ojos a Barb Stenhauer y soltó una mentira que estuvo a punto de provocarle una arcada, pero, en fin, no había más remedio.

—Le dije que me parecía que no rescatar a Gil era la decisión correcta, y que el senador no había tenido elección.

—Y por eso la ha hecho volver.

—Suerte tuve de que no me tirara del Air Force Three. Así que ya me ve, comiéndome un cruasán, jugando al Candy Crush e intentando hacer acopio de valor para llamarla y pedirle perdón. Aunque Doug Williams me parece un gilipollas narcisista.

«Qué a gusto me he quedado.»

—¿Se lo parece o no?

—¿Cómo?

—Ha dicho que le parece un tal y cual narcisista.

—¿Qué?

—Da igual.

—Y usted, ¿a qué ha venido? —preguntó Betsy—. ¿Puedo ayudarla?

—No. Me manda el presidente para ver si la secretaria Adams o su jefe de gabinete han dejado alguna nota sobre su reunión.

178

Es que parece que con tanto revuelo la estenógrafa se ha saltado algunos puntos.

—Pues que tenga suerte. Ya ve que el escritorio de Ellen está hecho un desastre, y el de Boynton, demasiado ordenado para haber trabajado de verdad. —Betsy titubeó—. Ustedes ya habían colaborado, ¿no? Con Boynton, quiero decir.

—Sí, poco tiempo.

—En la Comisión de Inteligencia, cuando la presidía el senador Williams.

—Sí, y en la campaña.

No había sido más que una suposición por parte de Betsy, pero tampoco era muy difícil deducirlo, habida cuenta de que a Charles Boynton lo había nombrado jefe de gabinete de Ellen la propia Stenhauser. Mientras veía que esta última entraba en el despacho de Boynton, y cerraba la puerta, se preguntó cuántos imbéciles podían llegar a caber en el mundo.

Escribió unas líneas a Ellen por correo electrónico para decirle que ya estaba en Washington y darle las gracias por el joven agente a quien había asignado la misión de protegerla.

«Que el subjuntivo hubiera entrado en un bar...»

Veinte minutos después probó la puerta del despacho de Boynton. No estaba cerrada con pestillo ni había nadie dentro.

Barb Stenhauser se había marchado.

Se sentó otra vez a la mesa de Boynton y, al buscar el cable con la mano, se le paró el corazón.

El ordenador de Charles Boynton volvía a estar enchufado.

Scott Cargill se abrochó el cinturón e hizo señas al piloto para que despegara.

Su número dos le entregó el móvil. Leyó el mensaje de manera rápida, sin inmutarse.

—¿Y los demás?

—Lo estamos comprobando. Deberíamos tener noticias en los próximos minutos.

Cargill asintió con sequedad y, tras enviar un mensaje a la secretaria de Estado, dejó vagar la vista por Fráncfort mientras el helicóptero se ladeaba para dirigirse hacia el este, hacia Baviera y la pintoresca localidad de Bad Kötzting, hogar de un terrorista.

El agente de la Seguridad Diplomática devolvió el móvil a Ellen. Había recibido un mensaje de Scott Cargill, marcado como urgente.

«Hallado asesinado el marido de Nasrin Bujari. Investigando otras familias. Localizado sospechoso atentado en Baviera. En camino.»

Cargill miró la respuesta: «Suerte. Manténgame informada.»

Ellen devolvió el teléfono al agente de seguridad y fijó la mirada en Anahita.

—No tenemos mucho tiempo, señorita Dahir. —El tono de la secretaria Adams era brusco y formal—. Nos ha mentido una y otra vez. Ahora tiene que contarnos la verdad.

Anahita asintió, muy erguida en la silla.

—¿Qué tiene que ver con los atentados? —Su sorpresa era evidente.

—¿Señora secretaria?

—Basta. Sabemos lo de su padre.

—¿Qué pasa con mi padre? —Lo dijo sin alterarse, pero resultaba absurdo no contarlo todo cuando era obvio que ya lo sabían. Negarlo sólo empeoraría las cosas.

A pesar de todo, Anahita se dio cuenta de que no podía contarles la verdad. Era tan sólo lo único que le habían pedido sus padres, lo único que había prometido no contar jamás... a nadie.

Su padre la había sentado en sus rodillas y, tras rogarle que no tuviera miedo, le había prometido que si guardaba ese secreto, sólo ése, iría todo bien.

Y cuando tuvo edad para entenderlo, su padre le contó por qué ese gran secreto no podía salir nunca de su casita en las afueras de Washington.

Le explicó en tono calmado que los iraníes de la línea dura habían asesinado a toda su familia —la de él, la de ellos—, que la habían borrado del mapa en una orgía de sangre simplemente porque era una familia de intelectuales y, por lo visto, no podían fiarse de los intelectuales.

Porque la educación llevaba a las preguntas y las preguntas al pensamiento independiente, y el pensamiento independiente a la sed de libertad, que desafiaba el control de los ayatolás.

—Sólo escapé yo. —Lo había dicho con voz firme y desapasionada, pero sus ojos reflejaban dolor.

—¿Te da miedo que los iraníes vengan a por ti? —preguntó ella.

—No tanto como que no tengan que hacerlo. Si los estadounidenses se enteran de que mentí en la petición de asilo, si se enteran de que en realidad soy iraní...

—¿Te mandarán de vuelta? —Ya tenía edad para entender lo que implicaba—. Yo nunca se lo diré a nadie —prometió.

Y lo había cumplido, y seguiría cumpliéndolo.

—Esto es absurdo —soltó Beecham—. No va a colaborar, ya lo ve. Está muy claro para quién trabaja, y no es para nosotros. Deténgala y presente cargos.

El agente de seguridad que había en la sala dio un paso hacia Anahita.

—¿Cuáles? —preguntó Ellen levantando una mano para frenarlo.

—Sedición, conspiración, terrorismo, asesinato en masa... —respondió Beecham—. Si no le bastan, tengo más.

—Se le olvida que el mensaje iraní pretendía impedir los atentados —replicó Ellen—. En todo caso, lo que hizo fue ayudar.

—¿El mensaje venía de Irán? —preguntó Anahita.

—Mire, ya está bien —dijo Ellen perdiendo la paciencia—. Sabemos que su padre es iraní y que mintió en su petición de asilo. Sabemos que se apellida Ahmadi...

—¿Por qué razón mandó su tío el mensaje? —la interrumpió Beecham.

Anahita los miró sorprendida.

—¡¿Qué?!

—¡Basta! —Ellen dio un puñetazo en la mesa y Anahita se sobresaltó, incluso Beecham dio un respingo al otro lado del Atlántico—. Se nos acaba el tiempo y necesitamos respuestas.

—Lo comprendo, pero es que se equivocan: yo no tengo ningún tío.

—¡Por supuesto que tiene un tío! —le espetó Beecham—. Vive en Teherán, se llama Behnam Ahmadi y es físico nuclear. Fue uno de los creadores del programa armamentístico iraní.

—No puede ser. Durante la revolución mataron a toda mi familia. Mi padre fue el único que... —Se calló de golpe, pero ya era demasiado tarde: se le había escapado.

Esperó, esperó a que se la llevara el monstruo, el Azhi Dahaka. Lo tenía grabado tan profundamente que, aunque ya fuera una persona adulta y racional, seguía convencida de que si se le escapaba el secreto la catástrofe sería inmediata.

Esperó con los ojos muy abiertos, respirando de manera entrecortada.

No pasó nada, pero no se dejó engañar: el monstruo había quedado en libertad e iría a por ellos. Pronto caería sobre la modesta casa familiar de Bethesda.

Tenía que llamarlos y avisarlos. ¿Para qué? ¿Para que se fueran corriendo y se escondiesen? ¿Dónde?

—¿Ana? —La voz se oía muy lejos—. ¿Ana?

Volvió al sótano del consulado de Estados Unidos en Fráncfort, con su búnker.

—Díganoslo —le pidió la secretaria Adams en voz baja.

—No lo entiendo.

—Pues entonces limítese a contarnos lo que sabe.

—Me dijeron que estaban todos muertos, toda la familia de mi padre, asesinados a manos de los extremistas, y que no me quedaban parientes. —Miraba a Ellen a los ojos.

—Todo eso son chorradas —replicó en la pantalla, desde Washington, el jefe del binomio de agentes—. El mensaje llegó a su ordenador. Su tío sabía dónde y cuándo encontrarla. Tiene que conocerlo.

—Pues no —insistió Anahita.

—Entonces tiene que llamar a su padre. —El tono de Ellen fue firme y categórico.

—¿Cree que es buena idea, señora secretaria? —preguntó el agente.

—¿Buena idea? ¡Es horrible! —exclamó Beecham—. Y ya puestos, ¿por qué no les decimos a los terroristas que se unan al equipo? Venga, venid. —Gesticuló con los dos brazos—. Así os enseñamos lo que sabemos y lo que no sabemos.

Fulminó con la mirada a Ellen, que le devolvió el gesto.

—Están en camino —informó el otro agente, levantando la vista del teléfono—. Llegarán a Bethesda en cualquier momento.

—¿Quién? —inquirió Anahita, que sintió que la invadía el pánico, aunque ya sabía la respuesta.

El monstruo. El que ella misma había liberado.

—Muy bien. —Beecham se levantó—. Yo también voy.

Betsy Jameson no podía apartar la vista de la pantalla del despacho de Charles Boynton, en el Departamento de Estado. Tenía los ojos muy abiertos y se tapaba la boca con la mano.

—Dios bendito...

Ya hacía años que sus amigos y su familia se habían fijado en que cuando iban mal las cosas se ponía a soltar palabrotas, pero cuando se avecinaba una catástrofe ya no era tan malhablada.

—Pero habrase visto... —susurró a través de los dedos abiertos, contemplando la pantalla.

Barb Stenhauser había visto lo que estaba haciendo Betsy. La búsqueda de los archivos sobre Timothy T. Beecham estaba abierta.

Se trataba de unos archivos muy raros, fragmentarios.

De pronto se echó a reír.

Lo que sabría Stenhauser era que Charles Boynton había estado indagando sobre el director nacional de Inteligencia, no Betsy Jameson, que estaba demasiado ocupada en jugar al Candy Crush y en comer para que se le pasara el disgusto.

Se apoyó en el respaldo y respiró hondo para serenarse.

Luego volvió a inclinarse y puso manos a la obra. Estaba claro que había que profundizar.

Una hora después, se quitó las gafas, se frotó los ojos y miró fijamente la pantalla. No avanzaba. Cada vez que creía encontrar una pista prometedora, acababa siendo un callejón sin salida. Era como estar dentro de un laberinto en cuyo centro, inaccesible, se hallaba el auténtico Tim Beecham.

Pero alguna manera tenía que haber de llegar hasta él. Betsy sabía que había estudiado Derecho en Harvard, pero por ahí no había encontrado nada, sólo la confirmación del título.

También habían borrado su historial militar.

Tenía mujer y dos hijos. Había cumplido cuarenta y siete años, y provenía de una familia republicana de Utah.

Eso no podía mantenerse en secreto.

Le resultaría más fácil encontrar información sobre el cartero que sobre el DNI. Ni siquiera logró averiguar qué nombre escondía la «T» de «Timothy T. Beecham».

Más que el camino hasta el centro del laberinto, lo que necesitaba era una buena motosierra.

Se puso el abrigo y salió a dar un paseo para despejarse. Y pensar, pensar...

Se sentó en un banco del parque y estuvo mirando a los pocos valientes que habían salido a correr hasta que reconoció al chico del avión, su guardaespaldas. Se había sentado discretamente al lado de un pequeño cobertizo.

Betsy se sacó el móvil y vio la respuesta de Ellen.

«Que el subjuntivo hubiera entrado en un bar... era una de las posibilidades que se planteaba», empezaba el mensaje.

«Vamos avanzando —continuaba—. Me alegro de que hayas llegado.

»P. D. ¿Qué guardaespaldas?»

Recogió sus cosas y empezó a alejarse con tranquilidad, sin mirar una sola vez hacia el cobertizo. El corazón le iba a mucha más velocidad, casi tanta como el cerebro.

Continuó caminando despacio, en aquel día cada vez más gélido, sintiendo la mirada clavada en la espalda.

El autobús llegó a la pequeña estación de Bad Kötzting.

—¿Bajas o qué? —dijo el conductor en voz alta, con tono de impaciencia.

Aram había esperado a que se bajara todo el mundo, y aún se había entretenido un poco para comprobar si había alguien en la estación.

No vio a nadie.

—*Das tut mir Leid* —contestó. Al pasar junto al conductor se caló algo más el gorro de lana que se había comprado en Fráncfort—. Perdone, me había quedado dormido.

Al conductor le daba igual. Sólo pensaba en ir al bar para comer algo caliente y tomarse una cerveza tibia.

—¡Otro mensaje, señor! —gritó la número dos de Cargill para hacerse oír por encima del ruido de los rotores.

Le enseñó el móvil con el breve texto.

De las mujeres, los hijos y padres de los otros terroristas y físicos no quedaba nadie.

Todos asesinados.

—Dios mío —susurró Cargill—. Shah está haciendo limpieza. —Se inclinó para dirigirse al piloto—: Más rápido, tenemos que llegar más rápido.

Lo siguiente se lo dijo a su número dos.

—Avisa a la policía de Bad Kötzting.

Se oyó el ruido de la puerta al abrirse.

—Ah, debe de ser Aram.

Frau Wani se levantó en el preciso instante en que Naomi se llevaba una mano a la espalda y se sacaba la pistola.

17

Irfan Dahir descolgó el teléfono y sonrió.

—*Dorood, Anahita. Chetori?*

Hubo un momento de silencio, pero ya sabía que su hija estaba en Fráncfort, y las llamadas internacionales podían tener un poco de desfase.

Al pie de la pantalla de Ellen, en el búnker de Fráncfort, apareció la palabra «farsi», escrita por el traductor.

Enseguida aparecieron otras: «Hola, Anahita, ¿cómo estás?»

Ellen miró a Anahita y asintió para que contestase, pero la joven se había quedado de piedra, paralizada.

—*Ana?* —dijo por el altavoz la misma voz de antes, grave y afectuosa, aunque ligeramente teñida de preocupación—. *Halet jubah?*

Ellen hizo señas a Anahita para que dijera algo, lo que fuese.

—*Salam* —contestó por fin la joven.

«Hola.»

Irfan sintió que se le paraba el corazón, y luego se lanzaba contra su caja torácica, intentando escapar.

«*Salam*»: la sencilla palabra que le había enseñado a su hija cuando fue lo bastante mayor para entender.

«Hola» en árabe. Mientras Anahita lo escuchaba muy seria, él le había explicado que esa palabra sería la clave entre ellos dos: si había problemas, si alguien se enteraba, tendría que usar el saludo en árabe, no en farsi.

Miró la ventana de la sala de estar, que daba a una calle tranquila.

En el camino de entrada había aparecido un coche negro sin identificar, y había otro aparcado en la acera.

—¿Irfan? —dijo su mujer, que salió de la cocina envuelta en el aroma de la menta, el comino y el cilantro de los kaftas que estaba preparando—. Hay unos hombres en el jardín de atrás.

Irfan soltó el aire que llevaba décadas conteniendo.

Volvió a pegarse el teléfono a la oreja.

—Lo entiendo —dijo en inglés con un leve acento—. ¿Estás bien, Anahita?

—Papá —respondió ella; le vibraba la barbilla—, lo siento.

—No pasa nada. Te quiero, y estoy seguro de que todo saldrá bien.

Ante la dignidad del padre y la desolación de la hija, Ellen Adams sintió un aguijonazo de vergüenza, pero sólo hasta que se acordó de las mantas rojas agitadas por la brisa y de las fotos de hijos, hijas, maridos, mujeres y niños en manos temblorosas.

Entonces sintió indignación: ella no renegaría de los muertos.

Oyeron un timbre por el altavoz.

Irfan Dahir le hizo señas a su mujer, petrificada en medio del salón, para que no se moviera.

Quitó el pestillo, pero justo cuando empezaba a abrir la puerta la empujaron desde fuera haciéndolo retroceder y varios hombres fuertemente armados entraron en tromba y lo tiraron al suelo.

—¡Irfan! —chilló su mujer.

Anahita abrió mucho los ojos de puro pánico.

—¡Papá! ¡Mamá! —gritó al teléfono con todas sus fuerzas—. ¿Qué pasa?

Después de un último empujón que dejó a Irfan sin aire en los pulmones, la rodilla que tenía clavada en la espalda aflojó la presión.

Notó que lo levantaban como un muñeco de trapo y lo ponían en pie.

—¿Irfan Dahir?

Se volvió para descubrir tras él a un hombre mayor con ropa de civil, bien afeitado, canoso, con el pelo corto, traje y corbata, que en su estado, de cierta confusión, le recordó a un director de escuela.

—Sí —susurró con voz ronca.

—Queda detenido.

—¿De qué se me acusa?

—De asesinato.

—¡¿Qué?!

Su asombro cruzó el Atlántico a través de la línea telefónica hasta llegar al consulado de Estados Unidos en Fráncfort, donde lo captaron los oídos de su hija y los de la secretaria de Estado.

Betsy Jameson se llevó un café doble a la mesa redonda del rincón. También se había pedido un muffin para justificar que ocupaba una mesa aunque, a decir verdad, no había casi nadie.

Pero al menos era un espacio público.

Él ya no disimulaba: estaba claro que la seguía.

Se palpó el móvil dentro de la chaqueta y lo sacó para mirar el número. Sólo podía ser el de la capitana Phelan, la ranger enviada por el general Whitehead.

Acercó el dedo a la pantalla, pero sin tocarla.

«No dude...», le había dicho Denise Phelan.

A pesar de todo, dudó. ¿Cómo sabía que el jefe del Estado Mayor Conjunto había enviado a la ranger? Sólo tenía la palabra de Phelan, y en un día así no era suficiente.

Tomó una decisión. Después de guardarse el móvil de prepago en el bolsillo, sacó el suyo y marcó un número. La pasaron varias veces hasta que oyó una voz grave, masculina.

—¿Señora Jameson?

—Sí. Siento molestarlo, general.

—¿En qué puedo ayudarla?

—No nos conocemos...

—No, es verdad, pero sé quién es. ¿Ha recibido mi paquete?

En el suspiro de Betsy se mezclaban el alivio y un repentino agotamiento.

—O sea que venía de su parte.

—Sí, aunque ha hecho bien en comprobarlo. ¿Algún problema?

—Bueno... —El alivio dejó pasó a la vergüenza, que se esfumó de golpe al ver que el joven la observaba desde el fondo del local, sentado a otra mesa—. Quería preguntarle si podríamos quedar para tomar algo.

—Por supuesto. ¿Dónde y cuándo?

La rapidez con que aceptó el general tranquilizó a Betsy, pero al mismo tiempo la inquietó: era evidente que estaba preocupado.

Se lo dijo. Luego cogió un taxi, dio la dirección del primer hotel que se le ocurrió, bajó, se dirigió a una entrada lateral y pidió otro taxi. Lo había visto en varios programas de la tele, como estrategia para despistar a alguien, aunque nunca se le había pasado por la cabeza usarlo en la vida real.

Para su sorpresa, pareció que funcionaba.

Unos minutos después entró en el Off the Record, un local de luz tenue y terciopelo rojo donde se reunían los enterados de Washington.

Quedaba justo enfrente de la Casa Blanca, y en la oscuridad de sus rincones conversaban en voz baja periodistas y subalternos del mundo de la política, se intercambiaban confidencias y se cerraban acuerdos.

En los círculos capitalinos se consideraba terreno neutral.

Betsy se sentó en uno de los reservados semicirculares y estuvo pendiente de la puerta, a la espera de ver al general, pero también a su perseguidor.

Cuando entró Whitehead, tardó un poco en reconocerlo, aunque no podía negarse que el hecho de que entrara en el reservado y se presentase fuese una pista importante.

Si Betsy se parecía a June Cleaver, el general recordaba un poco a Fred MacMurray, el actor de la serie *Mis tres hijos*: un hombre larguirucho y de aspecto cordial más cómodo con un jersey que de uniforme.

Lo había visto muchas veces por la tele, y en persona desde lejos, pero no habían llegado a coincidir, cosa que, por otra parte, tampoco le apetecía especialmente: recelaba de los militares de alto rango; los consideraba belicistas por naturaleza, y nadie superaba en rango al jefe del Estado Mayor Conjunto.

Pero de quien recelaba más era del general Whitehead, quien, para colmo, había sido miembro de la administración Dunn.

No obstante, Ellen se fiaba de él... y ella se fiaba de Ellen.

Y, por otra parte, no se le ocurría a quién más recurrir.

El helicóptero tomó tierra y Cargill corrió hacia el coche que estaba esperándolo.

Le envió un mensaje rápido a la secretaria de Estado.

«Ya en Bad Kötzting, camino a casa. La mantendré informada.»

Habían instalado una cámara y Anahita, desde Fráncfort, vio a sus padres sentados a la mesa en el comedor de Bethesda.

Conocía bien aquella habitación: era donde celebraban los cumpleaños, donde invitaba a comer a los amigos y donde había hecho los deberes a diario durante quince años.

Donde había grabado las iniciales de un chico por el que estaba colada.

Cómo la había reñido su madre...

Por aquel entonces le habría parecido imposible ver lo que estaba viendo en ese momento: el director nacional de Inteligencia a la humilde mesa, con sus padres. El encuentro, sin embargo, no tenía nada de familiar ni de amistoso, sino todo lo contrario.

Tim Beecham estudiaba a los Dahir, al igual que la secretaria Adams. La luz cruda de la cámara les difuminaba las facciones, pero había una cosa que no podía difuminarse: estaban muertos de miedo, tan aterrados como si tuvieran delante al jefe de la policía secreta iraní.

Ellen trató de quitarse de la cabeza aquella comparación, pero volvía una y otra vez vía Abu Ghraib, Guantánamo y una serie de lugares que hasta hacía poco ni siquiera sabía que existían.

—Cuéntenos qué saben de los atentados —le pidió Tim Beecham.

—¿Los de Europa? —preguntó Maya Dahir.

—¿Hay otros? —inquirió el DNI.

La señora Dahir puso cara de perplejidad.

—No. Bueno, no sé...

—Ciento doce muertos, de momento —dijo Beecham desviando su mirada hostil hacia Irfan—, más cientos de heridos. Y las pistas conducen hasta usted.

—¡¿Hasta mí?! —El asombro de Irfan Dahir parecía sincero—. Yo no tengo nada que ver, nada en absoluto.

Buscó apoyo en Maya, que parecía tan estupefacta y asustada como él.

—Pero su hermano Behnam sí —replicó Beecham—. Debería pedirle que se lo explicara.

Irfan cerró los ojos y bajó la cabeza.

—Behn —susurró—, ¿qué has hecho?

En Fráncfort, junto a la secretaria de Estado, Anahita miraba fijamente la pantalla.

Todo aquello parecía imposible.

—Háblenos de su familia en Teherán, señor Dahir.

Tras tomarse unos instantes para recuperarse, Irfan empezó a hablar, a decir lo que llevaba décadas guardándose para sí.

—Aún tengo un hermano y una hermana en Teherán.

—¿Papá? —intervino Anahita.

—Mi hermana es médica —siguió explicando Irfan sin querer, o poder, mirar a su hija—. Mi hermano, el menor, es físico nuclear. Los dos son fieles al régimen.

—Fieles es poco —contestó Tim Beecham—: tenemos en nuestro poder una foto de su hermano apuntando a la cabeza de un alto diplomático estadounidense durante la crisis de los rehenes.

—Eso fue hace mucho, y él y yo éramos muy diferentes.

Beecham se inclinó hacia él.

—No sé si tanto. ¿Esto le suena de algo?

Le enseñó una borrosa foto de prensa con un pie casi ilegible. «Estudiantes con rehenes estadounidenses en Teherán.»

—¿Y bien, señor Dahir?

Si Irfan se hubiera atrevido a decir «la he cagado», lo habría dicho. Era la verdad.

Tim Beecham lo dijo por él:

—La ha cagado, señor Dahir. El de la foto es usted, ¿verdad? Al lado de su hermano.

Irfan encorvó los hombros sin apartar la vista de la foto. Ni siquiera sabía que existiese. Incluso había conseguido olvidarse de que aquel joven con el arma en alto y gesto victorioso había existido alguna vez.

—Sí, soy yo. —Su respiración era rápida y superficial, como si hubiera acabado una carrera demasiado larga que lo había llevado demasiado lejos.

—Por lo que consta en nuestros archivos, no se marchó de Irán hasta dos años después. Cuesta creer que un hombre que temía por su vida actuase así.

Irfan reflexionó un momento.

—¿Ha oído hablar del dilema de la secretaria, señor Beecham? —preguntó en voz baja.

18

Cuando les llevaron las bebidas —para ella un ginger ale, para él una cerveza—, el general Whitehead miró a Betsy.

Una de las razones por las que no lo había reconocido era que no iba de uniforme: se había tomado la molestia de ponerse ropa de civil.

—Llama menos la atención —había explicado sonriendo.

Betsy lo entendía: pocas cosas llamaban tanto la atención como un general de cuatro estrellas con el uniforme cubierto de insignias y medallas. Parecía el Hombre de Hojalata de *El mago de Oz*, el que buscaba un corazón, pensó.

¿Él tampoco tenía corazón? Todo un arsenal armamentístico en sus manos y sin corazón: daba miedo sólo de pensarlo.

Sin el uniforme, en cambio, Bert Whitehead parecía un funcionario cualquiera del gobierno, a condición de que el jefe de personal hubiera sido Fred MacMurray.

A pesar de todo, lo rodeaba un aura de autoridad serena. Betsy entendió que hombres y mujeres lo siguieran y cumplieran sus órdenes de manera incondicional.

—¿En qué puedo ayudarla, señora Jameson?

—Me están siguiendo.

Whitehead levantó la cabeza, sorprendido, pero no miró a su alrededor. Aunque sí dio la impresión de estar más alerta.

—¿Está aquí?

—Sí, ha llegado justo antes que usted. Creía que lo había despistado, pero no. Está detrás de usted, al lado de la puerta.

—¿Qué aspecto tiene?

Después de oír la descripción, Bert Whitehead pidió permiso para levantarse, y Betsy vio que se dirigía en línea recta hacia el joven.

Se agachó y le dijo unas palabras antes de llevárselo del brazo con una actitud que parecía cordial, aunque Betsy sabía que no lo era.

Al cabo de una eternidad, a pesar de que según el móvil de Betsy habían pasado poco más de dos minutos, Bert Whitehead regresó al reservado.

—Ya no la molestará.

—¿Quién es? ¿Quién lo ha enviado?

A falta de respuesta, se contestó a sí misma.

—Timothy T. Beecham.

El general la estudió un momento.

—¿Le ha dicho algo la secretaria Adams?

—Me ha hecho volver para que investigue a Beecham y averigüe qué puede estar tramando.

—Yo le había pedido que no hiciera nada.

—Eso es que no conoce a Ellen Adams.

Sonrió.

—Empiezo a conocerla.

—¿Qué puede decirme sobre Beecham? No encuentro nada en los archivos. Lo han movido todo.

—O borrado.

—¿Por qué iban a borrarlo?

—Supongo que porque hay algo que no quieren que vea nadie.

—¿Como qué?

—No lo sé.

—Pero algo sabe.

Bert Whitehead no parecía muy contento de que lo pusieran en esa situación; era posible que se hubiera molestado, incluso, pero acabó cediendo.

—Lo único que sé es que la administración Dunn, desoyendo todos los consejos sensatos, y mis propios argumentos, se retiró del acuerdo nuclear con Irán. Fue un error gravísimo, que cerró Irán a cualquier inspección y a cualquier escrutinio de su programa armamentístico.

—¿Y qué tiene que ver Beecham con eso?

—Fue uno de los que empujaron al presidente Dunn a hacerlo.

—¿Por qué?

—Más que por qué, la pregunta es a quién beneficiaba.

—Vale, pues finjamos que es lo que le he preguntado.

La sonrisa del general duró apenas un momento.

—Para empezar a los rusos, que con nuestra retirada tuvieron carta blanca en Irán. Eso ya no tiene remedio: está hecho. —Posó la mirada en el posavasos y sonrió—. «*When thou hast done, thou hast not done, / for I have more.*» —Alzó la vista y miró a los ojos a Betsy. Acababa de citar inesperadamente al poeta inglés John Donne: «Cuando lo hagas, aún no lo habrás hecho / porque tengo más.» ¿Por qué?

De pronto, se dio cuenta de que el general estaba mirando uno de los famosos posavasos del Off the Record con caricaturas de líderes políticos.

Estaba mirando el posavasos con la caricatura de Eric Dunn.

No había dicho «*When thou hast done*», sino «*When thou hast Dunn*», que sonaba exactamente igual en inglés...

Pero se refería a Eric Dunn.

La secretaria Adams escuchaba el interrogatorio de Irfan Dahi que seguía llevando a cabo Beecham, si bien estaba cada vez más pendiente del móvil.

Al final lo cogió y le mandó un mensaje a Scott Cargill: «¿Alguna novedad?»

Nada.

· · ·

—¿Por qué lo dice? —preguntó Betsy—. ¿Qué más tiene Eric Dunn? Necesito saberlo, y Ellen, también.

El general Whitehead suspiró.

—Para empezar, ganas de regresar al poder.

—Como todos los políticos, ¿no?

Betsy señaló los posavasos de la mesa, imágenes graciosas de varios presidentes y ministros, y de algunos mandatarios extranjeros.

El presidente ruso, el líder supremo de Corea del Norte y el primer ministro del Reino Unido, rostros habituales de los informativos de la noche.

—Es verdad —reconoció el general Whitehead—, pero en este caso va mucho más allá de la figura de Eric Dunn. En Estados Unidos hay elementos a los que no les gusta nada hacia dónde se dirige el país, y que están utilizando a Dunn: lo ven como la única posibilidad de frenar el desgaste de la América tradicional, no porque Dunn tenga un proyecto, sino porque se lo puede manipular. Pero antes tienen que reinstaurarlo en el poder.

—¿Cómo?

Guardó silencio unos instantes, midiendo las palabras.

—¿Qué pasaría si se produjera una catástrofe en suelo estadounidense, un atentado terrorista tan horrible que dejase al país herido durante generaciones? ¿Y si ocurriera durante este gobierno?

—Que echarían la culpa a Doug Williams, y se oirían voces a favor de una dimisión en bloque del gobierno.

—Bueno, pues ahora supongamos que el presidente no sobrevive a los atentados.

Betsy sintió un peso tan grande en el pecho que casi no la dejaba respirar.

—¿Qué está diciendo? ¿Es lo que va a pasar?

—No lo sé.

—Pero lo teme.

Whitehead no contestó. Sin embargo, tenía los labios apretados y los nudillos blancos por el esfuerzo de controlar el miedo.

Los medios de la derecha más dura ya estaban culpando de las bombas de los autobuses, y de no haber sabido evitarlas, a la inteligencia de Estados Unidos y, por extensión, al nuevo gobierno. Incluso en medios más moderados empezaba a despertar el miedo a nuevos atentados de mayor gravedad, y en suelo estadounidense.

Si llegaba a producirse uno...

—¿Me está diciendo que, con tal de volver al poder, el ex presidente estaría dispuesto a permitir que unos terroristas se hicieran con una bomba, incluso con un arma nuclear, y la usaran? —inquirió Betsy.

—No creo que Eric Dunn accediera de forma consciente. Lo que creo es que lo están utilizando, y no sólo los rusos, sino también otros elementos más cercanos.

—¿Dentro de su partido?

—Es probable. De cualquier modo, va mucho más allá de la afiliación a tal o cual partido. Hay gente que odia la diversidad de Estados Unidos y los cambios que ha provocado. Se consideran, se ven, como patriotas. Seguro que los habrá visto en alguna manifestación: fanáticos religiosos, neonazis, fascistas...

—Los he visto, general, y me cuesta creer que todo esto lo estén orquestando los de las pancartas.

—No, ésos son el síntoma visible. La enfermedad es más profunda: gente con poder y riqueza, que quiere proteger lo que tiene y que quiere más.

«Porque tengo más...»

—Han encontrado el vehículo perfecto en Eric Dunn.

—Su caballo de Troya —concluyó Betsy.

Whitehead sonrió.

—Buena comparación: algo hueco, un recipiente en el que esas personas han vertido sus ambiciones, sus indignaciones, sus odios y sus inseguridades.

Un matiz en su tono y un detalle en la expresión de su rostro llamaron la atención de Betsy.

—¿A usted le caía bien Eric Dunn?

El general Whitehead negó con la cabeza.

—Ni bien ni mal. Era mi comandante en jefe. Sospecho que en algún momento fue buena persona, como la mayoría. Son pocos los que crecen deseando destruir su propio país.

—Pero me está diciendo que los que se encuentran detrás de todo esto no creen estar destruyendo su país, sino todo lo contrario: se ven como patriotas que acuden a salvarlo.

—Exacto: «su país». Así es como lo ven: «nosotros» y «ellos». Están igual de radicalizados que Al Qaeda, son terroristas domésticos.

Betsy se preguntó si estaba loco. ¿Demasiados golpes en la cabeza? ¿Demasiado ímpetu en los saludos militares? ¿Veía conspiraciones donde no las había?

No sabía qué prefería: que el jefe del Estado Mayor Conjunto sufriera delirios o que estuviera diciendo lo que a los demás les daba demasiado miedo reconocer.

Que el país se exponía a una amenaza muy real, y que esa amenaza procedía de dentro.

Subió y bajó el dedo por el vaso empañado, deseando que fuera de whisky, no ginger ale.

—¿Y Beecham? ¿Qué pinta en todo esto?

Whitehead apretaba tanto los labios que apenas se le veían.

—Ya no puede callar —dijo Betsy—. Necesito saberlo. ¿Cuál es su papel?

—No lo sé. He intentado averiguarlo por vías extraoficiales, pero de momento no he descubierto nada.

—Pero tiene sus sospechas.

—Lo que sé es que Tim Beecham estuvo al frente del análisis de inteligencia del programa nuclear iraní y que sabe mucho sobre el movimiento de armas en la zona. Conoce a mucha gente.

—¿A Shah?

—¿Por qué accedió la administración Dunn a que soltasen a Shah? —preguntó Whitehead.

—A mí no me mire.

—En cuestión de meses, el gobierno se retiró del pacto dejando a Irán las manos libres con su programa armamentístico y dio el visto bueno a la liberación de un traficante de armas nucleares paquistaní.

—¿Las dos cosas están relacionadas? —preguntó Betsy.

—Sí, en la medida en que ambas incrementaron el riesgo de proliferación nuclear, pero ¿qué desenlace concreto se persigue?

—Ya le he dicho que a mí no me mire —contestó Betsy—. Si me suelta otra cita de John Donne, igual puedo ayudarle.

Whitehead sonrió fugazmente.

—Lo que sé es que el elemento común de las dos decisiones fue Tim Beecham.

—¿Se da cuenta de lo que está diciendo?

—Por desgracia, sí. —Parecía asustado—. Y hay más.

—«Porque tengo más» —dijo Betsy en voz baja, esperando.

—Es lo que se llama un «problema retorcido»: Oriente Medio ya era un polvorín, pero algo de estabilidad había, al menos hasta que el presidente Dunn retiró todas nuestras tropas de Afganistán sin ningún plan y sin poner condiciones a los talibanes. El presidente Williams ha heredado esa decisión.

Betsy observó atentamente a Whitehead. ¿Era cierta su impresión inicial? ¿Tenía delante a un belicista con cara de Fred MacMurray?

—Ya sé que fue una decisión polémica, aunque en algún momento teníamos que irnos y repatriar a nuestros soldados —opinó ella—. A mí me pareció su única decisión acertada.

—Le aseguro que nadie tiene más ganas que yo de ver a nuestros soldados fuera de peligro, y estoy de acuerdo en que iba siendo hora. La cuestión no es ésa.

—Y entonces ¿cuál es?

—Que se ejecutó sin haber elaborado ningún plan, sin obtener nada a cambio. No se hizo ningún preparativo para conservar lo ganado, la estabilidad que tanto había costado conseguir y nuestras capacidades en inteligencia, contrainteligencia y antiterrorismo. El plan Dunn creó un vacío que los talibanes están encantados de llenar.

Betsy se echó para atrás.

—A ver... ¿me está diciendo que después de dos décadas de combates Afganistán volverá a estar en manos de los talibanes?

—Lo estará, y esta vez además de a Al Qaeda se traerán a los pastunes. ¿Sabe de quiénes hablo?

—Los que secuestraron a Gil.

—Exacto, al hijo de la secretaria Adams. Son una extensa familia de extremistas cuyas garras se extienden por todas las organizaciones de la región, legales o ilegales. El gobierno actual de Afganistán, supuestamente democrático, contaba con nuestro respaldo. Si nos retiramos sin un plan... —abrió las manos— las ratas volverán en tropel: se perderá todo el terreno ganado y se revertirán todos los derechos.

—Las mujeres, las niñas...

—¿... que contaban con que recibirían una educación y conseguirían un trabajo? —comentó Whitehead—. Las castigarán. Y aún hay más.

Betsy empezaba a odiar a John Donne.

—Siga.

—Los talibanes necesitarán apoyos, aliados en la zona, ¿y quién mejor que los paquistaníes, dispuestos a todo con tal de que Afganistán no recurra a la India en busca de ayuda?

—Bueno, pero Pakistán es nuestro aliado. ¿No sería beneficioso? Ya sé que es un encaje muy delicado entre piezas inestables, pero...

—Pakistán está jugando una partida a muchas bandas —la interrumpió el general Whitehead—. ¿Dónde encontraron a Osama bin Laden?

—En Pakistán —respondió Betsy.

—Sí, pero no en una cueva de alguna montaña dejada de la mano de Dios: vivía en un recinto enorme y lujoso justo en las afueras de la ciudad de Abbottabad, lejos de la frontera. ¿No irá a decirme que los paquistaníes no estaban al corriente?

»He estado dándole muchas vueltas a cuál es el tejido conectivo entre las piezas inestables en cuestión —prosiguió Whitehead—, y sólo hay una respuesta lógica: Dunn estaba convencido de que políticamente era un triunfo sacar a nuestro ejército de Afganistán...

—Sí, estábamos todos cansados de esa guerra.

—No se lo discuto. Dunn es lo bastante perspicaz para no querer que Afganistán se suma en el caos. No daría buena imagen que todos los avances, todos los sacrificios, quedaran como inútiles. ¿Qué hace, entonces?

Betsy se lo pensó y sonrió, pero no porque le hiciera gracia.

—Acercarse a Pakistán.

—O ellos a él, discretamente: le prometen tener controlado Afganistán, pero a cambio piden algo, algo para echarse a temblar.

—Ah, qué bien, para echarse a temblar. A diferencia de lo que me ha contado hasta ahora. Vale, ¿qué hicieron?

El general Whitehead la miraba fijamente, intentando que viera lo mismo que él.

—Bashir Shah —dijo Betsy—. Soltaron al perro de la guerra.

—Shah es el eje en torno al cual gira todo. Pakistán salvaría a la administración Dunn de una metedura de pata política; aunque volvieran los talibanes, mantendría a raya a las organizaciones terroristas, pero a cambio querría que Estados Unidos aceptara la liberación de Bashir Shah.

—Y Dunn ni sabía quién era Shah ni le importaba —añadió Betsy—. Lo único que veía, lo único que le interesaba, era su reelección.

—Y cuando no fue reelegido...

—A los cerebros de la operación les entró pánico —dijo Betsy—, y aún lo tienen. Necesitan colocarlo de nuevo en el poder.

El jefe del Estado Mayor Conjunto asintió con expresión solemne y triste, y observó a su interlocutora, una profesora de mediana edad con aspecto de ama de casa de los años cincuenta.

—Deje de investigar —había bajado la voz—, estamos hablando de gente muy desagradable que hace cosas muy desagradables.

—No soy una niña, general Whitehead. No hace falta que me hable como si lo fuera.

Sonrió un poco.

—Lo siento, tiene razón. Es que no estoy acostumbrado a hablar de estos temas con civiles. Ni con nadie, la verdad.

Sin volver la cabeza, Betsy movió los ojos para enfocarlos en la barra, donde acababa de sentarse un hombre que le sonaba de algo y del que la gente empezaba a apartarse.

Whitehead posó la mirada en ella de nuevo y bajó aún más la voz.

—Son unos asesinos.

—Sí, ya me había dado cuenta. —Betsy volvió a visualizar la masacre en la tranquila calle de Fráncfort—. Suéltelo de una vez: ¿cuál es la pesadilla?

—A Bashir Shah lo soltaron sabiendo que podía vender conocimientos y materiales nucleares a otros países. Tiene aliados poderosos dentro del gobierno y el ejército paquistaníes. Se enriquecerían todos, pero...

—A ver si lo adivino: hay algo más.

—La verdadera pesadilla es que Bashir Shah venderá armas nucleares a terroristas.

Aquella afirmación tajante quedó suspendida por encima de la mesa gastada, que tantos secretos, tantas conjuras, tantos horrores había oído, aunque nunca nada tan atroz.

—¿Se lo imagina? —continuó Whitehead en voz baja—. Una organización terrorista, Al Qaeda o Estado Islámico, con armas nucleares... ésa es la pesadilla.

—¿De ahí todo esto? —La voz de Betsy resultó casi inaudible—. ¿Los físicos, las bombas en los autobuses? —Observó un momento al general—. ¿Y Tim Beecham está implicado?

—No lo sé. Lo único que sé es que participó en una serie de decisiones que están relacionadas, aunque no lo parezca: retirar a Estados Unidos del acuerdo nuclear con Irán, sacar al ejército de Afganistán sin un plan previo permitiendo que los terroristas vuelvan al amparo de los talibanes, y soltar a Shah. Sospecho que por eso no encuentra nada sobre Beecham: existen documentos, correos electrónicos, mensajes y notas de reuniones que lo demuestran, y había que esconderlos.

—O sea que ¿va más allá de Beecham?

—Mucho más. Necesariamente. Suponiendo que Tim Beecham tenga algo que ver, sospecho que es una marioneta, una herramienta. Detrás hay gente mucho más poderosa.

—¿Quién?

—No lo sé.

Esta vez Betsy Jameson se lo creyó, pero había algo más. Lo vio claro. Al cabo de un silencio que se hizo eterno, el general Whitehead se vio capaz de decirlo.

—Lo que me temo es que a los físicos no los hayan matado al principio de un encargo, sino al final.

—Madre mía...

19

La puerta de la casa de Bad Kötzting se hallaba entornada.

Scott Cargill entró sabiendo lo que encontraría. Por la puerta se filtraba el penetrante olor de las armas automáticas recién disparadas mezclado con otro olor inconfundible con un dejo metálico: el de la sangre.

Después de hacer señas a su número dos para que rodeara la casa, cruzó la puerta con sigilo sujetando firmemente la pistola.

En el recibidor encontró dos cadáveres: una mujer y un niño.

Dio un rodeo y se asomó a la sala de estar.

Vacía.

Volvió al pasillo oscuro y entró en la cocina, donde halló el cadáver de una mujer madura con una pistola reglamentaria de la policía en la mano y los ojos muy abiertos y vidriosos.

Escuchó atentamente sin mover un músculo.

Había ocurrido hacía poco.

¿Los asesinos seguían en la casa? Lo dudaba.

¿Y a Aram Wani, el terrorista, también lo habían matado?

Subió por las escaleras sin bajar la pistola y fue entrando y saliendo de los pequeños dormitorios. El olor a violencia no había llegado arriba. A lo único que olía allí era a loción para bebés.

Justo cuando bajaba vio una sombra en el umbral de la casa, junto a la puerta abierta.

Se paró.

La sombra también.

Oyó un ruido tenue: un sollozo.

Se lanzó por la escalera y, justo cuando llegaba al último peldaño, alcanzó a ver la espalda de un hombre joven que se alejaba corriendo.

Mientras salía de la casa persiguiéndolo, llamó a gritos a su número dos sin saber si lo oía.

Aram Wani corría. Corría consciente de que le iba la vida en de ello, aunque en honor a la verdad ya le daba lo mismo vivir o morir.

Corría por instinto, nada más, pero el caso era que huía de la muerte, del hombre armado que acababa de matar a su mujer y a su hijo.

Corría.

Scott Cargill tuvo que emplearse a fondo en la persecución: como delegado de la CIA en Alemania, llevaba tiempo sin correr.

Pero lo hizo. Levantaba mucho las rodillas, pisaba con fuerza el empedrado y jadeaba en el aire frío.

Corría.

Wani desapareció por una esquina, derrapando.

Mientras reducía un poco la velocidad para que el giro brusco no le hiciera perder el equilibrio, Cargill intentó decidir si podía disparar a Wani sin matarlo, sólo para darle alcance, detenerlo e interrogarlo. Así podrían averiguar qué red había organizado los ataques.

Y tal vez de qué iba todo aquello.

Frenó en seco al llegar al otro lado.

—Mierda.

• • •

Detuvieron a los padres de Anahita, pero Ellen intervino justo antes de que se los llevaran.

—Sólo una pregunta más, señor Dahir: ¿qué es el dilema de la secretaria?

—Un problema matemático, señora secretaria.

—¿De qué tipo? —Ellen lo veía desde Fráncfort, por el monitor.

—Sobre cuándo parar —contestó Irfan.

—¿Parar? ¿En qué sentido?

—Parar de buscar casa, pareja, trabajo... o secretaria —explicó—. Saber cuándo has encontrado lo idóneo, lo mejor. A menos que siempre te preguntes si hay algo mejor... entonces no puedes avanzar. Hay que decidir, aunque la decisión sea imperfecta. En Teherán, durante la revolución, vi demasiado: demasiadas cosas que no encajaban con lo que me habían enseñado del Islam. Pero ¿en qué fase me iba? Irán era mi tierra, donde vivían mi familia y mis amigos. Yo amaba mi país. ¿En qué punto se ha ido demasiado lejos? ¿Cuándo asumo el compromiso de marcharme, sabiendo que ya no hay vuelta atrás?

—¿Y cuándo lo hizo? —preguntó Ellen.

—Cuando vi que el nuevo régimen era tan malo como el viejo, o peor, y que si me quedaba yo también lo sería.

Ellen vio con el rabillo del ojo que Tim Beecham estaba nervioso, como si tuviera muchas ganas de que se acabara la conversación.

—¿Y para eso hay una ecuación? ¿En serio? —le preguntó a Dahir.

—Sí, aunque, como en tantos otros casos, podemos hacer cálculos, y es posible que sean útiles, pero lo determinante acaba siendo la intuición. —Hizo una pausa mientras sus ojos, oscuros y tristes, sostenían la mirada de Ellen—. Y el valor, señora secretaria.

«El dilema de la secretaria», pensó ella.

Lo entendió.

Después de que se llevaran a los Dahir, y de que las pantallas se hubieran quedado en negro, Anahita se volvió hacia Ellen.

—No han hecho nada malo. Sí, mi padre mintió décadas atrás, pero desde entonces ha sido un estadounidense orgulloso de serlo, un ciudadano modélico. Usted sabe perfectamente que mis padres no tienen nada que ver con lo que está pasando.

—No, eso no lo sé —repuso Ellen—. Lo que sé es que alguien le mandó un mensaje desde la casa de su tío. Ese alguien sabe quién es usted, aunque usted no lo conozca.

Anahita dejó de fruncir el ceño.

—O sea que me cree, y a ellos también.

—Yo no diría tanto. Usted salvó la vida de Gil e intentó salvar las de los demás, no creo que sea cómplice de nada. —No sabía si proseguir, pero al final le pareció preferible—: Gil se preocupa por usted, se fía de usted, y él no se fía fácilmente de nadie. En cuanto a sus padres...

—¿Se preocupa por mí? ¿Se lo ha dicho?

—Ahora mismo no creo que eso sea lo importante, ¿no le parece?

Al salir del búnker del consulado de Fráncfort, la secretaria Adams pensó en Gil. Cómo se había enfadado con ella por pedirle el nombre del informador... qué inflexible había estado, y qué firme en su voluntad de protegerlo.

Y luego sus palabras en voz baja: «Aunque quizá haya otra manera...», justo antes de preguntar si estaba Anahita.

Ella había supuesto que era porque sentía algo por la joven, pero empezaba a dudarlo.

¿Y si el informador era esa mujer menuda y delgada que la seguía a pocos pasos, que olía a rosas y no dejaba de repetir que era inocente, que no sabía nada, aunque su familia estuviera hasta el cuello en el asunto?

Un mensaje con bandera roja apareció en su móvil.

Scott Cargill. Por fin.

Pero al abrirlo se dio cuenta de que no era de Cargill, sino de Tim Beecham.

«Acabo de saberlo por nuestros operativos en Teherán: tiene una hija, Zahara Ahmadi, de 23 años, que estudia Física.»

Se volvió hacia Boynton, cuya presencia, por enésima vez, había soslayado.

—Póngame con el presidente por la línea segura.

Escribió la respuesta para Beecham.

«¿Es ella?»

«Creemos que sí. Parece que no es tan radical.»

«¿Creen o saben?»

«La única manera de asegurarse sería deteniéndola.»

«No, no haga nada. Tengo otra idea.»

—Tiene que mandarle un mensaje a su prima.

—¿Tengo una prima?

—Sí.

—¿Una prima? —preguntó Anahita.

—Concéntrese. Es necesario que contacte con ella.

—¿Yo? ¿Cómo? No tenía ni idea de que existía hasta que me lo ha dicho.

Ellen lo dejó pasar.

—Si ella pudo mandarle un mensaje, usted también podrá hacerlo. La ayudará Cargill.

Entonces se acordó de que había ido en busca del sospechoso del atentado.

—Tenemos la dirección de correo electrónico del remitente de Teherán, señora secretaria —-intervino Boynton—. Podríamos usarla.

Ellen se lo pensó.

—No, lo más probable es que los iraníes la tengan vigilada.

No siguió por ahí. Si era verdad lo que había dicho, pronto el gobierno iraní descubriría la existencia del mensaje al Departamento de Estado y creería que lo había mandado el tío. Al menos por un tiempo. Y él podía proteger a su hija, al menos por un tiempo.

Debían hacer llegar el mensaje cuanto antes a la tal Zahara Ahmadi.

—Podrá hablar con el presidente dentro de tres minutos —le anunció Boynton.

—Gracias. Llévese a la señorita Dahir a la delegación de Cargill —le pidió Ellen—. Ya están buscando la manera de ponerse en contacto con su prima. En diez minutos quiero oír más opciones.

Estaban otra vez en la planta de arriba, con sol y buenas vistas del cementerio.

Volvió a mirar su móvil: seguía sin recibir ningún mensaje de Bad Kötzting.

—No tan limpio como me habría gustado. —El hombre que hablaba junto a la piscina rondaba la cincuentena, era delgado y estaba en buena forma física, una forma que se había esmerado en mejorar aún más durante el arresto domiciliario—. Pero, bueno, al menos está hecho.

—Sí, señor, e incluso es posible que nos beneficie —se aventuró a decir el empleado que le había dado la noticia.

—¿En qué sentido? —preguntó Bashir Shah.

—Captará su atención.

—Creo que su atención ya la teníamos, ¿no te parece? —Le indicó que se sentara, para no tener que hablar haciendo visera con la mano para evitar el intenso sol—. Ha habido dos fallos que no quiero que se repitan.

El tono fue cordial. Aun así, el empleado, ya muerto de miedo por tener que dar la noticia de que el terrorista suicida al final no se había suicidado, se quedó petrificado. Tenía el cuerpo rígido, de anticipación. El de su jefe estaba tenso, como un depredador a punto de saltar.

—¿Sabes a qué errores me refiero? —preguntó Shah.

—Se ha escapado el terrorista, a pesar de que habíamos...

Levantó una mano para hacerlo callar.

—¿Y...?

—Y el hijo no está muerto.

—Exacto: el hijo se ha escapado. Se habían invertido muchos esfuerzos en que Gil Bahar fuera en ese autobús, ¿por qué bajó?

—Era lo segundo que quería comentarle: nuestro informador nos ha mandado un vídeo.

Shah vio la grabación del interior del autobús 119 y, cuando concluyó, se volvió hacia el empleado.

—Lo llamaron por teléfono para avisarlo. ¿Quién hizo la llamada?

—Su madre.

Shah respiró hondo. Era la respuesta que esperaba y, al mismo tiempo, la que menos deseaba.

—¿Y cómo se enteró la secretaria de Estado de lo de la bomba? —Su tono se había endurecido dando un matiz de rabia a sus palabras—. ¿Quién la avisó?

El empleado miró a su alrededor, pero los demás se habían apartado.

—No lo sé, señor; creemos que alguien del Departamento de Estado, un funcionario del servicio diplomático.

—¿Y cómo se enteró el funcionario?

El colaborador puso cara de contrariedad.

—Pronto lo sabremos. Hay otra cosa... —Cerró los ojos y rezó.

—Te escucho.

—Saben que es usted.

—¿Ellen Adams sabe que los físicos nucleares trabajaban para mí?

—Sí, señor.

Se preguntó cómo sería su muerte. ¿Un disparo? ¿Una cuchillada en el corazón? O lo más fácil: tirarlo al pantano con los caimanes. No, por Dios, eso no.

Para su sorpresa, notó que el jefe sonreía. No sólo eso, sino que asentía.

Bashir Shah se levantó.

—Ahora tengo que cambiarme porque voy al club a tomar algo, pero quiero respuestas para cuando vuelva.

El empleado vio al doctor Shah rodear la piscina para entrar en la gran casa de Palm Beach que le había prestado un buen amigo.

El cónsul general de Estados Unidos en Fráncfort había cedido su despacho a la secretaria Adams.

Ellen estaba en la mesa del cónsul con un móvil seguro en la mano. En la pantalla aparecía la cara del presidente de Estados Unidos, nada contento, por cierto, y Ellen se dejó llevar unos segundos por la euforia de tenerlo entre sus dedos.

Ojalá...

El hechizo se rompió con la aparición del rostro de Tim Beecham, menos contento todavía, en la otra mitad de la pantalla dividida, como si estuviera pegado al presidente.

Se quedó sorprendida de que lo hubiesen invitado a la llamada, pero prefirió no decir nada: de todas formas no podía evitarlo. Tendría que ir con pies de plomo y medir sus palabras.

—Bueno —le dijo el presidente Williams—, ¿y ahora qué pasa?

—Nada malo, señor presidente —respondió Ellen—. Al contrario, hemos avanzado mucho.

Lo puso al corriente cuidando de no decirle nada que no supiese Beecham.

—O sea que creen que detrás de los avisos está la tal Zahara Ahmadi —concluyó Williams—. Beecham, ¿qué sabemos de ella?

—Acabo de recibir un informe. Estudia Física en la Universidad de Teherán.

—Como su padre —apostilló el presidente.

—No del todo: se está especializando en mecánica estadística.

—Eso es teoría de probabilidades, ¿no? —preguntó Williams.

Ellen se alegró de haber aprendido a disimular su sorpresa porque, si no, se habría caído de la silla.

Al final, Doug Williams iba a ser más listo de lo que se pensaba...

—Sí, señor presidente, pero lo interesante es que forma parte de una organización de estudiantes progresistas, favorables a una mayor apertura y a establecer conexiones con Occidente. La única señal de alarma es que parece bastante religiosa.

—Yo soy bastante religioso... —replicó entonces el presidente Williams—. ¿Es motivo de sospecha?

—En Irán sí, señor.

—¿Pertenece a alguna mezquita? —le preguntó Ellen.

—Sí.

—¿A la misma que su padre?

—No, la suya está adscrita a la universidad. Estamos investigando si la lleva un radical.

—¿Qué está pensando, Ellen? —le preguntó el presidente Williams.

—A estas alturas estamos casi seguros de que detrás de los atentados se encuentra Irán, señor presidente. Siempre ha sido la hipótesis más lógica: veían a los físicos paquistaníes como un peligro. Ahora bien, si el mensaje que recibió mi FSO lo mandó Zahara Ahmadi, eso significa que quería impedir los atentados. ¿Por qué? No podré responder a esa pregunta hasta que hayamos hablado con ella. Tenemos a gente trabajando para hacerle llegar un mensaje.

No tuvo más remedio que admitirlo, aunque lo oyera Beecham. A fin de cuentas, el departamento que estaba trabajando en ello dependía del DNI, que había participado en la decisión.

El hecho de que Beecham conociera la existencia de Zahara y los intentos de ponerse en contacto con ella era problemático, por decirlo suavemente, pero no podía hacer nada para evitarlo.

—Y ella... ¿cómo se enteró de las bombas? —preguntó el presidente. Se quedó callado un momento y enseguida continuó—: ¿Por su padre, el físico?

—Ésa es una posibilidad, señor presidente —le respondió Beecham.

214

—Tim, ¿me está diciendo que se lo contó su padre? —preguntó Williams—. ¿Que él también quería evitarlo?

—No, el padre es de la línea dura, favorable al régimen, pero cabe la posibilidad de que su hija oyera algo, o que viera algo en los papeles de su padre.

—De momento no son más que hipótesis, que de poco nos sirven. ¿Cómo podemos comprobarlo? —El presidente Williams se inclinó tanto que su cara se distorsionó—. ¿Ellen?

—Llevo intentando establecer relaciones con el ministro de Asuntos Exteriores iraní desde que llegamos al gobierno. Recibimos un legado desastroso, pero él es un hombre instruido y culto, y parece sensible a las ventajas de un entendimiento mutuo.

—En los autobuses han matado a muchos inocentes —objetó el presidente Williams—, no es muy propio de un hombre culto que busca la paz.

—No —reconoció Ellen—. La cuestión es que, si nosotros hemos averiguado de dónde venía el mensaje, sospecho que a los iraníes les falta poco. Puede que el padre de Zahara la proteja durante un tiempo, pero si la pillan...

—Pues tendremos que llegar nosotros primero —comentó Williams—. ¿Cómo?

—Si su prima, la FSO, pudiera mandarle un mensaje corto a mi personal de allá —propuso Beecham—, quizá podrían acercarse a ella y pasárselo, para que sepa que estamos al corriente y que la protegeremos.

—¿Y cómo podemos prometérselo? —preguntó Williams—. Tampoco podemos secuestrarla, ¿no?

A decir verdad, su expresión era de esperanza.

—Tengo otra idea —dijo Ellen. Habría preferido que no lo oyera el director nacional de Inteligencia, pero le pareció que no había alternativa. Todo se estaba precipitando—: Quiero ir a Teherán.

Doug Williams se quedó con la boca abierta.

—¿Cómo? —dijo finalmente.

—Quiero ir a Teherán. El avión está listo. El plan era volar a Pakistán, pero podemos cambiar el itinerario sobre la marcha y hacer un vuelo secreto a Teherán.

—¿Con el avión oficial, a bombo y platillo? —inquirió Williams—. ¿No le parece que podría llamar un poco la atención?

Beecham no decía nada, pero parecía que los ojos iban a salírsele de las órbitas.

—Sí, pero saldremos de allí antes de que se entere la prensa. No es que en Irán haya mucha libertad informativa. Igual hasta podría sacar a Zahara Ahmadi.

—¿En serio? ¿Ése es su plan? Ni el Coyote, oiga. El Correcaminos estará contento —respondió Williams—. ¿Y si no la dejan salir? Bueno, al menos sería una manera de quitarme de encima a una secretaria de Estado que se ha vuelto loca.

—Sería esperar demasiado —intervino Beecham—: quizá no quieran quedársela.

—Y no se les podría reprochar. Pero si se la quedaran puede que alguien de por aquí notara su desaparición. No creo que fuera algo inmediato, pero con el tiempo...

—Vale, vale, ya lo entiendo —dijo Ellen—. De todos modos, creo que debería reunirme cara a cara con el ministro de Exteriores iraní y planteárselo: así se entablaría algún tipo de relación, aunque no fuera de confianza. Ésa podría ser también una manera de distraerlos el tiempo necesario para que el mensaje le llegue a Zahara Ahmadi. De momento no parece que se hayan dado cuenta de que alguien intentó impedir los atentados.

—¿Tim? —dijo el presidente Williams.

El DNI negó con la cabeza.

—Si la secretaria Adams hace lo que está diciendo, los iraníes se enterarán de que sabemos que están detrás de los atentados, y nunca es buena idea que sepan con cuánta información de inteligencia contamos.

—Si ellos han matado a los físicos, sin duda saben lo que está pasando —dijo Ellen—. Conocerán el plan de Shah, incluso su paradero. —Le sostuvo la mirada al presidente—. ¿No vale la pena arriesgarse?

Williams asintió sin muchas ganas.

—Bueno, pero no se reúna con ellos en Teherán. Hágalo en Omán, que es un país neutral. Llamaré al sultán y la informaré de si accede. Tim, usted y Ellen trabajen conjuntamente en un mensaje para la hija.

—Es que no... —empezó a decir Beecham.

—Basta —lo cortó Williams—. Ya me he dado cuenta de que no se caen bien, pero por desgracia para los dos parece que consiguen resultados, como Lennon y McCartney, o sea que adelante: al final del día quiero un *Abbey Road*. Suerte en Omán, Ellen. Ah, y avíseme en cuanto los suyos hayan encontrado al terrorista en Alemania.

—De acuerdo —respondió ella.

Su parte de la pantalla se puso negra, sólo quedaron Ellen Adams y Tim Beecham mirándose con hostilidad.

—Me pido ser McCartney —dijo ella.

—Por mí perfecto. Total, el mejor músico era Lennon.

Ellen estuvo a punto de discutírselo, pero se dio cuenta de que había cuestiones más importantes en juego.

—Pues nada, será cuestión de sumar esfuerzos, como en *Come Together* —comentó, y advirtió entonces un esbozo de sonrisa en Beecham—. «*He just do what he please*» —canturreó para sí misma: «Él siempre hace lo que le da la gana.»

Ellen decidió ir a la sección de Cargill para que le dieran las últimas noticias, pero nada más llegar notó algo raro.

La sala acostumbraba a ser un hervidero, pero en ese momento reinaba el silencio y nadie se movía. Sólo unas cuantas caras de consternación se volvieron hacia ella.

—¿Qué ha pasado? —preguntó.

Se acercó uno de los principales analistas.

—Están muertos, señora secretaria.

Ellen se quedó muy quieta mientras se le enfriaba todo el cuerpo.

—¿Quiénes?

Pero ya sabía la respuesta.

Scott Cargill, su número dos y Aram Wani.

Los tres habían sido tiroteados en un callejón de Bad Kötzting.

20

Betsy descolgó al primer tono.

—¿Cómo vas?

—No muy bien —contestó Ellen.

Se la oía exhausta; era lógico porque, si en Washington eran las seis de la tarde, en Fráncfort tenía que ser medianoche pasada.

Pero no sólo estaba exhausta, sino desanimada.

—Cuenta —dijo Betsy.

Se incorporó en el sofá del despacho de Ellen, donde había intentado dar una cabezada antes de seguir investigando a Timothy T. Beecham. Le supo mal no poder decirle nada nuevo a su amiga.

Oyéndola tan apagada, prefirió no hablarle del hombre que la había seguido. Además, el general Whitehead había tomado cartas en el asunto, y tal vez Ellen ya ni se acordara del breve intercambio de mensajes que había terminado con: «¿Qué guardaespaldas?»

—Explícame tú antes lo del guardaespaldas —pidió Ellen para su sorpresa.

Betsy sonrió: por supuesto que se acordaba.

—Era una broma. Es que había un chico joven y guapo que intentaba ligar conmigo, o al menos eso creo. Bueno, estoy casi segura, porque dudo mucho que quisiera llamar la atención de una chica joven y guapa que iba sentada a mi lado en el avión.

—No, seguro que no. —Ellen hizo como si se riera—. ¿Y qué, hubo plan?

—Siento decirte que ahora mismo mi plan es un cheesecake entero y una botella de chardonnay.

—¡Madre mía, pero qué bien suena! —comentó Ellen.

—Al que he visto es al general Whitehead, que me ha hecho algunas reflexiones sobre lo que está pasando... y lo que va a pasar.

—Cuenta.

Betsy se lo contó.

—Según él, a Dunn lo convencieron los paquistaníes, con el apoyo de los rusos, de que accediera a soltar a Shah como parte de un trato.

—¿Qué trato? —El tono de Ellen rezumaba aprensión.

—Dunn sacaba al ejército de Afganistán sin contrapartidas para los afganos y Pakistán garantizaba la estabilidad en el país. A cambio, los paquistaníes exigían que Estados Unidos accediese a dejar en libertad al traficante de armas más peligroso del mundo, y Dunn fue demasiado tonto para entender a qué accedía.

«Demasiado tonto o demasiado miope», pensó Ellen: sólo veía índices de aprobación y símbolos de dólar.

—¿Y Beecham? —preguntó.

—Participó en las dos decisiones —dijo Betsy.

—Yago susurrando al oído de Otelo.

—Yo prefiero verlo como lady Macbeth —añadió Betsy.

—¿Hay pruebas?

—De momento no. Pero espera, que no he acabado. —«Porque tengo más», pensó Betsy—. El general Whitehead cree que Beecham no está solo, sino que existe una conspiración urdida por una serie de individuos que se autoproclaman patriotas y pretenden reinstaurar a Dunn derrocando al nuevo gobierno, que consideran ilegítimo. Así hará lo que quieran ellos.

La secretaria de Estado se había puesto a asentir sin que Betsy la viera. El hecho de que la idea no le chocase del todo ya era chocante de por sí.

Ellen se encontraba sola en su habitación de hotel de Fráncfort. Faltaba poco para la una de la madrugada, pero estaba demasiado cansada y tensa para conciliar el sueño, aunque se moría de ganas.

Seguía esperando el mensaje de confirmación del viaje a Omán. Si lo recibía, podría ponerse en contacto con su homólogo iraní. De hecho, ya había estado tanteando el terreno.

Si las bombas de los autobuses las había puesto Irán, también habría organizado el asesinato de Aram Wani en Bad Kötzting, con Scott Cargill y su número dos como víctimas colaterales.

Estaba impaciente por tener unas palabras con los iraníes.

—Necesito saber de quién puedo fiarme y de quién no —dijo—. Necesito pruebas.

Betsy, que conocía cada inflexión de su voz, se dio cuenta de que estaba asustada.

—Tú ve con cuidado, Elizabeth Anne Jameson —añadió Ellen.

—Tranquila, que Bert Whitehead me ha puesto a una ranger para que me proteja. Aún no la he llamado.

—Pues prométeme que lo harás, por favor.

—Te lo prometo. Venga, te toca: cuéntame qué ha pasado.

Ellen Adams lo hizo: se lo contó todo a su mejor amiga y consejera.

—Lo siento mucho —declaró Betsy cuando concluyó—. A Scott Cargill y su número dos los han matado los iraníes.

—Sí, creo que sí, y al terrorista también. Voy a ir a Omán, a reunirme con el ministro de Exteriores iraní.

—¿Te has vuelto loca? —saltó Betsy, irguiéndose de golpe—. ¡Ni se te ocurra! Podrían matarte, o hasta secuestrarte.

Oyó una risa que no se esperaba.

—Es lo que ha insinuado Doug Williams al dar su visto bueno al viaje.

—Será cabrón...

—No, lo ha dicho en broma. No me va a pasar nada. Los iraníes no es que sean amigos nuestros, pero son inteligentes, y no ganan nada con hacerme daño o secuestrarme. Al principio he propuesto Teherán...

—Por Dios...

—Para confirmarle a Tim Beecham que soy tan imbécil como piensa. Por otra parte, estaba segura de que si proponía Omán de buenas a primeras Williams lo rechazaría.

—Un momento. A mi primer marido le hiciste el mismo truco psicológico. ¿Es como...?

—No, él nunca fue mi candidato.

—Cómo me gustaría acompañarte...

—Y a mí que vinieras.

—¿Quién va?

—Aparte de Boynton, y de los de Seguridad Diplomática, he decidido llevarme a Katherine y a Anahita Dahir, la FSO, que habla farsi. Me irá bien tener a alguien que sepa lo que de verdad dice el ministro de Exteriores.

—¿Te fías de ella, después de lo que has averiguado sobre su familia?

Una pausa.

—No del todo. Es otra de las razones por las que prefiero tenerla cerca. De todas formas, le estamos sacando un buen partido: la CIA ha encontrado la manera de hacer llegar un mensaje a Zahara Ahmadi, y para eso necesitamos a Anahita. Su prima no se fiaría de un agente estadounidense, mientras que de Anahita quizá sí. Lo más probable es que los iraníes tengan vigiladas las comunicaciones desde el ordenador del doctor Ahmadi. Necesitamos ponernos en contacto con Zahara antes de que lo haga la policía secreta iraní.

—¿Estás segura de que el mensaje lo mandó ella?

—No, pero es la explicación más verosímil. —Ellen soltó un largo suspiro—. He dado el visto bueno a la operación: abordarán a Zahara Ahmadi cuando salga de casa para ir a la universidad.

Betsy ya hacía tiempo que sabía que, por muy aguerrida que pudiera ser ella, la valiente era Ellen, y se alegró de no tener que tomar decisiones así.

—Antes de colgar, ¿cómo está Gil?

—Hace unos minutos he llamado al hospital y estaba dormido. Me ha dicho el médico de guardia que está mucho mejor. Pasaré a verlo de camino al aeropuerto.

—¿Aún no ha dicho nada de su informador?

—No.

Ellen había tardado unos segundos en contestar, Betsy no supo si adrede o por cansancio. Prefirió no preguntárselo. Cuanto antes colgara, antes podría dormir un poco su amiga.

—Ten cuidado, Ellen Sue Adams.

A Betsy le vino a la cabeza una hora después, despertándola de golpe de la siesta.

El hombre que le había llamado la atención en el bar del sótano del hotel Hay-Adams, ese al que también había visto el general Whitehead, el que creaba mal ambiente.

Llevaba años sin verlo. La última vez era más joven, casi un niño.

En el Off the Record lo había reconocido a duras penas. De hecho, pensó al levantarse de un salto del sofá y meterse en la ducha a toda prisa, tenía toda la pinta de ser la motosierra que necesitaba.

La llamada se produjo cuando en Fráncfort eran casi las tres de la madrugada, y despertó a Ellen de un sueño irregular.

Habían aprobado el viaje a Omán.

Saltó de la cama, y dos horas después contaba con el compromiso del ministro de Asuntos Exteriores iraní de que se reunirían en la residencia oficial del sultán, en el Viejo Mascate.

—Le puedo dedicar una hora, señora secretaria —le había dicho el ministro, que, pese a hablar muy bien inglés, a menudo prefería la mediación de un intérprete.

En esa ocasión, sin embargo, hablaron sin intermediarios: era más fácil, sencillo y discreto.

Tras hablar por teléfono con Charles Boynton y pedirle que llamara a Anahita Dahir, despertó a Katherine.

—Nos vamos a Omán —dijo—. Ve recatada.

—Vale, no me llevo los zahones de cuero.

Su madre se rió.

—El avión sale en cuarenta minutos, los coches en veinte.

—Muy bien. ¿Y Anahita?

Por lo visto se habían hecho amigas, cosa que a Ellen no le gustaba del todo.

—También viene.

Dicho y hecho: al cabo de veinte minutos los vehículos blindados ponían rumbo al aeropuerto.

—¿Puede parar un momento en el hospital, por favor? —pidió Ellen.

Unos minutos después estaba al lado de la cama de Gil: dormía, y su cara amoratada parecía serena.

—¿Gil? —le dijo en voz baja. Odiaba tener que hacerlo, pero odiaba tantas cosas de lo que estaba pasando que no le venía de una más—. ¿Gil?

Él se revolvió un poco y abrió los ojos hinchados.

—¿Qué hora es?

—Las cuatro y pico de la madrugada.

—¿Y qué haces aquí? —Hizo el esfuerzo de sentarse, con la ayuda de su madre, que le puso una almohada en la espalda.

—Salgo ahora mismo hacia Omán para hablar con el ministro de Exteriores de Irán. Los iraníes estaban detrás de los atentados.

Gil asintió con la cabeza.

—Tiene lógica: no les interesa que Shah venda secretos nucleares o científicos a nadie en la región.

—Tu informador...

—Ya te he dicho que no pienso...

Ellen lo hizo callar con un gesto de la mano.

—Ya lo sé. No te estoy preguntando quién es. —Bajó la voz—. Me refiero a algo que sugeriste la última vez que estuve aquí: que tenías manera de que tu informador te diera más datos sobre Shah. Pero ¿cómo podrías conseguir esos datos, si estás en el hospital?

—Tú haz lo que tengas que hacer y déjame el resto a mí, que soy el que salió volando con la bomba y el que tiene grabadas de por vida las caras de los muertos. También soy parte interesada, tendrás que fiarte.

—No es que no me fíe, es que no quiero perderte. —Después de ese arranque de sinceridad, Ellen se decidió a añadir algo simplemente para ver qué pasaba—: Me llevo a Anahita a Omán, está aquí fuera.

Quería ver la reacción de Gil: si Anahita era su informadora...

Su reacción fue bien poco delatora:

—Salúdala de mi parte, ¿vale?

—Vale. En principio volvemos hoy mismo. Ya me pasaré.

—Suerte.

Veinticinco minutos más tarde, aún de noche, el Air Force Three rodaba por la pista para emprender un vuelo de siete horas al Sultanato de Omán.

Cuando alcanzaron la altitud de crucero, Ellen fue a prepararse en su despacho, donde encontró un bonito ramo de flores: guisantes de olor, sus preferidas, delicadas y fragantes.

Cuando se agachó para olerlas vio que había una nota.

—¿Las ha encargado usted? —le preguntó a su jefe de gabinete, que acababa de entrar junto a un auxiliar de vuelo con café y algo ligero de desayunar.

Boynton dejó las carpetas que llevaba y miró el ramo.

—No, pero son bonitas. Serán de la embajadora de Estados Unidos.

—Pues no sé cómo ha sabido que son mis favoritas.

—Es muy concienzuda, lo habrá investigado —respondió Boynton.

No sabía que su jefa tuviera una flor favorita, pero en fin: había estado muy ocupado en indagar otros aspectos de la nueva secretaria de Estado.

—Gracias —le dijo Ellen al azafato que acababa de servirle una gran taza de café solo.

Al abrir la nota, la taza se le resbaló de las manos y, aunque la atrapó justo a tiempo, se le cayó una gotita que le escaldó el muslo.

—¿Qué pasa? —preguntó Boynton acercándose.

—¿Quién ha enviado estas flores?

El tono de Ellen se había vuelto brusco.

—Ya le he dicho que no lo sé, señora secretaria —contestó él. Parecía sinceramente perplejo por su reacción—. ¿Por qué, qué pasa?

—Averígüelo, por favor.

—De acuerdo.

Boynton se marchó a toda prisa mientras Ellen dejaba la nota encima de la mesa procurando tocarla lo justo.

Era una copia de la que había entregado a Betsy antes de que ésta tomase el vuelo de regreso a Washington: el mensaje donde le pedía que investigase a Tim Beecham y que bajo ningún concepto debía ver nadie más.

Y de repente aparecía en el Air Force Three, en pleno vuelo a Omán, dentro de un ramo de guisantes de olor que ya no le parecía tan bonito.

No había texto ni firma, pero Ellen sabía quién se lo enviaba, como todas las notas sin firma de los últimos años, las postales de cumpleaños y Navidad y el mensaje que había recibido justo después de la muerte de Quinn.

Llamó a Betsy por la línea segura con el corazón a punto de salírsele del pecho.

21

Esa noche el bar estaba a reventar.

Eran las diez pasadas, la hora del recreo en Washington.

Betsy miró a su alrededor, acostumbrándose a la escasa luz, y fue derecha hacia la barra, el último sitio donde había visto a Pete Hamilton. Ya no estaba, pero estuvo tentada de mirar por el suelo, pues era adonde le pareció que se dirigía Hamilton.

—¿Qué le pongo? —preguntó el barman.

«Un cubo de chardonnay», pensó la mejor amiga de Ellen Adams.

—Un ginger ale light, por favor —pidió la consejera de la secretaria de Estado—. Con una guinda al marrasquino, si puede ser —añadió Betsy.

Mientras esperaba sintió vibrar su móvil.

—¿Qué haces despierta? Pero si deben de ser las... —preguntó.

—Entra un símil en un bar —la cortó Ellen con voz tensa.

—¿Qué? Pues mira, resulta que acabo de entrar en un bar.

—¡Betsy, que entra un símil en un bar!

Betsy se quedó un momento bloqueada. Símil... símil...

—Más vacío que un desierto. Ellen —bajó la voz—, ¿qué pasa? ¿Dónde estás? ¿Qué es ese ruido?

—¿Estás bien?

—Sí, estoy en el Off the Record. ¿Sabes que ya tienen un posavasos con tu caricatura?

—Betsy, ¿dónde tienes la nota que te di justo antes de que te marcharas?

—En el bolsillo. —Metió la mano: no estaba—. Ah, no, espera, ahora me acuerdo: la he sacado y la he dejado en la mesa de tu despacho. No quería perderla. —Se quedó muy quieta—. ¿Por qué?

—Porque tengo una copia delante.

—¿En Fráncfort? ¿Cómo...?

—No, en el Air Force Three.

—Mierda. —Repasó a toda velocidad lo que había hecho a lo largo del día—. La he dejado en tu mesa antes de entrar en el despacho de Boynton para investigar sobre Beecham en su ordenador.

—¿Ha entrado alguien más?

—Sí, Barb Stenhauser, pero...

«Dios mío», pensó Ellen. Lo del director nacional de Inteligencia ya era grave, pero... ¿la jefa de gabinete del presidente?

—¿Por qué iba a copiar la nota y enviártela?

—La persona que se la ha llevado la ha puesto en manos de Shah, que es quien la ha metido en un ramo de guisantes de olor que me esperaba en el avión.

—Las flores que siempre te enviaba Quinn. ¿Crees que es una advertencia?

—Es una burla: quiere que sepa que está cerca hasta el punto de poder hacer lo que le dé la gana y tenerme a su alcance en todas partes.

—Pero, Ellen: necesitarían a alguien en Fráncfort con acceso a tu avión...

—Ya, ya lo sé.

Podía ser cualquiera: un miembro de su equipo de seguridad o de la tripulación... incluido el propio piloto.

O... miró la puerta cerrada: su propio jefe de gabinete, el casi invisible Charles Boynton.

—¡Dios mío! —soltó Betsy—. Si Stenhauser... ¿eso significa que Williams...?

—No —la interrumpió Ellen—. Williams podrá ser muchas cosas, pero no creo que esté conchabado con Bashir Shah. Pero necesitamos tener las cosas claras. Ahora mismo sospechamos de cualquiera y eso no tiene sentido.

—Estoy de acuerdo, pero ¿qué hacemos?

—Necesitamos lo de siempre: datos, pruebas e información. ¿Estás segura de que no ha entrado nadie más en mi despacho?

—Estoy segura de...

—¿Qué pasa? —preguntó Ellen.

—Supongo que alguien ha podido entrar cuando he venido aquí para reunirme con el general Whitehead, lo cual significa que Shah sabe que vas a por Beecham.

Ellen Adams se sosegó. Al contrario de lo que sostenía el mito sobre la mayoría de las mujeres, a ella se le daban bien las crisis.

—Lo cual significa que no hay tiempo que perder. Deben de estar decidiendo qué hacer al respecto. ¿Ya has averiguado algo?

—No, aún no, por eso estoy aquí.

—¿En el bar?

—Con un ginger ale light...

—¿Y una guinda al marrasquino? —preguntó Ellen.

—¿Hay algo mejor? Oye, Ellen, cuando he venido antes, por la tarde, he visto a Pete Hamilton.

—¿El antiguo secretario de prensa de Dunn?

—Exacto.

—Joven, idealista y con un punto entrañable —describió Ellen—. Vendía muy bien las mentiras de Dunn.

—Sí, era muy convincente.

—Seguramente porque se lo creía: el primer cliente de un propagandista debe ser él mismo.

Ellen se lo había inculcado a todos los periodistas que entraban a trabajar en su imperio mediático, junto con un consejo de la monja budista Thubten Chodron: «No te creas todo lo que piensas.»

—Hamilton hizo un buen trabajo —reconoció— hasta que lo sustituyó el hijo de Dunn.

—Menudo botarate —soltó Betsy—. ¿Llegamos a enterarnos de por qué se deshicieron de Hamilton?

—No dieron explicaciones, pero corrió el rumor de que tenía un problema con el alcohol y no se le podían confiar secretos de Estado. ¿Por qué quieres hablar con él?

—Porque necesito a alguien de dentro del gobierno Dunn, alguien que pueda ayudarnos a encontrar la información que necesitamos. A todos los demás les da miedo hablar, pero a Hamilton puede que no.

—Como para fiarse de lo que diga un alcohólico amargado... aunque a lo mejor ha dejado de beber.

Betsy se acordó de cómo se había puesto a dar voces en la barra mientras todos se apartaban de él.

—O no —reconoció—. De todas formas, no necesito poder citar mis fuentes, me conformo con que me den las pruebas que buscamos. Además, ahora estoy obsesionada con averiguar qué representa la «T» de «Timothy T. Beecham».

—Por favor, averigua algo más que eso.

Se rieron las dos. Después de un día así, Ellen no había pensado que pudiera reírse, pero Betsy tenía el don de levantarle el ánimo.

—Ten cuidado —le pidió—. Has dicho que el general Whitehead te ha asignado a una ranger, ¿no? Pues llámala: si Shah ha leído mi mensaje, sabe que vas a por Beecham, y como te acerques demasiado... —Ellen hizo una pausa. Era una idea insoportable, pero había que planteársela—. Lo veo perfectamente capaz de...

—¿Hacerme daño?

—Por favor, aunque sólo sea para que me quede tranquila. No me sobran los motivos para estarlo ahora mismo...

—Vale, vale, pero primero necesito ponerme en contacto con Pete Hamilton, y no quiero que una ranger me lo ahuyente. ¿Vas de camino a Omán?

—Sí.

—Dale un beso a Katherine de mi parte. Espero que no se haya llevado los zahones de cuero.

Después de otra carcajada, Ellen se quedó pensativa. Lo había interpretado como una broma por parte de su hija, pero...

—Ah, oye, Ellen...

—¿Qué?

—Ten cuidado.

Ellen colgó y miró los guisantes de olor. Qué colores tan delicados y alegres, qué perfume tan sutil... siempre le recordaban la bondad de Quinn.

Cogió el ramo, pero justo cuando iba a tirarlo a la basura se frenó y volvió a dejarlo en la mesa.

Eso Shah no se lo quitaría.

«Y que no me quite a Betsy, por favor...»

—Sí, era Pete Hamilton —le respondió el barman a Betsy—. Viene más o menos cada dos semanas, por si...

—¿Por si qué?

—Por si alguien quiere hablar con él o darle trabajo.

—¿Y...?

—Nunca sucede ni lo uno ni lo otro.

El barman notó el parecido entre la mujer que tenía delante y la madre de *Leave it to Beaver*.

—Entonces ¿se ha ido?

—Le hemos pedido que se marchara: venía borracho o drogado, no sé. Ha empezado a molestar a unos clientes y le hemos enseñado la puerta. —Escudriñó su cara—. ¿Por qué lo busca?

—Soy su tía. La familia le perdió la pista cuando abandonó la Casa Blanca y ahora su madre está enferma. Necesito hablar con él, ¿sabe dónde vive?

—No exactamente; creo que por Deanwood, pero yo no iría allí a estas horas de la noche.

Betsy pagó y recogió sus cosas.

—Por desgracia, su madre está muy enferma y tengo que encontrarlo lo antes posible.

El barman la miró muy serio.

—De verdad, es mal barrio para ponerse a dar vueltas. —Le dio una tarjeta—. Me dejó esto hace meses, por si alguien necesitaba un relaciones públicas.

Betsy lo miró: era un papelito cutre, claramente impreso en casa.

—Gracias.

—Si lo ve, dígale que no vuelva por aquí. Es muy incómodo tener que echarlo cada vez.

El taxi frenó en la dirección indicada. Deanwood quedaba en el noreste de Washington, a veinte minutos del Hay-Adams y de la Casa Blanca, pero era otro mundo.

Betsy se plantó en la puerta del bloque de pisos. En lugar de interfono había un agujero.

Probó a abrirla. El pomo estaba roto, de modo que no podía cerrarse. Una vez dentro notó un olor casi visible.

«Orina, heces, comida podrida y algo, o alguien, en descomposición», pensó.

Subió a la última planta por unas escaleras que se caían a trozos y llamó a la puerta.

22

—Váyase a la mierda.

Betsy se había tapado la cara y la nariz con un pañuelo de papel para paliar el hedor.

—¿El señor Hamilton?

Silencio.

—¿Pete Hamilton? Es que... —Miró la tarjetita cutre que tenía en la mano— necesito un relaciones públicas.

—¿A medianoche? Váyase a la mierda.

—Es una emergencia.

Silencio, y después el chirrido de una silla contra el suelo de madera.

—¿Cómo me ha encontrado? —Esta vez la voz procedía de detrás de la puerta.

—Me ha dado su dirección el barman del Off the Record, que es donde lo he visto hoy.

—¿Quién es usted?

Durante el trayecto, Betsy había estado pensando en qué contestar.

—Me llamo Elizabeth Jameson, pero mis amigos me llaman Betsy.

Si pretendía que Hamilton fuera sincero, ella tenía que serlo: no servía de nada empezar con mentiras.

Oyó tres vueltas de llave y un pestillo. A continuación, se abrió la puerta.

Se había preparado para un ramalazo fétido y tuvo que respirar dos veces para darse cuenta de que la casa no olía a nada; bueno, para ser exactos olía a aftershave: un tenue olor a agradable masculinidad...

... y a algo al horno, concretamente galletas con pepitas de chocolate.

Se esperaba ver a un hombre con los ojos hinchados, manchado de su propio vómito y con los calzoncillos sucios y medio caídos: era para lo que se había preparado. De hecho, gran parte de su infancia la había preparado para eso.

No, en todo caso, para lo que vio.

El Pete Hamilton que tenía delante era un hombre recién afeitado, con los ojos despejados y un chándal que parecía planchado. Aún tenía el cabello oscuro húmedo de la ducha.

No era mucho más alto que Betsy y, sin estar gordo, tenía un punto rollizo, como de niño pequeño. Con aquellos mofletes parecía el bebé de las papillas Gerber en un bloque de pisos de barrio bajo.

—Es la consejera.

—Exacto, y usted el antiguo secretario de prensa.

Hamilton se apartó.

—Será mejor que entre.

La puerta daba sin transición a una pequeña sala de estar con las paredes de un relajante gris azulado. El suelo de madera parecía haber sido lijado y vuelto a barnizar.

Había un sofá cama abierto y un sillón de aspecto cómodo. En la mesa al lado de la ventana había un portátil encendido junto a unos papeles, un vaso de agua y una galleta.

En un rincón de la sala podía verse la cocina americana.

Betsy tardó unos instantes en asimilar lo que veía. Oyó girar la cerradura.

—¿Qué quiere? —le preguntó Hamilton—. Sospecho que no un relaciones públicas.

—Bueno, la verdad es que sí. Más en concreto, lo necesito a usted.

La miró fijamente y sonrió.

—A ver si lo adivino: es por los atentados de los autobuses. —Ladeó la cabeza—. ¡No irán a sospechar de mí!

La obsequió con la sonrisa angelical que tan buenos resultados le había dado cuando propagaba desde el atril las mentiras de Dunn, una sonrisa que desarmaba y que obligó a Betsy a hacer un esfuerzo para no bajar la guardia.

Entre la cara de angelito y el olor a galletas con pepitas de chocolate, temió que la derrota fuera inevitable, pero luego se acordó de las caras de los familiares de las víctimas de Fráncfort y sus defensas volvieron a funcionar.

—Creo que puede ayudarme, señor Hamilton.

—¿Y por qué iba a querer ayudarla?

Betsy observó el apartamento y después a Hamilton.

—¿Qué se cree, que no soporto vivir aquí y que sueño con irme? —siguió él—. Puede que no impresione mucho, pero ésta es mi casa, y en este barrio, aunque no se lo crea, vive buena gente; maltratada por la vida, pero buena gente. Encajo a la perfección.

—Ya, pero estaría bien poder elegir, ¿no? Creo que sueña con eso, como todos. Yo le ofrezco poder vivir aquí, pero no a la fuerza. Como le decía, esta tarde lo he visto en el Off the Record y llevaba una curda impresionante. Estaba hecho un asco, daba pena.

—Confirmado: necesita un relaciones públicas —dijo Hamilton con una sonrisa.

—¿A qué venía el numerito?

En vista de que no contestaba, Betsy se acercó a la mesa y miró los apuntes que había al lado del ordenador. Apenas tuvo tiempo de leer unas palabras antes de que Hamilton los tapara con la mano.

—Váyase, por favor.

—Está escribiendo un libro... sobre Dunn.

—No. Váyase, por favor; no puedo ayudarla.

Sostuvo la mirada de sus ojos oscuros.

—Usted no pinta nada en este barrio.

Hamilton soltó un bufido.

—Los demócratas son todos unos elitistas: fingen preocuparse por los oprimidos, pero en el fondo los desprecian.

Betsy arqueó las cejas.

—No me ha entendido. Acaba de decir que en este barrio vive buena gente: por eso no pinta nada aquí, porque usted no lo es. Le estoy dando la oportunidad de ayudar a descubrir quién organizó los atentados, y quizá incluso evitar otro, pero lo único que le importa es su libro, su venganza.

—No es venganza, es justicia. No estoy escribiendo ningún libro, lo que hago es buscar pruebas.

—¿De qué?

—De lo que me hicieron. De quién me lo hizo.

—¿Señora secretaria? —Charles Boynton estaba en la puerta de la cabina del Air Force Three—. En Teherán está todo listo, sólo necesitan que les dé luz verde. ¿Quiere que me ponga en contacto con el señor Beecham?

—No, no hace falta.

—Pero...

—Gracias, Charles. ¿Puede pedirles a la señorita Dahir y a Katherine que entren?

Ya sola, la secretaria Adams descolgó el teléfono seguro.

La agente en Teherán se llevó una clara sorpresa al oír la voz de la secretaria de Estado.

—¿Todos en sus puestos? —preguntó Ellen.

—Sí, señora secretaria. Desde aquí vemos la casa de los Ahmadi. La hija debe de estar a punto de ir a la universidad.

—¿Están seguros de que la seguridad iraní no les ha seguido la pista?

Su interlocutora se rió en voz baja.

—Todo lo seguros que se puede estar, pero por eso necesitamos actuar con rapidez; cuanto más esperemos, más posibilidades habrá de que se enteren.

Ellen se quedó callada pensando en Scott Cargill y en la otra agente de inteligencia muertos a tiros en Bad Kötzting hacía apenas unas horas.

Cuánto valor, mientras que ella se limitaba a estar sentada en un avión con café caliente y pastas, y rodeada del perfume de los guisantes de olor...

—Adelante, y que Alá los bendiga.

—*Inshallah*.

—¿Puedo pasar al baño? —preguntó Betsy.

Al salir vio que Hamilton estaba preparando té en la cocina y que había puesto las galletas en una fuente que le señaló con la cabeza.

Betsy cogió la fuente sin hacerse de rogar y tomó una galleta mientras se encaminaba hacia un sillón.

El sofá cama había vuelto a ser simplemente un sofá.

Hamilton se unió a ella en la sala de estar.

—¿Me permite que sirva el té? —le preguntó señalando la tetera—. ¿Ha encontrado lo que buscaba? —quiso saber, y le pasó una taza.

—Pues... —Betsy la cogió— la verdad es que no.

Cero drogas, sólo aspirinas. Ya no la sorprendía: Hamilton no era el alcohólico y drogadicto por quien pretendía hacerse pasar.

—Necesito un infiltrado, señor Hamilton, alguien que sepa cosas o pueda averiguarlas y que esté dispuesto a hablar.

—¿Sobre los atentados? De eso no sé nada.

—Sobre los trapos sucios de la administración Dunn.

Se hizo el silencio.

—¿Por qué iba a hacerlo? —preguntó él finalmente.

—Porque ya los está buscando.

—No, sólo busco pruebas sobre mi caso.

—¿Puedo coger otra? —Betsy señaló las galletas con la cabeza—. Están buenísimas.

—¿Tiene hambre? ¿Le apetece un bocadillo?

Sonrió.

—No, no, pero gracias. —Se inclinó hacia él—. ¿Qué le hicieron?

Como no respondía, decidió echarle una mano.

—No tenían motivo para echarlo, de modo que tuvieron que inventarse uno y falsificaron correos electrónicos, mensajes o cualquier otra cosa que demostrase que era usted un adicto.

Mientras hablaba, vio que bajaba los ojos.

«No, había algo más», pensó. «Porque tengo más...»

—Se insinuó que traficaba.

Hamilton levantó la vista y respiró hondo.

—No era verdad.

—Pero consumía.

—¿Y quién no? Era un crío. Para nosotros era como tomarse un martini. Lo que no hice nunca fue...

—¿... tragarse el humo?

Sonrió.

—Traficar. Eso no lo haría nunca. Tampoco consumía nada más fuerte que marihuana, pero ellos lo presentaron como si las drogas me hubieran convertido en un peligro para el gobierno, como si en cualquier momento fuera a vender secretos para costearme la adicción, como si fuera una amenaza para la seguridad nacional.

Su mirada se había vuelto de súplica, aunque Betsy se dio cuenta de que no la veía a ella, sino a sus acusadores durante la reunión a puerta cerrada en que le mostraron las supuestas pruebas.

Veía su propia conmoción, sus esfuerzos de negarlo todo, sus ruegos, su llanto: tenían que creerle.

Y lo trágico era, por supuesto, que le creían.

—¿Por qué se lo hicieron? —preguntó.

Hamilton acercó el portátil y abrió un documento con una foto.

—Es la única razón que se me ocurre. Salió a los tres días de que me despidieran.

238

Era una noticia de prensa. No, una noticia no, una sección de chismorreos de Washington. En la foto se veía a un Pete Hamilton mucho más joven con un grupo de corresponsales de la Casa Blanca. Estaban en el Off the Record, riendo.

En el pie ponía: «Pete Hamilton, secretario de prensa de la Casa Blanca, de lo más chistoso, como puede apreciarse.»

Levantó la vista.

—¿Ya está? ¿Lo echaron por quedar con reporteros? ¿No era su trabajo?

—Entonces en la Casa Blanca lo más importante era la lealtad: se prescindía de cualquiera que pudiera dar la impresión de poder formular alguna crítica.

—Pero si sólo se ríe... podría ser de cualquier cosa.

—Da igual: son periodistas de la CNN y el presidente pensó que me reía de algún chiste sobre él. La semilla ya estaba plantada, y las malas hierbas crecen muy rápido. Tenía que irme.

—Bueno, puede que sí, pero es que lo hicieron quedar como un peligro para la seguridad nacional, un traficante... le destrozaron la vida.

—Para dar ejemplo: llevaban poco tiempo en el gobierno y necesitaban enseñarle a todo el mundo lo que le pasaría a cualquier sospechoso de deslealtad. Suerte tengo de que no clavaran mi cabeza en una pica.

—Para el caso... ahora no lo contrata nadie.

—Lo cierto es que no llegaron a acusarme formalmente de nada, de modo que no pude defenderme ni acudir a la justicia.

—¿Quiénes? ¿Eric Dunn?

Advirtió que titubeaba.

—Espero que no, pero no lo sé. En ese gobierno pasaban pocas cosas sin que él lo supiera.

—Y ahora está intentando limpiar su nombre y encontrar pruebas de que se lo inventaron —dijo Betsy paseando la vista por los papeles que estaban sobre la mesa.

—La verdad es que tardé en enfadarme. Al principio me quedé en estado de shock, incluso llegué a pensar que me lo merecía: yo creía en Eric Dunn y en los objetivos del gobierno. Sólo pasado el tiempo entendí la magnitud de lo que me habían hecho.

—Tiene usted una mecha muy larga.

—Pero la bomba es muy grande también.

—¿De qué iba el numerito de hoy en el Off the Record? Fingía que estaba borracho o colocado, ¿por qué?

—Primero necesito que me explique a qué ha venido, señora Jameson, y hacerle saber que, al margen de lo que me haya ocurrido, soy un conservador de pies a cabeza. Quizá ya no admire a Dunn, pero Williams me parece un idiota.

Betsy lo sorprendió soltando una risotada.

—Si aún sigue los asuntos políticos, debería saber que ni yo ni la secretaria Adams le llevaremos la contraria en eso. —Se puso seria—. Puede que Williams sea un idiota, pero al menos no es peligroso.

—Un presidente idiota es peligroso por definición.

—Quiero decir que no conspira para derrocar al gobierno ayudando a financiar, y quizá incluso armar, a terroristas. ¿Le explico a qué he venido? Pues mire: creemos que Eric Dunn, o alguno de sus fieles, está relacionado con los atentados de los autobuses y cualquier otra cosa parecida que pueda pasar.

Pete Hamilton la miró fijamente. Sorprendido, quizá, pensó ella, pero no impactado.

—¿Y por qué lo creen?

—Porque dejó que pusieran en libertad a Bashir Shah, el paquistaní que...

—Sí, ya sé quién es. ¿Ya no está en arresto domiciliario?

—No, y ha desaparecido.

—¿Creen que Shah es el cerebro de los atentados?

—No. Todavía no se ha hecho público, pero en cada uno de los autobuses iba un físico nuclear paquistaní que trabajaba para él...

La cara de Hamilton era un espectáculo: seguía pareciendo un querubín, pero uno que se había tragado a un monstruo.

—¿Qué sabe? —le preguntó finalmente Betsy—. Porque algo sabe, algo ha oído.

—Antes me ha preguntado por qué voy al Off the Record y me hago el borracho. Voy para demostrarles que no soy ningún peligro que estoy tan acabado que no hace falta que nadie se preocupe por mí. Y no se preocupan. Yo me quedo sentado con los ojos vidriosos, hablando solo, y ellos también hablan. Oigo cosas. Ya que han querido anularme y verme como un borracho sin remedio, al menos saco provecho.

Mirando a esa mezcla de hombre y niño, Betsy se dio cuenta de que quizá estuviera en presencia de un moderno Mozart: un niño prodigio.

—¿Y qué ha oído?

—Rumores. En Washington la gente siempre anda tramando y exagerando. Se pasan el día prometiendo grandes cosas. Pero esto es distinto, esto es discreto, sin las chorradas y el postureo que siempre acompaña la política. He intentado averiguar todos los detalles posibles, me he pasado años escuchando y oyendo cosas, el problema es que todo conduce a un lugar al que no tengo acceso: no puedo superar la ciberseguridad de la Casa Blanca.

Betsy sonrió.

A las siete en punto de la mañana, Zahara Ahmadi salió caminando hacia la Universidad de Teherán, que quedaba muy cerca de su casa.

Vestía un hiyab rosado que le llegaba a los pies.

Su madre siempre iba de negro, y su padre había insistido en que, por respeto, sus hijas también llevaran hiyab oscuro, pero cuando cumplió los veinte años y entró en la universidad, se permitió esa pequeña rebeldía, aunque tenía a su padre en un altar.

Sus hiyabs eran alegres, de colores vivos, porque, como le había explicado a su padre, a ella el Islam la hacía feliz: Alá le aportaba dicha y paz.

El doctor Ahmadi sabía que era cierto, pero aun así le parecía mal: temía que su hija mayor, a la que adoraba, no respetase, venerase o incluso temiese bastante a su Dios, por no hablar de su gobierno.

Sabía de qué eran capaces uno y otro si estaban descontentos.

Zahara, que todos los días hacía el mismo camino, se dio cuenta de que tenía a alguien detrás y, en un escaparate, descubrió que no era una persona, sino dos: un hombre de negro y una mujer con un burka igualmente oscuro.

Sabía reconocer a simple vista a los agentes de la VAJA, el Servicio Secreto. Los había visto en su casa desde siempre: se sentaban en el desorden del estudio de su padre para hacerle preguntas y darle instrucciones que él siempre cumplía.

No a la fuerza, como le constaba a su hija, sino por voluntad propia.

A Zahara nunca le habían dado miedo. Los veía igual que su padre: como extensiones de un gobierno deseoso de proteger a sus ciudadanos contra un mundo hostil. Sin embargo, desde hacía un tiempo sabía que no era así; concretamente, desde la última conversación que había subido por el respiradero hasta su cuarto.

Apretó el paso.

Por las calles sólo había vendedores ambulantes que empezaban a montar sus puestos.

El hombre y la mujer aceleraron. Oyó más cerca sus pasos.

Fue más deprisa.

Ellos también.

Echó a correr.

Corrieron tras ella, recortando distancias.

A cada paso, más la inundaba el pánico.

Siempre se había considerado valiente, pero se daba cuenta de que, más que valentía, había sido ingenuidad.

Se metió por un callejón y salió a toda prisa por el otro lado entre un revoloteo de alegre tela rosa: tela que la señalaba y hacía imposible perderle la pista.

—¡Para! —exclamó uno de sus perseguidores—. ¡No queremos hacerte daño!

Claro, ¿qué iban a decir? ¿«Para, que queremos matarte, torturarte, hacerte desaparecer...»?

No se detuvo, pero a la vuelta de una esquina se topó de bruces con el hombre. Chocó tan fuerte que trastabilló. Tan sólo se salvó de caer porque la mujer la sostuvo por detrás.

Trató de zafarse, pero el hombre la sujetó con firmeza tapándole la boca con la mano mientras la mujer hurgaba en el bolsillo de su burka.

—No —intentó suplicarles Zahara con voz ahogada—, no lo hagan.

Le pusieron algo delante de la cara.

—¿Zahara? —dijo una voz.

Poco a poco dejó de resistirse y miró fijamente aquel teléfono móvil que le hablaba en un farsi con acento: era la voz de una joven estadounidense.

—Soy Anahita, tu prima. Estas personas quieren ayudarte.

En el despacho del Air Force Three, en pleno vuelo a Omán, nadie apartaba la vista del teléfono que había encima de la mesa: ni la secretaria Adams ni Katherine ni Anahita.

Las tres estaban pendientes de la respuesta, e iban pasando los segundos.

—¿Anahita? —dijo una voz metálica.

Intercambiaron miradas y sonrisas, relajándose.

—¿Cómo sé que eres tú?

En previsión de la pregunta, le habían pedido a Irfan Dahir que le contase a su hija algo que sólo pudieran saber él y su hermano menor.

Ellen le hizo una señal con la cabeza a Anahita.

—Mi padre llamaba al tuyo «enano gilipollas», y el tuyo al mío «tonto del culo» por estudiar Económicas en lugar de Física.

El altavoz emitió un pequeño gemido de alivio, teñido incluso de cierta diversión.

—Es verdad: yo también llamo así a mi hermana pequeña, que estudia Teatro.

—¿Tengo otra prima? —preguntó Anahita mirando la cajita de la mesa como si contuviera a la familia que anhelaba desde que tenía uso de razón.

—También tengo un hermano. Él sí que es un gilipollas de verdad.

Anahita se rió.

Ellen trazó rápidamente un círculo con el dedo.

Anahita asintió.

—Recibí tu mensaje, pero no pude impedir los atentados. Oye, estas personas están ahí para ayudarte si tienes algún problema. Pueden sacarte del país.

—Pero yo no me quiero ir... Irán es mi casa. Lo hice para ayudar, no para perjudicar a Irán. Matando a inocentes no se llega a ningún sitio.

—Bueno, vale, pero tampoco es cuestión de que acabes en manos de la policía secreta... Escúchame: tenemos que descubrir cómo se enteró tu padre de lo de los físicos. ¿Sabes algo de Bashir Shah? ¿Qué planes tiene? Si...

De pronto se oyó un grito, y el ruido de una refriega.

Y se cortó la llamada.

23

—Lo siento, señora secretaria —dijo el ministro de Asuntos Exteriores iraní—. ¿Bombas en autobuses? No tengo la menor idea de qué me está hablando.

—Me sorprende, señor ministro. ¿Debo entender que el presidente Nasseri no se lo cuenta todo?

Se encontraban sentados en una sala de visitas enorme. Los había recibido el sultán en persona en la entrada del palacio.

Mientras acompañaba a Ellen a la sala, con vistas al golfo de Omán, el monarca, un hombre alto y de una educación exquisita, había conversado con amabilidad sobre el arte y la cultura del país.

Después los había dejado solos.

La sala estaba completamente cubierta de mármol, de un blanco deslumbrante. Al otro lado de la puerta doble, por la que se accedía a una amplia terraza, Ellen prácticamente veía Irán. De haber querido, el ministro de Exteriores iraní podría haber acudido a la reunión en barco.

Se inclinó hacia delante, y Aziz se echó para atrás. Hasta entonces Ellen había seguido todos los consejos de sus agregados culturales.

Evitar cualquier contacto físico al saludar al ministro de Exteriores iraní.

Usar siempre su título oficial.

Cubrirse recatadamente la cabeza con un pañuelo.

Le habían dicho que nunca le diera la espalda ni mirase el reloj, y cien cosas más para no ofenderlo.

Si bien estaba claro que no lo había insultado, todos esos detalles no la habían llevado a nada, y, aunque Ellen no tenía ningunas ganas de deteriorar aún más una relación que se aguantaba de puro milagro, tampoco tenía tiempo para pantomimas.

—Le aseguro que si hubiera algo que saber lo sabría —dijo Aziz.

Todas las palabras del ministro pasaban por su intérprete.

Ellen le había preguntado si podían usar uno solo, el de él.

—Es una gran muestra de confianza, secretaria Adams —había dicho por teléfono el ministro Aziz en un inglés intachable.

—¿No estará insinuando que existe el peligro de que su intérprete me tergiverse? —había contestado ella, divertida.

—Si lo hiciera le arrancaríamos la lengua con águilas. Es lo que dice su prensa de nosotros, ¿no? Que somos unos bárbaros.

—Falsedades las hay por ambas partes —había admitido Ellen—. La verdad es que ignoramos muchos aspectos de nuestras respectivas culturas y realidades. Quizá sea un buen momento para la sinceridad. —Hizo una pausa—. Y la transparencia.

En ese momento estuvo tentada de exigir que le dijeran qué había sido de Zahara Ahmadi, pero no lo hizo. No habría hecho más que empeorar las cosas. Ahí estaban, pues, sentados frente a frente y rodeados por el mar de mármol blanco del palacio de Al Alam, en el que el sol relucía con fuerza. Delante de ellos se extendía Mutrah, el puerto del Viejo Mascate.

Lo que no le había dicho Ellen al ministro, por supuesto, era que la joven ayudante que se encontraba sentada tras ella hablaba farsi.

Anahita tenía instrucciones de no pronunciar palabra, y menos en farsi. Debía limitarse a escuchar para después transmitir a la secretaria de Estado lo que de verdad había dicho el ministro.

Aziz había mirado a Anahita y le había preguntado en farsi de dónde era.

Anahita había puesto cara de no entender nada.

Aziz había sonreído.

Ellen no estaba segura de que hubiera quedado convencido, pero a lo largo de la reunión vio que el ministro se centraba en ella, olvidándose de Anahita y Charles Boynton, que seguían sentados en silencio a su espalda.

—¿Dice que el presidente Nasseri nunca le esconde nada importante, pero no sabe nada sobre los atentados de los autobuses? —preguntó—. ¿Aunque los organizara su propio gobierno?

Aziz la tenía intrigada. Estaba claro que tenía fe en los objetivos de la revolución, aunque también parecía creer que el aislamiento debilitaba a Irán.

Por si fuera poco, le había dado señales sutiles de que ya no se fiaba de Rusia, país vecino y aliado, y de que podía estar abierto a una entente con Estados Unidos; no en el sentido de establecer relaciones diplomáticas plenas, ni por asomo, pero sí de un cierto cambio de enfoque, lo cual, teniendo en cuenta cómo se había retirado Dunn del pacto nuclear, supondría un terremoto para Irán.

Al mismo tiempo, Aziz había dejado claro que el nuevo presidente de Estados Unidos partiría de un déficit de confianza enorme y que sería muy difícil que Irán se prestase a un nuevo acuerdo con supervisión extranjera, ya que daría una imagen debilitada y vulnerable del país.

La secretaria Adams tenía la sensación de que la actitud voraz e imprevisible de Rusia y la disposición de Estados Unidos a rebajar su beligerancia podían haber abierto una pequeña brecha, ínfima, eso sí.

Su trabajo consistía en encontrar ese resquicio de beneficio mutuo y con el tiempo quizá ampliarlo de forma paulatina hasta alcanzar un verdadero entendimiento, a fin de que Irán dejara de ser una amenaza persistente, y Estados Unidos y sus aliados, el blanco potencial de sus ataques.

De momento para eso aún faltaba mucho, y los atentados habían ensanchado aún más el abismo entre los dos países. Sin embargo, también le habían concedido a Ellen la oportunidad que necesitaba.

—O sea que prefiere no hablar del asesinato de los físicos paquistaníes —dijo mientras escogía un dátil carnoso de la fuente de frutas y delicias varias procedente de las cocinas del sultán— ni de la muerte de todas esas personas en los autobuses.

—Hablar sí, con mucho gusto; lo que no quiero es que nos culpen. A fin de cuentas, ¿qué gana Irán matando a paquistaníes, y de una manera tan cruenta, además? No tiene sentido, señora secretaria. La India, en cambio... —Abrió sus expresivas manos para recalcar el argumento.

—Aaah... —Ellen abrió las suyas al tiempo que se recostaba en su asiento—. Es que Bashir Shah...

Vio que su interlocutor se convertía en mármol y que el sol se le reflejaba en el sudor de la frente.

La sonrisa de Aziz se había desvanecido. En sus ojos no quedaba ni una sombra de humor, y su mirada, ya sin máscaras de cortesía, era dura y hostil.

—¿Podríamos hablar en privado, quizá? —propuso Ellen.

Una vez a solas con el ministro Aziz, se inclinó hacia él.

—*Havercrafte man pore mārmāhi ast.* —Lo dijo en voz baja, esmerándose en la pronunciación, y vio cómo Aziz arqueaba aquellas cejas grises.

—¿En serio? —le preguntó.

Ellen arqueó las suyas.

—¿Qué acabo de decir? La frase la ha buscado mi asistente, y he estado practicando.

—Espero que no sea verdad lo que ha dicho: ¿su aerodeslizador está lleno de anguilas?

A Ellen le temblaron los labios, clara señal de que estaba conteniendo la risa. Al final se rindió y soltó una carcajada.

—Lo siento, la verdad es que en mi aerodeslizador no hay anguilas.

Él también se rió.

—Yo no estaría tan seguro. Bueno, señora secretaria, ¿qué quería decirme?

—La expresión inglesa es «poner las cartas sobre la mesa».

—Estoy de acuerdo: es hora de ser francos.

Ellen asintió sin bajar la mirada.

—Nos advirtieron de los atentados en los autobuses a través un mensaje enviado desde el domicilio de uno de sus principales físicos nucleares en Teherán. Por desgracia, la FSO que lo recibió pensó que era correo basura, y cuando se lo tomó en serio ya era demasiado tarde.

—Lástima —fue la única respuesta del ministro de Asuntos Exteriores iraní, cuya larga experiencia como diplomático le impedía mostrar ningún tipo de sorpresa ante la sinceridad de Ellen.

Tenían poco tiempo y mucho terreno que recorrer. Ella había conseguido quedarse a solas con él más pronto de lo que esperaba, pero aún le faltaba cruzar la meta.

—En estos momentos, el físico en cuestión y su familia están en manos de su policía secreta.

—No existe tal cosa —repuso Aziz, una respuesta de rutina para los oídos de las anguilas que pudieran estar a la escucha.

Ellen hizo caso omiso.

—El gobierno de Estados Unidos vería como un favor su puesta en libertad junto con la de los otros dos iraníes detenidos en el mismo momento.

—Suponiendo que los tuviéramos, dudo que fuera posible soltarlos. ¿Ustedes dejan libres a sus traidores y espías?

—Sí, si es por un bien mayor.

—¿Y cuál sería ese bien, en el caso de Irán?

—La gratitud del nuevo presidente, que quedaría personalmente en deuda con ustedes.

—Ya gozamos, y no poco, de la gratitud del anterior: su retirada del acuerdo nuclear proporcionó a Irán la independencia necesaria para desarrollar sin intromisiones nuestro programa de energía nuclear pacífico.

—Es verdad, y también permitió que soltasen a Bashir Shah, una cobra escondida en el aerodeslizador de Irán, ¿no?

Aziz miró a Ellen fijamente. Ella le devolvió la mirada y esperó, y esperó.

—¿Qué quiere en realidad, señora secretaria?

—Saber cómo se enteraron de lo de los físicos nucleares paquistaníes y qué saben de los planes de Shah. También quiero que liberen a las personas a las que acabo de referirme.

—¿Y por qué íbamos a hacer todo eso?

—Porque para tener amigos hay que ser amigo. ¿Por qué ha accedido a reunirse conmigo? Porque sabe que Rusia es inestable y voluble, y que ustedes están cada vez más aislados. La República Islámica de Irán necesita, si no amigos, menos enemigos. Con la ayuda de Pakistán, Shah está a punto de aportar capacidad armamentística nuclear como mínimo a otro país de la región, tal vez incluso a organizaciones terroristas. Por eso organizaron ustedes el asesinato de los científicos, pero en el mundo hay más, y no pueden matarlos a todos. Para frenarlo nos necesitan a nosotros, y nosotros los necesitamos a ustedes.

Al cabo de unos minutos, la secretaria Adams y el ministro Aziz se fueron cada uno por su lado: el iraní directamente al aeropuerto para el corto vuelo de regreso, mientras que Ellen apeló a la indulgencia del sultán para quedarse un poco más en su palacio.

Apoyada en la baranda, desde donde se veía el puerto cargado de años y de historia, hizo una llamada.

—¿Barb? Necesito hablar con el presidente.

—Está algo ocupado...

—Lo necesito ahora mismo.

• • •

Barb Stenhauser se apartó y miró al presidente, que se había puesto al teléfono.

—¿Cómo ha ido, Ellen? —El tono de Williams delataba nerviosismo.

—Necesito ir a Teherán.

—Sí, y yo alcanzar el noventa por ciento en las encuestas.

—No, Doug, eso es un deseo, yo hablo de una necesidad: el ministro Aziz casi ha reconocido que ellos pusieron las bombas, y creo que tenemos la oportunidad de rescatar a los nuestros y obtener información acerca de Shah. Lo que ocurre es que Aziz no puede proporcionárnosla porque no entra en sus atribuciones, únicamente en las del presidente Nasseri. De hecho, puede que ni eso: quizá sólo pueda hacerlo el ayatolá.

—Jamás le darán audiencia con el líder supremo.

—Si no lo intento, seguro que no, pero si muestro mi disposición a acercarme a ellos habremos dado un paso.

—Lo que hará es mostrar desesperación. ¡Por Dios, Ellen, un poco de cabeza! ¿Qué impresión daría que una de sus primeras visitas como secretaria de Estado fuera a un enemigo acérrimo que ha bombardeado petroleros, derribado aviones y acogido a terroristas, y que acaba de matar a civiles inocentes?

—Nadie tiene por qué enterarse. Puedo ir y volver en unas horas en un avión privado. De hecho, ¿sabe alguien que estoy en Omán?

—No, hemos explicado su ausencia diciendo que está en un spa de lujo en Corea del Norte.

A Ellen se le escapó la risa.

—¿Y no se podría hacer virtualmente? —preguntó entonces Williams—. No podemos arriesgarnos a que alguien piense que estamos transigiendo con el enemigo.

Miró las pantallas del fondo de la sala, llenas de presuntos expertos que en la mayoría de los casos sólo podían preguntarse qué estarían haciendo el presidente y su gobierno. ¿Cómo era posible que no supieran nada sobre los ataques? ¿Qué otras cosas ignoraban?

Justo en ese momento, el anterior secretario de Estado estaba explicando en las noticias de la Fox que durante su mandato no se había producido, ni habría podido producirse, una catástrofe de esa magnitud, y diciendo que, con semejante debilidad en el despacho oval, a saber cuándo sería la siguiente... en suelo estadounidense.

—Entiendo sus dudas —admitió Ellen—, pero ahora que por fin tenemos la oportunidad de echarle el guante a Shah y desbaratar sus planes, tengo que ir en persona: debo dar muestras de buena voluntad.

—¿Estamos seguros de que los iraníes tienen esa información?

—No —reconoció—, pero sin duda tienen más información que nosotros. Para empezar, sabían lo de los físicos. Lo que no entiendo es que les pareciera necesario que saltaran por los aires autobuses enteros. ¿Por qué no les pegaron un tiro, que era mucho más fácil?

—¿Para dar espectáculo? —propuso Williams—. Cosas peores han hecho.

—Sigue sin cuadrarme. Las respuestas están en Teherán, donde también están Zahara Ahmadi y nuestros agentes, recién arrestados por la policía secreta. Tenemos que intentar sacarlos del país y averiguar qué saben los iraníes de Shah. Si no están al corriente de lo que planea ni de dónde está, quizá puedan decirnos quién lo sabe.

—¿A nosotros? ¿Por qué?

—Porque quieren que le paremos los pies.

—Entonces ¿por qué no nos lo han dicho antes? Si lo que quieren es que los ayudemos, ¿por qué no nos contaron lo de los físicos?

—Ni idea, la verdad. Por eso tengo que ir a Teherán.

—¿Y si nos sale el tiro por la culata? ¿Y si los iraníes deciden hacer públicas fotos donde aparezca usted haciendo reverencias al ayatolá o al presidente Nasseri? ¿Y si les da por arrestarla, acusándola de espionaje? ¿Qué pasaría?

—De una cosa estoy segura. —La voz de Ellen se volvió fría de golpe—. Usted no negociaría mi libertad.

—Ellen...

—¿Me da su visto bueno o no? El sultán ha tenido la amabilidad de ofrecerme uno de sus aviones y tengo que decirles algo. También necesito llegar antes de que los iraníes se arrepientan y pidan ayuda a los rusos.

—Bueno, está bien —accedió Williams—, pero como se meta en un lío...

—Será exclusivamente mi responsabilidad: lo habré hecho por mi cuenta, sin consultárselo a usted.

«Cobarde», pensó Ellen al colgar.

«Chalada», pensó Williams.

—Que venga Tim Beecham —ordenó.

—Sí, señor presidente —contestó su jefa de gabinete.

Una vez solo, Doug Williams miró las pantallas y tuvo la sensación de que las paredes del despacho oval se ponían a girar como una centrifugadora que separa lo líquido y lo sólido.

Dejando únicamente lo más espeso.

24

—Vale, ya estoy dentro —dijo Pete Hamilton—, ¿qué necesita que encuentre?

Betsy lo había instalado en el despacho de Boynton y le había facilitado el nombre de usuario y la contraseña para acceder a la información secreta, no sin antes cerrar con pestillo la puerta principal de las oficinas de la secretaria de Estado, así como las de los despachos de la propia Ellen y su jefe de gabinete.

Lo único que le faltaba era poner el sofá contra la puerta... y se lo estaba planteando.

—Todo lo que pueda acerca de Tim Beecham.

Hamilton se quedó mirándola con los dedos encima del teclado, pero sin tocarlo.

—Caray... ¿el director nacional de Inteligencia?

—Sí, Timothy T. Beecham. Ah, y de paso averigüe qué significa esa «T».

Dos horas después, cuando ya salía el sol, Hamilton apartó la silla de la mesa.

—¿Ha encontrado algo? —preguntó Betsy, que se le acercó por detrás—. ¿Qué es esto?

Hamilton se restregó la cara con las manos. Estaba demacrado y tenía los ojos enrojecidos.

—Es lo único que he encontrado sobre Beecham.

—¿En dos horas?

—Sí. Hay alguien que no quiere que sepamos más. No consta nada: ningún informe suyo, ningún correo electrónico, ninguna nota de ninguna reunión, ninguna agenda... Cuatro años de documentación borrados. No queda nada de lo que por ley se debe guardar. Cero. Ha desaparecido todo.

—¿Desaparecido? ¿Cómo? ¿Lo han borrado?

—O lo han archivado en otro sitio, en algún otro departamento donde a nadie se le ocurra buscar. Podría estar en cualquier parte. También es posible que hayan enterrado tanto la información que no pueda localizarla.

—¿Por qué?

—Es evidente, ¿no? Quieren esconder algo.

—Siga buscando.

—No puedo, he tocado fondo.

Betsy asintió pensativa.

—Bueno, hasta ahora nos hemos centrado sólo en Beecham, igual es que tenemos que buscar en otra parte y dar un rodeo para encontrar una puerta trasera.

—¿Shah? ¿Los talibanes?

—Las pajaritas.

—¿Cómo?

—Tim Beecham lleva pajarita. Recuerdo haber leído un artículo sobre él en la sección de moda de uno de los periódicos de Ellen.

—¿Y qué?

—Seguro que guardan todos los artículos. Hay un servicio de recortes de prensa, ¿no? En la administración Dunn, Tim Beecham no era director nacional de Inteligencia, sino sólo un asesor de inteligencia de alto nivel. No creo que saliera citado en muchos artículos sobre política; él mismo se encargaría de eso, pero ¿en uno sobre moda? ¿Algún reportaje simpático en un periódico con fama de criticar cualquier cosa que hicieran Dunn y los suyos? Seguro que les vino como anillo al dedo.

—¿Pajaritas?

—A Al Capone lo pillaron por evasión de impuestos. —Se inclinó hacia la pantalla—. ¿Por qué no podemos pillar nosotros a Beecham por las pajaritas? Será como una soga. Dudo que se molestaran en echar mucha tierra encima de ese artículo, si es que llegaron a enterrarlo.

Pete Hamilton lo comprendió: las pajaritas podían ser el puente que no se les había ocurrido quemar y que llevaría a todo un tesoro de información inculpadora.

—Voy a por café —dijo Betsy.

—Y pastas —pidió Pete cuando ella ya se alejaba—: bollos de canela.

Al salir del despacho de Boynton seguida por el ruido de las teclas, Betsy se acordó de que había prometido llamar a la ranger del general Whitehead para pedirle protección.

Parecía una tontería. Costaba creer que sus vidas pudieran correr peligro en un entorno tan agradable, conocido y seguro como el de las oficinas de la secretaria de Estado, en el meollo mismo de la sede del Departamento de Estado, pero era consciente de que los pasajeros de los autobuses debían de haber pensado lo mismo.

De todos modos, lo primero eran el café y los bollos de canela.

Mientras bajaba en ascensor al bar de la planta baja, se consoló pensando que al menos habían averiguado qué representaba la «T» de «Timothy T. Beecham». Otro detalle raro, por cierto.

La representante del gobierno de Teherán, una iraní de cierta edad, se apartó para examinar a Ellen.

—Así ya está bien —le dijo en inglés.

Se hallaban en el dormitorio del avión del sultán, aparcado en un hangar del aeropuerto internacional Imán Jomeini de Teherán. La mujer se fijó en las otras ocupantes de la espaciosa cabina: Katherine Adams y Anahita Dahir iban vestidas de modo similar, cubiertas con el burka de los pies a la cabeza, y estaban igual de irreconocibles que Ellen.

En Omán, antes de embarcar en el avión privado del sultán, la secretaria Adams había llamado por teléfono al ministro Aziz para preguntarle por el atuendo tradicional, y él había entendido enseguida por qué.

Luego, cuando aún estaban en la terminal de Omán, Ellen se había apartado con Anahita.

—Creo que es mejor que se quede. Si los iraníes se enteran de quién es, lo cual es muy probable, podríamos tener problemas. Hasta podrían detenerla por espía.

—Ya lo sé, señora secretaria.

—¿Ya lo sabe?

Anahita sonrió.

—Llevo toda la vida viviendo con miedo de lo que pasaría si los iraníes encontraran a mi familia. Parece inconcebible que me meta en la boca del lobo, pero ayer, al ver a mis padres, me di cuenta de lo que les habían hecho tantos secretos y tanto miedo. Vi lo que ha supuesto para ellos vivir siempre asustados. Yo estoy cansada de estarlo y de encogerme por miedo a llamar la atención. Ya es suficiente. Además, pase lo que pase, nunca será peor que lo que me había imaginado.

—Eso no lo sé —respondió Ellen.

—No se hace una idea de lo que he llegado a imaginarme. De pequeña me contaban cuentos sobre unos demonios que aparecían de noche, los *jrafstra*. Los que más miedo me daban eran los *al*, que son invisibles; sólo sabes que están porque pasan cosas espantosas.

No cabía duda de que estaban pasando. Ellen se acordó de la cara que había puesto Anahita al enterarse de que el cerebro de los atentados era Bashir Shah.

—¿Y Shah es un *al*?

—Ojalá. Es el Azhi Dahaka, el más poderoso de todos los demonios. Tiene a sus órdenes a todo un ejército de *al* que siembran el caos y el terror. Azhi Dahaka está hecho de mentiras, señora secretaria.

Las dos mujeres se miraron fijamente.

—Comprendo —dijo Ellen.

Se apartó y siguió con la mirada a Anahita mientras embarcaba para Teherán.

Justo antes de aterrizar, Ellen llamó al hospital de Fráncfort para hablar con Gil.

—¿Cómo que ya no está? —exigió saber.

—Lo siento, señora secretaria, ha dicho que usted estaba al corriente.

Más mentiras, pensó contemplando Irán por la ventanilla.

Se preguntó si aguzando la vista sería posible ver cómo corría el Azhi Dahaka hacia Teherán para esperar el avión. A menos que estuviese ocupado en algún otro sitio... ¿Avanzaría con sigilo hacia las costas de Estados Unidos, reforzado aún más, si cabía, por todas las mentiras que se contaban?

—Pero ¿y sus lesiones? —preguntó al médico jefe.

—No ponen su vida en peligro. Además, es un adulto y no necesita la firma de nadie para salir.

—¿Sabe adónde ha ido?

—No, señora secretaria, lo siento.

Probó a llamarlo por su línea privada, pero se puso otra persona, una enfermera, que explicó que Gil le había dado el móvil y le había pedido que se lo guardara.

Ellen supo que era para que no pudieran localizarlo.

—¿Le ha dicho alguna otra cosa? —preguntó.

—No.

—¿Qué pasa? Hay algo más, ¿verdad?

Se lo había notado en el tono.

—Me pidió prestados dos mil euros.

—¿Y usted se los ha dejado?

—Sí, los saqué del banco ayer.

Se dio cuenta de lo que quería decir: Gil ya pensaba en escaparse entonces, y no se lo había dicho.

—¿Por qué le ha dejado el dinero?

—Porque estaba desesperado —respondió la enfermera—. Además, es hijo suyo, y quería ayudar. ¿He hecho algo mal?

—En absoluto. Me aseguraré de que recupere su dinero. Si sabe algo de él avíseme, por favor. *Danke.*

Justo cuando colgaba sonó el teléfono.

—Entra un modificar mal colocado en un bar...

¡Betsy! Siempre era un alivio oír su voz.

—... propiedad de un hombre con un ojo de cristal llamado Ralph. ¿Qué pasa? ¿Has encontrado algo?

—Sobre Tim Beecham, nada de nada. Lo han ocultado muy bien, lo cual ya resulta bastante revelador, ¿no te parece?

—Betsy, tenemos que encontrar algo. Necesitamos pruebas de que está detrás de todo, porque él dirá que es un montaje y que alguien pretende cargarle el muerto. Tengo que avisar al presidente, pero no puedo hacerlo sin pruebas.

—Ya, ya lo sé; lo estamos intentando, y creo que quizá hayamos dado con una manera indirecta de acceder a la información, una puerta trasera. Gracias a ti.

—¿A mí?

—Bueno, no tú en concreto, sino tu periódico de Washington: publicasteis un artículo de moda sobre personas influyentes que llevaban pajarita.

—Ah, ¿sí? Debía de ser un mes flojo.

—Igual acaba siendo la noticia más importante que haya dado nunca tu grupo. Todos los documentos sobre Beecham están escondidos en otro archivo, donde nunca los habríamos encontrado. Ni siquiera sabríamos dónde buscar, si no fuera porque también archivaron el artículo de las pajaritas, la única entrevista que dio mientras trabajaba para Dunn.

—Y encontrándola encontráis el resto. —Betsy oyó un largo suspiro—. Si lleva a algo me lo dirás, ¿verdad?

—Serás la primera en saberlo. Ah, algo sí que hemos descubierto sobre Beecham: qué significa la «T». No te lo vas a creer.

—¿Por qué?

—Su nombre completo es Timothy Trouble Beecham.

—¿*Trouble*? ¿«Problemas»? ¿De veras se llama así? —preguntó Ellen, intentando no reírse—. ¡A quién se le ocurre ponerle ese nombre a un hijo!

—O es un nombre tradicional de la familia o sus padres ya se olían...

«Que habían engendrado a un *al*», pensó Ellen.

—Ah, sí, también he llamado a la capitana Phelan, la ranger —añadió Betsy—, y viene hacia aquí.

—Gracias.

—¿Tú dónde estás?

—Aterrizando ahora mismo en Teherán.

—¿Me avisarás cuando...?

—Sí, tranquila. Tú también.

Mientras el avión daba vueltas sobre el aeropuerto internacional Imán Jomeini, Ellen empezó a cantar sin darse cuenta una canción medio olvidada, empañando la ventanilla con el aliento.

La reconoció: era de los Horslips.

—«*Trouble, trouble...*» —canturreó en voz baja—. «*Trouble with a capital "T"*»: «Problemas con "P" mayúscula.»

Ya dentro del hangar subió al avión la mujer iraní con los burkas que había pedido la secretaria de Estado.

Pocos minutos después bajaron a tierra. La primera fue la iraní, seguida por Charles Boynton.

Las tres occidentales iban con cuidado para no pisarse el burka, que las tapaba de los pies a la cabeza, con la única excepción de una rejilla a la altura de los ojos.

Las iraníes no solían llevar burka completo —presente sobre todo en Afganistán—, pero tampoco era tan insólito como para que ellas tres desentonasen. Por otra parte, nadie que las viera por casualidad, como un trabajador del aeropuerto o un chófer, podría decir que acababa de llegar a Irán la secretaria de Estado norteamericana.

Ellen Adams llegó al último escalón y pisó el suelo. Era el primer alto cargo del gobierno estadounidense que ponía el pie en Irán desde el presidente Carter, en 1979.

—Joder —soltó Pete Hamilton, mirando a Betsy por encima de la pantalla—. Ya estoy dentro.

—¿Dentro de dónde? —preguntó Denise Phelan mientras dejaba su bollo de canela.

Betsy sonreía de oreja a oreja.

—Primero se lo diré a su jefe.

Llamó al general Whitehead y se lo contó.

—Pajaritas —dijo el jefe del Estado Mayor Conjunto—: qué peligro de mujer... Ahora mismo voy.

—Doctor Shah, el avión de la secretaria de Estado no ha llegado a Islamabad, como estaba previsto —dijo el ayudante.

—Pues entonces ¿dónde está?

—Creemos que en Teherán.

—Imposible, sería una temeridad. Entérate.

—Sí, señor.

Bashir Shah se quedó mirando el vacío mientras daba sorbos a su limonada. Con los años casi le había tomado cariño a Ellen Adams. A esas alturas la conocía tan a fondo que entre los dos se había formado un vínculo muy peculiar.

—¿Qué estás tramando? —susurró.

La conocía lo suficiente para saber que siempre se lo pensaba mucho antes de actuar. Claro que también era posible que la hubiera puesto tan nerviosa que esta vez se hubiera equivocado...

A menos que no fuera una equivocación.

Quizá el error lo estuviera cometiendo él. Fue una idea tan extravagante e imprevista que se dio cuenta de que era él quien estaba nervioso. La duda había sido muy pequeña, un simple alfilerazo, pero ahí estaba.

A los pocos minutos volvió el empleado, que lo encontró alineando los cubiertos en la mesa para la comida con sus invitados.

—Es Teherán, señor.

Bashir Shah asimiló la información contemplando el mar que se extendía más allá de la terraza. Qué diferencia con todos los años de arresto domiciliario en Islamabad, donde su mundo quedaba circunscrito al frondoso jardín de su casa.

Nunca, nunca volvería a dejarse encarcelar, ni siquiera con todas las comodidades.

—¿Y el hijo?

—Justo donde usted predijo.

—¿Predecir? En absoluto; en este caso no hay hipótesis que valgan, ni existe el libre albedrío. No tenía elección.

Al menos se podía contar con que uno de los miembros de esa maldita familia iría adonde lo empujaban.

—Que me preparen el avión.

—Pero si su invitado llegará a comer dentro de...

Una mirada de Shah hizo callar al ayudante, que corrió a hacer la llamada.

—No puede cancelarlo —dijo por teléfono una voz femenina—. ¿Quién se cree que es? Es un honor que el ex presidente vaya a comer con...

—El doctor Shah le transmite sus más sinceras disculpas, es que le ha surgido algo urgente.

Bashir Shah dio la espalda al Atlántico para subir a la limusina blindada. Con toda el agua que había visto tenía para el resto de su vida. Se dio cuenta de que añoraba un buen jardín.

25

Gil Bahar había abandonado el hospital de Fráncfort en cuanto se marchó su madre.

La enfermera le había dado el dinero cuando se estaba vistiendo; Gil sospechó que se trataba de todos sus ahorros.

—Te lo devolveré.

—Mi hermana menor debía ir en ese autobús, pero lo perdió. Sé que estás intentando evitar que pase algo más. Cógelo, vamos.

En el coche, de camino al aeropuerto, Gil abrió la bolsa. Aparte del dinero, contenía vendas y medicamentos.

Se tomó un analgésico y guardó el resto.

Unas horas después, cuando Ellen intentaba llamarlo al hospital, Gil bajó del avión y miró a su alrededor.

Peshawar, Pakistán.

Notó que se le hacía un nudo en el estómago y se le aceleraba el pulso. Por un momento se preguntó si se desmayaría por falta de sangre en la cabeza, como si ésta huyera hacia el centro de su cuerpo intentando alejarse del recuerdo de toda aquella sangre, de todas aquellas cabezas seccionadas.

No había vuelto a Peshawar desde su secuestro. Recordó el horror que sintió al darse cuenta de que no estaba en manos de Estado Islámico ni de Al Qaeda —por si la idea no era lo bastante horrible—, sino de los pastunes.

Menos conocidos que otros yihadistas, seguramente por el miedo generalizado a reconocer siquiera su existencia —mucho menos pronunciar su nombre—, los pastunes eran una familia extensa cuya influencia llegaba hasta Al Qaeda, los talibanes y los mismísimos cuerpos de seguridad. Eran fantasmas, y nadie quería estar cerca cuando se apareciesen.

Recordó el momento en que le quitaron el saco de la cabeza y su vista se acostumbró a la luz. Ahí estaba, en un campamento pastún de la frontera afganopaquistaní.

Pensó que su final sería atroz.

Al final, en cambio, se las había arreglado para escapar corriendo tan rápido como podía: lo mismo que hacía en ese momento, al volver.

En el control de aduanas intentó mostrarse relajado mientras lo escrutaban. Llegaban muy pocos turistas.

—Soy estudiante —explicó—. Estoy trabajando en mi tesis sobre la Ruta de la Seda. ¿Sabía que...?

Se oyó el sonoro impacto del sello en su pasaporte y el agente le hizo señas para que continuara.

Al salir del aeropuerto, enseguida se sintió inmerso en el calor, el polvo y el bullicio de aquella ciudad de casi dos millones de habitantes. Se le acercaron varios hombres.

—¿Taxi?

—¿Taxi?

Hizo visera con la mano y escogió a un taxista. Éste hizo ademán de cogerle la bolsa, pero él la aferró y estuvo a punto de darle un manotazo.

Cuando estuvo dentro del taxi, una tartana, se apoyó en el respaldo y no abrió la boca hasta que la ciudad se alejó por el retrovisor.

—*Salam alaikum, Akbar.*

—Lo pronuncias cada vez mejor, cabrón del culo.

—Se usa mucho más «tonto del culo».

—Tú siempre tan meti... culoso —respondió Akbar. Oyó que Gil se reía—. La paz sea contigo, amigo.

Abandonó la carretera principal para traquetear por caminos cada vez más accidentados. La Ruta de la Seda era todo menos suave: que se lo preguntaran a Alejandro Magno, Marco Polo, Gengis Kan y tantos otros.

Sentado ante la mesa de Charles Boynton, el jefe del Estado Mayor Conjunto leía muy serio los mensajes de texto y de correo electrónico.

—De momento no veo nada especialmente incriminatorio —dijo levantando la vista de la pantalla—. Mencionan a Shah, pero sólo de pasada, casi como si Beecham no supiera ni quién es.

Miró a los demás. El despacho del jefe de gabinete de la secretaria de Estado olía a café y bollos de canela. Al otro lado de la mesa se encontraban Betsy Jameson y Pete Hamilton, mientras que la capitana Phelan se había situado estratégicamente al lado de la puerta.

Las persianas estaban bajadas y las cortinas corridas: era lo primero que había hecho el general Whitehead al llegar, no para impedir que entrase el sol, sino para bloquear la línea de visión de posibles miras telescópicas.

Habían entrado de lleno en los archivos ocultos sobre Timothy Trouble Beecham, pero eso también implicaba que el peligro que corrían era cada vez mayor.

—Se tomaron tantas molestias con los documentos de Beecham por alguna razón. —Whitehead cedió su sitio a Hamilton, que siguió trabajando—. Debieron de tardar algunas semanas en esconder todo este material. —Asintió pensativo—. Sí, algo hay, seguro.

—Lo encontraré —respondió Hamilton revisando los textos por los que descendía.

—¿De verdad que su segundo nombre es Trouble? —preguntó Whitehead.

—Eso parece —contestó Betsy—. Ahora entiendo que nunca lo use. Yo creía que la «T» podía ser de «traidor».

Bert Whitehead se volvió hacia el ordenador con cara de asco, como si fuese el colaboracionista.

—¿Dónde está la secretaria Adams? —preguntó mirando de nuevo a Betsy.

—Bueno, yo ya he terminado por hoy —declaró Hamilton sin dejarla contestar—. Tengo los ojos irritados y me da miedo cometer algún error. Necesito un descanso.

Apagó el ordenador.

—Si quiere lo relevo —propuso Betsy.

—No, usted también tiene que descansar: no ha dormido en toda la noche. Además, yo ya sé qué documentos he revisado; sigo un sistema y no haría más que estropeármelo. En una hora estaré más fresco.

—Tiene razón —convino Whitehead, que se volvió hacia Phelan—. Nosotros sabemos lo importante que es estar descansados y espabilados, ¿verdad, capitana?

—Sí, señor.

El general Whitehead recogió su gorra de encima de la mesa a la vez que le lanzaba una mirada penetrante a Hamilton. Luego se encaminó hacia la puerta.

—¿Seguro que es de fiar? —le preguntó en voz baja a Betsy—. Piense que trabajó para Dunn.

—Usted también.

—Ah, no: yo trabajaba para el pueblo estadounidense, y sigo haciéndolo. Él, en cambio... no estoy tan seguro. —Usó la gorra para señalar a Pete Hamilton, que había doblado los brazos encima del teclado para apoyar la cabeza. Volvió a mirar a Betsy y sonrió de repente—. Lleva una pajarita... Qué curiosa es usted. Cuando todo esto haya acabado, espero que acepte una invitación a cenar conmigo y con mi esposa, pero no en el Off the Record.

Betsy sonrió.

—Por mí, encantada.

«Cuando todo esto haya acabado», pensó mientras veía que la capitana Phelan acompañaba al general hacia los ascensores de la séptima planta. Estaban hablando, pero demasiado bajo para que ella, o cualquier otro, los oyera.

«Cuando todo esto haya acabado.»

Daba gusto pensarlo.

—Cierre la puerta —indicó Pete Hamilton cuando Betsy volvió a entrar en el despacho de Boynton. Parecía totalmente despierto y estaba introduciendo de nuevo la clave en el ordenador—. Mejor aún, con pestillo.

—¿Por qué?

—Por favor.

Betsy lo hizo y se acercó. Los dedos de Hamilton volaban por las teclas: sonaban como los pasos de alguien que corriera, como una persecución.

Entonces se detuvo de golpe y se levantó para dejar que Betsy se sentara y leyera lo que había encontrado y capturado en el rectángulo negro de la pantalla.

—¿Ya lo tiene? —preguntó ella al tomar asiento, aunque algo en la expresión de Hamilton, en su palidez, la puso sobre aviso: no era lo que esperaban.

Se dio cuenta de que era infinitamente peor.

Tuvo que leerlo un par de veces, y una más. Luego subió y bajó por la pantalla, y sólo entonces sintió suficiente confianza para mirar a Hamilton.

—¿Por eso ha apagado el ordenador? —preguntó.

Él asintió sin apartar la vista del informe abierto en el monitor.

Aquel documento respaldaba sin reservas el plan paquistaní de poner fin al arresto domiciliario del doctor Shah.

Siguieron descendiendo, mirando el segundo informe sumidos en un silencio de estupefacción. Aconsejaba encarecidamente que se retiraran del acuerdo nuclear con Irán.

Otro, el tercero, pormenorizaba los motivos por los que no se requería, ni recomendaba, ningún plan postretirada en Afganistán.

Todos los informes llevaban la marca de máxima prioridad y aparecían clasificados como alto secreto. Llevaban la firma del jefe del Estado Mayor Conjunto, el general Albert Whitehead.

—Madre de Dios.

. . .

—Señora secretaria —le susurró a Ellen el jefe de su escolta, inclinado hacia ella—, tiene una llamada.

—Gracias —contestó ella en voz baja—, pero ahora no puedo ponerme.

—Es su consejera, la señora Jameson.

Ellen vaciló sin apartar la vista del presidente Nasseri.

—Por favor, dígale que la llamaré lo antes posible.

El presidente de Irán había recibido a la secretaria Adams y su pequeño séquito en la entrada del edificio principal del gobierno, donde tenía sus oficinas. Ellen le pidió permiso para que ella y las otras dos mujeres que la acompañaban se quitaran el burka antes de la reunión a fin de verlo mejor y de que él pudiera verlas mejor.

—Pero antes, señor presidente, me gustaría presentarle a mis acompañantes. Mi jefe de gabinete, Charles Boynton.

—Señor Boynton...

—Señor presidente...

—Mi hija, Katherine.

—Aaah, el coloso de los medios... Ha tomado el relevo de su madre. —La sonrisa de Nasseri era encantadora—. Yo también tengo una hija. Espero que algún día me suceda si ésa es la voluntad del pueblo.

«Querrás decir la voluntad del Líder Supremo», pensó Ellen, aunque no lo dijo.

—Yo también lo espero —respondió Katherine—. Sería maravilloso ver a una mujer como presidenta de Irán.

—Tanto como lo será ver a una mujer presidiendo Estados Unidos. Veremos quién lo logra antes. Quizá accedan al cargo tanto mi hija como usted... a menos que sea su madre la que...

Se volvió hacia Ellen para hacerle una pequeña reverencia.

—Presidente Nasseri, por favor... —repuso ella—. ¿Qué he hecho para ofenderlo?

Nasseri se rió. Era la respuesta idónea: aceptaba el comentario, pero sin dejar de hacer la autocrítica apropiada.

Ellen ya podía librarse de aquella farsa y del burka, pero aún le quedaba alguien a quien presentar. Se volvió hacia la mujer de su izquierda.

—Ésta es Anahita Dahir, funcionaria del servicio diplomático del Departamento de Estado.

Anahita se adelantó un poco. El burka le tapaba la cara, pero no disimulaba la tensión que emanaba de su cuerpo. Ellen se hallaba tan cerca que vio que la gruesa tela se agitaba.

—Señor presidente —dijo Anahita en inglés, antes de pasar al farsi—, el antiguo apellido de mi familia era Ahmadi.

Irguió la cabeza y miró fijamente a Nasseri, que le devolvió la mirada. Uno de los guardias se acercó, pero el presidente lo hizo retroceder con un gesto.

Pese a que Ellen no entendía el farsi, le bastó oír «Ahmadi» para saber lo que Anahita había hecho.

Se acercó un poco más a la FSO.

—Sé quién es —contestó el presidente Nasseri en inglés, mirando a Anahita—: la hija de Irfan Ahmadi. Su padre traicionó a Irán. Traicionó tanto a sus hermanos revolucionarios como a sus hermanos de sangre. ¿Y cómo se lo ha pagado Estados Unidos? Según mis fuentes, tanto él como su madre están en la cárcel, detenidos por el mero hecho de ser iraníes. No nos tenían miedo a nosotros, sino... —se volvió hacia Ellen— a ustedes.

La situación se les estaba yendo de las manos mucho más deprisa de lo que Ellen podría haber previsto: lo de Corea del Sur de pronto parecía un triunfo.

Abrió la boca para intervenir, para desmentirlo, pero justo entonces se acordó del Azhi Dahaka, que se crecía en las mentiras.

Pensó en lo fácil que era negar la verdad por miedo a alimentar una mentira aún mayor y en ese instante se dio cuenta de lo peligroso que era el Azhi Dahaka: no por su condición de criatura que perseguía a gente buena, no. No había tal persecución: el Azhi Dahaka ya estaba en su interior, fabricando y dictando mentiras.

Era la quintaesencia del traidor.

—Es verdad —dijo.

Sus palabras impactaron tanto a Nasseri que se quedó sin palabras, mirándola como si no acabara de entender que la secretaria de Estado estuviera dispuesta a reconocer algo así.

—Tenía miedo, y con razón —añadió Ellen—; no por ser iraní, sino por haber mentido acerca de su nacionalidad. Pero, bueno, no estamos aquí por eso.

—¿Por qué están aquí?

—¿Nos permitiría quitarnos los burkas antes de proseguir con la conversación?

El presidente Nasseri hizo un gesto a la funcionaria que había llevado las prendas al avión y ésta las condujo a un despacho para que se cambiaran y refrescaran.

Para Ellen fue un alivio quitarse el burka, que le resultaba de lo más sofocante.

—¿Te encuentras bien? —le preguntó Katherine a Anahita, que tenía el rostro ceniciento, aunque sereno.

—Sabía mucho de mi familia —contestó la joven—. Mi padre sospechaba que lo estaban espiando, pero yo creía que no eran más que paranoias.

Se acercó a la ventana, desde donde se veía el casco antiguo de la ciudad.

Katherine la cogió de la mano.

—No pasa nada.

—¿A qué te refieres? —preguntó ella.

—A que no está mal que te sientas como en casa. Es la sensación que tienes, ¿no? A pesar del encontronazo con Nasseri.

Anahita sonrió a Katherine y suspiró.

—¿Tanto se me nota? ¿Cómo puedo estar contenta y asustada al mismo tiempo? En parte tengo miedo porque estoy contenta. ¿Tiene algún sentido? Me he pasado la vida teniendo miedo y hasta vergüenza de Irán, pero ahora me veo hablando nada menos que con el presidente, en farsi, y... —miró por la ventana— aquí estoy a gusto, como en casa. —Se volvió hacia Ellen—. No tiene sentido.

—No todo tiene que tener sentido —contestó ella—: algunas de las cosas más importantes de la vida desafían a la razón.

—Te voy a contar mi secreto. Es muy simple. —Katherine le apretó la mano—: «Sólo puede verse bien con el corazón: lo esencial es invisible para los ojos.» —Sonrió a su madre—. Cuando era pequeña, mis padres me leían cada noche un libro, y el que más me gustaba era *El Principito*.

Ellen sonrió. Qué sencillo parecía todo en aquella época, con Quinn, Gil y la pequeña Katherine... Al igual que Anahita, ella no podría haber previsto que la vida la llevaría hasta allí, hasta Irán, hasta el mismísimo cuartel general del enemigo, y menos en calidad de secretaria de Estado. Qué sorpresa se habría llevado su yo más joven...

Pese a que no tenía pruebas, la secretaria Adams ya albergaba la íntima certeza de que Anahita Dahir era leal a Estados Unidos. Irónicamente, lo que acabó de convencerla fue que admitiera que en Irán se sentía en casa.

Una espía o una traidora jamás lo habría reconocido.

Dudaba que el presidente y la inteligencia de Estados Unidos aceptaran su razonamiento, a diferencia del Principito.

Por desgracia, no era él quien tenía sus destinos en sus pequeñas manos.

Ellen las miró alternativamente y lanzó una ojeada a la funcionaria de la puerta.

—Lo siento —susurró Anahita—. No debería haberle dicho lo que le he dicho al presidente Nasseri, no ha hecho más que enfadarlo.

—No. —Ellen también había bajado la voz—. Si le preguntan, siga diciendo la verdad.

—Si sabe quién es mi padre, también debe de saber que Zahara es mi prima.

—Sí —contestó Ellen. Había llegado el momento: debía decidir cuán peligroso sería el juego al que jugara. Habló en un tono normal, audible para todas—: Lo que puede que no sepa es que ella mandó el aviso. Es posible que sólo sepan que ese mensaje salió del domicilio de los Ahmadi y llegó al Departamento de Estado.

—¿Qué le hará a Zahara? —preguntó Anahita.

—Dicen que la juzgarán por espionaje y traición —contestó Ellen.

—¿Y qué hacen con los espías y los traidores? —preguntó Katherine.

—Los ejecutan.

Guardaron silencio.

—¿Y si se enteran de lo de Anahita? —Katherine fulminó a su madre con la mirada—. ¿Qué le harán?

Ellen respiró hondo.

—De momento limitémonos a trabajar con lo que sabemos, sin especular.

En su fuero interno lo sabía, sin embargo, y se preguntó hasta qué punto se había equivocado llevando consigo a la FSO, y hasta qué punto acababa de provocar un desastre al levantar la voz por encima del susurro.

La secretaria Adams, con un hiyab que le cubría el pelo y le enmarcaba toda la cara, estaba sentada enfrente del presidente Nasseri en una sala de reuniones tan anodina como el edificio mismo, «diseñado y construido por los soviéticos en los ochenta», supuso.

También imaginó que los rusos habían instalado micros ocultos y oían todo lo que estaban diciendo, igual que la inteligencia iraní y su policía secreta. Ni siquiera podía descartar que estuvieran escuchándolos sus propios agentes de inteligencia, incluido Timothy Trouble Beecham.

La reunión bien podía tener un público más amplio que el mismísimo Gran Hermano.

—Antes me ha preguntado para qué hemos venido. Doy por sentado que el ministro Aziz se lo habrá contado. —Señaló con la cabeza al otro hombre—: Sabemos que son ustedes responsables de las bombas que hicieron saltar por los aires los tres autobuses. —El presidente Nasseri se disponía a hablar, pero Ellen hizo un gesto con la mano—. Déjeme acabar, por favor. De ahí podemos extraer algunas conclusiones, como que estaban desesperados por impedir el trabajo de los físicos. También sabemos que los había contratado Bashir Shah, lo cual quiere decir que alguien del entorno inmediato de éste les proporcionó a ustedes la información sobre aquellos expertos.

—También hay mucho que no saben —replicó Nasseri.

—A eso he venido, señor presidente, a escuchar y aprender.

Antes de que pudiera decir nada, el presidente Nasseri se levantó casi de un salto, al igual que Aziz y todos los presentes en la sala a excepción de los estadounidenses.

Ellen se volvió y advirtió que entraba un anciano. Tenía la barba blanca, larga y cuidada, y llevaba una túnica negra muy holgada.

También ella se levantó y, al dar media vuelta, se vio ante el líder supremo de la República Islámica de Irán, el gran ayatolá Josravi.

—Dios mío —susurró Anahita.

26

Gil Bahar se agarraba como podía mientras el viejo y abollado taxi traqueteaba por caminos que ya no cabía llamar carreteras.

Al cabo de más de una hora así, Akbar frenó al lado del camino.

—El resto lo haremos a pie, ¿te ves capaz?

Se notaba que Gil estaba muy dolorido.

—Déjame descansar sólo un momento.

Akbar le dio una botella de agua y un poco de pan, que Gil le agradeció. Miró su alijo de calmantes: quedaban dos.

Luego observó el accidentado terreno que tenían delante y supo adónde se dirigían. También supo que lo que menos debía preocuparle eran las cuestas empinadas y las afiladas rocas.

Se tomó una pastilla y se quitó los pantalones para cambiarse el vendaje de la pierna, que ya se le había empapado de sangre.

—A ver —dijo Akbar—, déjame a mí.

Cogió la venda de las manos temblorosas de Gil y limpió la herida con sumo cuidado y una destreza excepcional. Después le aplicó polvo antiséptico y le envolvió la pierna con la nueva venda.

—Qué mala pinta.

—Pues soy el afortunado —contestó Gil, que no habría podido disimular el dolor ni queriendo.

Además, después de todo lo que él y Akbar habían pasado juntos, no les hacía falta esconder el dolor, fuera del tipo que fuese.

A los pocos minutos empezó a hacerle efecto la medicación y se levantó. Estaba pálido, pero había recuperado las fuerzas. Miró hacia delante.

—Si quieres puedes esperar aquí —le dijo a Akbar.

—No, te acompaño. Si no, ¿cómo voy a saber si te ha matado?

—¿Y si te mata a ti también por traerme?

—Entonces será la voluntad de Alá.

—*Alhamdulillah* —respondió Gil: «Gracias le sean dadas a Alá.»

Se pusieron en marcha. Entre las rocas del camino, Akbar encontró una rama que podía servir de bastón a Gil, quien lo seguía cojeando mientras recitaba oraciones musulmanas para pedir fortaleza y valor.

—No contesta —dijo Betsy en voz baja, casi gruñendo.

Le había pedido a Denise Phelan, la capitana de los Rangers, que saliera al pasillo y, ante la sorpresa de ésta, le había explicado que tenían que consultar material clasificado y que no podía haber nadie más en el despacho.

La capitana Phelan miró a Pete Hamilton, portavoz de Eric Dunn antes de caer en desgracia. Era comprensible.

—Lo he nombrado mi ayudante —alegó Betsy sin pestañear.

Era un disparate, claro, como si hubiera dicho que le había entregado un anillo descodificador, un cinturón multiusos... o el martillo de Thor.

Vio que la ranger vacilaba. Quizá se lo hubiera creído y todo. ¿Quién iba a decir algo tan ridículo a menos que fuera cierto?

Aun así, incluso con Denise Phelan en el pasillo, siguieron hablando en voz baja, partiendo de la base de que habría micros en el despacho.

Phelan era la ayudante de campo del general Whitehead, lo que significaba que no la habían enviado para protegerlos, sino para vigilarlos, y tenían que dar por supuesto que había dispositivos de escucha en todos los despachos.

Betsy aún no se había recuperado del impacto que le había producido la revelación de que el topo al servicio de Bashir Shah no era Beecham, sino Whitehead. El jefe del Estado Mayor Conjunto estaba en el bando de los terroristas y les proporcionaba información vital.

El porqué era inconcebible, así que ni se lo planteó. Ya habría tiempo para eso. Lo primero que tenía que hacer era avisar a Ellen.

Como no conseguía contactar con ella por teléfono, le mandó un mensaje.

—Creo que hay un error —susurró Pete Hamilton al ver lo que había escrito.

«Un sinónimo entra en un bar.»

—¿Dónde?

—En todo. ¿No quería escribir «el topo es Whitehead»?

—Es la clave que utilizamos para cuando hay problemas —explicó Betsy en voz baja señalando el ordenador con la cabeza—. Tenemos que averiguar qué más contienen esos documentos.

Hamilton se sentó a la mesa de Boynton y retomó el trabajo.

Ellen miró al religioso. Conforme avanzaba por la sala, los guardias y los funcionarios se iban inclinando, las palmas de sus manos a la altura del corazón.

—Señora secretaria...

—Su santidad...

Titubeó, muy consciente de que el presidente Williams tenía razón: si se filtraba una foto en la que aparecía reunida con el primer mandatario de un estado terrorista, y haciéndole reverencias, lo pagaría muy caro.

Hizo la reverencia de todos modos. Había cosas más importantes que las apariencias, como los miles de vidas que dependían del desenlace de aquella reunión.

No había inclinado la cabeza ni tres centímetros cuando el gran ayatolá Josravi alzó la mano. No llegó a tocarla, ni remotamente, pero el significado del gesto era evidente.

—No —dijo con la voz ligeramente aflautada de los octogenarios—, no es necesario.

Ellen se irguió y lo miró a los ojos, unos ojos grises que delataban curiosidad y gravedad. Sin embargo, no se dejó engañar: muy probablemente el hombre que tenía delante había dado luz verde al asesinato de incontables personas a lo largo de los años y había ordenado masacrar a casi cien hombres, mujeres y niños hacía apenas unas horas.

De todas formas, le devolvió el gesto de cortesía.

—Que Alá lo acompañe —dijo llevándose la mano al corazón.

—Y a usted.

Josravi la miraba sin parpadear: se estaban escrutando mutuamente.

Detrás del religioso se alzaba un muro de hombres más jóvenes. A pesar del poco tiempo del que había dispuesto Ellen para investigar y asesorarse acerca del Irán actual, adivinó que eran los hijos del ayatolá y algunos consejeros.

También sabía que el gran ayatolá Josravi no sólo era el jefe espiritual de Irán, sino que, durante más de treinta años como líder supremo, había afianzado su poder de puertas adentro, cultivando a conciencia la imagen de clérigo humilde.

El ayatolá Josravi dirigía un auténtico gobierno en la sombra, y las decisiones más importantes sobre el porvenir de Irán corrían a cargo de su gente. Si había algún cambio de rumbo en el horizonte, por pequeño que fuera, saldría de él. El timón no estaba en manos de Nasseri, sino de Josravi.

El gran ayatolá llevaba la holgada túnica negra y el manto indisociables del título, así como un enorme turbante negro con lenguaje propio: el hecho de que fuera negro, no blanco, identificaba a su portador como descendiente directo del profeta Mahoma, y el tamaño denotaba estatus.

El turbante del gran ayatolá era como el anillo exterior de Saturno.

A un gesto de su mano, de venas saltadas, todos volvieron a sentarse. Josravi lo hizo junto al presidente Nasseri, enfrente de ella.

—Señora secretaria, ha venido usted en busca de una información que cree que podemos proporcionarle —planteó— y considera que hay motivos para que lo hagamos.

—Yo diría que en este caso nuestras necesidades coinciden.

—¿A qué necesidades se refiere?

—Frenar a Bashir Shah.

—Pero si ya lo hemos frenado —contestó el gran ayatolá—: sus físicos ya no pueden cumplir con la misión.

—¿Y cuál es esa misión?

—Construir bombas nucleares. Habría dicho que era evidente.

—¿Para quién?

—Eso es lo de menos. Proporcionar una bomba nuclear, o capacidad nuclear, a cualquier otra potencia de la región chocaría con nuestros intereses.

—Pero pueden relevar a esos físicos: sería imposible matar a todos los físicos del mundo.

Josravi arqueó las cejas y esbozó una levísima sonrisa, insinuando que no para él, pues de ser necesario mataría a todos los físicos nucleares del mundo... excepto los suyos.

La secretaria Adams, sin embargo, también sabía que el gran ayatolá tenía razones para incorporarse a aquella reunión. No habría estado presente a menos que también quisiera algo, que necesitara algo.

Y ella creía saber qué. Pese al aspecto fuerte de Josravi, la inteligencia estadounidense ya había informado de que había rumores de que su salud se estaba deteriorando. Josravi quería que lo sucediese su hijo Ardashir, pero los rusos apostaban por un candidato propio al que podían controlar.

Si se salían con la suya, la independencia de Irán sería puramente nominal: en realidad, el país se convertiría en un satélite de Rusia.

Era un pulso encubierto que Josravi, astuto superviviente de la política siempre bizantina y a menudo brutal de Oriente Medio, estaba resuelto a ganar, aunque, al verlo en la reunión, Ellen dedujo que ya no estaba tan seguro de sus posibilidades.

De ahí que el gran ayatolá hubiera decidido enfrentar a sus rivales: sería el máximo beneficiado por el choque. Se trataba de un juego peligroso, y su disposición a jugar denotaba una desesperación y una vulnerabilidad que jamás reconocería.

Tampoco hacía falta: al asegurar que las necesidades de ambos países coincidían, Ellen acababa de hacerlo por él, y vio que lo había entendido. Ninguno de los dos quería que Rusia saliera ganadora de aquel pulso, y ambos estaban más desesperados y eran más vulnerables de lo que querrían admitir.

Era a un tiempo mejor y peor de lo que se esperaba: mejor porque tenía posibilidades de éxito, y peor porque la desesperación y la vulnerabilidad podían llevar a hacer cosas imprevistas, incluso catastróficas, tanto a las personas como a los Estados.

Cosas como hacer volar autobuses llenos de civiles para acabar con la vida de una sola persona.

—¿Cómo se enteraron de lo de los físicos de Shah, su santidad? —preguntó.

—Irán tiene amigos en todo el mundo.

—Pues seguro que un estado con tantos amigos no necesita recurrir al asesinato en masa. Aparte de matar a tanta gente a bordo de los autobuses, también persiguieron y asesinaron al único terrorista que había huido, así como a su familia, y a dos altos cargos del gobierno de mi país.

—¿Se refiere al director de inteligencia en Fráncfort y a su número dos? —preguntó el gran ayatolá.

Al ver que no fingía desconocimiento, Ellen dedujo que Josravi quería demostrarle que daba bastante importancia a la cuestión como para hacer un seguimiento, si no directo, cuando menos personal.

—¿Y qué íbamos a hacer, después de que se desoyeran todas nuestras advertencias? Le aseguro que no queríamos hacer daño a tanta gente, ni se lo habríamos hecho si ustedes hubieran respondido a nuestros ruegos. Son tan responsables de lo sucedido como nosotros, si no más.

—¿Cómo dice?

—Por favor, señora secretaria, sé muy bien que se ha producido un cambio de régimen...

—De gobierno.

—... en su país, pero seguro que se da algún tipo de continuidad en la información. ¡No irá a decirme que yo, un simple religioso, sé más que la secretaria de Estado de un país como el suyo!

—Ya sabe que soy nueva en el cargo, si pudiera usted iluminarme...

El ayatolá se volvió hacia el joven que tenía a la derecha, su hijo y heredero, Ardashir.

—Hace meses que avisamos a su Departamento de Estado acerca de los físicos. —Ardashir soltó el bombazo como si tal cosa, sin levantar la voz.

—Ya veo. —Ellen no dio muestras de alterarse al asimilar aquella información—. ¿Y...?

Ardashir levantó las manos.

—Y nada. Lo intentamos varias veces, pensando que quizá no llegaban los mensajes. No podíamos usar canales directos, como se imaginará. Podemos enseñarle lo que se envió.

—No estaría de más.

La secretaria de Estado no quería tanto confirmar la existencia de los mensajes, o su contenido exacto, cosa que no le hacía ninguna falta, como conocer los nombres de los destinatarios, entre los que sospechaba que se encontraba Tim Beecham.

Estaba intentando recuperar el equilibrio con todas sus fuerzas, pero ya había perdido su ventaja.

—Cuando tuvimos claro que a Occidente le daba igual —continuó Ardashir—, no nos quedó más remedio que tomar la iniciativa, muy a nuestro pesar.

—Pero no había ninguna necesidad de hacer saltar por los aires a personas inocentes.

—Se equivoca, señora secretaria. La única información que logró obtener nuestra fuente era que los físicos habían sido contratados por el doctor Shah para fabricar armas nucleares, pero no sabíamos sus nombres, sólo sus itinerarios.

—Los autobuses —intervino Nasseri—. Preguntamos si su red de inteligencia tenía alguna otra información. Les suplicamos, y al final no tuvimos alternativa.

—Necesitábamos que el doctor Shah y Occidente supiesen que no íbamos a consentir una amenaza de ese tipo a la República Islámica de Irán —continuó Ardashir—. No permitiremos que ningún otro país de esta región se haga con armas nucleares, y menos después de la fatua que dictó mi padre contra cualquier armamento de destrucción masiva.

—Bueno —respondió Ellen—, pero ustedes cuentan con sus propios físicos nucleares. Tengo entendido que acaban de detener al director de su programa de armamento nuclear, el doctor Behnam Ahmadi.

—No.

—¿No qué?

—No, el programa que dirige el doctor Ahmadi es de energía nuclear, no de armamento —la corrigió Ardashir—. Y tampoco lo hemos detenido: le hemos pedido que acuda a contestar unas preguntas. Su hija, en cambio... ella sí está detenida. Será juzgada y, si resulta culpable, ejecutada. —Se volvió hacia Anahita—. Usted es la persona con quien contactó su prima, ¿verdad?

Anahita hizo ademán de contestar, pero Ellen le agarró la mano. Aunque le hubiera aconsejado no mentir, tampoco hacía falta proporcionar más información de la estrictamente necesaria.

La revelación de que Irán había tratado de poner los planes de Shah en conocimiento de Estados Unidos y de que dichas advertencias habían caído en saco roto era una catástrofe política, diplomática y moral. Sin justificar los actos de Irán ni establecer una equivalencia en términos morales, trastocaba enormemente el panorama.

Ellen buscó algo que decir.

—Estados Unidos ya se encuentra en disposición de actuar...

Sus palabras provocaron el alborozo de los funcionarios hasta que los silenció un movimiento casi imperceptible de la mano del líder supremo, quien centró toda su atención en Ellen.

—... aunque sea con retraso.

Se dio cuenta de que los iraníes estaban preparados para que ella pasara al ataque y sacara a relucir su lista, trágicamente larga, de infracciones.

Estuvo tentada de hacerlo, pero también era consciente de que dejarse llevar por ese impulso, por justificado que estuviera, supondría enzarzarse una vez más en las polémicas de siempre, que nunca resolvían nada y lo dejaban todo cubierto de barro y bilis.

—Su santidad, siento mucho que sus mensajes cayeran en saco roto. Le pido disculpas en nombre del gobierno de Estados Unidos. Sepa usted que lamentamos mucho haber hecho caso omiso de sus advertencias.

Oyó un grito ahogado, pero no procedía de ninguno de los iraníes, cuya sorpresa resultaba evidente.

Había sido cosa de Charles Boynton.

—¡Señora secretaria! —exclamó siseando su jefe de gabinete.

Ellen se imaginó que todos los que estaban escuchando, desde los rusos hasta la propia inteligencia estadounidense, también se habrían quedado sin aliento al oír que la secretaria de Estado acababa de disculparse ante el gran ayatolá de Irán.

No obstante, se trataba de un gesto calculado. Sabía muy bien lo que hacía: estaba asegurándose de empuñar bien el cuchillo, y de encontrar un equilibrio entre veracidad y discreción al tiempo que mandaba un mensaje sutil al gran ayatolá.

Josravi tenía suficiente experiencia para saber que la jactancia, las negativas, las mentiras y los ataques gratuitos eran indicios de debilidad.

Los poderosos reconocían sus errores y así evitaban que los condicionasen.

Sólo los auténticamente grandes podían permitirse exhibir arrepentimiento en público. Lejos de mostrarse débil, la secretaria de Estado había manifestado una fortaleza y una determinación enormes.

El gran ayatolá entendió lo que ella acababa de hacer.

Ladeó la cabeza en señal de comprensión: de la disculpa, pero sobre todo del movimiento que acababa de arrebatarles su superioridad.

—Ustedes quieren información sobre el doctor Shah —contestó—, y lo que queremos nosotros es pararle los pies. Señora secretaria, estoy de acuerdo en que nuestras necesidades coinciden, pero por desgracia no podemos darle mucha información: no sabemos dónde está Shah, sólo que, además de científicos y material, está vendiendo secretos nucleares. —Hizo una pausa para sonarse la nariz con un pañuelo de seda—. También estamos convencidos de que, aunque esta vez lo hayamos evitado, seguirá con sus actividades hasta que lo atrapen. Ustedes han soltado al monstruo: es responsabilidad suya.

—¿Y volver a ponerlo en arresto domiciliario?

—No es lo que yo aconsejaría.

Ellen entendió perfectamente lo que quería decir, y lo que el ayatolá y el Estado iraní deseaban que hiciera Estados Unidos.

—¿Cómo obtuvieron la información sobre Shah y los físicos? —preguntó.

—De una fuente anónima —contestó el hijo del ayatolá.

—Ya. ¿No será la misma que les dijo lo de Zahara Ahmadi? —preguntó Ellen.

El gran ayatolá hizo una seña con la cabeza a un miembro de la Guardia Revolucionaria que se hallaba apostado en la puerta.

Éste la abrió y dejó entrar a una joven ataviada con una túnica y un hiyab rosa brillante.

Anahita hizo ademán de levantarse, pero Ellen se lo impidió apoyándole una mano en la pierna.

El gesto no pasó desapercibido.

Detrás de Zahara iba un hombre mayor: su padre, el físico nuclear Behnam Ahmadi.

Al ver al gran ayatolá, ambos se detuvieron, impresionados. Era poco probable que una u otro lo hubieran visto alguna vez en persona, salvo de muy lejos, quizá.

El doctor Ahmadi hizo enseguida una profunda reverencia con la mano sobre el corazón.

—Su santidad.

La siguiente en hacerlo fue Zahara, no sin antes mirar fijamente a Ellen —había reconocido a la secretaria de Estado—, y luego a Anahita.

Las dos primas se parecían tanto que era imposible que Zahara no supiese quién era, pero consiguió contenerse e inclinarse ante el líder supremo con la vista en el suelo en señal de modestia y humildad.

—Justo estábamos hablando de ustedes —dijo el presidente Nasseri, a quien Josravi había cedido la palabra con un gesto—. Señorita Ahmadi, ¿sería usted tan amable de contarnos cómo se enteró de lo de las bombas en los autobuses?

—Me lo dijo usted.

No hubo ceja en la sala que no se levantara, pero las más altas fueron las de Nasseri.

—Eso no es verdad.

—Directamente no, pero mandó a su asesor científico a ver a mi padre. Él le habló de los físicos y le dijo que sólo sabían que estarían a esas horas en esos autobuses. Yo lo oí desde mi cuarto, que está justo encima del estudio de mi padre.

Lo dijo sin mirar a su padre, con un tono casi robótico, señal de que ya había previsto la pregunta y tenía la respuesta ensayada.

Y también de que intentaba proteger a su padre.

—¿Y por qué decidió contárselo a los americanos? —preguntó Nasseri.

El ambiente se había cargado de electricidad. De la respuesta de Zahara dependía su futuro: si lo reconocía, no tendría futuro.

—Verá, su santidad —dijo mirando fijamente al gran ayatolá—, yo creo que Alá, el misericordioso, el compasivo, no ve con buenos ojos el asesinato de inocentes.

Ya lo había dicho: había declarado su fe y sellado su destino.

—¿Se atreve a darnos lecciones? ¿Se atreve a dar lecciones sobre Alá al gran ayatolá? —le espetó Nasseri—. ¿Conoce usted los designios de Alá?

—No, pero sé que Alá no querría que asesinaran a hombres, mujeres y niños inocentes. Si hubiera oído que planeaban matar sólo a los físicos para proteger Irán no habría tratado de impedirlo.

Se volvió hacia su padre, que aún mantenía la cabeza gacha.

—Mi padre no sabía nada.

—Bueno —intervino el gran ayatolá—, yo no diría tanto, hija mía. ¿Cómo crees que nos enteramos de lo que habías hecho?

Todo se detuvo a su alrededor: se habían convertido en un cuadro viviente con padre e hija en el centro de todas las miradas.

—¿Baba?

Silencio.

—¿Papá? ¿Se lo has dicho tú?

Su padre alzó la vista y masculló algo.

—Más fuerte —le exigió el presidente Nasseri.

—No tuve elección. Mi ordenador está vigilado; ven todas mis búsquedas y los mensajes que mando. Se habrían enterado tarde o temprano. Tuve que hacerlo para proteger a tu hermano, tu hermana y tu madre.

—Fue una demostración de lealtad —añadió Nasseri.

A pesar de todo, Ellen captó la expresión de desagrado tanto del gran ayatolá como del ministro Aziz: aunque la lealtad al Estado fuera lo primero, traicionar a la propia familia decía mucho del carácter de una persona, y nada de lo que decía era bueno.

Quizá el doctor Behnam Ahmadi sobreviviera a su hija, pero estaba igualmente sentenciado.

Zahara le dio la espalda.

La secretaria Adams también.

El gran ayatolá y todos los presentes le dieron la espalda a Behnam Ahmadi.

Las cosas se estaban precipitando: todo se ponía en su sitio y se desmoronaba a un tiempo.

Ellen debía pensar y actuar deprisa si quería salvar algo.

—Hay que mirar hacia delante, no hacia atrás —dijo desviando la atención de la joven: ya se encargaría de ella más tarde—. Estados Unidos está dispuesto a actuar, pero para eso necesito información sobre Shah: su paradero, sus planes, en qué punto se encuentran... necesito que me digan quién les proporcionó la información.

Miró a los ojos al ayatolá intentando transmitirle un mensaje: que era consciente de que los rusos los estaban espiando, y de que gran parte de lo que estaba diciéndose en la sala iba dirigido a ellos. Sabía que al ayatolá no podía facilitarle la información, aunque la tuviera, pero quizá pudiera enviarle alguna señal.

Alguna, la que fuera.

Seguro que Josravi conocía la fuente de la información sobre Shah. Tenía que tratarse de alguien lo bastante cercano a este último para obtener datos fiables, pero no tanto como para saberlo todo.

La resistencia del ayatolá a decírselo implicaba casi con certeza que la fuente era rusa, pero no el Estado, ya que, de lo contrario, no habría tenido ningún reparo en contestar: a fin de cuentas, no estaría revelando nada que la inteligencia rusa no supiese ya.

«Entonces», pensó Ellen, «la fuente es rusa, pero no se trata del Estado ruso». En consecuencia, sólo quedaba una posibilidad.

El gran ayatolá le sostuvo la mirada.

—Usted les leía a sus hijos *El Principito*. Yo también les leía a los míos.

La concentración de Ellen era absoluta. Tenía los nervios de punta. Josravi acababa de confirmar que habían oído todo lo que se decían mientras se quitaban los burkas.

Incluidas las palabras con las que ella, sospechando que estaban siendo vigiladas, había reconocido que la destinataria del mensaje de Zahara era su prima Anahita.

Se trataba de un riesgo calculado y estaba a punto de averiguar si sus cálculos eran acertados.

Todo lo que decía el líder supremo había pasado a tener varias capas de significado.

El religioso se dirigió a sus hijos.

—Vuestro favorito siempre fue el libro persa *Fábulas de Bidpai*. —Se levantó el brazo derecho con el izquierdo y Ellen recordó que hacía unos años había sufrido un atentado que lo había dejado malherido, con un brazo inútil. Josravi hizo el gesto de acunar a un bebé—. ¿Conoce la fábula del gato y el ratón? —dijo volviéndose de nuevo hacia ella.

—No, lo siento —contestó Ellen, aunque no había pasado por alto que el ayatolá había utilizado el antiguo nombre de su país, «Persia».

—Un gran felino, pongamos que un león, había caído en las redes de un cazador. —La voz de Josravi era grave y de efecto tranquilizador; su mirada, penetrante—. Un ratón que salía en ese momento de su ratonera lo vio. El león le rogó que lo soltase, royendo las cuerdas, pero el ratón se negó. —El religioso sonrió—. Sabio como era, tenía miedo de que, una vez en libertad, el león se lo comiera, porque eso es lo que hacían los leones, pero éste insistió, ¿y sabe qué hizo el ratón?

—Se... —empezó a decir Nasseri, pero Aziz lo hizo callar.

—Creo que la pregunta iba dirigida a la secretaria de Estado, señor presidente.

Ellen reflexionó. Sospechaba que ese era el mensaje, la clave, pero no conseguía descifrarlo.

—No lo sé, su santidad.

Para su sorpresa, se encontró con una mirada de aprobación.

—El astuto ratón mordisqueó la cuerda, aunque no del todo: dejó un hilo que el felino habría podido cortar de un solo mordisco, pero que lo mantenía prisionero. Oyeron que el cazador se acercaba.

El resto de los presentes en la sala desaparecieron dejando solos al líder supremo de la República Islámica de Irán y a la secretaria de Estado de Estados Unidos.

El gran ayatolá Josravi bajó la voz y fue como si hablara directamente al oído de Ellen.

—El ratón esperó a que el león se distrajera con la llegada del cazador y en el último momento lo dejó libre cortando el último hilo. Entonces, justo antes de que el felino se diera cuenta de que era libre, el ratón huyó a su ratonera, y el león, liberado, se escapó trepando por el árbol.

—¿Y el cazador? —preguntó Ellen.

—Se quedó con las manos vacías. —El ayatolá se encogió de hombros, aunque no le quitó ojo ni un instante.

—A menos que se lo comiera el león —respondió Ellen—, porque es lo que hacen los leones.

—Puede ser. —El gran ayatolá se volvió hacia la Guardia Revolucionaria—. Detenedla.

Ellen se quedó de piedra. El guardia dio un paso hacia Zahara.

—No, a ella no —aclaró Josravi—; a la otra, a la hija del traidor, la que recibió el mensaje.

Anahita se puso en pie tambaleante. Ellen se levantó de golpe para interponerse.

—¡No!

—Señora Adams, ¿de verdad pensaba que íbamos a permitir que una espía, una traidora, entrase tan campante en Irán y asistiera impunemente a una reunión con los cargos más altos del gobierno? —inquirió Aziz mientras la Guardia Revolucionaria la apartaba para alejarla de Anahita—. Nosotros sabemos reconocer a las ratas.

—Lo siento —dijo el gran ayatolá, y se levantó para salir.

27

Gil y Akbar se hallaban en el punto de mira de los AK-47 situados en distintos puntos de observación de las montañas cuando se acercaron lentamente al campamento pastún. No veían a los combatientes, pero sabían que estaban ahí.

Los dos, ataviados con la vestimenta regional, levantaron las manos, y Gil soltó la rama que había utilizado como bastón, por si la confundían con un fusil.

A Akbar le costaba respirar, tanto por el arduo ascenso por aquellos caminos accidentados como por el miedo. Gil cojeaba más que antes, y cada paso le arrancaba una mueca de dolor.

Aun así, continuaron.

Se les acercó un vigilante armado, detrás del cual avanzaba una cara conocida. Gil y Akbar se pararon, encañonados por la ametralladora.

—*As-Salam Alaikum* —saludó Gil: «La paz sea contigo.»

—*Wa-Alaikum-as-Salam* —contestó el que sin duda se hallaba al mando, el jefe del campamento: «Y contigo sea la paz.»

Hubo un momento de tensión en que el más joven agarró con más fuerza el fusil a la espera de instrucciones. Tenía a su superior detrás, de modo que no vio que en medio de la barba había empezado a dibujársele una sonrisa.

—No tienes buena cara, amigo mío —dijo el jefe.

—Bueno, mejor que la última vez que nos vimos espero que sí.

—Al menos aún tienes cabeza.

—Te lo debo a ti.

El guerrillero pasó al lado del centinela, que bajó el arma, y dio un abrazo y tres besos a Gil.

Gil retrocedió para observarlo, sin soltarle los brazos.

Había ganado peso y musculatura. Ya era un hombre de más de treinta años, no el chico casi imberbe al que había conocido Gil. Claro que tampoco él era el mismo...

La intemperie y las preocupaciones habían curtido el rostro del guerrillero, que se había dejado barba y llevaba la melena recogida. Su uniforme era el de los combatientes afganos, un híbrido entre la indumentaria musulmana y la ropa militar occidental.

—¿Cómo estás, Hamza?

—Vivo. —Miró a su alrededor y puso una mano, grande, en el hombro de Gil—. Ven, es tarde, y nunca se sabe lo que puede salir de la oscuridad.

—Creía que la noche era tuya —contestó Gil, siguiéndolo.

—Yo no tengo nada mío. —Hamza apartó la solapa de la tienda para que entrase Gil mientras Akbar se quedaba fuera.

—Ya veo que sigues siendo el mismo hombre sencillo que cuando me fui —comentó Gil, al tiempo que inspeccionaba las cajas de explosivos y granadas, y los cajones alargados de madera con el sello «*Avtomat Kalashnikova*».

AK-47. Todo lo que aparecía escrito en las cajas estaba en ruso.

Hamza ordenó a los hombres de la tienda que salieran y sirvió té de un samovar para los dos.

—Por suerte, no todo lo que proviene de Rusia sirve para matar. —Alzó su vaso de té dulce y luego se quedó muy serio—. No deberías haber venido.

—Lo sé, y lo siento. Si hubiera alternativa no estaría aquí.

Hamza señaló con la cabeza la pierna de Gil, que volvía a sangrar.

—¿Qué te ha pasado? ¿Intentaste detenerla?

—¿A la física? No. Seguí a la doctora Bujari desde que se subió al avión en Pakistán, donde me habías dicho que estaría, hasta Fráncfort. Tenía la esperanza de que me llevara hasta Shah, para descubrir qué anda tramando, pero pusieron una bomba en el autobús en el que viajaba.

Hamza asintió.

—Oí lo de las explosiones. De momento no han dicho por qué ocurrió ni quién lo hizo, pero me dio que pensar. —Se quedó mirando a Gil—. ¿A qué has venido?

—Lo siento, Hamza. Necesito más información.

—No puedo darte más. Ya he hablado demasiado, y como se entere alguien...

Gil hizo una pequeña mueca de dolor al inclinarse sobre el cojín grande en el que estaba sentado.

—Sabes tan bien como yo que sólo estarás a salvo cuando Shah haya quedado fuera de circulación. Seguro que ya sabe que lo han traicionado, y no tardará mucho en atar cabos y venir a por ti.

—¿Un científico paquistaní de mediana edad trepando por estas montañas y burlando a mis centinelas? Me parece que no corro peligro.

—Ya sabes a qué me refiero. Y sabes a quién mandará. —Gil se volvió hacia las cajas—. Lo siento.

—Yo no tengo nada que ver con Shah. Sólo difundí un rumor acerca de esos físicos.

—Lo sé, pero alguien te habló de ellos. —Al ver que Hamza negaba con la cabeza, Gil miró a su alrededor—. Necesito más.

—Lo que necesitas es irte. Ya es demasiado tarde, pero a primera hora te quiero fuera de aquí. —Hamza se levantó—. No tengo nada más que decir. Hace años te ayudé a escapar. No hagas que me arrepienta. Es posible que Alá quisiera que te cortaran la cabeza, y prefiero no ser yo quien lleve a cabo sus designios.

—Lo dices por decir —contestó Gil sin moverse de su sitio—. Dejaste que me fuera porque pasamos meses juntos estudiando el Corán. Me enseñaste la palabra del profeta Mahoma y que el verdadero Islam se fundamenta en la convivencia pacífica. Por eso querías parar a Shah, y sigues queriéndolo.

Durante su cautiverio, Gil había empezado a escuchar a los guardias y a captar palabras y frases sueltas. Pasó a hablarles en su idioma, el pastún, y una noche el más joven, el que le llevaba la comida, contestó.

Al cabo de unos meses, el muchacho se sentó y, a petición de Gil, le enseñó frases en árabe, la lengua del Corán. Hablaban del Islam, leían juntos el libro sagrado, y Gil aprendió las enseñanzas del Profeta hasta que, con el tiempo, se enamoró de lo que propugnaban Mahoma y el Islam como manera de vivir.

Al hilo de sus conversaciones con Gil, las ideas de Hamza se fueron suavizando; se dio cuenta de que los clérigos radicales habían tergiversado en beneficio propio las palabras y su significado.

Al amparo de la noche, después de que decapitasen al periodista francés, Hamza desató las muñecas y los tobillos a Gil, y dejó que se fuera. Desde entonces seguían en contacto, sin que lo supiera nadie más, unidos por un vínculo muy fuerte.

—Sé que no matarás a hombres, mujeres y niños inocentes —dijo Gil—. A otros luchadores, sí, pero asesinar a personas inocentes iría en contra de la voluntad de Alá. Por eso me contaste lo de Shah y los físicos. Una cosa es un fusil, y otra... —se volvió hacia las cajas que tenían detrás, llenas de AK-47— y otra muy distinta las armas de destrucción masiva que matan de forma indiscriminada. Necesito más información, para impedirlo. —Gil se inclinó en el suelo de la tienda, encima del cojín, apretando los dientes por el dolor—. Si los clientes de Shah fabrican una bomba nuclear, y explota, habrá miles de muertos. ¿Qué dirá entonces Alá?

—¿Te estás burlando de mis creencias?

Puso cara de consternación.

—En absoluto. También son las mías. Por eso he hecho un camino tan largo por esta maldita montaña, para hablar contigo e intentar evitarlo. Por favor, Hamza, te lo suplico, ayúdame.

Se miraron fijamente. Eran más o menos de la misma edad y, aunque hubieran crecido en mundos muy distintos, el destino los había unido como a dos hermanos, dos almas gemelas, tal vez por ese motivo: para ese momento.

En realidad no se llamaba Hamza. Era el nombre que se había puesto al unirse a la guerrilla, y significaba «león».

Gil sí se llamaba así, pero no era su nombre completo. La mayoría de la gente pensaba que era una abreviatura de Gilbert, pero en plena noche, mientras el prisionero y su guardián hablaban del Corán, Gil le había contado su secreto.

Su nombre completo era Gilgamesh.

—Ay, Dios... —La risa de Hamza había rozado la histeria—. ¿Gilgamesh? ¿Cómo se les ocurrió ponerte eso?

—Mi padre estudiaba la Mesopotamia antigua en la universidad, y le leía poemas a mi madre. El favorito de ella era *La epopeya de Gilgamesh*.

Lo que no le contó a Hamza fue que de niño tenía en la pared un póster del Louvre con una escultura robada siglos antes en un yacimiento de la antigua ciudad mesopotámica de Dur-Sharrukin. Representaba a Gilgamesh, el protagonista del poema, abrazado a un león: sus espíritus, y sus destinos, enlazados.

El yacimiento lo había destruido Estado Islámico durante las últimas guerras: al final, el supuesto saqueo había salvado un gran número de piezas arqueológicas.

Con el tiempo, Gilgamesh se había dado cuenta de que había muchos tipos de salvadores, algunos tan imprevisibles que al principio parecían todo lo contrario. Los salvadores podían ser repulsivos, y los monstruos, atractivos; por eso a veces lo peor aparentaba ser lo mejor, como en el caso de los clérigos radicales y de los líderes políticos sin escrúpulos.

Sentados en la tienda mientras se ponía el sol, los dos hombres, Gilgamesh y el León, se miraron a los ojos y afrontaron una decisión.

28

—¿Qué hacemos, mamá? No podemos irnos sin Ana.

Katherine seguía a su madre mientras ésta caminaba de un lado para otro por el despacho al que las habían conducido para que volvieran a ponerse los burkas y se prepararan para el viaje de regreso.

Era el mismo que habían usado para quitárselos, hacía una eternidad.

—No lo sé —reconoció Ellen.

Era la verdad, y no debió de sorprender demasiado a los iraníes y rusos que a buen seguro las espiaban.

La secretaria Adams dejó de dar vueltas para contemplar el burka de Anahita, que yacía en el sofá como una forma humana sin relieve, como si la mujer que lo llevaba hubiera desaparecido tan de repente que hubiera dejado su sombra tras de sí.

Le recordó a las atroces imágenes de Hiroshima y Nagasaki después de que lanzaran las bombas atómicas, que habían hecho que las personas se evaporaran, dejando tan sólo una silueta oscura.

«Dios mío», rezó, «ayúdame, por favor».

Mientras miraba fijamente el negro contorno del burka de Anahita, la secretaria Adams tuvo la misma sensación que si estuviera cayéndose y moviera los brazos sin encontrar asidero.

Estaba desesperada. ¿Cómo frenar a Shah y lograr al mismo tiempo que soltasen a su FSO y a Zahara Ahmadi y le permitieran llevárselas de Irán?

Su visita no había mejorado nada, al contrario: todo estaba considerablemente peor que antes.

Al menos a primera vista.

Siguió dando vueltas entre las cuatro paredes de la habitación como un gran felino atrapado. Intuía que ya tenía lo que necesitaba, que el gran ayatolá le había dado la información, las herramientas necesarias, para hacer lo que había que hacer, aunque al mismo tiempo hubiera ordenado que detuvieran a su FSO, con lo que eso comportaba: tomar a Anahita como rehén y dejar a la secretaria de Estado con las manos atadas.

¿Qué estaría tramando?

La detención de la FSO estadounidense había sido una sorpresa, un verdadero golpe. Era una agresión, una provocación. A simple vista no tenía sentido.

Entonces ¿por qué lo había hecho el gran ayatolá? ¿Y cómo pretendía que reaccionase Ellen? No tenía muchas opciones. Lo que no podía hacer era marcharse sin Anahita Dahir y sin información sobre Bashir Shah. Seguro que Josrani lo sabía.

Y, aun así, la expulsaba de Irán con las manos vacías.

Se paró ante la ventana y contempló la capital iraní.

Estaba claro que la fábula del gato y el ratón significaba algo. No era una simple alegoría. Pero ¿quién era el gato y quién el ratón?

¿Y por qué iba uno a ayudar al otro? Porque tenían un objetivo temporal en común: vencer al cazador... al doctor Bashir Shah.

Así pues ¿por qué habían detenido a Anahita Dahir?

¿Por qué?

Josravi, hombre sagaz, nunca decía nada que no tuviera varias capas de significado e intención.

—Mamá, tienes que hacer algo. —Katherine estaba cada vez más nerviosa, y su voz la traicionó.

—Ya estoy haciendo algo: pensar.

Llamaron a la puerta.

—Señora secretaria —dijo Steve Kowalski, el jefe de su escolta—, tiene un mensaje de texto de su consejera.

Ellen estuvo a punto de pedirle que se fuera y la dejara pensar, pero se acordó de la llamada de Betsy. El mensaje debía de ser urgente.

Pidió su móvil.

—¿Qué pasa? —preguntó Katherine.

Si Ellen ya estaba pálida a causa de la tensión de aquel día interminable, el mensaje de Betsy le arrebató el poco color que le quedaba.

«Entra un sinónimo en un bar.»

Problemas, y de los gordos.

«Entra un dislésico en una paquetería», tecleó: era como tenían acordado que respondería para confirmar su identidad. Comprendió que había pasado algo gravísimo.

La respuesta llegó casi enseguida, señal de que Betsy no apartaba la vista de su teléfono seguro a la espera de que Ellen contestara.

«El traidor no es Beecham, es Whitehead.»

Se dejó caer en una silla. Era el final de su caída libre: acababa de chocar con las rocas del fondo.

Se vio tentada de responder «¿Estás segura?», pero ya sabía que, de no ser así, Betsy jamás se lo habría mandado.

«¿Tú estás bien?», acabó escribiendo.

«Sí, pero tengo en el pasillo a la ranger de Whitehead.»

Notó que se le encogía el corazón. Le había pedido a Betsy que se pusiera en contacto con la capitana...

«¿Pruebas?»

«Informes. Whitehead dio su aprobación a la puesta en libertad de Shah. La aprobó y la apoyó.»

Ellen soltó el aire que había estado conteniendo. Whitehead había mentido.

Se acordó de aquella mirada de reojo del general cuando Tim Beecham había salido del despacho oval para hacer una llamada. Ellen lo había interpretado como la confirmación de que el jefe del Estado Mayor Conjunto no se fiaba del director nacional de Inteligencia.

Entonces lo vio, junto con otros tantos detalles: se trataba de un desgaste sutil y malintencionado que acabaría con Tim Beecham a base de miradas ladinas, una ejecución minuciosa.

«¿Qué sabe él?», escribió.

«Lo mismo que yo.»

Es decir, prácticamente todo, salvo lo que había ocurrido en Irán, sin descartar que estuviera espiándola y tampoco eso se le escapara.

Comprendió que Whitehead habría aprovechado su acceso ilimitado a los archivos para esconder todo el material sobre Beecham —a sabiendas de que su eliminación resultaría incriminatoria—, al tiempo que borraba cualquier documento susceptible de inculparlo a él. No era un plan improvisado: debió de fraguarse durante meses, tal vez años, a lo largo de la administración Dunn, mientras reinaba el caos interno y la supervisión brillaba por su ausencia.

Sin embargo, el general Whitehead se había dejado una referencia a su persona, una de las que más lo inculpaban. Ellen lo encontraba extraño. ¿Tanto esfuerzo para pasar por alto justo ese mensaje, que era como un hongo nuclear?

A esa idea, no obstante, se sobrepuso otra aún más avasalladora que al final la eclipsó.

¿Bert Whitehead un traidor? ¿Conspirando con Bashir Shah? ¿Proporcionando información a terroristas? ¿Qué sentido tenía?

Había traicionado a su país. Era cómplice de una masacre. Había mentido constantemente.

El general Albert Whitehead, el jefe del Estado Mayor Conjunto, era el Azhi Dahaka.

Fred MacMurray era el demonio.

Whitehead sabía que, si Shah tenía éxito, miles de personas, quizá incluso cientos de miles, se convertirían en sombras.

El móvil de Ellen vibró al recibir otro mensaje. Era de Gil. «Tengo que dejarte», le escribió a Betsy. «Ten cuidado.»

Al prestar atención descubrió que el mensaje de su hijo procedía de una fuente que no reconocía, aunque en el asunto ponía «De Gil». En lugar de enviarle uno de sus escuetos mensajes de texto habituales, Gil le había escrito a su madre por correo electrónico.

No, se dio cuenta al abrirlo: le había escrito a la secretaria de Estado.

Leyó el correo y, cuando llegó al final, el móvil se le resbaló de las manos y aterrizó en su regazo.

Gil estaba en Afganistán, cerca de la frontera paquistaní, en territorio controlado por los pastunes: donde había estado prisionero. Santo Dios.

Tenía la información que necesitaban.

Los tres físicos nucleares paquistaníes asesinados en los atentados de los autobuses eran señuelos, distracciones, científicos del montón contratados por Bashir Shah sólo para que los matasen. El objetivo era que Occidente pensara que había pasado el peligro o que, como mínimo, había tiempo...

Cuando en realidad el tiempo se había agotado.

La fuente de Gil le había contado que a los verdaderos científicos nucleares los habían reclutado hacía varios años: investigadores de primera fila que, con la excusa de tomarse un año sabático, se habían puesto al servicio de Shah, el cual se los había alquilado a un tercero, muy probablemente Al Qaeda, para montar un programa de armamento nuclear en Afganistán.

Ellen se levantó con tal brusquedad que volcó la silla. Pensó muy deprisa y escribió: «Llámame.»

A Gil le había prestado el teléfono alguien de confianza, un tal Akbar. No estaría pinchado. El de Ellen también era seguro. Aun así, si había escuchas en la habitación se enterarían de todo, así que debía medir sus palabras.

Tendrían entre dos y tres minutos antes de que interceptaran la llamada.

—Cuenta dos minutos —le susurró a Katherine, que por una vez, al darse cuenta de la urgencia del tono, no hizo preguntas.

Ellen contestó antes de que terminara de sonar el primer tono.

—Dime dónde.

—¿Los físicos de Shah? Exactamente no lo sé; en algún punto de la frontera entre Pakistán y Afganistán. En todo caso, no será una cueva ni un campamento, más bien alguna fábrica abandonada.

La frontera era muy larga y el territorio muy extenso, pero Gil no podía concretar más.

—¿Tamaño? —Ellen hacía lo posible por no subir la voz y hablar con vaguedad.

—No lo sé, cualquier cosa desde bombas sucias en una mochila hasta algo más grande. Podría arrasar un par de manzanas o una ciudad entera.

Katherine levantó un dedo. Había pasado un minuto, les quedaba otro.

—¿Más de una?

—Sí.

—¿Dónde?

El silencio que siguió se le hizo interminable.

—En Estados Unidos.

—¿Cuáles?

—No lo sé. Están fabricando más. Creo que la mafia rusa le suministra los materiales a Shah.

Tenía lógica, se dijo Ellen, pensando a toda prisa y estableciendo conexiones: el gobierno ruso no, al menos de manera oficial, pero el presidente ruso y sus oligarcas tenían vínculos con la mafia y se habían beneficiado a título personal de los miles de millones de ingresos procedentes de la venta de mercancías de todo tipo, desde armas hasta seres humanos.

La mafia rusa carecía por completo de ideología, escrúpulos y frenos. Lo que tenía eran armas, contactos y dinero, y estaba dispuesta a venderle cualquier cosa a cualquier comprador, desde plutonio hasta ántrax, desde niños, como esclavos sexuales, hasta órganos.

En caso de necesidad, los mafiosos rusos se acostarían con el diablo y luego le harían el desayuno.

Shah tenía que haber usado a un tercero para darles a los iraníes el chivatazo acerca de los físicos, ¿y quién mejor que un informador que trabajase para la mafia rusa y la inteligencia iraní al mismo tiempo?

La mafia rusa era el vínculo entre Irán y Shah, el fantasma que se movía entre ambos.

—Madre... —dijo Gil.

—¿Qué?

—Se rumorea que las bombas ya están allí, en las ciudades. Por eso Shah organizó el asesinato de los físicos en Europa: para desviar la atención de Estados Unidos y hacernos creer que el próximo ataque, el gordo, también sería allí.

Katherine estaba haciendo gestos: ya se había acabado el tiempo.

Sin embargo, aún quedaba una pregunta.

—¿Cuándo?

—Pronto. Es lo único que sé.

Ellen colgó.

—Joder —dijo para sí.

Betsy recibió un mensaje de texto.

Pete Hamilton tenía tanto sueño que se le cerraban los ojos, así que ella le había propuesto que se tomaran un par de horas de descanso. Estaba hecho un ovillo en el sofá del despacho de Charles Boynton, completamente fuera de combate, mientras que ella se había tumbado en el sofá de Ellen y miraba el techo.

Físicamente se sentía exhausta, pero su mente no paraba: ¡el topo era Bert Whitehead! Un general del más alto rango, veterano de las guerras de Irán y Afganistán, el jefe del Estado Mayor Conjunto, era un traidor.

En ese momento recibió el mensaje:

«No puedo dormir. ¿Hay alguna información nueva sobre Beecham? Tengo que contárselo al presidente.»

Al principio pensó que era Ellen, desde Teherán, pero no tardó en darse cuenta de que procedía de Whitehead.

«Nada», escribió con los dedos temblando de agotamiento y de rabia. «Hemos hecho una pausa para dormir, le aconsejo que haga lo mismo.»

Pero antes de que pudiera recostar la cabeza de nuevo recibió otro mensaje, esta vez de Ellen, que a su vez le reenviaba uno de Gil.

Lo leyó.

—Mierda —masculló.

Bashir Shah aterrizó de madrugada y lo llevaron en coche hasta su casa de Islamabad, en donde entró por el acceso menos utilizado, el del jardín de atrás.

Se había ido de Estados Unidos sólo un día antes de lo que tenía pensado.

Un día antes de que el mundo cambiara para siempre.

—¿Ellen Adams sigue en Teherán? —le preguntó a su lugarteniente.

—Que sepamos, sí.

—No me basta con eso: necesito certeza absoluta. Y tengo que saber con quién se ha reunido y qué le han contado.

Un cuarto de hora después, mientras se preparaba para acostarse, su lugarteniente llegó con la información.

—Se ha reunido con el presidente Nasseri.

—¿Solamente? —Shah veía que había algo más, pero el hombre tenía miedo de decírselo.

—Y con el gran ayatolá.

—¿Con Josravi? —Sus ojos reflejaban furia.

Su lugarteniente asintió con los ojos muy abiertos.

—No le han dicho nada.

—¿Nada?

—No, y han arrestado a alguien de su grupo, a la FSO, por espionaje.

Shah se sentó en un lado de la cama e intentó entenderlo. No tenía sentido.

—El gran ayatolá le contó una historia sobre un gato y un ratón, una fábula que leía a sus hijos.

—Eso no me interesa, lo que necesito es información sobre todos los movimientos de la estadounidense.

Mientras se cepillaba los dientes, Shah se preguntó qué tramarían Josravi y Ellen Adams.

«Debería haberla matado cuando tuve la oportunidad.

»Por suerte, su hijo morirá dentro de muy poco tiempo y ella sabrá que, a pesar de que la muerte haya sido cosa mía, la culpa es de ella.»

Escupió en el lavabo y se acercó a su portátil, donde comenzó a buscar la antigua fábula persa del gato y el ratón. Trataba de alianzas improbables, pero también de cazar y de desviar la atención...

Bajó lentamente la tapa del ordenador. Sabía que tenía demasiada experiencia como cazador para dejarse engañar: atraparía tanto al gato como al ratón.

—Tenemos que irnos, cuanto antes mejor —dijo Akbar.

—¿Estás de coña? —preguntó Gil—. Es de noche y las montañas están plagadas de muyahidines. Si no nos matan los guerrilleros de Hamza por error, lo harán ellos. Yo también quiero irme, pero habrá que esperar a que amanezca. —Se fijó en su compañero: era evidente que estaba inquieto, nervioso—. ¿Por qué estás tan impaciente por irte?

Akbar lanzó una ojeada a su espalda: tenían su propia tienda, Hamza había hecho que les llevaran comida y bebida, y Gil

ya estaba acomodándose para dormir con todo el cuerpo dolorido.

—No sé, es que me da mala espina.

Akbar se envolvió en la manta de lana y, apoyado en el pos-
te de la tienda, palpó por enésima vez el cuchillo largo y curvo
que llevaba escondido en los pliegues de la ropa.

29

—Señora secretaria... —El jefe de gabinete de Ellen había asomado después de llamar a la puerta— el avión del sultán de Omán ya está listo y los iraníes insisten en que se marche.

Se quedó plantado al lado de la puerta, desgarbado, vacilante.

Tanto la secretaria de Estado como su hija estaban junto a la ventana con cara de haberse llevado el peor susto de su vida.

—¿Qué ocurre? —preguntó Boynton, que entró y cerró la puerta.

Ellen les había reenviado a Katherine y a Betsy el mensaje de Gil añadiendo algunos detalles que su hijo le había dado por teléfono. Se había planteado mandárselo al presidente Williams y a Tim Beecham, pero no lo veía claro.

El general Whitehead no podía estar actuando solo: debía de tener colaboradores en lo más alto del escalafón de la Casa Blanca, tal vez en el propio gabinete. Si Ellen enviaba el mensaje y lo interceptaban, sabrían que había descubierto la conspiración, y eran capaces de hacer estallar las bombas antes de tiempo para no arriesgarse a que los atraparan.

No, Ellen sabía que tenía que explicárselo al presidente Williams personalmente, en privado.

Sin embargo, aún tenía cosas que hacer en Irán. Necesitaba obtener más información. Alguien suministraba a Shah materiales nucleares y, como había dicho Gil, todo apuntaba a la mafia rusa.

Y alguien había informado a los iraníes acerca de los físicos.

Probablemente un informador iraní al servicio de la mafia, que había filtrado deliberadamente la información para que Nasseri y el ayatolá hicieran justo lo que Shah quería que hicieran: asesinar a sus físicos.

Quizá el informador en cuestión estuviera al corriente de los planes de Shah, e incluso de su paradero. Y probablemente continuara en Irán. Si lograban encontrarlo o encontrarla...

—¿Qué pasa, señora secretaria? —repitió Boynton.

—¿Mamá? —añadió Katherine.

Ellen se llevó la mano a la boca y, tras inclinar la cabeza hacia atrás, se quedó mirando el techo.

Si ella había hecho todas esas deducciones, el gran ayatolá también. Josravi necesitaba su ayuda para frenar a Shah, y ella la de Josravi para frustrar los atentados terroristas.

¿Sabía el gran ayatolá quién era el informador? Si era el caso, no podía decírselo, al menos de forma abierta, porque todas sus palabras y sus movimientos estaban siendo controlados.

Así pues, tenía que hacerle llegar la información de otro modo.

De eso iba la historia del gato y el ratón: de intereses mutuos, pero también de distracciones, maneras de desviar la atención y dirigir las miradas a un sitio cuando lo importante sucedía en otro.

—¿Han dicho que tengo que irme o lo hemos dicho nosotros? —le preguntó a Boynton.

El jefe de gabinete puso cara de perplejidad.

—¿No da lo mismo?

—Sígame la corriente, por favor. Intente recordar palabra por palabra lo que ha dicho el funcionario.

Boynton se lo pensó.

—Ha dicho: «Por favor, informe a la secretaria Adams de que debe marcharse de Irán por orden del gran ayatolá.»

—Bueno, parece bastante claro —intervino Katherine.

—No sé... —Ellen se volvió de nuevo hacia su jefe de gabinete—. Distráigalos.

Inesperadamente, Boynton soltó un bufido de la risa.

—¿Mientras llega la caballería? —Al ver la expresión seria de su jefa, sin embargo, le cambió la cara.

—Entreténgalos —insistió la secretaria Adams.

—¿Entretenerlos? —La voz de Boynton fue casi un chillido—. ¿Cómo?

—Entreténgalos y punto.

Ellen prácticamente lo echó por la puerta y, al cerrarla, oyó que Boynton le decía al funcionario iraní que enseguida saldrían.

—Van un poco retrasadas: cosas de mujeres. —Luego lo oyó preguntar—: ¿Aquí también hay cosas de mujeres?

«Quizá no tengamos tanto tiempo como esperaba», pensó Ellen.

Trató de pensar con calma olvidándose de la traición del general Whitehead y de lo que había dicho Gil sobre las bombas nucleares que podrían estar ya en ciudades estadounidenses, listas para estallar en breve.

Los latidos de su corazón parecían el tic, tic, tic de un reloj.

Cerró los ojos y respiró hondo antes de volver a vaciar los pulmones. «Intenta visualizar el siguiente movimiento», se dijo, «aislarte de cualquier ruido o interferencia, ver claro...».

—¿Mamá?

Abrió los ojos de golpe.

El corazón empezó a latirle tan rápido que resonaba en su pecho como el Big Ben justo antes de las campanadas de las doce.

Su cerebro iba tan acelerado como su corazón. Faltaba poco, muy poco.

Y cayó en la cuenta de pronto: sabía qué había querido decir el gran ayatolá.

Dio unas zancadas hasta la puerta y, al abrirla de golpe, oyó que Boynton y el pobre funcionario iraní estaban hablando sobre qué árbol habría sido el Profeta de haber sido un árbol.

Sospechó que había interrumpido la conversación muy poco antes de que también detuvieran a su jefe de gabinete... por blasfemia.

—¡Charles!

Él la miró como un pez colgado del anzuelo.

—¿Qué?

—Entre.

No tuvo que repetírselo.

—Debo marcharme ya —anunció Ellen en cuanto estuvo cerrada la puerta.

—Sí, es lo que le he dicho —contestó Boynton.

—Y ustedes tienen que quedarse.

—¿Eh?

—Usted y Katherine.

Ambos la miraron fijamente.

—Yo tengo que ir a Washington —continuó Ellen con un tono de voz normal, para asegurarse de que la captaban los micros— y explicarle la situación al presidente Williams para que me dé instrucciones, pero no podemos irnos sin Anahita, así que ustedes se quedarán aquí hasta que vuelva. Podrían hacer un poco de turismo mientras tanto.

Los dos la miraron como si hubiera perdido la cabeza.

—Los seguirán, así que lo mejor es marearlos: que crean que traman algo. Vayan a ver Persépolis; no, mejor: pidan ver las pinturas rupestres de Baluchistán.

—Pero ¡¿qué dices?! —preguntó Katherine.

—Antes, en el avión, he leído un artículo sobre las cuevas —le explicó Ellen—. Los arqueólogos encontraron unos dibujos rupestres de hace once mil años y hay quien asegura que demuestran que los iraníes migraron a las Américas hace milenios.

—¡¿Qué?! —exclamó Katherine sin entender nada de nada mientras Boynton optaba por la discreción.

—En los dibujos aparecen los mismos caballos que montaban los pueblos indígenas de Norteamérica. Tendría lógica que tú y Boynton quisierais verlos.

—Ah, ¿sí? —Boynton salió de su mutismo—. ¿En serio?

—Claro, como un guiño a la idea de que formamos todos parte de un mismo pueblo. De lo que se trata es de marear un poco la perdiz.

—¿La perdiz? —preguntó Boynton.

—Sí, ya me entiende, de dar trabajo a los que nos están escuchando y observando.

Mientras Boynton se informaba sobre el arte rupestre, Katherine bajó la voz hasta adoptar un susurro ronco:

—Mamá, las bombas, lo que te ha contado Gil... no hay tiempo que perder.

—No estoy perdiendo el tiempo.

Ellen sostuvo la mirada de su hija, que vio una gran determinación en sus ojos.

—Las cuevas están a casi veinte horas en coche —dijo Boynton levantando la vista del teléfono.

—Seguro que pueden llevarlos en avión a algún aeropuerto cercano y hacer el resto del trayecto por tierra. —Ellen había recuperado su tono normal, en la medida de lo posible—. Podrán aprovechar el viaje para dormir y, si hay alguien interesado en sus movimientos, desperdiciará aún más tiempo y energías en seguirlos.

—Ya, aunque nosotros también estaremos desperdiciando nuestro tiempo y nuestras energías —protestó Boynton.

Katherine miró a su madre, que tenía los ojos enrojecidos del cansancio, pero también brillantes, no supo si de locura o genialidad. ¿Y si el mensaje de Gil y la presión de intentar impedir una catástrofe habían acabado por desquiciarla?

—¿Y Anahita y Zahara, y los dos iraníes que también han sido detenidos? —preguntó—. ¿Qué hacemos para ayudarlos?

—Eso, ¿qué hacemos? —se sumó Boynton.

—Voy a ver qué quiere hacer el presidente Williams: esas decisiones van más allá de mis competencias. Volveré en cuanto pueda. De momento, ustedes hagan todo el ruido que puedan con lo del viaje a las cuevas. Así los seguirán y no se fijarán en lo que haga yo.

Mientras hablaba, le escribió un mensaje rápido a Katherine:

«Confía en mí, sé lo que me hago.»

Cuando la secretaria Adams subió al avión del sultán ya era noche cerrada. Una vez en la espaciosa cabina se quitó el burka e hizo ademán de dárselo a la funcionaria.

—Quédeselo —dijo esta última en perfecto inglés—. Tengo entendido que va a volver.

Mientras el avión rodaba por la pista, Ellen se inclinó en su asiento como si con eso fuera a llegar antes a Washington.

La última imagen que tenía de Katherine era subiendo con Boynton a otro coche para emprender el largo viaje hasta las cuevas.

Esperaba haber entendido correctamente la fábula del ayatolá sobre el gato y el ratón. Rezó para que así fuera. Estaba casi segura de que Josravi había hecho detener a Anahita Dahir precisamente para que algún miembro de la comitiva estadounidense se quedara en Irán.

Sólo eso explicaba por qué el gran ayatolá expulsaba públicamente a la secretaria de Estado pero permitía que la hija de ésta y su jefe de gabinete permanecieran en el país.

Josravi estaba desviando la atención: quería decirle alguna cosa, pero ella se hallaba sometida a una vigilancia demasiado estrecha.

Por eso el líder supremo tenía que sacarla del país al tiempo que se aseguraba de que alguno de sus acompañantes se quedaba para obtener la información que necesitaban.

Cuando alcanzaron la altitud de crucero recibió un mensaje de texto de Katherine.

«Un avión nos esperaba en el aeropuerto: ya tenían previsto que viniéramos.»

Bajó la cabeza sintiendo un enorme alivio.

Los estaban esperando: había hecho lo que Josravi quería que hiciera.

Después de enviar el emoticono del pulgar como respuesta, se recostó en el asiento con la confianza y la seguridad de haber interpretado bien al líder supremo de la República Islámica de Irán.

Claro que...

Intentó apartar de su mente una idea traicionera.

Claro que...

Ese hombre era un terrorista, un enemigo jurado de Estados Unidos que había financiado numerosos ataques a Occidente. ¿Y en esas manos dejaba ella a su hija y el destino de su país sin más base que una simple fábula de gatos y ratones?

Sólo podía confiar en que el viejo y astuto religioso no le hubiera tendido una trampa, y en no haber mordido el anzuelo.

Fue lo último que pensó antes de sucumbir al agotamiento.

Cuando cerraron la puerta del pequeño avión de hélices, Boynton se santiguó.

Consiguieron dormir un poco durante el vuelo a la provincia de Sistán y Baluchistán, que, según informó Boynton a Katherine poco antes del aterrizaje —con el tono del burro Igor de Winnie-the-Pooh—, no quedaba lejos de la frontera con Pakistán, hecho que a su juicio empeoraba aún más las cosas.

«Y eso que Boynton no sabe que podría haber bombas nucleares en ciudades estadounidenses», pensó Katherine mientras miraba por la ventanilla, «no tiene ni idea de lo mal que pueden estar las cosas a estas alturas».

Cuando aterrizaron los recibió un hombre mayor de cabello entrecano que se presentó como Farhad, su guía y chófer. Subieron a su coche, una tartana que olía a tabaco, y enfilaron hacia el desierto.

Farhad, que hablaba un inglés fluido con un acento suave y musical, les contó que acostumbraba a llevar a arqueólogos occidentales al yacimiento. Era evidente que se sentía orgulloso. Viajaban solos por la carretera: no había ni un solo vehículo a su alrededor, ni rastro de los omnipresentes guardias y observadores. Era obvio que ya no le interesaban a nadie.

Esa falta de interés parecía haber invadido también a Charles Boynton, que contemplaba ensimismado el paisaje interminable de arena y rocas bajo la luz que precedía al alba.

Durante el trayecto, Farhad les habló del descubrimiento de pictografías y petroglifos que representaban animales, plantas y personas.

—Algunos están hechos con tintes vegetales —explicó—, otros con sangre. Hay miles.

Les contó que, a pesar aquel tesoro, apenas llegaban turistas a la zona.

—Casi no vienen extranjeros por aquí.

Mientras Boynton roncaba, despatarrado y con la boca abierta, en el asiento trasero, Farhad le habló con vehemencia a Katherine, que iba en el asiento del copiloto, de la necesidad de proteger aquellos descubrimientos.

—Para eso han venido, ¿verdad? Para proteger estas cosas tan importantes.

Su mirada era tan intensa que Katherine asintió sin saber muy bien con qué se mostraba de acuerdo.

Llegaron justo cuando salía el sol. Una vez que lograron despertar a Boynton, subieron a una meseta y Farhad preparó el desayuno: café fuerte de un termo, higos jugosos y naranjas, queso y pan.

Katherine les hizo una foto a los dos hombres. El jefe de gabinete, aún con traje y corbata, daba la impresión de acabar de franquear una puerta secreta de Foggy Bottom para aparecer ahí inesperadamente y muy a su pesar. Se la mandó a su madre con un breve mensaje en el que le decía que ya estaban en las cuevas y que volvería a escribirle cuando tuviera algo más que contar.

Sentada en lo alto de las rocas bajo el rayo del sol, observó maravillada aquel paisaje que había permanecido inalterado durante decenas de miles —por no decir millones— de años. Otras personas se habían sentado justo donde ella se encontraba y habían grabado en la piedra su vida, sus creencias, sus ideas... incluso sus sentimientos.

—¿Puedo? —preguntó, y al ver que Farhad asentía, extendió el índice y siguió las líneas.

—Es un águila —explicó él—, y esto de aquí... —Señaló las líneas de encima— el sol.

Por alguna razón que no acababa de entender, Katherine sintió un nudo en la garganta y se le humedecieron los ojos como cuando oía música que le llegaba a lo más hondo, a los rincones más secretos, o cuando cierto pasaje de un libro la conmovía: esos dibujos de caballos y cazadores, de camellos, de aves que volaban sinuosas por el aire, de alegres rayos de sol, eran profundamente humanos.

Quienes los esbozaron habían pisado ese mismo suelo, los había calentado el mismo sol y habían sentido la necesidad de dejar constancia de sus ritos. Sus vidas no eran, en absoluto, tan distintas de la de ella.

Y sus dibujos no eran distintos de los periódicos y canales de televisión que ella dirigía: lo que tenía delante eran sucesos de la vida cotidiana, noticias en piedra.

«Qué idea tan reconfortante», pensó mientras comía fruta y queso, y bebía su café contemplando el amanecer. Eso era lo que le hacía falta: que algo la reconfortase.

Tenía mucho miedo de los planes de Shah y de las bombas que podían explotar en varias ciudades de Estados Unidos sin que pudieran impedirlo.

Al miedo se sumaba la perplejidad: francamente no sabía por qué los había enviado allí su madre, ni qué necesitaba de ellos. Sin embargo, sentada bajo el sol sintió una paz profunda e inesperada.

Los testimonios de vida que tenía delante habían perdurado milenios.

Aunque muchas vidas llegaran a su fin, la vida continuaba.

—Venga —dijo Farhad acabando de recoger el desayuno—, las mejores están dentro.

Se levantó, señaló con la cabeza lo que parecía una grieta estrecha en la roca y les dio un farol a cada uno.

—Mierda, mierda, mierda —murmuró Boynton mientras se estrujaban para entrar.

Una vez en el interior, Katherine se sacudió el polvo rojo de la chaqueta y miró a su alrededor trazando un arco con la luz. No veía ningún otro dibujo.

—Están más adentro —explicó Farhad—, por eso no los descubrieron hasta hace poco.

Se puso en cabeza mientras Boynton y Katherine intercambiaban miradas.

—Tal vez sea mejor que yo me quede aquí —propuso entonces Boynton.

—Tal vez sea mejor que me acompañe —contestó Katherine.

—Es que no me gustan las cuevas.

—¿Acaso había entrado en alguna?

—Está claro que no ha pasado mucho tiempo en la Casa Blanca —susurró Boynton.

La risa de Katherine reverberó hasta el fondo del sistema de cuevas y volvió convertida en una especie de gemido apagado.

Se sacó el móvil, aunque no había cobertura. Estaba tentada de grabar en vídeo el recorrido, pero como no le quedaba mucha batería apagó el teléfono. Aun así, siguió sujetándolo como si fuese un talismán.

Doblaron una esquina y vieron que Farhad se había detenido. Se volvió hacia ellos.

—Me parece que ya nos hemos adentrado lo suficiente. —Empuñaba una pistola.

Boynton y Katherine miraron fijamente a su guía.

—¿Qué hace? —logró preguntar ella.

—Esperar.

Y entonces oyeron pasos que procedían de más adentro en la cueva. El eco no permitía calcular cuánta gente se aproximaba, parecían cientos. Katherine tuvo la disparatada idea de que las antiguas figuras, dibujadas con sangre, habían cobrado vida y se les acercaban tras desprenderse de la roca.

Se volvieron hacia el punto de donde provenía el ruido. Katherine vio que Farhad apuntaba a la oscuridad, hacia algo que estaba cada vez más cerca.

Dejó rápidamente el farol en el suelo de tierra y le hizo señas a Boynton para que la imitara. Retrocedieron en silencio hacia la oscuridad.

No habían dado ni tres pasos cuando vieron salir de las profundidades de la antigua cueva una serie de luces que subían y bajaban: espíritus flotantes.

A medida que se aproximaban, sin embargo, se hicieron visibles las siluetas de Anahita, Zahara y su padre, el doctor Ahmadi. También estaban los dos agentes iraníes al servicio de Estados Unidos que habían seguido a Zahara para darle el mensaje. Los acompañaban dos miembros de la Guardia Revolucionaria con las armas en alto, aunque no apuntaban a sus prisioneros, sino hacia delante, donde estaban ellos.

Se detuvieron a unos cinco metros.

Katherine se preguntó si su madre habría cometido un terrible error.

¿Terminaría todo de esa manera, con las paredes rociadas de su sangre, unida así a la de remotos antepasados a la espera de que, siglos después, algún antropólogo interpretase las salpicaduras y llegase a la conclusión de que intentaban reflejar constelaciones?

Al final iba a tener razón el artículo que había leído su madre: los antiguos iraníes y los estadounidenses acababan llegando al mismo sitio, pero no a Oregón, sino a los muros de esa cueva.

Miró a Anahita a los ojos, que reflejaban tanto miedo como los suyos: la FSO estaba pensando lo mismo.

Era el final.

Empezó a grabar un vídeo con el móvil, pasara lo que pasase con ellos quedaría constancia.

—¿Mahmoud? —La agente iraní a la que habían arrestado con su compañero los escudriñaba.

Farhad bajó un poco la pistola, pero no del todo.

—Me dijeron que os habían pillado.

—Sí —repuso ella sin sonreír—. Debieron de delatarnos. —Se volvió hacia los miembros de la Guardia—: ya pueden bajar las armas, es con quien teníamos que encontrarnos.

—¿Mahmoud? —susurró Katherine—. Creía que se llamaba Farhad.

—Cuando hago de guía, sí.

—¿Y ahora qué hace? —preguntó Boynton.

—Salvarlos.

La agente negó con la cabeza.

—El ego personificado. Es un informador del MOIS.

—La agencia iraní de inteligencia —dijo Boynton.

—También trabaja para la mafia rusa —añadió la agente sin disimular su desprecio—. Por eso estamos aquí, ¿no?

Todavía se hallaban a cinco metros los unos de los otros y, aunque hablaran con cordialidad, como colegas, se respiraba una tensión latente, como la de dos carnívoros a punto de saltar.

Desde el suelo, la luz del farol de Katherine se proyectaba en la pared rugosa de la cueva iluminando unos dibujos exquisitos.

Pletóricos de gracia y de voluptuosidad, representaban un salto cualitativo respecto a los del exterior: había movimiento y fluidez en el grupo de hombres ensangrentados que, a lomos de caballos ensangrentados, clavaban sus lanzas en una especie de felino que se retorcía gritando.

Era una cacería... a muerte.

30

Hamza se reunió con ellos en el perímetro exterior del campamento.

Era una mañana fría y despejada, aunque hacia el mediodía el calor resultaría asfixiante. A esa altitud y latitud, la vida era así, y vivir en esa atmósfera requería una gran capacidad de adaptación.

Cuando Gil y Hamza se abrazaron, Gil notó algo en el bolsillo de la chaqueta. Al principio pensó que era un teléfono, pero abultaba y pesaba demasiado.

—Creo que lo necesitarás —le susurró Hamza—. Buena suerte.

—Gracias por todo.

Se miraron a los ojos: ambos comprendían lo que el otro había hecho y sus consecuencias. Después Gil siguió a Akbar montaña abajo por el camino estrecho que acabaría llevándolos de vuelta al viejo taxi. De ahí a Pakistán, a un avión con rumbo... ¿adónde?

¿A su país? ¿A Washington, donde casi seguro se hallaba una de las bombas?

Mientras avanzaba cojeando, Gil buscó una justificación para volver... y otra para no volver.

• • •

Akbar, que conocía el recorrido, sabía exactamente dónde lo haría: donde desaparecía el camino, fuera del alcance de los centinelas de Hamza y de cualquier testigo.

Palpó su móvil, dentro del bolsillo: si podía tomar una foto del cadáver le darían más, lo suficiente para un coche nuevo.

En cuanto el Air Force Three tocó tierra, condujeron rápidamente a la secretaria Adams a un coche blindado y la llevaron por las calles de Washington con las sirenas encendidas mientras la escolta motorizada bloqueaba los cruces.

Aun así, le dio la impresión de que transcurría toda una vida entre la base Andrews y la Casa Blanca.

No paraba de mirar el móvil. No había vuelto a recibir ningún mensaje de Katherine desde la foto de su jefe de gabinete posando con mala cara junto a un iraní de cierta edad vestido con ropa tradicional, acompañada del texto: «Ya hemos llegado. Tenías razón, vale la pena. Pero no nos ha seguido nadie.»

De eso hacía varias horas, y desde entonces, nada.

Volvió a mirar y mandó un mensaje.

«¿Novedades? ¿Estáis bien?», seguido del emoticono de un corazón.

Cuando el coche blindado se detuvo frente a la entrada lateral de la Casa Blanca, Ellen bajó de un salto y se dirigió a la puerta. Unos marines le abrieron. Los funcionarios se paraban a saludarla.

—Señora secretaria...

Se esforzó por aparentar tranquilidad, aunque casi corriera por los anchos pasillos. Le había enviado un mensaje de texto a Betsy para que se reuniese con ella en el antedespacho del presidente y llevase a Pete Hamilton consigo.

Las dos mujeres se abrazaron. Luego Betsy le presentó al antiguo secretario de prensa de Eric Dunn.

—Gracias por ayudarnos —dijo Ellen.

—Estoy ayudando a mi país.

Ellen sonrió.

—Me vale.

—Ahora mismo aviso al presidente de que está usted aquí, señora secretaria de Estado —dijo la secretaria de Williams con su relajado acento sureño.

A Ellen se le pasó por la cabeza que le ofrecería un té helado con azúcar, como se acostumbra en el sur.

Pero no: a pesar del acento relajado, se movió rápidamente, demostrando con su economía de gestos que sabía muy bien de qué iba aquello.

«Bueno, quizá no del todo», pensó Ellen mirando el móvil por enésima vez.

Nada.

Se abrió la puerta y se apresuraron a entrar. Sin embargo, no habían dado más que dos pasos en el despacho oval cuando los tres frenaron en seco y miraron fijamente en la misma dirección.

Ellen había pedido una reunión privada, a solas con el presidente Williams, pero vio que dos hombres se levantaban del sofá.

Ambos se volvieron, como sincronizados.

Tim Beecham y el general Bert Whitehead.

Ya no era momento de disimular su sorpresa ni su irritación. Ellen siguió adelante y habló directamente con Williams, ignorando a los otros dos.

—Señor presidente, creía haber pedido una reunión privada.

—La ha pedido, pero yo no he accedido. Si tiene información sobre Shah, cuanto antes la oigamos todos, antes podremos poner un plan en marcha. Tim ha retrasado su viaje a Londres para estar aquí. Empecemos de una vez.

Fue entonces cuando el presidente se fijó en las dos personas que acompañaban a Ellen. A Betsy Jameson ya la conocía, pero al otro...

Se puso a hojear el álbum de fotos que todos los políticos tienen en la cabeza.

Lo encontró y puso cara de alegría por haberlo reconocido... y de desconcierto, por el mismo motivo.

—¿No es usted...?

—Pete Hamilton, señor presidente. Fui secretario de prensa del presidente Dunn.

Williams se volvió hacia su secretaria de Estado.

—¿De qué va todo esto?

Ellen se acercó a él.

—He vuelto porque hay algo que tiene que oír personalmente. En privado, por favor.

Williams no dio muestras de haber captado el tono de súplica.

—¿Sobre Shah? —preguntó—. ¿Ha averiguado sus planes?

Era inútil. Ellen sacó pecho.

—Es sobre el topo, el traidor que tiene usted en la Casa Blanca, el que aprobó que liberaran al doctor Shah del arresto domiciliario y ahora está colaborando con él y con algunos elementos del gobierno paquistaní para que los talibanes y Al Qaeda dispongan de un arma nuclear que podrán usar contra Estados Unidos.

Williams iba abriendo los ojos un poco más con cada palabra hasta que pareció la caricatura de un hombre aterrado.

—¿Qué?

—¿Ha encontrado las pruebas que necesitamos? —preguntó Whitehead acercándose a Tim Beecham.

Williams miró al jefe del Estado Mayor Conjunto.

—¿Usted estaba al tanto?

También Ellen se volvió hacia el general Whitehead sin poder disimular su indignación. Temblaba de rabia.

Se quedó unos instantes sin habla, pero su forma de mirar al general lo decía todo.

La cara de Whitehead reflejaba una gran sorpresa. Frunció el ceño.

—Un momento. No me diga que cree...

—Lo sé todo —lo interrumpió Ellen fulminándolo con la mirada—. Tenemos las pruebas.

Hizo una señal con la cabeza a Betsy, que puso los documentos encima del escritorio Resolute. La señora Cleaver había puesto el primer clavo. Se dio la vuelta y, antes de retirarse, miró a Whitehead con hostilidad.

El general hizo ademán de acercarse a la mesa y a los papeles, pero se detuvo al ver que Williams le indicaba que se detuviera con un gesto de la mano.

El presidente los cogió, y durante la lectura se le distendieron las facciones y se quedó con la boca abierta y una mirada opaca de incomprensión. Era ese momento en que tropiezas al bajar por las escaleras y te das cuenta de que no podrás salvarte. Pintaba muy mal.

En el despacho oval no se oía ni una mosca, sólo el tictac del reloj de la repisa de la chimenea.

El presidente Williams dejó caer los papeles y se volvió hacia Whitehead.

—Cabrón...

—¡Pero si no soy yo! No sé qué pone en esos papeles, pero no es verdad.

Buscó como loco a su alrededor hasta fijar la vista en Tim Beecham, que lo miraba con consternación y horror.

—Usted... —dijo Whitehead, acercándose—. Ha sido usted.

Dio un paso hacia Beecham, que al retroceder tropezó con un sillón y se cayó.

—¡Seguridad! —gritó Williams.

Se abrieron todas las puertas a la vez.

Varios agentes del Servicio Secreto rodearon al presidente mientras otros desenfundaban y escudriñaban la sala en busca del peligro.

—Deténganlo.

Los agentes desviaron la vista del presidente hacia el hombre al que estaba señalando: un general del rango más alto, un héroe de guerra; para muchos de ellos, su héroe.

El jefe del Estado Mayor Conjunto.

Después de una pausa brevísima, el jefe del grupo se dirigió a Whitehead.

—Deposite su arma en el suelo, general.

—No voy armado —contestó Whitehead abriendo los brazos. Luego, mientras lo cacheaban, miró al presidente—. No soy yo, es él. —Señaló con la cabeza a Beecham, que se estaba levantando del suelo—. No sé cómo lo ha hecho, pero ha sido Beecham.

—Por Dios, no insista más, tenemos las pruebas —repuso Ellen—. Tenemos los informes y las notas, las que creía haber escondido, donde aprueba la puesta en libertad de Shah, que se desestabilice la región y que se ponga todo esto en marcha.

—Yo nunca... —empezó a decir Whitehead—. Soltar a Shah fue una locura. A mí nunca se me habría...

Betsy lo interrumpió.

—Hemos encontrado los comunicados entre la documentación sobre Beecham.

—¿Entre la qué? —inquirió el director nacional de Inteligencia—. ¿Dónde?

—El general Whitehead ha intentado implicarlo a usted —explicó Betsy—. Quería hacerlo quedar como el traidor, y para eso, entre otras cosas, cogió sus documentos de la época Dunn y los movió en los archivos oficiales. Los enterró para que pareciese que tenía usted algo que esconder.

—Los he encontrado yo —intervino Pete Hamilton—. Estaban escondidos en los archivos privados de la administración Dunn.

—No existe tal cosa —replicó el presidente Williams—. Toda la correspondencia y la documentación se envía de manera automática a los archivos oficiales. Pueden estar clasificados como secretos, pero están todos ahí.

—No, señor presidente —dijo Hamilton—. El equipo de Dunn se aseguró de crear un archivo paralelo. No podían borrar los documentos, pero sí colocarlos detrás de un muro casi impenetrable. Sólo se podía entrar con una contraseña. Yo la tenía, pero no podía acceder al sistema informático.

—Yo sí que tenía acceso —añadió Betsy Jameson—, pero no la contraseña, así que hemos colaborado.

—Cambió todas las referencias a su relación con Shah y los paquistaníes para que pareciera que había sido el señor Beecham —le dijo Pete Hamilton a Whitehead—, pero se le pasaron dos por alto, y las hemos encontrado.

Whitehead negaba con la cabeza, como estupefacto, pero Ellen ya se había dado cuenta de que, por supuesto, tenía que ser un buen mentiroso, un buen actor.

En su momento se había dejado engañar por aquella reencarnación de Fred MacMurray, el amigo de todos, pero no volvería a pasarle.

—Y después se dedicó a insinuar discretamente que Tim Beecham no era de fiar —dijo—. Y funcionó. Yo me lo creí.

—El joven que venía siguiéndome desde Fráncfort, el que estaba en el parque y en el bar... —dijo Betsy—. Cuando se lo conté, y fue usted a hablar con él, agradecí que lo hubiera arreglado tan fácilmente. Ahora me lo explico: era de los suyos.

—No.

—¿Fue así como copió la nota que me había dado Ellen? —preguntó Betsy—. No se deshizo de él; lo que hizo fue ordenarle que fuera al despacho de la secretaria de Estado y lo registrase mientras usted y yo hablábamos en el bar. Le pidió que buscase algo personal, algo que pudiera mandarle a Shah para asustar a Ellen.

—¿La idea fue suya o de Shah? —preguntó Ellen.

—No ocurrió nada de eso. —Sin embargo, la fuerza con la que el general lo negaba disminuía a medida que se cerraba la red.

—Betsy, ¿la ranger aún está contigo? —preguntó Ellen.

—Sí, la he dejado en el pasillo.

Ellen se volvió hacia el presidente.

—Hay una ranger...

—La capitana Denise Phelan —añadió Betsy.

—Está con él. A ella también hay que detenerla.

—Por el amor de Dios... esto ha ido demasiado lejos —espetó Whitehead—. La capitana Phelan es una veterana condecorada que se ha jugado la vida por este país. No pueden hacerle esto. Ella no está implicada.

—Pero ¿admite que usted sí? —le contestó el presidente Williams, que, ante el silencio del general, hizo una señal con la cabeza a uno de los agentes del Servicio Secreto.

—Detengan a la capitana Phelan.

Whitehead respiró hondo, y Ellen supo que se había dado cuenta de que ya no había escapatoria: lo habían atrapado. Lo más probable era que Phelan lo confesase todo a cambio de una reducción de condena.

—Un momento —intervino Beecham, que aún lo estaba asimilando—, a ver si me aclaro: ¿pensó usted que había traicionado a mi país? —le preguntó a Ellen—. ¿Y que colaboraba con Bashir Shah? ¿Sin pruebas, sólo por las insinuaciones de este hombre?

—Sí, Tim, y lo siento —respondió la secretaria Adams.

—¿«Lo siento»? —repitió Beecham casi a gritos. No se lo podía creer—. ¿«Lo siento»?

—Tampoco jugaba a su favor el hecho de que sea siempre tan desagradable —intervino Betsy.

Ellen apretó los labios con fuerza.

—¿Por qué? —inquirió Williams, que no apartaba la vista de Bert Whitehead—. Por Dios, general, ¿por qué lo ha hecho?

—Yo no he hecho nada. Sería incapaz. —Whitehead fruncía el ceño, concentrado: el estratega seguía sin rendirse, y aún no descartaba encontrar algún agujero en la red.

Sin embargo, no había escapatoria: por mucho que se debatiera, estaba atrapado, y lo sabía.

—Dinero —dijo Beecham—. Siempre es por dinero. ¿Cuánto le han pagado por asesinar a hombres, mujeres y niños? ¿Y por proporcionar una bomba nuclear a nuestros enemigos?

¿Cuánto, general Whitehead? —Se volvió hacia el presidente—. Haré que mi equipo busque cuentas en paraísos fiscales; seguro que encontramos algo.

Whitehead sólo apartó la mirada de Ellen para posarla fugazmente en Betsy.

—La capitana Phelan no tiene nada que ver —le repitió en voz baja a Ellen.

—¿Y tú, cabrón, has intentado implicarme? ¿Me has tendido una trampa? —La rabia de Beecham estaba derivando en histeria—. ¿Dedico toda mi vida a servir a este país y tú intentas salpicarme con tu mierda?

De repente, con una rapidez inesperada, Whitehead se abalanzó sobre él y lo tiró a la alfombra con gran precisión de movimientos. Luego se sentó a horcajadas encima de él, y sus puños empezaron a machacarle la cara mientras Beecham gritaba e intentaba en vano protegerse.

El Servicio Secreto tardó apenas unos instantes en reaccionar, pero el general, formado en las fuerzas especiales, tuvo tiempo de hacerle daño.

Mientras dos agentes corrían hacia el presidente y hacían que se agachase para escudarlo con sus cuerpos, otros dos fueron a por el general. Uno le asestó un golpe en la cara con el arma, con lo que consiguió que soltase a Beecham y cayera al suelo, aturdido.

Le clavaron las rodillas mientras lo apuntaban a la cabeza con las pistolas.

Sin pensarlo, Ellen había puesto un brazo delante de Betsy y la había empujado hacia atrás, un movimiento protector como el que puede hacer una madre con sus hijos cuando se produce un frenazo brusco.

Doug Williams se incorporó y se alisó la ropa.

Levantaron a Whitehead; le resbalaba sangre por un lado de la cara.

—Se acabó, Bert —dijo Williams—. Ya no gana nada con no contárnoslo todo. Tenemos que saber lo que trama Shah.

¿Dónde está el objetivo? —Silencio—. ¿Quién está comprando la tecnología nuclear? ¿Los talibanes? ¿Al Qaeda? ¿Lo llevan muy avanzado? ¿Dónde trabajan? —Silencio—. ¿Dónde están las bombas? ¡Díganoslo! —rugió el presidente, acercándose a Whitehead como si fuera a atacarlo.

Un agente levantó a Tim Beecham, lo sentó en una silla y le dio una toalla. El director nacional de Inteligencia tenía partida la nariz, de la que caía un reguero de sangre que manchó la alfombra blanca.

Whitehead se volvió hacia Ellen.

—Yo ya he cumplido mi parte.

—Dios mío —susurró Betsy—. Lo reconoce. Hasta ahora...

—¿Qué? —Ellen miró fijamente a Bert Whitehead—. Tiene que explicarnos qué ha hecho.

—«Cuando lo hagas, aún no lo habrás hecho...» —recitó el general sin apartar la mirada de Betsy— «... porque tengo más.»

Sus palabras se quedaron flotando en un silencio horrorizado que rompió el presidente.

—Llévenselo, quiero que lo interroguen. Tenemos que averiguar qué sabe. Y, Tim, vaya a que lo vea un médico.

Cuando se hubo despejado el despacho oval, Doug Williams se dejó caer con todo su peso en la silla de detrás del escritorio y contempló los papeles, los comunicados que inculpaban a Whitehead.

—Ni en sueños se me habría ocurrido...

Alzó la vista e hizo señas a Ellen y a Betsy para que se sentaran. Luego volvió a ponerse de pie, despacio, como si le hubieran dado una paliza.

Se acercó a Pete Hamilton para tomarlo por el brazo y acompañarlo hasta la puerta.

—Gracias por su ayuda. Me gustaría volver a verlo, pero deme unos días.

—Yo no lo voté, señor presidente.

Williams sonrió con cara de cansancio y bajó la voz.

—Tampoco tengo claro que me votaran ellas.

Ladeó la cabeza hacia su secretaria de Estado y la consejera de ésta, pero no había ni asomo de diversión en su rostro, sólo una preocupación abrumadora.

—Suerte, señor presidente. Si me necesita para algo más...

—Gracias. Ah, y de esto ni una palabra.

—Lo comprendo.

Después de que Hamilton se fuera, Williams regresó a su mesa.

—¿Ha hecho todo el viaje desde Teherán para contarme lo del general Whitehead?

Ellen había aprovechado que hablaba con Hamilton para mirar el móvil, pero Katherine seguía sin dar señales de vida, y Gil, otro tanto.

Empezaba a pasar de la preocupación al pánico.

Sin embargo, debía concentrarse. Concentrarse.

Betsy le cogió la mano.

—¿Estás bien? —susurró.

—Katherine y Gil. No sé nada.

Le apretó la mano mientras Ellen miraba nuevamente al presidente Williams.

—Era imprescindible ponerlo al corriente sobre el general Whitehead, señor presidente, y no podía arriesgarme a que interceptaran el mensaje.

—¿Cree que hay más personas implicadas, aparte de la ranger?

—No lo descartaría.

—¿Es un intento de golpe de Estado?

Williams se había quedado pálido, pero Ellen pensó que al menos estaba dispuesto a enfrentarse a lo peor.

—No lo sé —reconoció, luego guardó silencio.

¿Lo era? Si esas bombas nucleares estallaban, matando a decenas o cientos de miles de personas y destruyendo varias grandes ciudades estadounidenses, sembrarían el caos... y la indignación.

Después, una vez reinstaurado mínimamente el orden, se pedirían —y era justo que así fuera— cuentas y respuestas, pero también habría clamores de venganza; no sólo contra los terroristas responsables de los atentados, sino también contra un gobierno incapaz de evitarlos.

Y, en medio del frenesí, se perdería de vista que todo había empezado durante el mandato de Eric Dunn.

A Ellen, Dunn le parecía tonto, pero no un demente. No creía que hubiera tomado parte activa en la conspiración. Los responsables eran otros, los beneficiados por el caos, una guerra y un cambio de gobierno; los parásitos y los secuaces que con Dunn se habían metastatizado, y que aún estaban entre ellos.

Quizá sí fuera un golpe de Estado...

A Doug Williams no se le pasó por alto la perplejidad de la secretaria de Estado.

—Ya se lo sonsacaremos a Whitehead —dijo.

—Yo no estoy tan segura —contestó Ellen—, pero en fin... Tenía que explicarle otra cosa en privado.

El presidente miró a Betsy.

—Ya está al corriente —aclaró Ellen—, y mis hijos, también, pero aparte de ellos no lo sabe nadie más. La información la ha conseguido Gil.

Justo entonces se abrió de golpe la puerta del despacho oval y apareció Barb Stenhauser, que sólo dio unos pasos antes de fijar la vista en las manchas de sangre de la alfombra.

—Acaban de contármelo. ¿Es verdad?

—Tendrá que dejarnos solos, Barb —contestó Williams—. Ya la llamaré cuando quiera que venga.

Stenhauser se quedó donde estaba, atónita por lo que había oído en los pasillos sobre el general Whitehead y también por lo que acababa de decirle el presidente.

Fue alternando la mirada entre Williams, la secretaria Adams y Betsy Jameson; una mirada gélida, glacial.

—¿Qué ocurre?

—Por favor, Barb —dijo Williams, cuyo tono contenía la advertencia de que no se lo hiciera repetir.

Cuando se quedaron los tres solos se inclinó hacia Ellen.

—Explíquemelo, señora secretaria.

Y Ellen se lo explicó.

31

—Vamos a descansar aquí —dijo Akbar.

Se paró y se asomó al borde del barranco.

Gil agradeció que pensara en él y en su pierna, pues con la herida se le hacía mucho más difícil bajar que subir, al menos para la pierna, que no para los pulmones. Tantas sacudidas y resbalones...

—No, debemos llegar abajo rápido —contestó—. Tengo que ponerme en contacto con mi madre.

—¿Qué te ha dicho Hamza? Se te veía bastante alterado.

—Bueno, ya lo conoces: lo dramatiza todo.

Akbar se rió.

—Sí, tiene fama, como todos los pastunes.

—Me he alterado porque no ha podido decirme nada, o no ha querido. Yo creo que sabe cosas sobre Shah, pero no me las ha contado, y era mi única esperanza. Tengo que bajar y decirle a mi madre que no sé nada nuevo.

—¿No le escribiste ayer? Te dejé el móvil.

—Sí, pero tenía la esperanza de que esta mañana Hamza cambiara de opinión. Así podría mandarle algo útil a mi madre, pero no ha querido.

Akbar observó a su acompañante y amigo, aunque no íntimo, como pronto se vería.

—Qué lástima. Venir de tan lejos para nada... —Hizo un gesto con el brazo para que Gil se pusiera en cabeza—. Tú primero.

—La verdad, prefiero ir detrás. Así me frenas si me falla la pierna.

—Hablando de dramatizar...

A pesar de todo, Akbar se colocó delante, aunque eso dificultaba un poco su cometido, pues Gil lo veía. Siempre era más fácil un cuchillo en la espalda o un buen empujón por detrás.

Y tampoco se quedaría con la cara de consternación de Gil grabada en la memoria, si bien Akbar tenía la sospecha de que se le borraría en cuanto le entregaran el coche nuevo.

Al otro lado de una curva en la pared de roca, donde el camino se estrechaba y se llenaba de piedras procedentes de los desprendimientos, se paró, dio media vuelta y levantó los brazos hacia Gil.

Al verlo, Gil tuvo un momento de desconcierto, aunque no duró ni un segundo.

Se apartó, chocó con la herida en un afloramiento y gritó de dolor mientras notaba que se le doblaba la pierna. Levantó las manos sin pensarlo y se aferró a la túnica de Akbar, al que arrastró en la caída.

Al chocar contra el suelo soltó a Akbar y salió huyendo a gatas, a la vez que con la mano derecha buscaba el bolsillo de la túnica: donde Hamza había escondido la pistola.

—¡¿Qué haces?! —gritó cuando Akbar se levantó y lo persiguió.

Abrió mucho los ojos. Akbar no había contestado, pero el cuchillo largo y curvo de su mano sí.

—Mierda —soltó Gil, palpándose la túnica con más ahínco, aunque era tan voluminosa que se le resistía.

Cogió un puñado de tierra y piedras, y se lo tiró a la cara, pero apenas lo frenó.

Se puso a dar patadas en el suelo como un poseso. Akbar, todo un experto en la lucha cuerpo a cuerpo, debido a los años que había pasado con los muyahidines, le agarró la bota y se la retorció. Chillando de dolor y de miedo, Gil notó que le había girado todo el cuerpo, como cuando echaban el lazo a los terneros.

Estaba totalmente indefenso. Chilló y pataleó esperando que el cuchillo le rebanara la garganta cuando se dio cuenta con horror de la intención de Akbar: arrojarlo barranco abajo para que pareciera que había resbalado, simulando un accidente, no un asesinato.

—¡No, no!

Ya estaba resbalando por el borde, arrastrado por el peso de las botas. Todo iba a cámara lenta, como en la pesadilla donde no podía correr por mucho que lo intentase.

Tendió los brazos en busca de un asidero, cualquier saliente al que agarrarse.

Sin embargo, era demasiado tarde. Ya no había vuelta atrás. En cualquier momento empezaría a resbalar más deprisa y estaría agitando los brazos en caída libre.

Y entonces...

Sus dedos se arrastraron por el polvo, dejando un reguero de sangre, y se le saltaron las uñas.

De pronto se oyó un disparo, uno solo, y su visión periférica captó algo, un movimiento borroso en un lado.

Con todo, los problemas de Gil no se habían resuelto: seguía resbalando. Crispó los dedos con más desesperación que nunca.

De repente notó que lo frenaba una mano en el cogote, y que la misma mano lo aupaba.

Una vez a salvo, se quedó jadeando y llorando en el suelo, sin poder dejar de temblar. Al final levantó la cabeza, con la cara manchada de polvo y barro de lágrimas.

—¿Ahora quién dramatiza? —dijo Hamza.

—Mierda... mierda... ¿cómo lo...?

—¿Que cómo lo sabía? No, si no lo sabía, pero nunca me he fiado de este capullo. Siempre ha estado en esto por lo que podía sacar, más que nada dinero. Vendía armas requisadas en el mercado negro, y acababan en las mismas manos a las que se las habíamos arrebatado. Era un cabronazo.

—¿Y por qué no me lo habías dicho?

—¿Cómo iba a saber que aún tenías contacto con ese cabrón?

—¿Para quién trabajaba? —preguntó Gil, a pesar de que ya lo sabía—. ¿Para Shah? Madre de Dios... Si tenía a sueldo a Akbar, significa que sabe que he venido aquí... y que he hablado contigo. —Hamza estaba asintiendo—. Sabrá que la información me la has dado tú.

—A lo mejor no. Por aquí las lealtades son... —observó el árido paisaje— variables. Akbar podría haber estado al servicio de cualquiera, y seguro que sabía que el paradero del hijo de la secretaria de Estado americana sería información por la que pagarían bien.

—Ya, pero no era sólo información. Le han pagado por matarme.

—Eso parece.

—De ahí la pistola. —Gil se palpó el bolsillo.

—Sí, aunque ya ves de qué ha servido. He oído lo que le decías: le has mentido. Le has dicho que no te había contado nada. ¿Por qué? ¿Sospechabas de él?

Gil se asomó al borde del precipicio y vio el cadáver roto y desmadejado en el fondo. ¿Sospechaba? Negó con la cabeza.

—No —reconoció—, sólo soy cauto por naturaleza: cuantas menos personas sepan las cosas, mejor.

También Hamza contempló el cuerpo sin vida que había creado.

—Me sorprendió verlo contigo en el campamento.

A Gil le sonaba la frase, y no tardó mucho en saber de qué.

—Habíamos quedado en Samarra. —Vio que Hamza ladeaba la cabeza—. Es una cita de un antiguo cuento mesopotámico —explicó—. Sobre la imposibilidad de burlar a la muerte.

—Pues parece que tú la has burlado dos veces. ¿Dónde tendrá pensado reunirse contigo? —Hamza se agachó para recoger algo del camino—. Se le ha caído esto del bolsillo. —Le dio a Gil el móvil y las llaves del coche, pero se quedó el cuchillo largo y curvo—. Yo que tú no me acercaría a Samarra.

Cuando Gil empezó a bajar patinando por la montaña, tuvo la extraña sensación de que la Muerte no lo seguía, sino que se había quedado atrás, que era con Hamza con quien tenía una cita... y él la había conducido hasta su amigo.

Y a juzgar por la última imagen que tenía de él, vio que compartía sus sospechas.

Al entregar la información a Gilgamesh, Hamza *el León* también había entregado su vida; y la Muerte, siempre ahíta, se la llevaría, adoptando la forma de Bashir Shah.

Iba mirando el móvil de Akbar para ver si tenía cobertura. Arriba, en el campamento, tenían, pero en los valles y cuevas, no.

Una vez dentro del coche puso rumbo a la porosa frontera, y a los caminos llenos de baches por donde se volvía a Pakistán.

Su plan era regresar a Washington. Sólo quería llegar en casa, estar cerca para ayudar. Ahora bien, iría por Fráncfort, para devolver el dinero a la amable enfermera y buscar a Anahita.

Desde su secuestro había dejado que el miedo levantase un muro en torno a él, y había contemplado el mundo desde esa fortaleza, seguro, dueño de sí mismo y solitario, pero las cosas iban a cambiar. Esa fortaleza se había derrumbado mientras resbalaba por el borde del precipicio. Tenía delante otra oportunidad y no pensaba permitir que el miedo le robara más tiempo del que podría pasar junto a ella. Si lo encontraba la Muerte, sería con el corazón henchido de amor, no de miedo.

Anahita se situó junto a su prima en el interior de la cueva y se fijó en que Zahara se había sentado lo más lejos posible de su padre. Con Katherine Adams al otro lado de Zahara, las dos mujeres formaban una especie de abrazo protector.

Después de que todos bajaran las armas, Farhad, o Mahmoud, los había guiado por un pasadizo lateral casi oculto que desembocaba en una caverna, donde les había indicado que dejaran los faroles en medio del círculo de piedra, ennegrecido por una hoguera extinta desde hacía decenas de miles de años.

Las rocas donde se sentaron las habían llevado rodando a sus ubicaciones manos muertas largo tiempo atrás, reducidas a polvo.

Anahita se preguntó si esas personas habían abandonado su hogar por alguna catástrofe, y si era un espacio de celebración, ritual o refugio. ¿Se habían escondido en las profundidades de las cuevas creyendo que estarían a salvo?

Lo mismo creían Anahita y los demás.

Pero ¿y si algo había dado con ellos, a pesar de todo?

Miró los dibujos, que cubrían no sólo las paredes, sino también el techo. El suave parpadeo de las lámparas de keroseno imprimía movimiento a las figuras, haciendo que la caza pareciera en perpetuo movimiento. También daba la impresión de que la presa, una especie de felino, hubiera dado media vuelta y se hubiera convertido en el cazador, todo en la misma secuencia.

¿Era lo que había ocurrido? ¿Había encontrado a esos hombres, mujeres y niños?

Comprendió que estaba dejándose llevar por la imaginación, lo cual no era bueno, y menos cuando la realidad ya era bastante aterradora.

Miró fijamente por encima de las lámparas a su tío, en el otro lado del círculo. Pese a que no le había dirigido la palabra, la había estado mirando con la misma hostilidad que si Anahita fuera el enemigo, como si hubiese engañado a su hija para convencerla de hacer algo que jamás habría hecho sola.

Y como si por extensión lo hubiera obligado a él a hacer algo que jamás habría hecho.

A quien sí había dirigido la palabra el doctor Ahmadi era a Zahara: no desaprovechaba la menor ocasión para pedirle que lo perdonase y entendiese por qué la había delatado. Sin embargo, por mucho que llorase y que intentara coger la mano de su hija, ella la apartó una y otra vez y, acercándose a Anahita y a Katherine, dejó sufrir solo al doctor Ahmadi.

El físico nuclear tenía la cabeza apoyada en las manos. Anahita se acordó de unas palabras de Einstein: «No sé con qué armas se librará la Tercera Guerra Mundial, pero las de la Cuarta serán palos y piedras.»

Einstein había sido un hipócrita: sabía perfectamente qué iba a devolverlos a la Edad de Piedra, y los integrantes aquel círculo, también.

Y quien mejor lo sabía era el padre de muchas de esas armas, el doctor Behnam Ahmadi.

—«Ahora me he convertido en la Muerte...» —Murmuró entre dientes la misma cita del *Bhagavad Gita* que había pronunciado Robert Oppenheimer— «... el destructor de mundos.»

«Quizá tengamos que acostumbrarnos a vivir en cuevas», pensó Anahita mirando a su tío.

Katherine se volvió hacia Charles Boynton, que se había pegado a ella. Se preguntó si era para protegerla, pero ya conocía la respuesta: para que ella lo protegiera a él.

Casi se estaba encariñando con ese hombre.

—¿El despacho oval? —susurró mirando la cueva.

Boynton sonrió.

—Es asombroso.

Farhad atrajo todas las miradas con un carraspeo.

—Mi adiestrador del MOIS me ordenó que me reuniera con los americanos, los trajera aquí y les contará lo que sé.

Katherine cerró los ojos un momento. ¡De modo que su madre sabía que era lo que tenía planeado el ayatolá, o lo intuía...! El siguiente paso, claro, era encontrar la manera de sacarlos de Teherán y que se quedaran solos, a fin de que pudieran recibir la información que necesitaban para frenar a Shah sin que se enterase nadie más...

Sobre todo los rusos.

El destino era lo de menos mientras no los siguieran.

Qué astuta su madre... y qué astuto el ayatolá...

La mirada de Farhad se perdió unos instantes en la oscuridad que los rodeaba y volvió a enfocarse en ellos.

—Lo que no me habían dicho... —trazó un arco con el brazo— es que habría tanta gente.

—¿Tiene alguna importancia? —preguntó Katherine.

—Podría tenerla, si los han seguido. —Se notaba que estaba asustado. Miraba sin parar a todas partes—. ¿Por qué están aquí?

—Nos han pedido que los trajésemos —respondió el miembro de más alto rango de la Guardia Revolucionaria— y los entregásemos, aunque no a él, él volverá con nosotros.

El guardia se refería al doctor Ahmadi, que levantó la cabeza.

—Entonces, ¿por qué lo han traído? —preguntó Boynton.

Por inverosímil que pudiera parecer, el guardia sonrió.

—¿A ustedes les han explicado por qué están aquí en realidad?

—Mire —Katherine tenía los nervios de punta—, cuanto antes nos diga lo que sabe antes podremos largarnos todos.

Su inquietud había ido en aumento. Si a aquel hombre le habían ordenado que transmitiera información, y se notaba que no veía el momento de hacerlo y marcharse, ¿a qué había venido el desayuno? ¿Qué sentido tenía entretenerse en preparar comida?

Farhad daba la impresión de estar ganando tiempo, e incluso esperando, pero ¿a quién, si no se trataba de Anahita y los demás?

—¿Dónde trabajan los auténticos científicos? —inquirió Katherine.

—¿Los auténticos científicos? —preguntó Boynton—. ¿De qué está hablando?

Katherine no quería perder un tiempo tan valioso en explicar lo del mensaje de Gil. Toda su atención, que no era poca, se centraba en Farhad.

—En Pakistán, en la frontera con Afganistán, hay una fábrica abandonada —contestó este último, reduciendo la voz a un susurro.

Todos se inclinaron hacia delante, y Katherine, que no conseguía dominar del todo su imaginación, fantaseó con que las imágenes de las paredes se volvían y se inclinaban también, intuyendo la presencia de una presa más grande, oliendo la sangre fresca.

—La mafia rusa lleva más de un año vendiendo material fisionable y equipos a Shah, y mandándolos aquí —continuó Farhad.

—Ya han fabricado como mínimo tres bombas —añadió Katherine.

Farhad, sorprendido de que lo supiera, la miró asintiendo.

—¡La leche! —exclamó Boyton.

—¿Dónde están? —preguntó Katherine.

—No lo sé. Lo único que sé es lo que he oído: que los mandaron hace dos semanas en portacontenedores a Estados Unidos.

—Joder... —maldijo Boynton—. ¿Hay bombas nucleares en Estados Unidos? —Se levantó de golpe, dominando a Farhad con su estatura—. ¿Dónde? Usted lo sabe, ¿no? ¿Dónde están?

Al ver que Farhad negaba con la cabeza, se abalanzó sobre él y lo hizo caer de la roca al suelo de tierra. Si bien bastante más voluminoso, y varios años más joven, el burócrata no era rival para alguien entrenado para el combate físico, como Farhad, enjuto y fuerte. A lo sumo, Charles Boynton se había peleado con la máquina expendedora de Foggy Bottom, y ni siquiera entonces había vencido.

Farhad tardó tan poco en inmovilizarlo que Boynton no se dio ni cuenta.

—Basta —exigió Katherine—. No tenemos tiempo para esto.

Empujó a Farhad, con lo que se ganó una mirada de hostilidad y llegó a temer que la atacase, pero al final Farhad se apartó y soltó a Boynton, que se levantó con una mano en el cuello.

—Siéntense —ordenó Katherine, y ambos obedecieron. También ella volvió a su asiento y se inclinó hacia Farhad—. ¿Ha estado en las instalaciones?

Después de lanzar otra mirada a su alrededor, Farhad asintió levemente.

—Entregué unos cajones, aunque no sé qué contenían.

—Dígame dónde está.

—En el distrito de Bajaut, justo a las afueras de Kitkot. Antes era una fábrica de cemento, pero no podrá llegar. Está lleno de talibanes.

—¿Quién sabe dónde han puesto las bombas? ¿En qué ciudades y en qué puntos? —quiso saber Katherine.

—El doctor Shah.

—¿Quién más? Alguien tiene que saberlo. No las habrá puesto en persona.

—Supongo que en la fábrica habrá alguien que lo sepa, porque tuvieron que organizar el envío. También habrá gente en Estados Unidos que las haya colocado, pero yo no los conozco. Sólo sé lo que he oído.

—¿Es decir...?

—No son más que rumores. Piense que el doctor Shah es como un mito, y que en torno a él han surgido todo tipo de fantasías, como que tiene cientos de años o que puede matar con la mirada.

—O que es el Azhi Dahaka —añadió Anahita.

Farhad, lívido de miedo, asintió con la cabeza.

—Hechos, no mitos —exigió Katherine—. Vamos, vamos.

Se dio cuenta de que las llamas de los faroles, que tenían levantado el tubo de cristal, titilaban. También percibió una brisa leve, que bastó para erizarle el vello de los antebrazos.

Pensó que se debía a que habían nombrado a Shah... Imaginaciones suyas.

Pero no, estaba claro que las llamas se agitaban. Ya no era la única que se había fijado.

—Dígamelo —pidió en voz más baja pero más vehemente.

Farhad tenía los ojos muy abiertos, y los miembros de la Guardia Revolucionaria habían levantado los fusiles, que sujetaban con más fuerza mientras se volvían hacia la oscuridad.

La primera bala alcanzó a Farhad en el pecho.

Katherine levantó los brazos y derribó de sus rocas a Zahara y a Boynton al tiempo que se tiraba al suelo e intentaba resguardarse en las rocas, bajo una lluvia de balas que rebotaban por todas partes.

Vio que Charles Boynton se arrastraba hasta Farhad, le cogía el arma y se acercaba mucho al moribundo, que tras pronunciar unas palabras le tosió sangre en la cara.

Boynton miró a Katherine con los ojos como platos de terror.

Farhad estaba muerto. No era el único: las balas también habían matado, entre otros, a uno de los integrantes de la Guardia Revolucionaria.

—¡Zahara! —La voz del doctor Ahmadi se impuso al ruido de disparos.

El guardia que quedaba se había apostado en una grieta de la pared de la cueva y devolvía los disparos a la oscuridad.

Katherine supo que tenían que alejarse de la luz o, mejor aún, alejar la luz de ellos.

Se armó de valor.

Anahita, que había estado observándola, adivinó sus intenciones y se preparó.

Con la siguiente ráfaga del guardia revolucionario, las dos mujeres entraron otra vez de un salto en el círculo de piedra, donde recogieron del suelo los faroles y los arrojaron a la oscuridad, hacia el origen del fuego enemigo. Luego pusieron cuerpo a tierra, para protegerse.

El guardia revolucionario estaba herido, recostado contra la pared, pero la agente había logrado llegar hasta él para cogerle el AK-47.

Cuando los faroles impactaron contra el suelo, las explosiones iluminaron a los atacantes.

—¡Poimet! —exclamó uno en ruso.

Fue lo último que dijo antes de que la agente disparase: «Mierda.»

También Boynton apuntó el arma hacia ellos y empezó a disparar, llenando de balas el aire de la cueva.

Bajo la cortina de fuego, Katherine había rodado de vuelta a la dudosa protección de las rocas y se tapaba la cabeza con los brazos. Cuando cesaron los disparos la levantó despacio.

Se había formado una nube de humo acre en el aire que, al disiparse, reveló una carnicería.

—¿Baba?

Katherine y Anahita se volvieron y vieron que Zahara se arrastraba hacia su padre, quien yacía boca arriba en el suelo, con los brazos y piernas en cruz. Lo había alcanzado una ráfaga de ametralladora cuando intentaba llegar hasta su hija.

—¿Baba? —Zahara ya estaba de rodillas a su lado.

Katherine quiso ir con ella, pero Anahita se lo impidió.

—Déjala un momento.

También había muerto Farhad, así como los guardias revolucionarios y los dos agentes iraníes.

—Charles —dijo Katherine, yendo hacia Boynton.

Le habían fallado las piernas y se había quedado sentado en el suelo como un niño... un niño armado.

—¿Se encuentra bien? ¿Está herido? —Katherine se arrodilló y le quitó el arma con suavidad.

Boynton la miró con el labio inferior y la barbilla temblorosos.

—Creo que he matado a alguien.

Katherine lo cogió de la mano.

—Debía hacerlo, no tenía elección.

—Quizá sólo esté herido.

—Sí, quizá. —Katherine sacó un pañuelo de papel, se lo pasó por la lengua y lo usó para limpiar la sangre coagulada de la cara de Boynton.

—Ha dicho... —Boynton miró a Farhad, que tenía los ojos muy abiertos, como si estuviera hipnotizado por los espléndidos dibujos del techo de la cueva— «Casa Blanca».

—¿Qué?

—Ha dicho «Casa Blanca». ¿Qué puede significar?

32

Brillantes, concentrados, los ojos del presidente Williams absorbían hasta el último detalle.

Con cada palabra que pronunciaba Ellen, había apretado un poco más los puños, hasta el punto de que Betsy temió que las manos le empezaran a sangrar y le quedaran cicatrices de clavarse las uñas.

Los científicos asesinados en los autobuses eran señuelos.

Los de verdad, investigadores nucleares de un nivel muy superior, llevaban al menos un año al servicio del doctor Shah.

A Shah lo habían puesto en libertad y lo habían contratado para que desarrollara un programa de armamento nuclear para los talibanes y Al Qaeda, del que estaban al tanto determinados elementos de Rusia y Pakistán.

Habían logrado fabricar como mínimo tres bombas, que ya se hallaban en otras tantas ciudades de Estados Unidos, programadas para explotar cualquier día, en cualquier momento.

Lo que no sabían era dónde, ni cuándo, ni cómo eran de grandes.

—¿Ya está? —preguntó. Al ver que la secretaria Adams asentía, pulsó un botón y apareció Barb Stenhauser—. Dígale a la vicepresidenta que suba al Air Force Two para ir al monte Cheyenne, en Colorado Springs, y que espere instrucciones.

—Sí, señor presidente. —A pesar de su cara de estupefacción, Stenhauser se fue sin hacer preguntas.

El presidente volvió a dirigirse a Ellen.

—¿Todo esto lo sabemos por su hijo?

Ellen se preparó para la insinuación, cuando no una acusación directa: ¿cómo podía saber Williams que Gil no estaba implicado y que no se había radicalizado durante su cautiverio? Era de dominio público que se había convertido al Islam, y a pesar de lo ocurrido no dejaba de ser un gran amante de Oriente Medio.

¿Cómo podían fiarse de su información?

—Es un hombre valiente —dijo Doug Williams—. Dele las gracias de mi parte, por favor. Bueno, ahora necesitamos más información.

—Creo que el gran ayatolá estaba intentando proporcionármela.

—¿Y por qué iba a hacerlo?

—Porque tiene la vista puesta en su sucesión, en el futuro de Irán, y no quiere que se le escape de las manos y recaiga en algún adversario o quede bajo control ruso. Tampoco quiere vernos involucrados a nosotros, pero ve un camino, muy estrecho, en el que el gato y el ratón colaboran.

—¿Cómo?

—No, nada, es sólo un cuento.

El presidente asentía. No le hacía falta escuchar la fábula para entenderlo.

—Si frenamos a Shah los dos salimos ganando.

—Lo que ocurre es que el ayatolá Josravi no puede ser visto dándome la información. Por eso he dejado en Irán a mi hija, Katherine, y a Charles Boynton, con la esperanza de estar en lo cierto. El ayatolá ha ordenado que detuvieran a una de mis FSO, Anahita Dahir.

—¿La que recibió el aviso? —El presidente se apuntó su nombre.

—Sí. —Ellen pensó que de momento no hacía falta explicarle su historial familiar—. Y a continuación me ha echado de Irán.

—Voy a avisar a los nuestros en la embajada suiza en Teherán de que se está privando ilegalmente de su libertad a una de nuestras FSO.

—No, por favor.

La mano de Williams se paró justo antes de llegar al teléfono.

—¿Por qué no?

—Creo que el gran ayatolá lo ha hecho para poder pasarles la información a ellos.

—¿Y por qué no a usted?

—Porque en mí se fijarían demasiado. Tenía que sacarme de Irán, pues sabía que si nos vigilaban...

—Los rusos...

—O los paquistaníes o Shah... me seguirían. Pensarán que he sido humillada...

—Bueno —dijo Williams con una mueca.

—... y les dará igual que mi hija y Boynton se hayan quedado para intentar que liberen a la FSO.

—Pero acaba de decir que se han quedado para recibir la información que quiere pasar el gran ayatolá. ¿Qué información?

—No lo sé.

—Ni siquiera está segura de sus intenciones. Se está jugando mucho, Ellen.

«Todo», pensó ella, aunque no lo dijo.

—Es que hay mucho en juego.

—Boynton, su jefe de gabinete... —dijo el presidente— ¿no fue él quien perdió una batalla contra el envoltorio de unas galletas Oreo?

—Me parece que eran Chips Ahoy.

—Bueno, al menos nadie sospechará que es un espía. ¿Han descubierto algo?

Ellen respiró hondo.

—Hace varias horas que no sé nada de ellos.

Doug Williams se mordió el labio superior y asintió con un gesto brusco.

—Tenemos que averiguar dónde han puesto las bombas, y dónde las fabrican.

—Estoy de acuerdo, señor presidente. Dudo que el general Whitehead se lo diga, aunque creo que lo sabe.

—Si hace falta se lo sacaremos a golpes.

Ellen, a quien siempre había escandalizado la brutalidad de las «técnicas mejoradas de interrogatorio», se vio en un profundo pozo de ética situacional. Si torturando al general lograban sacarle la información, y podían salvar miles de vidas, adelante.

Bajó la vista a sus manos, que tenía apoyadas en el regazo, con los dedos entrelazados y los nudillos blancos.

—¿Qué pasa? —le preguntó Betsy.

Ellen la miró a los ojos hasta que Betsy hizo un ruidito por la nariz en señal de que lo entendía.

—No podéis hacer eso, ¿verdad? El fin no justifica los medios...

—El fin lo definen los medios —contestó Ellen, luego se volvió hacia Doug Williams—. Hay maneras mejores, más rápidas, que la tortura. Sabemos que las personas sometidas a torturas están dispuestas a decir cualquier cosa con tal de detener el sufrimiento, y no tiene por qué ser la verdad. Además, Whitehead tardará demasiado en venirse abajo. Tenemos que registrar su casa. No guardaría esa información en su despacho del Pentágono, y dudo que la guardase en su ordenador. Debería tener notas en su casa.

Williams descolgó el teléfono.

—¿Dónde está Tim Beecham?

—En el hospital, señor. Tiene la nariz rota, aunque no creo que tarden mucho en darle el alta.

—No tenemos tiempo. Que venga su segundo enseguida.

—Me gustaría acompañarlos —dijo Ellen, levantándose.

—Vaya —contestó Williams—, y manténgame al corriente. Yo me pondré en contacto con nuestros aliados, por si sus servicios de inteligencia pueden averiguar algo sobre los otros científicos que trabajan para Shah.

. . .

Mientras el convoy se dirigía a Bethesda con las sirenas encendidas, Ellen no paraba de mirar el móvil.

El pavor era casi insoportable. ¿Y si no volvía a saber de ellos? ¿Y si había mandado a sus dos hijos a una muerte segura y nunca llegaba a averiguar lo que les había ocurrido?

Tal vez debiera ponerse en contacto con Aziz, en Teherán. El ministro de Asuntos Exteriores iraní podía enviar a alguien a Baluchistán, a las cuevas, para ver si...

Sin embargo, vaciló.

Tenía que dar más tiempo a Katherine. Una llamada a Aziz lo estropearía todo.

Se obligó a centrarse en la misión que tenían entre manos, la de dar con la información que había escondido el general Whitehead.

—¿A ti te dijo algo? —preguntó por enésima vez—. Cualquier cosa que pueda ayudarnos.

Betsy ya se había estrujado las meninges.

—Sólo los putos versos esos, que no sirven de nada.

Oír de nuevo los versos de John Donne en boca del general le había producido escalofríos.

Aparcaron en el camino de acceso a una casa de estilo Cabo Cod, con una valla de madera, buhardilla y un porche grande con mecedoras.

El hecho de que tuviera aquel aspecto tan típicamente estadounidense, rayano en el estereotipo, la enfadó aún más. Empezaba a notar la bilis en la garganta.

Mientras una parte de los agentes aporreaba la puerta principal, otros rodearon la zona trasera.

Justo cuando se disponían a derribarla, les abrió una mujer de pelo gris, con un corte sencillo pero clásico que le sentaba muy bien. Llevaba pantalones de vestir y una blusa de seda.

Elegante, pero nada pretenciosa, pensó Ellen.

346

—¿Qué ocurre? ¿Qué está pasando? —preguntó con un tono que no llegaba a ser desafiante, aunque poco le faltaba—. ¿Dónde está Bert? —añadió cuando la apartaron para entrar.

Buscó con la mirada a su marido hasta que se fijó en la secretaria de Estado.

Sujetaba por el collar a un perro grande, que parecía contento y a la vez desconcertado. Dentro de la casa se oía el llanto de un bebé.

—¿Qué está pasando?

—Apártese —le ordenó un agente, propinándole un empujón.

Ellen hizo una señal a Betsy, que tomó por el brazo a la señora Whitehead y se la llevó hacia donde lloraba el bebé.

Los agentes ya estaban por todas partes, sacando libros de las estanterías, volcando sillones y sofás, descolgando cuadros y sembrando el caos en lo que hacía un momento aún era una casa elegante y acogedora. Y no había llegado lo peor.

Mientras Betsy seguía a la mujer del general a la cocina, Ellen localizó el estudio, que estaban registrando el subdirector nacional de Inteligencia y los agentes de más alto rango.

Era una sala grande y luminosa, con enormes ventanales que daban al jardín trasero, en el que se veía un columpio hecho con un tablón grueso de madera y una cuerda atada a la rama de un roble.

En la hierba había una pelota de fútbol infantil abandonada.

En las paredes del estudio se sucedían estantes repletos de libros y fotos enmarcadas, que estaban siendo examinados y arrojados al suelo.

Lo que no había eran medallas ni distinciones militares.

Sólo fotos de hijos y nietos, de Bert Whitehead y su esposa, de amigos y de compañeros.

Apoyada en la pared, la secretaria Adams se quedó pensativa en medio de la vorágine.

¿Qué podía empujar a un hombre a traicionar a su país? ¿Qué razones podía tener para asesinar a compatriotas? Todo indicaba que una de las bombas nucleares había sido colocada en Washington, seguramente en la propia Casa Blanca.

También lo sabía el presidente; por eso había alejado a su vicepresidenta y a la cúpula de su gabinete, con la única excepción de Ellen. La explosión y sus efectos se harían sentir en varios kilómetros a la redonda, quemando y contaminándolo todo, y a todos, a su paso.

¿Qué le había pasado a Bert Whitehead? Si la respuesta era conspirar con terroristas, ¿cuál narices era la pregunta?

Encontró a Betsy y a los demás en la cocina, donde estaban interrogando a la señora Whitehead y a su hija.

Se quedó escuchando uno o dos minutos en la puerta mientras dos agentes de inteligencia acribillaban a preguntas a las dos mujeres. El bebé lloraba y se retorcía en brazos de su madre.

—¿Pueden dejarnos solas, por favor? —dijo.

Los agentes la miraron molestos, pero enseguida se levantaron.

—Me gustaría hablar en privado con la señora Whitehead y su hija.

—Eso no es posible.

—¿Saben quién soy?

—Sí, señora secretaria.

—Me alegro. He viajado toda la noche dejando a mi hijo en un hospital de Fráncfort para estar aquí —dijo ajustando la verdad en su favor—, creo que podrían darnos unos minutos.

Su manera de mirarse el uno al otro dejó claro que no les gustaba, pero salieron igualmente.

Antes de sentarse, Ellen miró al bebé que lloraba.

—Quizá pueda llevarlo al jardín para que le dé un poco el aire —le dijo a la madre.

—¿Sí, mamá?

La señora Whitehead asintió ligeramente con la cabeza. Después de que se fueran la hija y el nieto, Ellen se sentó frente a la mujer del general, quien, asustada y confundida, se debatía entre la rabia y el miedo.

También Ellen estaba perpleja: la señora Whitehead le sonaba de algo. Se acordó de golpe.

—Usted no utiliza el apellido Whitehead, ¿verdad?

Vio que Betsy enarcaba las cejas.

—No siempre.

—Usted es la profesora Martha Tierney: da clases de literatura inglesa en Georgetown.

Su cara, en una foto de hacía algunos años, aparecía en uno de los libros abiertos en el suelo del estudio, del cual sin duda era la autora. El título del libro, *Reyes y hombres desesperados*, provenía de un poema de John Donne: Tierney había escrito una biografía del poeta metafísico.

—¿Por qué su marido cita tan a menudo «Cuando lo hagas, aún no lo habrás hecho...»?

—«Porque tengo más.» —La profesora Tierney acabó el verso—. Es un juego de palabras. Soy especialista en Donne, así que se podría decir que Bert también. Supongo que le gusta esa cita.

—Ya, pero ¿por qué?

—No lo sé, yo no se la he oído recitar nunca. De todas formas, señora secretaria, usted no ha venido a hablar de poesía. Explíqueme qué está pasando, ¿dónde está mi marido?

—Si los años de convivencia con usted han convertido al general en un especialista en Donne —dijo Ellen—, ¿es usted experta en seguridad?

—Quiero un abogado —respondió la profesora Tierney— y hablar con Bert.

—Ni yo soy policía ni usted está detenida. Le estoy pidiendo que nos ayude, que ayude a su país.

—Pues entonces debo saber de qué se trata.

—No, lo que debe hacer es contestar a nuestras preguntas. —Ellen bajó la voz y moderó el tono—. Ya sé que todo esto es muy chocante y da miedo pero, por favor, díganos lo que necesitamos saber.

La profesora Tierney se quedó callada un momento, luego asintió.

—Les ayudaré en todo lo que pueda, pero antes dígame si Bert está bien.

—¿Su marido le ha hablado alguna vez de Bashir Shah?

—¿El traficante de armas? Sí, el otro día: estaba furioso porque lo habían liberado del arresto domiciliario.

—¿Le dijo eso? —preguntó Ellen.

—¿Es un secreto de Estado? —preguntó la profesora Tierney.

Ellen reflexionó.

—No, supongo que no.

—Me lo imaginaba: Bert nunca me ha contado ninguno, ni me lo contaría nunca.

—O sea que ¿le sorprendía que hubieran soltado a Shah?

—Lo escandalizaba. Hacía mucho que no lo veía así de enfadado.

Ellen estuvo tentada de creérselo, pero claro, con eso jugaban los traidores: con la predisposición de la gente a creerse lo peor, pero descartar lo verdaderamente catastrófico.

La rabia del general Whitehead no se debía a la puesta en libertad de Shah, sino a que se hubieran enterado.

—¿Dónde guarda su marido sus papeles privados? —preguntó.

La profesora Tierney tardó un poco en contestar.

—En una caja fuerte que está detrás de una estantería del estudio, al lado de la puerta.

Ellen ya se había levantado.

—¿Y la combinación?

—La acompaño.

—No, necesitamos la combinación.

Se miraron fijamente hasta que la profesora cedió.

—Son las fechas de nacimiento de nuestros hijos —explicó.

Ellen se fue y volvió al cabo de unos minutos.

—Vámonos —le dijo a Betsy.

—¿Y bien? —preguntó Betsy cuando ya estaban en el coche, de camino a Washington—. ¿Qué había en la caja fuerte?

—Sólo los certificados de nacimiento de sus hijos. Los van a analizar, por si ocultan algo, pero...

Se fijó en que Ellen no se había ido con las manos vacías: llevaba el libro de la profesora Tierney.

Reyes y hombres desesperados.

«Y mujeres», pensó Betsy.

Gil no tuvo cobertura hasta después de cruzar la frontera de Pakistán. Frenó al lado de la carretera y mandó un mensaje rápido a su madre.

No se entretuvo, porque era peligroso pararse en el arcén. Tras enviar el mensaje se dirigió al aeropuerto, a varias horas de camino todavía.

—Ya voy yo —dijo Anahita.

—Te acompaño —añadió Zahara—. Mi padre... tengo que...

Estaban en el coche con el que las había llevado Farhad, pero no encontraban las llaves por ninguna parte. Comprendieron que aún las llevaba encima.

Katherine también había perdido a su padre de forma repentina, así que lo entendió y asintió con la cabeza.

—Id, pero volved rápido, sabe Dios quién más vendrá hacia aquí. Está claro que alguien ha informado de la reunión a los rusos.

—Farhad —comentó entonces Boynton—: jugaba a varias bandas.

Katherine entregó a Anahita el arma que Boynton le había cogido al muerto.

—Daos prisa.

Las primas, muy parecidas tanto físicamente como por sus movimientos, subieron esforzadamente hasta la entrada de la cueva. Una vez dentro, corrieron por los túneles, que ya conocían, guiándose por el brillo de los faroles rotos.

No habían llegado muy lejos cuando Zahara se paró y le hizo un gesto con la mano a Ana para que se detuviera. La otra se situó a su lado, tensa y con los cinco sentidos alertas.

Entonces, Ana lo oyó también...

Voces: voces hablando en ruso.

—Mierda —murmuró—. Joder, joder, joder.

Miró a su espalda, hacia la entrada de la cueva, y luego hacia el vago resplandor de donde llegaban las voces, rudas y furiosas.

No tenían alternativa: necesitaban las llaves.

Se agachó y avanzó con sigilo hacia la cueva grande. En el túnel del otro lado se movían sombras oscuras y distorsionadas. Miró a Zahara, que no apartaba la vista del cadáver de su padre, parcialmente escondido por las rocas.

—Ve, pero date prisa —susurró.

No estaba muy segura de lo que tenía que hacer Zahara, pero tampoco era momento de debatirlo.

Ella se arrastró hasta el cadáver de Farhad y, obligándose a mirarlo, lo palpó y encontró las llaves.

Las sacó con muchísimo cuidado, procurando no hacer ningún ruido.

Con las llaves apretadas en el puño, miró a Zahara justo cuando su prima le daba un beso en la frente a su padre y retrocedía a gatas.

Cuando ya estaban en la entrada del túnel que llevaba a la salida, se oyó un grito y el haz de una linterna cayó sobre ellas.

Las dos primas se dieron la vuelta y echaron a correr. En ningún momento miraron atrás, ni se tomaron la molestia de esconderse, corrieron con todas sus fuerzas por el túnel hacia la estrecha hendidura como la hoja de un cuchillo por la que se colaba el sol.

Detrás se oían ruidos de botas y órdenes en voz alta.

Ana se coló por la grieta y les gritó a Katherine y a Boynton:

—Hay más, y nos han visto.

—¡Que vienen! —exclamó Zahara derrapando por la cuesta.

Katherine corrió hacia ellas y le cogió las llaves a Anahita.

—¡Subid!

No tuvo que decírselo dos veces. Cuando el coche se ponía en marcha se oyeron disparos. Ana bajó la ventanilla y devolvió el fuego a tontas y a locas. No es que no supiera disparar, es que nunca había tocado un arma de fuego; aun así, bastó para que los dos hombres de la entrada de la cueva se agachasen.

Katherine pisó el acelerador y cuando Ana miró hacia atrás, los hombres habían desaparecido.

Sabía que no se los habían quitado de encima, igual que Katherine y los demás.

Los perseguirían.

Boynton se había encontrado un revoltijo de mapas viejos en el asiento trasero y estaba intentando averiguar dónde estaban y hacia dónde iban.

—Me he quedado sin batería —dijo Katherine haciendo esfuerzos por no salirse de la carretera con el viejo coche—. Tenemos que informar a mamá de lo que ha dicho Farhad sobre los físicos de Shah. ¿Charles?

—Ahora mismo —contestó Boynton intentando apartar el mapa.

Zahara se lo quitó. El coche avanzaba entre saltos y sacudidas.

El móvil de Boynton tenía poca batería: le quedarían tres minutos...

Ella tecleó deprisa, aunque esmerándose en que no hubiera ningún error. No era momento de equivocarse.

Pulsó «enviar» y suspiró.

—¿Adónde vamos? —preguntó Ana.

Una nube de polvo los perseguía a lo lejos. Dentro del coche no se oía ni una mosca. ¿Cómo iban a saber adónde ir, si ni siquiera tenían claro dónde estaban?

• • •

—Pare, por favor —dijo Ellen.

El agente de la Seguridad Diplomática que iba al volante frenó.

—¿Señora secretaria? —preguntó Steve, que se volvió hacia ella desde el asiento del acompañante.

Ellen no dijo nada. Estaba leyendo y releyendo los dos mensajes que había recibido casi simultáneamente.

Primero el de Gil, desde el móvil de Akbar, diciendo que estaba de camino a Washington, haciendo escala en Fráncfort.

Y luego el de Charles Boynton.

Respiró hondo antes de inclinarse y dirigirse al conductor.

—Tenemos que ir a la Casa Blanca tan rápido como pueda.

—De acuerdo.

Encendieron la sirena y las luces y salieron disparados.

—¿El? —dijo Betsy—. ¿Qué pasa?

—Katherine y Boynton han conseguido la información: ya sabemos dónde se fabrican las bombas.

—¡Menos mal! ¿Y sabemos dónde las han puesto, en qué ciudades?

—No, pero lo sabremos cuando asaltemos la fábrica. También ha escrito Gil: está de camino. Le he dicho que no venga.

Betsy asintió e hizo lo posible para que no pareciera que se le estaba quemando el pelo.

—Al menos están sanos y salvos.

—Bueno... —dijo Ellen. El mensaje de Charles dejaba muy claro que distaban mucho de estarlo—. ¿Puedes hacer una búsqueda sobre el arte rupestre de Saravan? Está en Irán, en la provincia de Sistán-Baluchistán.

—¿Por qué? —preguntó Betsy, que ya lo estaba consultando.

—Porque es adonde he mandado a Katherine y a Boynton.

—¿Para alejarlos del peligro?

—No exactamente.

Cuando Betsy tuvo el mapa de esa parte de Irán en la pantalla de su móvil, Ellen lo miró y trazó una línea que cruzaba la frontera entre Irán y Pakistán. Luego mandó un mensaje rápido a su hijo.

• • •

Gil oyó el aviso de un nuevo mensaje y paró para leer la respuesta de su madre.

Luego hizo una búsqueda rápida en el mapa.

—Mierda.

Pensó apenas un momento y contestó.

El mensaje de Gil llegó justo cuando Ellen vio la cúpula del Capitolio.

Tras añadir unas palabras, se lo reenvió a Boynton. Luego se recostó en el asiento y reflexionó.

A Boynton le quedaba un minuto de batería cuando apareció el mensaje de su jefa.

—Lápiz y papel, deprisa —pidió. Le cogió el mapa a Zahara y apuntó unas palabras antes de que se le apagara el móvil—. Pakistán. Tenemos que ir a Pakistán.

—¿Está loco? —le espetó Zahara—. Yo soy iraní. Lo más probable es que nos maten.

—Seguro que nos matan —dijo Ana mientras señalaba la nube de humo que los seguía, como si los persiguiera el Demonio de Tasmania.

Charles se inclinó para decirle algo a Katherine.

—En Pakistán está su hermano, que podrá reunirse con nosotros. Tiene amigos y contactos en el país. He anotado el nombre de la ciudad. No queda muy lejos de la frontera. Sólo tenemos que cruzarla.

Katherine miró el retrovisor de reojo. El torbellino estaba cada vez más cerca.

Mientras Zahara y Anahita buscaban el mejor camino hasta la frontera, Charles Boynton se recostó en su asiento y se quedó mirando al frente.

Hacía rato que tenía la sensación de que se le olvidaba algo. Y entonces se acordó. Sacó el móvil y se puso a toquetearlo, pero no le quedaba batería: estaba completamente muerto.

Había olvidado comunicarle a la secretaria Adams lo que Farhad había balbuceado con su último aliento.

«Casa Blanca.»

33

—¿Han encontrado algo? —preguntó el presidente Williams antes de que Ellen y Betsy hubieran cruzado la puerta del despacho oval.

—En casa de Whitehead no, pero Katherine y Boynton han averiguado dónde ha instalado Shah a los físicos, y están casi seguros de que allí también habrá información sobre dónde esconden las bombas.

—¡Menos mal! ¿Dónde es?

—En Pakistán, cerca de la frontera afgana. —Ellen le dio los datos concretos.

—No parece difícil de encontrar —dijo Williams—: una fábrica de cemento abandonada en el distrito de Bajaur, en Pakistán, justo en las afueras de Kitkot —repitió para asegurarse de que lo había entendido bien, y al ver que Ellen asentía pulsó el intercomunicador—. Que venga el general Whitehead... —Dejó la frase a medias.

—Señor, el general... —respondió Stenhauser.

—Sí, lo había olvidado. Dígale al jefe del Mando de Operaciones Especiales que se reúna conmigo en la sala de crisis inmediatamente. Ah, y que venga también Tim Beecham. ¿Ya ha salido del hospital?

—Me acaba de mandar un mensaje, señor presidente: está de camino a Londres para la reunión con los servicios de inteligencia. ¿Le digo que vuelva?

—No —contestó Ellen, y el presidente Williams volvió la cabeza para mirarla—, es importante que asista a esas conversaciones.

Williams entrecerró los ojos.

—No, Barb —dijo de todos modos por el intercomunicador—, que vaya. —Recogió unos papeles de su mesa—. Acompáñeme —agregó dirigiéndose a Ellen.

—Lo siento, señor presidente, pero le pido permiso para viajar a Pakistán y reunirme con el primer ministro. Creo que es hora de que zanjemos el asunto.

—¿Como con los iraníes, Ellen?

—Hemos obtenido la información.

—Sí, y también han detenido a una de sus FSO y a usted la han expulsado del país.

—Hemos obtenido la información —repitió Ellen—. No ha sido agradable ni convencional, pero la hemos obtenido.

—Ya, pero ¿es fiable?

—¿Me está preguntando si mi hija es de fiar?

—Basta, Ellen, por Dios; la cagué con Gil y lo siento. Debería haber intervenido para que lo liberasen.

Ellen esperó a que dijera algo más.

Todos aquellos meses, días, horas, minutos y segundos de angustia preparándose para la noticia de que habían decapitado a su hijo... y para verlo porque, aunque se hubiera empeñado en evitarlo, las imágenes habrían salido en todas las portadas, informativos y webs.

La imagen la habría cegado para siempre: flotaría por delante de todo lo que viese durante el resto de su vida.

¿Y el hombre que podría haberle ahorrado aquella agonía a Gil y de paso a ella misma, «lo sentía»?

No se atrevía a hablar por miedo a no ser capaz de medir sus palabras. En lugar de eso, se levantó con la respiración entrecortada y miró fijamente al presidente. Quería hacerle daño... como él se lo había hecho a su hijo... como se lo había hecho a ella.

—Imagínese que hubieran decapitado a su hijo —respondió al fin.

—A Gil no lo decapitaron.

—En mi mente, lo decapitaban cada día y cada noche.

Doug Williams no se lo había planteado. Visualizó a su propio hijo de rodillas, sucio y asustado, con una larga hoja de metal en la garganta.

Miró a Ellen, que le sostuvo la mirada.

—Lo siento —susurró al cabo de unos segundos eternos.

Y esta vez ella advirtió que lo decía de corazón. No era una disculpa política por conveniencia ni un trámite para neutralizar un error sin importancia: las palabras habían salido de un lugar más profundo.

Williams lo sentía.

El presidente tuvo la sensatez de no solicitar su perdón: no se lo daría nunca, ni debía recibirlo.

—Ellen, no estoy cuestionando a sus hijos, pero sí sus fuentes.

—Varias personas han perdido la vida para hacernos llegar esa información. Es lo único que tenemos, y debe ser nuestro punto de partida. Necesito ir a Islamabad. Tengo que llegar con toda la pompa y ostentación de poder que nos sea posible. Si no consigo nada más, al menos serviré de distracción mientras usted planea y ejecuta el asalto.

—Prefiero no saber a qué se refiere con «distracción» —dijo el presidente, ya en el ancho pasillo, mientras Ellen corría para seguir el ritmo de sus zancadas.

—Pero...

Williams frenó en seco y la miró.

—¿Ahora qué pasa?

Ellen respiró hondo.

—De camino quiero ver a Eric Dunn.

—¿En Florida? ¿Para qué?

—Para averiguar qué sabe.

—¿Cree que el ex presidente está detrás de esto? —inquirió Williams—. A ver, no es que yo sienta ningún respeto por ese hombre, pero me resulta inconcebible que permitiera la detonación de artefactos nucleares en suelo estadounidense.

—A mí también, pero podría saber algo, aunque no se dé cuenta.

Al oírlo, Betsy se acordó de la famosa frase sobre el presidente Reagan durante el escándalo Irán-Contra: «¿Qué no sabía y cuándo supo que no lo sabía?»

Lo que no sabía Eric Dunn podría llenar archivos enteros.

Una vez que Williams les hubo dado su consentimiento y cuando se dirigían al Air Force Three, Betsy miró el libro que aún llevaba Ellen.

Reyes y hombres desesperados: la biografía de John Donne.

Se recostó en el asiento y pensó en el enfrentamiento que se avecinaba. «"Cuando lo hagas, aún no lo habrás hecho": "*When thou hast done...*"»

Se irguió de pronto, como si la hubieran empujado por la espalda.

—¡Claro, eso era lo que decía Whitehead, lo que siempre dice! «Dunn», no «*done*», ¡era un juego de palabras! John Donne hizo un juego de palabras y Whitehead otro. Por eso tienes el libro y por eso vamos a ver a Eric Dunn: porque nos lo ha pedido Bert Whitehead.

—Exacto.

—De todas formas, seguro que es un truco: lo que pretende es que perdamos tiempo. O Eric Dunn no sabe nada o, si lo sabe, nunca nos lo contará. Whitehead está jugando con nosotras. Quiere desmoralizarnos: es pura guerra psicológica.

—Puede ser —respondió Ellen.

Se inclinó para pedir a sus escoltas que dieran un rodeo por la casa de Tim Beecham, en Georgetown.

—¿No acaban de decir que se ha ido a Londres? —preguntó Betsy.

—Sí —se limitó a responder Ellen.

Cuando llegaron al domicilio de Beecham, la asistenta les confirmó que se encontraba de viaje, y que la señora Beecham y sus dos hijos adolescentes se habían ido a su segunda residencia, en Utah.

Justo cuando despegaban hacia Florida, Ellen le hizo una pregunta a Betsy.

—¿Por qué sigue Bert Whitehead en Washington?

—Pues no sé... Igual porque lo retienen contra su voluntad en una sala de interrogatorios de la Casa Blanca.

—¿Y por qué no está en Washington Tim Beecham?

—Porque tiene una reunión de directores de inteligencia en Londres para compartir información. Tú misma has dicho que es importante que asista.

—Y lo es.

—¿Qué estás pensando? —preguntó Betsy.

Ellen, sin embargo, no contestó. Estaba sumida en sus pensamientos. Cuando alcanzaron la altitud de crucero, un mensaje encriptado hizo vibrar la consola de la mesa de la secretaria: tenía al presidente en videollamada. Tocó la pantalla y ante sus ojos apareció la cara de Doug Williams.

Ellen miró a Betsy, que sonrió y salió del compartimento. Era una reunión de alto secreto, vedada incluso a la consejera de la secretaria de Estado.

—Aquí me tiene, señor presidente —dijo Ellen.

—Perfecto, ya estamos todos. —El presidente Williams asintió hacia los generales que se hallaban sentados a la mesa.

Y así dio comienzo la reunión más importante de sus vidas.

Se disponían a planear la incursión de las fuerzas especiales en la fábrica de cemento abandonada. Objetivo: detener la producción de armas nucleares, pero sobre todo averiguar dónde habían puesto ya las bombas.

Katherine Adams tuvo la sensación de que ese día ya la habían apuntado cien veces con un fusil.

También se dio cuenta de que ya no la impresionaba.

Sabía qué decir. Lo había ensayado durante los últimos veinticinco kilómetros, mientras se aproximaban a la frontera entre Irán y Pakistán, tras debatirlo entre todos, sobre todo con Boynton.

¿Cómo pasar al otro lado? ¿Y cómo asegurarse de que no lo hicieran sus perseguidores?

—¿Dice que su madre es la secretaria de Estado norteamericana? —le preguntaron en el puesto fronterizo paquistaní.

Anahita se lo tradujo a Katherine, que asintió con la cabeza. El guardia tenía su pasaporte y el de Boynton. Las dos primas no llevaban documentación alguna.

Por motivos en los que Katherine no se molestó en pensar demasiado, el guardia paquistaní parecía considerar mucho más sospechosos sus pasaportes que la condición de indocumentadas de las otras dos pasajeras.

—¿Por qué quieren entrar en Pakistán? ¿Cuáles son sus intenciones?

—Por seguridad —respondió Boynton—. Sé que su primer ministro se enfadaría mucho si se enterase de que la hija y el jefe de gabinete de la secretaria de Estado resultaron heridos o muertos porque usted no nos dejó pasar. Sería una pesadilla política y personal, para él y para usted.

—En cambio —insistió Katherine al guardia, en quien empezaba a hacer mella el nerviosismo—, imagínese lo contento que se pondrá cuando le digamos que nos ha salvado la vida. ¿Cómo se llama?

Anahita se lo anotó.

Boynton señaló la nube de polvo que se aproximaba.

—Ese coche de ahí está lleno de miembros de la mafia rusa. Es a ellos a quienes debe cortar el paso. Estados Unidos es aliado de Pakistán, y Rusia, no.

Salió de la caseta el otro guardia, que le enseñó un teléfono a su compañero. Al parecer, lo que había en la pantalla confirmaba sus identidades.

Charles Boynton miraba fijamente el móvil, tentado de pedirles que se lo prestaran. Cuantas más vueltas le daba, más vital le parecía transmitirle a la secretaria Adams las últimas palabras de Farhad, que escupió entre toses, como si las escribiera con sangre.

«Casa Blanca.»

Sin embargo, incluso si el guardia paquistaní le hubiera prestado su teléfono, le habría sido imposible utilizarlo para poder mandar un mensaje al móvil seguro y privado de la secretaria de Estado. A pesar de todo, Charles seguía mirándolo con la avidez de un muerto de hambre delante de un chuletón.

—¿Y ellas? —El agente apuntó con el arma a Anahita y a Zahara—. Irán no es nuestro amigo. Estas personas no llevan documentos. No puedo dejar que pasen.

El peligro era ése: que la guardia fronteriza accediera a franquear el paso a Katherine y a Boynton, pero no a las otras dos.

—Bueno, pero ¿cómo sabe que no son paquistaníes, si no tienen documentos? —replicó Katherine.

—Porque no lo son.

—Pues podrían serlo. Decídase, que sin nuestras amigas no seguimos. ¿Son iraníes o paquistaníes? ¿Seguimos, y quedan ustedes como unos héroes, o nos hacen dar media vuelta y se meten en un verdadero follón?

—Nos han asignado a un puesto remoto de la frontera con Irán, señora —dijo el segundo agente en un inglés muy correcto mientras les devolvía los pasaportes—. Mucho peor no puede irnos, ¿no?

—Pakistán también linda con Afganistán, ¿verdad? —preguntó Boynton—. Me imagino que esa frontera no será una juerga.

El agente se encogió de hombros.

—Se sorprenderían. —Sin embargo, vio que no—. ¿Llevan alcohol o tabaco? —Todos negaron con la cabeza—. ¿Armas de fuego?

Miraba directamente la que tenía Ana en el regazo.

Volvieron a negar con la cabeza. El agente los hizo pasar, no por amor a Estados Unidos, sino por miedo al primer ministro de su propio país, y a la frontera afgana.

—Putos americanos —oyeron que mascullaba cuando se alejaban, aunque no hubo rencor en sus palabras, lo había dicho casi con admiración... casi.

A Katherine no le importó.

La región —toda la frontera, en realidad, con su trazado arbitrario— era un hervidero de facciones y lazos tribales, con agravios alimentados durante siglos y lealtades contradictorias, divididas y complejas, casi nunca a Estados Unidos, aunque tampoco Rusia suscitaba un gran apego.

Katherine pisó el acelerador. En la curva siguiente vio por el retrovisor que la nube de polvo llegaba a la frontera.

Oyó murmullos en la parte posterior del vehículo.

Zahara tenía una sarta de cuentas en las manos.

—*Alhamdulillah* —murmuraba con cada cuenta.

Anahita se sumó a la oración.

Las cuentas estaban desgastadas y ligeramente brillantes, de tanto haber pasado por los dedos del doctor Ahmadi, que había rezado con ellas varias veces al día durante toda su vida. Zahara se había jugado el pellejo para recuperar aquel vestigio de un hombre al que quería pese a lo que había hecho: un solo acto terrible no podía borrar una vida entera de amor incondicional.

—*Alhamdulillah.*

Mientras cruzaban aldeas y pueblos hacia el punto de encuentro con Gil, primero fue Boynton quien se unió a la letanía, y luego Katherine, llenando el sucio interior de aquella tartana con la vibración de una palabra repetida en voz baja, sin descanso, que les aportó cierta serenidad.

Alhamdulillah.

Gracias a Alá, alabado sea.

«Gracias a Dios», pensó Katherine. La cuestión en ese momento era encontrar a Gil.

Ellen vio que el jefe de las fuerzas especiales se inclinaba hacia un mapa topográfico en tres dimensiones de la región paquistaní de Bajaur para moverlo, explorarlo, manipularlo y someterlo a búsquedas con mano experta.

—En 2008 se libró la batalla de Bajaur. —El general hizo zoom y continuó—. El ejército paquistaní luchó para expulsar de la región a los talibanes, y acabó consiguiéndolo, pero fue una carnicería. Los paquistaníes combatieron con valor y sin cuartel. Lamento que hayan vuelto los talibanes. —Levantó la cabeza y miró a los ojos al presidente—. Teníamos a varios expertos en la zona, tanto de inteligencia como militares, entre ellos Bert Whitehead, que entonces era coronel y conoce la región. Debería estar aquí, señor presidente.

—El general Whitehead tenía otros compromisos —contestó el presidente Williams.

Los presentes intercambiaron miradas que dejaban claro que estaban al tanto de los rumores.

—O sea que ¿es verdad? —preguntó uno.

—Dejemos el tema —zanjó el presidente Williams—. Tenemos que llegar a esa fábrica. ¿Cómo lo hacemos?

Ellen se preguntó si había empezado así, si la vorágine de cruentos combates en montañas, valles y cuevas había hecho aparecer una fisura en las convicciones del coronel Whitehead.

¿Había visto demasiado con el paso de los años? ¿Se había visto obligado a hacer demasiadas cosas? ¿A guardar silencio mientras se cometían actos que encontraba repulsivos?

¿Había visto morir a demasiados jóvenes mientras otros se beneficiaban de la situación? ¿La fisura del coronel Whitehead se había extendido lentamente, con el tiempo, hasta convertirse, ya ascendido a general, en un abismo?

Sacó el móvil para informarse sobre la batalla de Bajaur y vio que la habían bautizado como Operación Corazón de León.

¿Se había escapado el león de la trampa, pero dejándose el corazón en ella?

Dejó el móvil para centrarse en el presente, en Washington y la sala de crisis. Ella no era experta en estrategia militar. Su misión consistiría en suavizar las cosas cuando los paquistaníes descubriesen que Estados Unidos había llevado a cabo una operación militar no autorizada y encubierta dentro de sus fronteras, y que había capturado, y a lo mejor matado, a ciudadanos paquistaníes.

Pensó que con suerte Bashir Shah se contaría entre los muertos, pero tenía sus dudas. ¿Cómo se mata a un Azhi Dahaka?

Se concentró en el mapa, reflejo de un terreno escabroso y casi impenetrable. Donde ella y el presidente Williams veían aldeas, cordilleras y ríos, los generales veían otra cosa: oportunidades y trampas mortales, sitios donde podían aterrizar helicópteros y paracaidistas... y cómo los abatirían a todos antes de que tocaran el suelo con sus botas.

—Llevará tiempo organizarlo, señor presidente —dijo el general.

—Pues no tenemos tiempo.

Williams miró por la pantalla a la secretaria Adams, que asintió: no les quedaba otra.

—Les he dicho que la fábrica está siendo utilizada por terroristas para desarrollar un programa nuclear para los talibanes —continuó el presidente—, pero hay algo más.

«Porque tengo más», pensó Ellen.

—Según la información de la que disponemos, han fabricado tres artefactos y los han colocado en ciudades estadounidenses.

Los generales, que hasta entonces habían estado inclinados hacia el mapa, se levantaron a un tiempo para mirar a Williams, y tardaron un poco en recuperar el uso de la palabra.

Era como si se hubiera abierto una sima entre ellos y el resto del mundo, un espacio imposible de salvar entre el saber y el no saber.

—Tenemos que entrar en esa fábrica —aseveró el presidente Williams—. El objetivo es frenar a los científicos, pero ahora mismo lo esencial es descubrir dónde están escondidas las bombas.

—Tengo que llamar a mi mujer —dijo un oficial que ya se encaminaba hacia la puerta—. Tengo que sacarlos a ella y los niños de Washington.

—Mi marido y mis hijas —se sumó otra, que también hizo ademán de salir.

Williams hizo una seña con la cabeza a los agentes apostados en la puerta, que se interpusieron en su camino.

—De aquí no se va nadie hasta que tengamos un plan. Sólo habrá una oportunidad, y tiene que ser en las próximas horas.

Ellen, que lo veía todo, intentó no pensar tan deprisa, consciente del rumbo que estaban tomando sus ideas, un rumbo que no le gustaba en absoluto.

Hasta entonces siempre se había quedado a medio camino, por miedo. Esta vez llegó hasta el final.

—Señora secretaria —dijo la piloto por el altavoz—, tenemos permiso para aterrizar en el aeropuerto internacional de Palm Beach. Tocaremos tierra dentro de siete minutos. Voy a tener que interrumpir las comunicaciones.

—No —replicó ella con una dureza que luego suavizó—. Lo siento, pero no, necesito más tiempo. Dé otra vuelta, si hace falta.

—No puedo. No me lo ha autorizado la to...

—Pues pídaselo. Necesito cinco minutos más.

Se produjo una pausa.

—Los tiene.

Mientras el Air Force Three se ladeaba para cambiar de rumbo, Ellen tomó la palabra por primera vez desde el inicio de la reunión.

—Señor presidente, necesito hablar con usted. En privado.

—Estamos en medio de una...

—Ahora, por favor.

Cuando acabaron de hablar, informó a la piloto de que ya podían aterrizar. Mientras contemplaba las palmeras y los destellos del radiante sol en el mar, pensó en el columpio rústico y en el balón de fútbol, en las fotos y en la valla blanca de madera.

Pensó en las madres y los padres al otro lado del cordón, en Fráncfort, que sostenían las fotos de sus hijos desaparecidos mientras miraban fijamente las mantas rojas, sin relieve, que agitaba la brisa en el asfalto.

Pensó en Katherine y en Gil, que estaban en algún lugar de Pakistán.

Ellen Adams pensó en reyes y hombres desesperados, y se preguntó si acababa de cometer el peor error de su vida, de cualquier vida.

34

La comitiva de la secretaria Adams llegó a la alta verja dorada de la finca de Eric Dunn, en Florida.

A pesar de que Dunn ya estaba sobre aviso, y de que su seguridad privada había visto que el convoy se acercaba por el larguísimo camino de entrada, los hicieron esperar.

Cuando los guardias de seguridad —una especie de milicia privada— pidieron a la secretaria Adams que se identificara, ella sonrió y se mostró cordial. Tardaron bastante en devolverle la documentación, ajenos al hecho de que la rodilla de Ellen subía y bajaba sin parar mientras Betsy desgranaba su repertorio de palabras soeces.

En el asiento de delante, Steve Kowalski, el encargado de la seguridad de Ellen, con un largo historial en el Servicio Diplomático, se volvió para mirar a la señora Cleaver, que combinaba y conjugaba sin descanso palabras que en puridad jamás deberían haber mantenido relaciones conyugales. La chusca progenie de esa unión resultaba a la vez grotesca e hilarante, fruto de que Betsy convertía sustantivos en verbos, y verbos en algo totalmente distinto. El agente nunca habría creído posible semejante exhibición de gimnasia lingüística, y eso que había sido marine.

Se notaba que Kowalski admiraba a la secretaria Adams, pero a su consejera la adoraba.

Durante el trayecto desde el aeropuerto hasta la verja habían visto una rueda de prensa ofrecida por Dunn mientras viajaban en avión. El ex presidente la había convocado al enterarse de que estaban de camino.

Parecía que la única intención del acto fuera ensuciar el nombre del hijo de la secretaria Adams, yendo más allá de las insinuaciones para acusar directamente a Gil Bahar de haber participado en los atentados de Londres, París y Fráncfort, así como de haberse radicalizado, intentar influir en su madre y quizá incluso haber vuelto a la secretaria de Estado en contra de su propio país; un país (aseguraba Dunn a gritos entre incesantes gesticulaciones) debilitado por el cambio de gobierno y donde el poder estaba en manos de radicales, socialistas, terroristas, abortistas, traidores y tontos de remate.

—Ya pueden pasar —les indicó el vigilante, que llevaba una insignia que Ellen reconoció de los informes sobre la Alt-Right: la «derecha alternativa».

—¿La seguridad del ex presidente ya no está en manos del Servicio Secreto? —preguntó mientras el todoterreno cubría la distancia entre la verja y la mansión, que parecía un castillo.

—En principio sí —contestó el agente Kowalski—, pero ha puesto a los suyos en primera línea. Cree que el Servicio Secreto forma parte del Estado profundo.

—Si se refiere a lo profunda que es su lealtad al país, y al cargo de presidente, pero no a la persona concreta que lo ocupa, tiene razón —dijo Ellen.

Miró el móvil por última vez antes de entrar: no había mensajes nuevos de Katherine, ni de Gil, ni de Boynton, tampoco del presidente.

Se lo entregó al jefe de su escolta y bajó del coche. Luego caminó con Betsy hasta la enorme puerta doble y esperaron a que se la abriesen. Y esperaron y esperaron.

El barman quedó consternado al ver que Pete Hamilton se acercaba de nuevo por la penumbra del local hacia uno de los taburetes de la barra del Off the Record.

—Creía haberte dicho que no volvieras —dijo mientras se sentaba Pete.

Algo, sin embargo, había cambiado. Ya no parecía tan disperso. Tenía los ojos más brillantes, la ropa más limpia y el pelo lustroso, no apelmazado.

—¿Qué te ha pasado? —preguntó el barman.

—¿Por qué lo dices?

Mirando a Pete con la cabeza ladeada, descubrió con sorpresa que le había tomado cariño. Era el resultado de cuatro años asistiendo a su larga y dolorosa decadencia. Le sabía mal por el chico.

La política podía ser brutal en todos sus niveles, pero en Washington... en Washington era despiadada, y a ese chico lo habían puesto en la picota, o mejor dicho en la pira, después de correrlo a gorrazos.

Y hete aquí que de pronto, inesperadamente, Pete Hamilton volvía a parecer entero, sano. Al cabo de un solo día. Era increíble lo que podían hacer una buena ducha y ropa limpia.

El barman tenía demasiados años de experiencia para dejarse engañar: no era más que un barniz, pura apariencia.

—Ponme un whisky.

—Te voy a poner un agua con gas —contestó.

Le echó una rodaja de lima y depositó el vaso alto sobre un posavasos con la caricatura de la secretaria Adams.

Pete sonrió y miró a su alrededor.

Nadie le prestaba atención. Sabía que quizá fuera un error estar allí. Le habían pedido que volviera directamente a casa, y aún tenía por delante mucho trabajo acumulando pruebas contra Whitehead y sus posibles cómplices dentro de la Casa Blanca.

Sin embargo, quería escuchar qué se decía en las entrañas del poder.

No le sorprendió que el tema principal, el único tema, fuera Bert Whitehead y los rumores incontrolados acerca de que habían detenido al jefe del Estado Mayor Conjunto.

Lo que no tenía muy claro nadie era de qué se lo acusaba.

El grupo más grande de parroquianos se agolpaba en torno a una mujer joven que acababa de llegar. Pete nunca la había visto en el Off the Record, pero la reconoció de cuando esperaba para entrar en el despacho oval: era la ayudante de la jefa de gabinete del presidente Williams.

En un momento dado sus miradas se encontraron, sonrió a Pete, y éste le devolvió la sonrisa. Mientras cogía el vaso y se acercaba, pensó que quizá fuera su día de suerte.

No se le ocurrió preguntarse qué hacía la mano derecha de Barb Stenhauser en el bar cuando el país se enfrentaba a su peor crisis.

Tampoco se le ocurrió la posibilidad de que lo hubiera seguido hasta allí.

Ni que pudiera ser un día de muy, muy mala suerte.

El presidente Williams había salido de la sala de crisis y había vuelto al cabo de media hora, tras una rueda de prensa que ya tenía concertada de antemano.

Sabía que habría resultado extraño que la cancelase. La rueda de prensa sólo había durado diez minutos. El resto del tiempo lo había dedicado a otros menesteres.

Los periodistas le habían formulado algunas preguntas sobre el general Whitehead, aunque vagas: se acumulaban nubes negras en el horizonte, pero aún no había estallado la tormenta, sólo se oían truenos a lo lejos.

—¿Qué hay de nuevo? —preguntó al sumarse de nuevo al grupo de los generales que rodeaban el mapa.

Para entonces ya tenían dos planes.

—No nos fiamos mucho de ninguno de los dos —dijo el jefe de las fuerzas especiales—, pero es lo máximo que podemos hacer con tan poca antelación. Si tuviéramos más tiempo...

—No lo tenemos —contestó Williams—. De hecho, cada vez tenemos menos. —Escuchó sus propuestas—. ¿Cuáles son las probabilidades de que salga bien?

—Para el primer plan, calculamos que un veinte por ciento, y para el segundo, un doce. Si los talibanes están tan bien atrincherados como dicen, lo más seguro es que nuestros hombres no lleguen ni a pisar el suelo.

—Siempre podríamos bombardear la fábrica a saco —añadió uno de los generales.

—Es tentador —reconoció el presidente—, pero si hay más bombas nos arriesgaríamos a hacerlas estallar y para colmo destruiríamos la información que pueda haber sobre dónde han escondido las de Estados Unidos, que ahora mismo es lo prioritario.

—¿No hay ninguna otra manera de obtener la información?

—Si la hubiera ya estaríamos en ello. —El presidente se inclinó hacia el mapa—. Igual es una tontería, pero se me ocurre otra posibilidad. ¿Y si aterrizásemos aquí...? —Señaló un punto que los generales no se habían planteado.

—La zona es demasiado accidentada —respondió un general.

—Ya, pero hay una meseta donde caben un par de helicópteros.

—¿Cómo sabe que hay una meseta? —preguntó otro, acercándose.

—Lo veo.

El presidente manipuló la imagen tridimensional para hacer zoom. En efecto, había una zona llana; no era muy grande, pero estaba.

—Perdone, señor presidente, pero ¿de qué serviría? Está a diez kilómetros de la fábrica. No lograrían llegar.

—No hace falta que lleguen. Es una distracción. Podemos apoyarlos con ataques aéreos para que tengan ocupados a los combatientes talibanes mientras el grueso de nuestras fuerzas cae sobre la fábrica.

Se lo quedaron mirando como si hubiera perdido el juicio.

—Es una locura —dijo el subjefe del Estado Mayor Conjunto—. Los matarían de inmediato.

—No si creamos una distracción y hacemos que los talibanes estén ocupados en otro sitio. Es posible, ¿no? —Los miró a los ojos—. En las horas previas a la incursión, usaremos nuestra red de informadores para difundir el rumor de que nos hemos enterado de que hay talibanes en la zona y de que podríamos estar planeando un asalto. Así captaremos su atención. El ataque se producirá lo bastante lejos para que no sospechen que el auténtico objetivo es la fábrica, pero no se alejará del centro del territorio controlado por los talibanes, para que sea creíble. Ahora que lo pienso, hablaré con Bellington, el primer ministro británico, y haré que parezca un asalto del SAS en represalia por los bombardeos. Es verosímil y desviará la atención de nosotros.

Miró a los generales, que parecían confusos.

—¿Es posible o no? —preguntó.

No obtuvo respuesta.

—¡Que si es posible! —Levantó la voz.

—Denos media hora, señor presidente —pidió el sustituto de Whitehead.

—Disponen de veinte minutos. —Williams se dirigió a la puerta—. Luego quiero que despeguen las fuerzas especiales. Pueden pulir los detalles mientras van de camino.

Una vez fuera, se apoyó en la puerta, cerró los ojos y se tapó la cara con las manos.

—¿Qué he hecho? —murmuró.

—Reyes y hombres desesperados —susurró Betsy cuando atravesaban en voz baja el enorme vestíbulo, mirando boquiabierta lo que habría resultado espléndido en un auténtico palacio, no en un monumento a la sobrecompensación.

—El presidente las espera en la terraza —indicó la asistente personal de Dunn.

En realidad había varias terrazas, a la italiana, escalonadas hasta una piscina olímpica con una fuente central que le daba un aspecto impresionante a la vez que la inutilizaba para la natación.

Todo estaba rodeado de césped cuidado al milímetro y de jardines. Lejos, al fondo de la finca, estaba el mar, y más allá nada...

Ellen sospechaba que para Eric Dunn el mundo se acababa donde se acababa su finca. No había nada importante más allá de su esfera de influencia.

Había que reconocer que esta última seguía sorprendiendo por su gran tamaño.

Ellen tenía que abreviar aquella reunión al máximo, pero sabía que si daba esa impresión lo que haría él sería prolongarlo.

—Señora Adams —dijo Dunn, levantándose para ir a su encuentro con la mano tendida.

Era un hombre grande, por no decir enorme. Habían coincidido en muchos actos sociales, siempre de pasada, y le había parecido divertido, hasta simpático, aunque sin interés por los demás y con tendencia a aburrirse cuando no era el protagonista.

Ellen había encargado a sus medios varios perfiles de Eric Dunn conforme su imperio iba creciendo, se venía abajo y se volvía a levantar, cada vez más audaz, inflado y frágil.

Era como una burbuja en la bañera, siempre a punto de explotar y desprender un olor fétido.

De repente, cuando nadie lo esperaba, Dunn se había pasado a la política y había ascendido al cargo más alto del país, no sin ayuda, como le constaba a Ellen, de personas y gobiernos extranjeros que se proponían sacar tajada. Y que la habían sacado.

Era la tupida sombra que acompañaba a la brillante luz de la democracia: la gente era libre de hacer un mal uso de su libertad.

—¿Y quién es esta mujercita? —preguntó Dunn, mirando a Betsy—. ¿Su secretaria? ¿Su pareja? Soy un hombre abierto de miras, siempre que no lo hagan en público y asusten a los caballos.

Mientras Dunn se reía, Ellen avisó con un sonido gutural a Betsy de que no reaccionara. Sólo servía para dar más cuerda al hueco anfitrión.

Le presentó a Betsy Jameson, amiga de toda la vida y consejera.

—¿Y qué le aconseja usted a la señora Adams? —preguntó Dunn mientras les indicaba que ocuparan sus asientos, dispuestos de antemano.

—La secretaria Adams toma sus propias decisiones —respondió Betsy con un tono tan encantador que a Ellen le dio pánico—. Yo sólo estoy por el sexo.

Ellen parpadeó, pensando: «Dios, si me escuchas sácame de aquí.» Hubo un momento de silencio, antes de que Eric Dunn estallase en una carcajada.

—Bueno, Ellen —dijo, recuperando su versión más campechana—, ¿en qué puedo ayudarla? Espero que no tenga nada que ver con las explosiones. Eso es problema de Europa, no nuestro.

—Hemos recibido información... inquietante.

—¿Más chorradas sobre mí? —preguntó—. No se las crea: son fake news.

Ellen estuvo muy tentada de referirse a las barbaridades que acababa de decir sobre su hijo, pero eso era justo lo que Dunn quería. Fingió no haberlo visto para no seguirle el juego.

—No, directamente no, pero ¿qué puede decirnos del general Whitehead?

—¿Bert? —Dunn se encogió de hombros—. Nunca lo he tenido en mucha consideración, pero hacía lo que se le ordenaba, como todos mis generales.

¿Lo había dicho como provocación, para que Ellen puntualizara que no eran «sus» generales, o porque lo creía?

—¿Hay alguna posibilidad de que hiciera más de lo que se le ordenaba?

Dunn negó con la cabeza.

—Ninguna: en mi gobierno no se hacía nada sin mi conocimiento y mi beneplácito.

«Bueno, va a tener que comerse esas palabras», pensó Betsy.

—¿Por qué estuvo usted de acuerdo con que se pusiera fin al arresto domiciliario del doctor Shah? —preguntó Ellen.

Dunn hizo crujir la silla al echarse hacia atrás.

—Aaah, conque es eso... ya me anticiparon que me lo preguntaría.

—¿Quién —dijo Ellen—, el general Whitehead?

—No, Bashir.

Ellen podía controlar su lengua, pero no su flujo sanguíneo, que abandonó su cara para concentrarse en el centro de su cuerpo, acumulándose de tal manera que le tiñó el rostro de una lividez mortal.

—¿Shah? —preguntó.

—Sí, Bashir. Me dijo que se disgustaría.

Ellen se contuvo para poder hablar sin perder los papeles.

—¿Ha hablado con él?

—Pues claro, ¿por qué no? Quería agradecerme mi ayuda. Es un genio y un hombre de negocios. Tenemos mucho en común. ¿No cree que ya le ha hecho bastante daño? Es un empresario paquistaní falsamente acusado de traficar con armas por su organización mediática, entre otras cosas. Me lo ha contado todo, y los paquistaníes también: ustedes tienen un problema, y es que confunden la energía nuclear con las armas nucleares.

Betsy masculló algo casi inaudible.

Dunn se volvió hacia ella. Toda la sangre se le había subido de golpe a la cara: parecía una roja burbuja que estaba a punto de reventar.

—¿Qué ha dicho?

—Que es usted... muy astuto.

La fulminó con la mirada y se volvió hacia Ellen, que estuvo a punto de apartarse.

La fuerza de Dunn era innegable. Ellen nunca había estado en presencia de nadie ni nada igual.

La mayoría de los políticos con éxito tenían carisma, pero lo de Dunn iba más lejos. Estar en su órbita era vivir algo excepcional: una atracción irresistible, una promesa de emociones y peligros, como hacer malabarismos con granadas.

Era tonificante y aterrador... incluso Ellen lo sentía.

Personalmente, lejos de sentirse atraída sentía repulsión, pero tenía que reconocer que Eric Dunn estaba dotado de un magnetismo y un instinto animal muy potentes. Era un genio a la hora de detectar las debilidades ajenas e imponer su voluntad, y a los que no se doblegaban los rompía.

Era terrible y peligroso.

Pero ella no pensaba echarse atrás: no sería ella quien huyera.

Tampoco se doblegaría, y en cuanto a romperse... ni hablar.

—¿Qué miembro de su gobierno sugirió la idea de que levantaran el arresto domiciliario al doctor Shah?

—Ninguno, fue idea mía. Organicé una reunión con los paquistaníes, una cumbre privada de control de daños, y salió el tema. Se quejaban de las intromisiones de la administración anterior y decían que para ellos era un gran alivio que hubiera alguien con dotes de liderazgo en el poder. El presidente anterior era un débil y un tonto que se lo había hecho pasar fatal. Hablaron del doctor Shah. En Pakistán es un héroe, pero el entonces presidente hizo caso a malos consejeros y obligó a los paquistaníes a arrestarlo, lo que había deteriorado nuestras relaciones, así que lo arreglé.

—Accediendo a que soltasen al doctor Shah.

—¿Usted lo conoce? Es sofisticado, inteligente. No es como ustedes piensan.

Por muy tentador que fuera discutir, Ellen no lo hizo. Tampoco preguntó cómo le había demostrado Shah su gratitud. No hacía falta.

—¿Y dónde está ahora el doctor Shah?

—Pues ayer teníamos que comer juntos, pero lo anuló.

—¿Cómo?

—Ya, parece mentira: anular un almuerzo conmigo...

—¿Estaba aquí, en Estados Unidos?

—Sí, lleva aquí desde enero. Le encontré alojamiento en casa de un amigo, no muy lejos de aquí.

—¿Y tenía visado para entrar en el país?

—Supongo. Lo traje yo en avión justo antes de mudarme a esta casa.

—¿Podría darme la dirección?

—Si lo dice por pasar a verlo, ya no está, se marchó ayer.

—¿Adónde?

—Ni idea.

Ellen miró a Betsy de reojo para que no picara el anzuelo, pero su amiga estaba consternada. Tenía los ojos muy abiertos y parecía sin ánimos ni capacidad para dejarse llevar por emociones personales. Lo que hizo fue mirar su móvil, donde acababa de recibir un mensaje de Pete Hamilton.

«HLI.»

Estaba claro que algo había escrito mal, así que contestó con un interrogante y se centró de nuevo en la conversación.

—Señor presidente —estaba diciendo Ellen—, si sabe dónde está el doctor Shah o conoce a alguien que pueda saberlo, dígamelo ahora mismo.

Aunque pareciera imposible, su tono dejó en suspenso a Eric Dunn, que la observó muy serio y con el ceño fruncido.

—¿Qué pasa?

—Creemos que el doctor Shah participa en una conspiración para proporcionar armamento nuclear a Al Qaeda. —No estaba dispuesta a contar más.

Dunn se quedó mirándola y durante un momento Ellen pensó que le había producido tal impacto que la ayudaría, pero entonces se echó a reír.

—Perfecto: es lo que me dijo Bashir que me diría. Es usted una paranoica. Me pidió que, si me decía usted eso, le preguntase si le habían gustado las flores. No tengo ni idea de lo que significa. ¿Le ha mandado flores? Estará enamorado...

Se hizo un silencio en el que Ellen no oía más que su propia respiración. Se levantó.

—Gracias por recibirnos.

Tendió la mano y, en el momento en que Dunn se la estrechaba, dio un tirón haciendo que aquel hombre enorme se acercara tanto que sus narices se tocaron. Le olió el aliento: olía a carne.

—Creo que, a pesar de su avaricia y su estupidez —susurró Ellen—, de verdad quiere a su país. Si es cierto que Al Qaeda tiene una bomba, la usará aquí, en suelo estadounidense.

Se apartó y, antes de seguir, miró fijamente el rostro de Dunn, que había perdido toda firmeza.

—Ha declarado en repetidas ocasiones que en la Casa Blanca no pasaba nada sin su consentimiento. Yo le aconsejaría que se lo replantease o que nos ayudara a impedir el desastre porque, si se produce, la mierda llegará hasta la gran puerta dorada de esta casa de la que tanto se vanagloria. Ya me encargaré yo de ello. Si sabe dónde está Shah, tiene que decírnoslo.

Vio miedo en los ojos de Dunn, ¿temía el desastre que se avecinaba o que lo culpasen del mismo? Ella no podía responder esa pregunta, y tampoco le importaba.

—Díganoslo ya —exigió.

—Puedo decirle dónde se alojó. Le pediré a mi asistente que les facilite la dirección, pero más no puedo hacer.

Sin embargo, Ellen estaba segura de que sí podía.

«Porque tengo más...»

—¿Y el general Whitehead? ¿Qué papel tuvo en la liberación de Shah?

—¿Qué pasa, que está intentando llevarse el mérito? Fue idea mía.

Ellen se quedó mirándolo. Estaba claro que no podía evitar querer llevarse el mérito... ni siquiera de las catástrofes.

La secretaria Adams y Betsy Jameson esperaron en el recibidor a que la asistente de Dunn les diera las señas de la villa de Palm Beach donde se había alojado Shah.

—Espero que sepa que el presidente Dunn es un gran hombre —dijo cuando apareció y le entregó el papel a Ellen, que estuvo a punto de preguntarle si lo había dicho a petición del propio Dunn.

—Puede ser —contestó finalmente—, lástima que no sea un buen hombre.

Curiosamente, la joven no se lo discutió.

Cuando ya estaban de vuelta en el todoterreno, Betsy señaló con la cabeza el papel que Ellen tenía en la mano.

—¿Es adonde vamos?

—No, vamos a Pakistán.

Pidió su móvil y le mandó al presidente la dirección que les había dado la asistente de Dunn; sabía que Williams tomaría medidas inmediatas.

—Señor presidente —la voz del primer ministro británico, con inflexiones propias de los hombres de negocios, se oyó en la línea segura—, ¿en qué puedo ayudarlo?

—Me alegro de que me lo pregunte, Jack. Necesito difundir el rumor de que el SAS británico está planeando un ataque a la zona de Pakistán controlada por los talibanes en represalia por los atentados.

Se produjo una tensa pausa.

Sin embargo, el primer ministro británico no colgó, cosa que lo honraba.

Williams apretaba el teléfono con tanta fuerza que tenía blancos los nudillos.

—¿Qué está tramando, Doug?

—Mejor que no lo sepa, pero necesitamos su ayuda.

—Supongo que se da cuenta de que eso podría poner a mi país en el punto de mira de todos los terroristas.

—No le estoy pidiendo que lo haga, sólo que no desmienta el rumor... y durante unas horas.

—La realidad es lo que se percibe: poco importa que el Reino Unido no sea el responsable, los terroristas pensarán que sí porque quieren pensarlo.

—La realidad es que su país ya está en el punto de mira. Ha habido veintiséis muertos, Jack.

—Veintisiete. Hace una hora ha fallecido una niña. —Se oyó un largo suspiro—. Está bien, adelante. Si me preguntan no lo negaré.

—Que no se entere nadie, ni siquiera sus colaboradores —dijo Williams—. Sé que en Londres se va a celebrar una reunión urgente de jefes de inteligencia de todo el mundo.

Oyó una larga exhalación de Bellington, que se lo estaba pensando.

—¿Me está pidiendo que mienta hasta a los míos?

—Sí. Yo haré lo mismo. Si da su visto bueno, empezaré por mi propio director nacional de Inteligencia. Tim Beecham asistirá a esa reunión en Londres. Le transmitiré el rumor sobre un ataque del SAS; así, él se lo preguntará al equipo británico y ellos a usted.

—Y tendré que mentir.

—Sólo no decir la verdad. Muéstrese reservado e impreciso. Es su fuerte, ¿no?

Bellington se rió.

—Ha estado hablando con mi ex mujer.

—¿Qué me dice, Jack?

Williams vio que había recibido un mensaje urgente de la secretaria Adams. Siguió esperando la respuesta de Bellington, que no llegaba.

—La niña tenía siete años, igual que mi nieta. Sí, señor presidente, puedo mantener a raya a los lobos durante unas horas.

—Gracias, señor primer ministro, le debo una copa.

—Genial. La próxima vez que venga iremos a un pub y nos tomaremos una pinta con un buen pastel de carne. Igual hasta vemos un partido de fútbol.

Los dos guardaron silencio imaginándoselo. Ya les habría gustado, pero tanto el uno como el otro habían dejado atrás esos días.

Después de colgar, Williams leyó el mensaje de Ellen y dio órdenes al FBI y a Seguridad Nacional de que fueran a la villa de Palm Beach.

También les encargó que averiguasen qué aviones privados habían salido de Palm Beach el día anterior, quiénes viajaban a bordo y cuál era su destino. Acto seguido puso en circulación los rumores sobre el SAS.

Sonó el intercomunicador de su mesa.

—Señor presidente —dijo el subjefe del Estado Mayor Conjunto—, ya han despegado.

El presidente Williams consultó la hora. Los helicópteros que transportaban a las fuerzas especiales saldrían en cuestión de horas de una base de Irak, desde donde volarían hasta la zona de Pakistán controlada por los talibanes. Llegarían de noche.

La incursión estaba en marcha: había empezado la ofensiva.

35

Durante el vuelo a Islamabad, Ellen durmió a ratos, pues se despertaba a menudo para comprobar si tenía mensajes.

Todos los aparatos de aviación —los helicópteros Chinook y los aviones de repostaje— habían despegado de una base secreta en Oriente Medio y la cúpula militar estaba ultimando los detalles de los asaltos.

A última hora de la tarde, cuando el Air Force Three llegó a Pakistán, los rangers se habían dividido en dos unidades.

Miró la hora: faltaban tres horas y veintitrés minutos para que tocaran tierra las primeras botas, empezando por la unidad de distracción; el asalto a la fábrica se produciría veinte minutos después.

Otro mensaje confirmó que Bashir Shah había salido de Florida con rumbo desconocido. La villa estaba vacía, no había personas ni documentos. El nombre de Shah no aparecía en ningún registro de vuelo.

Era una decepción, pero no una sorpresa.

Estaban rastreando todos los vuelos privados, y la búsqueda se había ampliado a los vuelos comerciales fuera de la zona.

Bashir Shah se había desvanecido, como un espectro.

Ellen miró su mesa, donde aún tenía el ramo de guisantes de olor, y comprobó complacida que ya se marchitaban. Estaban mustios, medio muertos.

El auxiliar de vuelo había intentado llevarse el ramo, pero Ellen prefería dejarlo allí. Le procuraba una extraña satisfacción asistir a la muerte de la ofrenda de Shah.

Como sustituto del auténtico Shah dejaba mucho que desear, pero siempre era mejor que nada.

—Quiero enseñarte algo antes de que bajemos del avión —dijo Betsy.

A falta de respuesta por parte de Pete Hamilton, había decidido mostrarle el mensaje a Ellen.

—¿«HLI»? ¿Qué significa?

—Creo que está mal escrito.

Ellen frunció el ceño.

—Ya, pero está marcado como urgente. Si te equivocas no lo marcas. Si es tan importante, lo normal es comprobar que todo esté correcto, ¿no?

—Bueno, sí, pero debía de tener prisa.

—¿Hamilton te ha dado alguna explicación?

—Le he preguntado, pero sigue sin responder.

Miraron fijamente las letras. ¿Era acaso su intención escribir «HIL»? De ser así, tampoco tenía mucho sentido. ¿«Hill», como en Capitol Hill, la zona donde está el Capitolio? ¿Estaba allí una de las bombas? Tampoco cuadraba. ¿Por qué iba a dejarse la última ele? Y, con todo, Hamilton lo había marcado como urgente.

—Si contesta me avisas.

Ellen se miró en el espejo. Esta vez no llevaba burka, sino un conjunto recatado y conservador de manga larga y pantalones, y un pañuelo paquistaní de seda muy bonito que le había enviado su homólogo paquistaní cuando se anunció su nombramiento como secretaria de Estado. Tenía un diseño de plumas de pavo real, y era una preciosidad.

Casi le sabía mal lo que iba a hacer, pero no tenía alternativa: si los valientes miembros de las fuerzas especiales se disponían a cumplir con su parte, también ella podía cumplir con la suya.

—¿Te ves con ánimos o prefieres quedarte y dormir un poco? —le preguntó a Betsy al ver su cara de cansancio y de tensión, aunque intentara disimularla por ella.

—¿Lo dices en serio? Esto no es nada en comparación con explicar *La tempestad* a un grupo de treinta chicos de catorce años. Créeme: es preferible lanzarse en paracaídas sobre territorio ocupado por Al Qaeda.

«¡Magnífico mundo nuevo, que tiene tales habitantes!», pensó Betsy mirando a su amiga.

—Venga, esto está hecho —dijo Ellen.

«El infierno se ha vaciado», pensó, «y todos los diablos están aquí».

O al menos no muy lejos. Esperó que Shah estuviese en la fábrica, ajeno a lo que se le venía encima. Volvió a mirar la hora.

Tres horas y veinte minutos...

Los helicópteros Chinook despegaron escalonadamente de la base iraquí.

Se elevaron justo cuando se ponía el sol y avanzaron con el morro inclinado. A bordo iban los rangers que caerían sobre la meseta y la defenderían.

La capitana miró sus caras de determinación. La mayoría eran veinteañeros, y veteranos curtidos ya, pero ninguno se había enfrentado a una misión tan dura, de la que algunos —tal vez muchos— no regresarían.

También su superior lo había sabido al asignarle la misión, como ella al estudiar el plan, pero era tan importante que no había discutido... ni vacilado.

—Qué raro se me hace pensar que Katherine y Gil también estén en Pakistán —dijo Betsy cuando se preparaban para bajar del Air Force Three—. Bastante lejos, eso sí. Ojalá pudieran reunirse con nosotras... —Se quedó callada, esperando que Ellen dijera que podían y que pronto estarían todos juntos, aunque el silencio se alargó—. Bueno, prefiero que estén aquí a que en Washington.

—Yo también.

Ellen fue consciente de que era el primer impulso de cualquiera que supiera algo de las bombas nucleares: sacar a su familia de Washington, y de cualquier otra gran ciudad que pudiera figurar entre los objetivos.

En el exterior del avión había empezado a tocar una banda militar, que ejecutaba el protocolo al son de la música marcial.

—¿Has visto esto?

Betsy le acercó su iPad a Ellen.

Al inclinarse, Ellen vio un vídeo de la rueda de prensa del presidente Williams.

Un reportero le había preguntado por las declaraciones del ex presidente Dunn acerca de Gil Bahar y su papel en los atentados de los autobuses.

—Voy a contestar una vez, y no pienso repetirlo —dijo el presidente Williams, mirando directamente a cámara—: Gil Bahar se jugó la vida y estuvo a punto de perderla para intentar salvar a los hombres, mujeres y niños que iban en el autobús. Es un joven extraordinario, un orgullo para su familia y para su país. Cualquiera que trate de ensuciar su nombre y su reputación, o los de su madre, tiene malas intenciones y está mal informado.

Ellen arqueó las cejas, extrañada de no haber reparado hasta entonces en que Doug Williams tenía la voz bonita.

—¿Aún no sabemos nada de Pete Hamilton? —preguntó.

Betsy lo comprobó y negó con la cabeza.

—Señora secretaria —dijo la asistente de Ellen—, ya es la hora.

Ellen se miró por última vez en el espejo y respiró hondo, se irguió en toda su estatura, enderezó los hombros y levantó la cabeza.

«Venga, esto está hecho», se repitió al salir al cálido anochecer, los aplausos y las banderas estadounidenses. Sonaba el himno nacional, que siempre la emocionaba.

—«*Twilights last gleaming...*» —cantó: «La noche al caer...» «Dios mío, ayúdanos», pensó.

La segunda oleada de helicópteros despegó con un cargamento valiosísimo: los hijos y las hijas de unos padres que se habrían llevado un susto enorme de saber qué les pedía el país a sus vástagos. Con los rifles bien sujetos, los jóvenes miraban fijamente a los camaradas sentados delante.

Eran la punta de lanza, los rangers, soldados de élite. Diez años antes también había caído sobre Pakistán un pelotón de Navy SEAL, para atrapar a Osama bin Laden. Y lo había logrado.

Los rangers eran conscientes de que su misión tenía la misma importancia, si no más.

Y eran conscientes de que era igual de peligrosa, si no más.

—No puede ser aquí —dijo Charles Boynton cuando el coche dio un frenazo brusco en la diminuta aldea paquistaní—. Es una choza.

—¿Qué se esperaba —preguntó Katherine—, el Ritz?

—Una cosa es el Ritz, y otra... —Boynton gesticuló hacia la construcción de madera, levemente inclinada—. ¿Esto tiene electricidad siquiera?

—¿Para su cepillo de dientes? —preguntó Katherine mientras salía del coche.

No obstante, aunque no lo dijera, tenía que reconocer que estaba un poco sorprendida y decepcionada.

—No —replicó Boynton—, para esto. —Le enseñó el móvil—. Tengo que cargarlo y mandarle un mensaje a su madre.

«Casa Blanca. Casa Blanca.»

Katherine estuvo a punto de soltar un comentario cáustico, pero al final se mordió la lengua. Tenía hambre y sueño, y había albergado la esperanza de que el sitio al que se dirigían pusiera remedio a ambas cosas, pero estaba claro que no iba a hacerlo.

«Casa Blanca. Casa Blanca», pensó Boynton. ¿Por qué no había mandado el mensaje con el resto? Porque habían intentado matarlo... y porque él había matado a alguien.

Porque había sufrido una locura transitoria en la que no podía pensar en nada más que en dar a su jefa la información sobre los verdaderos físicos y su ubicación antes de que lo matasen.

«Casa Blanca.» No había hecho más que dar vueltas a lo que significaba. Bueno, en realidad lo que había hecho era resistirse a lo que parecía una obviedad.

Dentro de la Casa Blanca había alguien que colaboraba con Shah. Podía tratarse de Whitehead, aunque el general no pertenecía a la Casa Blanca, sino al Pentágono.

De todos modos, quizá Farhad no hiciera tantas distinciones.

En su fuero interno, sin embargo, Boynton sabía que no era verdad. Si Farhad, en los estertores de su agonía, había dicho «Casa Blanca» mientras escupía sangre, era por algo.

Katherine llamó a la puerta, que se estremeció con el golpeteo. De repente, cuando menos se lo esperaban, se abrió y allí estaba Gil.

—Gracias a Dios... —dijo.

Katherine se disponía a abrazarlo cuando se dio cuenta de que no la miraba a ella.

Miraba a Anahita Dahir.

Notó un codazo para apartarla y Anahita corrió a estrechar a Gil entre sus brazos.

—Vaya —dijo una voz detrás de Katherine—, esto no me lo esperaba.

Al volverse vio que era Ana. Luego se fijó mejor y se dio cuenta de que no era Ana, sino Boynton, quien se aferraba a Gil entre sollozos.

Charles se apartó.

—Un móvil —dijo—. ¿Tiene un móvil?

—Sí...

—Pues démelo.

Gil se lo dio. Al cabo de un momento, Boynton pulsó «enviar».

Por fin. Ya no estaba en sus manos. Aun así, se percató de que, aunque hubiera mandado las palabras, su sentido seguía grabado en su cabeza, clavado como una espina.

«Casa Blanca.»

—Qué placer tan inesperado, señora secretaria. —El doctor Ali Awan, primer ministro de Pakistán, le tendió la mano, aunque no parecía del todo contento.

—Pasaba por aquí —respondió Ellen con una cálida sonrisa.

La del doctor Awan era forzada. La visita le causaba grandes molestias, pero si la secretaria de Estado norteamericana se presenta a cenar uno no puede mandar a un sustituto.

Awan la había recibido en la entrada de su residencia oficial, dentro del recinto del Enclave del Primer Ministro. Los elegantes edificios blancos estaban iluminados con focos cuya luz se derramaba por los frondosos jardines.

Por encima de ellos se elevaban majestuosas palmeras, y Ellen, gran amante de la historia, pensó en la cantidad de personas que habían estado en ese mismo sitio y sentido la misma admiración a lo largo de los siglos.

Era una noche cálida y perfumada. Los olores dulces y especiados de las flores se difundían por un aire denso y húmedo. Dejando atrás la caótica y exuberante vida callejera de la capital de Pakistán, la comitiva de la secretaria Adams había recorrido la larga avenida de la Constitución hasta llegar al venerable enclave, un oasis de paz en pleno centro de la bulliciosa urbe.

Resultaba muy extraño hallarse en un entorno tan sereno, habida cuenta de lo que estaba a punto de ocurrir a apenas unos cientos de kilómetros...

Ellen miró las estrellas y pensó en los rangers que surcaban el cielo nocturno.

• • •

Los helicópteros se estaban acercando a la zona de aterrizaje, pero entre montañas y barrancos resultaría imposible atisbar la meseta hasta que la tuvieran justo debajo.

Los pilotos tenían activada la visión nocturna, con la esperanza de no ser descubiertos por los talibanes, ni por su artillería antiaérea, antes de haber llegado a la zona de aterrizaje. Por muy modificados que estuvieran los Chinook, pilotos y soldados sabían que en los helicópteros la tecnología de baja detectabilidad aún distaba mucho de ser perfecta.

Nadie hablaba. Los pilotos aguzaban la vista, y en la bodega los soldados contemplaban las estrellas, sumidos en sus pensamientos.

Después de los cócteles —que para alivio de Ellen estaban elaborados con zumos de fruta recién exprimida y no contenían alcohol—, los invitados se sentaron en torno a una mesa ovalada con una cubertería y una vajilla preciosas.

Ellen le había dado su móvil a Steve Kowalski, su jefe de seguridad, no sólo por protocolo, sino también porque no quería tenerlo en las manos. No estaba nada segura de poder resistirse a mirarlo cada dos minutos.

Betsy, que estaba enfrente, había entablado conversación con un oficial joven del ejército de tierra mientras Ellen se volvía hacia el primer ministro, sentado a su izquierda.

Entre los comensales, convocados con urgencia, Ellen reconoció con alivio al ministro de Defensa del doctor Awan, el general Lajani, sentado al otro lado del primer ministro.

También estaba el ministro de Asuntos Exteriores, supuso Ellen que con la esperanza de que la nueva secretaria de Estado demostrara ser tan inepta como su predecesor.

Comprendió que la reciente debacle en Corea del Sur le estaba reportando beneficios imprevistos, en el sentido de que algunas personas, si no todas, la interpretaban como la confirmación de que era una incompetente y, por lo tanto, una persona fácil de manipular.

—Esperaba que también viniera el doctor Shah. —Ya puesta, más valía confirmar sus dotes de indiscreta.

Se oyó un ruido de cubiertos: a dos o tres altos cargos del gobierno se les había caído el tenedor. No fue el caso del primer ministro Awan, que ni se inmutó.

—¿Se refiere a Bashir Shah, señora secretaria? Lamento decirle que no es bienvenido en mi casa, ni en ningún edificio gubernamental. Aunque haya quien lo considere un héroe, nosotros sabemos la verdad.

—¿Que trafica con armas? ¿Que vende tecnología y materiales nucleares al mejor postor? —La mirada de Ellen era inocente, y su tono, neutro, como si buscara la confirmación de un rumor que acababa de llegar a sus oídos.

—Sí. —El tono de Awan era tenso. En alguien sin tanto dominio de sí mismo habría rayado en lo descortés.

En todo caso, contenía una advertencia: en Pakistán estaba prohibido nombrar a Bashir Shah entre personas educadas, y más delante de extranjeros.

—Por cierto, el pescado está buenísimo —indicó Ellen, ahorrándole el mal trago al doctor Awan.

—Me alegro de que le guste. Es una especialidad de la región.

Ambos se estaban esforzando al máximo por mantener la cordialidad y el sosiego. Ellen sospechaba que Awan tenía tantas ganas como ella de poner fin a aquella farsa. Sus investigaciones previas, para las que había hablado con una larga serie de expertos paquistaníes y oficiales de inteligencia que habían estudiado el turbulento país, la habían llevado a la conclusión de que el doctor Awan era un hombre lleno de contradicciones.

Al principio había mostrado su apoyo a Shah, pero luego se había vuelto públicamente contra él. El primer ministro Awan, de ideas nacionalistas, estaba convencido de que la única esperanza que tenía su país de sobrevivir al lado de un gigante como la India era hacerse cada vez más fuerte, o al menos parecerlo.

Pakistán, como los peces globo, simulaba ser mayor o más peligroso de lo que era, y con lo que se inflaba era con material fisionable.

Esto último se lo proporcionaba Bashir Shah, pero el físico nuclear tenía el inconveniente de atraer una atención tan indeseada como peligrosa: era otro loco que jugaba con armas, con la diferencia de que en su caso no eran granadas, sino bombas nucleares.

—Supongo que no sabe dónde está, señor primer ministro. Tengo entendido que su domicilio no queda lejos de aquí.

Su casa estaba vigilada por agentes estadounidenses, pero podía haber entrado a hurtadillas antes de que empezara todo.

—¿Shah? No tengo la menor idea. —En vista de que la secretaria de Estado parecía resuelta a hablar sobre ese tema tan desagradable, y hasta peligroso, el doctor Awan se había resignado a llegar hasta el final de la conversación—. Su anterior presidente pidió que se le levantase el arresto domiciliario, y se lo concedimos. Desde entonces el doctor Shah ha tenido plena libertad de movimientos.

—¿Usted no lo considera una amenaza?

—¿Para nosotros? No.

—Entonces ¿para quién?

—Si fuera Irán, yo estaría preocupado.

—Me alegro de que lo mencione, señor primer ministro, porque tenía la esperanza de que pudiéramos colaborar para que Irán se reintegre en el pacto nuclear y renuncie al armamento que pueda tener. En el caso de Libia funcionó.

La reacción fue la esperada y deseada: Awan arqueó las cejas, y el general Lajani, ministro de Defensa, se inclinó por delante del primer ministro para mirar a Ellen fijamente, como si acabara de soltar una sandez monumental.

Lo cual era cierto.

La secretaria Adams pensó que a veces se es el gato, otras el ratón y otras el cazador.

Les leyó el pensamiento.

Les había caído una oportunidad del cielo, casi literalmente, y no podían desaprovecharla. Podían tomar de la mano a la nueva secretaria de Estado y brindarse a ser sus maestros y mentores, inculcándole el punto de vista paquistaní sobre la región; un punto de vista según el cual ellos eran los buenos, y todos los demás —la India, Israel, Irán, Irak...— los malos, indignos de su confianza.

Ellen, sin embargo, sabía también que en Pakistán, en el gobierno, en el mismísimo ejército y con mucha probabilidad en esa mesa, había elementos que veían la retirada de Estados Unidos de Afganistán como una oportunidad para aumentar el poder e influencia de su país en la región.

Lo cual, a grandes rasgos, entrañaba convertir Afganistán en una provincia más de Pakistán.

Tras la marcha de Estados Unidos, los talibanes, que durante años habían hallado refugio en tierras paquistaníes, recuperarían el poder en Afganistán, y con ellos llegarían sus aliados, en cierto modo su brazo militar en el resto del mundo: Al Qaeda.

Se trataba de una tentativa por parte de Al Qaeda de causar daño a Occidente y, más en concreto, de vengarse de Estados Unidos por la muerte de Osama bin Laden. Se habían comprometido a ello y, gracias a la ayuda de Bashir Shah y la mafia rusa, a la retirada de Estados Unidos de Afganistán y al resurgimiento de los talibanes, pronto estarían en situación de cumplir su amenaza de una manera más espectacular y destructiva de lo que pudieran haber soñado nunca.

Una organización terrorista podía hacer cosas que tenían vedadas los gobiernos, sujetos como estaban al escrutinio y las sanciones internacionales.

Escrutinio y sanciones que no afectaban a las organizaciones terroristas.

El doctor Awan, quizá no un gran hombre, pero sí uno bueno, distaba mucho de ser un yihadista, un radical. Los atentados terroristas lo asqueaban, pero al mismo tiempo era realista y sabía que no podía controlar a los elementos radicales de su país. Con los americanos fuera de Afganistán, los talibanes de regreso y Shah en libertad, era prácticamente imposible detener el curso de los acontecimientos.

En su fuero interno, al primer ministro de Pakistán le había chocado que durante la cumbre con el anterior presidente de Estados Unidos éste hubiera pedido la liberación de Shah. Awan había intentado explicar al presidente Dunn las posibles consecuencias de esa medida, pero éste había hecho oídos sordos a sus palabras.

Por una vez, la lluvia de halagos que solía darle resultados con el presidente norteamericano no había logrado hacerle desistir de la puesta en libertad de Shah. Era el único fracaso de Awan. Estaba claro que alguien se le había adelantado dando aún más coba a Dunn. Ya se imaginaba quién.

El resultado era que Bashir Shah andaba suelto y que el primer ministro no tenía más remedio que caminar por la cuerda floja, haciendo equilibrios entre no distanciarse de los americanos y tampoco de los elementos radicales de su propio país.

En cuanto a Al Qaeda... a ese respecto, Awan se conformaba con no llamar la atención.

Su vida política y su vida como tal dependían de ello.

Les había preocupado que Dunn perdiera las elecciones, pero estaban comprobando que la nueva secretaria de Estado era igual de ignorante, arrogante y, por consiguiente, manipulable.

El pescado estaba cada vez más delicioso.

36

Fue un aterrizaje brusco.

El viento que soplaba con fuerza en los barrancos hacía casi imposible controlar los helicópteros. Aun así, los pilotos de los dos Chinook los mantuvieron firmes el tiempo necesario para que el pelotón de rangers se lanzara al suelo y se pusiera a cubierto.

Justo cuando los helicópteros se elevaban de nuevo y cambiaban de rumbo para alejarse del peligro, una ráfaga de gran intensidad empujó al primero hacia la pared de roca.

—Mierda, mierda, mierda —murmuró la piloto mientras intentaba no perder el control con la ayuda de su copiloto, pero el rotor rozó las rocas y se produjo una sacudida.

La palanca de control vibró en sus manos mientras el aparato se inclinaba.

Muy consciente de cuál sería el desenlace, lanzó una ojeada a su copiloto, que le devolvió la mirada y asintió.

Acto seguido, la piloto se alejó de los rangers de la meseta, y del segundo helicóptero.

Se hizo el silencio en la cabina mientras el helicóptero se perdía de vista por el borde.

—Dios mío —susurró la piloto.

Lo siguiente fue la bola de fuego.

A los pocos segundos aparecieron estelas en las posiciones talibanes.

—¡Nos atacan! —gritó la capitana de los rangers.

. . .

Un cuarteto de cuerda interpretaba el *Concierto para dos violines* de Bach mientras servían la ensalada.

Era una de las obras favoritas de Ellen, que la escuchaba casi cada mañana para empezar el día con buen pie. Se preguntó si era una coincidencia, aunque sospechó que no. Otra pregunta que se hizo fue cuál de los presentes había elegido la pieza.

¿El primer ministro? No parecía consciente de ningún mensaje oculto. ¿El ministro de Exteriores? Podía ser.

¿El ministro de Defensa, el general Lajani? Por lo que había leído en los informes confidenciales, era lo más probable: un hombre con un pie en el *establishment* y otro en los campamentos de radicales.

Alguien, sin embargo, tenía que habérselo dicho al general Lajani, y Ellen adivinaba quién.

La misma persona que le había mandado los guisantes de olor.

La misma que le había enviado las postales por los cumpleaños de sus hijos, y la que, sin la menor duda, había envenenado a su marido.

La misma que había organizado la muerte de tantos hombres, mujeres y niños.

Bashir Shah puso el plato de verdura y hierbas frescas delante de la secretaria Adams.

Era el momento. Experimentó una sensación extraña y se dio cuenta de que estaba emocionado. Hacía mucho tiempo que él, tan cínico, no sentía nada, y menos un estremecimiento semejante.

No conocía personalmente a Ellen Adams, pero la había estudiado desde lejos. En ese momento, al agacharse, la tuvo bastante cerca para oler su colonia: Aromatics Elixir, de Clinique. Ya lo sabía. Quizá incluso se tratara del frasco que le había mandado para Navidad, aunque sospechaba que ella lo había tirado directamente a la basura.

Se daba cuenta de que estaba corriendo un riesgo absurdo, pero ¿qué era la vida sin riesgos? ¿Y qué era lo peor que podía pasarle? Si lo descubrían, alegaría que hacerse pasar por camarero sólo había sido una pequeña broma. En el peor de los casos podían acusarlo de allanamiento de morada, pero no iría a juicio, de eso estaba seguro.

Una parte de él, la más temeraria, tenía la esperanza de que lo descubrieran para poder ver la cara de Ellen Adams al caer en la cuenta de quién era ese hombre, de cuánto se había acercado y de que no podía hacer nada al respecto: gracias a los propios americanos, era un hombre libre.

Podía matarla ahí mismo partiéndole el cuello o clavándole uno de los cuchillos puntiagudos, podía echarle veneno o cristales triturados en la comida.

Tenía ese poder sobre ella: el poder de la vida y la muerte.

Al final, lo que hizo fue deslizarle un papel en el bolsillo de la chaqueta. Tal vez no la matara, pero poco faltaría.

Sí, jugaría un poco más con ella y vería su reacción cuando estallaran las bombas y entendiera que su fracaso había causado la muerte de miles de personas, amén de un cambio radical en su país.

Aspirando el sutil perfume de la secretaria de Estado, Shah se preguntó si no sentiría una especie de capricho macabro, de síndrome de Estocolmo a la inversa: así de unidos estaban, por lo visto, el amor y el odio.

Pero no, sabía muy bien que lo que le inspiraba Ellen Adams no tenía nada de agradable. Esa mujer le había destrozado la vida y él se disponía a devolverle el favor. Lo haría despacio, quitándole todo lo que más quería. ¿Que su hijo había salido indemne de la tentativa de asesinato? Cierto, pero habría más días, más oportunidades.

De momento estaba disfrutando. Hasta se permitió hablar con ella.

—Su ensalada, señora secretaria.

Ellen Adams se volvió.

—*Shukria* —dijo en urdu.

—*Apka jair maqdam hai* —contestó el camarero con una cálida sonrisa.

Ellen pensó que tenía ojos bonitos, castaño oscuro, amables como los de su propio padre. Por eso debía de sonarle.

También olía bien: a jazmín.

El camarero se acercó al primer ministro, quien también le dio las gracias, pero sin mirarlo. El ministro de Defensa parecía de un humor casi jovial. Le dijo algo al camarero, que sonrió educadamente antes de seguir con el servicio.

¿Qué motivos tenía para estar tan satisfecho el general Lajani? Ellen no podía evitar la sensación de que, fuera lo que fuese, no anunciaba nada bueno.

Mientras Bach continuaba sonando de fondo, advirtió que estaba siendo un baile mucho más complejo de lo que había previsto.

¿Dónde estaban en ese momento los rangers? Ya debía de haber empezado la maniobra de distracción. ¿Habían llegado a la fábrica o todavía no?

—Hablaba usted de devolverle su armamento a Irán. —Las palabras del primer ministro Awan hicieron que se concentrase de nuevo en la conversación—. Creo que el gran ayatolá es demasiado perspicaz para eso, señora secretaria. No quiere convertirse en otro Muamar el Gadafi.

Ellen estuvo a punto de pedirle que la pusiera en antecedentes, pero le pareció que sería llevarlo demasiado lejos: el primer ministro Awan no se habría creído que pudiera ser tan ignorante. La observaba muy atentamente, analizándola. Ellen sintió la intensidad de su mirada.

Decidió no decir nada y dejarlo con la duda de hasta dónde llegaba su ingenuidad. Al mismo tiempo, luchó contra la tentación de mirar su reloj, un gesto que se habría considerado el colmo de la mala educación y que algún observador podría haber interpretado como que estaba pendiente de que pasara algo.

Lo cual era cierto.

Volvió a pensar en las fuerzas de asalto, y en el transcurso de la operación, y en la que se armaría cuando sus anfitriones descubriesen qué ocurría de verdad mientras ellos degustaban una ensalada de hierbas frescas y oían música de Bach.

—Al coronel Gadafi lo convencieron de que renunciara a su armamento nuclear —explicó el ministro de Defensa mientras el doctor Awan seguía observando a Ellen—, y a partir de ahí lo que pasó fue que invadieron Libia y a él lo derrocaron y lo mataron. Es una lección que en esta zona hemos aprendido todos. Cuando un país tiene armas nucleares, está a salvo, y cuando no las tiene es vulnerable. Es un suicidio renunciar a ellas.

—El equilibrio del terror —dijo Ellen.

—El equilibrio del poder, señora secretaria —la corrigió el primer ministro con una sonrisa benévola.

Un ayudante se había agachado para decirle algo al general Lajani, que después de mirarlo fijamente le dirigió unas palabras. El ayudante se marchó a toda prisa.

Acto seguido, el ministro de Defensa habló en voz baja con el doctor Awan.

Ellen se dio cuenta de que había llegado el momento e hizo un esfuerzo por relajarse, respirar, respirar... Betsy, que estaba al otro lado de la mesa ovalada, también se había fijado en aquel intercambio.

Tras atender a las palabras del ministro de Defensa, el primer ministro miró a Ellen.

—Acaban de informarnos de que los británicos están planeando atacar esta noche posiciones de Al Qaeda dentro de Pakistán. ¿Usted sabe algo?

Por suerte la noticia sorprendió sinceramente a Ellen, y se le notó.

—No, nada.

Awan siguió observándola con esa mirada suya tan intensa y asintió.

—Ya veo que es verdad.

—Pero no deja de ser lógico, supongo —dijo lentamente Ellen—, si creen que quien está detrás de los atentados de Londres y las otras ciudades es Al Qaeda.

Eran palabras muy estudiadas, que pronunció despacio, pero su agudeza mental estaba analizando a gran velocidad todas las posibilidades.

¿Podía ser cierto lo que había dicho el primer ministro? ¿Había decidido el Reino Unido atacar por su cuenta, partiendo tal vez de una propuesta surgida de la reunión de inteligencia en la que estaba participando Tim Beecham? ¿Estaba siendo una noche especialmente transitada en el espacio aéreo paquistaní?

La otra posibilidad era que fuese mentira, un rumor puesto en circulación por el presidente Williams. En tal caso, era brillante. Lamentó no saber cuál de las dos opciones era verdad.

—Lo que no tiene lógica —replicó Awan con dureza mientras se interrumpían todas las conversaciones— es no habernos informado. Se trata de un ataque a nuestro territorio soberano. ¿Sabemos dónde es?

—Lo está averiguando mi ayudante —contestó el general Lajani, ya no tan jovial como antes, ni muchísimo menos.

Justo entonces reapareció el ayudante en cuestión, que se agachó para hablarle al oído.

—En voz alta —pidió el general—, que ya lo sabe todo el mundo. ¿Dónde se supone que será el ataque?

—Ya está en marcha, general. En la región de Bajaur.

—Pero ¿a quién se le ocurre? —saltó el primer ministro—. ¿Otra batalla de Bajaur? ¡Como si no hubiera sido bastante sangrienta la primera!

Él había participado, como oficial de rango intermedio, y había sobrevivido por los pelos. Y estaba escuchando música y comiendo ensalada en pleno apogeo de la segunda. Que Dios lo perdonara, pero era un alivio no estar en Bajaur. Tuvo un momento de conmiseración para los comandos británicos que se enfrentaban a los talibanes y Al Qaeda en su bastión de las montañas.

La batalla de Bajaur. La operación Corazón de León. El trauma no se superaba nunca. Era sólo una de las numerosas razones por las que el primer ministro Awan odiaba la guerra y anhelaba un Pakistán pacífico y seguro.

Lo que no le cuadró fue que su ministro de Defensa hubiera puesto cara de alivio. ¿Cómo podía alegrarse de que el Reino Unido hubiera iniciado un ataque secreto dentro de las fronteras paquistaníes? Debería haber montado en cólera.

El primer ministro se preguntó qué tramaba. También se preguntó, sintiendo que se bamboleaba sobre la cuerda floja, si quería saberlo realmente.

El primer ministro Awan no se hacía falsas ilusiones sobre el general Lajani, cuyo nombramiento había sido sólo un medio para apaciguar a los elementos más radicales de su partido. Era un problema no poder fiarse de su propio ministro de Defensa.

Justo entonces, el jefe de seguridad de la secretaria Adams le susurró algo a esta última y le entregó su teléfono.

—Con permiso, señor primer ministro; tengo un mensaje urgente.

—¿De los británicos? —inquirió Awan, que seguía herido en su orgullo nacional.

—No, de mi hijo.

—Casi estamos, señor —anunció el piloto—. Noventa segundos.

El coronel dio la orden, y las tropas de asalto se levantaron y se pusieron en fila delante de la puerta.

Por las ventanillas vieron los fogonazos de la artillería que iluminaban el cielo nocturno y a continuación una serie de explosiones enormes: sus aviones estaban bombardeando posiciones talibanes.

Los rangers de la meseta habían entrado en combate con el enemigo. La maniobra de distracción estaba en marcha.

—Cuarenta y cinco segundos.

Las miradas se apartaron de las ventanillas para converger en la puerta, que estaba a punto de abrirse. Ellos también tenían una misión: tomar la fábrica como un rayo, antes de que sus ocupantes pudieran dispersarse y destruir documentos.

Antes de que pudieran detonar un artefacto nuclear.

—Quince segundos.

La puerta se abrió de un tirón, dejando entrar una sonora ráfaga de aire frío y puro.

Engancharon las cuerdas al cable de arriba y se prepararon.

Ellen leyó el breve mensaje de texto. No era de Gil, sino de Boynton.

Los rusos habían matado a Farhad, el informador que trabajaba al mismo tiempo para la inteligencia iraní y la mafia rusa, pero antes de morir había pronunciado dos palabras.

«Casa Blanca.»

El fuego de las posiciones talibanes era brutal, peor de lo que se esperaban. Al ver que utilizaban armamento ruso, la capitana transmitió el dato al cuartel general y aprovechó para informar de que ellos estaban contraatacando sin ceder terreno.

Justo cuando iba a preguntar dónde estaban los refuerzos aéreos surcó el cielo un ruido atronador, y las bombas lanzadas sobre las montañas por cazas estadounidenses hicieron que el suelo se estremeciera.

Aquello les proporcionó un alivio temporal en medio del devastador fuego.

Se reanudó enseguida.

Parapetada en una roca, miró su reloj. El otro pelotón debía de estar en la fábrica. Con que atrajeran los ataques otros veinte minutos sería suficiente.

«Hay que aguantar, hay aguantar pase lo que pase.»

Era la única del pelotón que sabía cuál era realmente su misión. Si los hacían prisioneros, ninguno de sus soldados revelaría nunca en qué consistía, por mucho que lo torturasen.

De todos modos, no habría prisioneros. Ya se ocuparía ella de que no atrapasen a ninguno de sus hombres.

El presidente Williams estaba sentado en la sala de crisis principal del sótano de la Casa Blanca, rodeado por sus asesores de inteligencia y Defensa. La sala no tenía ventanas, y el ambiente, después de una hora de reunión, estaba muy cargado, pero a nadie le llamaba la atención ni le importaba.

Estaban completamente absortos en los monitores, donde veían y oían a los rangers que estaban a punto de bajar con cuerdas a la fábrica.

«Quince segundos», se oyó decir al piloto con una nitidez sorprendente.

El presidente Williams se aferró a los brazos de su silla giratoria.

A su lado estaba el jefe del Mando de Operaciones Especiales, y en la habitación contigua el subjefe del Estado Mayor Conjunto, haciendo un seguimiento de la operación de la meseta.

—Señor presidente, hemos perdido uno de los helicópteros —informó a Williams.

—¿Y los rangers? —contestó el presidente, procurando disimular su inquietud.

—Ya habían salido, pero la piloto y el copiloto son bajas.

Asintió con un gesto brusco.

—¿El resto aguanta?

—Sí, están atrayendo el fuego y la atención.

—Bien.

• • •

«¡Vamos, vamos, vamos!» Era la orden.

En la sala de crisis, a miles de kilómetros, el presidente de Estados Unidos se inclinó.

Las cámaras de visión nocturna que llevaban los rangers en sus cascos le permitían verlo todo con exactitud. Era como estar sin estar.

Doug Williams se deslizó por la cuerda desde el helicóptero, con el oficial al mando de la incursión. Resultaba inquietante el silencio casi plácido con que veía bajar a los demás.

Se oyó el ruido sordo de sus botas al chocar con el suelo, acompañado de un gruñido.

Nadie dijo nada. Los rangers sabían perfectamente lo que tenían que hacer.

El agente llamó a la puerta de Pete Hamilton y echó un vistazo al mugriento rellano.

Olía fatal. Miró a su compañero, que estaba haciendo muecas.

—¿Hamilton? —dijo en voz alta, aporreando la puerta.

Le habían seguido el rastro desde el Off the Record. Hamilton llevaba más de una hora en casa, pero no había respondido a sus mensajes.

El agente al mando, un veterano del Servicio Secreto, miró a su alrededor. Pasaba algo raro. Cualquier persona que trabajase para la Casa Blanca se habría asegurado de responder a los mensajes de texto, los correos electrónicos y las llamadas. Tampoco es que fueran las tres de la madrugada. No era ni media tarde.

Notó que se le erizaba el vello de la nuca.

Se agachó hacia la cerradura y sólo tardó unos segundos en manipularla con sus herramientas hasta que se oyó un suave clic. Desenfundó su pistola y le hizo una señal con la cabeza al otro.

«¿Listo?»

«Listo.»

Empujó un poco la puerta con el pie.

Y se detuvo.

• • •

A Ellen le sirvieron el postre, aunque el camarero no era el mismo de antes.

La cena en Islamabad no había destacado en ningún momento por su animación, pero la noticia del supuesto ataque británico a Bajaur había instaurado un ambiente hosco.

El general Lajani había tenido que ausentarse. Quien seguía en la mesa era el primer ministro, señal, quizá, de la importancia que atribuía a su invitada americana, aunque a Ellen le pareció más probable que fuera señal de quién mandaba de verdad y quién hacía mejor en limitarse a disfrutar de su gulab jamun.

La secretaria Adams ya había comprendido que el rumor sobre el SAS era una artimaña y que eran fuerzas especiales norteamericanas las que habían caído sobre Bajaur para entrar en combate con Al Qaeda. Era cuestión de poco, de minutos, que los paquistaníes se percatasen de lo que ocurría en realidad y de quién había orquestado realmente la incursión... las incursiones.

Movió las bolas de masa dulce por el jarabe. El cuenco de porcelana fina desprendía un leve aroma a rosa y cardamomo.

Del presidente Williams no sabía nada desde que le había reenviado el aviso de Boynton.

«Casa Blanca.»

En realidad, no era más que la confirmación de lo que ya sabían: que dentro de la Casa Blanca había un traidor, alguien cercano al presidente.

Justo entonces notó que vibraba el teléfono y vio un mensaje con bandera roja.

Los agentes enviados para controlar a Pete Hamilton lo habían encontrado en su piso, muerto a tiros.

Le habían seguido el rastro desde el Off the Record, donde Hamilton había estado conversando con una joven que se había ido poco después de él. Estaban averiguando quién era.

—¿Se encuentra bien? —preguntó el doctor Awan al verla pálida.

—No sé si me ha sentado muy bien el pescado. ¿Me disculpa, señor primer ministro?

—Por supuesto.

Awan se levantó a la vez que Ellen, que le hizo a Betsy una señal con la cabeza para que la acompañara. Los demás comensales, que también se habían puesto en pie, siguieron con la mirada a las dos mujeres que se apresuraban a salir, acompañadas por una subalterna.

Todo apuntaba a que la incómoda y larga velada tocaba a su fin. Si el invitado de honor vomitaba, solía ser señal de que se había acabado.

Esta vez se equivocaban.

Nada más tocar tierra, los rangers echaron a correr hacia la fábrica. El presidente y los demás los vieron tirar la verja abajo y entrar todos en masa.

—¡Despejado!

—¡Despejado!

—¡Despejado!

Siete segundos desde la entrada, y de momento ninguna resistencia, ni un disparo siquiera.

—¿Es normal? —le preguntó Williams al jefe de Operaciones Especiales.

—En estos casos lo «normal» no existe, señor presidente, pero esperábamos que el recinto estuviera defendido.

—¿Entonces...?

—Podría querer decir que los hemos tomado totalmente por sorpresa.

A pesar de sus palabras, ponía cara de perplejidad.

El presidente Williams estuvo a punto de preguntar qué otra cosa podía querer decir, pero decidió observar sin decir nada. Pronto lo sabrían.

Los segundos se alargaban casi hasta romperse. Williams no sabía que pudieran ser tan largos y elásticos.

Se oía un ruido de botas pesadas subiendo peldaños de cemento de dos en dos con fusiles M16 a punto. Mientras subía un grupo bajó otro, y el tercero tardó muy poco en desplegarse por la enorme explanada sembrada de material industrial.

Veintitrés segundos.

—¡Despejado!

—¡Despejado!

—¡Despejado!

—¿Qué es eso?

Williams estaba señalando una de las pantallas.

El jefe del grupo recibió la orden de acercarse más, hasta que quedó despejada cualquier duda sobre lo que era «eso».

—Joder —dijo el presidente.

—Joder —dijo el jefe del Mando Conjunto de Operaciones Especiales.

—Joder —dijo el jefe del grupo.

Era una hilera de cadáveres, todos con bata blanca de laboratorio. Los físicos estaban tirados por el suelo, frente a una pared con agujeros de balas y manchas de sangre.

—Coged sus identificaciones —ordenó el jefe—. Registradlos por si llevan algún documento encima.

Varias manos con guantes se acercaron a los cadáveres para registrarlos.

—¿Cuándo ha ocurrido? —le preguntó el jefe de Operaciones Especiales al jefe de la fuerza de élite.

—Parece que llevan muertos al menos un día.

Shah había matado a los suyos. Ya no le servían de nada. Williams comprendió que ya tenía lo que necesitaba: las bombas estaban montadas y vendidas a Al Qaeda, que gozaba de la protección de los talibanes.

Shah se limitaba a hacer limpieza.

—Encuentren los documentos, necesitamos la información —ordenó el presidente.

—¡Sí, señor!

«Por favor, Dios, por favor...»

—Aquí arriba hay más muertos —dijo otra voz—. En la primera planta.

—Y en el sótano también. Madre mía, es una masacre...

—Cuidado, puede haber explosivos —indicó el jefe mientras él y otros registraban las instalaciones en busca de documentación, ordenadores, teléfonos... cualquier otra cosa.

El presidente Williams levantó las manos y apoyó la cara en ellas sin quitar ojo a las pantallas. Tenía los ojos muy abiertos, y se le había acelerado la respiración.

—Tenemos que saber adónde enviaron las bombas —repetía.

Noventa segundos desde que habían entrado y nada.

Dos minutos y diez segundos. Nada.

—De momento nada —informó el jefe—. Vamos a seguir buscando. Trampas no parece que haya.

El jefe del Mando Conjunto de Operaciones Especiales miró al presidente.

—Qué raro...

—Mejor, ¿no?

—Supongo que sí.

No parecía muy tranquilo.

—Dígamelo.

—Me preocupa que los que han montado todo esto quieran hacer entrar más a los nuestros antes de ponerles la zancadilla.

—¿Y qué podemos hacer?

—Nada.

—¿No habría que avisarlos? —El presidente Williams estaba señalando la pantalla con la cabeza.

—Ya lo saben.

En la sala de crisis, todos miraban muy serios las pantallas, donde los rangers seguían adentrándose en la fábrica y buscando información vital a sabiendas de qué era más probable que los esperase.

—Señor presidente...

Williams, muy concentrado, dio un respingo y se volvió hacia la puerta, donde estaba el subjefe del Estado Mayor Conjunto, aferrado al marco y con cara de no encontrarse bien. Tenía detrás a los hombres y mujeres que habían estado pendientes de lo que sucedía en la meseta.

Se levantó. Estaba claro, por las caras, que no eran buenas noticias.

—¿Qué, general?

—Se acabó.

—¿Cómo? —dijo Williams.

—Están todos muertos, todo el pelotón.

Se hizo un silencio sepulcral.

—¿Todos?

—Sí, señor. Han intentado contener a los insurgentes, pero eran demasiados. Da la impresión de que estaban avisados.

Williams miró al jefe de Operaciones Especiales, que se había quedado atónito, y luego otra vez hacia la puerta.

—Siga, general —pidió muy erguido, preparándose para lo peor.

«Porque tengo más...»

—Cuando ya estaba claro que no iban a poder contra los pastunes y Al Qaeda, y que no había escapatoria, la capitana al frente de la operación ha ordenado capturar a todos los terroristas posibles para usarlos como escudos y resistir hasta el final.

—Dios mío... —Williams cerró los ojos y bajó la cabeza, intentando imaginárselo... Pero no pudo. Levantó la cabeza, respiró hondo y asintió—. Gracias, general. ¿Y los cadáveres?

—He mandado helicópteros de combate para intentar recuperarlos, aunque...

El malestar del general parecía físico.

—Ya. Gracias. Quiero sus nombres.

—Sí, señor.

Ya habría tiempo de sobra para el luto. El presidente Williams volvió a mirar la fábrica, donde seguían adentrándose los otros rangers.

Era casi seguro que se trataba de una trampa, pero necesitaban esa información.

¿En qué ciudades de Estados Unidos había artefactos nucleares a punto de explotar?

Betsy registró el cuarto de baño y cerró la puerta con pestillo.

Que estuvieran solas no quería decir que no las oyeran.

—¿Qué, qué ha pasado? —susurró.

Ellen se sentó en el sofá de terciopelo y miró fijamente a su amiga, que tomó asiento a su lado.

—Han matado a Pete Hamilton —susurró— y se han llevado su portátil, su móvil y sus papeles.

—Oooh.

Betsy se desmoronó. Le había venido a la cabeza la cara de entusiasmo de Hamilton y le había flaqueado todo el cuerpo. Ella lo había reclutado, ella lo había convencido de que los ayudase.

Si hubiera...

—¿A qué hora te ha llegado su último mensaje? —preguntó Ellen.

Rehaciéndose del golpe, Betsy lo consultó y se lo dijo.

—¿Y desde entonces nada? ¿Ninguna explicación?

Negó con la cabeza. De repente «HLI» no era algo mal escrito, sino un último mensaje urgente de un joven que tal vez temiera por su vida.

—Y no es lo único —añadió Ellen con muy mala cara—. La fuerza de distracción... los rangers...

—¿Qué?

Respiró hondo.

—Los han matado.

Betsy la miró fijamente con ganas de apartar la vista, cerrar los ojos y refugiarse en la oscuridad, aunque sólo fuera unos segundos, pero no podía abandonar a su amiga ni un instante, así que le cogió la mano.

—¿A todos?

Ellen asintió.

—Treinta rangers y cuatro pilotos de helicóptero, y no queda nadie.

—Dios mío... —Betsy suspiró. Acto seguido hizo la pregunta que más temía—: ¿Y los otros, los de la fábrica?

—No he sabido nada.

Llamaron a la puerta y sacudieron el pomo.

—Señora secretaria —dijo una voz femenina—, ¿se encuentra bien?

—Un momento —contestó Betsy—, ahora mismo salimos.

—¿Necesitan ayuda?

—No. —Recuperó la compostura—. No, gracias, sólo necesitamos un poco más de tiempo. Es que tiene un poco revuelta la barriga.

Esta vez era verdad.

Miraron fijamente el móvil que tenía Ellen entre los dedos crispados, esperando algún otro mensaje de la Casa Blanca.

«Casa Blanca», pensó Ellen. Era el mensaje de Boynton, lo que había dicho el doble agente iraní con su último aliento.

—Déjame ver otra vez el mensaje de Pete Hamilton.

Otro mensaje de un hombre a punto de morir, y consciente de su situación. No era «Casa Blanca», pero podría haberlo sido.

«HLI.»

Justo entonces apareció en el móvil de Ellen un mensaje marcado como urgente. Era de la Casa Blanca.

El presidente Williams no quitaba ojo a las pantallas, donde los rangers de la fábrica estaban acabando de registrarla por segunda vez. Se volvió hacia el jefe del Mando Conjunto de Operaciones Especiales.

—Tráigalos de vuelta.

—Sí, señor.

• • •

Ellen Adams entró en el cubículo y se puso de rodillas para vomitar mientras Betsy miraba fijamente las pocas líneas de texto que aparecían en el móvil, enviadas por el presidente Williams.

«Fábrica vacía. Físicos y técnicos muertos. No hay papeles ni ordenadores. Ni idea de adónde se enviaron las bombas. Indicios de presencia de material físil. Se está analizando la firma isotópica. Sin información sobre los destinos.»

Nada.

Betsy sabía que su deber era ir con Ellen, ayudarla y llevarle paños fríos para la cara.

Sin embargo, no pudo moverse salvo para cerrar los ojos: se los tapó con las manos, que temblaban, y sintió las mejillas mojadas debajo de las palmas.

Pete Hamilton estaba muerto, y el pelotón de rangers enviados como distracción también.

Los físicos estaban muertos, y la fábrica, vacía.

Todo había sido en balde.

Seguían ignorando por completo dónde estaban las bombas nucleares y cuándo explotarían. La única certeza que tenían, o casi, era que sería pronto.

37

—¿Señora secretaria? —Esta vez, la voz del otro lado de la puerta era la del agente Kowalski, el jefe del equipo de la Seguridad Diplomática de Ellen—. ¿Necesita ayuda?

—No, no, gracias, sólo un minuto más. Nos estamos remojando la cara.

Era verdad, pero Ellen había dejado el grifo abierto para que resultara más difícil oír lo que estaba a punto de decirle a Betsy.

—Me parece que ya sé qué quería decir Pete Hamilton —susurró.

—¿Cómo?

—El mensaje, «HLI».

—O sea que ¿no lo ha escrito mal, por el pánico?

—No creo. Hace años, justo después de la investidura de Dunn, vino a verme Alex Huang.

—Tu corresponsal jefe para la Casa Blanca —recordó Betsy.

—Exacto. Había encontrado por casualidad un foro de conspiranoicos de segunda que hablaban vagamente de una web con el nombre de HLI. Al investigarlo llegó a la conclusión de que o era una broma o lo hacían circular extremistas de derechas con ganas de que fuera verdad. En todo caso, no existía.

—¿Estás segura de que se llamaba HLI? ¿Cómo te acuerdas del detalle, si han pasado años?

—Por el significado de las siglas HLI, y por el notición que habría supuesto de haber sido verdad.

—¿Qué significaban?

—*High-Level Informant*: «Informador de Alto Nivel.» Dentro de la Casa Blanca.

—Bueno, pero eran fantasías, ¿no? Un alto cargo ficticio que... ¿qué hacía, pasar información secreta a la ultraderecha? —preguntó Betsy—. ¿En plan Área 51? Los extraterrestres están entre nosotros. Las vacunas llevan un dispositivo de seguimiento. Finlandia no existe. ¿Cosas así? ¿Se inventaban bulos y se los atribuían al HLI?

—Al principio Huang lo veía así, como algo raro pero inofensivo. Incluso se lo preguntó a Pete Hamilton en una rueda de prensa de la Casa Blanca. Hamilton lo desmintió todo, y Huang lo descartó como el típico pozo sin fondo de los conspiranoicos. Aun así, le pedí que siguiera investigando un poco.

—¿Por qué?

—Porque ese tipo de pozos sin fondo suelen desembocar en la periferia, pero éste llegaba más allá.

—A la red oscura.

—La verdad es que no lo sé.

—¿Y Alex Huang acabo dejándolo?

A Betsy siempre le había hecho gracia que los periodistas que informaban sobre temas del gobierno recibieran el nombre de «corresponsales», como si estuvieran en otro país, pero al final lo había entendido: era un país dentro de otro, con sus propias normas de conducta, su propia gravedad, su propia atmósfera, asfixiante, y sus propias fronteras, en constante cambio.

El animal nacional de ese país era el rumor. La Casa Blanca estaba plagada de ellos. Los veteranos que habían capeado más de un cambio de gobierno debían su supervivencia a saber distinguir entre rumores ciertos y rumores falsos, y también a otra habilidad, quizá más importante: la de reconocer rumores falsos que pudieran ser útiles.

—Sí, no pudo llegar muy lejos. La verdad es que fue lo que más me extrañó. La mayoría de los que pregonan teorías de la conspiración aspiran a la máxima publicidad. Quieren que su «secreto» se difunda por todas partes; y los que estaban al corriente del HLI no. Al contrario: parecían desesperados para que no se divulgase.

—Un gran silencio —añadió Betsy, y Ellen asintió.

—En fin, que Alex paró de investigar y poco después dejó el trabajo.

—¿Y adónde fue, a otro periódico?

—No, me parece que se mudó a Vermont. No sé, igual lo contrataron en algún periódico, pero en todo caso se buscó una vida más tranquila. El trabajo de corresponsal en la Casa Blanca quema mucho.

—Vale, voy a intentar localizarlo.

—¿Por qué?

—Porque quiero seguir investigando. Si es verdad que existe ese HLI, y está implicado, tenemos que averiguarlo. Por Pete.

No era una manera de hablar, sino la realidad: Betsy se sentía en deuda con el joven.

—Por mí perfecto, pero que lo haga otro —dijo Ellen—. Ya buscaré a alguien.

—¿Y por qué no lo hago yo?

—Porque a Pete Hamilton, de tanto hacer preguntas, lo han matado.

—¿Y qué crees, corazón, que si estallan las bombas no nos mandarán al paredón, a nosotras y a todos? —contestó Betsy—. Voy a investigarlo. ¿Cuáles has dicho que eran las iniciales?

Ellen sonrió un poco.

—Pero qué tonta eres. —Cerró los grifos—. ¿Preparada?

—De vuelta al tajo, amiga mía —respondió Betsy mientras se miraba en el espejo para retocarse el pintalabios.

Al salir del baño se toparon con la cara de enfado del primer ministro de Pakistán.

Ali Awan estaba en medio del fastuoso pasillo, con las manos en la espalda y una mirada feroz. A su espalda se alineaban todos los comensales de la cena, incluido el cuarteto de cuerda.

Todos fulminaban a Ellen Williams con la mirada.

—Señora secretaria, ¿cuándo pensaba contármelo?

Le enseñó su móvil, donde acababa de entrar un mensaje sobre la auténtica naturaleza de las incursiones de las fuerzas especiales.

Era el colmo.

—¿Y usted, señor primer ministro, cuándo pensaba contármelo? —Si él estaba enfadado, ella echaba humo—. Sí, esta noche nuestras fuerzas especiales han combatido contra los talibanes y Al Qaeda en Bajaur, y han pagado un precio terrible, mientras otra fuerza atacaba la fábrica de cemento abandonada. Hemos sido nosotros, no los británicos. En pleno territorio paquistaní, efectivamente. ¿Y sabe por qué?

Dio dos pasos hacia Awan y tuvo que hacer un gran esfuerzo para no agarrarlo por la larga kurta bordada.

—Porque es donde están los terroristas. ¿Y por qué es donde están? Porque ustedes les han proporcionado refugio. Se han prestado a que su país sirva de base a enemigos de Occidente, de Estados Unidos. ¿Que por qué no le habíamos contado nada sobre las incursiones de esta noche? Porque no podemos fiarnos de ustedes. Permitieron que Al Qaeda tuviera bases en el interior de Pakistán, y por si fuera poco han permitido que Bashir Shah usara una fábrica abandonada para sus armas. La responsabilidad... —dio otro paso hacia el primer ministro, que retrocedió— es... —otro paso— suya.

Ellen tenía la cara sudorosa del primer ministro justo delante de sus ojos.

—¿Y ahora cómo quiere que nos fiemos nosotros de ustedes? —dijo Awan, recuperándose—. Ha mentido, señora secretaria. Sólo ha venido para distraernos.

—Por supuesto, y volvería a hacerlo.

—Ha atentado contra nuestro honor nacional.

Ellen se acercó aún más.

—A la mierda su honor —susurró—. Esta noche han perdido la vida treinta y cuatro miembros de nuestras fuerzas especiales tratando de impedir una catástrofe que usted ha permitido.

—Yo... —El primer ministro se había puesto a la defensiva, figurada y literalmente.

—¿Qué va a decirme, que no lo sabía? ¿No será que no quería saberlo? ¿Qué pensaba que ocurriría cuando soltó a Shah?

—No teníamos...

—¿Alternativa? ¿Me está tomando el pelo? ¿Un gran país como Pakistán capitulando ante un americano loco?

—El presidente de Estados Unidos.

—¿Y cómo piensa explicárselo al de ahora? —Ellen lo fulminó con la mirada.

El primer ministro Awan parecía apabullado. Se había resbalado de la cuerda floja, pero aún se aferraba a ella con una sola mano. Le iba la vida en ello: a sus pies se abría un abismo.

—Acompáñeme.

Ellen lo tomó por el brazo y prácticamente lo empujó dentro del baño de mujeres. Betsy fue tras ellos y cerró con pestillo antes de que pudiera entrar nadie más.

—¡Señor primer ministro! —exclamó el jefe de seguridad de Awan—, ¡apártese!

—No, un momento —repuso Awan—. No corro ningún peligro. —Se volvió hacia Ellen—. ¿Verdad?

—Si por mí fuera... —Ellen suspiró con fuerza, sin acabar la frase—. Mire, necesito información. Shah contrató a físicos nucleares para fabricar bombas y usó la cementera de Bajaur para ensamblarlas.

—¿Bombas?

Se fijó en el doctor Awan. ¿Era posible que no lo supiese? Al ver su cara de consternación, le pareció muy probable. Cabía la posibilidad de que por fin hubieran encontrado una línea moral que no estaba dispuesto a cruzar.

—En la fábrica hay indicios de material físil.

—¿Nucleares? —Awan no acababa de hacerse a la idea. Su expresión había pasado de la consternación al horror.

—Sí. ¿Qué sabe usted?

—Nada. Dios mío... —Dio la espalda a Ellen y empezó a dar vueltas con la mano en la frente, entre grandes y lujosos pufs tapizados de seda.

—Algo tiene que saber —insistió ella, siguiéndolo—. Según nuestra inteligencia, las bombas fueron vendidas a Al Qaeda y ya están colocadas en sus objetivos.

—¿Dónde?

—Ése es el problema. —Lo frenó con una mano y le hizo dar media vuelta—. No lo sabemos. Lo único que sabemos es que están en tres ciudades de Estados Unidos. Necesitamos conocer su localización exacta y cuándo están programadas para explotar. Tiene que ayudarnos, señor primer ministro; si no, pongo a Dios por testigo de que...

La respiración del primer ministro Awan se había vuelto rápida y superficial. Betsy tuvo miedo de que se desmayase.

Tal vez algunas cosas ya las sospechara, pero estaba claro que los detalles concretos le habían provocado un gran impacto.

Se sentó con todo su peso en una de las otomanas.

—Se lo advertí. Intenté avisarlo.

—¿A quién?

Ellen ocupó la de al lado, inclinándose hacia él.

—A Dunn, pero sus asesores fueron inflexibles: había que poner en libertad al doctor Shah.

—¿Qué asesores?

—No lo sé. Lo único que sé es que Dunn les hacía caso y no se dejaba convencer.

—¿El general Whitehead?

—¿Del Estado Mayor Conjunto? No, él estaba en contra.

Lógico, se dijo Betsy, al menos en público. Se acordó de Pete, y de su mezcla de entusiasmo y horror al encontrar los documentos escondidos en el archivo privado que inculpaban al jefe del Estado Mayor Conjunto.

¿Era Whitehead el HLI? Tenía que serlo, pero cabía la posibilidad de que no actuara solo. Él representaba al Pentágono. ¿Y si había alguien más, alguien de la Casa Blanca propiamente dicha?

—¿Dónde está ahora Shah? —le preguntó Ellen a Awan.

—No lo sé.

—¿Y quién lo sabe?

Silencio.

—¿Quién lo sabe? —exigió saber Ellen—. ¿Su ministro de Defensa?

El doctor Awan bajó la vista.

—Puede ser.

—Que venga.

—¿Aquí? —Awan echó un vistazo al baño de mujeres.

—Pues a su despacho. Adonde sea, pero deprisa.

Sacó su móvil y llamó. Y llamó y llamó.

El primer ministro frunció el ceño y envió un mensaje de texto. Luego llamó a otro número.

—Localicen al general Lajani, ahora mismo.

Entretanto, Ellen mandó un mensaje al presidente Williams para aconsejarle que hiciera volver a Tim Beecham de Londres.

La respuesta fue inmediata: Beecham regresaría a Washington en un avión militar.

«Y a usted también la quiero aquí», escribió el presidente.

Ellen tardó un poco en teclear la respuesta.

«Deme unas horas más, por favor. Puede que aquí encuentre respuestas.»

Pulsó «enviar», y en breves instantes recibió la respuesta.

«Dispone de una hora. Luego quiero que suba al Air Force Three.»

Estuvo a punto de guardarse el teléfono, pero se lo pensó mejor. Aún le quedaba una pregunta.

«¿Con qué armas mataron a los físicos?»

«Rusas.»

Miró al primer ministro Awan.

—¿Hasta qué punto están metidos los rusos en Pakistán?

—En absoluto.

Lo observó, y él a ella. Por alguna razón, la calma de la secretaria Adams era más perturbadora que sus gritos.

¿Dónde demonios estaba el general Lajani? Él los había metido en aquel lío; le tocaba a él aguantar las iras de la secretaria.

—Soy consciente de que le he parecido una idiota y una incompetente —lo sorprendió diciendo Ellen—, fácil de manipular.

—Bueno, señora secretaria, es la impresión que ha dado, aunque ahora veo que era intencionado.

—¿Sabe qué me ha parecido usted?

—¿Un idiota y un incompetente, fácil de manipular?

Oyéndolo, Betsy pensó que era difícil no tenerle simpatía, aunque había algo que era aún más difícil: fiarse de él.

—Bueno, un poco quizá sí —reconoció Ellen—, pero más que nada me ha parecido un buen hombre en una posición insostenible, y me lo sigue pareciendo. Sin embargo, ha llegado la hora de la verdad. Tiene que decidirse, y tiene que ser ahora mismo. ¿Nosotros o los yihadistas? ¿Está en el bando de los terroristas o en el de sus aliados?

—Si la elijo a usted, Ellen, si la ayudo...

—Sí, ya lo sé, podría convertirse en su próximo objetivo. —Ellen lo miró con cierta simpatía—. Pero si opta por los terroristas tarde o temprano también lo matarán, cuando ya no les sirva. Y le diré otra cosa, Ali: está en esa frontera. Hasta es posible que con lo de esta noche ya la haya cruzado. Por lo visto Shah está haciendo limpieza, y usted forma parte de los residuos. Su única esperanza es ayudarnos a encontrarlo. —Vio que se debatía—. ¿Qué quiere, que Pakistán caiga en manos de terroristas y de locos? ¿En serio? ¿De los rusos?

«Reyes y hombres desesperados», pensó Betsy, pero esta vez eran ellos los desesperados.

—No sé dónde está Shah, de verdad —respondió Awan—. Quizá puede decírselo el general Lajani, aunque lo dudo. Hace un momento me ha preguntado por los rusos. No son aliados nuestros, pero en Pakistán hay ciertos elementos vinculados a la mafia rusa.

—¿Entre ellos el general Lajani?

El primer ministro asintió con profundo pesar.

—Creo que sí.

—¿Vende armas de la mafia rusa a Shah?

Hizo un gesto de asentimiento.

—¿Incluido material físil?

Otro.

—¿Y de Shah a Al Qaeda?

Otro.

—Y garantiza un refugio seguro a los terroristas.

Otro.

Ellen estuvo a punto de preguntarle a Awan por qué no lo había impedido, pero no era el momento. Ya lo haría si sobrevivían. Sin embargo, también era consciente de que el gobierno de Estados Unidos se había metido en la cama con muchos demonios a lo largo de su historia. En algunas ocasiones era un mal necesario, pero rara vez un trato equitativo.

Bajo la atenta mirada de la secretaria Adams, el primer ministro Ali Awan tomó una decisión: soltó la cuerda floja y entró en caída libre.

—Si Bashir Shah posee material físil —dijo—, tiene que estar en contacto con la mafia rusa a su máximo nivel.

—¿Es decir...?

Ellen vio que vacilaba.

—Ya ha llegado muy lejos, Ali —susurró—. Un paso más.

—Maxim Ivanov. Aunque nunca lo reconozcan, el presidente ruso está involucrado en todo lo que ocurre. Sin su visto bueno sería imposible que alguien se hiciera con esas armas y ese material físil. Ha ganado miles de millones.

Ellen siempre había tenido sus sospechas, e incluso había encargado a la unidad de investigación de uno de sus grandes periódicos que indagara en los lazos entre Ivanov y la mafia rusa, pero al cabo de dieciocho meses seguían con las manos vacías. Nadie abría la boca. Quien lo hiciera se arriesgaba a desaparecer.

A los oligarcas los creaba el presidente ruso, que era quien les concedía su riqueza y poder y quien los controlaba, mientras que ellos, a su vez, controlaban a la mafia.

La mafia rusa era el hilo conductor entre todos los elementos: Irán, Shah, Al Qaeda y Pakistán.

Se oyó la señal de otro mensaje entrante con bandera roja. Era del presidente Williams.

El material físil detectado en la fábrica se había identificado como uranio-235. Procedía de minas del sur de los Urales, y el comité de vigilancia nuclear de la ONU había denunciado su desaparición dos años antes.

Una vez asimilada la noticia, Ellen se armó de valor y mandó una respuesta.

Sin embargo, aún le quedaba una pregunta para el primer ministro Awan.

—¿A usted le dicen algo las siglas HLI?

—¿HLI? No, lo siento.

La secretaria Adams ya estaba de pie. Le dio las gracias a Awan y se fue, no sin antes pedirle la máxima discreción sobre lo que se habían dicho.

—Puede estar tranquila, no se lo diré a nadie.

Eso sí se lo creyó.

En el despacho oval, el presidente Williams miró su teléfono.

—Mierda —murmuró.

La noche, ya horrenda de por sí, acababa de empeorar.

Según el mensaje de su secretaria de Estado, era muy probable que la mafia rusa estuviera implicada, lo cual significaba que también debía de estarlo el presidente ruso.

A Doug Williams no le cabía la menor duda de que había una bomba nuclear debajo de sus posaderas, cosa que le provocaba un miedo atroz. Tenía tan pocas ganas de morir como cualquiera.

Lo que menos quería, sin embargo, era fracasar.

Había ordenado que se procediera poco menos que a la evacuación de la Casa Blanca. Sólo se quedaría el personal más esencial.

En esos momentos, los especialistas estaban buscando indicios de radiación del uranio-235 por todo el edificio, pero el presidente Williams sabía que había muchas maneras de ocultar su presencia, y la Casa Blanca estaba repleta de escondrijos.

Si se trataba de una bomba sucia, cabía en un maletín, y si algo no faltaba en ese viejo caserón eran maletines.

Volvió a mirar el mensaje de Ellen Adams.

De momento no regresaba a Washington, sino que viajaba a Moscú en el Air Force Three. ¿Podía Williams concertarle un encuentro con el presidente ruso?

Se planteó fugazmente que el traidor fuera su secretaria de Estado, y que por eso estuviera alejándose todo lo posible de las bombas nucleares.

Sin embargo, lo descartó enseguida, consciente de que era uno de los grandes peligros que corrían: enfrentarse los unos a los otros por el pánico y dejarse dividir por las sospechas.

Sus posibilidades de éxito pasaban por mantenerse unidos.

Él podía estar sentado sobre una bomba nuclear, pero a Ellen Adams tampoco le iba mejor: en el horizonte inmediato de la secretaria de Estado había una confrontación con el oso ruso.

¿Cómo era mejor morir, reducido a cenizas o despedazado?

Cruzó los brazos en el escritorio Resolute, apoyó en ellos la cabeza y, durante unos instantes, con los ojos cerrados, se imaginó un prado de flores y un arroyo en el que se reflejaba el sol. Su golden retriever, *Bishop*, perseguía mariposas sin ninguna esperanza de atraparlas.

De repente *Bishop* se paró y miró el cielo, donde había aparecido un hongo nuclear.

El presidente Williams levantó la cabeza, se frotó la cara con las manos e hizo una llamada a Moscú.

«Dios, no dejes que cometa un error ahora», pensó.

. . .

De camino al aeropuerto, Ellen se metió la mano en el bolsillo de la chaqueta para sacar el móvil. Fue un gesto maquinal.
Siempre se le olvidaba que después de cada uso lo dejaba en
manos de su jefe de Seguridad Diplomática.

Pero...

—¿Qué es esto?

—¿El qué? —preguntó Betsy.

Estaba a la vez exhausta, completamente frita y en alerta
máxima. Se preguntó cuánto tiempo podían durar así.

Pensó en Pete Hamilton y en los rangers de la meseta.

La respuesta era más, todo el tiempo que hiciera falta.

Ellen sostenía un papel entre el pulgar y el índice.

—Steve...

Kowalski, que iba delante, se volvió.

—Diga, señora secretaria.

—¿Tiene una bolsa para guardar pruebas?

El tono de la pregunta le hizo que el agente se fijara primero en Ellen y después en lo que tenía en la mano. Sacó una
bolsa de un compartimento situado entre los asientos.

Ellen introdujo el papel en la bolsa, no sin que antes Betsy
fotografiase el texto escrito en él con letra minuciosa, y hasta
elegante:

«3 10 1600.»

—¿Qué quiere decir? —preguntó.

—No lo sé.

—¿De dónde ha salido?

—Lo tenía en el bolsillo.

—Ya, pero ¿quién lo ha metido ahí?

Ellen había estado repasando mentalmente la velada. En el
momento en que se había puesto la chaqueta en el Air Force Three,
hacía una eternidad, no había ningún papel. A partir de entonces
se lo podía haber deslizado en el bolsillo mucha gente, aunque la
mayoría de los comensales había mantenido una distancia respe-

tuosa, y no le pareció que el primer ministro Awan o el ministro de Asuntos Exteriores se hubieran acercado lo suficiente.

El general Lajani tampoco.

¿Quién, entonces?

Recordó unos ojos de color castaño oscuro y una voz con acento leve: los de alguien que se había inclinado lo suficiente para oler su colonia.

Jazmín.

«Su ensalada, señora secretaria.»

Luego no había vuelto a verlo. No había participado en el resto del servicio.

Pero sí había estado cerca de ella el tiempo suficiente para deslizarle el papel en el bolsillo. Estaba segura.

Tan segura como de algo más.

—Era Shah. —Lo dijo con un hilo de voz.

—¿Shah? —Betsy se había despertado de golpe—. ¿Ha hecho que te lo diera alguien, como las flores?

—No, me refiero a que era el propio Shah. El camarero que me ha traído la ensalada. Era Shah.

—¿Estaba ahí esta noche? Dios mío, Ellen...

—Rápido, Steve, necesito mi teléfono. —En cuanto lo tuvo en sus manos, Ellen hizo una llamada—. Soy la secretaria Adams. Póngame con quien esté de guardia en inteligencia.

Después del suplicio de tener que dedicar un minuto entero a intentar convencer al telefonista nocturno de la embajada de Estados Unidos en Islamabad de que era la secretaria de Estado, colgó y llamó al embajador.

—Necesito la dirección de Bashir Shah —dijo—. Ah, y necesito que personal de seguridad e inteligencia se reúna conmigo en su casa de inmediato, armado.

—Sí —masculló el embajador, esforzándose por salir de un profundo sueño—. Un momento, señora secretaria, le doy la dirección.

Lo hizo. Pocos minutos después llegaron a un barrio de Islamabad con abundantes zonas verdes, y mientras esperaban a que llegase el personal de la embajada Betsy intentó localizar a Alex Huang, el antiguo corresponsal para la Casa Blanca que había descubierto lo del HLI.

Ellen hizo otra llamada, esta vez al primer ministro Awan, para ponerlo al día.

—¿Que el doctor Shah estaba aquí esta noche? —inquirió atónito el primer ministro—. Lo habrá organizado el general Lajani. Me extrañaba que bromeara con el camarero...

—A mí también. ¿Alguna novedad del general?

—No, estamos investigándolo. Es posible que esté con Shah.

—¿Me da su permiso para entrar en el domicilio de Shah?

—Entrará de todas formas, ¿no?

—Ni lo dude, pero le estoy dando la oportunidad de hacer bien las cosas.

—De acuerdo, tiene mi permiso, aunque no estoy seguro de que nuestros tribunales consideren que estoy autorizado para dárselo. —Hizo una pausa—. De cualquier modo, gracias por confiar en mí.

Hasta entonces, a decir verdad, Ellen no había confiado plenamente en él, pero se decidió a dar el paso.

—¿A usted le dicen algo los números «310 1600»?

Awan los repitió y se quedó pensando.

—¿1600 no es la dirección de la Casa Blanca?

Ellen palideció. ¿Cómo no se había dado cuenta? El 1600 de Pennsylvania Avenue.

—Sí.

Pero ¿qué podían significar los otros números? 310. ¿Era una hora? ¿Significaba que la bomba de la Casa Blanca estaba programada para explotar a las tres y diez?

—Tengo que colgar.

—Mucha suerte, señora secretaria.

—Lo mismo digo, señor primer ministro.

Colgó y le explicó a Betsy lo que había dicho Awan sobre los números.

—Sí, podría ser. —Betsy asintió—. Una de las bombas está en la Casa Blanca. Eso ya lo sospechábamos. De todos modos, si hay tres bombas, ¿qué sentido tiene que Shah sólo te avise de una? Yo creo que es más sencillo. Creo que es como con las otras.

—¿Qué otras?

—Los autobuses; los números que recibió tu FSO, y que descifró.

Ellen se fijó en los números.

—¿Autobuses? ¿Quieres decir que Al Qaeda ha puesto las bombas en la línea de autobús 310 de alguna ciudad de Estados Unidos, y que están programadas para explotar a las 16.00 h?

—A las cuatro de la tarde. Yo creo que sí. Imagínate que las explosiones en Londres, París y Frankfurt no sólo hubieran servido para matar a los físicos señuelo, sino que también fueran una especie de ensayo.

—Lo malo es que no podemos saber en qué ciudades —dijo Ellen—. Además, ¿las cuatro de la tarde de qué huso horario?

Betsy miró fijamente el papel hasta que algo le llamó la atención.

—Ellen, no pone «310». Hay un tres, un espacio y luego un diez. Tres autobuses de la línea número diez explotarán a las cuatro de la tarde, independientemente del huso horario en el que estén.

—Tampoco tiene sentido —intervino Steve, volviéndose hacia ellas—. Perdón, no he podido evitar oírlo. —Estaba pálido, claramente conmocionado por lo que estaba escuchando—. Si sabemos que hay bombas sucias en tres autobuses de Estados Unidos que llevan el número diez, sólo tenemos que difundir una alerta por todos los departamentos de transporte para que los paren y los registren. No sería fácil, pero se podría hacer, y tiempo hay.

Ellen suspiró.

—Tiene razón, no puede ser.

Se quedaron mirando los números. Ellen veía borroso por la falta de sueño, y no se había fijado en el pequeño espacio, que una vez detectado ya no se podía pasar por alto.

«3 10 1600.»

Seguían sin tener ni idea de lo que significaba. Por eso era más esencial que nunca que encontrasen a Shah.

Ellen contempló la casa a oscuras y sintió que el miedo le invadía el cuerpo y le ascendía como agua helada hacia la boca y la nariz. Estaba literalmente con el agua al cuello, o peor.

No sabía. No sabía. No sabía qué significaba el mensaje.

Podía referirse tanto a autobuses como a la Casa Blanca.

También podían ser números aleatorios, una tomadura de pelo de Bashir Shah para hacerle perder un tiempo valiosísimo.

Lo que sí sabía era que no le quedaban fuerzas para deducirlo ella sola, aunque hubiera tenido idea de cómo hacerlo. No había advertido el espacio entre los números. ¿Qué otros detalles se le estaban escapando?

—Mándame la foto que has hecho.

Una vez recibida la reenvió.

—¿Al presidente? —preguntó Betsy.

—No, se le resistiría tanto como a nosotras, y si es verdad que hay un HLI no podemos arriesgarnos a que lo vea alguien más de la Casa Blanca. Se lo he enviado a la persona que resolvió la primera clave.

Después sí que le mandó un mensaje a Doug Williams para avisarlo de que si había una bomba nuclear en la Casa Blanca era posible que estuviera programada para estallar a las tres y diez de esa misma madrugada.

Williams miró el reloj.

Eran poco más de las ocho de la tarde. Tenían siete horas.

38

Gil y Anahita se habían arriesgado a salir a la aldea, donde habían encontrado comida y agua embotellada para los demás.

Se pasaron todo el camino de ida y el de vuelta hablando, cargados con bolsas de malla llenas de aromática comida.

Primero, a modo de tanteo, cada uno contó lo que le había ocurrido durante las últimas veinticuatro horas.

Anahita estuvo muy atenta a la descripción del reencuentro de Gil con Hamza, y del ataque de Akbar: le hizo varias preguntas, y no perdió detalle, mostrándose empática. Acto seguido fue él quien le preguntó qué le había pasado.

Anahita lo conocía lo suficiente para saber que era sólo por educación, para corresponder a su interés. Su madre le había dicho muchas veces que la primera pregunta puede hacerla todo el mundo, pero que la que cuenta es la segunda, y la tercera.

En el tiempo que habían pasado juntos, mientras yacían en la cama tras hacer el amor, Gil a menudo le había preguntado cómo le había ido el día, pero llegaba pocas veces a la segunda pregunta, y jamás a la tercera. Por otra parte, aunque pudiera mostrar cierto interés por los hechos del día, rara vez, por no decir ninguna, le preguntaba cómo estaba.

Además de aprender cuáles eran los límites del interés de Gil por ella, Ana había aprendido a no dar información personal sin que se lo pidiera, visto que en el fondo le era indiferente.

Lo que no podía evitar era que él le importase a ella. No amaba con cordura, sino demasiado bien, como Otelo.

Con la diferencia de que el amor de Otelo era correspondido. Su tragedia había sido no saberlo.

Mientras caminaban a oscuras por las calles de la pequeña localidad paquistaní, envueltos por el cálido aroma de la comida especiada, Anahita había ido dando respuestas superficiales, simples titulares, lo que le habría contado a cualquiera; nada que pudiera transmitir a Gil lo que pensaba y sentía de verdad.

Aun así, la puerta no estaba cerrada del todo. Ella seguía al otro lado, ardiendo en deseos de abrírsela. La llave era la segunda pregunta, mientras que, con la tercera, Gil cruzaría el umbral para acceder a su corazón.

—Habrá sido horrible —fue lo único que dijo cuando ella hubo acabado.

Anahita se quedó a la espera, sin poder evitarlo: un paso, dos, tres pasos en silencio por el callejón.

Notó que Gil le cogía la mano y reconoció el gesto como lo que era: el preludio de una intimidad que no se había ganado y que ya no merecía. Sintió durante un momento el calor de sus pieles en contacto, un calor conocido que percibió en su interior, en esa noche de calor y bochorno.

Luego se soltó.

Gil abrió la boca para decir algo, pero justo entonces recibió un mensaje en el móvil.

—Es de mi madre. Bashir Shah le ha dado un papel con unos números y quiere saber si te dicen algo.

—¿A mí?

—Parece que está en clave, y como resolviste la anterior cree que también podrías resolver ésta.

—A ver.

—Ana... —dijo Gil al orientar el móvil hacia ella para que leyera el mensaje.

—Espera, que lo leo —contestó Anahita, seria y escueta.

«3 10 1600.»

Sus jóvenes ojos se habían fijado enseguida en el espacio entre los números. La FSO ya estaba volcada de lleno en el trabajo.

Esta vez no lo asimilaría tan despacio. Había tardado demasiado en darse cuenta de la importancia del mensaje de su prima Zahara, y más en deducir lo que significaba.

Cientos de personas habían pagado esa demora con sus vidas. No volvería a pasar. No volvería a dejarse distraer. Estuvo repasando los números durante todo el camino de vuelta a la casa segura.

«3 10 1600.»

Al llegar los puso por escrito en varios trozos de papel, que repartió entre los demás.

—Lo ha enviado Bashir Shah —dijo—. Tenemos que averiguar qué significa.

—¿Es sobre las bombas sucias? —preguntó Katherine.

—Eso cree tu madre.

Mientras comían juntos a la misma mesa, inclinando la cabeza a la luz de varias lámparas de aceite, fueron barajando ideas, ocurrencias, conjeturas.

1600. ¿La Casa Blanca?

¿Tres autobuses de la línea 10?

No tardaron en llegar a las mismas teorías que la secretaria Adams, incluida la posibilidad de que los números fueran una estratagema, la broma de un loco, aunque tenían que partir de la premisa de que significaban algo.

Gil miró a Ana por encima de la mesa: su cara, suavemente iluminada por la llama, sus ojos, llenos de brillo e inteligencia, y su concentración absoluta.

Cuando volvían caminando había querido, o mejor dicho ansiado, preguntarle qué había sentido al presenciar el interrogatorio de sus padres.

Cómo había sido llegar a Teherán y que la detuvieran: qué había pasado y cómo la había afectado.

Cuando la oyó describir, en apenas unas frases, el ataque dentro de la cueva, a Gil le había dado vértigo la idea de perderla.

Habría querido preguntarle más: qué había ocurrido luego, y luego, y luego... Habría querido escucharla sentado en un umbral, eternamente, perderse en su mundo y encontrarse en su mundo.

Al final, sin embargo, no había dicho nada.

Su padre le había inculcado que era de mala educación hacer preguntas personales a menos que se tratase de alguna historia, como periodista, pero que en el caso de los amigos era mejor esperar a que se abrieran ellos, sobre todo con las mujeres. Según él, hacer preguntas podía considerarse una infracción e interpretarse como curiosidad indebida.

Sin embargo, si sus padres se habían divorciado era por algo, y si su padre había encadenado varios fracasos sentimentales también sería por algo.

Como era por algo, también, que su madre se hubiese casado con Quinn Adams, un hombre que sí le preguntaba por sus sentimientos y escuchaba sus respuestas; un hombre que a esa pregunta añadía otras, no por curiosidad —aunque seguramente la sintiese—, sino porque le importaba.

En lugar de hablar, Gil había manifestado su interés de la única manera que sabía, cogiéndole la mano, pero Anahita se había apartado... en silencio.

Delante del coche de la secretaria Adams se pararon dos todoterrenos negros de los que bajaron varios agentes con uniforme de asalto.

Una vez que la Seguridad Diplomática, que tenía las armas en la mano, comprobó las identificaciones, abrieron las puertas del vehículo, y salieron Ellen y Betsy.

—¿Sabe a quién pertenece esta casa? —preguntó Ellen.

—Sí, señora secretaria, al doctor Bashir Shah —respondió el agente al mando—. La hemos estado vigilando, y no hay ni rastro de Shah.

—Pues nos consta que puede estar en Islamabad, y necesitamos encontrarlo y detenerlo vivo. —Ellen lo miró a los ojos—. Vivo.

—Entendido.

—¿Está al corriente de la distribución de la casa?

—Sí, la he estudiado en previsión de que algún día tuviéramos que entrar.

Asintió en señal de aprobación.

—Bien. —Miró la casa, donde no había luz—. Puede que también haya papeles importantes, con detalles sobre el próximo objetivo de Shah.

—¿El próximo?

—Es el cerebro de los atentados de Londres, París y Fráncfort, y sospechamos que ha puesto más bombas. Tenemos que averiguar dónde.

El agente respiró hondo. De pronto ya no se trataba de asaltar el domicilio de un físico famoso y detenerlo, sino de algo mucho más serio.

—No podemos llamar y esperar a que nos abran —dijo la secretaria Adams—. No podemos arriesgarnos a que quemen los documentos. Necesitamos que la sorpresa sea total.

—Es nuestra especialidad, señora. —El superior miró los altos muros de la finca—. Supongo que habrá vigilancia.

—Me imagino. ¿Será un contratiempo?

—No, siempre prevemos encontrar problemas.

—Problemas con P mayúscula —respondió Ellen—. Los acompaño.

—Mejor que no —contestó el agente.

—No —dijo al mismo tiempo Steve Kowalski, el responsable de la protección de la secretaria.

—No interferiré. Es que necesito buscar esos papeles.

—No, no puedo permitirlo; no sólo por su seguridad, señora secretaria, sino porque será un obstáculo y pondrá en peligro toda la operación.

—No estoy diciendo que vaya a dirigir la incursión. —Ellen miró a su jefe de seguridad—. Vamos a ver, Steve... Ya ha oído lo que nos decíamos, y sabe qué está en juego. Sabe cuántas vidas se han perdido intentando encontrar esa información. —Kowalski estaba a punto de protestar de nuevo—. Sabe tan bien como yo que ya no se está seguro en ningún sitio, al menos hasta que tengamos a Shah y la información. Si se sale con la suya, esos atentados no serán los últimos; será un no parar, así que propongo que nos repartamos el trabajo: ustedes localizan a Shah y toman la casa, y yo, mientras tanto, reviso sus papeles. —Miró a Kowalski, y luego al jefe del grupo de asalto—. No entraré hasta que me lo indiquen, ¿de acuerdo?

Accedieron muy a regañadientes.

Ellen se dirigió a Betsy.

—Tú quédate aquí.

—Vale.

Fueron hacia la alta verja de acceso, seguidos por Betsy.

—«*Trouble, trouble...*» —canturreó.

En respuesta a una señal de Kowalski, las dos mujeres echaron a correr por el patio. A medida que se acercaba a la casa a oscuras, a Ellen se le fue erizando el vello de los brazos.

—«*Trouble with a capital "T".*»

No encontraron resistencia. No había vigilantes. La secretaria Adams, consternada, creyó saber por qué.

—Un momento, un momento, un momento. —Zahara Ahmadi hizo un gesto con las manos a fin de que los demás se callaran.

Habían estado dando vueltas a varias teorías sobre los números, a cuál más descabellada.

—El tal Bashir Shah filtró la información sobre los físicos nucleares a mi gobierno, ¿no? —preguntó.

—Sí, a los iraníes —contestó Boynton.

—Porque quería que los matáramos y que nos culparan a nosotros.

—Exacto —añadió Katherine—. ¿Adónde quieres ir a parar?

—¿Cómo sabemos que no está haciendo lo mismo, que no nos está manipulando?

—Es muy probable que nos manipule —intervino Charles Boynton—, pero esta vez lo sabemos.

—No es la única diferencia —continuó Zahara—. Yo creo que nos hemos estado centrando demasiado en Shah, porque es lo que él quiere. ¿Por qué iba a entregarle este mensaje a la secretaria Adams?

—¿Porque es unególatra enfermizo y le pueden las ganas de jugar con nosotros? —sugirió Boynton.

—Eso es verdad —corroboró Gil—, pero también es un hombre de negocios. Si esto le sale mal tendrá que rendir cuentas ante sus clientes, y dudo mucho que le convenga. Yo creo que tiene un pelín de miedo de que le salga mal. El tiempo apremia, y nos estamos acercando más de lo que creía posible.

—Yo opino lo mismo —agregó Zahara—: lo hace para protegerse. Sólo le falta ponerse a dar saltos y mover los brazos para que lo miremos.

—Distrayéndonos de donde deberíamos mirar —concluyó Katherine.

—¿O sea...? —preguntó Boynton.

—A sus clientes —respondió Anahita—. Shah es el traficante de armas, el intermediario; gestiona la fabricación de las bombas, pero no es él quien las usa. Los objetivos y las horas no los elige él.

—Exacto, aunque es probable que los conozca —observó Zahara.

—Sí, es probable —convino Anahita—. Hasta puede que haya organizado la detonación.

—Pero dónde y cuándo lo deciden sus clientes. —Katherine abrió mucho los ojos al darse cuenta de por dónde iban—. Hemos estado mirando los números desde el punto de vista de Shah, pero tenemos que cambiarlo...

—Al de Al Qaeda —concluyó Zahara.

Anahita se volvió hacia su prima.

—Hemos estado mirándolo desde una perspectiva occidental. Lo que dices tú es que hay que empezar a mirar los números con mentalidad islámica.

—No, islámica no, yihadista —la corrigió Zahara—. ¿Qué querrían decir estos números en su mundo? ¿Qué significado podrían tener? Al Qaeda y otras organizaciones terroristas no recurren sólo a la religión, sino también a la mitología; repiten sin cesar ofensas y agravios pasados y presentes. Mantienen abiertas las heridas. Sabiendo eso, ¿a qué herida podrían corresponder estos números?

«3 10 1600.»

—¡Hay un cadáver! —El agente se acercó al hombre que yacía boca abajo en el sótano de la casa de Shah y vio que asomaban unos cables casi imperceptibles—. Está conectado a algo —informó, alejándose.

Antes de que dieran dos pasos en el patio ya sabían que no había nadie. No habían hallado resistencia, cuando alguien como Shah se rodearía de un ejército privado.

No había nadie, no; bueno, no con vida.

Ellen y Betsy estaban en el estudio de Shah, en la planta baja, buscando entre sus papeles después de que hubieran descartado la presencia de explosivos mediante un barrido de la sala.

—Tienen que irse, señora secretaria —dijo Steve—. En el sótano han encontrado un cadáver con explosivos.

—¿Es Shah? —preguntó Betsy, pese a que ya sabía la respuesta.

Steve las estaba acompañando al exterior.

—No lo sabemos. Quieren desactivar la bomba antes de darle la vuelta e identificarlo.

Ellen estaba prácticamente segura de saber quién era el muerto del sótano, y en cinco minutos se lo confirmaron: el general Lajani, el ministro de Defensa de Pakistán.

Esa noche el Azhi Dahaka había estado muy ocupado en hacer limpieza, usando como solución la sangre y el terror.

En cuanto les anunciaron que tenían vía libre, Betsy se dispuso a volver a la casa y seguir buscando entre los documentos, pero Ellen la detuvo.

—No hay nada. Se lo ha llevado todo, y lo que podamos encontrar lo habrá dejado para despistarnos. Tenemos que irnos.

—¿A Moscú? —preguntó Betsy, como si prefiriera el riesgo de estar dentro, con la bomba.

—A Moscú.

Ellen sabía que era el último recurso: después de Moscú, ya no les quedaba ningún sitio al que ir, excepto Estados Unidos, para esperar.

Lo que sí les quedaba era otra vía que explorar. Una vez a bordo del Air Force Three, Betsy continuó buscando al periodista desaparecido, el que había descubierto lo del HLI.

Lo encontró cuando sobrevolaban Kazajistán.

39

El Air Force Three aterrizó en el Aeropuerto Internacional de Moscú-Sheremétievo a las nueve y diez de una mañana de febrero, en plena tormenta de nieve.

Parecía que el cielo se hubiera llevado una paliza, con nubes amoratadas que tapaban el sol de invierno, débil ya de por sí. Betsy se acordó de unas palabras de Mike Tyson.

«Todo el mundo tiene un plan hasta que le dan un puñetazo en la boca.»

Ella estaba bastante noqueada, y el plan que pudieran tener ya se le había olvidado.

Ni Ellen ni Betsy ni los agentes de Seguridad Diplomática llevaban abrigos, guantes ni gorros. En respuesta a una llamada rápida a la embajada de Estados Unidos, en la pista esperaban varios todoterrenos blindados, pero no se les había ocurrido pedir ropa de abrigo.

Ellen respiró hondo antes de salir del avión sin nada que la protegiera, más allá de un paraguas que enseguida se le quedó del revés por la embestida de un viento que, nacido en Siberia, había ido acumulando nieve, hielo y velocidad en su recorrido por Rusia, y que la dejó un momento en estado de shock, incapaz de bajar ni un escalón, respirar y mover algo más que las pestañas, con las que se protegía de la nieve que le azotaba la cara y los ojos.

Tras hacer entrega del paraguas, ya inservible, al agente al que tenía detrás, levantó las manos para no perder el equilibrio, pero nada más tocar el frío metal de la baranda la soltó por miedo de que se le quedase adherida la carne caliente de la mano y tuviera que arrancarse la palma.

—¡¿Se encuentra bien?!

Las ráfagas de viento eran tan fuertes que Steve tuvo que gritárselo al oído.

¿Bien? ¿Hasta qué punto podría atravesarse un día? Sin embargo, pensó en los rangers, en los pasajeros de los autobuses y en las madres, los padres e hijos con fotos en las manos.

En Pete Hamilton y Scott Cargill.

—Perfectamente —contestó con todas sus fuerzas mientras veía de reojo que Betsy se había puesto a asentir: para Navidad le había regalado el último libro de su poeta favorita, Ruth Zardo: un breve poemario titulado *Genial* (las siglas de «grillada, egoísta, neurótica, insegura y alienada»).

Apretando los dientes para no temblar, la secretaria Adams se volvió de nuevo hacia los que aguardaban abajo y sonrió a la fuerza, como si acabara de aterrizar de vacaciones en una isla del Caribe.

Tenía presente que el presidente Williams había hecho hincapié en que la visita debía ser confidencial: nada de atención ni de aspavientos ni, sobre todo, de eco en los medios.

Un simple encuentro privado entre su secretaria de Estado y el presidente ruso.

Desde lo alto de la escalerilla, saludó con la mano a los reporteros y las cámaras. Si le pedía a Ivanov que hiciera algo, tenía prácticamente asegurado que haría todo lo contrario. Tal vez, pensó mientras la acometía otro estremecimiento, debería exigirle que, bajo ningún concepto, le revelase el paradero de Bashir Shah...

Ni dónde se hallaban escondidas las bombas.

Empezó a bajar con la esperanza de llegar al suelo sin haberse muerto congelada. A medio camino ya le costaba caminar. Se le habían empezado a congelar las piernas y los pies, calzados con zapatos de tacón bajo, y ya no se sentía la cara.

La nieve y el hielo que cubrían los peldaños la hacían resbalar un poco a cada paso. Se preguntó si Ivanov lo había hecho a posta, porque tampoco podía ser tan difícil tener limpia una escalera, ¿no? ¿Esperaba que se partiera la crisma?

Pues ni loca le daría esa satisfacción, decidió justo cuando le fallaba el pie otra vez y conservaba el equilibrio de milagro.

Vio los coches, aparcados más lejos de lo necesario: calor. Le dieron ganas de saltar los peldaños finales y correr hasta ellos, con la esperanza de llegar antes de haberse convertido en una estatua de hielo.

Al final hizo el esfuerzo de descender despacio y detenerse justo antes del último escalón para esperar a Betsy, que la seguía a pocos peldaños. Lo sabía porque iba mascullando «joder, joder, joder».

Si Betsy resbalaba con el hielo de la escalerilla, Ellen quería poder atenuar su caída, como lo había hecho Betsy toda la vida por ella.

Era como bajar del Everest, aunque al final sus pies tocaron la nieve de la pista.

Asintió y se obligó a sonreír a los que habían acudido a recibirla. Al menos esperó estar sonriendo, porque cabía la posibilidad de que se le hubiera resquebrajado la cara sin más.

Todos los que la esperaban llevaban parkas tan gruesas, con capuchas forradas de piel, que podrían haber sido hombres o mujeres, osos polares o maniquís.

De camino al coche resbaló, pero Steve la sostuvo por el brazo. Una vez dentro del vehículo se apoderó de ella un temblor incontrolable. Se frotó los brazos y acercó las manos a las salidas de aire caliente.

—¿Estás bien? —le preguntó a Betsy, aunque le salió un balbuceo ininteligible.

Como su amiga tenía la cara congelada, y le castañeteaban los dientes, tan sólo pudo contestar con una serie de gruñidos, aunque se las arregló para darles un toque malsonante.

—¿Qué hora es? —le preguntó Ellen a Steve cuando la boca volvió a responderle.

—Las nueve y treinta y cinco. —Aún tenía los labios helados, de modo que a duras penas logró articular las palabras.

—¿Y en Washington?

El agente echó un vistazo a su reloj de pulsera.

—Las tres y... —le dio un escalofrío— treinta y cinco de la madrugada.

—¿Me da mi móvil, por favor?

Cuando lo recuperó, Ellen le escribió un breve mensaje al presidente Williams. Le temblaban tanto los dedos que tuvo que retroceder varias veces para enmendar sus propios errores y para corregir al corrector automático, que había cambiado la palabra «bombas» por un emoticono que hacía parecer ridículo un asunto muy serio.

Doug Williams leyó el mensaje.

Estaba en el despacho oval. El equipo de seguridad había peinado la Casa Blanca y no había encontrado indicios de uranio-235 ni ningún tipo de radiación, a pesar de lo cual había informado al presidente de que no se podía concluir que no hubiera nada, sino sólo que no lo habían encontrado.

El Servicio Secreto, que estaba al corriente de la situación, había pedido, exigido y, por último, rogado al presidente que se fuera: sabían tan bien como él que si había un artefacto nuclear en la Casa Blanca estaría lo más cerca posible del presidente.

Aun así, Williams se había negado a marcharse.

—Es un gesto inútil, señor —le espetó la responsable del dispositivo, cansada, tensa y exasperada.

—¿Usted cree? —Williams la miró con atención—. Tiene bastante experiencia en trabajar con presidentes para saber que no hay gesto, palabra, acción o falta de ella que no tenga algún tipo de repercusión. ¿Qué sería peor, morir aquí o que los terroristas sepan que han expulsado al presidente de su propia casa? —Le sonrió—. Le aseguro que me encantaría irme. En las últimas horas me he dado cuenta de que no soy valiente, pero no me puedo ir, lo siento.

—Pues entonces nosotros tampoco.

—Es una orden. Sus muertes sí que serían un gesto inútil. Mire, ya sé que su trabajo consiste en protegerme, pero en el sentido de intentar impedir un ataque o incluso de interponerse ante un disparo para proteger al presidente. Pero si estalla una bomba no pueden protegerme. Mi muerte le diría al mundo que no nos dejamos intimidar; las de ustedes, en cambio, no tendrían ninguna utilidad. Tienen que irse, y yo, quedarme.

Se negaron, por supuesto, pero en algo transigió la agente al mando ante su comandante en jefe: los agentes con hijos pequeños fueron reasignados al recinto exterior, donde el peligro quizá fuera menor.

Hasta que Williams se quedó a solas no salió el general del baño privado para ponerse a su lado.

Miraron por la ventana, orientada al jardín sur.

—Para que lo sepa, señor presidente: es usted un hombre valiente.

—Gracias, general, pero dígaselo a mis calzoncillos.

—¿Es una orden, señor?

Williams se rió y miró al jefe del Estado Mayor Conjunto. Nunca se le borraría de la memoria la expresión del general en la puerta al comprender que habían muerto todos los rangers de la meseta, incluida su propia ayudante de campo, elegida personalmente por él para encabezar el asalto: una maniobra de distracción que había sido idea del propio general.

Habían pasado varias horas, pero la expresión de espanto seguía ahí; era como un velo amniótico que sólo resultaba visible de muy cerca.

Williams sospechaba que el rostro del general la reflejaría hasta su muerte.

Eran las tres menos cuarto.

En consecuencia, podían faltar veinticinco minutos para la misma.

. . .

Entre las ráfagas de nieve, Ellen veía pasar la arquitectura brutal de los edificios soviéticos de posguerra. Veía pasar a transeúntes que, con la cabeza gacha, avanzaban penosamente hacia el trabajo, sin molestarse en levantar la vista al paso de la comitiva.

Aunque no sintiera un gran entusiasmo por sus gobernantes, a la secretaria Adams le caían muy bien los rusos, al menos los que conocía: al margen de su fuerza ante las adversidades, eran personas vitales y risueñas, llenas de generosidad y hospitalidad, que nunca hacían ascos a compartir una comida o una botella. No sería ella quien pusiera en duda la fortaleza de los rusos, aunque le parecía una auténtica lástima que tras derrotar con tanta valentía la amenaza externa del nazismo y el fascismo esa misma amenaza se estuviera infiltrando en ellos desde el interior.

Tenía miedo, mucho miedo de que si fracasaba en su misión pasara lo mismo en Estados Unidos, o ya estuviera pasando en realidad.

Se habían marcado el tanto de vencer al déspota en unas elecciones justas, pero no dejaba de ser una victoria frágil. De todos modos, su trabajo como secretaria no era convencer al electorado, sino procurar que llegaran a las siguientes elecciones.

Consultó la hora: las diez menos cinco de la mañana, hora de Moscú.

Las tres menos cinco en Washington.

Más adelante, vio que las cúpulas bulbosas tan características del Kremlin aparecían y desaparecían en la nieve. Betsy y ella ya habían entrado un poco en calor, al menos lo suficiente para no temblar, aunque tenían la ropa empapada y los zapatos mojados, con manchas de la mezcla de nieve y aceite de la pista de aterrizaje.

Pero qué ganas de una buena ducha, con agua bien caliente... un gusto que no iban a poder darse.

. . .

Betsy miró su móvil. Había averiguado que el antiguo corresponsal en la Casa Blanca vivía en Quebec, en la pequeña localidad de Three Pines. Se había cambiado de nombre, pero era él.

Le había pedido ayuda en un mensaje y, pese a lo tarde que era, él había contestado. En la respuesta explicaba que había empezado una vida nueva, que se había enamorado y vivía con la dueña de una librería, una tal Myrna. Trabajaba de librero tres días por semana, y el resto del tiempo lo dedicaba a hacer voluntariado por el pueblo.

Quitando nieve, llevando comida, cortando el césped en el verano...

Era feliz. Adiós.

Aunque no preguntara el porqué del mensaje, Betsy sospechó por la respuesta que lo había adivinado.

Aun así, valía más ser clara.

Tecleó «HLI» y después pulsó «enviar».

Desde entonces sólo había habido silencio, aunque era como si notase que el móvil palpitaba con el terror del antiguo corresponsal como si el miedo fuera una aplicación y ella acabara de activarla.

—Señora secretaria...

Ellen fue recibida en la puerta del Kremlin por una ayudante del presidente Ivanov, que los hizo pasar entre sonrisas. Una vez dentro pidieron al equipo de seguridad que entregara sus armas.

—Lo siento, señora —dijo Steve—, pero no podemos. Tengo entendido que hay una exención diplomática que nos permite portar armas. —Le enseñó sus credenciales.

—*Spasibo*. Sí, en circunstancias normales sería así, pero al tratarse de una visita de última hora no hemos tenido tiempo de hacer el papeleo.

—¿Qué papeleo? —Steve Kowalski aparentaba una tranquilidad absoluta, pero Ellen vio que le palpitaba la vena de la sien.

—Bueno, ya sabe lo que son las democracias —dijo la ayudante, sonriendo—: te pasas el día rellenando formularios.

—No como en los viejos tiempos —comentó Betsy, con lo que se ganó una mirada gélida.

—No pasa nada —le dijo Ellen en voz baja a Steve.

—Sí que pasa, señora secretaria. Si hubiera algún percance...

—Seguiré teniéndolo a mi lado. Además, no va a pasar nada. Venga, acabemos de una vez.

Eran las diez y dos minutos.

Quedaban ocho minutos.

Doug Williams estaba sentado en el sofá del despacho oval. Delante tenía al general.

Se conocían desde hacía años. El presidente había tenido trato personal con la esposa del general, y también con su hijo, que había pasado por Afganistán, en las fuerzas aéreas. Lo correcto, a juicio de Williams, habría sido pedirle que se fuera, pero en honor a la verdad se alegraba de estar acompañado.

Ambos tenían en la mano un vaso de whisky escocés, el segundo; con el primero habían brindado el uno a la salud del otro.

Quizá fuera una mezquindad, pero Williams había hecho volver a Tim Beecham desde Londres. No soportaba la idea de que su director nacional de Inteligencia pudiera estar disfrutando de un desayuno inglés completo en el hotel Brown's mientras él se enfrentaba a una bomba nuclear.

Beecham aún tardaría unas horas en llegar, pero no dejaba de ser una pequeña satisfacción para el presidente Williams.

Charlando con el general, tuvo la inevitable sensación de que deberían haber tratado temas de importancia histórica, asuntos cruciales en lo político o lo personal, pero acabaron hablando de perros.

El del general era un pastor alemán. Se llamaba *Pine*, y él le contó al presidente que se lo había regalado un gran amigo que vivía en un pueblecito de Quebec, un alto cargo de la Sûreté. Un verano había ido a visitarlo y se habían sentado en un banco del parque del pueblo, a la sombra de los tres enormes pinos que daban nombre a la localidad. Por primera vez en décadas, escuchando el canto de los pájaros, oyendo la brisa y viendo jugar a los niños, el general se había sentido en paz.

Tanto era así que había puesto nombre al perro por el pueblo.

Williams le habló de *Bishop*, un golden retriever que no se llamaba así en honor a ningún obispo, sino a un colegio donde había estudiado el presidente y al que tenía un gran cariño, probablemente porque era donde había conocido a su difunta esposa. *Bishop* solía sentarse o dormir debajo del escritorio del despacho oval, pero Doug Williams le había pedido a un mayordomo de la Casa Blanca que se lo llevara lejos.

Y que lo cuidara, si era necesario.

Quedaban cinco minutos.

—Señora secretaria...

Maxim Ivanov permaneció inmóvil en medio de la sala, de modo que Ellen no tuvo más remedio que acercarse. No la afectaban esos gestos mezquinos cuyo único propósito era ofender. En otro momento quizá le hubieran tocado las narices, pero no ese día.

—Señor presidente...

Después del apretón de manos, Ellen presentó a Betsy e Ivanov hizo lo propio con su principal ayudante. Ellen se fijó en que no lo llamaba «consejero»: a ese hombre nadie lo aconsejaba, no dos veces.

Ivanov era mucho más bajo de lo que ella esperaba, pero tenía una fuerte presencia: tenerlo cerca era como estar al lado de un explosivo cuyo disparador se aguantaba con una goma elástica a punto de ceder.

El presidente ruso estaba a un paso del manicomio. Ése era uno de sus numerosos puntos en común con Eric Dunn. La diferencia, perceptible a simple vista, era que Maxim Ivanov era el original y Dunn la copia.

Un tirano implacable entrenado para la opresión, ya fuera sutil o cruel.

Aunque Eric Dunn tuviera un instinto innato para las debilidades ajenas, lo que no tenía era capacidad de cálculo. La pereza se lo impedía. Ivanov, en cambio... Ivanov lo calculaba todo con una frialdad que hacía pensar en Siberia.

Pese a todo, con lo que Ivanov no contaba era con Ellen Adams: no se esperaba que la secretaria de Estado estadounidense se subiera al Air Force Three para plantarse en el mismísimo Kremlin.

Por su parte, Ellen advirtió que bajo la mirada glacial del mandatario ruso se escondía algo tan insólito en él como el desconcierto, acompañado de ciertas dosis de miedo y rabia.

A Ivanov no le gustaba aquella situación, y tampoco Adams: su antipatía hacia ella era mayor que nunca.

Sin embargo, Ellen también notó que el aplomo de Ivanov renacía en su presencia y sabía por qué.

Era porque estaba hecha un desastre: llevaba el cabello de cualquier manera —en un lado levantado y en el otro pegado a la cabeza—. Se había peinado en el avión, pero la ventisca había dado al traste con todos sus esfuerzos.

Tenía la ropa mojada y sucia, le chirriaban los zapatos al andar...

Lejos de intimidar como representante de una superpotencia, la secretaria de Estado recordaba un ratón que ha caído al agua. Daba pena: era tan débil como el país al que representaba. Al menos eso pensaba Ivanov... o más bien, al menos eso quería Ellen que pensara.

—¿Café? —le preguntó el presidente a través de un intérprete.

—*Pozhaluysta* —dijo Ellen: «Por favor.»

Podría haber pedido tiempo para arreglarse antes de la reunión, aunque había preferido no hacerlo, consciente de que los hombres como Ivanov y Dunn siempre subestimaban a las mujeres, sobre todo si iban desaliñadas.

Era una ventaja a su favor, pero muy pequeña, y por otra parte convenía no incurrir en la misma equivocación subestimando a Ivanov: quien lo hacía acababa mal.

Quedaba poco tiempo. Una vez creada la impresión que buscaba, Ellen ya podía pedirlo:

—¿Le importa si mi consejera y yo nos arreglamos un poco, señor presidente?

—Faltaría más.

Ivanov hizo señas a la ayudante, que las acompañó al baño.

Era rudimentario, pero contaba con lo imprescindible y les daba intimidad, que era lo principal.

Una vez dentro, lo primero que hizo fue llamar.

Quedaban noventa segundos.

El presidente Williams miró su móvil: estaba sonando. Era Ellen Adams.

—¿Alguna novedad? —preguntó permitiéndose un resquicio de esperanza.

—No, lo siento.

—Ya. —Su voz reflejó decepción y resignación. No habría rescate, no aparecería la caballería.

«3 10 1600.»

Quedaban cincuenta segundos.

—Acabamos de llegar al Kremlin y no quería... —A Ellen se le fue apagando la voz— no quería que estuviera solo.

—No lo estoy.

Williams le explicó con quién estaba.

—Me alegro —dijo ella—. Bueno, más que alegrarme...

—Lo entiendo.

Treinta segundos. Betsy estaba tan cerca que oía la conversación.

A las dos les latía muy fuerte el corazón.

En el despacho oval, Doug Williams se levantó, y el general, también.

Veinte segundos.

Las dos mujeres se miraron a los ojos.

Los dos hombres se miraron a los ojos.

Diez segundos.

Williams cerró los suyos. El general cerró los suyos.

Había un prado con flores silvestres. Era un día de sol.

Dos.

Uno.

Silencio. Silencio.

Esperaron. Podía haber unos segundos de retraso. Un minuto entero, incluso.

Williams abrió los ojos y vio que el general lo estaba mirando. Aun así, no se dijeron nada. No se atrevían.

—¡Dios mío...! —exclamó Anahita—. Creo que ya lo tengo: ya sé qué significa «3 10 1600».

—¿Qué? —inquirió Boynton mientras todos se agolpaban en torno a ella.

—Lo que has dicho de pensar desde el punto de vista de un yihadista —le dijo Anahita a Zahara—. Todos sabemos a qué nos referimos al decir «11-S». Pues supone que para Al Qaeda es lo mismo «3 10».

—¿Por qué? —preguntó Katherine—. ¿Qué podría significar?

—Osama bin Laden nació el 10 de marzo, el diez del tres. —Anahita orientó su móvil hacia ellos, con el fin de que vieran la biografía que se había descargado—. ¿Lo veis? Hoy es su cumpleaños. Al Qaeda ha jurado vengar su muerte a manos de los americanos. Por eso está programado que exploten hoy las bombas: es una declaración, algo simbólico.

—Una venganza —dijo Boynton.

Katherine, que lo estaba consultando, asintió con la cabeza.

—Es verdad: nació el 10 de marzo de 1957. ¿Y qué quiere decir «1600»?

—Es la hora a la que lo mataron —dijo Zahara.

—No —replicó Katherine—: según esto lo mataron a la una de la madrugada.

—Hora de Pakistán —intervino Gil—, en la costa Este de Estados Unidos son las cuatro de la tarde.

—Lo sabemos de cuando trabajábamos en Islamabad y dábamos el parte a Washington —dijo Anahita, mirándolo a los ojos—. Tenemos que decírselo a tu madre.

—Toma. —Gil le dio su móvil—. Mándale tú el mensaje, que eres la que ha descifrado la clave.

Ellen echó un vistazo al mensaje de texto y se lo releyó de inmediato al presidente.

Doug Williams dejó de contener la respiración.

—Parece que tenemos trece horas más, general. Luego volveremos a hacer lo mismo.

Le explicó lo de la clave al general, que asintió con la cabeza.

—Tenemos tiempo de encontrar los trastos esos del demonio, y los encontraremos. —Llamó a Ellen, que aún tenía el móvil en la mano—. Gracias, señora secretaria, y vaya con cuidado.

—Lo mismo digo. Nos vemos en la Casa Blanca. En cuanto acabe vuelvo.

—No se dé mucha prisa —dijo Williams—. Con que llegue mañana, es suficiente.

40

Mientras se refrescaban, Betsy le contó a Ellen que había localizado al periodista.

—Tiene miedo —dijo—; por eso se fue no sólo del periódico, sino también del país, y se cambió de nombre.

—O sea que ¿es posible que sepa algo? —preguntó Ellen.

—Creo que sí.

—Tenemos que llegar hasta él.

—¿Secuestrándolo? —preguntó Betsy, como si la idea casi le gustara.

—Bets, por Dios, creo que podemos dejar a alguien insecuestrado...

—Me da que esa palabra no existe.

—Y a mí me da que poco importa. No, necesitamos a alguien capaz de razonar con él. ¿Puedes averiguar si tiene familia o amigos íntimos, alguien que pueda llegar en poco tiempo?

Al salir del baño, Ellen le dio el móvil a Steve, que la miró con atención, pues sabía lo que era posible que acabase de pasar en Washington.

—Todo bien —le indicó ella, y lo vio aliviado.

—Empezaba a temer que se hubiera marchado, señora Adams —dijo a su regreso el presidente Ivanov—. Se le está enfriando el café.

—Seguro que está buenísimo. —Ellen tomó un sorbo, y en efecto, lo estaba: aromático y potente.

452

—Bueno, tengo que reconocer que su presencia me pica la curiosidad. —Ivanov se apoyó en el respaldo del sillón, separando mucho las piernas—. Viene directamente desde Pakistán, adonde había viajado desde Teherán. Antes de eso le hizo una visita al sultán de Omán, y previamente estuvo en Fráncfort. Qué ocupada ha estado...

—Y qué pendiente ha estado usted de mí —respondió Ellen—. Me alegro de que le importe tanto.

—Es una manera de pasar el rato. Y ahora aquí está. —Ivanov la miró fijamente—. Creo adivinar por qué, señora secretaria.

—Tengo mis dudas, señor presidente.

—¿Apostamos? Un millón de rublos a que tiene algo que ver con las bombas que estallaron por Europa. Ha venido a pedirme consejo. A lo que ya no llego es a saber qué ayuda cree que puedo prestarle.

—Bueno, lo que es llegar creo que llega prácticamente a todas partes. En cuanto a si tiene razón... en parte sí. Podríamos repartirnos las ganancias.

A Ivanov se le heló la sonrisa, y sus siguientes palabras estuvieron teñidas de dureza y laconismo.

—Pues entraré en detalles, si me lo permite.

Para Maxim Ivanov, lo único más importante que tener razón era no equivocarse, y sobre todo que no le dijeran que se equivocaba. Y menos alguien a quien veía como una mujer madura, descuidada y sin el menor atractivo, neófita en un juego que él había llegado a dominar.

Cada encuentro con otro Estado era una guerra... de la que él salía siempre ganador. Nunca había empate.

—Adelante. —Ellen ladeó la cabeza, como si Ivanov la divirtiera.

—Ha descubierto que los científicos que murieron en las explosiones no eran los mismos contratados por Bashir Shah para trabajar en las bombas nucleares que está vendiendo a sus clientes y ha venido esperando que pueda ayudarla a encontrarlas antes de que también exploten.

—Pero cuánto sabe usted, señor presidente... También en este caso tiene parte de razón: vengo por una bomba, pero no del tipo nuclear. Eso ya lo tenemos controlado. Mi viaje es de cortesía, para ayudarle a desactivar algo que está a punto de explotar más cerca de aquí.

Ivanov se inclinó hacia ella.

—¿Aquí, en el Kremlin? —Miró a su alrededor.

—En cierto modo. Ya sabe que mi hijo trabaja para Reuters. Me ha enviado un artículo que está a punto de presentar, y me ha parecido que tenía que enseñárselo primero a usted, en señal de respeto. Personalmente.

—¿A mí? ¿Por qué?

—Bueno, Maxim, es que está relacionado con usted.

Ivanov volvió a apoyarse en el respaldo, sonriendo.

—¡No me diga que sigue con lo de mis vínculos con la mafia rusa! En Rusia no hay ninguna mafia, y si la hubiera la erradicaría. No estoy dispuesto a tolerar que nada debilite a la Federación Rusa o perjudique a sus ciudadanos.

—Muy noble; seguro que los chechenos estarán encantados de oírlo, pero no, no es por la mafia.

Betsy permanecía muy quieta, muy serena, aunque para ella eran todo novedades. Durante el vuelo Ellen había estado ocupada con su ordenador, pero no se había comunicado con Gil. Entonces ¿qué había estado haciendo?

Sintió curiosidad por saber adónde quería llegar Ellen, como Ivanov, aunque a juzgar por la expresión de este último, y por su cuerpo en tensión, posiblemente el más curioso de los dos fuera él.

—¿Entonces...? —preguntó Ivanov.

—Entonces...

Ellen hizo una señal con la cabeza a Steve, que le llevó su móvil. Después de algunos clics, y de deslizar el dedo por la pantalla un par de veces, Ellen giró el teléfono.

Betsy no veía la pantalla, pero sí el rostro de Ivanov, que de repente se había puesto rojo, un rojo que viró al morado.

El presidente entrecerró sus ojos grises y apretó los labios. Betsy nunca había percibido una rabia como la que emanaba de él: era como recibir golpes de ladrillo en la cara. Se dio cuenta de que de pronto estaba asustada.

Se encontraban en el corazón de Rusia, en el del Kremlin. La Seguridad Diplomática de Ellen había sido desarmada. ¿Qué dificultad supondría hacerlos desaparecer y difundir la noticia de que habían tomado un vuelo interno que se había estrellado?

Miró a Ellen, cuya expresión era un misterio, aunque la delataba una leve palpitación en la sien: la secretaria de Estado también tenía miedo.

Sin embargo, no pensaba dar su brazo a torcer.

—Pero ¡¿qué coño es esto?! —exclamó Ivanov.

—¿Qué pasa? —El tono de Ellen había perdido cualquier dejo de diversión, que se había visto sustituida por una frialdad y una dureza casi desconocidas para Betsy—. ¡No irá a decirme que es la primera vez que ve fotos así, Maxim! Las ha usado usted mismo. Si desliza la imagen hacia la derecha verá un vídeo, aunque no se lo aconsejo, porque es bastante malo; nada que ver con los de usted a caballo y con el torso desnudo, aunque me ha dicho Gil que en otro sí que sale el caballo.

Betsy no cabía en sí de curiosidad.

Ivanov fulminaba a Ellen con la mirada, incapaz de decir nada, aunque lo más probable era que las palabras se le estuvieran atascando en la garganta.

Ellen empezó a apartar el móvil, pero Ivanov se lo arrebató para arrojarlo contra la pared.

—No se ponga nervioso, Maxim, las pataletas no le llevarán a ninguna parte.

—¡Zorra estúpida!

—Zorra puede, pero estúpida no sé si tanto. Lo he aprendido de usted. ¿A cuánta gente ha chantajeado? ¿Cuántas vidas ha destrozado con imágenes manipuladas de pedofilia? Cuando se tranquilice podremos hablar como adultos.

A Betsy la alivió ver que Steve y el otro agente de Seguridad Diplomática se les habían acercado de manera considerable. Steve había recogido el teléfono para entregárselo a Ellen, que comprobó si funcionaba.

Funcionaba.

—¿Sabe que ha tenido suerte? —dijo Ellen, poniéndolo en equilibrio sobre su rodilla como si buscara provocar a Ivanov—. Si hubiera roto el teléfono, y no pudiera ponerme en contacto con mi hijo, el artículo saldría publicado. Dispone de cinco minutos para desactivar esta bomba. —Señaló el teléfono con la cabeza—. Antes de que se haga pública y estalle.

—No será capaz.

—Ah, ¿no? ¿Y por qué?

—Acabaría con cualquier esperanza de paz entre nuestros países.

—¿En serio? ¿Se refiere a la paz que comporta no una bomba nuclear ni dos, sino tres?

Ivanov se disponía a decir algo, pero Ellen levantó la mano.

—Basta. Estamos malgastando un tiempo que ni usted ni yo tenemos. —Se inclinó hacia él—. No sólo dirige la mafia rusa, sino que es su fundador, el padre de esa obscenidad que sigue sus órdenes al pie de la letra. La mafia rusa tiene acceso a uranio ruso. ¿Cómo? A través de usted. En concreto, uranio-235 procedente de las minas del sur de los Urales, físil. En la fábrica de Pakistán que asaltaron anoche fuerzas estadounidenses se encontró su firma isotópica. La mafia vendió el uranio a Bashir Shah, quien contrató a físicos nucleares para que lo convirtiesen en bombas sucias y luego se las vendió a Al Qaeda. Éstos, a su vez, las han colocado en varias ciudades de Estados Unidos, todo ello bajo la tutela de usted. Necesito saber dónde está Shah y la ubicación exacta de las bombas.

—Fantasías.

Ellen cogió su móvil, escribió un mensaje y acercó el dedo al botón de «enviar». No cabía duda de su determinación ni del asco que le producía Ivanov.

—Adelante —dijo él—. No se lo creerá nadie.

—Se lo han creído cuando usted ha manipulado fotos parecidas para acabar con algún adversario. Es su estrategia preferida, ¿no? La bomba de neutrones del asesinato político: una acusación de pedofilia, con fotos y todo. Es ir sobre seguro.

—Se me respeta demasiado —replicó Ivanov, aunque había juntado las rodillas—. No se lo creería nadie. No se atreverían.

—Ajá, ya lo tenemos: el miedo. Usted gobierna mediante el miedo, pero lo que crea no es lealtad, sino enemigos a la espera, y esto... —le enseñó el móvil— esto es la mecha que prenderá la revolución. Pedofilia, Maxim: le aseguro que son imágenes que no se olvidan fácilmente, pero en fin, es probable que tenga razón. Comprobémoslo.

Pulsó el botón de «enviar» antes de que Ivanov hubiera podido abrir la boca.

—¡Un momento! —exclamó él.

—Demasiado tarde: acabo de enviarlo. Gil recibirá el mensaje, y en treinta segundos habrá subido la noticia. Dentro de un minuto habrá dado la vuelta al mundo en el boletín de Reuters, y dentro de tres lo harán circular otras agencias. A los pocos segundos llegará a las redes sociales, y será usted trending topic. Dentro de cuatro minutos se habrá terminado su carrera, y su vida tal como la ha entendido hasta el momento. Hasta los que aseguren no creérselo esconderán a sus hijos y encerrarán a sus mascotas cuando lo vean llegar.

Ivanov no hizo nada por disimular el odio con que miraba a Ellen.

—La demandaré.

—Me parece perfecto; yo también lo haría, aunque por desgracia el daño ya estará hecho. Claro que siempre cabe la posibilidad de que en los próximos segundos pueda impedir que suba Gil la noticia, señor presidente...

—No sé dónde están las bombas.

Ellen se levantó, seguida por Betsy, que apretaba los puños para evitar que le temblaran las manos. Hasta que subieran al

Air Force Three, se hallarían a merced de ese hombre, y en la Rusia de Ivanov las mercedes brillaban por su ausencia.

—¡Le estoy diciendo la verdad! —gritó él—. Pare el artículo.

—¿Por qué? No me ha dado nada a cambio. Además, reconozco que me cae mal, me alegraré de verlo caer. Cuando se dedique a cuidar rosas en su dacha habrá muchas más posibilidades de que reine la paz.

—Sé dónde está Shah.

Ellen se paró y se quedó muy quieta hasta que dio media vuelta.

—Pues dígamelo ahora mismo.

Ivanov vaciló.

—En Islamabad —dijo finalmente—. Lo tenían delante de las narices.

—Vuelve a equivocarse: estaba allí, pero se ha marchado. Dejó el cadáver del ministro de Defensa conectado a una bomba. ¿Lo sabía? Con lo que habrá tardado usted en preparar al general Lajani para tenerlo a su servicio, y ahora tiene que empezar de cero... De todos modos, me parece que ya no encontrará tan ciego como antes al primer ministro Awan, y todo gracias a Shah. No es que sea un aliado muy estable... —Ellen miró con mala cara a Ivanov—. ¿Dónde está? —Levantó la voz—. Dígamelo.

—En Estados Unidos.

—¿Dónde?

—En Florida.

—¿En qué parte de Florida?

—Palm Beach.

—Miente: tenemos vigilada su villa, y no ha llegado nadie.

—No, ahí no. —Ivanov sonreía.

—Se le acaba el tiempo, señor presidente. ¿En qué parte de Palm Beach?

Para entonces, sin embargo, tanto Ellen como Betsy sabían la respuesta, aunque no dejó de ser chocante oírla en boca del presidente ruso.

41

—Me niego a creerlo —dijo el presidente Williams—. Lo único que tenemos es la palabra de un tirano. Eric Dunn será todo lo soberbio y estúpido que quiera, un tonto útil para la extrema derecha, por no hablar de Ivanov y de Shah, pero sería incapaz de proteger a un terrorista sabiendo que lo es. Ivanov miente. Está jugando con usted.

Ellen bufó con exasperación y miró a Betsy. Estaban en el Air Force Three, rumbo a Estados Unidos.

—No le falta razón —intervino Betsy—. Ya has visto la cara de Ivanov: si hubiera podido te habría despellejado viva. No tenemos ninguna garantía de que esté diciendo la verdad, ni siquiera con lo del chantaje de las fotografías. Menos, de hecho. Tal como están las cosas, sería capaz de todo con tal de destruirte.

Ellen había tapado el móvil con la mano, pero seguía oyendo la vocecita metálica del presidente de Estados Unidos, como si estuviera atrapado dentro del aparato.

—¿Chantaje? ¿Qué fotos?

Retiró la mano del teléfono y se lo explicó.

—Me cago en la leche... ¿Cómo ha sido capaz? ¿Y el niño...?

—El niño había sido generado por ordenador. No existe —aclaró Ellen.

—Menos mal. Pero ¿ha manipulado fotos y ha chantajeado a un jefe de Estado? —exigió saber Williams.

—Dirige una organización criminal que ha ayudado a colocar bombas nucleares en suelo estadounidense. Sí, he hecho todo lo que dice, y llegados al caso haría más. ¿Qué esperaba, que lo torturase? Mire, puede que tenga usted razón, y que lo de que Shah esté en casa de Dunn sea mentira, pero sólo hay una manera de averiguarlo.

—Supongo que no va a proponer que llamemos al timbre.

—No, lo que propongo es que un comando asalte el domicilio de un ex presidente del país para secuestrar a uno de sus invitados.

—Madre mía... —Williams suspiró—. Vamos a ver, Ellen: Ivanov es un hombre inteligente, y si esto es un golpe de Estado corremos el riesgo de beneficiar sus intereses. Aunque encontrásemos a Shah y las bombas, y lográsemos desactivarlas, nos echarían, no sólo por infringir la ley, sino por atacar a un adversario político; atacar en sentido literal, con armas de verdad. Por Dios, si autorizo una incursión en la finca de Eric Dunn, Dunn podría salir herido, ¿y entonces qué? —Permanecieron callados unos instantes—. ¿Usted cree que Dunn es un activo ruso?

Ellen respiró hondo.

—Intencionadamente quizá no, pero no descarto que lo sea sin saberlo. De todos modos, da igual, porque el resultado sería el mismo: si Dunn vuelve al poder, se convertirá en una marioneta. Será como si Estados Unidos fuera un estado más de Rusia. Maxim Ivanov tendrá la sartén por el mango, y a partir de ahí pondrá a uno de sus hombres como primer ministro en Pakistán, y se asegurará de que el siguiente gran ayatolá de Irán sea fiel a Rusia. Entonces sí se convertirá en la hiperpotencia que siempre presume ser.

—Mierda. —Betsy suspiró.

—Eso, mierda —contestó Williams—. Yo creo que nuestra única esperanza es preguntarle a Dunn si Shah está en su casa y, en caso afirmativo, pedirle que lo entregue voluntariamente. ¿Que nos hace caso? Genial. ¿Que no? Pues al menos tendremos una prueba de que lo hemos intentado.

—Perdone, señor presidente, pero ¿se ha vuelto loco? ¿Ya no se acuerda de a quién nos enfrentamos? Con cualquier otro ex presidente podría funcionar, pero ningún otro ex presidente invitaría a su casa a Bashir Shah. No podemos arriesgarnos. Preguntárselo a Dunn es avisar a Shah, y nuestra única esperanza es la sorpresa.

—Anoche, en Bajaur, no funcionó.

—No.

Aparte de trágico, era como mínimo preocupante, en la medida en que parecía indicar que los insurgentes habían sabido de antemano que los rangers se dirigían allí.

«Casa Blanca», había dicho Farhad. «HLI», había escrito Pete Hamilton sabiendo casi con certeza lo que estaba a punto de ocurrirle.

Ambos habían muerto intentando transmitir el mismo mensaje: «Traidor.»

Esa persona había avisado sobre la incursión a Shah, y éste había advertido a los talibanes, que a su vez habían matado a los rangers.

Esa misma persona sabría dónde estaban las bombas, y probablemente hubiera puesto una en la Casa Blanca. Tenían que averiguar quién era, y para eso Ellen tenía que arriesgarse.

—Hay algo que aún no le he contado, señor presidente.

—Dios mío... No me diga que ha secuestrado a Ivanov.

—No, aunque...

—¿Qué pasa?

—Antes de que lo mataran, Pete Hamilton envió un mensaje a Betsy. Tres letras: HLI. —Se quedó esperando una respuesta.

—Pues la verdad es que me suena de algo... —dudó un poco Williams—. HLI. No, ahora no me viene. ¿Qué significa?

—Informador de alto nivel.

—Aaah, sí... —Se rió—. Lo decían en broma en el Congreso hace unos años. Un periodista se había puesto a hacer preguntas sobre una gran conspiración de derechas.

Tal como lo dijo parecía absurdo.

—Ya. Para troncharse.

Otro silencio.

—Supongo que ahora ya no tiene tanta gracia —reconoció Williams.

—¿Usted cree? A Pete Hamilton lo han matado porque averiguó algo al respecto. Lo último que hizo fue mandar el mensaje. Y que conste que no creo que sea sólo una conspiración de derechas. Para mí va mucho más allá.

—O sea que ¿cree que hay un HLI?

—Sí.

—¿Y por qué no me lo había dicho antes?

—No podía arriesgarme a que se enterase nadie. Nadie próximo a usted.

—Se refiere a mi jefa de gabinete.

—Exacto. No hay nadie de nivel superior a Barb Stenhauser. Luego está su ayudante: hemos averiguado que era la joven con quien estuvo Hamilton en el bar, y ahora ha desaparecido. Reconocerá que es raro.

—Lo que reconozco es que alguien tan listo y tan paciente como para organizar algo así también habría tomado la precaución de buscar chivos expiatorios, ¿no le parece?

Ellen se quedó callada.

—¿Y no le parece que mi jefa de gabinete es una elección muy evidente, casi demasiado?

—Puede que tenga razón. La única manera de averiguarlo es localizando la web del HLI y descubriendo su identidad —continuó Ellen—, lo cual pasa por buscar a Alex Huang.

—¿Quién?

—El corresponsal que hacía las preguntas.

—¿Cómo sabe su nombre?

—Porque trabajaba para mí. Se fue sin haber terminado la investigación. Entonces dijo que no había ningún HLI, que seguro que era algo creado por los teóricos de la conspiración para inventarse los mayores disparates y atribuírselos al misterioso HLI.

—Suena bastante verosímil.

—Yo no le había dado más vueltas hasta que murió Pete Hamilton consiguiéndonos esa información. Por otra parte, el informador iraní dijo «Casa Blanca» justo antes de morir. No podemos ignorarlo.

—¿Y dónde está ese periodista? —preguntó Williams.

—Lo ha encontrado Betsy. Se ha cambiado de nombre, y vive escondido en un pueblo de Quebec llamado Three Pines, pero se niega a hablar. Me gustaría mandar a alguien para convencerlo, alguien en quien confíe. Si lo hemos localizado nosotros, Shah no tardará.

—¿Y si no quiere decirnos lo que sabe sobre el HLI? —preguntó Williams—. ¿También lo raptamos? ¿Por qué no? De paso invadimos otro país soberano, otro aliado. Seguro que a Canadá no le importa.

Se frenó al notar que se le iba la cabeza. Sólo con sensatez lograría salir vivo de ese día, tras haber encontrado y desactivado las bombas.

—A ver —dijo—, nuestro principal objetivo, nuestra prioridad, es Shah. Si lo atrapamos, lo demás es secundario. Lo que ocurre es que para atraparlo tengo que dar luz verde a una operación secreta a plena luz del día, y contra compatriotas, contra un ex presidente. Lo cual, por si alguien no se había dado cuenta, va contra la ley.

—Bueno, supongo que poner bombas nucleares también —intervino Betsy.

—Doug, las probabilidades de que usted o yo sobrevivamos a este día, no política, sino físicamente, son bastante escasas —dijo Ellen—. Lo último que debería preocuparnos es acabar en la cárcel. Si Shah sabe dónde están las bombas y nos quedan... —Miró el reloj de su mesa del Air Force Three, que irónicamente era un reloj atómico— diez horas para localizarlas y desactivarlas, voto para que infrinjamos todas las leyes que haga falta. Y que pase lo que tenga que pasar.

—Pues lo tenemos crudo, Ellen. —El tono de Williams no era sólo de cansancio, sino de absoluta extenuación... y resignación—. Voy a ponerlo en marcha. Más vale que funcione, que Shah esté allí.

La aproximación del Air Force Three a la base aérea Andrews coincidió con la de Eric Dunn al primer tee y la de los comandos a la villa.

Al presidente le habían adelantado un poco la partida de golf por un fallo imprevisto del sistema informático. Fue la explicación que dio el secretario del club cuando la asistente de Dunn se la exigió de malos modos.

Tras ver que salía del recinto, el destacamento de operaciones especiales ocupó sus posiciones.

Veían a los guardias de seguridad, que pertenecían a una empresa privada: llevaban rifles de asalto y tantos cinturones de munición que no sólo hacían mucho ruido al patrullar, sino que a duras penas podían moverse.

En contrapartida, los miembros de la Fuerza Delta dependían del sigilo y la rapidez, y lo único que llevaban encima eran cuchillos, pistolas, cuerdas y cinta.

Cualquier comando de verdad sabía que las personas eran más importantes que el armamento. El éxito de una misión dependía más de la instrucción y el temple del soldado que de sus armas.

Por su parte, los paramilitares de la extrema derecha concedían más valor a un Uzi que a la estabilidad mental.

Normalmente, a los ex presidentes los protegía el Servicio Secreto, pero en el caso de Dunn se habían visto marginados por el uso de fuerzas de seguridad privadas, y esa mañana, en respuesta a una orden de sus superiores, su papel estaba siendo más discreto que nunca.

El jefe del comando de las fuerzas especiales sólo necesitó observar unos minutos cómo trabajaban los vigilantes privados para deducir su rutina.

Cuando dio la señal, sus hombres treparon por el muro, se dejaron caer al otro lado como gatos y corrieron en silencio hacia la villa. Gracias al uso de escáneres, sabían de antemano dónde se encontraban los ocupantes de la casa. En cuanto a cuál de ellos era Shah, podían formular una hipótesis con fundamento, pero no estar seguros.

La orden era que no hubiera víctimas, nada de heridos: encontrar al objetivo y largarse.

Era una misión casi imposible, pero los comandos como ése no acometían misiones de otro tipo.

Mientras un grupo se desplegaba por la planta de arriba, otro tomó la planta baja, otro el sótano y los dos efectivos restantes salieron con sigilo al jardín, donde había un hombre sentado en el patio.

—No es él —informó el soldado, que retrocedió antes de que pudieran verlo y pasó al objetivo secundario.

—No es él.

—No es él.

—No es él.

Fueron informando uno por uno mientras en la Casa Blanca, y en el Air Force Three, Williams, Ellen y Betsy lo seguían todo por las cámaras corporales. Apenas respiraban. Si Shah no estaba allí...

—No es él —informó entonces el último integrante del comando.

—No está aquí —dijo el número dos.

Tras un breve silencio se oyó la voz del jefe.

—Hay gente en la cocina.

—Son todos empleados —añadió otro—: un cocinero, un lavaplatos y un camarero. Confirmado.

—Según mis escaneos hay cuatro personas. Debe de haber una en la cámara frigorífica. —El revestimiento metálico impedía ver si había alguien dentro—. Volved a mirar.

Dos miembros del comando bajaron corriendo de nuevo, sin hacer ruido, a la planta baja, y al meterse en una habitación lateral estuvieron a punto de chocar con una empleada que subía con su desayuno.

Cerca ya de la cocina se vieron asaltados por un inconfundible aroma de cilantro y pan tostado, a la vez que oían una voz que hablaba con un ligero acento.

—Esto se llama paratha —explicaba un hombre frente a los fogones, pinchando un triángulo de pan en una sartén de hierro colado—. Cuando falta poco para que esté hecho le añadimos la mezcla con huevo.

Los integrantes de la fuerza delta entraron en la cocina. El cocinero acababa de empezar a resistirse a los intrusos. El otro hombre aún no se había dado la vuelta para mirar cuando le taparon la boca con cinta adhesiva y la cabeza con un saco.

—Lo tenemos.

Uno de los soldados se lo echó en el hombro y dio media vuelta para irse corriendo con su compañero. Desaparecieron en cuestión de segundos, sin dar tiempo de reaccionar al cocinero ni al lavaplatos.

Subieron a toda velocidad mientras el fardo daba patadas y gemía, debatiéndose. Disponían de un apoyo técnico que iba indicándoles dónde estaba la gente.

Se metieron en una habitación y esperaron a que pasara el personal doméstico y de seguridad, que acudió corriendo a la cocina en respuesta a los gritos.

La incursión sólo había durado unos minutos.

Doce minutos después, un helicóptero civil despegó de un aeródromo privado rumbo al norte.

El Air Force Three ya había aterrizado, pero Ellen y Betsy se quedaron a bordo para seguir la operación.

—Dios mío, por favor —dijo Ellen cuando se elevó el helicóptero—, que sea Shah, no un pobre cocinero.

—Quitadle la capucha —ordenó el presidente Williams.

El jefe del comando obedeció.

La cara que los miraba fijamente era la del camarero de la cena de Islamabad.

La cara de un físico nuclear tristemente famoso.

La cara del traficante de armas más peligroso del mundo.

El doctor Bashir Shah.

—Lo tenemos. —Ellen suspiró—. Hemos capturado al Azhi Dahaka.

Oyó al teléfono la risa de Doug Williams, cuyo alivio tenía un punto de histeria. De repente la risa se cortó.

—¿El Azhi qué? ¿No es Shah?

—Ah, perdón... Sí, sí, es Shah. Enhorabuena, señor presidente, lo ha conseguido.

—Yo no, nosotros. Ellos. —Williams habló por los auriculares del jefe del comando—. Felicidades. Espero poder explicarle algún día lo importante que ha sido esta operación.

—De nada, señor presidente.

Al oírlo, Shah abrió mucho los ojos. Aún tenía la boca tapada, pero su mirada lo decía todo: estaba prácticamente seguro de saber adónde se lo llevaban.

Y qué le esperaba allí, aparte del presidente de Estados Unidos.

Doug Williams inclinó la cabeza y se llevó las manos a la cara, que notó rasposa a causa de la barba incipiente.

Antes de acceder a su cuarto de baño privado, para ducharse y afeitarse, buscó «Azhi Dahaka». Le llevó varios intentos acertar con la ortografía, pero al final lo encontró.

Un dragón destructor y terrorífico de tres cabezas, hijo de la mentira y concebido para hacer estragos en el mundo; una serpiente tiránica cuya aparición preludiaba el caos.

Bashir Shah era todo eso, en efecto.

Sin embargo, al lavarse la cara y mirarse en el espejo, Doug Williams se preguntó de quiénes eran las otras dos cabezas.

Una de Ivanov, sí, pero ¿y la otra? ¿Quién era el HLI?

No se le ocurrió hasta que estuvo en la ducha, con el agua caliente resbalándole por el pelo, la cabeza, la cara y el cuerpo, sintiéndose de nuevo casi humano.

Las palabras de Ellen sobre el periodista, el que se había refugiado en Canadá con la esperanza de hallar seguridad, como tantos otros. Ellen había mencionado un pueblo de Quebec. Ya era la segunda vez que se lo comentaban en muy poco tiempo.

Se acordó al secarse: los horribles momentos mientras esperaba a quedar reducido a cenizas.

El general había dicho algo de su perro *Pine*.

Three Pines, Three Pines.

Salió del baño a toda prisa, con la toalla en la cintura, y llamó al jefe del Estado Mayor Conjunto. Después de escucharlo telefoneó a su secretaria de Estado, que iba de camino a casa, para darse una ducha rápida y cambiarse de ropa antes de dirigirse a la Casa Blanca.

—¿Ha mandado a alguien a Quebec para hablar con el periodista? —preguntó.

—Todavía no. Estamos buscando a alguien en quien confíe.

—Pues no busquen más, que creo que lo he encontrado.

Eran las nueve de la mañana. Si estaban en lo cierto, las bombas atómicas explotarían a las cuatro de la tarde.

Siete horas. Tenían siete horas.

Pero también tenían a Shah, y quizá una pista sobre la tercera cabeza del Azhi Dahaka.

—¿Cómo está *Pine*?

—Muy bien, aunque tiene las orejas bastante grandes —dijo por teléfono el general.

—¿En serio? —Armand Gamache miró a *Henri*, su pastor alemán: si le colgasen las orejas tropezaría con ellas, pero no, estaban muy erguidas, como en un estado de sorpresa constante—. Me han llegado rumores de Washington. ¿Va todo bien?

—Bueno, la verdad es que por eso te llamo. ¿Conoces a un tal Alex Huang?

—Sí, claro; no personalmente, pero leía sus crónicas desde la Casa Blanca. ¿No se había retirado?

—Sí, lo dejó y ahora vive en Three Pines.

—Me parece que no. Aquí no hay nadie que se llame así.

—No, pero ¿verdad que hay un Al Chen, un estadounidense que llegó hace dos o tres años?

—Sí, hace dos años. —El tono de Gamache se había vuelto más cauto—. ¿Me estás diciendo que es Huang? ¿Por qué iba a cambiarse de nombre?

—Por eso te llamo: necesito que me hagas un favor.

Ellen entró en la ducha, por fin.

Cerró los ojos y dejó que el agua caliente le azotara la cara, como una catarata, y resbalara por su cuerpo exhausto. Se notaba todo el cuerpo magullado pese a que no estaba herida; bueno, herida en el sentido físico, porque estaba segura de que nunca acabaría de recuperarse de la conmoción, el dolor y el miedo de los últimos días.

Las heridas eran internas, eternas.

No tenía tiempo de pensar en esas cosas. Aún quedaba un trecho por correr, el sprint final.

Betsy y ella habían pasado por su casa para darse una ducha rápida y ponerse ropa limpia, una parada en boxes para Ellen. ¿Y para Betsy?

Al salir de la ducha olió a café recién hecho y beicon ahumado con madera de arce.

—¿Estás haciendo el desayuno? —preguntó cuando entraba en la cocina, luminosa y alegre—. ¿El mundo está literalmente a punto de explotar y tú te pones a freír beicon?

—Sí, y también estoy calentando los bollos de canela que tanto te gustan.

Ah, sí, ya lo notaba.

—¿Qué quieres, torturarme? No puedo quedarme. Tengo que ir a la Casa Blanca.

—Lo he preparado para llevar. Podemos comer y beber en el coche.

—Betsy...

Su consejera se quedó mirándola con la espátula en la mano.

—No, no lo digas.

—Tú no vienes.

—Y un cuerno. Eres mi mejor amiga desde el parvulario; me has salvado la vida más de una vez, con tu apoyo emocional y económico. Después de la muerte de Patrick... —Se tambaleó con un suspiro entrecortado al borde de esa herida sin fondo—. Eres mi mejor amiga, no permitiré que me dejes de lado.

—Necesito que te quedes, por Katherine y Gil y los perros...

—No tienes perros.

—No, pero tú te buscarás alguno, ¿no? Si...

A Betsy empezaron a arderle los ojos mientras su respiración se volvía entrecortada.

—No... puedes... dejarme... de lado.

—Te necesito —contestó Ellen. «Dilo, por favor», se rogó a sí misma. «Dilo. Di: "A mi lado." Di: "Te necesito a mi lado."»—. Venga, prométeme que me harás caso, por favor. Por una vez en la vida. Te haré una videollamada, pero si no estás aquí te juro que te cuelgo.

—Estaré aquí.

—Dejaré un número al lado del teléfono del pasillo. Si lo necesitas, úsalo.

Betsy asintió con la cabeza.

Ellen la estrechó con fuerza entre sus brazos.

—Entran en un bar el pasado, el presente y el futuro...

Abrazada a su amiga, Betsy trató de decir algo, pero no le salía. Ellen se apartó y, después de besarla en la mejilla, dio media vuelta y se marchó.

Mientras se encaminaba a toda prisa hacia la puerta, y hacia el coche que la estaba esperando, pasó por delante de las fotos enmarcadas de los niños, de los cumpleaños, de los días de Acción de Gracias, de las Navidades... las fotos de su boda con Quinn.

Fotos de ella y Betsy de pequeñas: Betsy sucia, llena de mocos, y Ellen impoluta. Dos mitades de un todo espléndido.

Salió de casa y se subió al todoterreno que la llevaría hasta la Casa Blanca, donde la aguardaban el presidente y una bomba atómica.

—Qué tenso ha sido —susurró Betsy mientras seguía el vehículo con la mirada.

Se dejó caer muy despacio de rodillas en el suelo. El perfume de Ellen flotaba en el ambiente suave y sutilmente, como si estuviese allí para protegerla: Aromatics Elixir.

Se encogió hasta hacerse lo más pequeña posible y se balanceó con los ojos cerrados.

Betsy Jameson no sentía miedo sin más; se hallaba en un estado de terror.

El inspector jefe Gamache, jefe de homicidios de la Sûreté du Québec, entró en la librería.

—Aún no ha llegado, Armand —dijo Myrna.

—¿El qué?

—*La telaraña de Carlota*, que encargaste para tu nieta. Te veo distraído.

—Un poco. ¿Está Al?

—Ha ido a casa de Ruth a palear nieve.

—¿Para quitársela o para enterrarla? —preguntó Gamache.

Myrna se rió.

—Esta vez para quitársela.

—*Merci* —dijo Gamache.

Bajo el cielo de aquel día invernal, brillante y cristalino, se acercó a la casita de Ruth Zardo, que quedaba justo al lado del parque, y vio las paladas de nieve cayendo sobre un gran montón.

—¿Al?

Un hombre de unos cincuenta años, con la cara roja a causa del frío y del esfuerzo, paró de trabajar y se apoyó en la pala.

—¿Qué tal, Armand?

—¿Podemos hablar?

Al miró atentamente a su vecino y, por su expresión, adivinó de qué se trataba. Hacía apenas unas horas se había puesto en contacto con él una tal Betsy, del Departamento de Estado, pero él no había querido hablar. Le había explicado que tenía una nueva vida, agradable y tranquila... por fin.

Bueno, tranquila del todo no: día y noche la sobrevolaba una sombra, y él sabía que tarde o temprano esa sombra se disiparía para revelar al monstruo en sí.

Soltó un suspiro largo, muy largo, que convirtió su aliento en un chorro de vapor, e hincó la pala en la nieve.

—Vale, hablemos.

Se encaminaron hacia el bar del pueblo haciendo crujir la nieve compactada y entornando los párpados para que no los deslumbrase el reflejo del sol en los altos montones de nieve.

Lo que Gamache veía delante era el bar, lo que veía Chen era el final de su tranquilidad.

Encontraron asientos libres delante de la chimenea y pidieron dos cafés con leche.

—*Merci* —dijo Gamache cuando se los sirvieron, antes de mirar atentamente a Al. A continuación habló en voz baja—. Sé quién eres, y por qué viniste. Fue para esconderte, ¿verdad? —Como Al no decía nada, prosiguió—: También sé por qué te quedas. —Miró la puerta que daba a la librería y luego se inclinó hacia Chen bajando aún más la voz—. Como te encuentre, en el pueblo se armará la gorda, y no sólo para ti, sino para Myrna y cualquier otra persona que se cruce en su camino.

—No sé de qué me hablas, Armand. ¿A quién te refieres?

—A la persona de la que te escondes. ¿Necesitas que te diga su nombre? Mira, si nosotros te hemos encontrado, él también te encontrará. No sé cuánto tiempo tenemos, pero sospecho que no mucho.

—No puedo volver, Armand. Me escapé por los pelos.

Le temblaban las manos. Gamache se acordó de cómo había llegado dos años antes.

Por aquel entonces, cualquier ruido fuerte lo hacía estremecerse. No podía estar con mucha gente en la misma habitación y, si alguien se dirigía él o sencillamente lo miraba, le daba un tembleque. Les costó lo suyo sacarlo de su habitación de la fonda de Olivier y Gabri. Quien lo logró al final fue Myrna, con su voz cálida y melodiosa... y su pastel de chocolate.

Sospechando que le gustaban los libros, lo invitó a su librería una tarde de verano, después de cerrar. Y desde entonces le abría la puerta cada tres días y lo dejaba curiosear a solas. Él le compró todo tipo de libros, tanto nuevos como de segunda mano.

A continuación, Myrna consiguió que saliera al patio de atrás, donde se tomaban unas cervezas viendo correr las aguas del Bella Bella. A veces hablaban, a veces no.

El siguiente paso fue sacarlo al patio de delante, donde veía transcurrir la vida del pueblo, lenta pero nunca estancada.

Poco a poco Al Chen fue emergiendo.

Para entonces se hallaba integrado en la comunidad, pero no era del todo sincero con ella.

—¿Myrna sabe quién eres de verdad?

—No. Sabe que tengo un pasado del que no quiero hablar, pero no quién soy.

—Yo no se lo diré, pero necesito que vuelvas. Tienes que explicarles todo lo que sepas sobre esa web, HLI.

Al negó con la cabeza.

—Ni hablar, no puedo.

—Mira —insistió Gamache—, tienen a Bashir Shah: ahora mismo se lo están llevando detenido a Washington, pero necesitan saber quién es el informador de alto nivel. Lo entiendes, ¿verdad?

—¿Tienen a Shah? ¿En serio? ¿No lo dices por decir?

—Lo tienen, pero ya sabes lo peligroso que es, y de lo que él y sus hombres son capaces. El presidente Williams necesita saber quién es el infiltrado de Shah en la Casa Blanca.

A Gamache no le habían hablado de las bombas. No hacía falta. Como no podía ser menos, estaba al corriente de los atentados en Europa y había oído rumores sobre que en algún sitio había otros explosivos, más potentes.

—Si no puedes volver, dímelo a mí. ¿Quién es el informador de alto nivel? ¿Quién es?

En lugar de ponerse a gritar, Gamache había suavizado el tono. Su larga experiencia le había enseñado que el ser humano se pone a la defensiva cuando le gritan, mientras que, si le hablan con suavidad, puede que se acerque, como los animales asustados o heridos.

Al Chen negó con la cabeza, pero no igual que antes. Gamache se dio cuenta de que no se estaba negando a hablar, sino que era un gesto de discrepancia.

—No es ningún informador.

—¿Una informadora, entonces?

—Son varios. Eso fue lo que averigüé: el HLI no es una sola persona; está claro que alguien lo dirigirá, pero lo que averigüé es que el HLI es un grupo, una organización.

—¿Y cuál es su objetivo?

—Que Estados Unidos vuelva a ser como creen que debería ser. Por lo que vi, los integrantes del grupo son personas poderosas y desencantadas.

—¿Con qué?

—Con el gobierno, con el rumbo del país, con los cambios culturales, con lo que ven como el desgaste y la desaparición de los auténticos valores estadounidenses. Te estoy hablando de algo más que del típico conservador respetable que echa de menos lo que había antes y quiere que vuelva; me estoy refiriendo a extremistas de ultraderecha, fascistas, supremacistas blancos y paramilitares. Tienen la impresión de que Estados Unidos ya no es el país de antes, de modo que no les parece que estén siendo desleales, sino todo lo contrario: su intención es enderezar el barco.

—¿Hundiéndolo?

—Expurgándolo. Lo ven como su deber patriótico.

—¿Son militares?

Chen asintió.

—Sí, de alto rango: figuras respetadas. Y también diputados y senadores.

—*Mon Dieu* —susurró Gamache, que se apartó un momento para contemplar el fuego—. ¿Quiénes son? Necesitamos nombres.

—Ojalá lo supiera. Te lo diría, pero no lo sé.

—¿Partidarios del presidente anterior?

—Sólo a primera vista: es gente que odia al gobierno como tal.

—Pero algunos se mueven en círculos gubernamentales, y también son políticos...

—Tú, si quisieras destruir un sistema muy grande, ¿no empezarías minándolo desde dentro?

Gamache asintió con la cabeza.

—HLI es una web de la red oscura, ¿no? Donde comparte información toda esta gente.

—Más allá de la red oscura.

Gamache enarcó las cejas.

—No sabía que hubiera nada más.

—Internet es como el universo: no se acaba nunca. Está lleno de maravillas y de agujeros negros. Allí fue donde encontré a HLI.

—Necesito la dirección.

—No la tengo.

—No me lo creo.

Se miraron a los ojos. En los de Al Chen, Gamache percibió miedo y rabia; Chen, por su parte, vio irritación e impaciencia en los del comisario, pero también algo más.

En lo más hondo de los ojos de Gamache había bondad y comprensión: ese hombre conocía el miedo.

Al Chen respiró hondo y, tras lanzar una mirada hacia la librería, donde Myrna estaba ordenando los libros que acababan de llegar, hizo algo que Gamache no se esperaba.

Se desabrochó la camisa.

Por encima del corazón tenía una cicatriz.

—Le dije a Myrna que es la cita favorita de mi madre en la taquigrafía que ella usaba.

—¿Y se lo creyó?

—No estoy seguro, pero no dijo nada.

—¿Y qué es en realidad?

—La dirección de HLI.

Gamache observó la cicatriz ladeando la cabeza.

—Nunca había visto nada parecido.

—Suerte que tienes. Con esto llegarás al agujero negro, pero no podrás entrar. Para eso hace falta una clave de acceso.

—¿O sea...?

Chen negó con la cabeza.

—Yo nunca he tenido ninguna. A lo máximo que llegué fue a esto, luego me echaron encima a los suyos y tuve que huir aquí.

Miró por la ventana de cuarterones, como esmerilada por la escarcha, hacia donde se erguían sobre el pueblo los tres pinos apuntando hacia el cielo.

—Necesitamos la clave de acceso —dijo Gamache—. ¿Tienes idea de quién puede tenerla?

—Pues cualquier miembro de HLI, evidentemente. Y es probable que Bashir Shah.

—¿Te importa?

Gamache levantó su móvil y, al ver que Chen se lo permitía, hizo una foto de la breve serie de números, letras y símbolos.

A primera vista no parecía una dirección de internet, al menos de una web normal.

—¿Quién te lo hizo?

—Yo mismo, una noche, borracho y colocado.

—¿Por qué?

—Creo que ya lo sabes, Armand.

Al se abrochó la camisa y salieron juntos del bar. La gruesa parka de Alex Huang no le impedía notar que hacía un frío glacial. Ningún aislamiento era capaz de hacerlo entrar en calor: llevaba el frío dentro, pero a partir de entonces quizá pudiera volver a sentirse cálido y plenamente humano.

Antes de despedirse, Gamache le dio las gracias.

—¿Lo de que tu madre tenía una cita favorita es verdad?

—Sí: *Noli timere.*

Armand le tendió la mano.

—*Noli timere.*

Mientras Huang seguía quitándole la nieve de encima a la ingrata poetisa, Armand se fue a su casa y mandó la foto a su amigo, el jefe del Estado Mayor Conjunto; no era la foto de una dirección de internet sin más, sino del odio de un hombre hacia sí mismo, grabado en sus carnes como una acusación, un recordatorio cotidiano de su cobardía.

«*Noli timere*», pensó al enviar la foto: «No tengas miedo.»

Tal vez Al Chen, Alex Huang, pudiera ver al fin las cicatrices como algo distinto: un aleluya, una bendición, la de haberse puesto esas letras, números y símbolos terribles sobre el corazón, donde jamás los perdería, y haberse refugiado en ese pueblo, donde al final sí había perdido el corazón.

—No tengas miedo, no tengas miedo —susurró Armand mirando el día espléndido que hacía.

Sin embargo, tenía miedo.

42

El desenlace era inminente.

Lo sabían todos en la habitación.

Eran las 14.57 h, hora de Washington. 14.57 h. Tenían hasta las 16.00 h: una hora y tres minutos para encontrar y desactivar las bombas. Habían recorrido un largo trecho desde el primer mensaje en clave recibido en el ordenador de Anahita Dahir, en el Departamento de Estado. De eso hacía una eternidad.

Pero ¿bastaba con ese trecho?

En todas las ciudades importantes había equipos en alerta máxima. Todas las organizaciones de inteligencia del mundo permanecían atentas a las comunicaciones interceptadas a Al Qaeda y sus aliados, y llevaban así desde el principio, aunque sin resultados por el momento.

La única esperanza real era el científico paquistaní de mediana edad que se encontraba sentado en una silla de respaldo duro en el despacho oval, frente al presidente de Estados Unidos, a quien miraba con odio por encima del escritorio Resolute.

—Díganos dónde están las bombas, doctor Shah —dijo Williams.

—¿Por qué iba a decírselo?

—O sea que no lo niega.

Shah ladeó la cabeza, divertido.

—¿Negarlo? Por culpa de los americanos he pasado años en arresto domiciliario pensando en este momento, soñando con él; años viendo lo que ocurría en Estados Unidos y cómo iban dejando hecha unos zorros la democracia. Muy entretenido: el mejor reality show de la historia, aunque de realidad tiene poco, ¿no? La política de lo que llaman democracia es casi toda ella una ilusión, una escenificación para el populacho.

—¿Nos está diciendo que las bombas no son reales? —inquirió Ellen.

—No, no, sí que lo son.

—Pues entonces díganos dónde están, a menos que también quiera saltar por los aires. Nos quedan... —Miró el reloj—. Cincuenta y nueve minutos.

—Así que ha descifrado la clave que le metí en el bolsillo... Sí, cincuenta y nueve. Corrijo: en cincuenta y ocho minutos ya no quedará nada de todo esto. Si a los americanos les dan a elegir entre el caos y la dictadura, ¿por cuál de las dos cosas cree que se decantarán? Empujados por el miedo a otro ataque, en un estado de terror, les harán el trabajo a los terroristas y destruirán sus propias libertades; no sólo aceptarán que se suspendan sus derechos, sino que lo aplaudirán: campos de internamiento, torturas, expulsiones... Echarán la culpa de la muerte de los auténticos Estados Unidos al programa liberal: la igualdad de las mujeres, el matrimonio homosexual, la inmigración... Sin embargo, gracias a la audaz intervención de unos pocos patriotas, renacerá la América blanca, anglosajona, cristiana y temerosa de Dios de sus abuelos, y si para eso hay que matar a unos cuantos miles de personas, bueno, a fin de cuentas es una guerra. Estados Unidos, otrora un faro para el resto del mundo, morirá: será un suicidio. De todos modos, hay que decir que ya estaba tosiendo sangre.

—¡Que dónde están! —gritó el presidente Williams.

—Golpes de Estado he visto muchos, pero nunca tan de cerca. —Shah se inclinó—. Todos tienen algo en común, ¿quieren saber qué?

Williams y Ellen lo miraban con rabia.

—Se lo voy a decir: lo... repentinos que son todos, al menos para el que los sufre. Los que están a punto de ser derrocados, y a veces hasta ejecutados a tiros o en la horca, ponen la misma cara que usted, señor presidente: de conmoción, de consternación, de perplejidad, de miedo. ¿Que cómo ha podido ocurrir? Si hubiera estado atento habría visto que la marea cambiaba y el agua subía. Habría visto el alzamiento. Es tan culpable como el que más.

Shah se apoyó en el respaldo, cruzó las piernas y se quitó una pelusa invisible de la rodilla, pero Ellen advirtió el leve temblor de su mano, un temblor inexistente cuando el camarero le había servido la ensalada.

Era algo nuevo.

A pesar de todo, Shah estaba asustado, pero ¿de qué? ¿De la muerte o de algo más? ¿De qué podía tener miedo un Azhi Dahaka? De una sola cosa.

De un monstruo más grande.

Y, a juzgar por el temblor, tenía que haber uno cerca.

—Mientras ustedes miraban hacia el exterior, pendientes de las amenazas que pudieran despuntar en el horizonte —continuó—, pasaron por alto lo que estaba ocurriendo en su propio jardín; lo que estaba echando raíces en suelo americano, en sus pueblos y tiendas, en el corazón de su país, entre sus propios amigos y parientes: el giro a la derecha de los conservadores sensatos, el desplazamiento de la derecha a la extrema derecha y la transformación de esta última en derecha alternativa, con una radicalización alimentada por la frustración y la rabia, gracias a la cantidad de teorías disparatadas, «datos» falsos y políticos pagados de sí mismos con bula para mentir que circulan por internet.

»Lo que ustedes no veían desde cerca lo vi yo desde lejos: la transición gradual desde el descontento hasta la indignación. La rabia, las ganas y el respaldo económico estaban del lado de los que presumían de patriotas. Ya tenían la mecha. Sólo les faltaba lo único que podía darles yo.

—Una bomba —dijo Williams.

—Una bomba nuclear —añadió Ellen.

—Ni más ni menos. Lo único que necesitaba yo era que me liberasen, y de eso se encargó el valioso tonto de su presidente. A partir de ahí ya pude unir las dos partes. —Levantó las manos—. Por un lado, terroristas internacionales: Al Qaeda; por el otro, patriotas internos. —Las juntó—. *Et voilà*. Sí, he tenido años para imaginarme este momento. He tenido tiempo y paciencia. Decía Tolstói que tiempo y paciencia eran los guerreros más poderosos, y tenía razón. Hay muy pocas personas que tengan ambas cosas, y una de ellas soy yo. Es verdad que había dado por supuesto que lo presenciaría desde mi casa de Islamabad, pero ahora tengo asiento de primera fila.

—En realidad está encima del escenario —lo corrigió Ellen. Shah la miró.

—Igual que usted. Mi profesión es lucrativa pero peligrosa; sobre eso no me hago ilusiones. Me he planteado muchas veces de qué puedo morir, y la verdad es que probablemente la mejor sea una muerte rápida, en un fogonazo. Yo estoy preparado. ¿Y ustedes? —Se volvió hacia el presidente—. Además, si se lo contara, mis clientes se asegurarían de que mi muerte fuera mucho menos rápida y mucho menos luminosa.

—No le digo que no —contestó Williams—. Suerte tiene de que lo hayamos detenido y no puedan echarle el guante. A menos que resulte que aquí dentro hay un HLI...

Sus palabras afectaron al físico de manera fugaz, pero bastó para que Ellen comprendiese a quién temía Bashir Shah y quién era el monstruo más grande: el informador de alto nivel.

—¿Un HLI? —dijo Shah—. No tengo ni idea de a qué se refiere.

—Pues qué pena —contestó Williams—. Para usted no, naturalmente, pero para otros quizá sí.

A Shah se le crispó la sonrisa.

—¿Qué quiere decir?

Quedaban cincuenta y dos minutos.

—Bueno —dijo Williams—, ha ido usted dejando un rastro de cadáveres, en algunos casos para atar cabos sueltos, y en otros a modo de advertencia. Sospecho que cuando sus amigos se enteren de que está en nuestras manos harán lo mismo. ¿Y a quién podría elegir Al Qaeda o la mafia rusa para dar ejemplo y disuadir a los traidores?

Ellen se agachó para decirle algo al oído al doctor Shah, que olía a jazmín y sudor.

—Voy a darle una pista: ¿en quién se cebó usted cuando mis agencias de noticias empezaron a informar sobre sus ventas de armamento en el mercado negro? ¿Quién envenenó a mi marido? ¿Quién aterrorizó a mis hijos? ¿Quién intentó matar ayer mismo a mi hijo y a mi hija?

—¿Mi familia? ¿Harían ustedes daño a mi familia? —Se levantó.

—No, doctor Shah, ésa es una de las muchas diferencias entre usted y nosotros. A su familia no le haríamos ningún daño.

Shah dejó de contener la respiración.

—Por desgracia, todos nuestros agentes en Pakistán y otros países están volcados en buscar información sobre las bombas, al igual que nuestros aliados, y, si bien nunca haríamos daño a su familia, tampoco podemos protegerla. A saber qué le habrán contado a Al Qaeda sobre la razón de que esté usted aquí, en la Casa Blanca... A saber qué pensarán Ivanov y la mafia rusa...

—Hasta es posible —añadió el presidente Williams— que corran rumores de que está colaborando, de que es un espía estadounidense. La democracia y la libertad de expresión: qué entretenidas, ¿verdad?

—Saben que nunca los traicionaría.

—¿Seguro? En Teherán, el gran ayatolá me contó una fábula persa sobre un gato y un ratón. ¿La conoce?

Shah asintió.

—Pues hay otra que podría interesarle: la de la rana y el escorpión.

—No me interesa.

—El escorpión quiere cruzar un río, pero no sabe nadar y, como necesita ayuda, le pide a una rana que lo lleve en la espalda —relató Ellen—. La rana dice: «Pero me picarías, y moriría.» El escorpión se echa a reír. «Te prometo que no te picaré porque nos ahogaríamos los dos.» Total, que la rana accede y empiezan a cruzar los dos el río.

Shah no la miraba, pero sí escuchaba.

—A medio camino, el escorpión pica a la rana —continuó Ellen—, que con su último aliento le pregunta: «¿Por qué?»

—Y el escorpión contesta: «Porque no puedo evitarlo: soy así.» —El presidente Williams se inclinó sobre la mesa—. Sabemos quién es y cómo es, y sus supuestos aliados también: saben que no dudaría ni un instante en traicionarlos. Si nos dice dónde están las bombas protegeremos a su familia.

En ese momento Barb Stenhauser entró en el despacho oval y se acercó al presidente Williams.

—Ha llegado Tim Beecham. Está en el antedespacho. ¿Le digo que entre?

—Sí, Barb, por favor.

—También está el presidente Dunn al teléfono. Parece enfadado.

Williams miró la hora: quedaban cincuenta minutos.

—Dígale que llame dentro de una hora.

Katherine Adams, Gil Bahar, Anahita Dahir, Zahara y Charles Boynton guardaban silencio sentados alrededor de la desvencijada mesa. La única luz se hallaba en un rincón, de modo que apenas les iluminaba la cara.

Mejor, porque de todos ellos se iba apoderando un miedo perceptible para los demás. No hacía falta que encima se les viera.

Boynton tocó su móvil, con lo que se iluminó la hora: las doce y diez de la noche en Pakistán, cincuenta minutos antes de la hora a la que habían matado a Osama bin Laden.

Cincuenta minutos antes de que murieran cientos o miles de personas, entre ellos la madre de Katherine y Gil.

Y ellos no podían hacer nada.

. . .

Bashir Shah miró hacia la puerta, donde acababa de aparecer Tim Beecham.

El director nacional de Inteligencia frenó en seco y se quedó mirando al hombre erguido en la silla. Beecham tenía mala cara, aunque parte de ello podía achacarse a los morados que le rodeaban los ojos y a la tablilla que llevaba en la nariz.

—¿Lo han pillado?

Sin embargo, nadie prestaba atención al director nacional de Inteligencia. El centro de todas las miradas era Shah.

—¿Dónde están las bombas? —repitió el presidente.

—Lo único que puedo decirles es que están en Washington, Nueva York y Kansas City. Protejan a mi familia, por favor.

—¿En qué puntos de las tres ciudades? —pidió Williams mientras Ellen cogía el teléfono y empezaba a llamar.

—No lo sé.

—¡Claro que lo sabe! —intervino Beecham, que, tras hacerse una idea rápida de la situación, se acercó hasta donde estaba sentado Shah—. ¡Usted debe de haber organizado el envío!

—Sí, pero simplemente se enviaron a agentes de cada ciudad.

—¡Nombres!

—No los sé, ¿cómo quiere que me acuerde?

—En los envíos no pondría «bombas nucleares» —afirmó Beecham—. ¿Qué se suponía que eran?

—Instrumental para laboratorios de radiología.

—Mierda —soltó Beecham descolgando otro teléfono—: así se justifica que emitan radiación. ¿Cuándo se enviaron?

—Hace unas semanas.

—¡La fecha! —bramó—. Necesito una fecha. —Descolgó el teléfono—. Soy Beecham, póngame con Seguridad Nacional, ¡necesito un rastreo de envíos internacionales ahora mismo!

—El cuatro de febrero, por barco, vía Karachi.

Beecham transmitió la información.

Ellen ya había colgado y estaba escuchando. Algo no le cuadraba.

—Miente.

Beecham se volvió hacia ella.

—¿Por qué lo dice?

—Porque está dando información voluntariamente.

—Para salvar a su familia —alegó el presidente Williams.

Ellen negó con la cabeza.

—No. Piénselo. Su familia seguro que está a salvo. Lo ha dicho él mismo: ha tenido años para planearlo, ¿cómo iba a dejarlos, y a ponerse a sí mismo, en una situación tan vulnerable? Se fía tan poco de Al Qaeda y de la mafia rusa como ellos de él. Nos está tomando el pelo.

—¿Y por qué? —inquirió Beecham.

—¿Usted qué cree? ¿Por qué hace las cosas Shah? Llegará hasta el límite y luego exigirá algo desorbitado a cambio de la información que necesitamos... pero sólo sobre la bomba que tenemos bajo los pies. El resto, dejará que explote. Lo ha preparado todo personalmente, incluso lo de ir a casa de Dunn. Cualquier persona sensata se habría escondido en alguna mansión aislada de los Alpes hasta que todo cayera en el olvido.

—O volara en mil pedazos, ¿no? —agregó Shah, que ya no parecía nervioso ni asustado, sino que sonreía mientras negaba con la cabeza.

—¿Quiere decir que Shah pretendía que lo trajésemos aquí? —preguntó Beecham.

—Es usted muy lista —le dijo Shah a Ellen antes de volverse hacia Tim Beecham—. Usted no tanto. —Miró a Ellen de nuevo—. Supongo que habría hecho mejor en envenenarla también, pero he disfrutado con nuestra pequeña relación.

En la puerta apareció Barb Stenhauser.

—El general está aquí. ¿Quería...?

—Que pase —la interrumpió el presidente Williams—. Y entre usted también.

Ellen sacó su móvil y pulsó el botón de videollamada.

Quedaban treinta y seis minutos.

Había llegado el momento.

Betsy contestó al primer tono.

Oía voces, y veía el despacho oval, pero no a Ellen, señal de que sostenía el teléfono delante de ella. Estuvo a punto de decir algo, pero se lo pensó mejor.

Ellen tendría sus motivos para no hablar, así que mejor quedarse callada hasta que lo hiciera.

Lo que sí hizo Betsy fue pulsar el botón de grabación. Cuando la cámara enfocó la puerta, abrió los ojos como platos.

Tim Beecham abrió los ojos como platos.

Bashir Shah también.

El general Whitehead tenía la cara amoratada, y el uniforme manchado de sangre por haberse peleado con Tim Beecham. Lo flanqueaban dos rangers.

—Me alegro de que haya podido venir, general. —Williams se volvió hacia los demás—. Creo que ya conocen al jefe del Estado Mayor Conjunto.

—Ex jefe —corrigió Beecham.

—Aquí hay un ex —dijo Whitehead—, pero no soy yo.

Hizo una señal con la cabeza a los dos rangers, que se apostaron a ambos lados del ex director nacional de Inteligencia.

43

—¿Qué es esto? —exigió saber Beecham.

—¿Alguna novedad, Bert? —preguntó el presidente Williams sin hacerle caso.

—Seguimos esperando.

—¿Esperando? —Beecham los miró a los dos—. ¿A qué?

Treinta y cuatro minutos.

Ellen se acercó a él.

—Díganoslo.

—¿Decirles qué?

—¿Dónde están las bombas, Tim?

—¿Qué? ¿Creen que lo sé? —Parecía atónito y asustado—. Señor presidente, no irá usted a pensar...

—No pensamos, sabemos. —Williams lo fulminó con la mirada—. Usted es el informador de alto nivel, el traidor, el que no sólo filtra información, sino que también colabora con nuestros enemigos, con los terroristas, para detonar bombas nucleares. Se acabó: he redactado una declaración que se enviará al Congreso y los medios a las 16.01 h de hoy, y donde aparece usted como el traidor. Aunque sobreviva, no sé cómo, darán con usted. Ha fracasado. Díganos dónde están.

—¡Que no, por Dios, que no soy yo, es él! —Beecham señalaba a Whitehead.

Treinta y tres minutos.

Williams salió de detrás del escritorio para acercarse a Beecham, agarrarlo por el cuello y arrastrarlo hasta el fondo del despacho oval, donde lo empujó contra la pared.

Nadie trató de detenerlo.

—¿Dónde están las bombas?

—No lo sé —farfulló Beecham.

—¿Dónde está su familia? —preguntó Ellen mientras cruzaba la sala para colocarse junto al presidente.

—¿Mi familia? —graznó Beecham.

—Se lo voy a decir: en Utah. Sacó a su hijo del colegio para que no lo alcanzase la lluvia radiactiva. ¿Sabe dónde está la hija del general Whitehead? Yo sí. La he conocido. Su mujer, su hija y su nieto están aquí, en Washington. ¿Qué es lo primero que se hace cuando hay algún peligro? Poner a salvo a la familia. Lo ha hecho incluso Shah, y usted también. Después se ha ido, mientras que Bert Whitehead se ha quedado, igual que su familia. ¿Por qué? Porque no tenían la menor idea de lo que estaba a punto de pasar. Es lo que ha hecho que empezara a darme cuenta de quién era el auténtico traidor.

—¡Díganoslo! —exigió Williams, a quien le costó lo suyo no estrangular a Beecham.

Treinta minutos.

—Ya lo tenemos —anunció Whitehead—. Acaba de llegar. Se lo reenvío, señor presidente.

Williams soltó a Tim Beecham, que se derrumbó en el suelo con las manos en el cuello.

El presidente fue corriendo a su escritorio, pulsó sobre la foto sin tomarse la molestia de leer el texto y esbozó una mueca.

—¿Es piel humana? ¿Qué es?

—Según dice mi amigo, la dirección de internet de la web de HLI.

—¿Grabada en la piel de una persona? —inquirió Williams.

—De una persona, no, de Alex Huang —dijo Ellen.

—¿Huang? —preguntó Barb Stenhauser, que hasta entonces había permanecido al margen, junto a la puerta. Se acercó para ver la pantalla—. ¿El corresponsal en la Casa Blanca? ¿No trabajaba para usted? Lo dejó hace unos años.

—Se escondió —aclaró Ellen con una mirada de odio a Shah, que lo presenciaba todo como si fuera una obra de teatro—. Había estado investigando unos rumores acerca de las siglas HLI. Él creía que no era más que otra web marginal de conspiranoicos de extrema derecha, pero luego indagó a fondo. También lo descubrió Pete Hamilton, pero él no se salvó.

—¿Qué descubrieron? —preguntó el presidente Williams.

—Mi amigo, el que está en... —Whitehead consiguió callarse antes de revelar la ubicación de Huang.

Ellen miró a Shah, que se había inclinado un poco.

—Huang dice que HLI no es una persona —continuó el general—, sino un grupo, una organización de altos cargos de varias ramas del gobierno, incluido el ejército, aunque me cueste decirlo. —Negó con la cabeza y prosiguió—. Son cargos electos, senadores, miembros del Congreso y como mínimo un juez del Tribunal Supremo.

—Dios mío —susurró Williams.

—Pues nada, ya han puesto cara al golpe —intervino Shah.

—Pedazo de ca... —empezó a decir Williams antes de frenarse.

Quedaban veintiocho minutos.

El presidente observó de nuevo la foto de la pantalla.

—¿Y qué se supone que hay que hacer con esto? Es un galimatías, una mera sucesión de números, letras y símbolos.

Ellen se inclinó un poco más, asegurándose de orientar el teléfono hacia la pantalla. Williams tenía razón: no se parecía en nada a ninguna dirección de internet que hubiera visto.

—Por lo visto la dirección lleva a los miembros a un sitio que está más allá de la red oscura —explicó Whitehead.

—Qué tontería —repuso con voz ronca Beecham, que seguía en el suelo, con las manos en el cuello—. Eso no existe.

—Ahora lo veremos.

Williams lo introdujo en su portátil y pulsó «enter».

No pasó nada.

El ordenador pensaba, pensaba. Y pensaba.

Veintiséis minutos.

«Venga, venga», pensó, o rezó, Ellen.

A la mesa de la cocina de Ellen, Betsy, bañada por el sol que entraba por las ventanas, lo veía todo.

«Venga, venga», rezó.

En el despacho oval, el presidente Williams miraba fijamente la pantalla, donde una fina línea azul avanzaba y retrocedía de manera rítmica: adelante, atrás...

«Venga», rezó.

—No funciona —dijo Stenhauser con tono de pánico—. Tenemos que irnos. —Se acercó un poco más a la puerta.

—No se mueva de donde está, Barb —le ordenó el presidente.

—Son las tres y treinta y cinco.

—De aquí no se mueve. Ni usted ni nadie —dijo.

El general Whitehead hizo una señal con la cabeza a uno de los rangers, que se apostó junto a la puerta.

«Venga, venga.»

Justo entonces el ordenador dejó de pensar y se puso negro.

Nadie parpadeaba. Nadie respiraba. De pronto apareció una puerta en la pantalla.

El presidente Williams respiró hondo.

—Gracias a Dios —susurró.

Movió el cursor hasta el centro de la puerta y se dispuso a hacer clic.

—Un momento —intervino Ellen—. ¿Cómo sabemos que no es una trampa? ¿Cómo sabemos que seleccionar la puerta no detonará las bombas?

Williams miró la hora.

—Faltan veintidós minutos para las cuatro, Ellen. A estas alturas, ¿qué más da?

Ellen respiró hondo y asintió con un gesto brusco, al igual que el general Whitehead.

—Nooo —susurró Betsy—, no lo hagas.

Williams hizo clic en la puerta.

Nada.

Volvió a probar: nada.

—¿No hay una aldaba o un timbre? —preguntó Ellen.

Sonaba ridículo, pero nadie se rió.

—No —contestó Williams, que movía aquí y allá el cursor haciendo clic al azar—. Mierda, mierda, mierda.

Quedaban veinte minutos.

Whitehead sacó su móvil y volvió a mirar el mensaje que le había enviado Gamache desde Quebec.

—Maldita sea... No había leído todo el mensaje. Me ha podido la impaciencia de abrir la foto. Pone que Huang le ha dicho que necesitamos una clave para entrar.

—¡¿Qué?! —inquirió Williams—. ¿Y dice cuál?

—No. Huang no la encontró, y dejó de buscar al darse cuenta de que iban a por él.

Dieciocho minutos.

Miraron a Beecham.

—¿Cuál es la clave? ¿Cuál es? —Whitehead se acercó en un par de zancadas, lo levantó por las solapas y le estampó la espalda contra la pared con tal fuerza que el retrato de Lincoln se torció—. ¡Díganoslo!

—No lo sé. ¡No lo sé, por Dios! ¡Pregúntenselo a él!

Beecham gesticuló hacia Shah, que sonreía.

—Tiempo y paciencia. Estoy disfrutando. ¿Por qué iba a decírselo?

—Pero ¿lo sabe? —preguntó Ellen.

—Puede que sí, puede que no.

—¿Qué se supone que tenemos que hacer? —inquirió entonces Williams—. ¿Cuál podría ser la clave?

Ellen no apartaba la vista de Shah, taladrándolo con la mirada hasta que el físico se movió un poco.

—Al Qaeda —dijo Ellen.

—¿Quiere que pruebe con «Al Qaeda»? —dijo Williams, que lo hizo antes de que Ellen pudiera contestar que no.

Nada.

—Lo que quiero decir —continuó Ellen— es que si Al Qaeda ha elegido esta fecha es por algo: para conmemorar la vida y la muerte de Osama Bin Laden; es simbólico, y ya sabemos la fuerza que tienen los símbolos. Diez, tres, dieciséis, cero, cero. —Hizo un gesto en referencia a Beecham—. Éstos se ven como patriotas, como estadounidenses de verdad. ¿Qué usarían como clave?

—¿El día de la Independencia? —propuso Williams—. Pero ¿cómo, en palabras o en números?

—Pruebe con las dos cosas —respondió Ellen.

—Ya, pero es posible que sólo tengamos dos o tres intentos —replicó Whitehead.

Williams levantó las manos exasperado. Después escribió «IndependenceDay» y pulsó «enter».

Nada.

Lo intentó en mayúsculas, minúsculas, en números, con un espacio entre las palabras...

—Mierda, mierda, mierda.

Quince minutos.

—Un momento. —Ellen miró a Shah—. No, me equivoco.

Mantuvo la mirada fija un instante. Dos instantes. «Tiempo y paciencia.» Tres instantes.

Ninguno de los dos bajó la vista, ni Ellen ni el Azhi Dahaka; ninguno de los dos habló ni se movió siquiera.

—Pruebe tres, diez, mil seiscientos.

El presidente Williams lo probó.

Nada.

Ellen frunció el ceño. ¿Qué podía ser? Estaba segura de haber visto que los ojos de Shah se abrían más al oír los números.

—Pruebe tres, espacio, diez, espacio, mil seiscientos.

En cuanto Williams pulsó «enter» se oyó algo, un crujido, y muy poco a poco empezó a abrirse la puerta.

—¡Dios mío! —exclamó Williams.

—Se lo has dado, imbécil.

Miraron todos a Shah y luego a quien había hablado.

El general Bert Whitehead apuntaba con una pistola a la cabeza del presidente.

44

Betsy Jameson no veía el despacho oval, pero supo que acababa de ocurrir algo terrible.

Lo que veía era la pantalla del portátil.

Ellen mantenía el teléfono firme, enfocándolo hacia la puerta abierta y lo que había quedado a la vista.

—Hijo de puta —soltó con voz áspera el presidente Williams, obligado a levantarse del sillón con la pistola en la sien.

Los rangers empezaron a acercarse.

—Atrás todo el mundo —ordenó Whitehead.

—Por eso estaba conmigo esta mañana —dijo Williams—, porque sabía que la bomba no explotaría a las tres y diez.

—Pues claro que lo sabía. Desármelos, Beecham. —El general señaló a los rangers, que parecían más impactados que nadie—. Stenhauser, tienen bridas. Átelos a las patas de la mesa.

—¿Yo? —inquirió Stenhauser.

—Pero, bueno, ¿qué cree, que no sé quién es? La elegí personalmente para el puesto, como usted a su asistente. Por cierto, ¿dónde está? Supongo que fue quien mató a Hamilton. Espero que también se haya ocupado de ella.

Tim Beecham, que había desarmado a los rangers, tendió un arma a Stenhauser, cuya manera de mirarla dejó claro que sabía lo que comportaba cogerla.

—A la mierda. Total... —dijo, aceptándola. Acto seguido se volvió despacio para apuntar con ella al jefe del Estado Mayor Conjunto—. ¿Quién es usted?

El general emitió un sonido de desdén por la nariz.

—¿Usted qué cree?

Stenhauser miró a Shah.

—¿Se conocen?

Shah asistía a la escena negando con la cabeza.

—No, pero, bueno, a usted tampoco la conozco. Las identidades se han guardado en el máximo secreto. De todas formas, ¿no le parece una pista que apunte en la sien al presidente?

Bert Whitehead sonrió.

—¿Quiere saber quién soy? Un estadounidense de verdad, un patriota. Soy el HLI.

Al final, la tercera cabeza del Azhi Dahaka había acabado siendo el jefe del Estado Mayor Conjunto.

El golpe militar estaba en marcha.

Betsy abrió mucho los ojos por lo que estaban diciendo, pero sobre todo por lo que se veía en el portátil.

La puerta abierta había revelado la ubicación de las bombas.

En un lado de la pantalla salían fotos de los artefactos propiamente dichos, y en el otro, imágenes en directo de su ubicación.

Quedaban doce minutos.

Vio el inmenso vestíbulo de la estación Grand Central de Nueva York, que en hora punta estaba a rebosar. También vio la bomba en la enfermería de la estación.

Vio a familias que hacían cola para entrar en el Legoland de Kansas City, y la bomba en el dispensario de primeros auxilios.

En la Casa Blanca, sin embargo, la ubicación de la bomba no estaba clara. El plano de la imagen era demasiado cercano para ver nada a su alrededor. Podía estar en cualquier parte del enorme edificio.

También había imágenes en directo del despacho oval, por las que vio que Bert Whitehead tenía al presidente como rehén. Al final sí que habían acertado.

Quedaban once minutos y veinticinco segundos.

Pensó que alguien tenía que actuar. A alguien había que pedírselo.

Alguien tenía que hacer una llamada.

—Madre mía —suspiró—, soy yo. Ellen quiere que sea yo quien lo haga.

Pero ¿a quién llamar?

Se había quedado paralizada. ¿Quién podía desactivar las bombas? Aunque hubiera sabido la respuesta, no podía usar su móvil: necesitaba mantener la conexión con el despacho oval, la pantalla del portátil del presidente y Ellen.

Sin embargo, había otro teléfono, el fijo de la entrada. Fue corriendo y encontró el número que había puesto Ellen al lado. Descolgó y lo marcó.

—¿Señora vicepresidenta?

Quedaban diez minutos y cuarenta y tres segundos.

—No, el HLI no es usted —dijo Beecham—. Es ella. —Señalaba a Stenhauser—. Es la que lo ha organizado todo, es la informadora de alto nivel.

—¡Cállese, idiota! —rugió Stenhauser.

—Ya lo saben —replicó Beecham, que miró a la jefa de gabinete del presidente fijamente, con los ojos muy abiertos—. Ha sido usted. Me ha tendido una trampa. Ha escondido mis documentos para que pareciera que yo estaba detrás de todo y me echaran la culpa si algo salía mal. Trabaja con Whitehead.

—Él no tiene nada que ver —contestó Stenhauser—. No tengo ni idea de quién es.

—Bien. Ésa era la intención —dijo Whitehead—. ¿Cree que me interesaba que lo supiera alguien? Haga memoria, Stenhauser: ¿seguro que fue idea suya o se la pusieron en bandeja? Me hacía falta una cara visible, alguien que pudiera tratar directamente con senadores, miembros del Congreso y jueces del Tribunal Supremo. ¿A cuántos lleva reclutados? ¿A dos? ¿A tres?

—A tres —respondió Beecham.

—¡Cállese, joder! —exclamó Stenhauser.

—Dios mío... —susurró Ellen al asimilar el alcance del complot—. ¿Por qué? ¿Por qué lo han hecho? ¿Qué sentido tiene dejar que unos terroristas pongan bombas en suelo estadounidense?

—¿Estadounidense? ¡Esto no es Estados Unidos! —vociferó Stenhauser—. ¿Se cree que Washington, Jefferson o cualquier otro de los padres fundadores reconocería este país? A los estadounidenses con ganas de trabajar les roban los empleos. Está prohibido rezar, y los abortos son el pan de cada día. Los gays pueden casarse. Las fronteras reciben a una avalancha de inmigrantes y delincuentes. ¿Y vamos a dejar que siga así? Ni hablar. Esto se para ahora mismo.

—¡Eso de patriotismo no tiene nada! ¡Es terrorismo doméstico! —bramó Ellen—. ¡Pero si han sido cómplices de la masacre de todo un pelotón de rangers, por amor de Dios!

—Mártires. Murieron por su país —contestó Beecham.

—Me dan asco —dijo Ellen. Miró al general Whitehead—. ¿Y todo esto lo ha puesto usted en marcha?

Quedaban seis minutos y treinta y dos segundos.

—No sé quién es —dijo Barb Stenhauser—, pero no es de los nuestros. Suelte la pistola.

Justo cuando daba un paso hacia Whitehead, éste apartó la pistola del presidente para encañonarla velozmente a ella.

Viendo que era el momento, Williams echó el codo para atrás y asestó un golpe en el plexo solar a Whitehead, que se encogió.

Después se echó sobre Ellen y la tiró al suelo.

Cuando empezaron los disparos, Ellen se hizo un ovillo y se protegió la cabeza con los brazos.

. . .

Betsy escuchaba horrorizada.

El móvil de Ellen se había caído al suelo, con la pantalla hacia abajo, y no se veía nada, pero se oían los disparos y los gritos.

Después se hizo el silencio.

Se quedó con la boca y los ojos muy abiertos, sin respirar.

—¿Ellen? —consiguió susurrar finalmente—. ¡Ellen! —gritó.

—¿Está bien, señor presidente? —preguntó alguien con tono autoritario—. ¿Señora secretaria?

Betsy supuso que era un agente del Servicio Secreto que había llegado para poner orden.

—¡Ellen, Ellen!

La pantalla en blanco desapareció, dejando paso al rostro de su amiga.

—¿Has hecho la llamada? —preguntó Ellen.

—¿La llamada?

—A la vicepresidenta. ¿Le has dicho dónde están las bombas?

—Sí. ¿Y los disparos...?

—Balas de fogueo —contestó una voz conocida, aunque tensa: la del presidente.

Quedaban cinco minutos y veintiún segundos.

—Al suelo —ordenó con firmeza una voz masculina—, las manos detrás de la cabeza.

Ellen dio media vuelta con el móvil en la mano, permitiendo que Betsy viera a Bashir Shah, Tim Beecham y Barb Stenhauser en el suelo, boca abajo, con las manos en la espalda. Bert Whitehead estaba de rodillas al lado de los rangers, cortándoles las bridas.

—Las bombas... —dijo Williams.

—Betsy ya ha avisado a la vicepresidenta —explicó Ellen—. Están en ello.

—Pero la de aquí... —repuso el presidente—, ¿dónde está?

Miraron la pantalla.

498

Quedaban cuatro minutos y cincuenta y nueve segundos.

—Podría estar en cualquier parte —dijo Williams. Se volvió hacia los prisioneros—. ¿Dónde está? ¡Díganlo! Ustedes también van a morir.

—Es demasiado tarde —replicó Stenhauser—. No tendrían forma de desactivarla a tiempo.

Williams, Adams y Whitehead se miraron.

—¿Dónde está la enfermería? —preguntó Ellen.

—No lo sé —reconoció el presidente—. Ya me cuesta encontrar el comedor.

El general Whitehead, en cambio, abrió mucho los ojos.

—Yo sé dónde está. —Bajó la vista—. Está justo debajo del despacho oval.

—Mierda —soltó el presidente.

El general Whitehead ya se encaminaba hacia la puerta.

Quedaban cuatro minutos y treinta y un segundos.

El presidente de Estados Unidos y la secretaria de Estado bajaban las escaleras de atrás de dos en dos, a pocos pasos del ranger y del jefe del Estado Mayor Conjunto.

—Espero por Dios que no se equivoque —dijo Williams.

—No me equivoco. Las otras estaban en dispensarios. Ésta también tiene que estarlo. —Sin embargo, Ellen sonaba mucho más segura de lo que se sentía.

Los seguían de cerca varios agentes del Servicio Secreto. Se habían encontrado cerrada la puerta de la unidad médica del sótano.

—Yo tengo una clave para entrar. —El presidente pulsó el teclado, pero le temblaban tanto las manos que tuvo que hacerlo dos veces.

Ellen estuvo a punto de gritarle.

En vez de eso, fijó la mirada en la cuenta atrás.

Quedaban cuatro minutos y tres segundos.

La puerta se abrió de golpe, y se encendieron automáticamente las luces.

—¿Lleva sus herramientas? —le preguntó Whitehead al ranger.

—Sí, señor.

Se quedaron plantados en medio de la sala, mirando a su alrededor.

—¿Dónde está? —preguntó Williams mientras giraba en un círculo completo, escrutándolo todo con detenimiento.

—El equipo de resonancia magnética —aventuró Ellen—: si no detectaron la bomba es porque esperaban encontrar radiación en la máquina de resonancias.

Tres minutos y cuarenta y tres segundos.

El ranger, experto en desactivación de explosivos, abrió con cuidado el panel del aparato.

Ahí estaba.

—Es una bomba sucia, señor —dijo—. Grande. Volaría toda la Casa Blanca, y la radiación se extendería por medio Washington.

Se inclinó y puso manos a la obra mientras Whitehead se volvía hacia Williams y Ellen.

—Les diría que se fueran corriendo, pero...

Tres minutos y treinta y segundos.

Se apartó para hacer una llamada, Ellen imaginó que a su mujer.

Betsy no quitaba ojo al teléfono. Veía a Ellen, y Ellen la veía a ella.

Pensó que quizá la consolaba un poco no tener que llorar la muerte de su amiga durante mucho tiempo: también ella moriría a causa de la radiación.

Ellen pensó que era un gran alivio saber que Katherine y Gil estaban lejos.

• • •

500

Katherine, Gil, Anahita, Zahara y Boynton miraban muy juntos el móvil del centro de la mesa, con la habitación casi a oscuras. Eran imágenes en directo de las cadenas de televisión de Katherine.

Katherine sabía que si explotaban bombas nucleares emitirían en directo en cuestión de minutos.

De momento, el presentador estaba entrevistando a alguien sobre si los tomates eran frutas u hortalizas y lo que eso comportaba para el kétchup en las tablas de alimentos de los colegios.

Quedaban dos minutos y cuarenta y cinco segundos.

Gil notó en su mano otra conocida y miró a Ana, que también había cogido la de Zahara. Él hizo lo mismo con la de Katherine, que a su vez tomó la de Boynton.

El pequeño círculo no apartaba la vista del teléfono, atento a la cuenta atrás.

Mientras el ranger trabajaba, y el general hablaba por teléfono, Ellen sintió la presencia de Doug Williams a su lado y le cogió la mano. Él se lo agradeció con una sonrisa.

—Se me resiste —dijo el ranger—. Nunca había visto un mecanismo así.

Un minuto y treinta y un segundos.

—Tenga, escuche. —Whitehead le entregó su móvil.

Todas las miradas se centraban en el ranger, que seguía trabajando de forma frenética.

Cuarenta segundos.

Sacó otra herramienta y se le cayó. El general Whitehead se agachó para recogerla y se la devolvió al ranger, que tenía los ojos muy abiertos.

Veintiún segundos.

Seguía trabajando. Seguía trabajando.

Nueve segundos.

Betsy cerró los ojos.

Ocho.

Williams también.

Siete.

Ellen cerró los suyos y sintió que la invadía una gran serenidad.

45

La rueda de prensa se estaba emitiendo en directo por todas las cadenas.

La pantalla de la oficina de la secretaria de Estado recogía imágenes de la sala de prensa James S. Brady de la Casa Blanca, llena de reporteros que esperaban al presidente.

—¿A ti no te ha invitado? —le preguntó Katherine a su madre.

—¿Y qué esperabas? —preguntó Betsy, antes de tomar un trago de chardonnay.

—Pues la verdad es que lo ha hecho, pero he declinado la invitación. —Ellen miró a su familia—. Prefería estar aquí con vosotros.

—Oooh... —Gil miró a Betsy—. Estás bebiendo de un vaso.

—Sólo porque está ella. —Betsy señaló a Anahita.

Estaban sentados en el sofá y los sillones, en calcetines, con los pies apoyados en la mesa de centro. En un aparador había botellas de vino y cerveza, y una bandeja donde aún quedaban algunos bocadillos. Gil desenroscó el tapón de una cerveza que le dio a Anahita y abrió otra para él.

—¿Qué va a decir? —le preguntó a su madre.

—La verdad —contestó ella mientras se dejaba caer en el sofá entre sus dos hijos.

Menos mal, pensó Ellen, que existían los transportes militares rápidos.

Se lo había contado casi todo al despertarse, aunque ya irían saliendo los detalles con el tiempo. Y con paciencia.

Katherine miró la pantalla. En la sala de prensa había periodistas suyos, pero, claro, ella lo había vivido desde dentro; de hecho, tenía escrito su propio testimonio, que había enviado a su editor jefe con órdenes de no publicarlo hasta después de que hubiera hablado el presidente.

Incluso con todo lo que sabían, les llevaría meses, tal vez años, esclarecer todo lo ocurrido e investigar hasta dar con todos los integrantes del HLI.

Habían detenido a dos jueces del Tribunal Supremo y seis miembros del Congreso, y se esperaban más detenciones en el curso de las horas y los días siguientes, probablemente durante semanas, y meses.

—Ayer —dijo Gil—, en el despacho oval, cuando el general Whitehead tomó al presidente como rehén, ¿tú ya sabías que iba de farol?

—Sí, yo también quiero saberlo —añadió Betsy—. Dejaste el número de la vicepresidenta y me pediste que me quedara. Querías que estuviera en casa y pudiera llamar. Algo debías de saber.

—Tenía la esperanza, pero no lo sabía. Pensé que si no podía llamar yo tendrías que hacerlo tú, pero cuando Whitehead apuntó a Williams a la cabeza llegué a creer que sí que era el traidor.

Fue pensarlo y revivir el momento, el horror de saber que habían fracasado y que todo estaba perdido. A las dos y media de la madrugada se había despertado de golpe y se había quedado sentada en la cama, con los ojos y la boca muy abiertos.

Se preguntó si llegaría a disiparse alguna vez ese terror que aún se cernía sobre ella incluso en el sofá, sentada entre sus hijos, sana y salva. Notó que se le aceleraba el pulso y que la cabeza empezaba a darle vueltas.

«Estoy a salvo», se repitió. «Estoy a salvo. Estamos todos a salvo.»

Al menos todo lo a salvo que se podía estar en una democracia basada en el enfrentamiento. Era el precio de la libertad.

—¿El presidente sabía que el general estaba fingiendo? —preguntó Anahita.

—Pues resulta que sí. Lo habían ideado juntos. A mí también me extrañó que el Servicio Secreto no interviniera de inmediato, pero Williams les había ordenado que se quedaran fuera del despacho oval.

Ellen sonrió al acordarse de cómo se había desactivado la bomba: no era con su mujer con quien hablaba por teléfono Bert Whitehead, sino con la brigada que estaba desactivando la de Nueva York.

Habían tenido más tiempo y habían logrado averiguar cómo hacerlo, de ahí que pudieran indicárselo al ranger paso a paso.

El temporizador se había parado cuando sólo faltaban dos segundos.

Una vez que recuperaron la compostura, el general Whitehead había mirado a Doug Williams y, frotándose el plexo solar, le había preguntado si era imprescindible darle un golpe tan fuerte.

—Perdón —había dicho el presidente—. Demasiada adrenalina, aunque me alegro de saber que puedo con usted.

—No le aconsejo comprobarlo, señor presidente —había dicho el ranger, que aún seguía inclinado hacia la bomba.

La secretaria Adams y los demás vieron cómo empezaban a sentarse los periodistas en la sala de prensa.

—¿Mamá? —dijo Katherine.

—Perdón. —Ellen volvió al presente.

—¿Cómo sabías que el general no era el HLI? —le preguntó.

—Al principio pensé que lo era. Me creí los documentos que encontró Pete Hamilton en el archivo oculto de la administración Dunn, pero luego hubo un par de cosas que no me cuadraron. Cuando lo detuvieron, atacó a Tim Beecham a puñetazo limpio, y justo antes de que se lo llevaran me dijo: «Yo ya he cumplido mi parte.»

—Sí, ya me acuerdo —intervino Betsy—. Me dio escalofríos. Creía que estaba confesando que era quien había puesto en libertad a Shah y despejado el camino para que pusieran las bombas en suelo estadounidense.

—Ya estaba hecho su trabajo —dijo Ellen—. Yo también lo pensé, pero cuantas más vueltas le daba más llegaba a la conclusión de que podía haber querido decir algo muy distinto. Perder así el control era impropio de alguien como el general Whitehead, que había combatido en primera línea y había encabezado misiones peligrosas. Para mandar así, primero debía mandar sobre sí mismo. Total, que empecé a plantearme que quizá no hubiera perdido el control y que la agresión a Beecham podía haber sido premeditada.

—Pero ¿qué sentido tenía? —preguntó Gil.

—Whitehead sospechaba que el traidor era Beecham, pero a falta de pruebas hizo lo que pudo para que no estuviera en la sala mientras hablábamos de la estrategia, y funcionó: cuando ideamos el plan, Beecham estaba en el hospital.

—A eso se refería cuando dijo «he cumplido mi parte» —añadió Betsy—. A partir de ahí era cosa nuestra.

—Pero hubo algo más, ¿no? —preguntó Katherine.

—Sí, algo mucho más evidente y más sencillo: la familia de Bert Whitehead seguía aún en Washington, y la de Beecham, no —contestó su madre.

Betsy tenía miedo de hacer una pregunta, pero al final se decidió.

—¿El asalto a la fábrica lo organizó el general Whitehead?

—Sí. Yo le había trasladado a Williams mis sospechas de que nos equivocábamos, y de que a Whitehead le habían tendido una trampa. Tengo que reconocer que no se creyó la explicación del «he cumplido mi parte», pero cuando oyó lo de las familias acabó de convencerse. Al ver que al jefe de las fuerzas especiales y a los generales no se les ocurría ningún buen plan para entrar y salir de la fábrica, Williams acudió a Whitehead, que había asistido como observador en la batalla de Bajaur y conocía el terreno.

—Y él organizó la distracción —dedujo Katherine.

—Sí, y el asalto a la fábrica también. Quería dirigirlo personalmente —continuó Ellen—, pero Williams se negó: no podíamos arriesgarnos a que otros se enterasen de que Whitehead estaba en libertad. Beecham tenía que creer que nos había convencido.

—O sea que ¿entonces ya sabíais que era Beecham? —preguntó Gil.

—Creíamos que sí, pero no teníamos pruebas. Cuando Beecham pidió ir a Londres, Williams accedió como otra manera de alejarlo.

Había llegado el momento de preguntar lo que tanto temía Betsy.

—Y entonces, ¿quién encabezó la distracción?

Ellen la miró.

—Bert eligió a su ayudante de campo —dijo en voz baja—. Había estado tres veces con los rangers en Afganistán, de modo que era la mejor candidata.

—¿Denise Phelan?

—Sí.

Betsy cerró los ojos. Creía que ya no le quedaban suspiros, pero como mínimo guardaba uno: un largo suspiro de tristeza por la joven que se había plantado en esa misma sala, sonriente, con cafés en la mano.

Volvió a ver a Pete Hamilton, enfrascado en su trabajo.

Hurgando a fondo, cada vez más a fondo, sin detenerse hasta que encontró los datos falsos sobre el jefe del Estado Mayor Conjunto.

Hamilton había seguido hurgando, más allá de la red normal y de la oscura, hasta el vacío sin límites, la nada, adonde no llegaba ni un atisbo de luz: allí había encontrado el HLI.

Había hurgado tan a fondo que había cavado su propia tumba.

Y ni él ni Phelan estaban ya.

• • •

Bert Whitehead tiró el palo y vio que desaparecía en un montón de nieve. *Pine* corrió tras él y metió la cabeza en la nieve, levantando el trasero y agitando la cola.

Posadas en la nieve inmaculada, sus enormes orejas parecían alas.

El otro pastor alemán saltaba sin parar junto a él hasta que de repente, sin motivo aparente, hundió el morro en el montón de al lado.

—Hay que reconocer —dijo el hombre que acompañaba a Whitehead— que *Henri* tiene muy poco en la cabeza. La verdad es que sólo le sirve para aguantar las orejas. Todo lo importante lo tiene en el corazón.

La risa de Bert se convirtió en una nube de vaho.

—Qué perro tan listo.

Los dos se volvieron hacia la casa de Gamache en Three Pines, donde sus respectivas esposas estarían sentadas delante de la tele, esperando la rueda de prensa del presidente.

—¿Quieres que entremos a verlo? —preguntó Armand.

—No, ve tú, si quieres. Yo ya sé qué va a decir el presidente. No necesito oírlo.

Hablaba como si ya no le quedaran fuerzas. Si Bert y su mujer, sin olvidar a *Pine*, habían tomado un vuelo a Montreal, y luego habían hecho el viaje en coche hasta el apacible y campestre pueblo quebequés, era justamente para eso.

Para estar tranquilos.

Los dos hombres rodearon el parque en silencio, haciendo chirriar las botas en la nieve. Tenían delante casas viejas de piedra tosca, ladrillo y madera, con humo en las chimeneas y luz cálida en las ventanas de cuarterones.

Eran poco más de las seis y ya había anochecido. En el cielo lucía con fuerza la estrella polar, siempre firme en su sitio mientras a su alrededor se desplazaba el firmamento nocturno.

Se pararon y alzaron la vista. Era un consuelo tener algo inalterable, una constante en un universo que era puro cambio.

508

El frío irritaba las mejillas, pero ninguno de los dos tenía prisa por entrar. El aire era refrescante, tonificante.

Había pasado poco más de un día desde lo ocurrido, pero parecía una vida, un mundo.

—Lo siento por Denise Phelan. Por todos.

—*Merci*, Armand.

Al general le constaba que el inspector jefe sabía muy bien lo que era sufrir pérdidas bajo su mando, a veces de personas de una juventud atroz.

También él guardaba lo más valioso dentro de su corazón, y ahí seguirían viviendo todos esos jóvenes, protegidos y a salvo, mientras continuaran latiendo sus corazones.

—Sólo espero que los pillemos a todos —dijo Whitehead.

Armand se paró.

—¿Hay alguna duda?

—Con alguien como Shah siempre hay dudas.

—Cuando le pusiste la pistola en la cabeza al presidente ya sabías dónde estaban las bombas. El presidente había abierto la web del HLI, donde figuraba su localización exacta, incluida la de la Casa Blanca. Entonces ¿por qué no enviar a expertos en desactivación de explosivos para neutralizarla? ¿Por qué perder un tiempo valiosísimo fingiendo tomar al presidente como rehén?

—Porque no sabíamos dónde estaba la bomba de la Casa Blanca. Teníamos imágenes del despacho oval, pero la cámara que mostraba la bomba estaba demasiado cerca.

—¿Y cómo lo averiguasteis?

—Lo supusimos.

Armand miró horrorizado al jefe del Estado Mayor Conjunto.

—¿Lo supusisteis?

—Sabíamos que las otras dos estaban en dispensarios; supusimos que ésa también. Pero eso no pasó hasta después. Lo que no teníamos eran las confesiones de Beecham y de Stenhauser. No bastaba con encontrar las bombas, necesitábamos a quienes las habían puesto, y también nos hacían falta pruebas.

—¿Sabías que la secretaria Adams estaba en una videoconferencia con su consejera, y que su consejera ya había empezado a transmitir la información?

—Sí, vi lo que hacía con el móvil y tuve la esperanza...

—Faltó poco —dijo Armand—. ¿Por qué lo hicieron? Entiendo lo del desencanto con el rumbo del país, pero... ¿bombas nucleares? ¿Cuánta gente habría muerto?

—¿Cuánta muere en las guerras? Para ellos era otra guerra de Independencia.

—¿Con Al Qaeda y la mafia rusa como aliados? —preguntó Gamache.

—Todos pactamos alguna vez con el diablo, incluido tú, amigo mío.

Armand asintió: era verdad, había hecho pactos de ese tipo.

Pasaron por delante del bar, cuyas ventanas proyectaban en la nieve una luz pringosa. Vieron a gente del pueblo sentada delante del fuego, tomando algo y conversando animadamente, y adivinaron de qué hablaban, de qué hablaban en todo el mundo.

Se pararon a la altura de la librería, que tenía las luces apagadas. Arriba sí parpadeaba una luz suave, en la buhardilla donde Myrna Landers y Alex Huang miraban la rueda de prensa.

—Qué tranquilo es esto —dijo Bert Whitehead apartando la vista para contemplar las montañas, los bosques y el cielo tachonado de estrellas.

—Bueno, también tiene sus cosas —contestó Armand. Vio cómo su acompañante dejaba escapar un largo suspiro—. ¿Por qué no te retiras y te vienes? Mientras buscáis casa podéis quedaros con Martha y conmigo.

Bert dio unos pasos en silencio antes de responder.

—Es tentador, ni te imaginas cuánto, pero soy estadounidense y, por muchos defectos que pueda tener mi país, son las cicatrices propias de una democracia por la que vale la pena luchar. Es mi país, Armand, igual que éste es el tuyo. Además, pienso seguir en mi puesto hasta que estemos seguros de haber atrapado a todos los conspiradores.

· · ·

—Señoras y señores, el presidente de Estados Unidos.

Doug Williams caminó lentamente hasta el atril, muy serio.

—Antes de leer el discurso que traigo preparado, me gustaría que guardásemos un momento de silencio por todas las personas que han dado sus vidas para salvar a este país de una posible catástrofe, incluido un pelotón completo de rangers: treinta hombres y mujeres valientes.

En la oficina de la secretaria de Estado se inclinaron todas las cabezas.

Y también en el Off the Record.

Y en Times Square, en Palm Beach, en las calles de Kansas City, en Omaha, en Mineápolis y en Denver; en las grandes llanuras, en las cordilleras, en los pueblos, ciudades y grandes capitales, todos los estadounidenses agacharon la cabeza.

En homenaje a los verdaderos patriotas que habían entregado su vida.

—Voy a leer una declaración —anunció el presidente Williams rompiendo el silencio; luego hizo una pausa, como si pensara—, antes del turno de preguntas.

Se alzaron murmullos de la multitud de periodistas. No se lo esperaban.

En la oficina de la secretaria de Estado estaban todos a la escucha.

Esa mañana, el presidente Williams había invitado a Ellen al despacho oval para hablar de lo que había que revelar a la opinión pública y lo que no. También la había invitado a comparecer con él en la rueda de prensa, pero Ellen se había excusado.

—Gracias, pero ahora mismo necesito estar con mi familia, señor presidente. Lo veré como todos los demás.

—Necesito que me aconseje, Ellen. —Williams le hizo señas para que se sentara en el sillón de delante de la chimenea.

—La camisa no hace juego con el traje.

—No, no es eso. Estoy intentando decidir si habrá turno de preguntas en la rueda de prensa.

—Yo creo que debería...

—Bueno, pero ya sabe que harán preguntas delicadas, casi imposibles de responder.

—Ya lo sé. Dígales la verdad —contestó Ellen—. Con la verdad podemos apañarnos, lo que hace daño son las mentiras.

—Sabe que si lo hago me culparán por haber permitido que esto llegara tan lejos. —Williams la miró con atención—. ¿Me lo aconseja por eso?

—Considérelo una venganza por lo de Corea del Sur.

—Ah... —Hizo una mueca—. ¿Lo sabe?

—Lo suponía. Me nombró secretaria de Estado por eso, ¿no? Para que además de renunciar a mi plataforma mediática estuviera casi siempre fuera del país sin poder darle la lata. Y así se aseguraría de que fracasaba: yo me llevaría una humillación a nivel internacional y usted podría echarme del gobierno.

—Buen plan, ¿no?

—Pero aquí estoy. Doug, ¿qué va a pasar en Afganistán? Sabe muy bien que con nuestra retirada volverán al poder los talibanes, junto con Al Qaeda y otros terroristas.

—Sí.

—Todos los avances en materia de derechos humanos podrían quedar en nada: las niñas y mujeres que han ido a la escuela, que han recibido una educación y han conseguido trabajo, que se han hecho maestras, médicas, abogadas, conductoras de autobús... Ya sabe lo que les pasará si los talibanes se salen con la suya.

—Bueno, supongo que necesitaremos a una secretaria de Estado fuerte y respetada en todo el mundo para que el gobierno afgano, sea cual sea, se entere de que hay que respetar los derechos y de que Afganistán no puede volver a ser un refugio de terroristas. —La miró con tanta insistencia que Ellen empezó a ruborizarse—. Gracias por todo lo que ha hecho por impedir los ataques. Se lo ha jugado todo.

—Me imagino que sabe que los conspiradores no son los únicos que tienen la impresión de que hemos perdido el rumbo —dijo Ellen—. Son los más visibles, pero hay decenas de millones de personas que opinan lo mismo. Gente buena, decente, que quizá no comparta nuestras políticas, pero que en caso de necesidad lo daría todo.

Williams asintió.

—Lo sé. Tenemos que hacer algo, darlo todo.

—Deles trabajo. Deles un futuro a sus hijos, y a sus pueblos y ciudades. Frene las mentiras que alimentan sus miedos.

Las mentiras que había creado y alimentado un Azhi Dahaka marca de la casa.

—Hay muchas cuentas que ajustar y heridas que curar —respondió el presidente—, más de lo que me parecía. En muchos de sus editoriales tenía usted razón: me queda mucho que aprender.

—Me parece que lo que decía era que tenía que dejar de toc...

—Sí, sí, ya me acuerdo.

Williams, sin embargo, sonreía, y la miraba de una manera que la hizo sonrojarse de pies a cabeza.

Habían pasado varias horas desde entonces. Se estaba poniendo el sol y Ellen estaba en su oficina con sus hijos, Betsy, Charles Boynton y Anahita Dahir, la FSO que, si eran ciertas sus sospechas, basadas en la cara de Gil, quizá pronto fuera mucho más que una simple FSO.

Vieron que Doug Williams presentaba a los expertos en desactivación de explosivos que habían neutralizado los artefactos nucleares, y luego procedía a describir lo sucedido desde los atentados en los autobuses.

—Te ha dejado muy bien, mamá —dijo Katherine—. Parece que ha cambiado de opinión.

Ellen se fijó en que también de traje.

Betsy se inclinó para darle algo.

—Señora secretaria, un pequeño obsequio en reconocimiento a sus servicios a la ciudadanía.

Era un posavasos del Off the Record con la cara de Ellen Adams.

Cuando acabó la rueda de prensa, Gil le preguntó a Anahita si le apetecía salir a cenar algo.

En el restaurante, ella lo escuchó mientras él le explicaba que le habían ofrecido publicar un libro, y le preguntó cómo lo veía y cuánto tardaría en escribirlo.

Como todos los hechos ya eran de dominio público, no había que preocuparse por traicionar la confianza de nadie. Gil estaba entusiasmado con la perspectiva de contar todas las interioridades, aunque tendría que saltarse lo de Hamza *el León*, el miembro de la familia terrorista pastún que era amigo suyo.

Le preguntó a Anahita si se plantearía escribirlo a cuatro manos.

Ella le dijo que no, que aún era FSO en el Departamento de Estado.

—Y tus padres, ¿cómo están? —le preguntó él.

—Han vuelto a casa.

Asintió mientras Anahita miraba por la ventana. Al otro lado seguía estando Washington.

—¿Y de ánimos? —quiso saber Gil.

Anahita lo miró con cara de perplejidad y se lo contó.

—¿Y tú? —preguntó él.

—Señora secretaria...

—Dígame, Charles.

514

—Me pidió que investigara si había desaparecido material físil en Rusia.

Boynton estaba a poco más de un metro de la mesa de Ellen.

Ya era noche cerrada. Betsy estaba en su propio despacho, tomando notas en su mesa y contestando preguntas de la inteligencia estadounidense sobre el vídeo que había grabado.

—¿Qué ha averiguado? —preguntó Ellen Adams.

La mirada de Boynton era de lo más desconcertante. Saltaba a la vista que el jefe de gabinete no había descubierto una cesta llena de gatitos.

Ellen tendió la mano para que le diera el papel que llevaba, y le señaló una silla al lado de donde estaba sentada. Era la primera vez que lo hacía. Hasta entonces siempre había preferido que Boynton se quedara de pie al otro lado de la mesa.

El mundo, sin embargo, era nuevo y habían empezado de cero.

Se puso las gafas para mirar el papel y luego a Boynton.

—¿Qué es esto?

—Ha desaparecido material físil no sólo en Rusia, sino también en Ucrania, Australia, Canadá y Estados Unidos.

—¿Y dónde está?

Nada más hacer la pregunta se dio cuenta de lo absurda que era. En eso consistía desaparecer, en que no se supiera dónde estaba.

A pesar de todo, Boynton se frotó la frente con la mano y respondió.

—No lo sé, pero daría para fabricar cientos de bombas.

—¿Cuánto tiempo hace que ha desaparecido?

Negó con la cabeza.

—¿De nuestros propios almacenes también?

Asintió.

—Y hay más. —Señaló la parte inferior de la hoja.

«Cuando lo hagas», pensó entonces Ellen, «aún no lo habrás hecho / porque tengo más.»

Bajó la vista y se quedó sin aliento al leer.

Gas sarín.

Ántrax.

Ébola.

Virus de Marburgo.

Giró la página. La lista continuaba. Contenía todos los horrores conocidos por el ser humano, todos los que él mismo había creado. Estaban y no estaban.

Desaparecidos. En paradero desconocido.

Miró la larga lista de lo perdido.

—Creo —susurró— que ya tenemos nuestra próxima pesadilla.

—Sí, señora secretaria, creo que tiene razón.

Agradecimientos

Las dos agradecemos haber tenido la oportunidad de trabajar juntas, una experiencia que ha engrosado la lista de alegrías y sorpresas de nuestra amistad. Como las dos tenemos muchas personas a quienes dar las gracias, comencemos.

Louise:

En mi caso, este libro empezó inesperadamente, como tantas otras cosas.

En la primavera de 2020 estaba en la casa en la que vivo con mi familia, a orillas de un lago en el norte de Montreal. La pandemia se encontraba en todo su apogeo y, en pleno confinamiento, recibí un mensaje de mi agente: «Necesito hablar contigo.»

En mi experiencia, eso casi nunca preludia una buena noticia.

Una pandemia mundial en todo su apogeo (aunque resultara ser sólo el principio), yo aislada en un lago ya de por sí aislado y mi carrera literaria a punto de sufrir algún desastre.

Cogí una bolsa de gominolas y llamé por teléfono a mi agente.

—¿Qué te parecería escribir un *thriller* político con Hillary Clinton? —me preguntó.

—¿Eh?

Repitió la pregunta y yo la respuesta:

—¿Eh?

Debo decir que, aunque la pregunta fuera una absoluta sorpresa, tenía su explicación. Hillary y yo nos conocíamos, es más: éramos muy amigas (y seguimos siéndolo, hecho que a mi entender puede considerarse un milagro).

Nuestra amistad fue algo inesperado, como tantas otras cosas.

Hillary se presentaba a la presidencia. Era julio de 2016 y su mejor amiga, Betsy Johnson Ebeling, habló en una entrevista con un periodista de Chicago sobre su relación. El periodista le preguntó qué tenían en común y ella mencionó, entre otros asuntos, la afición de las dos a la lectura y más en concreto a la novela policíaca.

La siguiente pregunta nos cambió la vida a Betsy, a Hillary y mí.

—¿Y ahora qué está leyendo?

Quiso el destino que las dos estuvieran leyendo un libro mío.

Sarah Melnyk, mi publicista en Minotaur Books, que es un prodigio, vio la entrevista y me llamó entusiasmada.

La inminente gira por mi nuevo libro empezaría en Chicago, ¿qué me parecería conocer a Betsy justo antes del acto?

La verdad es que los actos importantes traen consigo mucha tensión, y encontrarse con alguien por primera vez en los momentos previos no es lo idóneo, pero accedí.

Más o menos una semana más tarde, entre bastidores, oí un ruido y al dar media vuelta me enamoré, así de claro.

Me esperaba que la mejor amiga de Hillary fuera una mujer poderosa e imponente, pero me encontré con una señora delgada de pelo canoso y corto con la sonrisa más cálida y los ojos más bondadosos que había visto en mi vida.

La quise de golpe... y la sigo queriendo.

Pocas semanas después de volver a casa de la gira, mi amado esposo Michael murió de demencia. Mientras luchaba por pillarle el truco a vivir sin él, encontré consuelo en abrir todas las cartas de pésame.

Un día, abrí una y me puse a leerla en la mesa del comedor: hablaba de las aportaciones de Michael a la investigación de la leucemia infantil, de su cargo como jefe de hematología en el Hospital Infantil de Montreal y de su trabajo como uno de los principales investigadores sobre oncología pediátrica a nivel internacional.

La autora de la carta hablaba de lo triste que es perder a un ser querido y me daba su más sentido pésame.

Era Hillary Rodham Clinton.

En las postrimerías de una campaña brutal y traumática por ocupar el cargo más importante del mundo, la secretaria Clinton había encontrado tiempo para escribirme.

A mí, una mujer a la que ella no conocía. Una canadiense que ni siquiera podía votarla.

Para darme el pésame por un hombre al que tampoco conocía.

Era un mensaje privado, que no pretendía brindar ninguna ayuda, sólo consolar a una desconocida sumida en una profunda tristeza.

Fue una muestra de altruismo que nunca olvidaré y que me ha impulsado a ser mejor persona.

Yo había seguido en contacto con Betsy, la cual, llegado el mes de noviembre, me invitó al Javits Center de Nueva York para atestiguar cómo Hillary ganaba las elecciones. Nunca olvidaré el momento en que miré hacia la otra punta de la enorme sala y vi a Betsy, tan menuda, sentada con aquella mirada ausente de quien ya ha visto demasiado.

En febrero de 2017, Hillary nos invitó a Betsy y a mí a pasar el fin de semana en Chappaqua: sería nuestro primer encuentro.

Volví a enamorarme, aunque parte de la magia de esos días tan breves como extraordinarios residió en quedarme en silencio observando a las dos amigas que se habían conocido en sexto de primaria y que nunca habían dejado de ser íntimas. Una de ellas había acabado siendo abogada, primera dama, senadora y secretaria de Estado, además de ganar las elecciones a la presidencia —si fuesen los votos de los ciudadanos los que contasen, no los del colegio electoral— mientras la otra se convertía en profesora de instituto y luego defensora de mil y una causas al tiempo que criaba a sus tres hijos junto a Tom, su maravilloso marido.

Estaba tan claro que Betsy y Hillary eran almas gemelas que verlas juntas era casi una experiencia espiritual.

Ese verano vinieron a verme Betsy, Tom, Hillary y Bill, y pasaron una semana de vacaciones conmigo en Quebec.

A esas alturas ya era evidente que el cáncer de pecho contra el que Betsy había luchado tantos años se estaba alzando con la victoria pero, aun así, ella se aferraba a la vida con el apoyo del enorme círculo de amigos íntimos que ella y Hillary compartían.

Murió en julio de 2019.

Si has leído *Terror de Estado* sabrás que está escrito como un *thriller* político y como una especie de análisis del odio, pero en última instancia es una celebración del amor.

Hillary y yo deseábamos de todo corazón reflejar las profundas relaciones que ambas tenemos con otras mujeres: el lazo indestructible de la amistad.

Y queríamos que Betsy tuviera un papel importante.

Si bien en la vida real Betsy Ebeling era mucho más dulce y menos charlatana, son muchas las virtudes que comparte con Betsy Jameson: su gran inteligencia, su lealtad a toda prueba, su valor (¡su valor!) y su amor ilimitado.

Por todo ello, cuando mi maravilloso agente, David Gernert, me preguntó si estaba dispuesta a escribir un *thriller* político con mi amiga H, dije que sí, aunque no sin inquietud.

Acababa de terminar la última novela del inspector jefe Gamache, de modo que me pareció que tenía tiempo, pero nunca había escrito nada que no fueran novelas policíacas y, si bien existen similitudes, un *thriller* político a esa escala quedaba tan lejos de mi zona de confort que era como otro planeta.

Pero ¿cómo iba a dejar que el miedo al fracaso me arrebatase una oportunidad así? Al menos tenía que intentarlo. En la habitación donde escribo tengo un póster con las últimas palabras del poeta irlandés Seamus Heaney:

«*Noli timere*»: «No tengas miedo.»

Tenía miedo, pero sabía que, en la vida, muchas veces no se trata de tener menos miedo, sino más valor.

Así pues, cerré los ojos, respiré hondo y dije que sí, que lo haría siempre y cuando Hillary también estuviera dispuesta, porque estaba claro que para ella iba a ser un riesgo todavía mayor.

No entraré en detalles sobre cómo fue tomando forma la trama concreta de este libro, tan sólo diré que nació de un comentario de Hillary, una de las muchas veces que hablamos por teléfono esa primavera, cuando me contó que, siendo secretaria de Estado, solía despertarse a las tres de la madrugada. Habíamos contemplado tres escenarios verdaderamente de pesadilla y elegimos ése.

Por lo que respecta a la idea de escribir un libro juntas, se le ocurrió a mi amigo Stephen Rubin, uno de los grandes editores de su generación y cualquier otra. ¡Gracias, Steve!

Fue él quien acudió a David Gernert, que a su vez me lo planteó a mí. Gracias, David, por guiar este libro por el laberinto y ser siempre tan sabio, positivo, cariñoso y protector.

Quiero dar las gracias a mis editores de Minotaur Books/ St. Martin's Press/Macmillan por correr, como decimos en Quebec, *le beau risque*. También a Don Weisberg, John Sargent, Andy Martin, Sally Richardson, Tracey Guest, Sarah Melnyk, Paul Hochman, Kelley Ragland y a la gran editora de SMP, Jennifer Enderlin, que ha revisado *Terror de Estado*.

Un agradecimiento enorme para el equipo de la editorial de Hillary, Simon and Schuster, por sus ideas y su colaboración.

Gracias a Bob Barnett.

Gracias a mi ayudante (y maravillosa amiga) Lise Desrosiers. Sin tu apoyo, querida, todo esto sería imposible.

A Tom Ebeling por dejarnos incluir en el libro una versión novelizada de Betsy.

A mi hermano Doug, con quien me refugié en el invierno y la primavera de 2020, y que siempre prestó oídos a mi angustia y mis ridículas ideas.

A Rob y Audi, Mary, Kirk y Walter, Rocky y Steve.

A Bill por sus aportaciones y su apoyo. (Cuesta discutir cuando Bill Clinton lee una de las primeras versiones y te dice: «Es poco probable que un presidente...».)

Hemos tenido que mantener en secreto esta colaboración durante más de un año, pero muchos amigos nos han ayudado sin darse cuenta: por el mero hecho de estar siempre ahí. Incluyo en ello a los amigos que Hillary y yo tenemos en común, todos los cuales forman parte de mi vida a causa de Betsy.

Hardye y Don, Allida y Judy, Bonnie y Ken, Sukie, Patsy, Oscar y Brendan.

Y gracias a ti, Hillary, que has convertido en un placer lo que podría haber sido una pesadilla. Has puesto inteligencia a raudales en el libro y has transformado la experiencia de escribirlo en algo tan fácil como divertido (excepto cuando recibí, literalmente, quinientas páginas de manuscrito escaneadas con los garabatos de Hillary en los márgenes).

Menos mal que tenía mis gominolas mágicas.

Cómo nos hemos reído escribiéndolo, entre las largas pausas en las que nos mirábamos por FaceTime sin acordarnos de la trama, y no exagero...

Naturalmente, no puedo dejar de dar las gracias a mi querido Michael. ¡Qué contento y orgulloso estaría! Con lo que admiraba a la secretaria Clinton... se habría alegrado muchísimo de conocerla como Hillary y ver lo encantadora que es como mujer.

A Michael le encantaban los *thrillers*; tanto es así que, cuando quedó claro que podía leer un libro más antes de que la demencia le arrebatase la capacidad de leer y entender, elegí un *thriller* político. No hay día en que no me lo imagine con *Terror de Estado* en las manos y una sonrisa de oreja a oreja.

522

No hay nada de lo que veo, siento, huelo y oigo que no deba su existencia al día en que me enamoré de Michael Whitehead.

Ya he revelado el origen de otro personaje.

Terror de Estado habla del miedo pero, en lo más profundo, en su corazón, este libro habla de la valentía y del amor.

Hillary:

Estaba en mi casa de Chappaqua, confinada junto a mi familia durante la pandemia, cuando me llamó mi abogado y amigo Bob Barnett para informarme de que Steve Rubin había propuesto que Louise Penny y yo escribiésemos un libro.

A pesar de que tenía mis dudas, escuché los argumentos de Bob, basados en su experiencia trabajando con otros dos clientes: mi marido y James Patterson, que han escrito dos *thrillers* juntos.

Admiro a Louise como escritora y la quiero como amiga, pero me daba miedo sólo de pensarlo: hasta entonces yo únicamente había escrito libros de no ficción. Sin embargo, pensé que mi vida tiene mucho de novela y quizá valiera la pena intentarlo.

Louise y yo empezamos a hablar y, como el largo y detallado esbozo que confeccionamos juntas fue del agrado de nuestros futuros editores, nos lanzamos a colaborar a distancia. ¡Qué gusto crear a nuestros personajes, pulir el argumento e intercambiar bosquejos! En 2020, mientras escribía, tenía muy presentes las muertes, el año anterior, de dos amigas íntimas y la de mi hermano Tony.

A Ellen Tauscher, ex diputada por California y subsecretaria de Estado entre 2009 y 2013, me unían más de veinticinco años de profunda amistad, y tras las elecciones de 2016 vino a menudo a mi casa para intentar averiguar qué había pasado.

Ellen falleció el 29 de abril de 2019.

Mi hermano menor, Tony, murió el 7 de junio, tras un año de enfermedad. Me rompe el corazón pensar en él de pequeño y en los tres niños que dejó.

Betsy Johnson Ebeling había sido mi mejor amiga desde sexto de primaria, cuando nos conocimos en la escuela de Park Ridge, Illinois, en la clase de la profesora King.

Betsy perdió su larga lucha contra el cáncer de mama el 28 de julio.

Cualquiera de estas pérdidas habría sido dolorosa, pero el efecto conjunto fue devastador y aún me cuesta asimilarlo.

Tanto el marido de Betsy, Tom, como la hija de Ellen, Katherine, apoyaron el deseo de Louise y mío de tomar como modelos de nuestros personajes ficticios a su esposa y a su madre respectivamente.

No tienen ninguna responsabilidad en las diferencias entre las personas y los personajes: ésas proceden enteramente de nuestra imaginación.

Cuando Louise y yo decidimos construir nuestro relato en torno a una secretaria de Estado, propuse como inspiración a Ellen, así como a su hija en la vida real, Katherine, nombres que conservamos en nuestras versiones ficticias.

Naturalmente, el modelo de la mejor amiga y consejera de la secretaria sería Betsy.

Gracias a todas las personas mencionadas por Louise en sus agradecimientos, y añadir que Oscar y Brendan ayudaron de incontables maneras, entre las cuales cabe mencionar la solución de un error informático relacionado con el manuscrito final.

Gracias también a Heather Samuelson y Nick Merrill por haber ayudado a verificar datos.

Es el octavo libro que publico en Simon & Schuster, y el primero sin la indomable Carolyn Reidy, siempre añorada y jamás olvidada. Por suerte, su herencia se mantiene viva con Jonathan Karp, que sigue dándome los mismos ánimos.

Les doy las gracias a él y todo el equipo: Dana Canedy, Stephen Rubin, Marysue Rucci, Julia Prosser, Marie Florio, Stephen Bedford, Elizabeth Breeden, Emily Graff, Irene Kheradi, Janet Cameron, Felice Javit, Carolyn Levin, Jeff Wilson, Jackie Seow y Kimberly Goldstein.

Gracias también a Bill, gran lector y autor de *thrillers*, por su apoyo constante y sus consejos siempre útiles.

Decir, por último, que este libro es de ficción, pero que la historia que narra no puede ser más oportuna.

De nosotros depende asegurarnos de que el argumento siga siendo ficticio.